LA CATEDRAL DEL MAR

LA CATEDRAL DEL MAR

ILDEFONSO FALCONES

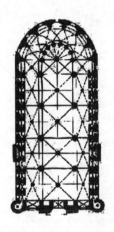

Grijalbo

LA CATEDRAL DEL MAR

Primera edición en México, 2006
Novena reimpresión, 2007

© 2006, Ildefonso Falcones de Sierra

© 2006, Grupo Editorial Random House Mondadori, S. L.
  Travessera de Gràcia, 47-49. 08021 Barcelona

D. R. 2006, Random House Mondadori, S. A. de C. V.
  Av. Homero No. 544, Col. Chapultepec Morales,
  Del. Miguel Hidalgo, C. P. 11570, México, D. F.

www.randomhousemondadori.com.mx

Comentarios sobre la edición y contenido de este libro a:
literaria@randomhousemondadori.com.mx

ISBN: 978-970-780-279-7

Fotocomposición: Lozano Faisano, S.L. (L'Hospitalet)

Impreso en México / *Printed in Mexico*

A Carmen

PRIMERA PARTE

SIERVOS DE LA TIERRA

1

Año 1320
Masía de Bernat Estanyol
Navarcles, Principado de Cataluña

En un momento en el que nadie parecía prestarle atención, Bernat levantó la vista hacia el nítido cielo azul. El sol tenue de finales de septiembre acariciaba los rostros de sus invitados. Había invertido tantas horas y esfuerzos en la preparación de la fiesta que sólo un tiempo inclemente podría haberla deslucido. Bernat sonrió al cielo otoñal y, cuando bajó la vista, su sonrisa se acentuó al escuchar el alborozo que reinaba en la explanada de piedra que se abría frente a la puerta de los corrales, en la planta baja de la masía.

La treintena de invitados estaba exultante: la vendimia de aquel año había sido espléndida. Todos, hombres, mujeres y niños, habían trabajado de sol a sol, primero recolectando la uva y después pisándola, sin permitirse una jornada de descanso.

Sólo cuando el vino estaba dispuesto para hervir en sus barricas y los hollejos de la uva habían sido almacenados para destilar orujo durante los tediosos días de invierno, los payeses celebraban las fiestas de septiembre. Y Bernat Estanyol había elegido contraer matrimonio durante esos días.

Bernat observó a sus invitados. Habían tenido que levantarse al alba para recorrer a pie la distancia, en algunos casos muy ex-

11

tensa, que separaba sus masías de la de los Estanyol. Charlaban con animación, quizá de la boda, quizá de la cosecha, quizá de ambas cosas; algunos, como un grupo donde se hallaban sus primos Estanyol y la familia Puig, parientes de su cuñado, estallaron en carcajadas y lo miraron con picardía. Bernat notó que se sonrojaba y eludió la insinuación; no quiso siquiera imaginar la causa de aquellas risas. Desperdigados por la explanada de la masía distinguió a los Fontaníes, a los Vila, a los Joaniquet y, por supuesto, a los familiares de la novia: los Esteve.

Bernat miró de reojo a su suegro, Pere Esteve, que no hacía más que pasear su inmensa barriga, sonriendo a unos y dirigiéndose de inmediato a otros. Pere volvió el alegre rostro hacia él y Bernat se vio obligado a saludarle por enésima vez. Éste buscó con la mirada a sus cuñados y los encontró mezclados entre los invitados. Desde el primer momento lo habían tratado con cierto recelo, por mucho que Bernat se hubiera esforzado por ganárselos.

Bernat volvió a levantar la vista al cielo. La cosecha y el tiempo habían decidido acompañarlo en su fiesta. Miró hacia su masía y de nuevo hacia la gente y frunció ligeramente los labios. De repente, pese al tumulto reinante, se sintió solo. Apenas hacía un año que su padre había fallecido; en cuanto a Guiamona, su hermana, que se había instalado en Barcelona después de casarse, no había dado respuesta a los recados que él le había enviado, pese a lo mucho que le hubiera gustado volver a verla. Era el único familiar directo que le quedaba desde la muerte de su padre...

Una muerte que había convertido la masía de los Estanyol en el centro de interés de toda la región: casamenteras y padres con hijas núbiles habían desfilado por ella sin cesar. Antes nadie acudía a visitarlos, pero la muerte de su padre, a quien sus arranques de rebeldía le habían merecido el apodo de «el loco Estanyol», había devuelto las esperanzas a quienes deseaban casar a su hija con el payés más rico de la región.

—Ya eres lo bastante mayor para casarte —le decían—. ¿Cuántos años tienes?

—Veintisiete, creo —contestaba.

—A esa edad ya casi deberías tener nietos —le recriminaban—. ¿Qué harás solo en esta masía? Necesitas una mujer.

Bernat recibía los consejos con paciencia, sabiendo que indefectiblemente iban seguidos por la mención de una candidata, cuyas virtudes superaban la fuerza del buey y la belleza de la más increíble puesta de sol.

El tema no le resultaba nuevo. Ya el loco Estanyol, viudo tras nacer Guiamona, había intentado casarlo, pero todos los padres con hijas casaderas habían salido de la masía lanzando imprecaciones: nadie podía hacer frente a las exigencias del loco Estanyol en cuanto a la dote que debía aportar su futura nuera. De modo que el interés por Bernat fue decayendo. Con la edad, el anciano empeoró y sus desvaríos de rebeldía se convirtieron en delirios. Bernat se volcó en el cuidado de las tierras y de su padre y, de repente, a los veintisiete años, se encontró solo y asediado.

Sin embargo, la primera visita que recibió Bernat cuando todavía no había enterrado al difunto fue la del alguacil del señor de Navarcles, su señor feudal. «¡Cuánta razón tenías, padre!», pensó Bernat al ver llegar al alguacil y varios soldados a caballo.

—Cuando yo muera —le había repetido el viejo hasta la saciedad en los momentos en que recuperaba la cordura—, ellos vendrán; entonces debes enseñarles el testamento. —Y señalaba con un gesto la piedra bajo la cual, envuelto en cuero, se hallaba el documento que recogía las últimas voluntades del loco Estanyol.

—¿Por qué, padre? —le preguntó Bernat la primera vez que le hizo aquella advertencia.

—Como bien sabes —le contestó—, poseemos estas tierras en enfiteusis, pero yo soy viudo, y si no hubiera hecho testamento, a mi muerte el señor tendría derecho a quedarse con la mitad de todos nuestros muebles y animales. Ese derecho se llama de *intestia*; hay muchos otros a favor de los señores y debes conocerlos todos. Vendrán, Bernat; vendrán a llevarse lo que es nuestro, y sólo si les enseñas el testamento podrás librarte de ellos.

—¿Y si me lo quitasen? —preguntó Bernat—. Ya sabes cómo son...

—Aunque lo hicieran, está registrado en los libros.

La ira del alguacil y la del señor corrieron por la región e hicieron aún más atractiva la situación del huérfano, heredero de todos los bienes del loco.

Bernat recordaba muy bien la visita que le había hecho su ahora suegro antes del comienzo de la vendimia. Cinco sueldos, un colchón y una camisa blanca de lino; aquélla era la dote que ofrecía por su hija Francesca.

—¿Para qué quiero yo una camisa blanca de lino? —le preguntó Bernat sin dejar de trastear con la paja en la planta baja de la masía.

—Mira —contestó Pere Esteve.

Apoyándose sobre la horca, Bernat miró hacia donde le señalaba Pere Esteve: la entrada del establo. La horca cayó sobre la paja. A contraluz apareció Francesca, vestida con la camisa blanca de lino... ¡Su cuerpo entero se le ofrecía a través de ella!

Un escalofrío recorrió la espina dorsal de Bernat. Pere Esteve sonrió.

Bernat aceptó la oferta. Lo hizo allí mismo, en el pajar, sin ni siquiera acercarse a la muchacha, pero sin apartar los ojos de ella.

Fue una decisión precipitada, Bernat era consciente de ello, pero no podía decir que se arrepintiera; allí estaba Francesca, joven, bella, fuerte. Se le aceleró la respiración. Hoy mismo... ¿Qué estaría pensando la muchacha? ¿Sentiría lo mismo que él? Francesca no participaba en la alegre conversación de las mujeres; permanecía en silencio junto a su madre, sin reír, acompañando las bromas y carcajadas de las demás con sonrisas forzadas. Sus miradas se cruzaron durante un instante. Ella se sonrojó y bajó la vista, pero Bernat observó cómo sus pechos reflejaban su nerviosismo. La camisa blanca de lino volvió a aliarse con la fantasía y los deseos de Bernat.

—¡Te felicito! —oyó que le decían por detrás mientras le palmeaban con fuerza la espalda. Su suegro se había acercado a él—. Cuídamela bien —añadió siguiendo la mirada de Bernat y señalando a la muchacha, que ya no sabía dónde esconderse—. Aunque si la vida que le vas a proporcionar es como esta fiesta... Es el mejor banquete que he visto nunca. ¡Seguro que ni el señor de Navarcles puede gozar de estos manjares!

Bernat había querido agasajar a sus invitados y había preparado cuarenta y siete hogazas de pan rubio de harina de trigo; había evitado la cebada, el centeno o la espelta, usuales en la alimentación de los payeses. ¡Harina de trigo candeal, blanca como la camisa de su esposa! Cargado con las hogazas acudió al castillo de Navarcles para cocerlas en el horno del señor pensando que, como siempre, dos hogazas serían suficiente pago para que le permitieran hacerlo. Los ojos del hornero se abrieron como platos ante el pan de trigo, y luego se cerraron formando unas inescrutables rendijas. En aquella ocasión el pago ascendió a siete hogazas y Bernat abandonó el castillo jurando contra la ley que les impedía tener horno de cocer pan en sus hogares..., y forja, y guarnicionería...

—Seguro —le contestó a su suegro, apartando de su mente aquel mal recuerdo.

Ambos observaron la explanada de la masía. Quizá le hubieran robado parte del pan, pensó Bernat, pero no el vino que ahora bebían sus invitados —el mejor, el que había trasegado su padre y habían dejado envejecer durante años—, ni la carne de cerdo salada, ni la olla de verduras con un par de gallinas, ni, por supuesto, los cuatro corderos que, abiertos en canal y atados en palos, se asaban lentamente sobre las brasas, chisporroteando y despidiendo un aroma irresistible.

De repente las mujeres se pusieron en movimiento. La olla ya estaba lista y las escudillas que los invitados habían traído empezaron a llenarse. Pere y Bernat tomaron asiento a la única mesa que había en la explanada y las mujeres acudieron a servirles; nadie se sentó en las cuatro sillas restantes.

La gente, de pie, sentada en maderos o en el suelo, empezó a dar cuenta del ágape con la mirada puesta en unos corderos constantemente vigilados por algunas mujeres, mientras bebían vino, charlaban, gritaban y reían.

—Una gran fiesta, sí señor —sentenció Pere Esteve entre cucharada y cucharada.

Alguien brindó por los novios. Al momento todos se sumaron.

—¡Francesca! —gritó su padre con el vaso alzado hacia la novia, que se hallaba entre las mujeres, junto a los corderos.

Bernat miró a la muchacha, que de nuevo escondió el rostro.

15

—Está nerviosa —la excusó Pere guiñándole un ojo—. ¡Francesca, hija! —volvió a gritar—. ¡Brinda con nosotros! Aprovecha ahora, porque dentro de poco nos iremos... casi todos.

Las carcajadas azoraron todavía más a Francesca. La muchacha levantó a media altura un vaso que le habían puesto en la mano y, sin beber de él y dando la espalda a las risas, volvió a dirigir su atención a los corderos.

Pere Esteve chocó su vaso contra el de Bernat haciendo saltar el vino. Los invitados los imitaron.

—Ya te encargarás tú de que se le pase la timidez —le dijo con voz potente, para que le oyeran todos los presentes.

Las carcajadas estallaron de nuevo, en esta ocasión acompañadas de pícaros comentarios a los que Bernat prefirió no prestar atención.

Entre risas y bromas todos dieron buena cuenta del vino, del cerdo y de la olla de verduras y gallina. Cuando las mujeres empezaban a retirar los corderos de las brasas, un grupo de invitados calló y desvió la mirada hacia el linde del bosque de las tierras de Bernat, situado más allá de unos extensos campos de cultivo, al final de un suave declive del terreno que los Estanyol habían aprovechado para plantar parte de las cepas que les proporcionaban tan excelente vino.

En unos segundos se hizo el silencio entre los presentes.

Tres jinetes habían aparecido entre los árboles. Seguían sus pasos varios hombres a pie, uniformados.

—¿Qué hará aquí? —preguntó en un susurro Pere Esteve.

Bernat siguió con la mirada a los hombres que se acercaban rodeando los campos. Los invitados murmuraban entre sí.

—No lo entiendo —dijo al fin Bernat, también en un susurro—, nunca había pasado por aquí. No es el camino del castillo.

—No me gusta nada esta visita —añadió Pere Esteve.

La comitiva se movía lentamente. A medida que las figuras se acercaban, las risas y los comentarios de los jinetes sustituían el alboroto que hasta entonces había reinado en la explanada; todos pudieron escucharlos. Bernat observó a sus invitados; algunos de ellos ya no miraban y permanecían con la cabeza gacha. Buscó a

Francesca, que se encontraba entre las mujeres. El vozarrón del señor de Navarcles llegó hasta ellos. Bernat sintió que lo invadía la ira.

—¡Bernat! ¡Bernat! —exclamó Pere Esteve zarandeándole el brazo—. ¿Qué haces aquí? Corre a recibirlo.

Bernat se levantó de un salto y corrió a recibir a su señor.

—Sed bienvenido a vuestra casa —lo saludó, jadeante, cuando estuvo ante él.

Llorenç de Bellera, señor de Navarcles, tiró de las riendas de su caballo y se detuvo frente a Bernat.

—¿Tú eres Estanyol, el hijo del loco? —inquirió secamente.

—Sí, señor.

—Hemos estado cazando, y de vuelta al castillo nos ha sorprendido esta fiesta. ¿A qué se debe?

Entre los caballos, Bernat acertó a vislumbrar a los soldados, cargados con distintas piezas: conejos, liebres y gallos salvajes. «Es vuestra visita la que necesita explicación —le hubiera gustado contestarle—. ¿O es que tal vez el hornero os informó del pan de trigo candeal?»

Hasta los caballos, quietos y con sus grandes ojos redondos dirigidos hacia él, parecían esperar su respuesta.

—A mi matrimonio, señor.

—¿Con quién te has desposado?

—Con la hija de Pere Esteve, señor.

Llorenç de Bellera permaneció en silencio, mirando a Bernat por encima de la cabeza de su caballo. Los animales piafaron ruidosamente.

—¿Y? —ladró Llorenç de Bellera.

—Mi esposa y yo mismo —dijo Bernat tratando de disimular su disgusto— nos sentiríamos muy honrados si su señoría y sus acompañantes tuvieran a bien unirse a nosotros.

—Tenemos sed, Estanyol —afirmó el señor de Bellera por toda respuesta.

Los caballos se pusieron en movimiento sin necesidad de que los caballeros los espolearan. Bernat, cabizbajo, se dirigió hacia la masía al lado de su señor. Al final del camino se habían congregado todos los invitados para recibirlo; las mujeres con la vista en el suelo, los hombres descubiertos. Un rumor ininteligible se levantó cuando Llorenç de Bellera se detuvo ante ellos.

—Vamos, vamos —les ordenó mientras desmontaba—; que siga la fiesta.

La gente obedeció y dio media vuelta en silencio. Varios soldados se acercaron a los caballos y se hicieron cargo de los animales. Bernat acompañó a sus nuevos invitados hasta la mesa a la que habían estado sentados Pere y él. Tanto sus escudillas como sus vasos habían desaparecido.

El señor de Bellera y sus dos acompañantes tomaron asiento. Bernat se retiró unos pasos mientras éstos empezaban a charlar. Las mujeres acudieron prestas con jarras de vino, vasos, hogazas de pan, escudillas con gallina, platos de cerdo salado y el cordero recién hecho. Bernat buscó con la mirada a Francesca, pero no la encontró. No estaba entre las mujeres. Su mirada se cruzó con la de su suegro, que ya estaba junto a los demás invitados, y éste señaló con el mentón en dirección a las mujeres. Con un gesto casi imperceptible Pere Esteve sacudió la cabeza y se dio media vuelta.

—¡Continuad con vuestra fiesta! —gritó Llorenç de Bellera con una pierna de cordero en la mano—. ¡Vamos, venga, adelante!

En silencio, los invitados empezaron a dirigirse hacia las brasas donde se habían asado los corderos. Sólo un grupo permaneció quieto, a salvo de las miradas del señor y sus amigos: Pere Esteve, sus hijos y algunos invitados más. Bernat vislumbró el blanco de la camisa de lino entre ellos y se acercó.

—Vete de aquí, estúpido —ladró su suegro.

Antes de que pudiera decir nada, la madre de Francesca le puso un plato de cordero en las manos y le susurró:

—Atiende al señor y no te acerques a mi hija.

Los payeses empezaron a dar cuenta del cordero, en silencio, mirando de reojo hacia la mesa. En la explanada sólo se oían las carcajadas y los gritos del señor de Navarcles y sus dos amigos. Los soldados descansaban apartados de la fiesta.

—Antes se os oía reír —gritó el señor de Bellera—, tanto que incluso habéis espantado la caza. ¡Reíd, maldita sea!

Nadie lo hizo.

—Bestias rústicas —dijo a sus acompañantes, que acogieron el comentario con carcajadas.

Los tres saciaron su apetito con el cordero y el pan candeal. El cerdo salado y las escudillas de gallina quedaron arrinconados en la mesa. Bernat comió de pie, algo apartado, y mirando de soslayo hacia el grupo de mujeres en el que se escondía Francesca.

—¡Más vino! —exigió el señor de Bellera levantando el vaso—. Estanyol —gritó de repente buscándolo entre los invitados—, la próxima vez que me pagues el censo de mis tierras, tendrás que traerme vino como éste, no el brebaje con que tu padre me ha estado engañando hasta ahora. —Bernat lo oyó a sus espaldas. La madre de Francesca se acercaba con la jarra—. Estanyol, ¿dónde estás?

El caballero golpeó la mesa justo cuando la mujer acercaba la jarra para llenarle la copa. Unas gotas de vino salpicaron la ropa de Llorenç de Bellera.

Bernat ya se había acercado hasta él. Los amigos del señor se reían de la situación y Pere Esteve se había llevado las manos al rostro.

—¡Vieja estúpida! ¿Cómo te atreves a derramar el vino? —La mujer agachó la cabeza en señal de sumisión, y cuando el señor hizo amago de abofetearla, se apartó y cayó al suelo. Llorenç de Bellera se volvió hacia sus amigos y estalló en carcajadas al ver cómo la anciana se alejaba gateando. Después recuperó la seriedad y se dirigió a Bernat—: Vaya, estás aquí, Estanyol. ¡Mira lo que logran las viejas torpes! ¿Acaso pretendes ofender a tu señor? ¿Tan ignorante eres que no sabes que los invitados deben ser atendidos por la señora de la casa? ¿Dónde está la novia? —preguntó, paseando la mirada por la explanada—. ¿Dónde está la novia? —gritó ante su silencio.

Pere Esteve tomó a Francesca del brazo y se acercó hasta la mesa para entregársela a Bernat. La muchacha temblaba.

—Señoría —dijo Bernat—, os presento a mi mujer, Francesca.

—Eso está mejor —comentó Llorenç, examinándola de arriba abajo sin recato alguno—, mucho mejor. Tú nos servirás el vino a partir de ahora.

19

El señor de Navarcles volvió a tomar asiento y se dirigió a la muchacha alzando el vaso. Francesca buscó una jarra y corrió a servirle. Su mano tembló al intentar escanciar el vino. Llorenç de Bellera le agarró la muñeca y la mantuvo firme mientras el vino caía en el vaso. Después tiró del brazo y la obligó a servir a sus acompañantes. Los pechos de la muchacha rozaron la cara de Llorenç de Bellera.

—¡Así se sirve el vino! —gritó el señor de Navarcles mientras Bernat, a su lado, apretaba puños y dientes.

Llorenç de Bellera y sus amigos continuaron bebiendo y requiriendo a gritos la presencia de Francesca para repetir, una y otra vez, la misma escena.

Los soldados se sumaban a las risas de su señor y sus amigos cada vez que la muchacha se veía obligada a inclinarse sobre la mesa para servir el vino. Francesca intentaba contener las lágrimas y Bernat notaba cómo la sangre empezaba a correr por las palmas de sus manos, heridas por sus propias uñas. Los invitados, en silencio, apartaban la mirada cada vez que la muchacha tenía que escanciar el vino.

—Estanyol —gritó Llorenç de Bellera poniéndose en pie con Francesca agarrada de la muñeca—. En uso del derecho que como señor tuyo me corresponde, he decidido yacer con tu mujer en su primera noche.

Los acompañantes del señor de Bellera aplaudieron ruidosamente las palabras de su amigo. Bernat saltó hacia la mesa pero, antes de que la alcanzara, los dos secuaces, que parecían borrachos, se pusieron en pie y llevaron la mano a las espadas. Bernat se paró en seco. Llorenç de Bellera lo miró, sonrió y después rió con fuerza. La muchacha clavó su mirada en Bernat, suplicando ayuda.

Bernat dio un paso adelante pero se encontró con la espada de uno de los amigos del noble en el estómago. Impotente, se detuvo de nuevo. Francesca no dejó de mirarle mientras era arrastrada hacia la escalera exterior de la masía. Cuando el señor de aquellas tierras la cogió por la cintura y la cargó sobre uno de sus hombros, la muchacha empezó a gritar.

Los amigos del señor de Navarcles volvieron a sentarse y continuaron bebiendo y riendo mientras los soldados se apostaban al pie de la escalera, para impedirle el acceso a Bernat.

Al pie de la escalera, frente a los soldados, Bernat no oyó las carcajadas de los amigos del señor de Bellera; tampoco los sollozos de las mujeres. No se sumó al silencio de sus invitados y ni siquiera se percató de las burlas de los soldados, que intercambiaban gestos con la vista puesta en la casa: sólo oía los aullidos de dolor que procedían de la ventana del primer piso.

El azul del cielo continuaba resplandeciendo.

Después de un rato que a Bernat le pareció interminable, Llorenç de Bellera apareció sudoroso en la escalera, atándose la cota de caza.

—Estanyol —gritó con su atronadora voz mientras pasaba al lado de Bernat y se dirigía hacia la mesa—, ahora te toca a ti. Doña Caterina —añadió para sus acompañantes, refiriéndose a su joven reciente esposa— está ya cansada de que aparezcan hijos míos bastardos... y no aguanto más sus lloriqueos. ¡Cumple como un buen esposo cristiano! —lo instó volviéndose de nuevo hacia él.

Bernat agachó la cabeza y, bajo la atenta mirada de todos los presentes, subió cansinamente la escalera lateral. Entró en el primer piso, una amplia estancia destinada a cocina y comedor, con un gran hogar en una de las paredes, sobre el que descansaba una impresionante estructura de hierro forjado a guisa de chimenea. Bernat escuchó el sonido de sus pisadas sobre el suelo de madera mientras se dirigía hacia la escalera de mano que conducía al segundo piso, el destinado a dormitorio y granero. Asomó la cabeza por el hueco del tablado del piso superior y escrutó su interior sin atreverse a subir totalmente. No se oía ni un solo ruido.

Con el mentón a ras de suelo y el cuerpo todavía en la escalera, vio la ropa de Francesca esparcida por la estancia; su blanca camisa de lino, el orgullo familiar, estaba rasgada y hecha un guiñapo. Por fin, subió.

Encontró a Francesca encogida en posición fetal, con la mirada perdida, totalmente desnuda sobre el jergón nuevo, ahora manchado de sangre. Su cuerpo, sudoroso, arañado aquí y golpeado allá, permanecía absolutamente inmóvil.

—Estanyol —oyó Bernat que gritaba desde abajo Llorenç de Bellera—, tu señor está esperando.

Sacudido por las arcadas, Bernat vomitó sobre el grano almacenado hasta que las tripas estuvieron a punto de salirle por la garganta. Francesca seguía sin moverse. Bernat abandonó corriendo el lugar. Cuando llegó abajo, pálido, su cabeza era un torbellino de sensaciones a cual más repugnante. Cegado, se topó de bruces con la inmensidad de Llorenç de Bellera, de pie bajo la escalera.

—No parece que el nuevo marido haya consumado su matrimonio —dijo Llorenç de Bellera a sus compañeros.

Bernat tuvo que levantar la cabeza para enfrentarse al señor de Navarcles.

—No..., no he podido, señoría —balbuceó.

Llorenç de Bellera guardó silencio durante unos instantes.

—Pues si tú no has podido estoy seguro de que alguno de mis amigos... o de mis soldados, podrá. Ya te he dicho que no quiero más bastardos.

—¡No tiene derecho...!

Los payeses que observaban la escena sintieron un escalofrío al imaginar las consecuencias de tal insolencia. El señor de Navarcles agarró a Bernat del cuello con una sola mano y apretó con fuerza mientras Bernat boqueaba en busca de aire.

—¿Cómo te atreves...? ¿Acaso pretendes aprovecharte del legítimo derecho de tu señor de yacer con la novia y venir luego a reclamar con un bastardo bajo el brazo? —Llorenç zarandeó a Bernat antes de dejarlo en el suelo—. ¿Es eso lo que pretendes? Los derechos de vasallaje los determino yo, sólo yo, ¿entiendes? ¿Olvidas que puedo castigarte cuando y cuanto quiera?

Llorenç de Bellera abofeteó con fuerza a Bernat, derribándolo.

—¡Mi látigo! —gritó encolerizado.

¡El látigo! Bernat era sólo un niño cuando, como tantos otros, fue obligado a presenciar junto a sus padres el castigo público infligido por el señor de Bellera a un pobre desgraciado cuya falta nunca nadie llegó a saber con certeza. El recuerdo del restallar del cuero sobre la espalda de aquel hombre sonó en sus oídos igual

22

que lo hizo aquel día, y noche tras noche durante buena parte de su infancia. Ninguno de los presentes osó moverse entonces, y tampoco lo hicieron ahora. Bernat empezó a arrastrarse y levantó la vista hacia su señor; estaba de pie, como una ingente mole de roca, con la mano extendida esperando a que algún sirviente pusiera en ella el látigo. Recordó la espalda en carne viva de aquel desgraciado: una gran masa sanguinolenta a la que ni todo el odio del señor lograba arrancar un pedazo más. Bernat se arrastró a cuatro patas hacia la escalera, con los ojos en blanco y temblando igual que lo hacía de niño cuando lo asaltaban las pesadillas. Nadie se movió. Nadie habló. Y el sol seguía brillando.

—Lo siento, Francesca —balbuceó una vez junto a ella, después de subir penosamente la escalera seguido por un soldado.

Se aflojó las calzas y se arrodilló al lado de su esposa. La muchacha no se había movido. Bernat observó su pene flácido y se preguntó cómo podría cumplir con las órdenes de su señor. Con un solo dedo, acarició suavemente el desnudo costado de Francesca.

Francesca no respondió.

—Tengo..., tenemos que hacerlo —la instó Bernat, cogiéndola por la muñeca para volverla hacia él.

—¡No me toques! —le gritó Francesca abandonando su ensimismamiento.

—¡Me desollará! —Bernat volvió con violencia a su mujer, descubriendo su cuerpo desnudo.

—¡Déjame!

Forcejearon, hasta que Bernat logró agarrarla por ambas muñecas e incorporarla. Pese a ello, Francesca se resistía.

—¡Vendrá otro! —le susurró—. ¡Será otro el que te... forzará! —Los ojos de la muchacha volvieron al mundo y se abrieron, acusadores—. Me desollará, me desollará... —se excusó.

Francesca no dejó de luchar, pero Bernat se echó sobre ella con violencia. Las lágrimas de la muchacha no fueron suficientes para enfriar el deseo que había nacido en Bernat al contacto con el cuerpo de la joven y la penetró mientras Francesca gritaba al universo entero.

Aquellos aullidos satisficieron al soldado que había seguido a Bernat y que, sin pudor alguno, contemplaba la escena con medio cuerpo sobre el entarimado del piso.

Aún no había terminado Bernat de forzarla cuando Francesca cesó en su oposición. Poco a poco los alaridos de Francesca se convirtieron en sollozos. Fue el llanto de su mujer lo que acompañó a Bernat cuando alcanzó el cenit.

Llorenç de Bellera había oído los desesperados alaridos que procedían de la ventana del segundo piso y, cuando su espía le confirmó que el matrimonio había sido consumado, pidió los caballos y abandonó el lugar con su siniestra comitiva. La mayor parte de los invitados, abatidos, le imitaron.

La quietud invadió la estancia. Bernat, encima de su mujer, no sabía qué hacer. Sólo entonces se dio cuenta de que la tenía fuertemente agarrada por los hombros; la soltó para apoyar las manos en el jergón, junto a su cabeza, pero entonces su cuerpo cayó sobre el de ella, inerte. Instintivamente se incorporó, estirando los brazos para apoyarse en ellos, y se encontró con los ojos de Francesca, que lo miraban sin verlo. En esa postura, cualquier movimiento haría que rozara de nuevo el cuerpo de su mujer. Bernat deseaba escapar de tales sensaciones, pero no sabía cómo hacerlo sin seguir hiriendo a la muchacha. Deseó poder levitar para separarse de Francesca sin volver a tocarla.

Al fin, tras unos eternos instantes de indecisión, se apartó de la muchacha y se arrodilló junto a ella; tampoco ahora sabía qué hacer: levantarse, tumbarse a su lado, abandonar la estancia o intentar justificarse... Desvió la mirada del cuerpo de Francesca, tumbado boca arriba, soezmente expuesto. Buscó su rostro, a menos de dos palmos del suyo, pero no fue capaz de encontrarlo. Bajó la mirada, y la visión de su miembro desnudo, de repente, lo avergonzó.

—Lo sien...

Un inesperado movimiento de Francesca lo sorprendió. La muchacha había vuelto el rostro hacia él. Bernat intentó buscar comprensión en su mirada pero la encontró totalmente vacía.

—Lo siento —insistió. Francesca continuó mirándole sin

mostrar el menor indicio de reacción—. Lo siento, lo siento. Me...
me hubiera desollado —balbuceó.

Bernat recordó al señor de Navarcles, de pie, con la mano extendida esperando el látigo. Buscó una vez más la mirada de Francesca: vacía. Bernat intentó encontrar la respuesta en los ojos de la muchacha y sintió miedo: gritaban en silencio, gritaban igual que lo había hecho ella.

Inconscientemente, como si quisiera darle a entender que la comprendía, como si se tratara de una niña, Bernat acercó una mano a la mejilla de Francesca.

—Yo... —intentó decirle.

No llegó a tocarla. Cuando su mano se acercó a ella, todos los músculos de Francesca se tensaron. Bernat desvió la mano hacia su propio rostro y lloró.

Francesca continuó inmóvil, con la mirada perdida.

Finalmente, Bernat dejó de llorar, se levantó, se puso las calzas y desapareció por el hueco que llevaba al piso inferior. Cuando dejó de oír sus pasos, Francesca se levantó y se acercó al baúl, que constituía todo el mobiliario del dormitorio, para coger su propia ropa. Una vez vestida, recogió delicadamente sus destrozadas pertenencias, entre ellas su preciada camisa blanca de lino; la dobló con cuidado, procurando que los jirones cuadraran, y la guardó en el baúl.

2

Francesca vagaba por la masía como un alma en pena. Cumplía con sus obligaciones domésticas, pero lo hacía en el más absoluto silencio, destilando una tristeza que no tardó en adueñarse del más recóndito rincón del hogar de los Estanyol.

En numerosas ocasiones, Bernat había intentado disculparse por lo sucedido. Lejano ya el horror del día de su boda, Bernat había sido capaz de articular explicaciones más extensas: el miedo a la crueldad del señor, las consecuencias que habría comportado su negativa a obedecer, tanto para él mismo como para ella. Y «lo siento», miles de lo siento que Bernat exclamó frente a Francesca que lo miraba y atendía muda a sus palabras, como si esperase el momento en que el argumento de Bernat, indefectiblemente, llegara al mismo punto crucial: «Habría venido otro. Si no lo hubiera hecho yo...». Porque cuando Bernat llegaba a aquel punto, callaba; flaqueaba cualquier excusa y la violación volvía a interponerse entre ellos como una barrera infranqueable. Los lo siento, las excusas, y los silencios como respuesta fueron cerrando la herida que Bernat pretendía curar a su esposa, y el remordimiento fue diluyéndose en los quehaceres diarios hasta que Bernat se resignó ante la indiferencia de Francesca.

Todas las mañanas, al alba, cuando se levantaba para acometer las duras tareas del payés, Bernat se asomaba a la ventana del dormitorio. Así lo había hecho siempre con su padre, incluso en sus últimos tiempos, ambos se apoyaban en el grueso alféizar de piedra. Observaban el cielo para vaticinar el día que los esperaba. Miraban sus tierras, fértiles, nítidamente delimitadas por los cultivos que en cada una de ellas se practicaban y que se extendían por el inmenso valle que se abría al pie de la masía. Observaban a los pájaros y escuchaban atentamente los sonidos de los animales del corral de la planta baja. Eran unos instantes de comunión entre padre e hijo y de ambos con sus tierras, los escasos minutos en que su padre parecía recuperar la cordura. Bernat había soñado con compartir esos momentos con su esposa en lugar de vivirlos a solas, mientras la oía trajinar en el piso de abajo, y poder contarle todo lo que él mismo había escuchado de boca de su padre, y éste del suyo, y así sucesivamente durante generaciones.

Había soñado con poder contarle que aquellas buenas tierras habían sido un día alodiales, pertenecientes a los Estanyol, y que sus antepasados las habían trabajado con alegría y cariño haciendo suyos sus frutos, sin necesidad de pagar censos o impuestos y de rendir homenaje a señores soberbios e injustos. Había soñado con poder compartir con ella, su esposa, la futura madre de los herederos de aquellos campos, la misma tristeza que su padre había compartido con él cuando le contara las razones por las que ahora, trescientos años después, los hijos que ella pariera se convertirían en siervos de otra persona. Le hubiera gustado contarle con orgullo, como su padre se lo había contado a él, que trescientos años atrás, los Estanyol, y muchos otros como ellos, guardaban sus armas en sus hogares, como hombres libres que eran, para acudir, a las órdenes del conde Ramon Borrell y su hermano Ermengol d'Urgell, en defensa de la Cataluña vieja ante las razias de los sarracenos; le hubiera gustado contarle cómo, a las órdenes del conde Ramon, varios Estanyol habían formado parte del victorioso ejército que había derrotado a los sarracenos del califato de Córdoba en Albesa, más allá de Balaguer, en la plana de Urgel. Su padre se lo contaba emocionado cuando tenían tiempo para ello, pero la emoción se trocaba en melancolía cuando narraba la muerte del conde Ramon Borrell en el año 1017. Según él, aquella muerte los convirtió en siervos: el hijo del conde Ramon Borrell, de quince años de edad, sucedió a su padre; su madre,

Ermessenda de Carcassonne, se convirtió en regente, y los barones de Cataluña —los mismos que habían luchado codo con codo con los payeses—, seguras ya las fronteras del principado, aprovecharon el vacío de poder para extorsionar a los campesinos, matar a los que no cedían y obtener la propiedad de las tierras a cambio de permitir que sus antiguos dueños las cultivasen pagando al señor parte de sus frutos. Los Estanyol habían cedido, como tantos otros, pero muchas familias del campo habían sido salvaje y cruelmente asesinadas.

—Como hombres libres que éramos —le decía su padre— los payeses luchamos al lado de los caballeros, a pie por supuesto, contra los moros, pero nunca pudimos luchar contra los caballeros, y cuando los sucesivos condes de Barcelona quisieron volver a tomar las riendas del principado catalán tropezaron con una nobleza rica y poderosa, con la que tuvieron que pactar, siempre a costa de nosotros. Primero fueron nuestras tierras, las de la Cataluña vieja, y después nuestra libertad, nuestra propia vida..., nuestro honor. Fueron tus abuelos —le contaba con voz trémula, sin dejar de mirar sus tierras— quienes perdieron su libertad. Se les prohibió abandonar sus campos, se los convirtió en siervos, hombres atados a sus fundos, a los que también permanecerían atados sus hijos, como yo, y sus nietos, como tú. Nuestra vida..., tu vida, está en manos del señor, que imparte justicia y tiene derecho a maltratarnos y a ofender nuestro honor. ¡Ni siquiera podemos defendernos! Si alguien te maltrata, deberás acudir a tu señor para que reclame enmienda y, si la consigue, se quedará con la mitad de la reparación.

Luego, indefectiblemente, le recitaba los múltiples derechos del señor, derechos que habían llegado a grabarse en la memoria de Bernat, pues nunca se atrevió a interrumpir el airado monólogo de su padre. El señor podía exigirle juramento a un siervo en cualquier momento. Tenía derecho a cobrar una parte de los bienes del siervo si éste moría intestado o cuando heredaba su hijo; si era estéril; si su mujer cometía adulterio; si se incendiaba la masía; si la hipotecaba; si desposaba el vasallo de otro señor y, por supuesto, si quería abandonarlo. El señor podía yacer con la novia en su primera noche; podía reclamar a las mujeres para que amamantaran a sus hijos, o a las hijas de éstas para que sirvieran como criadas en el castillo. Los siervos estaban obligados a trabajar gratuitamente las tierras del señor; a contribuir a la defensa del castillo; a pagar parte de los frutos de sus fincas; a alojar al señor o a sus enviados en sus casas y a alimentarlos durante la estancia; a pagar por utilizar los bosques o las tierras de pasto; a utilizar, previo pago, la forja, el horno o el molino del señor, y a enviarle regalos por Navidad y demás festividades.

¿Y qué decir de la Iglesia? Cuando su padre se hacía esa pregunta su voz se enfurecía aún más.

—Monjes, frailes, sacerdotes, diáconos, archidiáconos, canónigos, abades, obispos —recitaba—: ¡cualquiera de ellos es igual que cualquiera de los señores feudales que nos oprimen! ¡Hasta han prohibido que los payeses tomemos los hábitos para que no escapemos de las tierras y así perpetuar nuestra servidumbre!

»Bernat —le advertía seriamente en las ocasiones en que la Iglesia se convertía en blanco de su ira—, nunca te fíes de quienes dicen servir a Dios. Te hablarán con serenidad y buenas palabras, tan cultas que no alcanzarás a entenderlas. Tratarán de convencerte con argumentos que sólo ellos saben hilvanar hasta adueñarse de tu razón y tu conciencia. Se presentarán a ti como hombres bondadosos que dirán querer salvarnos del mal y de la tentación, pero en realidad su opinión sobre nosotros está escrita y todos ellos, como soldados de Cristo que se llaman, siguen con fidelidad aquello que está en los libros. Sus palabras son excusas y sus razones, idénticas a las que tú podrías darle a un mocoso.

—Padre —recordó Bernat que le había preguntado en una de tales ocasiones—, ¿qué dicen sus libros de nosotros, los payeses?

El padre miró los campos, hasta donde se confundían con el cielo, justo allí porque no quería mirar hacia el lugar en cuyo nombre hablaban hábitos y sotanas.

—Dicen que somos bestias, brutos, y que no somos capaces de entender qué es la cortesía. Dicen que somos horribles, villanos y abominables, desvergonzados e ignorantes. Dicen que somos crueles y tozudos, que no merecemos ningún honor porque no sabemos apreciarlo y que sólo somos capaces de entender las cosas por la fuerza. Dicen que...*

—Padre, ¿todo eso somos?

—Hijo, en todo eso es en lo que quieren convertirnos.

—Pero vos rezáis todos los días, y cuando madre murió...

—A la Virgen, hijo, a la Virgen. Nada tiene que ver Nuestra Señora con frailes y sacerdotes. En ella podemos seguir creyendo.

A Bernat Estanyol le habría gustado volver a apoyarse por las mañanas en el alféizar de la ventana y hablar con su joven esposa; contarle lo que le había contado su padre y mirar junto a ella los campos.

En lo que restaba de septiembre y durante todo octubre, Bernat aparejó los bueyes y aró los campos, rompiendo y levantando la dura costra que los cubría para que el sol, el aire y el abono renovasen la tierra. Después, con ayuda de Francesca, sembró el cereal; ella con un capazo, lanzaba las semillas, y él con la yunta de bueyes, primero araba y después aplanaba la tierra, ya sembrada, con una pesada plancha de hierro. Trabajaban en silencio, un silencio sólo roto por los gritos que Bernat lanzaba a los bueyes y que resonaban por todo el valle. Bernat creía que trabajar juntos los acercaría un poco. Pero no. Francesca continuaba indiferente: cogía su capazo y lanzaba las semillas sin mirarle siquiera.

Llegó noviembre y Bernat se dedicó a las tareas propias de esa época: pastorear los cerdos para la matanza, acumular leña para la masía y para abonar la tierra, preparar la huerta y los campos que se sembrarían en primavera y podar e injertar las viñas. Cuando volvía a la masía, Francesca ya se había ocupado de las tareas domésticas, del huerto y de las gallinas y los conejos. Noche tras noche, le servía la cena en silencio y se retiraba a dormir; por las mañanas se levantaba antes que él, y cuando Bernat bajaba, se encontraba en la mesa el desayuno y el zurrón

---

* *Lo crestià*, de Francesc Eiximenis. *(N. del A.)*

con el almuerzo. Mientras desayunaba oía cómo cuidaba a los animales en el establo.

La Navidad pasó como un suspiro y en enero terminó la recogida de la aceituna. Bernat no tenía demasiados olivos, sólo los necesarios para cubrir las necesidades de la masía y para pagar las rentas al señor.

Después, Bernat se enfrentó a la matanza del cerdo. En vida de su padre, los vecinos, que apenas acudían a la masía de los Estanyol, nunca faltaban el día de la matanza. Bernat recordaba aquellas jornadas como verdaderas fiestas; se mataba a los cerdos y después comían y bebían mientras las mujeres preparaban la carne.

Los Esteve, padre, madre y dos de los hermanos, se presentaron una mañana. Bernat los saludó en la explanada de la masía; Francesca esperaba tras él.

—¿Cómo estás, hija? —le preguntó su madre.

Francesca no contestó, pero se dejó abrazar. Bernat observó la escena: la madre, ansiosa, estrechaba a su hija entre sus brazos esperando que ésta la rodease con los suyos. Pero no lo hizo; permaneció inmóvil. Bernat dirigió la mirada hacia su suegro.

—Francesca —se limitó a decir Pere Esteve con la vista perdida más allá de la muchacha.

Sus hermanos la saludaron levantando una mano.

Francesca se dirigió hacia la pocilga a buscar al cerdo; los demás permanecieron en la explanada. Nadie habló; tan sólo un sofocado sollozo de la madre rompió el silencio. Bernat estuvo tentado de consolarla, pero se abstuvo al ver que ni su marido ni sus hijos lo hacían.

Francesca apareció con el cochino, que se resistía a seguirla como si supiera cuál iba a ser su destino, y lo entregó a su marido con su mutismo habitual. Bernat y los dos hermanos de Francesca tumbaron al cerdo y se sentaron sobre él. Los agudos chillidos del animal resonaban por todo el valle de los Estanyol. Pere Esteve lo degolló de un certero tajo y todos esperaron en silencio mientras la sangre del animal caía en los cazos que las mujeres cambiaban a medida que se llenaban. Nadie miraba a nadie.

Ni siquiera tomaron un vaso de vino mientras madre e hija trabajaban en el cerdo una vez descuartizado.

Al anochecer, acabada la faena, la madre intentó abrazar de nuevo a su hija. Bernat observó la escena, esperando una reacción por parte de su esposa. No la hubo. Su padre y sus hermanos se despidieron de ella con la mirada en el suelo. La madre se acercó a Bernat.

—Cuando creas que el niño va a llegar —le dijo apartándolo de los demás—, mándame llamar. No creo que ella lo haga.

Los Esteve emprendieron el camino de regreso a su casa. Aquella noche, cuando Francesca subía la escalera hacia el dormitorio, Bernat no pudo dejar de mirar su vientre.

A finales de mayo, el primer día de cosecha, Bernat contempló sus campos con la hoz al hombro. ¿Cómo iba a recoger él solo todo el cereal? Desde hacía quince días le había prohibido a Francesca que hiciera cualquier esfuerzo, pues había sufrido dos desmayos. Ella escuchó sus órdenes en silencio y lo obedeció. ¿Por qué se lo había prohibido? Bernat volvió a mirar los inmensos campos que lo esperaban. Al fin y al cabo, se preguntaba, ¿y si el hijo no era suyo? Las mujeres parían en el campo, mientras trabajaban, pero tras verla caer una vez, y otra, no había podido evitar preocuparse.

Bernat agarró la hoz y empezó a segar con fuerza. Las espigas saltaban por el aire. El sol alcanzó el mediodía. Bernat ni siquiera paró para comer. El campo era inmenso. Siempre había segado acompañado por su padre, incluso cuando éste estaba ya mal. El cereal parecía revivirlo. «¡Dale, hijo! —lo animaba—, no esperemos a que una tormenta o el pedrisco nos la destroce.» Y segaban. Cuando uno estaba cansado, buscaba apoyo en el otro. Comían a la sombra y bebían buen vino, del de su padre, del añejo, y charlaban y reían, y... ahora sólo oía el silbido de la hoz al cortar el viento y golpear la espiga; nada más, la hoz, la hoz, la hoz, que parecía lanzar al aire interrogantes acerca de la paternidad de aquel futuro hijo.

Durante las jornadas siguientes, Bernat estuvo segando hasta la puesta de sol; algún día trabajó incluso a la luz de la luna. Cuando volvía a la masía se encontraba la cena en la mesa. Se lavaba en la jofaina y comía con desgana. Hasta que una noche, la cuna que había tallado durante el invierno, cuando el embarazo de Francesca era ya evidente, se movió. Bernat lo advirtió con el rabillo del ojo, pero continuó tomando la sopa. Francesca dormía en el piso de arriba. Volvió a mirar hacia la cuna. Una cucharada, dos, tres. La cuna volvió a moverse. Bernat se quedó observando la cuna de madera con la cuarta cucharada de sopa suspendida en el aire. Escudriñó el resto de la planta buscando algún rastro de la presencia de su suegra... Pero no. Lo había parido sola... Y se había acostado.

Dejó la cuchara y se levantó, pero antes de llegar a la cuna se detuvo, dio media vuelta y volvió a sentarse. Las dudas sobre aquel hijo cayeron sobre él con más fuerza que nunca. «Todos los Estanyol tienen un lunar junto al ojo derecho», le había dicho su padre. Él lo tenía y su padre también. «Tu abuelo también lo tenía —le había asegurado—, y el padre de tu abuelo...»

Bernat estaba agotado: había trabajado de sol a sol. Llevaba días haciéndolo. Volvió a mirar hacia la cuna.

Se levantó de nuevo y se acercó a la criatura. Dormía plácidamente, con las manitas abiertas, cubierta por una sábana hecha con los jirones de una camisa blanca de lino. Bernat dio la vuelta al bebé para verle el rostro.

3

Francesca ni siquiera miraba al niño. Acercaba al bebé —al que habían llamado Arnau— a uno de sus pechos y luego al otro. Pero no lo miraba. Bernat había visto dar de mamar a las campesinas y, desde la más acomodada hasta la más humilde, esbozaban una sonrisa, o dejaban caer los párpados, o acariciaban a sus hijos mientras ellos se alimentaban. Francesca no. Lo limpiaba y lo amamantaba, pero en los dos meses de vida que tenía el niño Bernat no había oído que le hablara con dulzura, no había visto que jugara con él, le levantara las manitas, lo mordisqueara, lo besara o, simplemente, lo acariciara. «¿Qué culpa tiene él, Francesca?», pensaba Bernat cuando cogía a Arnau en brazos. Entonces se lo llevaba lejos de su madre, allí donde pudiera hablarle y acariciarlo a salvo de la frialdad de Francesca.

Porque el niño era suyo. «Todos los Estanyol lo tenemos», se decía Bernat cuando besaba el lunar que Arnau lucía junto a la ceja derecha. «Todos lo tenemos, padre», repetía después levantando al niño hacia el cielo.

Aquel lunar pronto se convirtió en algo más que en un motivo de tranquilidad para Bernat. Cuando Francesca acudía a hornear el pan al castillo, las mujeres levantaban la manta que cubría a Arnau para verlo. Francesca las dejaba hacer y después sonreían entre sí delante del hornero y de los soldados. Y cuando Bernat acudía a trabajar las tierras de su señor, los campesinos le palmeaban la espalda y le felicitaban, también delante del alguacil que vigilaba sus labores.

Muchos eran los hijos bastardos de Llorenç de Bellera pero jamás había prosperado ninguna reclamación; su palabra se imponía a la de cualquier ignorante campesina, aunque luego, entre los suyos, no dejara de alardear de su virilidad. Era evidente que Arnau Estanyol no era hijo suyo, y el señor de Navarcles empezó a advertir sonrisas mordaces en las campesinas que acudían al castillo; desde sus habitaciones vio que cuchicheaban entre ellas, incluso con sus soldados, cuando coincidían con la mujer de Estanyol. El rumor se extendió más allá del círculo de los campesinos, y Llorenç de Bellera se convirtió en el objeto de las bromas de sus iguales.

—Come, Bellera —le dijo, sonriente, un barón de visita en su castillo—; ha llegado a mis oídos que necesitas fuerzas.

Todos los presentes a la mesa del señor de Navarcles corearon con risas la ocurrencia.

—En mis tierras —comentó otro— no permito que ningún campesino ponga en entredicho mi virilidad.

—¿Acaso prohíbes los lunares? —replicó el primero, ya bajo los efectos del vino, dando pie a sonoras carcajadas, a las que Llorenç de Bellera contestó con una sonrisa forzada.

Sucedió a principios de agosto. Arnau descansaba en su cuna a la sombra de una higuera, en el patio de entrada de la masía; su madre trajinaba del huerto a los corrales, y su padre, siempre con un ojo puesto en la cuna de madera, obligaba a los bueyes a pisar una y otra vez el cereal que había extendido por el patio para que las espigas soltasen el preciado grano que los alimentaría durante todo el año.

No los oyeron llegar. Tres jinetes irrumpieron al galope en la masía: el alguacil de Llorenç de Bellera y dos hombres más, armados y montados en unos imponentes animales criados especialmente para la guerra. Bernat advirtió que los caballos no iban armados como en las cabalgadas ordenadas por su señor. Probablemente, no habían considerado necesario armarlos para intimidar a un simple payés. El alguacil se quedó un poco apartado, pero los otros dos, ya al paso, espolearon a sus monturas hacia donde se encontraba Bernat. Los caballos, domados para la guerra, no dudaron y se abalanzaron sobre él. Bernat retrocedió dando traspiés, hasta que cayó al suelo, muy cerca de los cascos de los inquietos animales. Sólo entonces los jinetes les ordenaron parar.

—Tu señor —gritó el alguacil—, Llorenç de Bellera, reclama los servicios de tu mujer para amamantar a don Jaume, el hijo de tu señora, doña Caterina. —Bernat intentó levantarse pero uno de los jinetes volvió a espolear el caballo. El alguacil se dirigió hacia donde se encontraba Francesca—: ¡Coge a tu hijo y acompáñanos! —le ordenó.

Francesca sacó a Arnau de la cuna y echó a andar, cabizbaja, tras el caballo del alguacil. Bernat gritó y trató de ponerse en pie, pero antes de que lo consiguiera uno de los jinetes lanzó al caballo sobre él y lo derribó. Lo intentó de nuevo, varias veces, todas con el mismo resultado: los dos jinetes jugaron con él persiguiéndolo y derribándolo, mientras reían. Al final, jadeante y magullado, quedó tendido en el suelo, a los pies de los animales, que no dejaban de mordisquear los frenos. Una vez que el alguacil se perdió en la lejanía, los soldados se volvieron y espolearon a sus monturas.

Cuando volvió el silencio a la masía, Bernat miró la estela de polvo que dejaban los jinetes y luego dirigió la vista hacia los dos bueyes, que pacían las espigas que habían pisoteado una y otra vez.

Desde aquel día, Bernat atendía mecánicamente a los animales y los campos, con la mente puesta en su hijo. De noche vagaba por la masía recordando aquel susurro infantil que hablaba de vida y de futuro, el crujido de los maderos de la cuna cuando Arnau se movía, el llanto agudo con que reclamaba su alimento. Intentaba oler, en las paredes de la masía, en cualquier rincón, el aroma de inocencia de su niño. ¿Dónde dormía ahora? Aquí estaba su cuna, la que había hecho con sus propias manos. Cuando lograba conciliar el sueño, lo despertaba el silencio. Entonces Bernat se encogía sobre el jergón y dejaba transcurrir las horas con los sonidos de los animales de la planta baja por toda compañía.

Bernat acudía regularmente al castillo de Llorenç de Bellera para hornear el pan que ya no le traía Francesca, encerrada y a disposición de doña Caterina y del caprichoso apetito de su hijo. El castillo —como le había contado su padre cuando ambos habían tenido que acudir allí— no era en sus inicios más que una torre de vigilancia en la cima de un pequeño promontorio. Los antecesores de Llorenç de Bellera aprovecharon el vacío de poder que siguió a la muerte del conde Ramon Borrell para fortificarla, a expensas del trabajo de los payeses de sus cada vez más extensas tierras. Alrededor de la torre del homenaje, se levantaron sin orden ni concierto el horno, la forja, unas nuevas y mayores caballerizas, graneros, cocinas y dormitorios.

El castillo de Llorenç de Bellera distaba más de una legua de la masía de los Estanyol. Las primeras veces no pudo obtener ninguna noticia de su niño. Preguntase a quien preguntase, la respuesta era siempre la misma: su mujer y su hijo estaban en las habitaciones privadas de doña Caterina. La única diferencia estribaba en que, al contestarle, algunos se reían cínicamente y otros bajaban la vista como si no quisieran enfrentarse al padre de la criatura. Bernat soportó las excusas durante un largo mes, hasta que un día en que salía del horno con dos hogazas de pan de harina de haba, se topó con uno de los escuálidos aprendices de la forja, al que en ocasiones había interrogado sobre el pequeño.

—¿Qué sabes de mi Arnau? —le preguntó.

No había nadie a la vista. El chico intentó esquivarlo, como si no lo hubiera oído, pero Bernat lo agarró por el brazo.

—Te he preguntado qué sabes de mi Arnau.

—Tu mujer y tu hijo... —empezó a recitar con la mirada en el suelo.

—Ya sé dónde está —lo interrumpió Bernat—. Lo que te pregunto es si mi Arnau está bien.

El muchacho, todavía con la mirada baja, jugueteó con sus pies en la arena del suelo. Bernat lo zarandeó.

—¿Está bien?

El aprendiz no levantaba la vista, y la actitud de Bernat se volvió violenta.

—¡No! —gritó el muchacho. Bernat cedió para encararse con él—. No —repitió. Los ojos de Bernat le interrogaban.

—¿Qué le pasa al niño?

—No puedo... Tenemos órdenes de no decirte... —La voz del muchacho se quebraba.

Bernat volvió a zarandearlo con fuerza y alzó la voz sin reparar en que podía llamar la atención de la guardia.

—¿Qué le pasa a mi hijo? ¿Qué le pasa? ¡Contesta!

—No puedo. No podemos...

—¿Esto te haría cambiar de opinión? —le preguntó, acercándole una hogaza.

Los ojos del aprendiz se abrieron de par en par. Sin contestar, arrancó el pan de las manos de Bernat y lo mordió como si no hubiera comido en varios días. Bernat lo arrastró al abrigo de miradas.

—¿Qué hay de mi Arnau? —inquirió de nuevo con ansiedad.

El muchacho lo miró con la boca llena y le hizo gestos de que lo siguiera. Anduvieron con sigilo, pegados a las paredes, hasta la forja. Cruzaron sus puertas y se dirigieron hacia la parte trasera. El chico abrió la portezuela de un cuartucho anejo a la forja, donde se guardaban materiales y herramientas, y entró en él seguido por Bernat. Nada más entrar, el muchacho se sentó en el suelo y se volcó en la hogaza de pan. Bernat escrutó el interior del cuartucho. Hacía un calor sofocante. No vio nada que pudiera hacerle entender por qué el aprendiz lo había llevado hasta allí: en aquel lugar sólo había herramientas y hierros viejos.

Bernat interrogó al chico con la mirada. Éste, que masticaba con fruición, le contestó señalándole una de las esquinas del cuchitril y le instó con gestos a que se dirigiese hacia allí.

Sobre unos maderos, abandonado y desnutrido, en un basto capazo de esparto roto, se hallaba el niño, a la espera de la muerte. La blanca camisa de lino estaba sucia y harapienta. Bernat no pudo ahogar el grito que surgió de su interior. Fue un grito sordo, un sollozo apenas humano. Cogió a Arnau y lo apretó contra sí. La criatura respondió débilmente, muy débilmente, pero lo hizo.

—El señor ordenó que tu hijo permaneciese aquí —oyó Bernat que le decía el aprendiz—. Al principio, tu mujer venía varias veces al día y lo calmaba amamantándolo. —Bernat, con lágrimas en los ojos, apretaba el cuerpecito contra su pecho intentando insuflarle vida—. Primero fue el alguacil —continuó el muchacho—; tu mujer se resistió y gritó... Yo lo vi, estaba en la forja. —Señaló una abertura en los tablones de madera de la pared—. Pero el alguacil es muy fuerte... Cuando terminó, entró el señor acompañado por algunos soldados. Tu mujer yacía en el suelo y el señor empezó a reírse de ella. Después se rieron todos. A partir de entonces, cada vez que tu mujer venía a amamantar a tu hijo, los soldados la esperaban junto a la puerta. Ella no podía oponerse. Desde hace algunos días apenas viene. Los soldados..., cualquiera de ellos, la pillan en cuanto abandona las habitaciones de doña Caterina. Y ya no tiene tiempo de llegar hasta aquí. A veces el señor los ve, pero lo único que hace es reírse.

Sin pensarlo dos veces, Bernat se levantó la camisa y metió bajo ella el cuerpecillo de su hijo; luego, sobre la camisa, disimuló el bulto con la hogaza de pan que le quedaba. El pequeño ni siquiera se movió. El aprendiz se levantó bruscamente mientras Bernat se acercaba a la puerta.

—El señor lo ha prohibido. ¡No puedes...!

—¡Déjame, muchacho!

El chico intentó anticiparse. Bernat no lo dudó. Aguantando con una mano la hogaza y al pequeño Arnau, agarró con la otra una barra de hierro que estaba colgada de la pared y se volvió con un movimiento desesperado. La barra alcanzó al muchacho en la cabeza justo cuando estaba a punto de salir del cuartucho. Cayó al suelo sin tiempo de pronunciar palabra. Bernat ni siquiera lo miró. Se limitó a salir y a cerrar la puerta tras de sí.

No tuvo ningún problema para salir del castillo de Llorenç de Bellera. Nadie podría imaginar que bajo la hogaza de pan, Bernat llevaba el cuerpo maltrecho de su hijo. Sólo cuando hubo cruzado la puerta del castillo pensó en Francesca y los soldados. Indignado, le recriminó mentalmente que no hubiera intentado comunicarse con él, advertirle del peligro que corría su hijo, que no hubiera luchado por Arnau... Bernat apretó el cuerpo de su hijo

39

y pensó en su madre, que era violada por los soldados mientras Arnau esperaba la muerte sobre unos asquerosos maderos.

¿Cuánto tardarían en encontrar al muchacho al que había golpeado? ¿Estaría muerto? ¿Había cerrado la puerta del cuartucho? Las preguntas asaltaban a Bernat mientras recorría el camino de vuelta. Sí, la había cerrado. Recordaba vagamente haberlo hecho.

En cuanto dobló el primer recodo del serpenteante sendero que subía al castillo y éste se perdió momentáneamente de vista, Bernat descubrió a su hijo; sus ojos, apagados, parecían perdidos. ¡Pesaba menos que la hogaza! Sus bracitos y sus piernas... Se le revolvió el estómago y se le hizo un nudo en la garganta. Las lágrimas empezaron a manar. Se dijo que no era momento de llorar. Sabía que les perseguirían, que les echarían a los perros encima, pero... ¿De qué servía huir si el niño no sobrevivía? Bernat se apartó del camino y se escondió tras unos matorrales. Se arrodilló, dejó la hogaza en el suelo y cogió a Arnau con ambas manos para alzarlo hasta su rostro. El niño quedó inerte frente a sus ojos, con la cabecita ladeada, colgando. «¡Arnau!», susurró Bernat. Lo zarandeó con suavidad, una y otra vez. Sus ojitos se movieron para mirarlo. Con el rostro lleno de lágrimas, Bernat se dio cuenta de que el niño ni siquiera tenía fuerzas para llorar. Lo tumbó sobre uno de sus brazos. Desmigajó un poco de pan, lo mojó en saliva y lo acercó a la boca del pequeño. Arnau no reaccionó pero Bernat insistió hasta que logró meterlo en su pequeña boca. Esperó. «Traga, hijo mío», le suplicó. Los labios de Bernat temblaron ante una casi imperceptible contracción de la garganta de Arnau. Desmigajó más pan y repitió con ansiedad la operación. Arnau volvió a tragar, hasta siete veces más.

—Saldremos de ésta —le dijo—. Te lo prometo.

Bernat volvió al camino. Todo continuaba en calma. A buen seguro, no habían descubierto todavía al muchacho; de lo contrario, habría oído revuelo. Por un momento pensó en Llorenç de Bellera: cruel, ruin, implacable. ¡Qué satisfacción le produciría intentar dar caza a un Estanyol!

—Saldremos de ésta, Arnau —repitió echando a correr en dirección a la masía.

Recorrió el camino sin mirar atrás. Ni siquiera al llegar se permitió un instante de descanso: dejó a Arnau en la cuna, cogió un saco y lo llenó con trigo molido y legumbres secas, un pellejo lleno de agua y otro de leche, carne salada, una escudilla, una cuchara y ropa, algunos dineros que tenía escondidos, un cuchillo de monte y su ballesta... «¡Qué orgulloso estaba padre de esta ballesta!», pensó mientras la sopesaba. Luchó al lado del conde Ramon Borrell cuando los Estanyol eran libres, le repetía siempre que le enseñaba a utilizarla. ¡Libres! Bernat ató al niño a su pecho y acarreó con todo lo demás. Siempre sería un siervo, a no ser que...

—De momento seremos unos fugitivos —le dijo al niño antes de echarse al monte—. Nadie conoce estos montes mejor que los Estanyol —le aseguró ya entre los árboles—. Siempre hemos cazado en estas tierras, ¿sabes? —Bernat anduvo entre el follaje hasta un arroyo, se metió en él y con el agua hasta las rodillas empezó a remontar su curso. Arnau había cerrado los ojos y dormía, pero Bernat continuó hablándole—: Los perros del señor no son listos, los han maltratado demasiado. Llegaremos hasta arriba, donde el bosque se espesa y se hace difícil andar a caballo. Los señores sólo cazan a caballo, nunca alcanzan esa zona. Estropearían sus vestiduras. Y los soldados..., ¿para qué van a ir a cazar allí? Con quitarnos la comida a nosotros tienen suficiente. Nos esconderemos, Arnau. Nadie podrá encontrarnos, te lo juro. —Bernat acarició la cabeza de su hijo mientras continuaba remontando la corriente.

A media tarde Bernat hizo un alto. El bosque se había hecho tan frondoso que los árboles invadían las orillas del arroyo y cubrían por completo el cielo. Se sentó sobre una roca y se miró las piernas, blancas y arrugadas por el agua. Sólo entonces notó el dolor, pero no le importó. Se libró del equipaje y desató a Arnau. El niño había abierto los ojos. Diluyó leche en agua y añadió trigo molido, removió la mezcla y acercó la escudilla a los labios del pequeño. Arnau la rechazó con una mueca. Bernat se limpió un dedo en el arroyo, lo mojó en la comida y probó de nuevo. Tras varios intentos, Arnau respondió y permitió que su padre lo alimentara con el dedo; luego cerró los ojos y se durmió. Bernat sólo comió algo de salazón. Le hubiera gustado descansar, pero le quedaba un buen trecho.

La gruta de los Estanyol, así la llamaba su padre. Llegaron allí cuando ya había anochecido, después de haber hecho otra parada para que Arnau comiera. Se entraba en ella por una estrecha hendidura abierta en las rocas, que Bernat, su padre y también su abuelo cerraban por dentro con troncos, para dormir al abrigo del mal tiempo y de las alimañas cuando salían de caza.

Encendió un fuego en la entrada de la cueva y entró en ella con una tea para comprobar que no la hubiera ocupado algún animal; luego acomodó a Arnau sobre un jergón improvisado con el saco y ramas secas y volvió a darle de comer. El pequeño aceptó el alimento y cayó en un profundo sueño, igual que Bernat, quien ni siquiera fue capaz de dar cuenta de la salazón. Allí estarían a salvo del señor, pensó antes de cerrar los ojos y acompasar la respiración a la de su hijo.

Llorenç de Bellera salió a galope tendido junto con sus hombres cuando el maestro forjador encontró al aprendiz, muerto en medio de un charco de sangre. La desaparición de Arnau y el hecho de que se hubiera visto a su padre por el castillo señalaron directamente a Bernat. El señor de Navarcles, que esperaba montado a caballo frente a la puerta de la masía de los Estanyol, sonrió cuando sus hombres le dijeron que el interior estaba revuelto y que, al parecer, Bernat había huido con su hijo.

—Tras la muerte de tu padre te libraste —masculló—, pero ahora todo será mío. ¡Buscadlo! —gritó a sus hombres. Después se volvió hacia su alguacil—: Haz una relación de todos los bienes, enseres y animales de esta propiedad y cuida de que no falte una libra de grano. Luego, busca a Bernat.

Tras varios días, el alguacil compareció ante su señor, en la torre del homenaje del castillo:

—Hemos buscado en las demás masías, en los bosques y en los campos. No hay ni rastro de Estanyol. Habrá huido a alguna ciudad, quizá a Manresa o a...

Llorenç de Bellera lo hizo callar con un ademán.

—Ya caerá. Manda aviso a los demás señores y a nuestros agentes en las ciudades. Diles que un siervo ha escapado de mis tierras y debe ser detenido. —En aquel momento aparecieron Francesca y doña Caterina, con Jaume, su hijo, en brazos de la primera. Llorenç de Bellera la observó y torció el gesto; ya no la necesitaba—. Señora —le dijo a su esposa—, no entiendo cómo permitís que una furcia amamante a mi hijo. —Doña Caterina dio un respingo—. ¿Acaso no sabéis que vuestra nodriza es la fulana de toda la soldadesca?

Doña Caterina arrancó a su hijo de manos de Francesca.

Cuando Francesca supo que Bernat había huido con Arnau, se preguntó qué habría sido de su pequeño. Las tierras y propiedades de los Estanyol pertenecían ahora al señor de Bellera. No tenía a quién acudir y, mientras tanto, los soldados seguían aprovechándose de ella. Un pedazo de pan duro, una verdura podrida, a veces algún hueso que roer: tal era el precio de su cuerpo.

Ninguno de los numerosos payeses que acudían al castillo se dignó ni siquiera mirarla. Francesca intentó acercarse a alguno, pero la rehuyeron. No se atrevió a volver a casa de sus padres, su madre la había repudiado públicamente, frente al horno de pan, así que se vio obligada a permanecer en las cercanías del castillo, como uno más de los muchos pordioseros que se aproximaban a las murallas para buscar entre los desechos. Su único destino parecía ser ir pasando de mano en mano a cambio de las sobras del rancho del soldado que la hubiera elegido aquel día.

Llegó septiembre. Bernat ya había visto sonreír y gatear a su hijo por la cueva y sus alrededores. Sin embargo, las provisiones empezaban a escasear y el invierno se acercaba. Había llegado el momento de partir.

4

La ciudad se extendía a sus pies.

—Mira, Arnau —le dijo Bernat al niño, que dormía plácidamente pegado a su pecho—, Barcelona. Allí seremos libres.

Desde su huida con Arnau, Bernat no había dejado de pensar en aquella ciudad, la gran esperanza de todos los siervos. Bernat los había oído hablar de ella cuando iban a trabajar las tierras del señor o a reparar las murallas del castillo o a hacer cualquier otro trabajo que el señor de Bellera necesitara. Pendientes siempre de que el alguacil o los soldados no los oyesen, sus susurros sólo despertaron en Bernat simple curiosidad. Él era feliz con sus tierras y jamás hubiera abandonado a su padre. Tampoco habría podido huir con él. Sin embargo, tras perder sus tierras, cuando por las noches, en el interior de la gruta de los Estanyol, miraba cómo dormía su hijo, aquellos comentarios habían ido cobrando vida hasta resonar en el interior de la cueva.

«Si se logra vivir en ella un año y un día sin ser detenido por el señor —recordaba haber escuchado—, se adquiere la carta de vecindad y se alcanza la libertad.» En aquella ocasión todos los siervos guardaron silencio. Bernat los miró: algunos tenían los ojos cerrados y los labios apretados, otros negaban con la cabeza y los demás sonreían, mirando hacia el cielo.

—Y ¿sólo hay que vivir en la ciudad? —rompió el silencio un muchacho, uno de los que habían mirado al cielo, soñando a buen

44

seguro con romper las cadenas que lo ataban a la tierra—. ¿Por qué en Barcelona se puede ganar la libertad?

El más anciano le contestó pausadamente:

—Sí, no hace falta nada más. Sólo vivir en ella durante ese tiempo. —El muchacho, con los ojos brillantes, lo instó a continuar—. Barcelona es muy rica. Durante muchos años, desde Jaime el Conquistador hasta Pedro el Grande, los reyes han solicitado dinero a la ciudad para sus guerras o para sus cortes. Durante todos esos años, los ciudadanos de Barcelona han concedido esos dineros pero a cambio de privilegios especiales, hasta que el propio Pedro el Grande, en guerra contra Sicilia, los plasmó en un código... —El anciano titubeó—. *Recognoverunt proceres*, creo que se llama. Es ahí donde se dice que podemos alcanzar la libertad. Barcelona necesita trabajadores, trabajadores libres.

Al día siguiente, aquel muchacho no acudió a la hora marcada por el señor. Y tampoco lo hizo al siguiente. Su padre, en cambio, seguía trabajando en silencio. Al cabo de tres meses, lo trajeron encadenado, andando delante del látigo; sin embargo, todos creyeron ver un destello de orgullo en sus ojos.

Desde lo alto de la sierra de Collserola, en la antigua vía romana que unía Ampurias con Tarragona, Bernat contempló la libertad y... ¡el mar! Jamás había visto, ni había imaginado, aquella inmensidad que parecía no tener fin. Sabía que allende aquel mar existían tierras catalanas, eso decían los mercaderes, pero... era la primera vez que se encontraba con algo de lo que no podía ver el final. «Detrás de aquella montaña. Tras cruzar aquel río.» Siempre podía señalar el lugar, indicar un punto al extranjero que preguntaba... Oteó el horizonte que se unía con las aguas. Permaneció unos instantes con la vista fija en la lejanía mientras acariciaba la cabeza de Arnau, aquellos cabellos rebeldes que le habían crecido en el monte.

Después dirigió la vista hacia donde el mar se fundía con la tierra. Cinco barcos destacaban cerca de la orilla, junto al islote de Maians. Hasta ese día Bernat sólo había visto dibujos de barcos. A su derecha se alzaba la montaña de Montjuïc, también lamiendo el mar; a los pies de su falda, campos y llanos y, después, Barcelona. Desde el centro de la ciudad, donde se alzaba el *mons* Taber, un pequeño promontorio, cientos de construcciones se derramaban en derredor; algunas bajas, engullidas por sus vecinas, y otras majestuosas: palacios, iglesias, monasterios... Bernat se preguntaba cuánta gente debía de vivir allí. Porque de repente Barcelona terminaba. Era como una colmena rodeada de murallas, salvo por el lado del mar, y más allá de las murallas sólo campos. Cuarenta mil personas, había oído decir.

—¿Cómo nos van a encontrar entre cuarenta mil personas? —murmuró mirando a Arnau—. Tú serás libre, hijo.

Allí podrían esconderse. Buscaría a su hermana. Pero Bernat sabía que antes tenía que cruzar las puertas. ¿Y si el señor de Bellera había dado su descripción? Aquel lunar... Lo había pensado a lo largo de las tres noches de camino desde el monte. Se sentó en el suelo y agarró una liebre que había cazado con la ballesta. La degolló y dejó que la sangre cayera en la palma de su mano, donde tenía un pequeño montoncito de arena. Revolvió la sangre y la arena, y cuando la mezcla empezó a secarse se la extendió sobre el ojo derecho. Después guardó la liebre en el saco.

Cuando notó que la pasta estaba seca y que no podía abrir el ojo, inició el descenso en dirección al portal de Santa Anna, en la parte más septentrional de la muralla occidental. La gente hacía cola en el camino para acceder a la ciudad. Bernat se sumó a ella, arrastrando los pies, con discreción, sin dejar de acariciar al niño, que ya estaba despierto. Un campesino descalzo y encogido bajo un enorme saco de nabos volvió la cabeza hacia él. Bernat le sonrió.

—¡Lepra! —gritó el campesino, dejando caer el saco y apartándose de un salto del camino.

Bernat vio cómo toda la cola, hasta la puerta, desaparecía hacia los márgenes del camino, unos a un lado, otros a otro; se alejaron de él y dejaron el acceso a la ciudad sembrado de objetos y comida, varios carretones y algunas mulas. Y en medio de todo ello, los ciegos que solían pedir junto al portal de Santa Anna se movían entre gritos.

Arnau empezó a llorar, y Bernat vio que los soldados desenvainaban las espadas y cerraban las puertas.

—¡Ve a la leprosería! —le gritó alguien desde lejos.

—¡No es lepra! —protestó Bernat—. Me clavé una rama en el ojo. ¡Mirad! —Bernat alzó las manos y las movió. Después, dejó a Arnau en el suelo y empezó a desnudarse—. ¡Mirad! —repitió mostrando todo su cuerpo, fuerte, entero y sin mácula, sin una sola llaga o señal—. ¡Mirad! Sólo soy un campesino, pero necesito un médico para que me cure el ojo; si no, no podré seguir trabajando.

Uno de los soldados se le acercó. El oficial tuvo que empujarlo por la espalda. Se detuvo a unos pasos de Bernat y lo observó.

—Vuélvete —le indicó, haciendo un movimiento rotatorio con el dedo.

Bernat obedeció. El soldado se volvió hacia el oficial y negó con la cabeza. Desde la puerta, con una espada, le señalaron el bulto que estaba a los pies de Bernat.

—¿Y el niño?

Bernat se agachó para recoger a Arnau. Lo desnudó con la parte derecha de la cara pegada a su pecho y lo mostró horizontalmente, como si lo ofreciese, agarrándolo por la cabeza; con los dedos le tapó el lunar.

El soldado volvió a negar mirando hacia la puerta.

—Tápate esa herida, campesino —dijo—; de lo contrario, no lograrás dar un paso en la ciudad.

La gente volvió al camino. Las puertas de Santa Anna se abrieron de nuevo y el campesino de los nabos recogió su saco sin mirar a Bernat.

Éste cruzó el portal con el ojo derecho tapado con una camisa de Arnau. Los soldados lo siguieron con la mirada, pero ahora ¿cómo no iba a llamar la atención con una camisa cubriéndole medio rostro? Dejó la colegiata de Santa Anna a la izquierda y siguió andando tras la gente que se adentraba en la ciudad. Girando a la derecha, llegó hasta la plaza de Santa Anna. Caminaba cabizbajo... Los campesinos empezaron a desperdigarse por la ciudad; los pies descalzos, las abarcas y las esparteñas fueron desapareciendo y Bernat se encontró mirando unas piernas cubiertas con medias de seda de color rojo como el fuego que terminaban en unos zapatos verdes de tela fina, sin suela, ajustados a los pies y

47

acabados en punta, en una punta tan larga que de ella salía una cadenita de oro que se abrazaba al tobillo.

Sin pensarlo, levantó la mirada y se topó con un hombre tocado con sombrero. Lucía una vestidura negra historiada con hilos de oro y plata, un cinturón también bordado en oro y correajes de perlas y piedras preciosas. Bernat se lo quedó mirando con la boca abierta. El hombre se volvió hacia el joven pero dirigió la vista más allá de él, como si no existiera.

Bernat titubeó, volvió a bajar los ojos y suspiró aliviado al ver que no le había prestado la menor atención. Recorrió la calle hasta la catedral, que estaba en construcción, y poco a poco empezó a levantar la cabeza. Nadie lo miraba. Durante un buen rato estuvo observando cómo trabajaban los peones de la seo: picaban piedra, se desplazaban por los altos andamios que la rodeaban, levantaban enormes bloques de piedra con poleas... Arnau reclamó su atención con un ataque de llanto.

—Buen hombre —le dijo a un operario que pasaba cerca de él—, ¿cómo puedo encontrar el barrio de los alfareros? —Su hermana Guiamona se había casado con uno de ellos.

—Sigue por esta misma calle —le contestó el hombre atropelladamente—, hasta que llegues a la próxima plaza, la de Sant Jaume. Allí verás una fuente; dobla a la derecha y continúa hasta que llegues a la muralla nueva, al portal de la Boquería. No salgas al Raval. Camina junto a la muralla en dirección al mar hasta el siguiente portal, el de Trentaclaus. Allí está el barrio de los alfareros.

Bernat trató en vano de asimilar todos aquellos nombres, pero cuando iba a volver a preguntar, el hombre ya había desaparecido.

—Sigue por esta misma calle hasta la plaza de Sant Jaume —le repitió a Arnau—..De eso me acuerdo. Y una vez en la plaza volvemos a doblar a la derecha, de eso también nos acordamos, ¿verdad, hijo mío?

Arnau siempre dejaba de llorar cuando oía la voz de su padre.

—Y ¿ahora? —dijo en voz alta. Se encontraba en una nueva plaza, la de Sant Miquel—. Aquel hombre sólo hablaba de una plaza, pero no podemos habernos equivocado. —Bernat intentó preguntar a un par de personas pero ninguna se detuvo—. Todos tienen prisa —le comentaba a Arnau justo cuando vio a un hombre parado frente a la entrada de... ¿un castillo?—. Aquél no parece tener prisa; quizá... Buen hombre... —lo llamó por la espalda tocándole la chilaba negra.

Hasta Arnau, fuertemente agarrado a su pecho, dio un respingo cuando el hombre se volvió, tal fue el sobresalto de Bernat.

El anciano judío negó cansinamente con la cabeza. Aquello era lo que conseguían las encendidas prédicas de los sacerdotes cristianos.

—Dime —le dijo.

Bernat no pudo apartar la vista de la rodela roja y amarilla que cubría el pecho del anciano. Luego miró hacia el interior de lo que le había parecido un castillo amurallado. ¡Todos cuantos entraban y salían eran judíos! Todos llevaban aquella señal. ¿Estaba permitido hablar con ellos?

—¿Querías algo? —insistió el anciano.

—¿Có... cómo se llega al barrio de los alfareros?

—Sigue recto toda esta calle —le indicó el anciano con la mano— y llegarás al portal de la Boquería. Continúa por la muralla hacia el mar, y en la siguiente puerta está el barrio que buscas.

Al fin y al cabo, los curas sólo habían advertido de que no se podían tener relaciones carnales con ellos; por eso la Iglesia los obligaba a llevar la rodela, para que nadie pudiera alegar ignorancia sobre la condición de cualquier judío. Los curas siempre hablaban de ellos con exaltación, y sin embargo aquel anciano...

—Gracias, buen hombre —contestó Bernat esbozando una sonrisa.

—Gracias a ti —le contestó él—, pero en lo sucesivo procura que no te vean hablar con uno de nosotros..., y menos sonreírles. —El viejo frunció los labios en una mueca de tristeza.

En el portal de la Boquería, Bernat se topó con un nutrido grupo de mujeres que compraban carne: menudillos y macho cabrío. Durante unos instantes observó cómo éstas comprobaban la mercancía y discutían con los tenderos. «Ésta es la carne que tantos problemas ocasiona a nuestro señor», le dijo al niño. Después se rió al pensar en Llorenç de Bellera. ¡Cuántas veces lo había visto intentar amedrentar a los pastores y ganaderos que abastecían de carne a la ciudad condal! Pero sólo se atrevía a eso, a amedrentarlos con sus caballos y sus soldados; quienes llevaban ganado a Barcelona, donde sólo podían entrar animales vivos, tenían derecho de pasto en todo el principado.

Bernat rodeó el mercado y bajó hacia Trentaclaus. Las calles eran más anchas y, a medida que se acercaba al portal, observó que, delante de las casas, se secaban al sol docenas de objetos de cerámica: platos, escudillas, ollas, jarras o ladrillos.

—Busco la casa de Grau Puig —le dijo a uno de los soldados que vigilaban el portal.

Los Puig habían sido vecinos de los Estanyol. Bernat recordaba a Grau, el cuarto de ocho famélicos hermanos que no encontraban en sus escasas tierras comida suficiente para todos. Su madre los apreciaba mucho, ya que la madre de los Puig la había ayudado a parir al propio Bernat y a su hermana. Grau era el más listo y trabajador de los ocho; por eso, cuando Josep Puig consiguió que un pariente admitiera a alguno de sus hijos como aprendiz de alfarero en Barcelona, él, con diez años, fue el elegido.

Pero si Josep Puig no podía alimentar a su familia, difícilmente iba a poder pagar las dos cuarteras de trigo blanco y los diez sueldos que pedía su pariente por hacerse cargo de Grau durante los cinco años de aprendizaje. A ello había que sumar los dos sueldos que había pedido Llorenç de Bellera por liberar a uno de sus siervos y la ropa que debía llevar Grau durante los dos primeros años; en el contrato de aprendizaje, el maestro sólo se comprometía a vestirlo durante los tres últimos.

Por eso, Puig padre acudió a la masía de los Estanyol acompañado de su hijo Grau, algo mayor que Bernat y su hermana. El loco Estanyol escuchó la propuesta de Josep Puig con atención: si dotaba a su hija con aquellas cantidades y se las adelantaba a Grau, su hijo se casaría con Guiamona a los dieciocho años, cuando ya fuera oficial alfarero. El loco Estanyol miró a Grau; en algunas ocasiones, cuando la familia del chico no disponía ya de otro recurso, había ido a ayudarlos en los campos. Nunca había pedido nada pero siempre había vuelto a casa con alguna verdura o algo de grano. Tenía confianza en él. El loco Estanyol aceptó.

Tras cinco años de duro trabajo como aprendiz, Grau consiguió la categoría de oficial. Siguió a las órdenes de su maestro, que, satisfecho de sus cualidades, empezó a pagarle un sueldo. A los dieciocho cumplió su promesa y contrajo matrimonio con Guiamona.

—Hijo —le dijo a Bernat su padre—, he decidido dotar de nuevo a Guiamona. Nosotros sólo somos dos y tenemos las mejores tierras de la región, las más extensas y las más fértiles. Ellos pueden necesitar ese dinero.

—Padre —lo interrumpió Bernat—, ¿por qué me dais explicaciones?

—Porque tu hermana ya tuvo su dote y tú eres mi heredero. Ese dinero te pertenece.

—Haced lo que consideréis oportuno.

Cuatro años después, a los veintidós, Grau se presentó al examen público que se realizaba en presencia de los cuatro cónsules de la cofradía. Realizó sus primeras obras: una jarra, dos platos y una escudilla, bajo la atenta mirada de aquellos hombres, que le otorgaron la categoría de maestro, lo que le permitía abrir su propio taller en Barcelona y, por supuesto, usar el sello distintivo de los maestros, que debía estamparse, previendo posibles reclamaciones, en todas las piezas de cerámica que salieran de su taller. Grau, en honor a su apellido, eligió el dibujo de una montaña.

Grau y Guiamona, que estaba embarazada, se instalaron en una pequeña casa de un solo piso en el barrio de los alfareros, que por disposición real estaba emplazado en el extremo occidental de Barcelona, en las tierras situadas entre la muralla construida por el rey Jaime I y el antiguo linde fortificado de la ciudad. Para adquirir la casa recurrieron a la dote de Guiamona, que habían conservado, ilusionados, en espera de un día como aquél.

Allí, donde el taller y la vivienda compartían el espacio con el horno de cocción y los dormitorios en una misma pieza, Grau inició su labor como maestro en un momento en que la expansión comercial catalana estaba revolucionando la actividad de los alfareros y les exigía una especialización que muchos de ellos, anclados en la tradición, rechazaban.

—Nos dedicaremos a las jarras y a las tinajas —sentenció Grau—; sólo jarras y tinajas. —Guiamona dirigió la mirada hacia las cuatro obras maestras que había hecho su marido—. He visto a muchos comerciantes —prosiguió él— que mendigaban tinajas para comerciar con el aceite, la miel o el vino, y he visto a maestros ceramistas que los despedían sin contemplaciones porque tenían sus hornos ocupados en fabricar las complicadas baldosas de una nueva casa, los platos policromados de la vajilla de un noble o los botes de un apotecario.

Guiamona pasó los dedos por las obras maestras. ¡Qué suaves al tacto! Cuando Grau, exultante, se las regaló tras pasar el examen, ella imaginó que su hogar estaría siempre rodeado de piezas como aquéllas. Hasta los cónsules de la cofradía lo felicitaron. En aquellas cuatro obras Grau demostró a todos los maestros su conocimiento del oficio: la jarra, los dos platos y la escudilla, decorados con líneas en zigzag, hojas de palma, rosetas y flores de lis, combinaban, sobre una capa blanca de estaño aplicada previamente, todos los colores: el verde cobre propio de Barcelona, inexcusable en la obra de cualquier maestro de la ciudad condal, el púrpura o morado del manganeso, el negro del hierro, el azul del cobalto o el amarillo del antimonio. Cada línea y cada dibujo eran de un color distinto. Guiamona apenas pudo esperar mientras las piezas se cocían, por temor a que se rajaran. Para terminar, Grau les aplicó una capa transparente de barniz de plomo vitrificado que las impermeabilizaba completamente. Guiamona volvió a sentir la suavidad de las piezas en las yemas de sus dedos. Y ahora... sólo iba a dedicarse a las tinajas.

Grau se acercó a su esposa.

—No te preocupes —la tranquilizó—; para ti seguiré fabricando piezas como éstas.

Grau acertó. Llenó el secadero de su humilde taller con jarras y tinajas, y pronto los comerciantes supieron que en el taller de Grau Puig podrían encontrar, al momento, todo cuanto desearan. Nadie tendría ya que mendigar a maestros soberbios.

De ahí que la vivienda ante la que se pararon Bernat y el pequeño Arnau, que estaba despierto y reclamaba su comida, distara mucho de aquella primera casa taller. Lo que Bernat pudo ver con su ojo izquierdo era un gran edificio de tres pisos. En la planta baja, abierta a la calle, se encontraba el taller, y en los dos pisos superiores vivían el maestro y su familia. A un lado de la casa había un huerto y un jardín, y al otro construcciones auxiliares que daban a los hornos de cocción y una gran explanada en la que se almacenaban al sol infinidad de jarras y tinajas de distintos tipos, tamaños y colores. Detrás de la casa, como exigían las ordenanzas municipales, se abría un espacio destinado a la descarga y almacenamiento de la arcilla y otros materiales de trabajo. También se guardaban allí las cenizas y demás residuos de las cocciones que los alfareros tenían prohibido arrojar a las calles de la ciudad.

En el taller, visible desde la calle, había diez personas trabajando frenéticamente. Por su aspecto, ninguna de ellas era Grau. Bernat vio que, junto a la puerta de entrada, al lado de un carro de bueyes cargado de tinajas nuevas, dos hombres se despedían. Uno montó en el carro y partió. El otro iba bien vestido y, antes de que se metiera en el taller, Bernat llamó su atención.

—¡Esperad! —El hombre miró cómo se le acercaba Bernat—. Busco a Grau Puig —le dijo.

El hombre lo examinó de arriba abajo.

—Si buscas trabajo, no necesitamos a nadie. El maestro no puede perder el tiempo —le dijo de malos modos—, ni yo tampoco —añadió empezando a darle la espalda.

—Soy pariente del maestro.

El hombre se detuvo en seco, antes de volverse violentamente.

—¿Acaso no te ha pagado suficiente el maestro? ¿Por qué sigues insistiendo? —masculló entre dientes empujando a Bernat. Arnau empezó a llorar—. Ya se te dijo que como volvieras por aquí te denunciaríamos. Grau Puig es un hombre importante, ¿sabes?

Bernat había ido retrocediendo a medida que el hombre lo empujaba, sin saber a qué se refería.

—Oídme —se defendió—, yo...

Arnau berreaba.

—¿No me has entendido? —gritó por encima del llanto de Arnau.

Sin embargo, unos chillidos aún más fuertes salieron de una de las ventanas del piso superior.

—¡Bernat! ¡Bernat!

Bernat y el hombre se volvieron hacia una mujer que, con medio cuerpo fuera, agitaba los brazos.

—¡Guiamona! —gritó Bernat devolviéndole el saludo.

La mujer desapareció y Bernat se volvió hacia el hombre con los ojos entrecerrados.

—¿Te conoce la señora Guiamona? —le preguntó él.

—Es mi hermana —contestó Bernat secamente—, y que sepas que a mí nadie me ha pagado nunca nada.

—Lo siento —se excusó el hombre, ahora azorado—. Me refería a los hermanos del maestro: primero uno, después otro, y otro, y otro.

Cuando vio que su hermana salía de la casa, Bernat lo dejó con la palabra en la boca y corrió a abrazarla.

—¿Y Grau? —preguntó Bernat a su hermana una vez acomodados, tras limpiarse la sangre del ojo, entregar a Arnau a la esclava mora que cuidaba de los hijos pequeños de Guiamona y ver cómo devoraba una escudilla de leche y cereales—. Me gustaría darle un abrazo.

Guiamona torció el gesto.

—¿Pasa algo? —se extrañó Bernat.

—Grau ha cambiado mucho. Ahora es rico e importante. —Guiamona señaló los numerosos baúles que había junto a las paredes, un armario, mueble que Bernat no había visto jamás, con algunos libros y piezas de cerámica, las alfombras que embellecían el suelo y los tapices y cortinajes que colgaban de ventanas y techos—. Ahora casi no se preocupa del taller ni del sello; lo lleva Jaume, su primer oficial, con quien te has tropezado en la calle.

54

Grau se dedica al comercio: barcos, vino, aceite. Ahora es cónsul de la cofradía, por lo tanto, según los *Usatges*, un prohombre y un caballero, y está pendiente de que lo nombren miembro del Consejo de Ciento de la ciudad. —Guiamona dejó que su mirada vagase por la estancia—. Ya no es el mismo, Bernat.

—Tú también has cambiado mucho —la interrumpió Bernat. Guiamona miró su cuerpo de matrona y asintió sonriendo—. Ese Jaume —continuó Bernat— me ha dicho algo de los parientes de Grau. ¿A qué se refería?

Guiamona negó con la cabeza antes de contestar.

—Pues se refería a que, en cuanto se enteraron de que su hermano era rico, todos, hermanos, primos y sobrinos, empezaron a dejarse caer por el taller. Todos escapaban de sus tierras para venir en busca de la ayuda de Grau. —Guiamona no pudo dejar de percibir la expresión de su hermano—. Tú... ¿también? —Bernat asintió—. Pero... ¡si tenías unas tierras espléndidas...!

Guiamona no pudo reprimir las lágrimas al escuchar la historia de Bernat. Cuando éste le habló del muchacho de la forja, se levantó y se arrodilló junto a la silla en la que estaba su hermano.

—Eso no se lo cuentes a nadie —le aconsejó. Después continuó escuchándolo, con la cabeza apoyada en su pierna—. No te preocupes —sollozó cuando Bernat puso fin a su relato—, te ayudaremos.

—Hermana —le dijo Bernat acariciándole la cabeza—, ¿cómo vais a ayudarme cuando Grau no ha ayudado ni a sus propios hermanos?

—¡Porque mi hermano es distinto! —gritó Guiamona haciendo que Grau retrocediera un paso.

Ya había anochecido cuando su marido llegó a casa. El pequeño y delgado Grau, todo él nervio, subió la escalera mascullando improperios. Guiamona lo esperaba y lo oyó llegar. Jaume había informado a Grau de la nueva situación: «Vuestro cuñado duerme en el pajar junto a los aprendices, y el niño..., con vuestros hijos».

Grau se dirigió atropelladamente a su esposa cuando se encontró con ella.

—¿Cómo te has atrevido? —le gritó tras escuchar sus primeras explicaciones—. ¡Es un siervo fugitivo! ¿Sabes qué significaría que encontrasen un fugitivo en nuestra casa? ¡Mi ruina! ¡Sería mi ruina!

Guiamona lo escuchó sin intervenir, mientras él daba vueltas y hacía aspavientos alrededor de ella, que le sacaba una cabeza de alto.

—¡Estás loca! ¡He mandado a mis propios hermanos en barcos al extranjero! He dotado a las mujeres de mi familia para que se casen con gente de fuera, todo para que nadie pudiera tachar de nada a esta familia, y ahora tú... ¿Por qué debería actuar de modo diferente con tu hermano?

—¡Porque mi hermano es distinto! —le gritó Guiamona, ante su sorpresa.

Grau titubeó:

—¿Qué...?, ¿qué quieres decir?

—Lo sabes muy bien. No creo que deba recordártelo.

Grau agachó la vista:

—Precisamente hoy —murmuró— he estado reunido con uno de los cinco consejeros de la ciudad para que, como cónsul de la cofradía que soy, me elijan miembro del Consejo de Ciento. Parece que ya he logrado decantar a mi favor a tres de los cinco consejeros y todavía me quedan el baile y el veguer. ¿Te imaginas qué dirían mis enemigos si se enterasen de que he proporcionado amparo a un siervo fugitivo?

Guiamona se dirigió a su esposo con dulzura:

—Todo se lo debemos a él.

—Sólo soy un artesano, Guiamona. Rico, pero artesano. Los nobles me desprecian y los mercaderes me odian, por más que se asocien conmigo. Si supieran que hemos dado cobijo a un fugitivo... ¿Sabes qué dirían los nobles que tienen tierras?

—Se lo debemos todo a él —repitió Guiamona.

—Bien, pues démosle dinero y que se vaya.

—Necesita la libertad. Un año y un día.

Grau volvió a pasear con nerviosismo por la estancia. Luego se llevó las manos al rostro.

—No podemos —dijo a través de ellas—. No podemos, Guiamona —repitió mirándola—. ¿Te imaginas...?

—¡Te imaginas! ¡Te imaginas! —lo interrumpió ella volviendo a levantar la voz—. ¿Te imaginas lo que sucedería si lo echásemos de aquí, lo detuvieran los agentes de Llorenç de Bellera o tus propios enemigos, y se enterasen de que todo se lo debes a él, a un siervo fugitivo que consintió una dote que no correspondía?

—¿Me estás amenazando?

—No, Grau, no. Pero está escrito. Todo está escrito. Si no quieres hacerlo por gratitud, hazlo por ti mismo. Es mejor que lo tengas vigilado. Bernat no abandonará Barcelona, quiere la libertad. Si tú no lo acoges, tendrás a un fugitivo y a un niño, los dos con un lunar en el ojo derecho, ¡como yo!, vagando por Barcelona a disposición de esos enemigos tuyos a los que tanto temes.

Grau Puig miró fijamente a su esposa. Iba a contestar, pero sólo hizo un gesto con la mano. Abandonó la estancia y Guiamona oyó que subía la escalera en dirección al dormitorio.

5

Tu hijo se quedará en la casa grande; doña Guiamona cuidará de él. Cuando tenga edad suficiente, entrará en el taller como aprendiz.

Bernat dejó de atender a lo que Jaume le decía. El oficial se presentó al amanecer en el dormitorio. Esclavos y aprendices saltaron de sus jergones como si hubiera entrado el demonio y salieron tropezando entre ellos. Bernat escuchó sus palabras y se dijo que Arnau estaría bien atendido y llegaría a convertirse en un aprendiz, un hombre libre con un oficio.

—¿Has entendido? —le preguntó el oficial.

Ante el silencio de Bernat, Jaume lanzó una maldición:

—¡Malditos campesinos!

Bernat estuvo a punto de reaccionar con violencia, pero la sonrisa que apareció en el rostro de Jaume lo detuvo.

—Inténtalo —lo instó—. Hazlo y tu hermana no tendrá a qué agarrarse. Te repetiré lo importante, campesino: trabajarás de sol a sol, como todos, a cambio de lecho, comida y ropa... y de que doña Guiamona se ocupe de tu hijo. Tienes prohibido entrar en la casa; bajo ningún concepto podrás hacerlo. También tienes prohibido salir del taller hasta que transcurran el año y el día que necesitas para que te concedan la libertad, y cada vez que algún extraño entre en el taller, deberás esconderte. No debes contarle a nadie tu situación, ni siquiera a los de aquí dentro, aunque con ese lunar... —Jaume negó con la cabeza—. Ése es el acuerdo al que ha llegado el maestro con doña Guiamona. ¿Te parece bien?

—¿Cuándo podré ver a mi hijo? —preguntó Bernat.

—Eso no me incumbe.

Bernat cerró los ojos. Cuando vieron Barcelona por primera vez le prometió a Arnau la libertad. Su hijo no tendría señor alguno.

—¿Qué tengo que hacer? —dijo finalmente.

Cargar leña. Cargar troncos y troncos, cientos de ellos, miles de ellos, los necesarios para que los hornos trabajasen. Y cuidar de que éstos estuvieran siempre encendidos. Transportar arcilla y limpiar, limpiar el barro, el polvo de la arcilla y la ceniza de los hornos. Una y otra vez, sudando y llevando la ceniza y el polvo a la parte trasera de la casa. Cuando regresaba, cubierto de polvo y ceniza, el taller estaba de nuevo sucio y tenía que volver a empezar. Llevar las piezas al sol, ayudado por otros esclavos y bajo la atenta mirada de Jaume, que controlaba en todo momento el taller, paseándose entre ellos, gritando, pegando bofetadas a los jóvenes aprendices y maltratando a los esclavos, contra quienes no dudaba en utilizar el látigo cuando algo no era de su gusto.

En una ocasión en que una gran vasija se les escapó de las manos cuando la llevaban al sol y rodó por el suelo, Jaume la emprendió a latigazos contra los culpables. La vasija ni siquiera se había roto, pero el oficial, gritando como un poseso, azotaba sin piedad a los tres esclavos que junto a Bernat habían transportado la pieza; en un momento determinado levantó el látigo contra Bernat.

—Hazlo y te mataré —lo amenazó éste, quieto frente a él.

Jaume vaciló; a renglón seguido, enrojeció e hizo restallar el látigo en dirección a los otros, que ya habían tenido buen cuidado de ponerse a la suficiente distancia. Jaume salió corriendo tras ellos. Al ver que se alejaba, Bernat respiró hondo.

Con todo, Bernat siguió trabajando duramente sin necesidad de que nadie lo azuzara. Comía lo que le ponían delante. Le hubiera gustado decir a la gruesa mujer que los servía que sus perros habían estado mejor alimentados, pero al ver que los aprendices y los esclavos se lanzaban con avidez sobre las escudillas, optó por callar. Dormía en el dormitorio común en un jergón de paja, bajo el que guardaba sus escasas pertenencias y el dinero que había logrado rescatar. Sin embargo, su enfrentamiento con Jaume parecía haberle granjeado el respeto de los esclavos y los aprendices, y también el de los demás oficiales, por lo que Bernat dormía tranquilo, pese a las pulgas, el olor a sudor y los ronquidos.

Y todo lo soportaba por las dos veces a la semana en que la esclava mora le bajaba a Arnau, generalmente dormido, cuando Guiamona ya no la necesitaba. Bernat lo cogía en brazos y aspiraba su fragancia, a ropa limpia, a afeites para niños. Después, con cuidado para no despertarlo, le apartaba la ropa para verle las piernas y los brazos, y la barriga satisfecha. Crecía y engordaba. Bernat acunaba a su hijo y se volvía hacia Habiba, la joven mora, suplicándole con la mirada algo más de tiempo. En ocasiones intentaba acariciarlo, pero sus rugosas manos dañaban la piel del niño y Habiba se lo quitaba sin contemplaciones. Con el paso de los días, llegó a un acuerdo tácito con la mora —ella jamás le hablaba—, y Bernat acariciaba las sonrosadas mejillas del pequeño con el dorso de los dedos; el contacto con su piel le producía temblores. Cuando, finalmente, la chica le hacía gestos de que le devolviera al niño, Bernat lo besaba en la frente antes de entregárselo.

Con el transcurso de los meses, Jaume se dio cuenta de que Bernat podía realizar un trabajo más fructífero para el taller. Ambos habían aprendido a respetarse.

—Los esclavos no tienen solución —le comentó el oficial a Grau Puig en una ocasión—; sólo trabajan por miedo al látigo, no ponen cuidado alguno. Sin embargo, vuestro cuñado...

—¡No digas que es mi cuñado! —lo interrumpió Grau una vez más, pero aquélla era una licencia que a Jaume le gustaba permitirse con su maestro.

—El campesino... —se corrigió el oficial simulando embarazo—, el campesino es diferente; pone interés hasta en las tareas menos importantes. Limpia los hornos con un cuidado que nunca antes...

—¿Y qué propones? —volvió a interrumpirlo Grau sin levantar la mirada de los papeles que estaba examinando.

—Pues podría dedicarlo a otras labores de más responsabilidad, y con lo barato que nos sale...

Al escuchar esas palabras, Grau alzó la vista hacia el oficial.

—No te equivoques —le dijo—. No nos habrá costado dinero como un esclavo, tampoco tendrá un contrato de aprendizaje y no habrá que pagarle como a los oficiales, pero es el trabajador más caro que tengo.

—Yo me refería...

—Sé a qué te referías. —Grau volvió a sus papeles—. Haz lo que consideres oportuno, pero te lo advierto: que el campesino nunca olvide cuál es su sitio en este taller. Si ocurre, te echaré de aquí y jamás serás maestro. ¿Me has entendido?

Jaume asintió, pero desde aquel día Bernat ayudó directamente a los oficiales; pasó incluso por encima de los jóvenes aprendices, incapaces de manejar los grandes y pesados moldes de arcilla refractaria que soportaban la temperatura necesaria para cocer la loza o la cerámica. Con éstos hacían unas grandes tinajas panzudas, de boca estrecha, cuello muy corto, base plana y estrecha, con capacidad hasta para doscientos ochenta litros* y destinadas al transporte de grano o vino. Hasta entonces, Jaume había tenido que dedicar a aquellas tareas al menos a dos de sus oficiales; con la ayuda de Bernat, bastaba con uno para llevar a cabo todo el proceso: hacer el molde, cocerlo, aplicar a la tinaja una capa de óxido de estaño y óxido de plomo como fundente, y meterla en un segundo horno, a menor temperatura, a fin de que el estaño y el plomo se fundiesen y se mezclasen proporcionando a la pieza un revestimiento impermeable vidriado de color blanco.

Jaume estuvo pendiente del resultado de su decisión hasta que se dio por satisfecho: había aumentado considerablemente la producción del taller y Bernat seguía poniendo el mismo cuidado en sus labores. «¡Más incluso que alguno de los oficiales!», se vio

* Para una mejor comprensión, se han utilizado medidas del sistema métrico decimal que obviamente no existían en la época. (N. del E.)

obligado a aceptar en una de las ocasiones en que se acercó a Bernat y al oficial de turno para estampar el sello del maestro en la base del cuello de una nueva tinaja.

Jaume intentaba leer los pensamientos que se escondían tras la mirada del campesino. No había odio en sus ojos, ni tampoco parecía haber rencor. Se preguntaba qué le habría sucedido para haber acabado allí. No era como los demás parientes del maestro que se habían presentado en el taller: todos habían cedido por dinero. Sin embargo, Bernat... ¡Cómo acariciaba a su hijo cuando se lo llevaba la mora! Quería la libertad y trabajaba por ella, duramente, más que nadie.

El entendimiento entre los dos hombres dio otros frutos amén del aumento de la producción. En otra de las ocasiones en que Jaume se le acercó para estampar el sello del maestro, Bernat entrecerró los ojos y dirigió la mirada hacia la base de la tinaja.

«¡Jamás serás maestro!», lo había amenazado Grau. Esas palabras volvían a la cabeza de Jaume cada vez que pensaba en tener un trato más amistoso con Bernat.

Jaume simuló un repentino acceso de tos. Se separó de la tinaja sin marcarla todavía y miró hacia donde le había señalado el campesino: había una pequeña raja que significaría la rotura de la pieza en el horno. Montó en cólera contra el oficial... y contra Bernat.

Transcurrieron el año y el día necesarios para que Bernat y su hijo pudieran ser libres. Por su parte, Grau Puig logró su codiciado puesto en el Consejo de Ciento de la ciudad. Sin embargo, Jaume no observó reacción alguna en el campesino. Otro hubiera exigido la carta de ciudadanía y se habría lanzado a las calles de Barcelona en busca de diversión y de mujeres, pero Bernat no lo había hecho. ¿Qué le pasaba al campesino?

Bernat vivía con el recuerdo permanente del muchacho de la forja. No se sentía culpable; aquel desgraciado se había interpuesto en el camino de su hijo. Pero si había muerto... Podía obtener la libertad de su señor, pero aunque hubiera transcurrido un año y un día no se libraría de la condena por asesinato. Guiamona le había recomendado que no se lo dijera a nadie, y así lo había hecho. No podía arriesgarse; quizá Llorenç de Bellera no sólo había dado orden de capturarlo por fugitivo, sino también por asesino. ¿Qué pasaría con Arnau si lo detenían? El asesinato se castigaba con la muerte.

Su hijo seguía creciendo sano y fuerte. Todavía no hablaba, aunque ya gateaba y lanzaba unos gorgoritos que erizaban el vello de Bernat. Aun cuando Jaume seguía sin dirigirle la palabra, su nueva situación en el taller —que Grau, pendiente de sus negocios y sus cargos, ignoraba— había llevado a los demás a respetarlo más si cabe, y la mora le traía al niño con más frecuencia, despierto las más de las veces, con la aquiescencia tácita de Guiamona, que también estaba más ocupada debido a la nueva posición de su esposo.

Bernat no debía dejarse ver por Barcelona, ya que podía truncar el futuro de su hijo.

SEGUNDA PARTE

SIERVOS DE LA NOBLEZA

6

Arnau había cumplido ocho años y se había convertido en un niño tranquilo e inteligente. El cabello, castaño, largo y rizado, le caía sobre los hombros, enmarcando un rostro atractivo en el que destacaban los ojos, grandes, límpidos y de color miel.

La casa de Grau Puig estaba engalanada para celebrar la Navidad. Aquel muchacho que a los diez años había podido abandonar las tierras de su padre gracias a un vecino generoso había triunfado en Barcelona, y ahora esperaba junto a su esposa la llegada de sus invitados.

—Vienen a rendirme homenaje —le dijo a Guiamona—. ¿Cuándo se ha visto que nobles y mercaderes acudan a la casa de un artesano?

Ella se limitaba a escucharlo.

—El propio rey me apoya. ¿Lo entiendes? ¡El propio rey! El rey Alfonso.

Ese día no se trabajaba en el taller, y Bernat y Arnau, sentados en el suelo y aguantando el frío, observaban desde la explanada de las tinajas cómo esclavos, oficiales y aprendices entraban y salían sin cesar de la casa. En aquellos ocho años Bernat no había vuelto a poner los pies en el hogar de los Puig, pero no le importaba, pensó mientras revolvía el cabello de Arnau: ahí tenía a su hijo, abrazado a él, ¿qué más podía pedir? El niño comía y vivía con Guiamona, e incluso estudiaba con el preceptor de los hijos de Grau: había aprendido a leer, escribir y contar al mismo tiempo que sus primos. Sin embargo, sabía que Bernat era su padre, ya que Guiamona no había dejado que lo olvidara. En cuanto a Grau, trataba a su sobrino con absoluta indiferencia.

Arnau se portaba bien en el interior de la casa; Bernat se lo pedía una y otra vez. Cuando entraba riendo en el taller, el rostro de Bernat se iluminaba. Los esclavos y los oficiales, incluido Jaume, no podían dejar de mirar al niño con una sonrisa en los labios cuando corría hacia la explanada y se sentaba a esperar a que Bernat terminase de hacer alguna de sus tareas, para correr hacia él y abrazarlo con fuerza. Después volvía a sentarse, apartado del trajín, miraba a su padre y sonreía a todo aquel que se dirigiera a él. Alguna noche, cuando el taller cerraba, Habiba dejaba que se escapara y entonces padre e hijo charlaban y reían.

Las cosas habían cambiado aun cuando Jaume siguiera interpretando el papel que le exigía la omnipresente amenaza del patrón. Grau no se preocupaba de los ingresos que obtenía del taller, y menos todavía de cualquier otra cosa relacionada con él. Pese a todo, no podía prescindir de él pues gracias a éste atesoraba los cargos de cónsul de la cofradía, prohombre de Barcelona y miembro del Consejo de Ciento. Sin embargo, una vez superado lo que no era más que un requisito formal, Grau Puig entró de lleno en la política y en las finanzas de alto nivel, algo bastante sencillo para un prohombre de la ciudad condal.

Desde el inicio de su reinado, en el año 1291, Jaime II había tratado de imponerse a la oligarquía feudal catalana, para lo cual había buscado la ayuda de las ciudades libres y sus ciudadanos, empezando por Barcelona. Sicilia ya pertenecía a la corona desde tiempos de Pedro el Grande; por eso, cuando el Papa concedió a Jaime II los derechos de conquista de Cerdeña, Barcelona y sus ciudadanos financiaron aquella empresa.

La anexión de las dos islas mediterráneas a la corona favorecía los intereses de todas las partes: garantizaba el suministro de cereales a Cataluña así como el dominio catalán en el Mediterráneo occidental y, con él, el control de las rutas marítimas comerciales; por su parte, la corona se reservaba la explotación de las minas de plata y las salinas de la isla.

Grau Puig no había vivido aquellos acontecimientos. Su oportunidad llegó con la muerte de Jaime II y la coronación de Alfonso III. Ese año, el de 1329, los corsos iniciaron una revuelta en la ciudad de Sassari. Al mismo tiempo, los genoveses, temiendo el poder comercial de Cataluña, le declararon la guerra y atacaron a los barcos con bandera del principado. Ni el rey ni los comerciantes lo dudaron un momento: la campaña para sofocar la revuelta de Cerdeña y la guerra contra Génova debía ser financiada por la burguesía de Barcelona. Y así se hizo, principalmente bajo el impulso de uno de los prohombres de la ciudad: Grau Puig, quien contribuyó con generosidad a los gastos de la guerra y convenció con encendidos discursos a los más reacios a colaborar. El propio rey le agradeció públicamente su ayuda.

Mientras Grau se acercaba una y otra vez a las ventanas para comprobar si sus invitados llegaban, Bernat despedía a su hijo con un beso en la mejilla.

—Hace mucho frío, Arnau. Mejor será que entres. —El niño hizo ademán de quejarse—. Hoy tendréis una buena cena, ¿no?

—Gallo, turrón y barquillos —le contestó su hijo de corrido.

Bernat le dio una cariñosa palmada en las nalgas.

—Corre a la casa. Ya hablaremos.

Arnau llegó justo a tiempo de sentarse a cenar; él y los dos hijos menores de Grau, Guiamon, de su misma edad, y Margarida, año y medio mayor, lo harían en la cocina; los dos mayores, Josep y Genís, lo harían arriba, con sus padres.

La llegada de los invitados aumentó el nerviosismo de Grau.

—Ya me ocuparé yo de todo —le dijo a Guiamona cuando preparaba la fiesta—; tú limítate a atender a las mujeres.

—Pero ¿cómo vas a ocuparte tú...? —intentó protestar Guiamona; sin embargo, Grau ya estaba dando instrucciones a Estranya, la cocinera, una corpulenta esclava mulata y descarada, que atendía a las palabras de su amo mirando de reojo a su señora.

«¿Cómo quieres que reaccione? —pensó Guiamona—. No estás hablando con tu secretario, ni en la cofradía, ni el Consejo de Ciento. No me consideras capaz de atender a tus invitados, ¿verdad? No estoy a su altura, ¿no es así?»

A espaldas de su marido, Guiamona trató de poner orden entre los criados y prepararlo todo para que la celebración de la Navidad fuera un éxito, pero el día de la fiesta, con Grau pendiente de todo, incluso de las lujosas capas de sus invitados, tuvo que retirarse al segundo plano que su esposo le había adjudicado y limitarse a sonreír a las mujeres, que la miraban por encima del hombro. Mientras, Grau parecía el general de un ejército en plena batalla; charlaba con unos y otros pero a la vez indicaba a los esclavos qué tenían que hacer y a quién tenían que atender; sin embargo, cuantos más gestos les hacía, más y más nerviosos se ponían. Al final, todos los esclavos —salvo Estranya, que estaba en la cocina preparando la cena— optaron por seguir a Grau por la casa atentos a sus perentorias órdenes.

Libres de toda vigilancia —pues Estranya y sus ayudantes, de espaldas a ellos, trajinaban con sus ollas y sus fuegos—, Margarida, Guiamon y Arnau mezclaron el gallo con el turrón y los barquillos e intercambiaron bocados sin parar de gastarse bromas. En un momento determinado, Margarida cogió una jarra de vino sin aguar y echó un buen trago. De inmediato su rostro se congestionó y sus mejillas se arrebolaron, pero la muchacha logró superar la prueba sin escupir el vino. Luego, instó a su hermano y a su primo a que la imitaran. Arnau y Guiamon bebieron, tratando de mantener la compostura igual que Margarida, pero terminaron tosiendo y tanteando la mesa en busca de agua, con los ojos llenos de lágrimas. Después los tres empezaron a reírse: por el simple hecho de mirarse, por la jarra de vino, por el culo de Estranya.

—¡Fuera de aquí! —gritó la esclava tras aguantar un rato las chanzas de los niños.

Los tres salieron de la cocina corriendo, gritando y riendo.

—¡Chist! —los reprendió uno de los esclavos, cerca de la escalera—. El amo no quiere niños aquí.

—Pero... —empezó a decir Margarida.

—No hay peros que valgan —insistió el esclavo.

En aquel momento bajó Habiba a por más vino. El amo la había mirado con los ojos encendidos de ira porque uno de sus invitados había intentado servirse y sólo había conseguido unas miserables gotas.

—Vigila a los niños —le dijo Habiba al esclavo de la escalera al pasar junto a él—. ¡Vino! —le gritó a Estranya antes de entrar en la cocina.

Grau, temiendo que la mora trajera el vino ordinario en lugar del que debía servir, salió corriendo tras ella.

Los niños no reían. A los pies de la escalera, observaban el ajetreo, al que de repente se sumó Grau.

—¿Qué hacéis aquí? —les dijo al verlos junto al esclavo—. ¿Y tú? ¿Qué haces aquí parado? Ve y dile a Habiba que el vino debe ser el de las tinajas viejas. Acuérdate, porque como te equivoques te despellejaré vivo. Niños, a la cama.

El esclavo salió disparado hacia la cocina. Los niños se miraron sonriendo, con los ojos chispeantes por el vino. Cuando Grau subió corriendo escaleras arriba, estallaron en carcajadas. ¿La cama? Margarida miró hacia la puerta, abierta de par en par, frunció los labios y arqueó las cejas.

—¿Y los niños? —preguntó Habiba cuando vio aparecer al esclavo.

—Vino de las tinajas viejas... —empezó a rezar éste.

—¿Y los niños?

—Viejas. De las viejas.

—¿Y los niños? —volvió a insistir Habiba.

—A tu cama. El amo dicho os vayáis a la cama. Están con él. De las tinajas viejas, ¿sí?, nos despellejará...

Era Navidad y Barcelona permanecería vacía hasta que la gente acudiera a la misa de medianoche a ofrecer un gallo sacrificado.

71

La luna se reflejaba sobre el mar como si la calle en la que se encontraban continuara hasta el horizonte. Los tres miraron la estela plateada sobre el agua.

—Hoy no habrá nadie en la playa —musitó Margarida.

—Nadie sale a la mar en Navidad —añadió Guiamon.

Ambos se volvieron hacia Arnau, que negó con la cabeza.

—Nadie se dará cuenta —insistió Margarida—. Iremos y volveremos muy rápido. Son sólo unos pasos.

—Cobarde —le espetó Guiamon.

Corrieron hasta Framenors, el convento franciscano que se alzaba en el extremo oriental de la muralla de la ciudad, junto al mar. Una vez allí, miraron la playa, que se extendía hasta el convento de Santa Clara, límite occidental de Barcelona.

—¡Vaya! —exclamó Guiamon—. ¡La flota de la ciudad!

—Nunca había visto la playa así —añadió Margarida.

Arnau, con los ojos como platos, asentía con la cabeza.

Desde Framenors hasta Santa Clara, la playa estaba abarrotada de barcos de todos los tamaños. Ninguna edificación entorpecía el disfrute de aquella magnífica vista. Hacía casi cien años que el rey Jaime el Conquistador había prohibido construir en la playa de Barcelona, les había comentado Grau a sus hijos en alguna ocasión en que, junto a su preceptor, lo habían acompañado al puerto para ver cargar o descargar algún barco en cuya propiedad participase. Había que dejar la playa libre para que los marinos pudieran varar sus barcos. Pero ninguno de los niños había dado la menor importancia a la explicación de Grau. ¿Acaso no era natural que los barcos estuvieran en la playa? Siempre habían estado allí. Grau intercambió una mirada con el preceptor.

—En los puertos de nuestros enemigos o de nuestros competidores comerciales —explicó el preceptor— los barcos no están varados en la playa.

Los cuatro hijos de Grau se volvieron de repente hacia su maestro. ¡Enemigos! Aquello sí que les interesaba.

—Cierto —intervino Grau, logrando que los niños le prestaran por fin atención. El preceptor sonrió—. Génova, nuestra enemiga, tiene un magnífico puerto natural protegido del mar, gracias al cual los barcos no necesitan varar en la playa. Venecia, nuestra aliada, cuenta con una gran laguna a la que se accede a través de estrechos canales; los temporales no la afectan y los barcos pueden estar tranquilos. El puerto de Pisa se comunica con el mar a través del río Arno, y hasta Marsella posee un puerto natural al abrigo de las inclemencias del mar.

—Los griegos foceos ya utilizaban el puerto de Marsella —añadió el preceptor.

—¿Nuestros enemigos tienen mejores puertos? —preguntó Josep, el mayor—. Pero nosotros los vencemos, ¡somos los dueños del Mediterráneo! —exclamó repitiendo las palabras que tantas veces había oído de boca de su padre. Los demás asintieron—. ¿Cómo es posible?

Grau buscó la explicación del preceptor.

—Porque Barcelona ha tenido siempre los mejores marineros. Pero ahora no tenemos puerto y, sin embargo...

—¿Cómo que no tenemos puerto? —saltó Genís—. ¿Y eso? —añadió señalando la playa.

—Eso no es un puerto. Un puerto tiene que ser un lugar abrigado, guarecido del mar, y eso que tú dices... —El preceptor gesticuló con la mano señalando al mar abierto que bañaba la playa—. Escuchad —les dijo—, Barcelona siempre ha sido una ciudad de marineros. Antes, hace muchos años, teníamos puerto, como todas esas ciudades que ha mencionado vuestro padre. En época de los romanos, los barcos se refugiaban al abrigo del *mons* Taber, más o menos por allí —dijo señalando hacia el interior de la ciudad—, pero la tierra fue ganando terreno al mar, y aquel puerto desapareció. Después tuvimos el puerto Comtal, que también desapareció, y por último el puerto de Jaime I, al abrigo de otro pequeño refugio natural, el puig de les Falsies. ¿Sabéis dónde está ahora el puig de les Falsies?

Los cuatro se miraron entre ellos y después se volvieron hacia Grau, quien, con gesto pícaro, como si no quisiera que el preceptor se enterase, señaló con el dedo hacia el suelo.

—¿Aquí? —preguntaron los niños al unísono.

—Sí —contestó el preceptor—, estamos sobre él. También desapareció... y Barcelona se quedó sin puerto, pero para entonces ya éramos marineros, los mejores, y seguimos siendo los mejores..., sin puerto.

—Entonces —intervino Margarida—, ¿qué importancia tiene el puerto?

—Eso te lo podrá explicar mejor tu padre —contestó el preceptor mientras Grau asentía.

—Mucha, muchísima importancia, Margarida. ¿Ves aquella nave? —le preguntó señalándole una galera rodeada de pequeñas barcas—. Si tuviésemos puerto podría descargar en los muelles, sin necesidad de todos esos barqueros que recogen la mercancía. Además, si ahora se levantase un temporal, se hallaría en gran peligro, ya que no está navegando y está muy cerca de la playa, y tendría que abandonar Barcelona.

—¿Por qué? —insistió la muchacha.

—Porque ahí no podría capear el temporal y podría naufragar. Tanto es así que hasta la propia ley, las Ordenaciones de la Mar de la Ribera de Barcelona, le exigen que en caso de temporal acuda a refugiarse en el puerto de Salou o en el de Tarragona.

—No tenemos puerto —se lamentó Guiamon como si le hubiesen quitado algo de suma importancia.

—No —confirmó Grau riendo y abrazándolo—, pero seguimos siendo los mejores marineros, Guiamon. ¡Somos los dueños del Mediterráneo! Y tenemos la playa. Ahí es donde varamos nuestros barcos cuando termina la época de navegación, ahí es donde los arreglamos y los construimos. ¿Ves las atarazanas? Allí, en la playa, frente a aquellas arcadas.

—¿Podemos subir a los barcos? —preguntó Guiamon.

—No —le contestó con seriedad su padre—. Los barcos son sagrados, hijo.

Arnau nunca salía con Grau y sus hijos, y menos con Guiamona. Se quedaba en la casa con Habiba, pero después sus primos le contaban todo lo que habían visto o escuchado. También le habían explicado lo de los barcos.

Y ahí estaban todos aquella noche de Navidad. ¡Todos! Estaban los pequeños: los laúdes, los esquifes y las góndolas; los medianos: leños, barcas, barcas castellanas, tafureas, calaveras, saetías, galeotas y *barquants*, y hasta algunas de las grandes embarcaciones: naos, *navetes*, cocas y galeras, que a pesar de su tamaño tenían que dejar de navegar, por prohibición real, entre los meses de octubre y abril.

—¡Vaya! —volvió a exclamar Guiamon.

En las atarazanas, frente a Regomir, ardían algunas hogueras, alrededor de las cuales estaban apostados algunos vigilantes. Desde Regomir hasta Framenors los barcos se alzaban silenciosos, iluminados por la luna, arracimados en la playa.

—¡Seguidme, marineros! —ordenó Margarida levantando su brazo derecho.

Y entre temporales y corsarios, abordajes y batallas, la capitana Margarida llevó a sus hombres de un barco a otro, saltando de borda en borda, venciendo a los genoveses y a los moros y reconquistando Cerdeña a gritos para el rey Alfonso.

—¿Quién vive?

Los tres se quedaron paralizados sobre un laúd.

—¿Quién vive?

Margarida asomó media cabeza por la borda. Tres antorchas se alzaban entre las naves.

—Vámonos —susurró Guiamon, tumbado en el laúd, tirando del vestido de su hermana.

—No podemos —contestó Margarida—; nos cierran el paso...

—¿Y hacia las atarazanas? —preguntó Arnau.

Margarida miró hacia Regomir. Otras dos antorchas se habían puesto en movimiento.

—Tampoco —musitó.

¡Los barcos son sagrados! Las palabras de Grau resonaron en el interior de los niños. Guiamon empezó a sollozar. Margarida lo hizo callar. Una nube ocultó la luna.

—Al mar —dijo la capitana.

Saltaron por la borda y se metieron en el agua. Margarida y Arnau se quedaron encogidos, Guiamon cuan largo era; los tres estaban pendientes de las antorchas que se movían entre las naves. Cuando las antorchas se acercaron a las naves de la orilla, los tres retrocedieron. Margarida miró la luna, rezando en silencio para que siguiera oculta.

La inspección se alargó una eternidad pero nadie miró al mar y si alguien lo hizo..., era Navidad y a fin de cuentas sólo eran tres niños asustados... y suficientemente mojados. Hacía mucho frío.

De vuelta a casa, Guiamon ni siquiera podía andar. Le casta-ñeteaban los dientes, le temblaban las rodillas y tenía convulsio-nes. Margarida y Arnau lo agarraron por las axilas y recorrieron el corto trayecto.

Cuando llegaron, los invitados ya habían abandonado la casa. Grau y los esclavos, tras descubrir la escapada de los pequeños, estaban a punto de salir en su busca.

—Fue Arnau —acusó Margarida mientras Guiamona y la es-clava mora sumergían al pequeño en agua caliente—. Él nos con-venció para ir a la playa. Yo no quería... —La niña acompañó sus mentiras con esas lágrimas que tan buenos resultados le propor-cionaban con su padre.

Ni un baño caliente, ni las mantas, ni el caldo hirviendo lo-graron recuperar a Guiamon. La fiebre subió. Grau mandó llamar a su médico pero tampoco sus cuidados obtuvieron resultados; la fiebre subía, Guiamon empezó a toser y su respiración se convir-tió en un silbido quejoso.

—No puedo hacer más —reconoció resignado Sebastià Font, el doctor, la tercera noche que fue a visitarlo.

Guiamona se llevó las manos al rostro, pálido y demacrado, y rompió a llorar.

—¡No puede ser! —gritó Grau—. Tiene que existir algún remedio.

—Podría ser, pero... —El médico conocía bien a Grau, y sus aversiones... Sin embargo, la ocasión pedía medidas desesperadas—. Deberías hacer llamar a Jafudà Bonsenyor.

Grau guardó silencio.

—Llámalo —lo apremió Guiamona entre sollozos.

«¡Un judío!», pensó Grau. Quien pega a un judío pega al dia-blo, le habían enseñado en su juventud. Siendo aún niño, Grau, junto con otros aprendices, corría detrás de las mujeres judías para romperles los cántaros cuando acudían a buscar agua a las fuen-tes públicas. Y siguió haciéndolo hasta que el rey, a instancias de la judería de Barcelona, prohibió aquellas vejaciones. Odiaba a los judíos. Toda su vida había perseguido o escupido a quienes portaban la rodela. Eran unos herejes; habían matado a Jesucristo... ¿Cómo iba a entrar uno de ellos en su hogar?

—¡Llámalo! —gritó Guiamona.

El chillido resonó por todo el barrio. Bernat y los demás lo oyeron y se encogieron en sus jergones. En tres días no había logrado ver ni a Arnau ni a Habiba, pero Jaume lo mantenía al tanto de lo que ocurría.

—Tu hijo está bien —le dijo en un momento en que nadie los observaba.

Jafudà Bonsenyor acudió tan pronto reclamaron su presencia. Vestía una sencilla chilaba negra con capucha y portaba la rodela. Grau lo observaba a distancia en el comedor, con su larga barba canosa, encogido y escuchando las explicaciones de Sebastià en presencia de Guiamona. «¡Cúralo, judío!», le dijo en silencio cuando sus miradas se cruzaron. Jafudà Bonsenyor inclinó la cabeza hacia él. Era un erudito que había dedicado su vida al estudio de la filosofía y los textos sagrados. Por encargo del rey Jaime II había escrito el *Llibre de paraules de savis y filòsofs*,* pero también era médico, el médico más importante de la comunidad judía. Sin embargo, cuando vio a Guiamon, Jafudà Bonsenyor se limitó a negar con la cabeza.

Grau oyó los gritos de su mujer. Corrió hacia la escalera. Guiamona bajó de los dormitorios acompañada de Sebastià. Tras ellos iba Jafudà.

—¡Judío! —exclamó Grau escupiendo a su paso.

Guiamon expiró al cabo de dos días.

Tan pronto como entraron en la casa, todos de luto, recién enterrado el cadáver del niño, Grau le hizo una seña a Jaume para que se acercase a él y a Guiamona.

—Quiero que ahora mismo te lleves a Arnau y cuides de que

* Libro de palabras de sabios y filósofos. *(N. del A.)*

no vuelva a poner los pies en esta casa. —Guiamona lo escuchó en silencio.

Grau le contó lo que había dicho Margarida: Arnau los había incitado. Su hijo o una simple niña no habrían podido planear aquella escapada. Guiamona oyó sus palabras y sus acusaciones, que la culpaban por haber cobijado a su hermano y a su sobrino. Y, aunque en el fondo de su corazón sabía que aquello no había sido más que una travesura de fatales consecuencias, la muerte de su hijo menor le había robado el ánimo para enfrentarse a su marido, y las palabras de Margarida inculpando a Arnau le hacían casi imposible tratar con el muchacho. Era el hijo de su hermano, no le deseaba daño alguno, pero prefería no tener que verlo.

—Ata a la mora de una de las vigas del taller —ordenó Grau a Jaume antes de que éste desapareciera en busca de Arnau— y reúne a todo el personal alrededor de ella, incluido el muchacho.

Grau lo había estado pensando durante los servicios funerarios: la esclava tenía la culpa, debía haberlos vigilado. Luego, mientras Guiamona lloraba y el sacerdote seguía recitando sus oraciones, entrecerró los ojos y se preguntó cuál era el castigo que debía imponerle. La ley sólo le prohibía matarla o mutilarla, pero nadie podía reprocharle nada si moría como consecuencia de la pena infligida. Grau nunca se había enfrentado a un delito tan grave. Pensó en las torturas de las que había oído hablar: untarle el cuerpo con grasa animal hirviendo —¿tendría suficiente grasa Estranya en la cocina?—; encadenarla o encerrarla en una mazmorra —demasiado leve—, golpearla, aplicarle grilletes en los pies... o flagelarla.

«Vigila cuando lo uses —le dijo el capitán de uno de sus barcos tras ofrecerle el regalo—, con un solo golpe puedes despellejar a una persona.» Desde entonces lo había tenido guardado: un precioso látigo oriental de cuero trenzado, grueso pero liviano, fácil de manejar y que terminaba en una serie de colas, todas ellas con incrustaciones de metales cortantes.

En un momento en que el sacerdote calló, varios muchachos agitaron los incensarios alrededor del ataúd. Guiamona tosió, Grau respiró hondo.

La mora esperaba atada por las manos a una viga, tocando el suelo de puntillas.

—No quiero que mi chico lo vea —le dijo Bernat a Jaume.

—No es el momento, Bernat —le aconsejó Jaume—. No te busques problemas...

Bernat volvió a negar con la cabeza.

—Has trabajado muy duro, Bernat, no le busques problemas a tu niño.

Grau, de luto, se introdujo en el interior del círculo que formaban los esclavos, los aprendices y los oficiales alrededor de Habiba.

—Desvístela —le ordenó a Jaume.

La mora intentó levantar las piernas al notar que éste le arrancaba la camisa. Su cuerpo, desnudo, oscuro, brillante por el sudor, quedó expuesto a los obligados espectadores... y al látigo que Grau ya había extendido sobre el suelo. Bernat agarraba con fuerza los hombros de Arnau, que rompió a llorar.

Grau estiró el brazo hacia atrás y soltó el látigo contra el torso desnudo; el cuero restalló en la espalda y las colas metálicas, tras rodear el cuerpo, se clavaron en sus pechos. Una delgada línea de sangre apareció en la piel oscura de la mora mientras sus pechos quedaban en carne viva. El dolor penetraba en su cuerpo. Habiba levantó el rostro hacia el cielo y aulló. Arnau empezó a temblar desenfrenadamente y gritó, pidiéndole a Grau que parase.

Grau volvió a estirar el brazo.

—¡Deberías haber vigilado a mis hijos!

El restallar del cuero obligó a Bernat a volver a su hijo hacia sí y apretarle la cabeza contra su estómago. La muchacha volvió a aullar. Arnau apagó sus gritos contra el cuerpo de su padre. Grau continuó flagelando a la mora hasta que su espalda y sus hombros, sus pechos, sus nalgas y sus piernas, se convirtieron en una masa sanguinolenta.

—Dile a tu maestro que me voy.

Jaume apretó los labios. Por un momento estuvo tentado de abrazar a Bernat, pero algunos aprendices los miraban.

Bernat observó cómo el oficial se encaminaba hacia la casa. Había intentado hablar con Guiamona, pero su hermana no había atendido a ninguno de sus requerimientos. Desde hacía días, Arnau no abandonaba el jergón donde dormía su padre; se quedaba todo el día sentado sobre el colchón de paja de Bernat, que ahora debían compartir, y cuando su padre entraba a verlo, lo encontraba siempre con la vista fija en el lugar donde intentaron curar a la mora.

La descolgaron en cuanto Grau abandonó el taller, pero ni siquiera supieron por dónde coger el cuerpo. Estranya corrió al taller llevando aceite y ungüentos, pero cuando se enfrentó con aquella masa de carne sanguinolenta se limitó a negar con la cabeza. Arnau lo presenciaba todo desde cierta distancia, quieto, con lágrimas en los ojos; Bernat intentó que se fuera, pero el niño se opuso. Esa misma noche Habiba falleció. La única señal que anunció su muerte fue que la mora dejó de emitir aquel constante quejido, semejante al llanto de un recién nacido, que los había perseguido durante todo el día.

Grau escuchó el recado de su cuñado de boca de Jaume. Era lo último que necesitaba: los dos Estanyol, con sus lunares en el ojo, recorriendo Barcelona, buscando trabajo, hablando de él con quien quisiera escucharlos..., y habría muchas personas dispuestas a hacerlo ahora que él estaba alcanzando la cima. Se le encogió el estómago y se le secó la boca: Grau Puig, prohombre de Barcelona, cónsul de la cofradía de ceramistas, miembro del Consejo de Ciento, dedicándose a proteger a payeses fugitivos. Los nobles estaban en su contra. Cuanto más ayudaba Barcelona al rey Alfonso, menos dependía éste de los señores feudales y menores eran los beneficios que los nobles podían obtener del monarca. ¿Y quién había sido el principal valedor de la ayuda al rey? Él. ¿Y a quiénes perjudicaba la huida de los siervos del campo? A los nobles con tierras. Grau negó con la cabeza y suspiró. ¡Maldita fuera la hora en que permitió que aquel payés se alojara en su casa!

—Haz que venga —le ordenó a Jaume.

—Me ha dicho Jaume —dijo Grau a su cuñado en cuanto lo tuvo delante— que pretendes dejarnos.

Bernat asintió con la cabeza.

—Y ¿qué piensas hacer?

—Buscaré trabajo para mantener a mi hijo.

—No tienes ningún oficio. Barcelona está llena de gente como tú: campesinos que no han podido vivir de sus tierras, que no encuentran trabajo y que al final mueren de hambre. Además —añadió—, ni siquiera tienes en tu poder la carta de vecindad, por más que lleves el tiempo suficiente en la ciudad.

—¿Qué es eso de la carta de vecindad? —preguntó Bernat.

—Es el documento que acredita que llevas un año y un día residiendo en Barcelona y que por lo tanto eres ciudadano libre, no sometido a señorío.

—¿Dónde se consigue ese documento?

—Lo conceden los prohombres de la ciudad.

—Lo pediré.

Grau miró a Bernat. Iba sucio, vestido con una simple camisa raída y esparteñas. Se lo imaginó frente a los prohombres de la ciudad, después de haber contado su historia a decenas de escribientes: el cuñado y el sobrino de Grau Puig, prohombre de la ciudad, ocultos en su taller durante años. La noticia correría de boca en boca. Él mismo había utilizado situaciones como aquélla para atacar a sus enemigos.

—Siéntate —lo invitó—. Cuando Jaume me ha contado tus intenciones, he hablado con tu hermana Guiamona —mintió para excusar su cambio de actitud— y me ha rogado que me apiade de ti.

—No necesito piedad —lo interrumpió Bernat, pensando en Arnau sentado sobre el jergón, con la mirada perdida—. Llevo años trabajando duramente a cambio de...

—Ése fue el trato —lo cortó Grau—, y tú lo aceptaste. En aquel momento te interesaba.

—Es posible —reconoció Bernat—, pero no me vendí como esclavo y ahora ya no me interesa.

—Olvidémonos de la piedad. No creo que encuentres trabajo en toda la ciudad y menos si no puedes acreditar que eres ciudadano libre. Sin ese documento sólo lograrás que se aprovechen de ti. ¿Sabes cuántos siervos de la tierra andan vagando por ahí, sin hijos a sus espaldas, aceptando trabajar de balde, única y exclusivamente para poder residir un año y un día en Barcelona? No puedes competir con ellos. Antes de que te den la carta de vecindad ya te habrás muerto de hambre, tú... o tu hijo, y pese a lo que ha sucedido no podemos permitir que el pequeño Arnau corra la misma suerte que nuestro Guiamon. Con uno basta. Tu hermana no lo resistiría. —Bernat guardó silencio a la espera de que su cuñado continuase—. Si te interesa —dijo Grau, enfatizando la palabra—, puedes seguir trabajando aquí, en las mismas condiciones... y con la paga que le correspondería a un obrero no cualificado, de la que se te descontarían la cama y la comida, tuya y de tu hijo.

—¿Y Arnau?

—¿Qué pasa con el niño?

—Prometiste tomarlo como aprendiz.

—Y así lo haré... cuando cumpla la edad.

—Lo quiero por escrito.

—Lo tendrás —se comprometió Grau.

—¿Y la carta de vecindad?

Grau asintió con la cabeza. A él no le sería difícil conseguirla... con discreción.

7

Declaramos ciudadanos libres de Barcelona a Bernat Estanyol y a su hijo, Arnau...» ¡Por fin! Bernat notó un escalofrío al escuchar las titubeantes palabras del hombre que leía los documentos. Había dado con él en las atarazanas, después de preguntar dónde podía encontrar a alguien que supiera leer, y le había ofrecido una pequeña escudilla a cambio del favor. Con el rumor de las atarazanas de fondo, el olor a brea y la brisa marina acariciándole el rostro, Bernat escuchó la lectura del segundo documento: Grau tomaría a Arnau como aprendiz cuando éste cumpliera diez años y se comprometía a enseñarle el oficio de alfarero. Su hijo era libre y algún día podría ganarse la vida y defenderse en esa ciudad.

Bernat se desprendió sonriente de la prometida escudilla y se encaminó de vuelta al taller. Que les hubieran concedido la carta de vecindad significaba que Llorenç de Bellera no los había denunciado a las autoridades, que no se había abierto ninguna causa criminal contra él. ¿Habría sobrevivido el muchacho de la forja?, se preguntó. Aun así... «Quédate con nuestras tierras, señor de Bellera; nosotros nos quedamos con nuestra libertad», murmuró Bernat, desafiante. Los esclavos de Grau y el propio Jaume interrumpieron sus labores al ver llegar a Bernat, radiante de felicidad. Todavía quedaban restos de la sangre de Habiba en el suelo. Grau había ordenado que no se limpiaran. Bernat intentó no pisarlos y mudó el semblante.

—Arnau —le susurró a su hijo aquella noche, tumbados los dos sobre el jergón que compartían.

—Decidme, padre.

—Ya somos ciudadanos libres de Barcelona.

Arnau no contestó. Bernat buscó la cabeza del niño y se la acarició; sabía lo poco que significaba aquello para un niño al que habían arrebatado la alegría. Bernat escuchó la respiración de los esclavos y continuó acariciando la cabeza de su hijo, pero una duda le asaltaba: ¿accedería el chico a trabajar para Grau algún día? Aquella noche Bernat tardó en conciliar el sueño.

Todas las mañanas, cuando amanecía y los hombres iniciaban sus labores, Arnau abandonaba el taller de Grau. Todas las mañanas, Bernat intentaba hablar con él y animarlo. Tienes que buscar amigos, quiso decirle en una ocasión, pero antes de que pudiera hacerlo Arnau le dio la espalda y se dirigió cansinamente hasta la calle. Disfruta de tu libertad, hijo, quiso decirle en otra, cuando el muchacho se quedó mirándolo tras hacer él ademán de hablarle. Sin embargo, justo cuando iba a hacerlo, una lágrima corrió por la mejilla de su niño. Bernat se arrodilló y sólo pudo abrazarlo. Después, vio cómo cruzaba el patio, arrastrando los pies. Cuando, una vez más, Arnau sorteó las manchas de sangre de Habiba, el látigo de Grau volvió a restallar en la cabeza de Bernat. Se prometió que nunca más volvería a ceder ante el látigo: una vez había sido suficiente.

Bernat corrió tras su hijo, que se volvió al oír sus pasos. Cuando se encontró a la altura de Arnau, empezó a rascar con el pie la tierra endurecida en la que permanecían expuestas las manchas de sangre de la mora. El rostro de Arnau se iluminó y Bernat rascó con más fuerza.

—¿Qué haces? —gritó Jaume desde el otro extremo del patio.

Bernat se quedó helado. El látigo volvió a restallar en su recuerdo.

—Padre.

Con la punta de su esparteña, Arnau arrastró lentamente la tierra ennegrecida que Bernat acababa de rascar.

—¿Qué haces, Bernat? —repitió.

Bernat no contestó. Transcurrieron unos segundos, Jaume se volvió y vio a todos los esclavos quietos... con la mirada clavada en él.

—Tráeme agua, hijo —lo instó Bernat aprovechando la duda de Jaume.

Arnau salió disparado y, por primera vez en varios meses, Bernat lo vio correr. Jaume asintió.

Padre e hijo, arrodillados, en silencio, rascaron la tierra hasta limpiar las huellas de la injusticia.

—Ve a jugar, hijo —le dijo Bernat aquella mañana cuando dieron por terminado el trabajo.

Arnau bajó la mirada. Le habría gustado preguntarle con quién debía hacerlo. Bernat le revolvió el cabello antes de empujarlo hacia la puerta. Cuando Arnau se encontró en la calle se limitó, como todos los días, a rodear la casa de Grau y encaramarse a un tupido árbol que se alzaba por encima de la tapia que daba al jardín. Allí, escondido, esperaba a que salieran sus primos, acompañados de Guiamona.

—¿Por qué ya no me quieres? —murmuraba—. Yo no tuve la culpa.

Sus primos parecían contentos. La muerte de Guiamon se iba diluyendo en el tiempo y sólo el rostro de su madre reflejaba la pena del recuerdo. Josep y Genís fingían pelearse, mientras Margarida los observaba sentada junto a su madre, que apenas se despegaba de ella. Arnau, escondido en su árbol, sentía el aguijón de la nostalgia al recordar aquellos abrazos.

Una mañana tras otra, Arnau se encaramaba a aquel árbol.

—¿A ti ya no te quieren? —oyó que le preguntaban un día.

El sobresalto le hizo perder momentáneamente el equilibrio y estuvo a punto de caer desde lo alto.

Arnau miró a su alrededor buscando quién le hablaba, pero no logró ver a nadie.

—Aquí —oyó.

Miró hacia el interior del árbol, de donde había partido la voz, pero tampoco consiguió vislumbrar nada. Al final vio moverse unas ramas, entre las que pudo distinguir la figura de un niño que lo saludaba con la mano, muy serio y sentado a horcajadas en uno de los nudos del árbol.

—¿Qué haces tú aquí... sentado en mi árbol? —le preguntó secamente Arnau.

El niño, sucio y mugriento, no se inmutó.

—Lo mismo que tú —le contestó—. Mirar.

—Tú no puedes mirar —afirmó Arnau.

—¿Por qué? Llevo mucho tiempo haciéndolo. Antes también te veía a ti. —El niño sucio guardó silencio durante unos instantes—. ¿Ya no te quieren? ¿Por qué lloras tanto?

Arnau notó que le empezaba a resbalar una lágrima por la mejilla y sintió rabia: lo había estado espiando.

—Baja de ahí —le ordenó una vez en el suelo.

El niño se descolgó ágilmente y se plantó frente a él. Arnau le sacaba una cabeza pero el niño no parecía asustado.

—¡Me has estado espiando! —lo acusó Arnau.

—Tú también espiabas —se defendió el pequeño.

—Sí, pero son mis primos y yo puedo hacerlo.

—Entonces, ¿por qué no juegas con ellos como hacías antes?

Arnau no pudo resistir más y dejó escapar un sollozo. Su voz tembló cuando intentó responder a la pregunta.

—No te preocupes —le dijo el pequeño tratando de tranquilizarlo—, yo también lloro muchas veces.

—¿Y tú por qué lloras? —preguntó Arnau balbuceando.

—No sé... A veces lloro cuando pienso en mi madre.

—¿Tienes madre?

—Sí, pero...

—¿Y qué haces aquí si tienes madre? ¿Por qué no estás jugando con ella?

—No puedo estar con ella.

—¿Por qué? ¿No está en tu casa?

—No... —contestó el niño titubeando—. Sí que está en casa.

—Entonces, ¿por qué no estás con ella?

El muchachito sucio y mugriento no respondió.

—¿Está enferma? —insistió Arnau.

Negó con la cabeza.

—Está bien —afirmó.

—¿Entonces? —volvió a insistir Arnau.

El niño lo miró con expresión desconsolada. Se mordió varias veces el labio inferior y al final se decidió:

—Ven —le dijo tirando de la manga de la camisa de Arnau—. Sígueme.

El pequeño desconocido salió corriendo a una velocidad sorprendente para su corta estatura. Arnau lo siguió tratando de no perderlo de vista, cosa que le fue fácil mientras recorrieron el abierto y amplio barrio de los ceramistas pero que se fue complicando a medida que se adentraban en el interior de Barcelona; las angostas callejuelas de la ciudad, llenas de gente y de puestos de artesanos, se convertían en verdaderos embudos por los que resultaba casi imposible transitar.

Arnau no sabía dónde estaba, pero le traía sin cuidado; su único objetivo era no perder de vista la ágil y rápida figura de su compañero, que corría entre la gente y las mesas de los artesanos causando la indignación de unos y otros. Arnau, más torpe cuando debía esquivar a los transeúntes, pagaba las consecuencias de la estela de enojo que iba dejando el muchacho y recibía gritos e improperios. Uno alcanzó a propinarle un coscorrón y otro trató de detenerlo agarrándolo de la camisa, pero Arnau se zafó de ambos aunque, con tantos tropiezos, perdió el rastro de su guía y de repente se encontró solo, en la entrada de una gran plaza repleta de gente.

Conocía aquella plaza. Estuvo allí una vez con su padre. «Ésta es la plaza del Blat —dijo—, el centro de Barcelona. ¿Ves aquella piedra en el centro de la plaza?» Arnau miró hacia donde señalaba su padre. «Pues esa piedra significa que a partir de ahí la ciudad se divide en cuartos: el de la Mar, el de Framenors, el del Pi y el de la Salada o de Sant Pere.» Llegó a la plaza por la calle de los sederos y, parado bajo el portal del castillo del Veguer, Arnau intentó distinguir la silueta del niño sucio, pero la multitud que se aglomeraba en ella se lo impidió. Junto a él, a un lado del portal, estaba el matadero principal de la ciudad y, al otro, unas mesas en las que se vendía pan cocido. Arnau se esforzó por encontrar al pequeño entre los bancos de piedra de ambos lados de la plaza, ante los que se movían los ciudadanos. «Éste es el mercado del trigo —le había explicado Bernat—. A un lado, en aquellos bancos, venden el trigo los revendedores y los tenderos de la ciudad, y en el otro lado, en esos otros bancos, lo hacen los campesinos que acuden a la ciudad a vender su cosecha.» Arnau no daba con el niño sucio que lo había llevado hasta allí ni a un lado ni al otro, ni entre la gente que regateaba los precios o compraba trigo.

Mientras trataba de encontrarlo, de pie bajo el portal mayor, Arnau fue empujado por la gente que trataba de acceder a la plaza. Intentó esquivarla acercándose a las mesas de los panaderos, pero en cuanto su espalda tocó una mesa, Arnau recibió un doloroso pescozón.

—¡Fuera de aquí, mocoso! —le gritó el panadero.

Arnau volvió a verse envuelto por la gente, el bullicio y el griterío del mercado, sin saber adónde dirigirse y empujado de un lado al otro por personas que le superaban en altura y que, cargados de sacos de cereal, no reparaban en él.

Arnau empezaba a marearse cuando, de la nada, apareció frente a él aquella cara pícara y sucia que había estado persiguiendo por media Barcelona.

—¿Qué haces ahí parado? —le preguntó el niño levantando la voz para hacerse oír.

Arnau no le contestó. Esta vez optó por agarrar con firmeza la camisa del niño y se dejó arrastrar a lo largo de toda la plaza hasta la calle Bòria. Tras recorrerla, llegaron al barrio de los caldereros, en cuyas pequeñas callejuelas resonaban los golpes de los martillos sobre el cobre y el hierro. Por aquella zona no corrieron; Arnau, exhausto y aún aferrado a la manga del niño, obligó a su descuidado e impaciente guía a aminorar el paso.

—Ésta es mi casa —le dijo finalmente el niño señalándole una pequeña construcción de un solo piso. Ante la puerta había una mesa llena de calderos de cobre de todos los tamaños, donde trabajaba un hombre corpulento que ni siquiera los miró—. Aquél era mi padre —añadió una vez que hubieron pasado de largo la fachada del edificio.

—¿Por qué no...? —empezó a preguntar Arnau volviendo la mirada hacia la casa.

—Espera —lo interrumpió el niño sucio.

Siguieron callejón arriba y rodearon los pequeños edificios hasta dar con la zona posterior, en la que se abrían los huertos anejos a las casas. Cuando llegaron al que correspondía a la casa del niño, Arnau observó cómo éste se encaramaba a la tapia que cerraba el huerto y le animaba a imitarle.

—¿Por qué...?

—¡Sube! —le ordenó el niño, sentado a horcajadas sobre la tapia.

Los dos saltaron al interior del pequeño huerto, pero entonces el niño se quedó parado, con la mirada fija en una construcción aneja a la casa, una pequeña habitación que en la pared que daba al huerto, a bastante altura, tenía una pequeña abertura en forma de ventana. Arnau dejó transcurrir unos segundos, pero el niño no se movió.

—¿Y ahora? —preguntó al fin.

El niño se volvió hacia Arnau.

—¿Qué...?

Pero el golfillo no le hizo caso. Arnau se quedó quieto mientras su acompañante cogía una caja de madera y la colocaba bajo la ventana; después se encaramó a ella con la vista fija en el ventanuco.

—Madre —susurró el pequeño.

El pálido brazo de una mujer asomó con esfuerzo, rozando los bordes de la abertura; el codo quedó a la altura del alféizar y la mano, sin necesidad de tantear, empezó a acariciar el cabello del niño.

—Joanet —oyó Arnau que decía una voz dulce—, hoy has venido antes; el sol todavía no ha alcanzado el mediodía.

Joanet se limitó a asentir con la cabeza.

—¿Sucede algo? —insistió la voz.

Joanet se tomó unos segundos antes de contestar. Sorbió por la nariz y dijo:

—He venido con un amigo.

—Me alegro de que tengas amigos. ¿Cómo se llama?

—Arnau.

«¿Cómo sabe mi...? ¡Claro! Me espiaba», pensó Arnau.

—¿Está ahí?

—Sí, madre.

—Hola, Arnau.

Arnau miró hacia la ventana. Joanet se giró hacia él.

—Hola..., señora —musitó, inseguro de qué debía decir a una voz que salía de una ventana.

—¿Qué edad tienes? —lo interrogó la mujer.

—Ocho años..., señora.

—Eres dos años mayor que mi Joanet, pero espero que os llevéis bien y conservéis siempre vuestra amistad. No hay nada mejor en este mundo que un buen amigo; tenedlo siempre en cuenta.

La voz no volvió a decir nada más. La mano de la madre de Joanet siguió acariciándole el cabello mientras Arnau observaba cómo el pequeño, sentado sobre el cajón de madera apoyado en la pared, con las piernas colgando, se quedaba inmóvil bajo aquellas caricias.

—Id a jugar —dijo de repente la mujer mientras la mano se retiraba—. Adiós, Arnau. Cuida bien de mi niño, ya que tú eres mayor que él. —Arnau esbozó un adiós que no llegó a salir de su garganta—. Hasta luego, hijo —añadió la voz—. ¿Vendrás a verme?

—Claro que sí, madre.

—Marchaos ya.

Los dos chicos volvieron al bullicio de las calles de Barcelona y deambularon sin rumbo. Arnau esperó a que Joanet se explicase, pero como no lo hacía, por fin se atrevió a preguntar:

—¿Por qué no sale tu madre al huerto?

—Está encerrada —le contestó Joanet.

—¿Por qué?

—No lo sé. Sólo sé que lo está.

—¿Y por qué no entras tú por la ventana?

—Ponç me lo tiene prohibido.

—¿Quién es Ponç?

—Ponç es mi padre.

—¿Y por qué te lo tiene prohibido?

—No sé por qué.

—¿Por qué le llamas Ponç y no padre?

—También me lo tiene prohibido.

Arnau se paró en seco y tiró de Joanet hasta que lo tuvo cara a cara.

—Y tampoco sé por qué —se le adelantó el muchacho.

Siguieron paseando; Arnau intentaba entender aquel galimatías y Joanet esperaba la siguiente pregunta de su nuevo compañero.

—¿Cómo es tu madre? —se decidió Arnau al fin.

—Siempre ha estado ahí encerrada —contestó Joanet, haciendo esfuerzos por esbozar una sonrisa—. Una vez que Ponç estaba fuera de la ciudad intenté colarme por la ventana pero ella no me lo permitió. Dijo que no quería que la viera.

—¿Por qué sonríes?

Joanet siguió caminando algunos metros antes de contestar:

—Ella siempre me dice que debo sonreír.

Durante el resto de la mañana, Arnau recorrió cabizbajo las calles de Barcelona tras aquel niño sucio que nunca había visto el rostro de su madre.

—Su madre le acaricia la cabeza a través de una ventanita que hay en la habitación —le susurró Arnau a su padre esa misma noche, tumbados ambos en el jergón—. No la ha visto nunca. Su padre no le deja, y ella tampoco.

Bernat acariciaba la cabeza de su hijo como Arnau le había contado que hacía la madre de su nuevo amigo. Los ronquidos de los esclavos y aprendices que compartían el espacio con ellos rompieron el silencio que se hizo entre ambos. Bernat se preguntó qué delito habría cometido aquella mujer para merecer tal castigo.

Ponç, el calderero, no habría dudado en contestarle: «¡Adulterio!». Lo había contado decenas de veces a todo aquel que había querido escucharle.

—La sorprendí fornicando con su amante, un jovenzuelo como ella; aprovechaban mis horas de trabajo en la forja. Acudí al

91

veguer, por supuesto, para reclamar la justa reparación que dictan nuestras leyes. —El fuerte calderero, a renglón seguido, se deleitaba hablando de la ley que había permitido que se hiciera justicia—. Nuestros príncipes son hombres sabios, conocedores de la maldad de la mujer. Sólo las mujeres nobles pueden librarse de la acusación de adulterio mediante juramento; las demás, como mi Joana, deben hacerlo mediante una lucha y sometidas al juicio de Dios.

Quienes habían presenciado la lucha recordaban cómo Ponç había hecho pedazos al joven amante de Joana; poco había podido mediar Dios entre el calderero, curtido por el trabajo en la forja, y el delicado jovenzuelo entregado al amor.

La sentencia real se dictó conforme a los *Usatges*: «Si ganare la mujer la retendrá su marido con honor y enmendará todos los gastos que hubieren hecho ella y sus amigos en este pleito y en esta batalla y el daño del lidiador. Pero si fuere ésta vencida pasará a manos de su marido con todas las cosas que tuviere». Ponç no sabía leer pero cantaba de memoria el contenido de la sentencia a la vez que enseñaba el documento a quien quisiera verlo:

> Disponemos que dicho Ponç, si quiere que se le entregue la Joana, debe dar buena caución idónea y seguridad de tenerla en su propia casa en lugar de doce palmos de longitud, seis de latitud y dos canas de altura. Que le deba dar un saco de paja bastante para dormir y una manta con la cual pueda cubrirse, debiendo hacer en dicho lugar un agujero para que pueda satisfacer sus necesidades corporales y dejar una ventana por la cual se den las vituallas a la misma Joana: que le deba dar dicho Ponç en cada día dieciocho onzas de pan completamente cocido, y tanta agua como quisiere y que no le dará ni hará dar cosa alguna para precipitarla a la muerte ni hará cosa alguna para que muera dicha Joana. Sobre todas las cuales cosas dé Ponç buena e idónea caución y seguridad antes de que se le entregue la referida Joana.

Ponç presentó la caución que le solicitó el veguer y éste le entregó a Joana. Construyó en su huerto una habitación de dos metros y medio por metro veinte, hizo un agujero para que la mujer pudiera hacer sus necesidades, abrió aquella ventana por la que Joanet, alumbrado a los nueve meses del juicio y nunca reconocido por Ponç, se dejaba acariciar la cabeza y emparedó de por vida a su joven esposa.

—Padre —le susurró Arnau a Bernat—, ¿cómo era mi madre?, ¿por qué nunca me habláis de ella?

«¿Qué quieres que te diga? ¿Que perdió su virginidad bajo el empuje de un noble borracho? ¿Que se convirtió en la mujer pública del castillo del señor de Bellera?», pensó Bernat.

—Tu madre... —le contestó— no tuvo suerte. Fue una persona desgraciada.

Bernat escuchó cómo Arnau sorbía por la nariz antes de volver a hablar:

—¿Me quería? —insistió el niño con la voz tomada.

—No tuvo oportunidad. Falleció al dar a luz.

—Habiba me quería.

—Yo también te quiero.

—Pero vos no sois mi madre. Hasta Joanet tiene una madre que le acaricia la cabeza.

—No todos los niños tienen... —empezó a corregirlo.

¡La madre de todos los cristianos...! Las palabras de los clérigos resonaron en su memoria.

—¿Qué decíais, padre?

—Sí que tienes madre. Por supuesto que la tienes. —Bernat notó la quietud de su hijo—. A todos los niños que se quedan sin madre, como tú, Dios les da otra: la Virgen María.

—¿Dónde está esa María?

—La Virgen María —lo corrigió—, y está en el cielo.

Arnau permaneció unos instantes en silencio antes de intervenir de nuevo:

—Y ¿para qué sirve una madre que está en el cielo? No me acariciará, ni jugará conmigo, ni me besará, ni...

—Sí que lo hará. —Bernat recordó con claridad las explicaciones que le había dado su padre cuando él hacía esas mismas preguntas—: Envía a los pájaros para que te acaricien. Cuando veas un pájaro, mándale un mensaje a tu madre y verás que vuela hacia el cielo para entregárselo a la Virgen María; después se lo contarán unos a otros y alguno de ellos vendrá a piar y a revolotear alegremente a tu alrededor.

—Pero yo no entiendo a los pájaros.

—Aprenderás a hacerlo.

—Pero nunca podré verla...

—Sí..., sí que puedes verla. La puedes ver en algunas iglesias, y hasta puedes hablarle.

—¿En las iglesias?

—Sí, hijo, sí. Está en el cielo y en algunas iglesias, y le puedes hablar a través de los pájaros o en esas iglesias. Ella te contestará a través de los pájaros o por las noches, cuando duermas, y te querrá y te mimará más que cualquier madre de las que ves.

—¿Más que Habiba?

—Mucho más.

—¿Y esta noche? —preguntó el niño—. Hoy no he hablado con ella.

—No te preocupes, yo lo he hecho por ti. Duérmete y lo verás.

8

Los dos nuevos amigos se encontraban todos los días, y juntos corrían hasta la playa para ver los barcos, o vagaban y jugaban por las calles de Barcelona. Cada vez que lo hacían tras la tapia, cada vez que las voces de Josep, Genís o Margarida resonaban más allá del jardín de los Puig, Joanet veía cómo su amigo levantaba la vista al cielo como si buscara algo que flotara sobre las nubes.

—¿Qué miras? —le preguntó un día.

—Nada —contestó Arnau.

Las risas aumentaron y Arnau volvió a mirar al cielo.

—¿Subimos al árbol? —preguntó Joanet, creyendo que eran sus ramas lo que atraía la atención de su amigo.

—No —contestó Arnau, mientras localizaba con la vista un pájaro al que darle un mensaje para su madre.

—¿Por qué no quieres subir al árbol? Así podremos ver...

¿Qué podía decirle a la Virgen María? ¿Qué se le decía a una madre? Joanet no le decía nada a la suya; sólo la escuchaba y asentía... o negaba, pero claro, él podía oír su voz y sentir sus caricias, pensó Arnau.

—¿Subimos?

—No —gritó Arnau, logrando que la sonrisa de Joanet se borrara de sus labios—. Tú ya tienes una madre que te quiere, no necesitas espiar a las de los demás.

—Pero tú no tienes —le contestó Joanet—; si subimos...

¡Que la quería! Eso es lo que le decían a Guiamona sus hijos. «Dile eso, pajarillo. —Arnau lo vio volar hacia el cielo—. Dile que la quiero.»

—¿Qué? ¿Subimos? —insistió Joanet ya con una mano en las ramas bajas.

—No. Yo tampoco lo necesito... —Joanet se soltó del árbol e interrogó a su amigo con la mirada—. Yo también tengo una madre.

—¿Nueva?

Arnau dudó.

—No lo sé. Se llama Virgen María.

—¿Virgen María? ¿Y quién es ésa?

—Está en algunas iglesias. Yo sé que ellos —continuó, señalando hacia la tapia— iban a las iglesias, pero a mí no me llevaban.

—Yo sé dónde están. —Arnau abrió los ojos de par en par—. Si quieres, te llevo. ¡A la más grande de Barcelona!

Como siempre, Joanet salió corriendo sin esperar la respuesta de su amigo, pero Arnau ya le tenía tomada la medida y lo alcanzó en un momento.

Corrieron hasta la calle de la Boquería y rodearon la judería por la calle del Bisbe hasta dar con la catedral.

—¿Tú crees que ahí dentro estará la Virgen María? —le preguntó Arnau a su amigo señalando el enjambre de andamios que se levantaba sobre las paredes inacabadas. Siguió con la vista una gran piedra que se izaba gracias al esfuerzo de varios hombres que jalaban de una polea.

—Claro que sí —le contestó convencido Joanet—. Esto es una iglesia.

—¡Esto no es una iglesia! —oyeron ambos que les decían a sus espaldas. Se volvieron y se toparon con un hombre rudo que llevaba un martillo y una escarpa en la mano—. Esto es la catedral —espetó, orgulloso de su trabajo como ayudante del maestro escultor—; nunca la confundáis con una iglesia.

Arnau miró con rabia a Joanet.

—¿Dónde hay una iglesia? —le preguntó Joanet al hombre cuando éste ya se marchaba.

—Ahí mismo —les contestó para su sorpresa, señalando con

la escarpa la misma calle por la que habían venido—, en la plaza de Sant Jaume.

A todo correr desanduvieron la calle del Bisbe hasta la plaza de Sant Jaume, donde vieron una pequeña construcción diferente de las demás, con infinidad de imágenes en relieve esculpidas en el tímpano de la puerta, a la que se accedía por una pequeña escalinata. Ninguno de los dos lo pensó dos veces. Entraron a toda prisa. El interior era oscuro y fresco, y antes de que sus ojos tuvieran tiempo de acostumbrarse a la penumbra, unas fuertes manos los agarraron por los hombros y tal como habían entrado fueron arrojados escaleras abajo.

—Estoy harto de deciros que no quiero correrías en la iglesia de Sant Jaume.

Arnau y Joanet se miraron haciendo caso omiso del sacerdote. ¡La iglesia de Sant Jaume! Tampoco aquélla era la iglesia de la Virgen María, se dijeron el uno al otro en silencio.

Cuando el cura desapareció, se levantaron; estaban rodeados por un grupo de seis muchachos, descalzos, harapientos y sucios como Joanet.

—Tiene muy mala uva —dijo uno de ellos haciendo un gesto con la cara hacia las puertas de la iglesia.

—Si queréis podemos deciros por dónde entrar sin que se dé cuenta —les dijo otro—, pero luego tendréis que arreglároslas solos. Si os pilla...

—No, nos da igual —contestó Arnau—. ¿Sabéis dónde hay otra iglesia?

—No os dejarán entrar en ninguna —afirmó un tercero.

—Eso es cosa nuestra —contestó Joanet.

—¡Mira el pequeñín! —rió el mayor de todos adelantándose hacia Joanet. Le sacaba más de medio cuerpo de altura y Arnau temió por su amigo—. Todo lo que sucede en esta plaza es cosa nuestra, ¿entiendes? —le dijo, empujándolo.

Cuando Joanet reaccionó e iba a lanzarse sobre el chico mayor, algo captó la atención de todos desde el otro lado de la plaza.

—¡Un judío! —gritó otro de los muchachos.

Todo el grupo salió corriendo en dirección a un niño en cuyo pecho destacaba el redondel rojo y amarillo y que puso pies en polvorosa en cuanto se percató de lo que se le venía encima. El pequeño judío logró alcanzar la puerta de la judería antes de que el grupo le diese alcance. Los muchachos se detuvieron en seco ante la entrada. Junto a Arnau y Joanet seguía, sin embargo, un niño más pequeño aún que Joanet, con los ojos abiertos de asombro ante el intento de éste de rebelarse contra el mayor.

—Ahí tenéis otra iglesia, detrás de la de Sant Jaume —les indicó—. Aprovechad para escapar, porque Pau —añadió señalando con la cabeza hacia el grupo, que ya se dirigía otra vez hacia ellos— volverá muy enfadado y la pagará con vosotros. Siempre se enfada cuando se le escapa un judío.

Arnau tiró de Joanet, que, desafiante, esperaba al tal Pau. Al final, cuando vio que los muchachos empezaban a correr hacia ellos, Joanet cedió a los tirones de su amigo.

Corrieron calle abajo, en dirección al mar, pero cuando se dieron cuenta de que Pau y los suyos —probablemente más preocupados por los judíos que transitaban su plaza— no los seguían, recuperaron el ritmo normal. Apenas habían recorrido una calle desde la plaza de Sant Jaume cuando se toparon con otra iglesia. Se pararon al pie de la escalera y se miraron. Joanet hizo un gesto con los ojos y la cabeza en dirección a las puertas.

—Esperaremos —dijo Arnau.

En ese momento una anciana salió de la iglesia y descendió lentamente la escalera. Arnau no lo pensó dos veces.

—Buena mujer —le dijo cuando alcanzó la calzada—, ¿qué iglesia es ésta?

—La de Sant Miquel —contestó la mujer sin detenerse.

Arnau suspiró. Ahora Sant Miquel.

—¿Dónde hay otra iglesia? —intervino Joanet al ver la expresión de su amigo.

—Justo al final de esta calle.

—¿Y cuál es ésa? —insistió, y logró captar por primera vez la atención de la mujer.

—Ésa es la iglesia de Sant Just i Pastor. ¿Por qué tenéis tanto interés?

Los niños no contestaron y se separaron de la anciana, que los miró mientras se alejaban cabizbajos.

—¡Todas las iglesias son de hombres! —espetó Arnau—. Tenemos que encontrar una iglesia de mujeres; seguro que allí estará la Virgen María.

Joanet continuó caminando pensativo.

—Conozco un sitio... —dijo al fin—. Todo son mujeres. Está en el extremo de la muralla, junto al mar. Lo llaman... —Joanet trató de recordar—. Lo llaman Santa Clara.

—Tampoco es la Virgen.

—Pero es una mujer. Seguro que tu madre está con ella. ¿Acaso estaría con un hombre que no fuera tu padre?

Bajaron por la calle de la Ciutat hasta el portal de la Mar, que se abría en la antigua muralla romana, junto al castillo Regomir, y desde donde partía el camino hacia el convento de Santa Clara, que cerraba las nuevas murallas por su extremo oriental, lindando con el mar. Tras dejar atrás el castillo Regomir doblaron a la izquierda y continuaron hasta dar con la calle de la Mar, que iba desde la plaza del Blat hasta la iglesia de Santa María de la Mar, donde se desgajaba en pequeñas callejuelas, todas ellas paralelas, que desembocaban en la playa. Desde allí, cruzando la plaza del Born y el Pla d'en Llull, se llegaba por la calle de Santa Clara hasta el convento del mismo nombre.

Pese a la ansiedad por encontrar la iglesia que buscaban, ninguno de los dos niños pudo vencer el impulso de detenerse junto a las mesas de los plateros situadas a ambos lados de la calle de la Mar. Barcelona era una ciudad próspera y rica y buena muestra de ello eran los numerosos objetos valiosos expuestos en aquellas mesas: vajillas de plata, jarras y vasos de metales preciosos con incrustaciones de piedras, collares, pulseras y anillos, cinturones, un sinfín de obras de arte que refulgían bajo el sol del verano y que Arnau y Joanet intentaban mirar antes de que el artesano los obligase a continuar su camino, a veces a gritos o a coscorrones.

De esa forma, corriendo delante del aprendiz de uno de los plateros, llegaron a la plaza de Santa María; a su derecha un pequeño cementerio, el *fossar* Mayor, y a su izquierda, la iglesia.

—Santa Clara está por... —empezó a decir Joanet, pero calló de repente. Aquello..., ¡aquello era impresionante!

—¿Cómo lo habrán hecho? —se preguntó Arnau antes de quedarse con la boca abierta.

Delante de ellos se alzaba una iglesia, fuerte y resistente, seria, adusta, chata, sin ventanales y con unos muros de un grosor excepcional. Alrededor del templo habían limpiado y allanado el terreno. Un sinfín de estacas clavadas en el suelo y unidas por cuerdas, formando figuras geométricas, la rodeaba.

Circundando el ábside de la iglesia pequeña, se alzaban diez esbeltas columnas de dieciséis metros de altura, cuya piedra blanca resaltaba a través del andamiaje que las envolvía.

Los andamios, de madera, apoyados en la parte posterior de la iglesia subían y subían como inmensos escalones. Aun a la distancia a la que se encontraba, Arnau tuvo que levantar la vista para divisar el final de los andamios, muy por encima del de las columnas.

—Vamos —lo instó Joanet cuando se cansó de mirar el peligroso trajinar de los obreros por los andamios—; seguro que es otra catedral.

—Esto no es una catedral —oyeron a sus espaldas. Arnau y Joanet se miraron y sonrieron. Se volvieron e interrogaron con la mirada a un hombre fuerte y sudoroso cargado con una enorme piedra a sus espaldas. ¿Y qué es?, parecía decirle Joanet sonriendo—. La catedral la pagan los nobles y la ciudad; sin embargo esta iglesia, que será más importante y más bella que la catedral, la paga y la construye el pueblo.

El hombre ni siquiera se había detenido. El peso de la piedra parecía empujarlo hacia delante; con todo, les había sonreído.

Los dos niños lo siguieron hasta el costado de la iglesia, situado junto a otro cementerio, el *fossar* Menor.

—¿Quiere que lo ayudemos? —preguntó Arnau.

El hombre resopló antes de volverse y sonreír de nuevo.

—Gracias, muchacho, pero será mejor que no.

Al final, se agachó y dejó la piedra en el suelo. Los niños la miraron y Joanet se acercó a ella para intentar moverla, pero no pudo. El hombre soltó una carcajada y Joanet le contestó con una sonrisa.

—Si no es una catedral —intervino Arnau señalando las altas columnas ochavadas—, ¿qué es?

—Ésta es la nueva iglesia que está levantando el barrio de la Ribera en agradecimiento y devoción a Nuestra Señora, la Virgen...

Arnau dio un respingo.

—¿La Virgen María? —lo interrumpió con los ojos abiertos de par en par.

—Por supuesto, muchacho —le contestó el hombre revolviéndole el cabello—. La Virgen María, Nuestra Señora de la Mar.

—Y..., ¿y dónde está la Virgen María? —preguntó de nuevo Arnau, con la mirada puesta en la iglesia.

—Allí dentro, en esa pequeña iglesia, pero cuando terminemos ésta, tendrá el mejor templo que ninguna Virgen haya podido tener jamás.

¡Allí dentro! Arnau ni siquiera escuchó el resto. Allí dentro estaba su Virgen. De repente, un rumor los obligó a todos a levantar la vista: una bandada de pájaros había emprendido el vuelo desde lo más alto de los andamios.

9

El barrio de la Ribera de Mar de Barcelona, donde se estaba construyendo la iglesia en honor de la Virgen María, había crecido como un suburbio de la Barcelona carolingia, cercada y fortificada por las antiguas murallas romanas. En sus inicios fue un simple barrio de pescadores, descargadores de barcos y todo tipo de gente humilde. Ya entonces existía allí una pequeña iglesia, llamada Santa María de las Arenas, emplazada en el lugar donde supuestamente había sido martirizada santa Eulalia en el año 303. La pequeña iglesia de Santa María de las Arenas recibió ese nombre por hallarse edificada precisamente en las arenas de la playa de Barcelona, pero la misma sedimentación que había hecho impracticables los puertos de los que había gozado la ciudad, alejaron la iglesia de los arenales que configuraban la línea costera hasta hacerle perder su denominación original. Pasó entonces a llamarse Santa María de la Mar, porque si bien la costa se alejó de ella, no ocurrió lo mismo con la veneración de todos los hombres que vivían del mar.

El transcurso del tiempo, que ya había logrado despejar de arenales la pequeña iglesia, obligó también a la ciudad a buscar nuevos terrenos extramuros en los que dar cabida a la incipiente burguesía de Barcelona que ya no podía establecerse en el recinto romano. Y de los tres lindes de Barcelona, la burguesía optó por el oriental, aquel por el que transcurría el tráfico del puerto hasta la ciudad. Allí, en la misma calle de la Mar, se instalaron los plateros; las demás calles recibieron su nombre de los cambistas, algodoneros, carniceros y panaderos, vinateros y queseros, sombrereros, espaderos y multitud de otros artesanos. También se levantó allí una alhóndiga donde se alojaban los mercaderes extranjeros de visita en la ciudad, y se construyó la plaza del Born, a espaldas de Santa María, donde se celebraban justas y torneos. Pero no sólo los ricos artesanos se sintieron atraídos por el nuevo barrio de la Ribera; también muchos nobles se trasladaron allí, de la mano del senescal Guillem Ramon de Montcada, a quien el conde de Barcelona, Ramon Berenguer IV, cedió los terrenos que dieron lugar a la calle que llevaba su nombre, que desembocaba en la plaza del Born, junto a Santa María de la Mar, y en la que se alzaron grandes y lujosos palacios.

Después de que el barrio de la Ribera de la Mar de Barcelona se convirtiera en un lugar próspero y rico, la antigua iglesia románica a la que acudían los pescadores y demás gente de la mar a venerar a su patrona se quedó pequeña y pobre para sus prósperos y ricos parroquianos. Sin embargo, los esfuerzos económicos de la iglesia barcelonesa y de la realeza se dirigían exclusivamente a la reconstrucción de la catedral de la ciudad.

Los parroquianos de Santa María de la Mar, ricos y pobres, unidos por la devoción a la Virgen, no desfallecieron ante la falta de apoyo y, de la mano del recién nombrado archidiácono de la Mar, Bernat Llull, solicitaron a las autoridades eclesiásticas el permiso para alzar lo que querían que fuera el mayor monumento a la Virgen María. Y lo obtuvieron.

Santa María de la Mar se empezó a construir, pues, por y para el pueblo, de lo cual dio fe la primera piedra del edificio que se colocó en el lugar exacto donde iría el altar mayor y en la que, a diferencia de lo que ocurría con las construcciones que contaban con el apoyo de las autoridades, tan sólo se esculpió el escudo de la parroquia en señal de que la fábrica, con todos sus derechos, pertenecía única y exclusivamente a los parroquianos que la habían construido: los ricos, con sus dineros; los humildes, con su trabajo. Desde que se colocó la primera piedra, un grupo de feligreses y prohombres de la ciudad llamados la Vigesimoquinta debía reunirse, cada año, con el rector de la parroquia para, asistidos de un notario, entregarle las llaves de la iglesia para ese año.

Arnau observó al hombre de la piedra. Todavía sudoroso, jadeante, sonreía mientras miraba hacia la construcción.

—¿Podría verla? —preguntó Arnau.

—¿A la Virgen? —preguntó a su vez el hombre dirigiendo su sonrisa hacia el pequeño.

¿Y si los niños no podían entrar solos en las iglesias?, se preguntó Arnau. ¿Y si tenían que hacerlo con sus padres? ¿Qué les había dicho el sacerdote de Sant Jaume?

—Por supuesto. La Virgen estará encantada de que unos niños como vosotros la visitéis.

Arnau rió, nervioso. Después miró a Joanet.

—¿Vamos? —le instó.

—¡Ehhh! Un momento —les dijo el hombre—; yo tengo que volver al trabajo. —Miró a los operarios que trabajaban la piedra—. Àngel —le gritó a un muchacho de unos doce años que se acercó a ellos corriendo—, acompaña a estos niños a la iglesia. Dile al cura que quieren ver a la Virgen.

El hombre volvió a revolver el cabello de Arnau y desapareció en dirección al mar. Arnau y Joanet se quedaron con el tal Àngel, pero cuando el muchacho los miró, ambos bajaron la vista.

—¿Queréis ver a la Virgen?

Su voz sonó sincera. Arnau asintió y le preguntó:

—Tú.... ¿la conoces?

—Claro —rió Àngel—. Es la Virgen de la Mar, mi Virgen. ¡Mi padre es barquero! —añadió con orgullo—. Venid.

Los dos lo siguieron hasta la entrada de la iglesia, Joanet con los ojos muy abiertos, Arnau cabizbajo.

—¿Tienes madre? —preguntó de repente.

—Sí, claro —contestó Àngel sin dejar de andar delante de ellos.

A sus espaldas, Arnau sonrió a Joanet. Cruzaron las puertas de Santa María, y Arnau y Joanet se detuvieron hasta que sus ojos se acostumbraron a la oscuridad. Olía a cera y a incienso. Arnau comparó las altas y esbeltas columnas que se alzaban por fuera con las del interior de la iglesia: bajas, cuadradas y gruesas. La única luz que penetraba lo hacía por unas ventanas estrechas, alargadas y hundidas en los anchos muros de la construcción, que dejaban aquí y allá rectángulos amarillos sobre el suelo. Colgando del techo, en las paredes, en todas partes, había barcos: algunos laboriosamente trabajados, otros más toscos.

—Vamos —les susurró Àngel.

Mientras se dirigían hacia el altar, Joanet señaló a varias personas postradas de rodillas en el suelo y que les habían pasado inadvertidas al principio. Al pasar junto a ellas, el murmullo de sus oraciones extrañó a los niños.

—¿Qué hacen? —preguntó Joanet acercándose al oído de Arnau.

—Rezan —le contestó éste.

Su tía Guiamona, cuando volvía de la iglesia con sus primos, lo obligaba a rezar, arrodillado en su dormitorio, frente a una cruz.

Cuando estuvieron ante el altar, un sacerdote delgado se les acercó. Joanet se colocó detrás de Arnau.

—¿Qué te trae por aquí, Àngel? —preguntó el hombre en voz baja, pero mirando no obstante a los dos niños.

El sacerdote tendió la mano hacia Àngel, ante la que el joven se inclinó.

—Estos dos chicos, padre. Quieren ver a la Virgen.

Los ojos del sacerdote brillaron en la oscuridad al dirigirse a Arnau.

—Allí la tenéis —dijo señalando hacia el altar.

Arnau siguió la dirección que indicaba el sacerdote hasta dar con una pequeña y sencilla figura de mujer esculpida en piedra, con un niño sobre su hombro derecho y un barco de madera a sus pies. Entornó los ojos; las facciones de la mujer eran serenas. ¡Su madre!

—¿Cómo os llamáis? —preguntó el sacerdote.

—Arnau Estanyol —contestó el uno.

—Joan, pero me llaman Joanet —respondió el otro.

—¿Y de apellido?

La sonrisa desapareció del rostro de Joanet. Ignoraba cuál era su apellido. Su madre le había dicho que no debía utilizar el de

Ponç el calderero, que si éste se enteraba, se enfadaría mucho, pero que tampoco utilizase el de ella. Nunca había tenido que decirle a nadie su apellido. ¿Por qué querría saberlo ahora ese sacerdote? Pero el cura insistía con la mirada.

—Igual que él —dijo al fin—. Estanyol.

Arnau se giró hacia él y leyó una súplica en los ojos de su amigo.

—Entonces sois hermanos.

—S..., sí —atinó a balbucear Joanet ante la silenciosa complicidad de Arnau.

—¿Sabéis rezar?

—Sí —contestó Arnau.

—Yo no... todavía —añadió Joanet.

—Pues que te enseñe tu hermano mayor —le dijo el sacerdote—. Podéis rezar a la Virgen. Ven conmigo, Àngel, quisiera darte un recado para tu maestro. Hay allí unas piedras...

La voz del cura se fue perdiendo a medida que se alejaban; los dos niños quedaron frente al altar.

—¿Habrá que rezar de rodillas? —le susurró Joanet a Arnau.

Arnau volvió la vista hacia las sombras que le señalaba Joanet, y cuando éste ya se dirigía hacia los reclinatorios de seda roja que había frente al altar mayor, lo agarró del brazo.

—La gente se arrodilla en el suelo —le dijo también en un susurro señalando a los parroquianos—, pero además están rezando.

—¿Y qué vas a hacer tú?

—Yo no rezo. Estoy hablando con mi madre. Tú no te arrodillas cuando hablas con tu madre, ¿verdad?

Joanet lo miró. No, no lo hacía...

—Pero el cura no ha dicho que pudiéramos hablar con ella; sólo que podíamos rezar.

—Ni se te ocurra decirle nada al cura. Si lo haces, le diré que le has mentido y que no eres mi hermano.

Joanet se quedó junto a Arnau y se entretuvo mirando los numerosos barcos que adornaban la iglesia. Le hubiera gustado tener uno de aquellos barcos. Se preguntó si podrían flotar. Seguro que sí; si no, ¿para qué los habían tallado? Podría poner uno de aquellos barcos en la orilla del mar y...

Arnau tenía la vista fija en la figura de piedra. ¿Qué podía decirle? ¿Le habrían llevado el mensaje los pájaros? Les había dicho que la quería, se lo había dicho muchas veces.

«Mi padre me ha dicho que aunque era mora está contigo, pero que no puedo decírselo a nadie, porque la gente dice que los moros no van al cielo —siguió murmurando—. Era muy buena. Ella no tuvo la culpa de nada. Fue Margarida.»

Arnau miraba fijamente a la Virgen. Decenas de velas encendidas la rodeaban. El aire vibraba alrededor de la figura de piedra.

«¿Está contigo Habiba? Si la ves, dile que también la quiero. No te enfadas porque la quiera, ¿verdad?, aunque sea mora.»

Arnau, a través de la oscuridad, el aire y el titilar de las decenas de velas, observó cómo los labios de la pequeña figura de piedra se curvaban en una sonrisa.

—¡Joanet! —le dijo a su amigo.

—¿Qué?

Arnau señaló a la Virgen, pero ahora sus labios... ¿Tal vez la Virgen no quería que nadie más la viera sonreír? Tal vez fuera un secreto.

—¿Qué? —insistió Joanet.

—Nada, nada.

—¿Ya habéis rezado?

La presencia de Àngel y el clérigo los sorprendió.

—Sí —contestó Arnau.

—Yo no... —empezó a excusarse Joanet.

—Lo sé, lo sé —lo interrumpió cariñosamente el sacerdote acariciándole el cabello—. Y tú, ¿qué has rezado?

—El Ave María —contestó Arnau.

—Preciosa oración. Vamos, pues —añadió el cura mientras los acompañaba hasta la puerta.

—Padre —le dijo Arnau una vez en el exterior—, ¿podremos volver?

El sacerdote les sonrió.

—Por supuesto, pero espero que cuando lo hagáis, hayas enseñado a rezar a tu hermano. —Joanet aceptó con seriedad las dos palmadas que el sacerdote le propinó en las mejillas—. Volved cuando queráis —añadió éste—; siempre seréis bienvenidos.

Àngel empezó a andar en dirección al lugar en el que se amontonaban las piedras. Arnau y Joanet lo siguieron.

—Y ahora, ¿adónde vais? —les preguntó volviéndose hacia ellos. Los niños se miraron y se encogieron de hombros—. No podéis estar en las obras. Si el maestro...

—¿El hombre de la piedra? —lo interrumpió Arnau.

—No —contestó Àngel riendo—. Ése es Ramon, un *bastaix*. —Joanet se sumó a la inquisitiva expresión de su amigo—. Los bastaixos son los arrieros de la mar; transportan las mercaderías desde la playa hasta los almacenes de los mercaderes, o al revés. Cargan y descargan las mercancías después de que los barqueros las hayan llevado hasta la playa.

—Entonces, ¿no trabajan en Santa María? —preguntó Arnau.

—Sí. Los que más. —Àngel rió ante la expresión de los niños—. Son gente humilde, sin recursos, pero devotos de la Virgen de la Mar, más devotos que nadie. Como no pueden dar dinero para la construcción, la cofradía de los *bastaixos* se ha comprometido a transportar gratuitamente la piedra desde la cantera real, en Montjuïc, hasta pie de obra. Lo hacen sobre sus espaldas —Àngel hizo aquel comentario con la mirada perdida—, y recorren millas cargados con piedras que después tenemos que mover entre dos personas.

Arnau recordó la enorme roca que el *bastaix* había dejado en el suelo.

—¡Claro que trabajan para su Virgen! —insistió Àngel—, más que nadie. Id a jugar —añadió antes de reemprender su camino.

10

Por qué siguen elevando los andamios?

Arnau señaló hacia la parte trasera de la iglesia de Santa María. Àngel levantó la mirada y con la boca llena de pan y queso masculló una explicación ininteligible. Joanet empezó a reírse, Arnau se le sumó y, al final, el propio Àngel no pudo evitar una carcajada, hasta que se atragantó y la risa se convirtió en un ataque de tos.

Todos los días Arnau y Joanet iban a Santa María, entraban en la iglesia y se arrodillaban. Azuzado por su madre, Joanet había decidido aprender a rezar y repetía una y otra vez las oraciones que Arnau le enseñaba. Después, cuando los dos amigos se separaban, el pequeño corría hasta la ventana y le explicaba cuánto había rezado aquel día. Arnau hablaba con su madre, salvo cuando el padre Albert, que así se llamaba el sacerdote, se acercaba a ellos; entonces se sumaba al murmullo de Joanet.

Cuando salían de Santa María y siempre a cierta distancia, Arnau y Joanet miraban las obras, a los carpinteros, a los picapedreros, a los albañiles; después se sentaban en el suelo de la plaza a la espera de que Àngel hiciera un receso en su trabajo y se sentara junto a ellos para comer pan y queso. El padre Albert los miraba con cariño, los trabajadores de Santa María los saludaban con una sonrisa, e incluso los bastaixos, cuando aparecían cargados con piedras sobre sus espaldas, desviaban la mirada hacia aquellos dos pequeños sentados frente a Santa María.

—¿Por qué siguen elevando los andamios? —volvió a preguntar Arnau.

Los tres miraron hacia la parte posterior de la iglesia, donde se levantaban las diez columnas; ocho en semicírculo y dos más apartadas. Tras ellas se habían empezado a construir los contrafuertes y los muros que formarían el ábside. Pero si las columnas subían por encima de la pequeña iglesia románica, los andamios subían y subían, sin razón aparente, sin columnas en su interior, como si los operarios se hubieran vuelto locos y quisieran construir una escalera hasta el cielo.

—No sé —contestó Àngel.

—Todos esos andamios no aguantan nada —intervino Joanet.

—Pero aguantarán —afirmó entonces con seguridad la voz de un hombre.

Los tres se volvieron. Entre las risas y las toses no se habían dado cuenta de que a sus espaldas se habían colocado varios hombres, algunos lujosamente vestidos, otros con hábitos de sacerdote pero engalanados con cruces de oro y piedras preciosas sobre el pecho, grandes anillos y cinturones bordados con hilos de oro y plata.

El padre Albert los vio desde la puerta de la iglesia y se apresuró a recibirlos. Àngel se levantó de un salto y volvió a atragantarse. No era la primera vez que veía al hombre que acababa de contestarles, pero en contadas ocasiones lo había visto rodeado de tanto boato. Era Berenguer de Montagut, el maestro de obras de Santa María de la Mar.

Arnau y Joanet se levantaron también. El padre Albert se unió al grupo y saludó a los obispos besándoles los anillos.

—¿Qué aguantarán?

La pregunta de Joanet detuvo al padre Albert a medio camino de otro beso; desde su incómoda postura miró al niño; no hables si no te preguntan, le dijo con los ojos. Uno de los prebostes hizo amago de continuar hacia la iglesia, pero Berenguer de Montagut agarró a Joanet por un hombro y se inclinó hacia él.

—Los niños son a menudo capaces de ver aquello que nosotros no vemos —dijo en voz alta a sus acompañantes—, así que

no me extrañaría que éstos hubieran observado algo que a nosotros pudiera habérsenos pasado por alto. ¿Quieres saber por qué
seguimos elevando los andamios? —Joanet asintió, no sin antes
mirar al padre Albert—. ¿Ves el final de las columnas? Pues desde
allí arriba, desde el final de cada una de ellas saldrán seis arcos y
el más importante de todos será aquel sobre el que descansará el
ábside de la nueva iglesia.

—¿Qué es un ábside? —preguntó Arnau.

Berenguer sonrió y miró hacia atrás. Algunos de los presentes
estaban tan atentos a las explicaciones como los niños.

—Un ábside es algo parecido a esto. —El maestro juntó los
dedos de las manos, ahuecándolas. Los niños permanecieron atentos a aquellas manos mágicas; algunos de los de atrás se asomaron,
incluido el padre Albert—. Pues bien, encima de todo, en lo más
alto —continuó, separando una de las manos y señalando el final
de su índice—, va colocada una gran piedra que se llama piedra de
clave. Primero tenemos que izar esa piedra hasta lo más alto de los
andamios, allí arriba, ¿veis? —Todos miraron hacia el cielo—. Una
vez que la hayamos colocado, iremos subiendo los nervios de esos
arcos hasta que se junten con la piedra de clave. Por eso necesitamos esos andamios tan altos.

—¿Y para qué tanto esfuerzo? —volvió a preguntar Arnau.
El sacerdote dio un respingo cuando oyó al niño, aunque ya empezaba a acostumbrarse a sus preguntas y observaciones—. Todo
eso no se verá desde dentro de la iglesia. Quedará por encima del
techo.

Berenguer rió y también lo hicieron algunos de sus acompañantes. El padre Albert suspiró.

—Sí que se verá, muchacho, porque el techo de la iglesia que
hay ahora irá desapareciendo a medida que se construya la nueva
estructura. Será como si esa pequeña iglesia fuese creando la nueva, más grande, más...

La expresión de desazón de Joanet lo sorprendió. El niño se
había acostumbrado a la intimidad de la pequeña iglesia, a su olor,
a su oscuridad, a la intimidad que encontraba cuando rezaba.

—¿Quieres a la Virgen de la Mar? —le preguntó Berenguer.

111

Joanet miró a Arnau. Los dos asintieron.

—Pues cuando terminemos su nueva iglesia, esa Virgen a la que tanto queréis tendrá más luz que ninguna de las vírgenes del mundo. Ya no estará a oscuras como ahora, y tendrá el templo más bello que nadie haya podido imaginar; ya no estará encerrada entre muros gordos y bajos, sino entre altos y delgados, esbeltos, con columnas y ábsides que llegarán hasta el cielo, donde debe estar la Virgen.

Todos miraron hacia el cielo.

—Sí —continuó Berenguer de Montagut—, hasta allí llegará la nueva iglesia de la Virgen de la Mar. —Después empezó a andar hacia Santa María, acompañado de su comitiva; dejaron a los niños y al padre Albert observando sus espaldas.

—Padre —preguntó Arnau cuando ya no los podían oír—, ¿qué será de la Virgen cuando derriben la iglesia pequeña, pero aún no esté acabada la grande?

—¿Ves aquellos contrafuertes? —le contestó el sacerdote señalando dos de los que se estaban construyendo para cerrar el deambulatorio, tras el altar mayor—. Pues allí, entre ellos, se construirá la primera capilla, la del Santísimo, en la que provisionalmente y junto al cuerpo de Cristo y al sepulcro que contiene los restos de santa Eulalia, se guardará a la Virgen para que no sufra ningún desperfecto.

—¿Y quién la vigilará?

—No te preocupes —le contestó el clérigo, esta vez sonriendo—, la Virgen estará bien vigilada. La capilla del Santísimo pertenece a la cofradía de los *bastaixos*; ellos tendrán la llave de sus rejas y se ocuparán de vigilar a tu Virgen.

Arnau y Joanet conocían ya a los *bastaixos*. Àngel les había recitado sus nombres cuando aparecían en fila, cargados con sus enormes piedras: Ramon, el primero que habían conocido; Guillem, duro como las rocas que cargaba sobre sus espaldas, tostado por el sol y con el rostro horriblemente desfigurado por un accidente, pero dulce y cariñoso en el trato; otro Ramon, llamado «el Chico», más bajo que el primer Ramon y achaparrado; Miquel, un hombre fibroso que parecía incapaz de soportar el peso de su carga pero que lo lograba a fuerza de tensar todos los nervios y tendones de su cuerpo, hasta el punto de que parecía que en cualquier momento podían estallar; Sebastià, el más antipático y taciturno, y su hijo Bastianet; Pere, Jaume y un sinfín de nombres más, correspondientes a aquellos trabajadores de la Ribera que habían asumido como tarea propia transportar desde la cantera real de La Roca hasta Santa María de la Mar los miles de piedras necesarios para la construcción de la iglesia.

Arnau pensó en los *bastaixos*: en cómo miraban hacia la iglesia cuando, encorvados, llegaban hasta Santa María; en cómo sonreían tras descargar las piedras; en la fuerza que demostraban sus espaldas. Estaba seguro de que ellos cuidarían bien de su Virgen.

Lo que les había avanzado Berenguer de Montagut no tardó ni siete días en cumplirse.

—Mañana venid al amanecer —les aconsejó Àngel—; izaremos la clave.

Y allí estaban los niños, corriendo por detrás de todos los operarios reunidos al pie de los andamios. Había más de un centenar de personas, entre trabajadores, *bastaixos* y hasta sacerdotes; el padre Albert se había despojado de sus hábitos y aparecía vestido como uno más, con una gruesa pieza de tela roja enrollada en la cintura a guisa de faja.

Arnau y Joanet se metieron entre ellos, saludando a unos y sonriendo a otros.

—Niños —oyeron que les decía uno de los maestros albañiles—, cuando empecemos a izar la clave no quiero veros por en medio.

Los dos asintieron.

—¿Y la clave? —preguntó Joanet, levantando la mirada hacia el maestro.

Corrieron hacia donde el hombre les indicó, al pie del primer andamio, el más bajo de todos.

—¡Virgen! —exclamaron al unísono cuando estuvieron junto a la gran piedra circular.

Muchos hombres la miraban como ellos, pero en silencio; sabían que aquél era un día importante.

—Pesa más de seis mil kilos —les dijo alguien.

Joanet, con los ojos como platos, miró a Ramon, el *bastaix* al que había visto junto a la piedra.

—No —le dijo éste adivinando sus pensamientos—, ésta no la hemos traído nosotros.

El comentario suscitó algunas risas nerviosas que, sin embargo, cesaron enseguida. Arnau y Joanet vieron cómo los hombres desfilaban, miraban la piedra y levantaban la vista hacia lo alto de los andamios; ¡tenían que izar más de seis mil kilos a una altura de treinta metros tirando de maromas!

—Si algo falla... —oyeron que decía uno de ellos mientras se santiguaba.

—Nos pillará debajo —continuó otro haciendo una mueca con los labios.

Nadie estaba parado; hasta el padre Albert, con su extraña indumentaria, se movía inquieto entre ellos, animándolos, golpeándolos en la espalda y charlando atropelladamente. La iglesia vieja se alzaba entre la gente y los andamios. Muchos miraban hacia ella. Ciudadanos de Barcelona empezaron a arremolinarse a cierta distancia de las obras.

Al fin apareció Berenguer de Montagut y, sin dar tiempo a que la gente lo parase o saludase, se encaramó al andamio más bajo y empezó a dirigirse a los congregados. Mientras él hablaba, varios albañiles que lo acompañaban ataron una gran trócola a la piedra.

—Como veréis —gritó—, en lo alto del andamio se han montado varios polipastos que nos servirán para izar la clave. Las trócolas, tanto las de arriba como las que están atando a la clave, están compuestas por tres órdenes de poleas compuestos a su vez por tres poleas cada uno. Como ya sabéis, no utilizaremos tornos ni ruedas puesto que en todo momento deberemos dirigir la clave lateralmente. Hay tres maromas que pasan por las poleas, suben hasta arriba y vuelven a bajar hasta el suelo. —El maestro, seguido por un centenar de cabezas, señaló el recorrido de las maromas—. Quiero que os dividáis en tres grupos, a mi alrededor.

Los maestros albañiles empezaron a dividir a la gente. Arnau y Joanet se escabulleron hasta la fachada posterior de la iglesia y allí, con la espalda pegada al muro, siguieron los preparativos. Cuando Berenguer comprobó que se habían formado los tres grupos en su derredor, continuó hablando:

—Cada uno de los tres grupos halará de una de las maromas. Vosotros —añadió dirigiéndose a uno de los grupos— seréis Santa María. Repetid conmigo: ¡Santa María! —Los hombres gritaron Santa María—. Vosotros, Santa Clara. —El segundo grupo coreó el nombre de Santa Clara—. Y vosotros, Santa Eulalia. Me dirigiré a vosotros por esos nombres. Cuando diga ¡todos!, me estaré refiriendo a los tres grupos. Debéis tirar en línea recta, según se os coloque, sin perder la espalda de vuestro compañero y atendiendo las órdenes del maestro que dirigirá cada fila. Recordad: ¡siempre tenéis que estar rectos! Colocaos en fila.

Cada grupo contaba con un maestro albañil que los organizó en fila. Las maromas ya estaban preparadas y los hombres las agarraron. Berenguer de Montagut no les permitió pensar.

—¡Todos! Empezad a tirar a la orden de ya, suave primero, hasta que notéis la tensión en las cuerdas. ¡Ya!

Arnau y Joanet vieron moverse las filas hasta que las maromas empezaron a tensarse.

—¡Todos! ¡Con fuerza!

Los niños contuvieron la respiración. Los hombres clavaron los talones en la tierra, empezaron a tirar, y sus brazos, sus espaldas y sus rostros se tensaron. Arnau y Joanet fijaron la mirada en la gran piedra. No se movía.

—¡Todos! ¡Más fuerte!

La orden resonó en la explanada. Los rostros de los hombres empezaron a congestionarse. La madera de los andamios crujió y la clave se levantó un palmo del suelo. ¡Seis mil kilos!

—¡Más! —aulló Berenguer sin desviar la atención de la clave.

Otro palmo. Los niños se habían olvidado hasta de respirar.

—¡Santa María! ¡Más fuerte! ¡Más!

Arnau y Joanet dirigieron la mirada hacia la fila de Santa María. Allí estaba el padre Albert, que cerró los ojos y tiró de la cuerda.

—Así, ¡Santa María!, así. ¡Todos! ¡Más fuerza!

La madera siguió crujiendo. Arnau y Joanet miraron hacia los andamios y después a Berenguer de Montagut, que sólo prestaba atención a la piedra, que ya ascendía, lentamente, muy lentamente.

—¡Más! ¡Más! ¡Más! ¡Todos juntos! ¡Con fuerza!

Cuando la clave alcanzó la altura del primer andamio, Berenguer ordenó que las filas dejasen de tirar y aguantasen la piedra en el aire.

—¡Santa María y Santa Eulalia, aguantad! —ordenó después—, ¡Santa Clara, halad! —La clave se desplazó lateralmente hasta el mismo andamio desde el que Berenguer daba las órdenes—. ¡Todos ahora! Soltad poco a poco.

Todos, incluidos quienes tiraban de las maromas, contuvieron la respiración cuando la clave se posó sobre el andamio, a los pies de Berenguer.

—¡Despacio! —gritó el maestro de obras.

La plataforma se combó por el peso de la clave.

—¿Y si cede? —le susurró Arnau a Joanet.

Si cediese, Berenguer...

Aguantó. Sin embargo, aquel andamio no estaba preparado para soportar durante mucho tiempo el peso de la clave. Había que llegar hasta arriba, donde, según los cálculos de Berenguer, los andamios aguantarían. Los albañiles cambiaron las maromas hasta el siguiente polipasto y los hombres volvieron a tirar de las cuerdas. El siguiente andamio y el siguiente; los seis mil kilos de piedra se alzaban hasta el lugar en el que confluirían las nervaduras de los arcos, por encima de la gente, en el cielo.

Los hombres sudaban y tenían los músculos agarrotados. De vez en cuando, alguno caía y el maestro de la fila corría para sacarlo de debajo de los pies de los que lo precedían. Algunos ciudadanos fuertes se habían acercado y cuando alguien no podía más, el maestro elegía a alguno de ellos para que ocupase su puesto.

Desde arriba, Berenguer daba las órdenes, que transmitía a los hombres otro maestro situado en un andamio más bajo. Cuando la clave llegó hasta el último andamio, algunas sonrisas aparecieron entre los labios fuertemente apretados, pero aquél era el momento más difícil. Berenguer de Montagut había calculado el lugar exacto en que debía colocarse la clave para que las nervaduras de los arcos se acoplasen a ella perfectamente. Durante días trianguló con cuerdas y estacas entre las diez columnas, echó plomadas desde el andamio y tensó cuerdas y más cuerdas desde las estacas del suelo hasta arriba del andamio. Durante días garabateó sobre los pergaminos, los raspó y volvió a escribir sobre ellos. Si la clave no ocupaba el lugar exacto, no aguantaría los esfuerzos de los arcos y el ábside podía venirse abajo.

Al final, después de miles de cálculos e infinidad de trazas, dibujó el lugar exacto sobre la plataforma del último andamio. Allí debía colocarse la clave, ni un palmo más allá ni un palmo más acá. Los hombres se desesperaron cuando, a diferencia de lo que había sucedido en las demás plataformas, Berenguer de Montagut no les permitió dejar la clave sobre el andamio y continuó dando órdenes:

—Un poco más, Santa María. No. Santa Clara, tirad, ahora aguantad. ¡Santa Eulalia!, ¡Santa Clara!, ¡Santa María...! ¡Abajo...!, ¡arriba...! ¡Ahora! —gritó de repente—. ¡Aguantad todos! ¡Abajo! Poco a poco, poco a poco. ¡Despacio!

De repente las maromas dejaron de pesar. En silencio, todos los hombres miraron al cielo, donde Berenguer de Montagut se había acuclillado para comprobar la situación de la clave. Rodeó la piedra, de dos metros de diámetro, se irguió y saludó a los de abajo alzando los brazos.

Arnau y Joanet creyeron notar en sus espaldas, pegadas al muro de la vieja iglesia, el rugido que salió de las gargantas de los hombres que durante horas habían estado tirando de las cuerdas. Muchos se dejaron caer a tierra. Otros, los menos, se abrazaron y saltaron de alegría. Los cientos de espectadores que habían estado siguiendo la operación gritaban y aplaudían, y Arnau sintió cómo se le hacía un nudo en la garganta y se le erizaba todo el vello del cuerpo.

—Me gustaría ser mayor —le susurró esa noche Arnau a su padre, los dos tumbados en el jergón de paja, rodeados por las toses y ronquidos de esclavos y aprendices.

Bernat intentó adivinar a qué venía aquel deseo. Aquel día, Arnau había llegado exultante y contó mil y una veces cómo se había izado la clave del ábside de Santa María. Hasta Jaume lo escuchó con atención.

—¿Por qué, hijo?

—Todos hacẹn algo. En Santa María hay muchos niños que ayudan a sus padres o sus maestros, pero Joanet y yo...

Bernat pasó el brazo por los hombros del niño y lo atrajo hacia sí. Lo cierto era que, salvo cuando se le encomendaba alguna tarea esporádica, Arnau se pasaba el día por ahí. ¿Qué podía hacer que fuera de provecho?

—Te gustan los *bastaixos*, ¿verdad?

Bernat había sentido el entusiasmo con el que contaba cómo aquellos hombres transportaban las piedras hasta la iglesia. Los niños los seguían hasta las puertas de la ciudad, los esperaban allí y los acompañaban de vuelta, a lo largo de la playa, desde Framenors hasta Santa María.

—Sí —contestó Arnau mientras su padre rebuscaba con el otro brazo por debajo del jergón.

—Toma —le dijo entregándole el viejo pellejo de agua que los había acompañado durante su huida. Arnau lo cogió en la oscuridad—. Ofréceles agua fresca; ya verás como no la rechazan y te lo agradecen.

Al día siguiente, al amanecer, como siempre, Joanet ya lo esperaba a las puertas del taller de Grau. Arnau le enseñó el pellejo, se lo colgó del cuello y corrieron a la playa, a la fuente del Àngel, junto a los Encantes, la única que había en el camino de los *bastaixos*. La siguiente fuente estaba ya en Santa María.

Cuando los niños vieron que se acercaba la fila de *bastaixos*, andando lentamente, encorvados por el peso de las piedras, subieron a una de las barcas varadas en la playa. El primer *bastaix* llegó hasta ellos y Arnau le enseñó el pellejo. El hombre sonrió y se detuvo junto a la barca para que Arnau dejase caer el agua directamente en su boca. Los demás esperaron a que el primero dejara de beber; entonces lo hizo el siguiente. De vuelta a la cantera real, libres de peso, los *bastaixos* se detenían junto a la barca para agradecerles el agua fresca.

Desde aquel día, Arnau y Joanet se convirtieron en los aguadores de los *bastaixos*. Los esperaban junto a la fuente del Àngel y cuando había que descargar algún navío y los *bastaixos* no trabajaban para Santa María, los seguían por la ciudad para continuar dándoles agua sin que tuvieran que soltar los pesados fardos que cargaban a sus espaldas.

No dejaron de acercarse a Santa María para observarla, hablar con el padre Albert o sentarse en el suelo y ver cómo Àngel daba cuenta de su almuerzo. Quienquiera que los observase podía ver en sus ojos un brillo diferente cuando miraban hacia la iglesia. ¡Ellos también ayudaban a construirla! Así se lo habían dicho los *bastaixos* y hasta el padre Albert.

Con la clave en el cielo, los niños pudieron comprobar cómo de cada una de las diez columnas que la rodeaban empezaban a nacer los nervios de los arcos; los albañiles construyeron unas cerchas sobre las que engarzaban una piedra tras otra y que se alzaban en curva, hacia la clave. Por detrás de las columnas, rodeando las ocho primeras, ya se habían erigido los muros del deambulatorio, con los contrafuertes hacia dentro, metidos en el interior de la iglesia. Entre estos dos contrafuertes, les dijo el padre Albert señalándoles dos de ellos, estaría la capilla del Santísimo, la de los *bastaixos*, donde descansaría la Virgen.

Porque a la vez que nacían los muros del deambulatorio, a la vez que se empezaban a construir las nueve bóvedas apoyadas en las nervaduras que partían de las columnas, se empezó a derruir la vieja iglesia.

—Por encima del ábside —les contó también el sacerdote mientras Àngel asentía a sus palabras—, se construirá la cubierta. ¿Sabéis con qué se hará? —Los niños negaron con la cabeza—. Con todas las vasijas de cerámica defectuosas de la ciudad. Primero se colocarán unos sillares y sobre ellos todas las vasijas, una al lado de la otra, en filas. Y sobre ellas, la cubierta de la iglesia.

Arnau había visto todas esas vasijas amontonadas junto a las piedras de Santa María. Le preguntó a su padre por qué estaban allí, pero Bernat no había sabido responderle.

—Sólo sé —le dijo— que todas las vasijas defectuosas se amontonan a la espera de que vengan a buscarlas. No sabía que se destinaran a tu iglesia.

Así fue como la nueva iglesia fue tomando forma tras el ábside de la vieja, que ya empezaban a derruir con cuidado, para poder utilizar sus piedras. El barrio de la Ribera de Barcelona no quería quedarse sin iglesia, ni siquiera mientras se construía aquel nuevo y magnífico templo mariano, y los oficios religiosos no se suspendieron en ningún momento. Sin embargo, la sensación era extraña. Arnau, como todos, entraba a la iglesia por el portalón abocinado de la pequeña construcción románica y, una vez en su interior, la oscuridad en la que se había refugiado para hablar con su Virgen desaparecía para dejar paso a la luz que entraba por los ventanales del nuevo ábside. La antigua iglesia se asemejaba a una pequeña caja rodeada por la magnificencia de otra más grande, una caja llamada a desaparecer a medida que creciera la segunda, una caja más pequeña en cuyo final se abría el altísimo ábside ya cubierto.

on todo, la vida de Arnau no se reducía a Santa María y a dar de beber a los *bastaixos*. Sus obligaciones, a cambio de cama y comida, pasaban, entre otras tareas, por ayudar a la cocinera cuando ésta salía de compras por la ciudad.

Cada dos o tres días, Arnau abandonaba el taller de Grau al amanecer para acompañar a Estranya, la esclava mulata que andaba con las piernas abiertas, insegura, contoneando peligrosamente sus exuberantes carnes. En cuanto Arnau se plantaba en la puerta de la cocina, la esclava, sin dirigirle la palabra, le daba los primeros bultos: dos cestos con hogazas de pan que debía llevar al horno de la calle Ollers Blancs para que las horneasen. En uno había las hogazas para Grau y su familia, amasadas con harina de trigo candeal y que se convertirían en un exquisito pan blanco; en el otro, las hogazas para los demás, de harina de cebada, de mijo o incluso de habas o garbanzos, un pan que salía oscuro, macizo y duro.

Entregada la masa de pan, Estranya y Arnau abandonaban el barrio de los alfareros y cruzaban las murallas en dirección al centro de Barcelona. Al principio del recorrido, Arnau seguía sin dificultad a la esclava mientras se reía del contoneo que agitaba sus oscuras carnes al caminar.

—¿De qué te ríes? —le había preguntado en más de una ocasión la mulata.

Entonces Arnau la miraba al rostro, redondo y plano, y escondía la sonrisa.

—¿Quieres reírte? Ríete ahora —le soltaba en la plaza del Blat cuando lo cargaba con un saco de trigo—. ¿Dónde está tu sonrisa? —le preguntaba en la bajada de la Llet al entregarle la leche que beberían sus primos; y repetía la pregunta en la plazoleta de les Cols, donde compraban coles, legumbres o verduras, o en la plaza de l'Oli, al adquirir aceite, caza o volatería.

A partir de ahí, cabizbajo, Arnau seguía a la esclava por toda Barcelona. Los días de abstinencia, ciento sesenta, casi la mitad del año, las carnes de la mulata se contoneaban hasta llegar a la playa, cerca de Santa María, y allí, en cualquiera de las dos pescaderías de la ciudad, la nueva o la vieja, Estranya se peleaba por conseguir los mejores delfines, atunes, esturiones, *palomides*, *neros*, *reigs* o *corballs*.

—Ahora vamos a por tu pescado —le decía sonriente cuando había obtenido lo que deseaba.

Entonces se dirigían a la parte de atrás y la mulata compraba los despojos. También había mucha gente en la parte de atrás de cualquiera de las dos pescaderías, pero allí Estranya no se peleaba con nadie.

Pese a ello, Arnau prefería los días de abstinencia a los que Estranya debía ir a por carne, ya que si para comprar los despojos del pescado sólo había que dar dos pasos hasta la trastienda, para los de la carne Arnau tenía que recorrer media Barcelona y salir de ella cargado con los fardos de la mulata.

En las carnicerías anejas a los mataderos de la ciudad compraban la carne para Grau y su familia. Era carne de primera calidad, como toda la que se vendía intramuros; Barcelona no permitía la entrada de animales muertos. Toda la carne que se vendía en la ciudad condal entraba viva y se sacrificaba en su interior.

Por eso, para comprar los despojos con que alimentar a los sirvientes y a los esclavos había que salir de la ciudad por Portaferrisa hasta llegar al mercado en el que se amontonaban animales muertos y todo tipo de carne de origen desconocido. Estranya sonreía a Arnau mientras compraba aquella carne, lo cargaba con ella y, tras pasar por el horno para recoger las hogazas, volvían a casa de Grau; Estranya con su bamboleo, Arnau arrastrando los pies.

Una mañana en que Estranya y Arnau estaban comprando en el matadero mayor, junto a la plaza del Blat, empezaron a sonar las campanas de la iglesia de Sant Jaume. No era domingo, ni fiesta. Estranya se quedó parada, tan grande como era, con las piernas abiertas. Alguien gritó en la plaza. Arnau no pudo entender qué decía pero a su grito se unieron muchos otros y la gente empezó a correr en todas direcciones. El chico se volvió hacia Estranya, con una pregunta en los labios que no llegó a formular. Soltó los bultos. Los mercaderes de grano levantaban sus puestos con celeridad. La gente seguía corriendo y gritando, y las campanas de Sant Jaume no dejaban de repicar. Arnau hizo un amago de dirigirse a la plaza de Sant Jaume, pero... ¿no sonaban también las de Santa Clara? Aguzó el oído en dirección al convento de las monjas y en ese momento empezaron a repicar las de Sant Pere, las de Framenors, las de Sant Just. ¡Todas las campanas de la ciudad repicaban! Arnau se quedó donde estaba, con la boca abierta, ensordecido, mientras veía correr a la gente.

De repente, se encontró con el rostro de Joanet frente al suyo. Su amigo, nervioso, no podía estarse quieto.

—*Via fora! Via fora!* —gritaba.

—¿Qué? —preguntó Arnau.

—*Via fora!* —le gritó Joanet al oído.

—¿Qué significa...?

Joanet lo hizo callar y señaló el antiguo portal Mayor, bajo el palacio del veguer.

Arnau dirigió la mirada hacia el portal justo cuando lo traspasaba un alguacil del veguer vestido para la batalla, con una coraza plateada y una gran espada al cinto. En su mano derecha, colgando de un asta dorada, portaba el pendón de Sant Jordi: la cruz roja en campo blanco. Tras él, otro alguacil, también dispuesto para la batalla, portaba el pendón de la ciudad. Los dos hombres recorrieron la plaza hasta su mismo centro, donde se encontraba la piedra que dividía la ciudad por barrios. Una vez allí, mostrando los pendones de Sant Jordi y de Barcelona, los alguaciles gritaron al unísono:

—*Via fora! Via fora!*

Las campanas seguían repicando y el *«Via fora!»* corría por todas las calles de la ciudad en boca de sus ciudadanos.

Joanet, que había observado el espectáculo en un silencio reverente, empezó a chillar desaforadamente.

Por fin, Estranya pareció responder y azuzó a Arnau para que saliera de allí. El muchacho, pendiente de los dos alguaciles, erguidos en el centro de la plaza, con sus corazas refulgentes y sus espadas, hieráticos bajo los coloridos pendones, se zafó de la mano de la mulata.

—Vamos, Arnau —le ordenó Estranya.

—No —se opuso él, acicateado por Joanet.

Estranya lo agarró por el hombro y lo zarandeó.

—Vamos. Esto no es cosa nuestra.

—¿Qué dices, esclava? —Las palabras partieron de una mujer que, junto a otras, embelesadas como ellos, observaba los acontecimientos y había presenciado la discusión entre Arnau y la mulata—. ¿Es esclavo el muchacho? —Estranya negó con la cabeza—. ¿Es ciudadano? —Arnau asintió—. ¿Cómo te atreves, pues, a decir que el *«via fora»* no es cosa del muchacho? —Estranya titubeó y sus pies se movieron como los de un pato que no quisiera andar.

—¿Quién eres tú, esclava —le preguntó otra de las mujeres—, para negarle al chico el honor de defender los derechos de Barcelona?

Estranya bajó la cabeza. ¿Qué diría su amo si se enteraba? Él, que tanto pretendía los honores de la ciudad. Las campanas seguían repicando. Joanet se había acercado al grupo de mujeres e incitaba a Arnau a sumarse a él.

—Las mujeres no van con la *host* de la ciudad —le recordó la primera a Estranya.

—Los esclavos, menos —añadió otra.

—¿Quiénes crees que deben cuidar de nuestros maridos si no son los chicos como ellos?

Estranya no se atrevió a levantar la mirada.

—¿Quiénes crees que les hacen la comida o los encargos, les quitan las botas o les limpian las ballestas?

—Ve a donde tengas que ir —le ordenaron—. Éste no es lugar para esclavos.

Estranya cogió los sacos que hasta entonces había cargado Arnau y comenzó a caminar moviendo sus carnes. Joanet, sonriendo complacido, miró con admiración al grupo de mujeres. Arnau seguía en el mismo sitio.

—Id, muchachos —los instaron las mujeres—, y cuidad de nuestros hombres.

—¡Y díselo a mi padre! —le gritó Arnau a Estranya, que sólo había sido capaz de recorrer tres o cuatro metros.

Joanet se percató de que Arnau no separaba la vista de la lenta marcha de la esclava y adivinó sus dudas.

—¿No has oído a las mujeres? —le dijo—. Somos nosotros quienes debemos cuidar de los soldados de Barcelona. Tu padre lo entenderá.

Arnau asintió, primero lentamente y después con fuerza. ¡Claro que lo entendería! ¿Acaso no había luchado para que fuesen ciudadanos de Barcelona?

Cuando se volvieron hacia la plaza, vieron que junto a los dos pendones de los alguaciles se hallaba un tercero: el de los mercaderes. El abanderado no vestía ropas de guerra, pero llevaba una ballesta a la espalda y una espada al cinto. Al cabo de poco llegó otro pendón, el de los plateros, y así, lentamente, la plaza se llenó de coloridas banderas con todo tipo de símbolos y figuras: el pendón de los peleteros, el de los cirujanos o barberos, el de los carpinteros, el de los caldereros, el de los alfareros...

Bajo los pendones se iban agrupando, según su oficio, los ciudadanos libres de Barcelona; todos, como exigía la ley, armados con una ballesta, una aljaba con cien saetas y una espada o una lanza. Antes de dos horas el *sagramental* de Barcelona se hallaba dispuesto a partir en defensa de los privilegios de la ciudad.

Durante esas dos horas, Arnau pudo descubrir a qué venía todo aquello. Joanet se lo explicó por fin.

—Barcelona no sólo se defiende si es necesario —dijo—, sino que ataca a quien se atreve contra nosotros. —El pequeño hablaba con vehemencia, señalando a soldados y pendones y mostrando su orgullo por la respuesta de todos ellos—. ¡Es fantástico! Ya verás. Con suerte estaremos algunos días fuera. Cuando alguien maltrata a algún ciudadano o ataca los derechos de la ciudad, se denuncia..., bueno, no sé a quién se denuncia, si al veguer o al Consejo de Ciento, pero si las autoridades consideran que lo que se denuncia es cierto, entonces se convoca la *host* bajo el pendón de Sant Jordi; allí está, ¿lo ves?, en el centro de la plaza, por encima de todos los demás. Las campanas suenan y la gente se lanza a la calle gritando «*Via fora!*» para que toda Barcelona se entere. Los prohombres de las cofradías sacan sus pendones y los cofrades se reúnen a su alrededor para acudir a la batalla.

Arnau, con los ojos como platos, miraba todo cuanto sucedía a su alrededor mientras seguía a Joanet a través de los grupos congregados en la plaza del Blat.

—¿Y qué hay que hacer? ¿Es peligroso? —preguntó Arnau ante el alarde de armas que se veían dispuestas en la plaza.

—Generalmente no es peligroso —contestó Joanet sonriéndole—. Piensa que si el veguer ha dado el visto bueno a la llamada, lo hace en nombre de la ciudad pero también en el del rey, por lo que nunca hay que pelear contra las tropas reales. Siempre depende de quién sea el agresor, pero en cuanto algún señor feudal ve que se aproxima la *host* de Barcelona, acostumbra a plegarse a sus requerimientos.

—Entonces, ¿no hay batalla?

—Depende de qué decidan las autoridades y de la postura del señor. La última vez se arrasó una fortaleza; entonces sí que hubo batalla, y muertos, y ataques y... ¡Mira! Allí estará tu tío —dijo Joanet señalando el pendón de los alfareros—, ¡vamos!

Bajo el pendón, y junto a los otros tres prohombres de la cofradía, estaba Grau Puig vestido para la batalla, con botas, una cota de cuero que le cubría desde el pecho hasta media pantorrilla y una espada al cinto. Alrededor de los cuatro prohombres se arremolinaban los alfareros de la ciudad. En cuanto Grau se percató de la presencia del niño, le hizo una señal a Jaume y éste se interpuso en el camino de los muchachos.

—¿Adónde vais? —les preguntó.

Arnau buscó con la mirada la ayuda de Joanet.

—Vamos a ofrecer nuestra ayuda al maestro —respondió Joanet—. Podríamos llevarle el zurrón con la comida... o lo que él desee.

—Lo siento —se limitó a decir Jaume.

—¿Y ahora qué? —preguntó Arnau cuando éste les dio la espalda.

—¡Qué más da! —le contestó Joanet—. No te preocupes, esto está lleno de gente que estará encantada de que la ayudemos; además, tampoco se enterarán de que vamos con ellos.

Los dos niños empezaron a andar entre la gente; observaban las espadas, las ballestas y las lanzas, se maravillaban de aquellos que llevaban armadura o trataban de captar las animadas conversaciones.

—¿Qué pasa con esa agua? —oyeron gritar a sus espaldas.

Arnau y Joanet se volvieron. El rostro de los dos muchachos se iluminó al ver a Ramon, que les sonreía. Junto a él, más de veinte *macips*, todos ellos imponentes y armados, los miraban.

Arnau se tentó la espalda en busca del pellejo y tal debió de ser su desconsuelo al no hallarlo que varios de los *bastaixos*, riendo, se acercaron a él y le ofrecieron el suyo.

—Siempre hay que estar preparado cuando la ciudad te llama —bromearon.

El *sagramental* abandonó Barcelona tras la cruz roja del pendón de Sant Jordi, en dirección a la villa de Creixell, cercana a Tarragona. Los habitantes de aquel pueblo retenían un rebaño propiedad de los carniceros de Barcelona.

—¿Tan malo es eso? —le preguntó Arnau a Ramon, al que habían decidido acompañar.

—Claro que sí. El ganado propiedad de los carniceros de Barcelona tiene privilegio de paso y pasto en toda Cataluña. Nadie, ni siquiera el rey, puede retener un rebaño destinado a Barcelona. Nuestros hijos tienen que comer la mejor carne del principado —añadió revolviéndoles el cabello a ambos—. El señor de Creixell ha retenido un rebaño y exige al pastor el pago de los derechos de pasto y paso por sus tierras. ¿Os imagináis que desde Tarragona hasta Barcelona todos los nobles y barones exigieran pago por pasto y paso? ¡No podríamos comer!

«Si supieras la carne que nos da Estranya...», pensó Arnau. Joanet adivinó los pensamientos de su amigo e hizo una mueca de disgusto. Arnau sólo se lo había contado a Joanet. Había estado tentado de revelarle a su padre el origen de la carne que flotaba en la olla que les daban para comer los días en que no había que guardar abstinencia, pero cuando lo veía comer con fruición, cuando veía a todos los esclavos y operarios de Grau lanzarse sobre la olla, hacía de tripas corazón, callaba y comía a su vez.

—¿Hay alguna otra razón por la que salga el *sagramental*? —preguntó Arnau con mal sabor de boca.

—Por supuesto. Cualquier ataque a los privilegios de Barcelona o contra un ciudadano puede significar la salida del *sagramental*. Por ejemplo, si alguien rapta a un ciudadano de Barcelona, el *sagramental* acudirá a liberarlo.

Charlando y sin dejar de avanzar, Arnau y Joanet recorrieron la costa —Sant Boi, Castelldefels y Garraf—, bajo la atenta mirada de las gentes con las que se cruzaban, las cuales se apartaban del camino y guardaban silencio al paso del *sagramental*. Hasta el mar parecía respetar a la *host* de Barcelona y su rumor se apagaba con el paso de aquellos centenares de hombres armados, marchando tras el pendón de Sant Jordi. El sol los acompañó durante toda la jornada y cuando el mar empezó a cubrirse de plata, se detuvieron a hacer noche en la villa de Sitges. El señor de Fonollar recibió en su castillo a los prohombres de la ciudad y el resto del *sagramental* acampó a las puertas de la villa.

—¿Habrá guerra? —preguntó Arnau.

Todos los *bastaixos* lo miraron. El crepitar del fuego rompió el silencio. Joanet, tumbado, dormía con la cabeza apoyada sobre uno de los muslos de Ramon. Algunos *bastaixos* cruzaron miradas ante la pregunta de Arnau. ¿Habría guerra?

—No —contestó Ramon—. El señor de Creixell no puede enfrentarse a nosotros.

Arnau pareció decepcionado.

—Tal vez sí —trató de contentarlo otro de los prohombres de

128

la cofradía desde el otro lado de la hoguera—. Hace muchos años, cuando yo era joven, más o menos como tú —Arnau estuvo a punto de quemarse por escucharle—, se convocó al *sagramental* para acudir a Castellbisbal, cuyo señor había retenido un rebaño de ganado, igual que ahora ha hecho el de Creixell. El señor de Castellbisbal no se rindió y se enfrentó al *sagramental*; quizá creía que los ciudadanos de Barcelona, mercaderes, artesanos o *bastaixos* como nosotros, no éramos capaces de luchar. Barcelona tomó el castillo, apresó al señor y a sus soldados, y lo destruyó por entero.

Arnau ya se imaginaba empuñando una espada, subiendo por una escala o gritando victorioso sobre la almena del castillo de Creixell: «¿Quién osa oponerse al *sagramental* de Barcelona?». Todos los *bastaixos* repararon en su expresión: el muchacho con la vista perdida en las llamas, tenso, con las manos crispadas sobre un palo con el que antes había jugueteado, atizaba el fuego, vibrando. «Yo, Arnau Estanyol...» Las risas lo transportaron de vuelta a Sitges.

—Ve a dormir —le aconsejó Ramon, que ya se levantaba con Joanet a cuestas. Arnau hizo un mohín—. Así podrás soñar con la guerra —lo consoló el *bastaix*.

La noche era fresca y alguien cedió una manta para los dos niños.

Al día siguiente, al amanecer, continuaron la marcha hacia Creixell. Pasaron por la Geltrú, Vilanova, Cubelles, Segur y Barà, todos ellos pueblos con castillo, y, desde Barà, se desviaron hacia el interior en dirección a Creixell. Era una población separada poco menos de una milla del mar, situada en un alto en cuya cima se alzaba el castillo del señor de Creixell, una fortificación construida sobre un talud de piedras de once lados, con varias torres defensivas y a cuyo alrededor se hacinaban las casas de la villa.

Faltaban algunas horas para que anocheciera. Los prohombres de las cofradías fueron llamados por los consejeros y el veguer. El ejército de Barcelona se alineó en formación de combate frente a Creixell, con los pendones al frente. Arnau y Joanet caminaban tras las líneas ofreciendo agua a los *bastaixos*, pero casi todos la rechazaban; tenían la vista fija en el castillo. Nadie hablaba y los niños no se atrevieron a romper el silencio. Volvieron los prohombres y se sumaron a sus respectivas cofradías. Todo el ejército pudo ver cómo tres embajadores de Barcelona se encaminaban hacia Creixell; otros tantos abandonaron el castillo y se reunieron con ellos a mitad de camino.

Arnau y Joanet, como todos los ciudadanos de Barcelona, observaron en silencio a los negociadores.

No hubo batalla. El señor de Creixell había logrado huir a través de un pasadizo secreto que unía el castillo con la playa, a espaldas del ejército. El alcalde de la villa, ante los ciudadanos de Barcelona en formación de combate, dio orden de rendirse a las exigencias de la ciudad condal. Sus convecinos devolvieron el ganado, pusieron en libertad al pastor, aceptaron pagar una fuerte compensación económica, se comprometieron a obedecer y respetar en el futuro los privilegios de la ciudad y entregaron a dos de sus ciudadanos, a los que consideraban culpables de la afrenta y que inmediatamente fueron hechos presos.

—Creixell se ha rendido —anunciaron los consejeros al ejército.

Un murmullo se elevó de las filas de los barceloneses. Los soldados accidentales enfundaron sus espadas, dejaron las ballestas y las lanzas y se desembarazaron de las ropas de combate. Las risas, los gritos y las bromas empezaron a oírse a lo largo de las filas del ejército.

—¡El vino, niños! —los instó Ramon—. ¿Qué os sucede? —preguntó al verlos parados—. Os habría gustado ver una guerra, ¿verdad?

La expresión de los muchachos fue respuesta suficiente.

—Cualquiera de nosotros podría haber resultado herido o incluso muerto. ¿Os hubiera gustado eso? —Arnau y Joanet se apresuraron a negar con la cabeza—. Deberíais verlo de otro modo: pertenecéis a la mayor y más poderosa ciudad del principado y todos tienen miedo de enfrentarse con nosotros. —Arnau y Joanet escucharon a Ramon con los ojos muy abiertos—. Id a por el vino, muchachos. Vosotros también brindaréis por esta victoria.

El pendón de Sant Jordi volvió con honor a Barcelona, y junto a él, los dos niños, orgullosos de su ciudad, de sus conciudadanos y de ser barceloneses. Los presos de Creixell entraron encadenados y fueron exhibidos por las calles de Barcelona. Las mujeres y cuantos se habían agolpado en ella aplaudían al ejército y escupían a los detenidos. Arnau y Joanet acompañaron a la comitiva durante todo el recorrido, serios y altivos, del mismo modo en que, cuando los presos fueron definitivamente encerrados en el palacio del veguer, se presentaron ante Bernat, que, aliviado al ver a su hijo sano y salvo, olvidó la reprimenda que pensaba echarle y escuchó sonriente el relato de sus nuevas experiencias.

12

Habían transcurrido unos meses desde la aventura que los llevó hasta Creixell, pero la vida de Arnau había cambiado poco en ese tiempo. A la espera de cumplir los diez años, edad en que entraría de aprendiz en el taller de su tío Grau, seguía recorriendo junto a Joanet la atractiva y siempre sorprendente Barcelona; daba de beber a los *bastaixos* y, sobre todo, disfrutaba de Santa María de la Mar, la veía crecer y rezaba a la Virgen, a quien le contaba sus cuitas, recreándose en esa sonrisa que Arnau creía percibir en los labios de la pétrea figura.

Como le había dicho el padre Albert, cuando el altar mayor de la iglesia románica desapareció, se transportó a la Virgen a la pequeña capilla del Santísimo, situada en el deambulatorio, por detrás del nuevo altar mayor de Santa María, entre dos de los contrafuertes de la construcción y cerrada por unas altas y fuertes rejas de hierro. La capilla del Santísimo no gozaba de ningún beneficio que no fuese el de los *bastaixos*, encargados de cuidarla, de protegerla, de limpiarla y de mantener siempre encendidos los cirios que la iluminaban. Aquélla era su capilla, la más importante del templo, destinada a guardar el cuerpo de Cristo y, sin embargo, la parroquia la había cedido a los humildes descargadores portuarios. Muchos nobles y ricos mercaderes pagarían por construir y constituir beneficios sobre las treinta y tres restantes capillas que se construirían en Santa María de la Mar, les dijo el padre Albert, todas ellas entre los contrafuertes del deambulatorio o de las naves laterales, pero aquélla, la del Santísimo, pertenecía a los *bastaixos* y el joven aguador nunca tuvo problema para acercarse a su Virgen.

Una mañana en que Bernat estaba ordenando sus pertenencias bajo el jergón, donde escondía la bolsa en que guardaba los dineros que había salvado en su precipitada huida de la masía, hacía ya casi nueve años, y los pocos que le satisfacía su cuñado —dineros que servirían para que Arnau pudiese salir adelante cuando hubiera aprendido el oficio—, Jaume entró en la habitación de los esclavos. Bernat, extrañado, miró al oficial. No era habitual que Jaume entrase allí.

—¿Qué...?

—Tu hermana ha muerto —lo interrumpió Jaume.

A Bernat le flaquearon las piernas y cayó sentado sobre el jergón, con la bolsa de monedas en las manos.

—¿Có...? ¿Cómo ha sido? ¿Qué ha sucedido? —balbuceó.

—El maestro no lo sabe. Ha amanecido fría.

Bernat dejó caer la bolsa y se llevó las manos al rostro. Cuando las separó y alzó la mirada, Jaume ya había desaparecido. Con un nudo en la garganta, Bernat recordó a la niña que trabajaba los campos junto a él y su padre, a la muchacha que cantaba sin cesar mientras cuidaba de los animales. A menudo Bernat había visto que su padre hacía un alto en sus tareas y cerraba los ojos para dejarse llevar durante unos instantes por aquella voz alegre y despreocupada. Y ahora...

El rostro de Arnau permaneció impasible cuando, a la hora de comer, recibió la noticia de boca de su padre.

—¿Me has oído, hijo? —insistió Bernat.

Arnau asintió con la cabeza. Hacía un año que no veía a Guiamona, salvo en las ya lejanas ocasiones en que se encaramó al árbol para ver cómo jugaba con sus primos; él estaba allí, espiando, llorando en silencio, y ellos reían y corrían, y nadie... Sintió el impulso de decirle a su padre que no le importaba, que Guiamona no le quería, pero la expresión de tristeza que vio en los ojos de Bernat se lo impidió.

—Padre —dijo Arnau acercándose a él.

Bernat abrazó a su hijo.

—No llores —susurró Arnau con la cabeza pegada a su pecho.

Bernat lo apretó contra sí y Arnau respondió cerrando sus brazos alrededor de él.

Estaban comiendo en silencio, junto a los esclavos y aprendices, cuando sonó el primer aullido. Un grito desgarrador que pareció rasgar el aire. Todos miraron hacia la casa.

—Plañideras —dijo uno de los aprendices—; mi madre lo es. Quizá sea ella. Es la que mejor llora de toda la ciudad —añadió con orgullo.

Arnau miró a su padre; sonó otro aullido y Bernat vio cómo su hijo se encogía.

—Oiremos muchos —le avisó—. Me han dicho que Grau ha contratado a muchas plañideras.

Así fue. Durante toda la tarde y toda la noche, mientras la gente acudía a casa de los Puig para dar el pésame, varias mujeres lloraron la muerte de Guiamona. Ni Bernat ni su hijo lograron conciliar el sueño debido a aquel constante zumbido de las plañideras.

—Lo sabe toda Barcelona —le comentó Joanet a Arnau cuando éste logró encontrarlo, por la mañana, entre la muchedumbre que se apiñaba a las puertas de la casa de Grau. Arnau se encogió de hombros—. Todos han venido al funeral —añadió Joanet ante el gesto de su amigo.

—¿Por qué?

—Porque Grau es rico y a todo aquel que venga a acompañar el duelo le regalará ropa. —Joanet le mostró a Arnau una larga camisa negra—. Como ésta —añadió sonriendo.

A media mañana, cuando toda aquella gente estuvo vestida de negro, el cortejo fúnebre partió en dirección a la iglesia de Nazaret, donde estaba la capilla de San Hipólito, bajo cuya advocación se encontraba la cofradía de los ceramistas. Las plañideras iban junto al féretro, llorando, aullando y arrancándose los cabellos.

La iglesia estaba repleta de personalidades: prohombres de diversas cofradías, los consejeros de la ciudad y la mayor parte de los miembros del Consejo de Ciento. Ahora que Guiamona había muerto, nadie se preocupó de los Estanyol, pero Bernat, tirando de su hijo, logró acercarse al lugar en que reposaba su cadáver, donde las sencillas vestimentas regaladas por Grau se mezclaban con sedas y *bissós*, costosas telas de lino negro. Ni siquiera le dejaron que se despidiera de su hermana.

Desde allí, mientras los sacerdotes oficiaban el funeral, Arnau logró vislumbrar los rostros congestionados de sus primos: Josep y Genís mantenían la compostura, Margarida permanecía erguida, pero sin lograr refrenar el constante temblor de su labio inferior. Habían perdido a su madre, igual que él. ¿Sabrían lo de la Virgen?, se preguntó Arnau; luego desvió la mirada hacia su tío, hierático. Estaba seguro de que Grau Puig no se lo contaría a sus hijos. Los ricos son diferentes, le habían dicho siempre; quizá ellos tuviesen otra manera de encontrar una nueva madre.

Y ciertamente la tenían. Un viudo rico en Barcelona, un viudo con aspiraciones... No había transcurrido aún el período de duelo cuando Grau empezó a recibir propuestas de matrimonio. Y no tuvo reparo en negociarlas. Finalmente, la elegida para convertirse en la nueva madre de los hijos de Guiamona fue Isabel, una muchacha joven y poco agraciada, pero noble. Grau había sopesado las virtudes de todas las aspirantes pero se decidió por la única que era noble. Su dote: un título exento de beneficios, tierras o riquezas, pero que le permitiría acceder a una clase que le había estado vedada. ¿Qué le importaban a él las cuantiosas dotes que le ofrecían algunos mercaderes, deseosos de unirse a la riqueza de Grau? A las grandes familias nobles de la ciudad no les preocupaba el estado de viudedad de un simple ceramista, por rico que fuera; sólo el padre de Isabel, sin recursos económicos, intuyó en el carácter de Grau la posibilidad de una conveniente alianza para las dos partes, y no se equivocó.

—Comprenderás —le exigió su futuro suegro— que mi hija no puede vivir en un taller de cerámica. —Grau asintió—. Y que tampoco puede desposarse con un simple ceramista. —En esta ocasión Grau intentó contestar, pero su suegro hizo un gesto de desdén con la mano—. Grau —añadió—, los nobles no podemos dedicarnos a la artesanía, ¿entiendes? Tal vez no seamos ricos, pero nunca seremos artesanos.

Los nobles no podemos... Grau ocultó su satisfacción al verse incluido. Y tenía razón: ¿qué noble de la ciudad tenía un taller de artesanía? Señor barón; a partir de entonces le tratarían de señor barón, en sus negociaciones mercantiles, en el Consejo de Ciento... ¡Señor barón! ¿Cómo iba un barón de Cataluña a tener un taller artesano?

De la mano de Grau, todavía prohombre de la cofradía, Jaume no tuvo problema alguno en acceder a la categoría de maestro. Trataron el asunto bajo la presión de las prisas de Grau por desposar a Isabel, agobiado por el temor a que esos nobles, siempre caprichosos, se arrepintieran. El futuro barón no tenía tiempo para salir al mercado. Jaume se convertiría en maestro y Grau le vendería el taller y la casa, a plazos. Sólo había un problema:

—Tengo cuatro hijos —le dijo Jaume—. Ya me será difícil pagaros el precio de la venta... —Grau lo instó a continuar—; no puedo asumir todos los compromisos que tenéis en el negocio: esclavos, oficiales, aprendices... ¡Ni siquiera podría alimentarlos! Si quiero salir adelante, debo arreglármelas con mis cuatro hijos.

La fecha de la boda estaba fijada. Grau, de la mano del padre de Isabel, adquirió un costoso palacete en la calle de Montcada, donde vivían las familias nobles de Barcelona.

—Recuerda —le advirtió su suegro al salir de la recién adquirida propiedad—, no entres en la iglesia con un taller a tus espaldas.

Inspeccionaron hasta el último rincón de su nueva casa; el barón asentía condescendientemente y Grau calculaba mentalmente lo que le costaría llenar todo aquel espacio. Tras los portalones que daban a la calle de Montcada se abría un patio empedrado; enfrente, las cuadras, que ocupaban la mayor parte de la planta baja, junto a las cocinas y los dormitorios de los esclavos. A la derecha, una gran escalinata de piedra, al aire libre, subía a la primera planta noble, donde estaban los salones y demás estancias; encima, en el segundo piso, los dormitorios. Todo el palacete era de piedra; los dos pisos nobles con ventanas corridas, ojivales, miraban al patio.

—De acuerdo —le dijo a quien durante años había sido su primer oficial—, quedas libre de compromisos.

Firmaron el contrato aquel mismo día y Grau, ufano, compareció ante su suegro con el documento.

—Ya he vendido el taller —anunció.

—Señor barón —le contestó aquél ofreciéndole la mano.

«¿Y ahora? —pensó Grau una vez solo—. Los esclavos no son problema; me quedaré con los que sirvan y los que no..., al mercado. En cuanto a los oficiales y aprendices...»

Grau habló con los miembros de la cofradía y recolocó a todo su personal a cambio de modestas sumas. Sólo quedaban su cuñado y el niño. Bernat carecía de cualquier título en la cofradía; no tenía ni el de oficial. Nadie lo admitiría en un taller, amén de estar prohibido. El niño ni siquiera había empezado su aprendizaje, pero existía un contrato y, de todas formas, ¿cómo iba a pedirle a alguien que admitiese a unos Estanyol? Todos sabrían que aquellos dos fugitivos eran parientes suyos. Se llamaban Estanyol, como Guiamona. Todos sabrían que había dado refugio a dos siervos de la tierra, y ahora que iba a ser noble... ¿Acaso no eran los nobles los más acérrimos enemigos de los siervos fugitivos? ¿Acaso no eran aquellos mismos nobles los que estaban presionando al rey para que derogase las disposiciones que permitían la huida de los siervos de la tierra? ¿Cómo iba a convertirse en noble con los Estanyol en boca de todos? ¿Qué diría su suegro?

—Vendréis conmigo —le dijo a Bernat, que ya llevaba algunos días preocupado por los nuevos acontecimientos.

Jaume, como nuevo dueño del taller, libre de las órdenes de Grau, se sentó con él y le habló con confianza: «No se atreverá a hacer nada con vosotros. Lo sé, me lo ha confesado; no quiere que se haga pública vuestra situación. Yo he conseguido un buen trato, Bernat. Tiene prisa, le urge arreglar todos sus asuntos antes de casarse con Isabel. Tú tienes un contrato firmado para tu hijo.

Aprovéchalo, Bernat. Aprieta a ese desalmado. Amenázalo con ir al tribunal. Eres un buen hombre. Quisiera que entendieras que todo lo que ha sucedido durante estos años...».

Bernat lo entendía. Y llevado por las palabras del antiguo oficial se atrevió a plantar cara a su cuñado.

—¿Qué dices? —gritó Grau cuando Bernat le contestó con un escueto «¿Adónde y para qué?»—. A donde yo quiera y para lo que yo quiera —continuó gritando, nervioso, gesticulando.

—No somos tus esclavos, Grau.

—Pocas opciones tienes.

Bernat tuvo que carraspear antes de seguir los consejos de Jaume.

—Puedo acudir al tribunal.

Crispado, tembloroso, pequeño y delgado, Grau se levantó de la silla. Pero Bernat ni siquiera pestañeó por más que deseara salir corriendo de allí; la amenaza del tribunal resonó en los oídos del viudo.

Cuidarían de los caballos que Grau se había visto obligado a adquirir junto con el palacete. «¿Cómo vas a tener unas cuadras vacías?», le había dicho su suegro de pasada, como si hablase con un niño ignorante. Grau sumaba y sumaba mentalmente. «Mi hija Isabel siempre ha montado a caballo», añadió.

Pero lo más importante para Bernat fue el buen salario que obtuvo para él y para Arnau, que también empezaría a trabajar con los caballos. Podrían vivir fuera del palacete, en una habitación propia, sin esclavos, sin aprendices; él y su hijo tendrían dinero suficiente para salir adelante.

Fue el propio Grau el que urgió a Bernat a anular el contrato de aprendizaje de Arnau y firmar otro nuevo.

Desde que le concedieron la ciudadanía, Bernat abandonaba el taller en escasas ocasiones y siempre solo o acompañado de Arnau. No parecía que hubiese ninguna denuncia contra él; su nombre constaba en los registros de ciudadanía. En ese caso ya habrían ido a buscarlo, pensaba cada vez que pisaba la calle. Solía andar hasta la playa y allí se mezclaba entre las decenas de trabajadores del mar, con la vista siempre puesta en el horizonte, dejando que lo acariciara la brisa, saboreando el ambiente acre que envolvía la playa, los barcos, la brea...

Hacía casi una década que golpeó al muchacho de la forja. Esperaba que no hubiera muerto. Arnau y Joanet saltaban a su alrededor. Se le adelantaban corriendo, volvían atrás con la misma rapidez y lo miraban con los ojos brillantes y una sonrisa en la boca.

—¡Nuestra propia casa! —gritó Arnau—. ¡Vivamos en el barrio de la Ribera, por favor!

—Me temo que sólo será una habitación —trató de explicarle Bernat, pero el niño seguía sonriendo como si se tratara del mejor palacio de Barcelona.

—No es un mal lugar —le dijo Jaume cuando Bernat le comentó la sugerencia de su hijo—. Allí encontrarás habitaciones.

Y hacia allí iban los tres. Los dos niños corriendo, Bernat cargado con sus pocas pertenencias. Habían transcurrido casi diez años desde que llegara a la ciudad.

Durante todo el trayecto hasta Santa María, Arnau y Joanet no pararon de saludar a la gente con la que se cruzaban.

—¡Es mi padre! —gritó Arnau a un *bastaix* cargado con un saco de cereales, señalando a Bernat, al que habían adelantado más de veinte metros.

El *bastaix* sonrió sin dejar de andar, encorvado por el peso. Arnau se volvió hacia Bernat y empezó a correr de nuevo hacia él, pero tras algunos pasos se detuvo. Joanet no lo seguía.

—Vamos —lo instó moviendo las manos.

Pero Joanet negó con la cabeza.

—¿Qué pasa, Joanet? —le preguntó volviendo hasta él.

El pequeño bajó la mirada.

—Es tu padre —murmuró—. ¿Qué pasará conmigo ahora?

Tenía razón. Todos los tomaban por hermanos. Arnau no había pensado en ello.

139

—Corre. Ven conmigo —le dijo tirando de él.

Bernat los vio acercarse; Arnau tiraba de Joanet, que parecía reacio. «Le felicito por sus hijos», le dijo el *bastaix* al pasar junto a él. Sonrió. Más de un año correteando juntos. ¿Y la madre del pequeño Joanet? Bernat lo imaginó sentado sobre el cajón, dejándose acariciar la cabeza por un brazo sin rostro. Se le hizo un nudo en la garganta.

—Padre... —empezó a decir Arnau cuando llegaron a su altura.

Joanet se escondió tras su amigo.

—Niños —lo interrumpió Bernat—, creo que...

—Padre, ¿importaría ser el padre de Joanet? —soltó de corrido Arnau.

Bernat vio cómo el pequeño asomaba la cabeza por detrás de Arnau.

—Ven aquí, Joanet —le dijo Bernat—. ¿Tú quieres ser mi hijo? —añadió cuando el pequeño abandonó su refugio.

El rostro de Joanet se iluminó.

—¿Significa eso que sí? —preguntó Bernat.

El niño se abrazó a su pierna. Arnau sonrió a su padre.

—Id a jugar —les ordenó Bernat con voz entrecortada.

Los niños llevaron a Bernat ante el padre Albert.

—Seguro que él nos podrá ayudar —dijo Arnau mientras Joanet asentía.

—¡Nuestro padre! —dijo el pequeño, adelantándose a Arnau y repitiendo la presentación que había estado haciendo durante todo el trayecto, incluso a quienes no conocía sino de vista.

El padre Albert pidió a los niños que los dejasen a solas e invitó a Bernat a una copa de vino dulce mientras escuchaba sus explicaciones.

—Sé dónde podréis alojaros —le dijo—; son buena gente. Dime, Bernat. Has conseguido un buen trabajo para Arnau; cobrará un buen salario y aprenderá un oficio, y los palafreneros siempre son necesarios. Pero ¿qué hay de tu otro hijo? ¿Qué piensas hacer con Joanet?

Bernat torció el gesto y se sinceró con el sacerdote.

El padre Albert los acompañó a todos a casa de Pere y su mujer, dos ancianos sin familia que vivían en un pequeño edificio de dos pisos, a pie de playa, con el hogar en la planta baja y tres habitaciones en el piso superior, y de quienes sabía que estaban interesados en alquilar una de ellas.

Durante todo el trayecto, y también mientras presentaba los Estanyol a Pere y a su mujer y observaba cómo Bernat les enseñaba sus dineros, el padre Albert no dejó de coger por el hombro a Joanet. ¿Cómo podía haber estado tan ciego? ¿Cómo no se había dado cuenta del calvario que vivía aquel pequeño? ¡Cuántas veces lo había visto quedarse ensimismado, con la mirada perdida en el infinito!

El padre Albert apretó contra sí al pequeño. Joanet se volvió hacia él y le sonrió.

La habitación era sencilla pero limpia, con dos jergones en el suelo por todo mobiliario y con el constante rumor de las olas como compañía. Arnau aguzó el oído para escuchar el trajín de los operarios en Santa María, justo a sus espaldas. Cenaron la consabida olla, preparada por la mujer de Pere. Arnau observó el plato, levantó la vista y sonrió a su padre. ¡Qué lejos quedaban ahora los mejunjes de Estranya! Los tres comieron con fruición, observados por la anciana, presta en todo momento a llenarles de nuevo las escudillas.

—A dormir —anunció Bernat, ya satisfecho—; mañana tenemos trabajo.

Joanet titubeó. Miró a Bernat, y cuando ya todos se habían levantado de la mesa, se volvió hacia la puerta de la casa.

—No es hora de salir, hijo —le dijo Bernat en presencia de los dos ancianos.

13

Son el hermano de mi madre y su hijo —explicó Margarida a su madrastra cuando ésta se extrañó de que Grau hubiera contratado a dos personas más para sólo siete caballos.

Grau le había dicho que no quería saber nada de los caballos y, de hecho, ni siquiera bajó a inspeccionar las magníficas cuadras de la planta baja del palacio. Ella se ocupó de todo: eligió los animales y trajo consigo a su caballerizo mayor, Jesús, quien a su vez le aconsejó que contratara los servicios de un palafrenero con experiencia: Tomàs.

Pero cuatro personas para siete caballos era excesivo, incluso para las costumbres de la baronesa, y así lo expresó en su primera visita a las cuadras tras la incorporación de los Estanyol.

Isabel instó a Margarida a continuar.

—Eran campesinos, siervos de la tierra.

Isabel no dijo nada, pero la sospecha germinó en su interior.

La muchacha prosiguió:

—El hijo, Arnau, fue el culpable de la muerte de mi hermano pequeño, Guiamon. ¡Los odio! No sé por qué los habrá contratado mi padre.

—Lo sabremos —masculló la baronesa con la mirada clavada en la espalda de Bernat, ocupado en aquellos momentos en cepillar uno de los caballos.

Aquella noche, sin embargo, Grau no hizo caso de las palabras de su esposa.

—Lo consideré oportuno —se limitó a contestar tras confirmar sus sospechas de que eran dos fugitivos.

—Si mi padre se enterase...

—Pero no se enterará, ¿verdad, Isabel? —Grau observó a su esposa, que ya estaba vestida para cenar, una de las nuevas costumbres que había introducido en la vida de Grau y su familia. Tenía apenas veinte años y era extremadamente delgada, como Grau. Poco agraciada y carente de aquellas voluptuosas curvas con que en su día lo recibiera Guiamona, era, sin embargo, noble y su carácter también debía de serlo, pensó Grau—. No te gustaría que tu padre se enterase de que vives con dos fugitivos.

La baronesa lo miró con los ojos encendidos y abandonó la habitación.

Pese a la animadversión de la baronesa y de sus hijastros, Bernat demostró su valía con los animales. Sabía tratarlos, alimentarlos, limpiarles los cascos y las ranillas, curarlos si era menester y moverse entre ellos; si en algo podía decirse que carecía de experiencia era en los cuidados destinados al embellecimiento.

—Los quieren brillantes —le comentó un día a Arnau de camino a casa—, sin una mota de polvo. Hay que rascar y rascar para extraer la arena que se les introduce entre el pelo y después cepillarlos hasta que brillen.

—¿Y las crines y las colas?

—Cortarlas, trenzarlas, enjaezarlas.

—¿Para qué querrán unos caballos con tantos lacitos?

Arnau tenía prohibido acercarse a los animales. Los admiraba en las cuadras; veía cómo respondían a los cuidados de su padre y disfrutaba cuando, a solas con él, le permitía acariciarlos. Excepcionalmente, en un par de ocasiones y a salvo de miradas indiscretas, Bernat lo encaramó a uno, a pelo, en la misma cuadra. Las funciones que le habían encomendado no le permitían abandonar el guadarnés. Allí limpiaba una y otra vez los arneses; engrasaba el cuero y lo frotaba con un trapo hasta que absorbía la grasa y la superficie de monturas y riendas resplandecía; limpiaba los frenos y los estribos y cepillaba las mantas y demás adornos hasta que desaparecía el último pelo de caballo, tarea que tenía que finalizar utilizando los dedos y las uñas como pinzas para poder extraer aquellas finas agujas que se clavaban en la tela y se confundían con ella. Después, cuando le sobraba tiempo, se dedicaba a frotar y frotar el carruaje que había adquirido Grau.

Con el transcurso de los meses, hasta Jesús tuvo que reconocer la valía del payés. Cuando Bernat entraba en cualquiera de las cuadras, los caballos ni siquiera se movían y, en la mayoría de ocasiones, lo buscaban. Los tocaba, los acariciaba y les susurraba para tranquilizarlos. Cuando era Tomàs el que entraba, los animales agachaban las orejas y se refugiaban junto a la pared más lejana al palafrenero mientras él les gritaba. ¿Qué le sucedía a aquel hombre? Hasta entonces había sido un palafrenero ejemplar, pensaba Jesús cada vez que oía un nuevo grito.

Todas las mañanas, cuando padre e hijo partían al trabajo, Joanet se volcaba en ayudar a Mariona, la esposa de Pere. Limpiaba, ordenaba y la acompañaba a comprar. Después, cuando ella se enfrascaba en hacer la comida, Joanet salía corriendo a la playa en busca de Pere. Éste había dedicado su vida a la pesca y aparte de las esporádicas ayudas que recibía de la cofradía, obtenía algunas monedas por contribuir a arreglar los aparejos; Joanet lo acompañaba, atento a sus explicaciones, y corría de un lugar a otro cuando el anciano pescador necesitaba alguna cosa.

Y en cuanto podía, se escapaba a ver a su madre.

—Esta mañana —le explicó un día—, cuando Bernat ha ido a pagarle a Pere, éste le ha devuelto parte de sus dineros. Le ha dicho que el pequeño... El pequeño soy yo, ¿sabes, madre? Me llaman el pequeño. Bueno, pues le ha dicho que como el pequeño ayudaba en la casa y en la playa, no tenía que pagarle mi parte.

La prisionera escuchaba, con la mano sobre la cabeza del niño. ¡Cómo había cambiado todo! Desde que vivía con los Estanyol su pequeño ya no se quedaba sentado, sollozando, esperando sus silenciosas caricias y alguna palabra de cariño, un cariño ciego. Ahora hablaba, le contaba cosas, ¡hasta reía!

144

—Bernat me ha dado un abrazo —continuó Joanet— y Arnau me ha felicitado.

La mano se cerró sobre el cabello del niño.

Y Joanet continuó hablando. Atropelladamente. De Arnau y Bernat, de Mariona, de Pere, de la playa, de los pescadores, de los aparejos que arreglaban, pero la mujer ya no lo escuchaba, satisfecha de que su hijo supiera por fin qué era un abrazo, de que su pequeño fuera feliz.

—Corre, hijo —lo interrumpió su madre intentando ocultar el temblor de su voz—. Te estarán esperando.

Desde el interior de su prisión, Joana oyó cómo su pequeño saltaba del cajón y salía corriendo y se lo imaginó saltando aquella tapia que pugnaba por desaparecer de sus recuerdos.

¿Qué sentido tenía ya? Había aguantado años a pan y agua entre aquellas cuatro paredes cuyo más pequeño recoveco habían recorrido cientos de veces sus dedos. Había luchado contra la soledad y la locura mirando al cielo por la diminuta ventana que le había concedido el rey, ¡magnánimo monarca! Había vencido a la fiebre y la enfermedad y todo lo había hecho por su pequeño, por acariciar su cabeza, por animarlo, por hacerle sentir que, pese a todo, no estaba solo en el mundo.

Ahora ya no lo estaba. ¡Bernat lo abrazaba! Era como si lo conociese. Había soñado con él mientras las horas se eternizaban. «Cuídalo, Bernat», le decía al aire. Ahora Joanet era feliz, y reía y corría, y...

Joana se dejó caer al suelo y se quedó sentada. Ese día no tocó el pan, ni el agua; su cuerpo no lo deseaba.

Joanet volvió un día más, y otro y otro, y ella escuchó cómo reía y hablaba del mundo con ilusión. De la ventana ya sólo salían sonidos apagados: sí, no, ve, corre, corre a vivir.

—Corre a disfrutar de esa vida que por mi culpa no tuviste —añadía en un susurro Joana, cuando el niño había saltado la tapia.

El pan se fue amontonando en el interior de la prisión de Joana.

—¿Sabes qué ha sucedido, madre? —Joanet arrimó el cajón a la pared y se sentó en él; los pies todavía no le llegaban al suelo—. No. ¿Cómo ibas a saberlo? —Ya sentado, acurrucado, apoyó la espalda contra el muro, allí donde sabía que la mano de su madre buscaría su cabeza—. Te lo contaré. Es muy divertido. Resulta que ayer uno de los caballos de Grau...

Pero de la ventana no salió brazo alguno.

—¿Madre? Escucha. Te digo que es divertido. Se trata de uno de los caballos...

Joanet volvió la mirada hacia la ventana.

—¿Madre?

Esperó.

—¿Madre?

Aguzó el oído por encima de los martillazos de los caldereros, que resonaban por todo el barrio: nada.

—¡Madre! —gritó.

Se arrodilló sobre el cajón. ¿Qué podía hacer? Ella siempre le había prohibido que se acercase a la ventana.

—¡Madre! —volvió a gritar alzándose hacia la abertura.

Ella siempre le había dicho que no mirase, que nunca intentase verla. Pero ¡no contestaba! Joanet se asomó a la ventana. El interior estaba demasiado oscuro.

Se encaramó hasta ella y pasó una pierna. No cabía. Sólo podía entrar de lado.

—¿Madre? —repitió.

Agarrado a la parte superior de la ventana, colocó ambos pies sobre el alféizar y, de lado, saltó al interior.

—¿Madre? —susurró mientras sus ojos se acostumbraban a la oscuridad.

Esperó hasta que pudo vislumbrar un agujero que desprendía un hedor insoportable y en el otro lado, a su izquierda, junto a la pared, hecho un ovillo, sobre un jergón de paja, vio un cuerpo.

Joanet esperó. No se movía. El repiqueteo de los martillos sobre el cobre había quedado fuera.

—Quería contarte una cosa divertida —dijo acercándose. Las

lágrimas empezaron a correr por sus mejillas—. Te hubieras reído —balbuceó ya a su lado.

Joanet se sentó junto al cadáver de su madre. Joana había escondido el rostro entre sus brazos, como si intuyera que su hijo entraría en su celda, como si quisiera evitar que la viera en esas condiciones incluso después de muerta.

—¿Puedo tocarte?

El pequeño acarició el cabello de su madre, sucio, enredado, seco, áspero.

—Has tenido que morir para que pudiéramos estar juntos.

Joanet estalló en llanto.

Bernat no dudó un momento cuando, de vuelta a casa, interrumpiéndose el uno al otro, en la misma puerta, Pere y su mujer le comunicaron que Joanet no había regresado. Nunca le habían preguntado adónde iba cuando desaparecía; suponían que a Santa María, pero nadie lo había visto por allí aquella tarde. Mariona se llevó una mano a la boca.

—¿Y si le ha sucedido algo? —sollozó ella.

—Lo encontraremos —intentó tranquilizarla Bernat.

Joanet permaneció junto a su madre, primero deslizó su mano sobre el cabello, después lo entrelazó con sus dedos, desenredándolo. No intentó ver sus facciones. Después se levantó y miró hacia la ventana.

Anocheció.

—¿Joanet?

Joanet volvió a mirar hacia la ventana.

—¿Joanet? —oyó de nuevo desde el otro lado de la pared.

—¿Arnau?

—¿Qué pasa?

Le contestó desde el interior:

—Ha muerto.

—¿Por qué no...?

—No puedo. Por dentro no tengo el cajón. Está demasiado alto.

«Huele muy mal», concluyó Arnau. Bernat volvió a golpear la puerta de la casa de Ponç el calderero. ¿Qué habría hecho el chiquillo, allí dentro, todo el día? Llamó de nuevo, con fuerza. ¿Por qué no atendía? En aquel momento se abrió la puerta y un gigante ocupó casi totalmente el marco de la puerta. Arnau retrocedió.

—¿Qué queréis? —bramó el calderero, descalzo y con una camisa raída que le llegaba a la altura de las rodillas por toda vestimenta.

—Me llamo Bernat Estanyol y éste es mi hijo —dijo cogiendo a Arnau por un hombro y empujándolo hacia delante—, amigo de vuestro hijo Joa...

—Yo no tengo ningún hijo —lo interrumpió Ponç, haciendo ademán de cerrar la puerta.

—Pero tenéis mujer —contestó Bernat presionando la puerta con el brazo. Ponç cedió—. Bueno... —aclaró ante la mirada del calderero—, teníais. Ha muerto.

Ponç no se inmutó.

—¿Y? —preguntó con un imperceptible encogimiento de hombros.

—Joanet está dentro con ella. —Bernat trató de imprimir a su mirada toda la dureza de la que era capaz—. No puede salir.

—Ahí tendría que haber estado ese bastardo toda su vida.

Bernat sostuvo la mirada del calderero apretando el hombro de su hijo. Arnau estuvo a punto de encogerse, pero cuando el calderero lo miró, aguantó erguido.

—¿Qué pensáis hacer? —insistió Bernat.

—Nada —contestó el calderero—. Mañana, cuando derribe la habitación, el niño podrá salir.

—No podéis dejar a un niño toda la noche...

—En mi casa puedo hacer lo que quiera.

—Avisaré al veguer —lo amenazó Bernat a sabiendas de lo inútil de su amenaza.

Ponç entrecerró los ojos y sin decir palabra desapareció en el interior de la casa dejando la puerta abierta. Bernat y Arnau esperaron hasta que volvió con una cuerda, que le entregó directamente a Arnau.

—Sácalo de allí —le ordenó— y dile que, ahora que su madre ha muerto, no quiero volver a verlo por aquí.

—¿Cómo...? —empezó a preguntar Bernat.

—Por el mismo sitio por el que se ha colado todos estos años —se le adelantó Ponç—; saltando la valla. Por mi casa no pasaréis.

—¿Y la madre? —preguntó Bernat antes de que volviese a cerrar la puerta.

—La madre me la entregó el rey con orden de que no la matase, y al rey se la devolveré ahora que ha muerto —le contestó Ponç con rapidez—. Entregué unos buenos dineros como caución y por Dios que no pienso perderlos por una ramera.

Sólo el padre Albert, que ya conocía la historia de Joanet, y el viejo Pere y su mujer, a quienes Bernat no tuvo más remedio que contársela, supieron de la desgracia del pequeño. Los tres se volcaron en él. Pese a todo, el mutismo del niño persistía y sus movimientos, antes nerviosos e inquietos, eran ahora más lentos, como si cargara sobre los hombros un peso insoportable.

—El tiempo lo cura todo —le dijo una mañana Bernat a Arnau—. Tenemos que esperar y ofrecerle nuestro cariño y nuestra ayuda.

Pero Joanet siguió en silencio, a excepción de unas crisis de llanto que le asaltaban todas las noches. Padre e hijo se quedaban quietos, escuchando encogidos en sus jergones, hasta que parecía que le flaqueaban las fuerzas y el sueño, nunca tranquilo, le vencía.

—Joanet —oyó Bernat que lo llamaba Arnau una noche—, Joanet.

No hubo respuesta.

—Si quieres, puedo pedirle a la Virgen que sea también tu madre.

«¡Bien, hijo!», pensó Bernat. No había querido proponérselo. Era su Virgen, su secreto. Ya compartía a su padre: debía ser él quien tomase aquella decisión.

Y lo había hecho, pero Joanet no contestaba. La habitación se quedó en el más absoluto silencio.

—¿Joanet? —insistió Arnau.

—Así me llamaba mi madre. —Era lo primero que decía desde hacía días y Bernat se quedó quieto sobre el jergón—. Y ya no está. Ahora soy Joan.

—Como quieras... ¿Has oído lo que te he dicho de la Virgen, Joanet... Joan? —se corrigió Arnau.

—Pero tu madre no te habla y la mía sí lo hacía.

—¡Dile lo de los pájaros! —susurró Bernat.

—Pero yo puedo ver a la Virgen y tú no podías ver a tu madre.

El niño volvió a guardar silencio.

—¿Cómo sabes que te escucha? —le preguntó por fin—. Es sólo una figura de piedra y las figuras de piedra no escuchan.

Bernat contuvo la respiración.

—Si es cierto que no escuchan —replicó—, ¿por qué todo el mundo les habla? Hasta el padre Albert lo hace. Tú lo has visto. ¿Acaso crees que el padre Albert está equivocado?

—Pero no es la madre del padre Albert —insistió el pequeño—. Él me ha dicho que ya tiene una. ¿Cómo sabré que la Virgen quiere ser mi madre si no me habla?

—Te lo dirá por las noches, cuando duermas, y a través de los pájaros.

—¿Los pájaros?

—Bueno —titubeó Arnau. Lo cierto es que nunca había entendido lo de los pájaros pero tampoco se había atrevido a decírselo a su padre—. Eso es más complicado. Ya te lo explicará mi..., nuestro padre.

Bernat notó cómo se le formaba un nudo en la garganta. El silencio se hizo de nuevo en la habitación hasta que Joan volvió a hablar:

—Arnau, ¿podríamos ir ahora mismo a preguntárselo a la Virgen?

—¿Ahora?

«Sí. Ahora, hijo, ahora. Lo necesita», pensó Bernat.

—Por favor.

150

—Sabes que está prohibido entrar por la noche en la iglesia. El padre Albert...

—No haremos ruido. Nadie se enterará. Por favor.

Arnau cedió y los dos niños abandonaron sigilosamente la casa de Pere para recorrer los pocos pasos hasta Santa María de la Mar.

Bernat se arrebujó en el jergón. ¿Qué podía sucederles? Todos en la iglesia los querían.

La luna jugueteaba con las estructuras de los andamios, con los muros a medio construir, los contrafuertes, los arcos, los ábsides... Santa María estaba en silencio y sólo alguna que otra hoguera denotaba la presencia de vigilantes. Arnau y Joanet rodearon la iglesia hasta la calle del Born; la entrada principal estaba cerrada y la zona del cementerio de las Moreres, donde se guardaban la mayor parte de los materiales, era la más vigilada. Una solitaria hoguera iluminaba la fachada en obras. No era difícil acceder al interior: los muros y contrafuertes descendían desde el ábside hasta la puerta del Born, donde un tablado de madera señalaba el emplazamiento de la escalera de entrada. Los niños pisaron los dibujos del maestro Montagut, que indicaban el lugar exacto de la puerta y los escalones, penetraron en Santa María y se encaminaron en silencio hacia la capilla del Santísimo, en el deambulatorio, donde tras unas fuertes rejas de hierro forjado, hermosamente labradas, los esperaba la Virgen, siempre iluminada por los cirios que los *bastaixos* reponían constantemente.

Ambos se santiguaron. «Debéis hacerlo siempre que lleguéis a la iglesia», les tenía dicho el padre Albert, y se aferraron a las rejas de la capilla.

—Quiere que seas su madre —le dijo en silencio Arnau a la Virgen—. La suya ha muerto y a mí no me importa compartirte.

Joan, con las manos agarradas a las rejas, miraba a la Virgen y luego a Arnau, una y otra vez:

—¿Qué? —lo interrumpió.

—¡Silencio!

—Padre dice que ha tenido que sufrir mucho. Su madre estaba encerrada, ¿sabes?; sólo sacaba el brazo a través de una ventana muy pequeña y no podía verla, hasta que murió, pero me ha dicho que tampoco entonces la miró. Ella se lo había prohibido.

El humo de las velas de cera pura de abeja que ascendía desde la palmatoria, justo bajo la imagen, volvió a nublar la vista de Arnau, y los labios de piedra sonrieron.

—Será tu madre —sentenció volviéndose hacia Joan.

—¿Cómo lo sabes si has dicho que te contesta por las...?

—Lo sé y basta —lo interrumpió Arnau bruscamente.

—¿Y si yo le preguntase...?

—No —volvió a interrumpirle Arnau.

Joan miró aquella imagen de piedra; deseaba poder hablar con ella como lo hacía Arnau. ¿Por qué no lo escuchaba y a su hermano sí? ¿Cómo podía saber Arnau...? Mientras Joan se prometía a sí mismo que algún día también él sería digno de que ella le hablara, se oyó un ruido.

—¡Chist! —susurró Arnau, mirando hacia el hueco del portal de las Moreres.

—¿Quién vive? —El reflejo de un candil en alto apareció en el hueco.

Arnau empezó a andar en dirección a la calle del Born, por donde habían entrado, pero Joan permaneció inmóvil, con la mirada fija en el candil que ya se acercaba hacia el deambulatorio.

—¡Vamos! —le susurró Arnau tirando de él.

Cuando se asomaron a la calle del Born, vieron que varios candiles se dirigían hacia ellos. Arnau miró hacia atrás; en el interior de Santa María, otras luces se habían sumado a la primera.

No tenían escapatoria. Los vigilantes hablaban y se gritaban entre ellos. ¿Qué podían hacer? ¡El entarimado! Empujó a Joan al suelo; el pequeño estaba paralizado. Las maderas no cubrían los laterales. Volvió a empujar a Joan y los dos reptaron hacia el interior, hasta llegar a los cimientos de la iglesia. Joan se pegó a ellos. Las luces subieron a la tarima. Las pisadas de los vigilantes sobre las tablas resonaron en los oídos de Arnau y sus voces silenciaron los latidos de su corazón.

Esperaron a que los hombres inspeccionaran la iglesia. ¡Una vida entera! Arnau miraba hacia arriba, tratando de ver qué sucedía y, cada vez que la luz se colaba por las juntas de los tablones, se encogía para esconderse todavía más.

Al final los vigilantes desistieron. Dos de ellos se pararon sobre el entarimado y desde allí iluminaron la zona durante unos instantes. ¿Cómo podía ser que no oyeran los latidos de su corazón? Y los de Joan. Los hombres bajaron de la tarima. ¿Y los de Joan? Arnau volvió la cabeza hacia el lugar al que se había pegado el pequeño. Uno de los vigilantes colgó un candil junto a la tarima, el otro empezó a perderse en la distancia. ¡No estaba! ¿Dónde se había metido? Arnau se acercó al lugar donde los cimientos de la iglesia se unían a la tarima. Tanteó con la mano. Había un agujero, una pequeña mina que se había abierto entre los cimientos.

Joan, empujado por Arnau, había reptado hacia el interior de la tarima; nada se interpuso en su camino y el pequeño siguió reptando a través del agujero, por la mina, que descendía suavemente en dirección al altar mayor. Arnau lo empujó a reptar. «¡Silencio!», le exigió en varias ocasiones. El roce de su propio cuerpo contra la tierra de la mina le impedía oír nada, pero Arnau debía de estar tras él. Oyó que se metía bajo la tarima. Sólo cuando el estrecho túnel se ensanchó, permitiéndole dar la vuelta e incluso ponerse de rodillas, Joan se dio cuenta de su soledad. ¿Dónde estaba? La oscuridad era total.

—¿Arnau? —lo llamó.

Su voz resonó en el interior. Era... era como una cueva. ¡Debajo de la iglesia!

Volvió a llamar, una y otra vez. En voz baja primero, gritando después, pero sus propios gritos lo asustaron. Podía intentar volver, pero ¿dónde estaba el túnel? Joan alargó los brazos pero sus manos no tocaron nada; había reptado demasiado.

—¡Arnau! —gritó de nuevo.

Nada. Empezó a llorar. ¿Qué habría en aquel lugar? ¿Monstruos? ¿Y si era el infierno? Estaba debajo de una iglesia; ¿no decían que el infierno estaba abajo? ¿Y si aparecía el demonio?

Arnau reptó por la mina. Joan sólo podía haberse ido por allí. Nunca habría salido de debajo de la tarima. Tras recorrer un trecho, Arnau llamó a su amigo; era imposible que lo oyeran fuera del túnel. Nada. Reptó más.

—¡Joanet! —gritó—. ¡Joan! —se corrigió.

—Aquí —oyó que le contestaba.

—¿Dónde es aquí?

—Al final del túnel.

—¿Estás bien?

Joan dejó de temblar.

—Sí.

—Pues vuelve.

—No puedo. —Arnau suspiró—. Esto es como una cueva y ahora no sé dónde está la salida.

—Tantea las paredes hasta que la... ¡No! —rectificó Arnau instantáneamente—. No lo hagas, ¿me oyes, Joan? Podría haber otros túneles. Si yo llegase hasta allí... ¿Se ve algo, Joan?

—No —contestó el pequeño.

Podría continuar hasta encontrarlo, pero ¿y si se perdía él también? ¿Por qué había una cueva allí debajo? ¡Ah!, ahora ya sabía cómo llegar. Necesitaba luz. Con un candil podrían volver.

—¡Espera ahí! ¿Me oyes, Joan? ¡Estate quieto y espérame ahí!, sin moverte. ¿Me oyes?

—Sí, te oigo. ¿Qué vas a hacer?

—Voy a buscar una linterna y volveré. Espérame ahí sin moverte, ¿de acuerdo?

—Sí... —titubeó Joan.

—Piensa que estás debajo de la Virgen, tu madre. —Arnau no oyó ninguna contestación—. Joan, ¿me has oído?

¿Cómo no iba a oírlo?, se preguntó el pequeño. Había dicho «tu madre». Él no la escuchaba. Arnau, sí. Pero tampoco le había dejado hablar con ella. ¿Y si Arnau no quería compartir a su madre y le había encerrado allí, en el infierno?

—¿Joan? —insistió Arnau.

—¿Qué?

—Espérame sin moverte.

Con dificultad, Arnau se arrastró hacia atrás hasta que estuvo de nuevo bajo el entablado de la calle del Born. Sin pensarlo dos

154

veces, cogió el candil que el vigilante había dejado colgado y volvió a meterse en el túnel.

Joan vio llegar la luz. Arnau aumentó la llama cuando las paredes de la galería se ensancharon. El pequeño se encontraba arrodillado a un par de pasos de la salida del túnel. Joan lo miró con pánico.

—No tengas miedo —trató de tranquilizarlo Arnau.

Arnau alzó el candil y aumentó todavía más la llama. ¿Qué era aquello...? ¡Un cementerio! Estaban en un cementerio. Una pequeña cueva que por alguna razón había permanecido bajo Santa María como una burbuja de aire. El techo era tan bajo que ni siquiera podían ponerse en pie. Arnau dirigió la luz hacia unas grandes ánforas, parecidas a las vasijas que había visto en el taller de Grau, pero más bastas. Algunas estaban rotas y dejaban ver los cadáveres que guardaban, pero otras no: grandes ánforas cortadas por la panza, unidas entre sí y selladas por el centro.

Joan temblaba; tenía la mirada fija en un cadáver.

—Tranquilo —insistió Arnau acercándose.

Pero Joan se apartó con brusquedad.

—¿Qué...? —empezó a preguntar Arnau.

—Vámonos —le pidió Joan interrumpiéndole.

Sin esperar su respuesta, se introdujo en el túnel. Arnau lo siguió y cuando llegaron bajo la tarima, apagó el candil. No se veía a nadie. Devolvió el candil a su lugar y volvieron a casa de Pere.

—De esto ni una palabra a nadie —le dijo a Joan de camino—. ¿De acuerdo?

Joan no contestó.

14

Desde que Arnau le había asegurado que la Virgen también era su madre, Joan corría hasta la iglesia en cuanto tenía algún momento libre y, agarrado con las manos a las rejas de la capilla del Santísimo, metía el rostro entre ellas y se quedaba contemplando la figura de piedra con el niño sobre su hombro y el barco a sus pies.

—Algún día no podrás sacar la cabeza de ahí —le dijo en una ocasión el padre Albert.

Joan sacó la cabeza y le sonrió. El sacerdote le revolvió el cabello y se acuclilló.

—¿La quieres? —le preguntó señalando al interior de la capilla. Joan titubeó.

—Ahora es mi madre —contestó, más movido por el deseo que por la certidumbre.

El padre Albert sintió un nudo en la garganta. ¡Cuántas cosas le podría contar sobre Nuestra Señora! Intentó hablar pero no pudo. Abrazó al pequeño en espera de que su voz regresara.

—¿Le rezas? —preguntó una vez repuesto.

—No. Sólo le hablo. —El padre Albert lo interrogó con la mirada—. Sí, le cuento mis cosas.

El sacerdote miró a la Virgen.

—Continúa, hijo, continúa —añadió, dejándolo solo.

No le fue difícil conseguirlo. El padre Albert pensó en tres o cuatro candidatos y al final se decidió por un rico platero. En la última confesión anual, el artesano se había mostrado bastante contrito por algunas relaciones adúlteras que había mantenido.

—Si tú eres su madre —murmuró el padre Albert levantando la vista al cielo—, no te importará que utilice este pequeño ardid por tu hijo, ¿verdad, Señora?

El platero no se atrevió a negarse.

—Sólo se trata de un pequeño donativo a la escuela catedralicia —le dijo el cura—; con él ayudarás a un niño y Dios..., Dios te lo agradecerá.

Sólo le quedaba hablar con Bernat, y el padre Albert fue en su busca.

—He conseguido que admitan a Joanet en la escuela de la catedral —le anunció mientras paseaban por la playa, en los alrededores de la casa de Pere.

Bernat se volvió hacia el sacerdote.

—No tengo suficiente dinero, padre —se excusó.

—No te costará dinero.

—Tenía entendido que las escuelas...

—Sí, pero eso es en las de la ciudad. En la de la catedral basta... —¿Para qué explicárselo?—. Bueno, lo he conseguido. —Los dos siguieron paseando—. Aprenderá a leer y escribir, primero con libros de letras y después con otros de salmos y oraciones. —¿Por qué Bernat no decía nada?—. Cuando cumpla trece años podrá comenzar la escuela secundaria, el estudio del latín y el de las siete artes liberales: gramática, retórica, dialéctica, aritmética, geometría, música y astronomía.

—Padre —le dijo Bernat—, Joanet ayuda en la casa, y gracias a ello Pere no me cobra una boca más. Si el muchacho estudia...

—Le darán de comer en la escuela. —Bernat lo miró y meneó la cabeza, como si lo estuviese pensando—. Además —añadió el sacerdote—, ya he hablado con Pere y está de acuerdo en seguir cobrándote lo mismo.

—Os habéis preocupado mucho por el niño.

—Sí, ¿te importa? —Bernat negó sonriendo—. Imagina que

después de todo, Joanet pudiera acudir a la universidad, al Estudio General de Lérida o incluso a alguna universidad del extranjero, a Bolonia, a París...

Bernat estalló en carcajadas.

—Si os dijera que no, os llevaríais una desilusión, ¿me equivoco? —El padre Albert asintió—. No es mi hijo, padre —continuó Bernat—. Si así fuera, lo que no permitiría es que uno trabajase para el otro, pero si no me cuesta dinero, ¿por qué no? El muchacho se lo merece. Quizá algún día vaya a todos esos lugares que habéis dicho.

—Yo preferiría estar con los caballos como tú —le dijo Joanet a Arnau mientras paseaban por la playa, en el mismo lugar donde el padre Albert y Bernat habían decidido su futuro.

—Es muy duro, Joanet... Joan. No hago más que limpiar y limpiar y cuando lo tengo todo brillante, sale un caballo y vuelta a empezar. Eso cuando no viene Tomàs gritando, y me entrega alguna brida o algún correaje para que los repase. La primera vez me soltó un pescozón, pero entonces apareció nuestro padre y... ¡Si lo hubieras visto! Llevaba la horca y lo arrinconó contra la pared, con los pinchos sobre el pecho, y el otro empezó a balbucear y a pedir perdón.

—Por eso me gustaría estar con vosotros.

—¡Uy, no! —replicó Arnau—. Desde entonces no me toca, es cierto, pero siempre hay algo que está mal hecho. Lo ensucia él, ¿sabes? Lo he visto.

—¿Por qué no se lo decís a Jesús?

—Padre dice que no, que no me creería, que Tomàs es amigo de Jesús y éste siempre lo defenderá y que la baronesa aprovecharía cualquier problema para atacarnos; nos odia. Ya ves, tú estás aprendiendo muchas cosas en la escuela, y yo, limpiando lo que otro ensucia y aguantando gritos. —Ambos guardaron silencio durante un rato, pateando la arena y mirando al mar—. Aprovecha, Joan, aprovecha —le dijo Arnau de repente, repitiendo las palabras que había escuchado en boca de Bernat.

Joan no tardó en aprovechar las clases. Se puso a ello desde el mismo día en que el sacerdote que oficiaba de maestro lo felicitó públicamente. Joan sintió un agradable cosquilleo y se dejó contemplar por sus compañeros de clase. ¡Si viviera su madre! Correría en ese mismo momento a sentarse sobre el cajón y contarle cómo lo habían felicitado: el mejor, había dicho el maestro, y todos, todos, lo habían mirado. ¡Nunca había sido el mejor en nada!

Esa noche, Joan hizo el camino de vuelta a casa envuelto en una nube de satisfacción. Pere y Mariona lo escucharon sonrientes e ilusionados, y le pidieron que repitiese las frases que el muchacho creía haber pronunciado pero que se habían quedado en gritos y gestos. Cuando llegaron Arnau y Bernat, los tres miraron hacia la puerta. Joan hizo un amago de correr hacia ellos, pero el rostro de su hermano se lo impidió: se notaba que había llorado, y Bernat, con una mano sobre su hombro, no dejaba de achucharlo contra sí.

—¿Qué...? —preguntó Mariona acercándose a Arnau para abrazarlo.

Pero Bernat la interrumpió con un gesto con la mano.

—Hay que aguantar —añadió sin dirigirse a nadie en concreto.

Joan buscó la mirada de su hermano, pero Arnau miraba a Mariona.

Y aguantaron. Tomàs el palafrenero no se atrevía a pinchar a Bernat, pero sí lo hacía con Arnau.

—Está buscando un enfrentamiento, hijo —trataba de consolarlo Bernat cuando Arnau volvía a estallar en ira—. No debemos caer en la trampa.

—Pero no podemos seguir así toda la vida, padre —se quejó un día Arnau.

—Y no lo haremos. He oído que Jesús lo advertía en varias ocasiones. No trabaja bien y Jesús lo sabe. Los caballos que él toca son intratables: cocean y muerden. No tardará en caer, hijo, no tardará.

Y las consecuencias, como preveía Bernat, no se hicieron esperar. La baronesa estaba empeñada en que los hijos de Grau aprendieran a montar a caballo. Que Grau no supiera era admisible, pero los dos varones debían aprender. Por ello, varias veces a la semana, cuando los chicos terminaban sus clases, Isabel y Margarida —en el coche de caballos conducido por Jesús—, y los niños, el preceptor y Tomàs el palafrenero —a pie, y llevando a un caballo del ronzal este último— salían de la ciudad hasta un pequeño descampado situado extramuros, donde, uno a uno, recibían de Jesús las correspondientes clases.

Jesús cogía con la mano derecha una cuerda larga que había atado al freno del caballo, de forma que el animal se veía obligado a dar vueltas alrededor de él; con la mano izquierda empuñaba una tralla para azuzarlo y los aprendices de jinetes montaban uno tras otro y giraban y giraban alrededor del caballerizo mayor atendiendo sus órdenes y consejos.

Aquel día, desde el carruaje, donde vigilaba el tiro, Tomàs no quitaba ojo de la boca del caballo; sólo sería necesario un tirón más fuerte de lo normal, sólo uno. Siempre había un momento en que el caballo se asustaba.

Genís Puig se hallaba a horcajadas sobre el animal.

El palafrenero desvió la mirada hacia el rostro del muchacho. Pánico. Aquel chico tenía pánico a los caballos y se agarrotaba. Siempre había un momento en que un caballo se asustaba.

Jesús hizo restallar el látigo y azuzó al caballo para que galopase. El caballo pegó un fuerte cabezazo y tiró de la cuerda.

Tomàs no pudo evitar una sonrisa que instantáneamente se borró de sus labios, cuando el mosquetón se desprendió de la cuerda y el caballo quedó en libertad. No había sido difícil entrar a hurtadillas en el guadarnés y cortar la cuerda por dentro del mosquetón para dejarla precariamente agarrada.

Isabel y Margarida ahogaron sendos gritos. Jesús dejó caer la tralla al suelo e intentó detener al animal, pero fue en vano.

Genís, al ver que se soltaba la cuerda, empezó a chillar y se agarró al cuello del caballo. Sus pies y sus piernas se fijaron a los ijares del animal y éste, desbocado, salió a galope tendido, en dirección a las puertas de la ciudad, con Genís tambaleándose so-

160

bre él. Cuando el caballo saltó un pequeño montículo, el muchacho salió despedido por los aires y, después de dar varias vueltas por el suelo, se dio de bruces contra unos matorrales.

Desde el interior de las cuadras, Bernat oyó primero los cascos de los caballos sobre el empedrado del patio de acceso al palacio y, a renglón seguido, los gritos de la baronesa. En lugar de entrar al paso, con tranquilidad, como siempre hacían, los caballos golpeaban las piedras con fuerza. Cuando Bernat se encaminaba hacia la salida de las cuadras, Tomàs entró con el caballo. El animal estaba frenético, cubierto de sudor y resoplando por los ollares.

—¿Qué...? —empezó a preguntar Bernat.

—La baronesa quiere ver a tu hijo —le gritó Tomàs mientras golpeaba al animal.

Los gritos de la mujer seguían resonando en el exterior de las cuadras. Bernat miró de nuevo al pobre animal, que pateaba sobre el suelo.

—La señora quiere verte —volvió a gritar Tomàs cuando Arnau abandonó el guadarnés.

Arnau miró a su padre y éste se encogió de hombros.

Salieron al patio. La baronesa, encolerizada, blandiendo el látigo de mano que siempre llevaba cuando salía a montar, gritaba a Jesús, al preceptor y a todos los esclavos que se habían acercado. Margarida y Josep permanecían tras ella. A su lado, estaba Genís, magullado, sangrando y con las vestiduras rotas. En cuanto Arnau y Bernat aparecieron, la baronesa dio unos pasos hacia el niño y le cruzó la cara con el látigo. Arnau se llevó las manos a la boca y la mejilla. Bernat intentó reaccionar, pero Jesús se interpuso:

—Mira esto —bramó el caballerizo mayor entregándole a Bernat la cuerda desgarrada y el mosquetón—. ¡Éste es el trabajo de tu hijo!

Bernat cogió la cuerda y el mosquetón y los examinó; Arnau, con las manos en el rostro, miró también. Los había comprobado el día anterior. Alzó la vista hacia su padre justo cuando éste lo hacía hacia la puerta de las cuadras, desde donde Tomàs observaba la escena.

—Estaba bien —gritó Arnau cogiendo la cuerda y el mosquetón y agitándola ante Jesús. Volvió a mirar hacia la puerta de las cuadras—. Estaba bien —repitió mientras las primeras lágrimas asomaban a sus ojos.

—Mira cómo llora —se oyó de repente. Margarida señalaba a Arnau—. Él es el culpable de tu accidente y está llorando —añadió dirigiéndose a su hermano Genís—. Tú no lo has hecho cuando has caído del caballo por su culpa —mintió.

Josep y Genís tardaron en reaccionar, pero cuando lo hicieron se burlaron de Arnau.

—Llora, nenita —dijo uno.

—Sí, llora, nenita —repitió el otro.

Arnau vio que le señalaban y se reían de él. ¡No podía dejar de llorar! Las lágrimas corrían por sus mejillas y su pecho se encogía al ritmo de los sollozos. Desde donde estaba, alargando las manos, volvió a mostrar la cuerda y el mosquetón a todos, incluso a los esclavos.

—En lugar de llorar deberías pedir perdón por tu descuido —le instó la baronesa tras dirigir una descarada sonrisa a sus hijastros.

¿Perdón? Arnau miró a su padre con un porqué dibujado en sus pupilas. Bernat tenía la mirada fija en la baronesa. Margarida continuaba señalándole y cuchicheaba con sus hermanos.

—No —se opuso—. Estaba bien —añadió tirando la cuerda y el mosquetón al suelo.

La baronesa empezó a gesticular pero se detuvo cuando Bernat dio un paso hacia ella. Jesús agarró a Bernat del brazo.

—Es noble —le susurró al oído.

Arnau los miró a todos y abandonó el palacio.

—¡No! —gritó Isabel cuando Grau, enterado de los acontecimientos, decidió despedir a padre e hijo—. Quiero que el padre siga aquí, trabajando para tus hijos. Quiero que en todo momento se acuerde de que estamos pendientes de las disculpas de su hijo. ¡Quiero que ese niño se disculpe públicamente ante tus hijos! Y no lo conseguiré nunca si los echas. Mándale recado de que su hijo no podrá volver a trabajar hasta que no haya pedido perdón... —Isabel gritaba y gesticulaba sin cesar—. Dile que sólo cobrará la mitad del sueldo hasta entonces y que, en caso de que busque otro trabajo, pondremos en conocimiento de toda Barcelona lo que ha sucedido aquí para que no pueda encontrar de que vivir. ¡Quiero una disculpa! —exigió, histérica.

«Pondremos en conocimiento de toda Barcelona...» Grau notó cómo se le erizaba el vello. Tantos años tratando de esconder a su cuñado y ahora..., ¡ahora su mujer pretendía que toda Barcelona supiera de su existencia!

—Te ruego que seas discreta —fue todo lo que se le ocurrió decir.

Isabel lo miró con los ojos inyectados en sangre.

—¡Quiero que se humillen!

Grau fue a decir algo pero calló de repente y frunció los labios.

—Discreción, Isabel, discreción —terminó diciéndole.

Grau se plegó a las exigencias de su esposa. Al fin y al cabo, Guiamona ya no vivía; no había más lunares en la familia y todos eran conocidos por Puig, no por Estanyol. Cuando Grau abandonó las cuadras, Bernat, con los ojos entornados, escuchó del caballerizo mayor las nuevas condiciones de su trabajo.

—Padre, ese ronzal estaba bien —se excusó Arnau por la noche, cuando estaban los tres en la pequeña habitación que compartían—. ¡Os lo juro! —insistió ante el silencio de Bernat.

—Pero no puedes probarlo —intervino Joan, al tanto ya de lo sucedido.

«No hace falta que me lo jures —pensó Bernat—, pero ¿cómo puedo explicarte...?» Bernat notó cómo se le erizaba el pelo cuando recordó la reacción de su hijo en las cuadras de Grau: «Yo no tengo la culpa y no debo disculparme».

—Padre —repitió Arnau—, os lo juro.

—Pero...

Bernat ordenó callar a Joan.

—Te creo, hijo. Ahora, a dormir.

—Pero... —intentó esta vez Arnau.

—¡A dormir!

Arnau y Joan apagaron el candil, pero Bernat tuvo que esperar hasta bien entrada la noche para oír la respiración rítmica que le indicaba que habían conciliado el sueño. ¿Cómo iba a decirle que exigían sus disculpas?

—Arnau... —La voz le tembló al ver cómo su hijo dejaba de vestirse y lo miraba—: Grau... Grau quiere que te disculpes; de lo contrario...

Arnau lo interrogó con la mirada.

—De lo contrario no permitirá que vuelvas a trabajar...

Todavía no había terminado la frase pero vio cómo los ojos de su pequeño adquirían una seriedad que él no había visto hasta entonces. Bernat desvió la mirada hacia Joan y lo vio también parado, a medio vestir, con la boca abierta. Intentó volver a hablar pero su garganta se negó.

—¿Entonces? —preguntó Joan rompiendo el silencio.

—¿Creéis que debo pedir perdón?

—Arnau, yo abandoné cuanto tenía para que tú pudieras ser libre. Abandoné nuestras tierras, que habían sido propiedad de los Estanyol durante siglos, para que nadie pudiera hacerte a ti lo que me habían hecho a mí, a mi padre y al padre de mi padre..., y ahora volvemos a estar en las mismas, al albur del capricho de los que se llaman nobles; pero con una diferencia: podemos negarnos. Hijo, aprende a usar la libertad que tanto esfuerzo nos ha costado alcanzar. Sólo a ti corresponde decidir.

—Pero ¿qué me aconsejáis, padre?

Bernat se quedó en silencio durante un instante.

—Yo que tú no me sometería.

Joan intentó terciar en la conversación.

—¡Son sólo barones catalanes! El perdón..., el perdón sólo lo concede el Señor.

—Y ¿cómo viviremos? —preguntó Arnau.

—No te preocupes por eso, hijo. Tengo algo de dinero ahorrado que nos permitirá salir adelante. Buscaremos otro lugar en el que trabajar. Grau Puig no es el único que tiene caballos.

Bernat no dejó pasar un solo día. Aquella misma tarde, cuando terminó su jornada, empezó a buscar trabajo para él y Arnau. Encontró una casa noble con cuadras y fue bien recibido por el encargado. Muchos eran los que en Barcelona envidiaban los cuidados que se daban a los caballos de Grau Puig y cuando Bernat se presentó como artífice de los mismos, el encargado mostró interés por contratarlos. Pero al día siguiente, cuando Bernat acudió de nuevo a las cuadras para confirmar una noticia que ya había celebrado con sus hijos, ni siquiera fue recibido. «No pagaban lo suficiente», mintió esa noche a la hora de la cena. Bernat volvió a intentarlo en otras casas nobles que disponían de cuadras, pero cuando parecía que había buena disposición a contratarlos, ésta desaparecía de la noche a la mañana.

—No lograrás encontrar trabajo —le confesó al fin un caballerizo, afectado por la desesperación que reflejaba el rostro de Bernat, que hundió la mirada en el empedrado de la enésima caballeriza que lo rechazaba—. La baronesa no permitirá que lo consigas —le explicó el caballerizo—. Después de que nos visitaras, mi señor recibió un mensaje de la baronesa rogándole que no te diera trabajo. Lo siento.

—Bastardo. —Se lo dijo al oído, en voz baja pero firme, arrastrando las vocales. Tomàs el palafrenero se sobresaltó e intentó escapar, pero Bernat, a su espalda, lo agarró por el cuello y apretó hasta que el palafrenero empezó a doblarse sobre sí mismo. Sólo entonces aflojó la presión. «Si los nobles reciben mensajes —pensó Bernat—, alguien debe de estar siguiéndome.» «Déjame salir por otra puerta», le rogó al caballerizo. Tomàs, apostado en una esquina frente a la puerta de las caballerizas, no le vio salir; Bernat se le acercó por detrás—. Tú preparaste el ronzal para que saltase, ¿verdad? Y ahora, ¿qué más quieres? —Bernat volvió a apretar el cuello del palafrenero.

—¿Qué...? ¿Qué más da? —boqueó Tomàs.

—¿Qué pretendes decir? —Bernat apretó con fuerza. El palafrenero movió los brazos sin conseguir zafarse. Al cabo de unos segundos, Bernat notó que el cuerpo de Tomàs empezaba a desplomarse. Le soltó el cuello y lo volvió hacia él—. ¿Qué pretendes decir? —volvió a preguntarle.

Tomàs tomó aire varias veces antes de contestar. En cuanto su rostro recuperó el color, una irónica sonrisa apareció en sus labios.

—Mátame si quieres —le dijo entrecortadamente—, pero sabes muy bien que si no hubiera sido el ronzal, habría sido cualquier otra cosa. La baronesa te odia y te odiará siempre. No eres más que un siervo fugitivo, y tu hijo el hijo de un siervo fugitivo. No conseguirás trabajo en Barcelona. La baronesa lo ha ordenado y si no soy yo, será otro el encargado de espiarte.

Bernat le escupió a la cara. Tomàs no sólo no se movió sino que su sonrisa se hizo más amplia.

—No tienes salida, Bernat Estanyol. Tu hijo deberá pedir perdón.

—Pediré perdón —claudicó Arnau esa noche con los puños cerrados y reprimiendo las lágrimas tras escuchar las explicaciones de su padre—. No podemos luchar contra los nobles y tenemos que trabajar. ¡Cerdos! ¡Cerdos, cerdos!

Bernat miró a su hijo. «Allí seremos libres», recordó que le había prometido a los pocos meses de nacer, a la vista de Barcelona. ¿Para eso tanto esfuerzo y tantas penurias?

—No, hijo. Espera. Buscaremos otro...

—Ellos mandan, padre. Los nobles mandan. Mandan en el campo, mandaban en vuestras tierras y mandan en la ciudad.

Joanet los observaba en silencio. «Hay que obedecer y someterse a los príncipes —le habían enseñado sus profesores—. El hombre encontrará la libertad en el reino de Dios, no en éste.»

—No pueden mandar en toda Barcelona. Sólo los nobles tienen caballos, pero podemos aprender otro oficio. Algo encontraremos, hijo.

Bernat advirtió un rayo de esperanza en las pupilas de su hijo, que se agrandaron como si quisieran absorber el aliento de sus últimas palabras. «Te prometí la libertad, Arnau. Debo dártela y te la daré. No renuncies a ella tan temprano, chiquillo.»

Durante los días siguientes Bernat se lanzó a la calle en busca de la libertad. Al principio, cuando terminaba su trabajo en las cuadras de Grau, Tomàs le seguía, ahora descaradamente, pero dejó de hacerlo cuando la baronesa comprendió que no podía influir en artesanos, pequeños mercaderes o constructores.

—Difícilmente conseguirá algo —trató de tranquilizarla Grau cuando su esposa acudió a él gritando por la actitud del payés.

—¿Qué quieres decir? —preguntó ella.

—Que no encontrará trabajo. Barcelona está sufriendo las consecuencias de la falta de previsión. —La baronesa lo instó a continuar; Grau nunca se equivocaba en sus apreciaciones—. Las cosechas de los últimos años han sido desastrosas —continuó explicándole su marido—; el campo está demasiado poblado y lo poco que recolectan no llega a las ciudades. Se lo comen ellos.

—Pero Cataluña es muy grande —intervino la baronesa.

—No te equivoques, querida. Cataluña es muy grande, es cierto, pero desde hace bastantes años los campesinos ya no se dedican a cultivar cereales, que es de lo que se come. Ahora cultivan lino, uva, aceitunas o frutos secos, pero no cereales. El cambio ha enriquecido a los señores de los campesinos y nos ha ido muy bien a nosotros, los mercaderes, pero la situación empieza a ser insostenible. Hasta ahora comíamos los cereales de Sicilia y Cerdeña, pero la guerra con Génova impide que podamos abastecernos de esos productos. Bernat no encontrará trabajo, pero todos, incluidos nosotros, tendremos problemas, y todo por culpa de cuatro nobles ineptos...

—¿Cómo hablas así? —lo interrumpió la baronesa sintiéndose aludida.

—Verás, querida —contestó Grau con seriedad—. Nosotros nos dedicamos al comercio y ganamos mucho dinero. Parte de lo que ganamos lo dedicamos a invertir en nuestro propio negocio. Hoy no navegamos con los mismos barcos de hace diez años; por eso seguimos ganando dinero. Pero los nobles terratenientes no han invertido un solo sueldo en sus tierras o en sus métodos de trabajo; de hecho, siguen utilizando los mismos aperos de labranza y las mismas técnicas que utilizaban los romanos, ¡los romanos!; las tierras deben quedarse en barbecho cada dos o tres años, cuando bien cultivadas podrían aguantar el doble o hasta el triple. A esos nobles propietarios que tanto defiendes poco les importa el futuro; lo único que quieren es el dinero fácil y llevarán al principado a la ruina.

—No será para tanto —insistió la baronesa.

—¿Sabes a cuánto está la cuartera de trigo? —Su mujer no contestó, y Grau negó con la cabeza antes de proseguir—: Está rondando los cien sueldos. ¿Sabes cuál es su precio normal? —En esta ocasión no esperó respuesta—. Diez sueldos sin moler y dieciséis molida. ¡La cuartera ha multiplicado por diez su valor!

—Pero nosotros ¿podremos comer? —preguntó la baronesa sin esconder la preocupación que la había asaltado.

—No quieres entenderlo, mujer. Podremos pagar el trigo... si lo hay, porque puede llegar un momento en que no lo haya... si es que no ha llegado ya. El problema es que pese a que el trigo ha aumentado diez veces su valor, el pueblo sigue cobrando lo mismo...

—Entonces no nos faltará trigo —lo interrumpió su mujer.

—No, pero...

—Y Bernat no encontrará trabajo.

—No creo, pero...

—Pues es lo único que me importa —le dijo ella antes de darle la espalda, cansada de tanta explicación.

—... pero algo terrible se avecina —terminó Grau cuando ya la baronesa no podía oír lo que decía.

Un mal año. Bernat estaba cansado de escuchar aquella excusa una y otra vez. El mal año aparecía allí adonde fuese a pedir trabajo. «He tenido que despedir a la mitad de mis aprendices, ¿cómo quieres que te dé trabajo?», le dijo uno. «Estamos en un mal año, no tengo para dar de comer a mis hijos», le dijo otro. «¿No te has enterado? —espetó un tercero—, estamos en un mal año; he gastado más de la mitad de mis ahorros para alimentar a mis niños cuando antes me hubiera bastado con una vigésima parte.» «¿Cómo no voy a enterarme?», pensó Bernat. Pero siguió buscando hasta que el invierno y el frío hicieron su aparición. Entonces hubo lugares en los que siquiera se atrevió a preguntar. Los niños tenían hambre, los padres ayunaban para alimentar a sus hijos, y la viruela, el tifus o la difteria empezaron a hacer su mortífera aparición.

Arnau revisaba la bolsa de su padre cuando éste se encontraba fuera de casa. Al principio lo hizo cada semana pero ahora lo hacía cada día; algunos días revisaba la bolsa en varias ocasiones, consciente de que su seguridad mermaba a pasos agigantados.

—¿Cuál es el precio de la libertad? —le preguntó un día a Joan cuando los dos estaban rezando a la Virgen.

—Dice san Gregorio que en un principio todos los hombres nacieron iguales y por lo tanto todos eran libres. —Joan habló en voz queda, tranquila, como si repitiera una lección—. Fueron los hombres nacidos libres los que por su propio bien se sometieron a un señor para que cuidase de ellos. Perdieron parte de su libertad pero ganaron un señor que cuidase de ellos.

Arnau escuchó las palabras de su hermano mirando a la Virgen. «¿Por qué no me sonríes? San Gregorio... ¿Acaso san Gregorio tenía una bolsa vacía como la de mi padre?»

—Joan.

—Dime.

—¿Tú qué crees que debo hacer?

—Tienes que ser tú el que tome la decisión.

—Pero ¿tú qué crees?

—Ya te lo he dicho. Fueron los hombres libres los que tomaron la decisión de que un señor cuidase de ellos.

Ese mismo día, sin que su padre lo supiera, Arnau se presentó en casa de Grau Puig. Entró por la cocina para no ser visto desde las cuadras. Allí encontró a Estranya, gorda como siempre, como si no la afectara el hambre, plantada como un pato frente a un caldero sobre el fuego.

—Diles a tus amos que he venido a verlos —le dijo cuando la cocinera advirtió su presencia.

Una estúpida sonrisa se dibujó en los labios de la esclava. Estranya avisó al mayordomo de Grau y éste a su vez a su señor. Lo hicieron esperar de pie durante horas. Mientras, todo el personal de la casa desfiló por la cocina para observar a Arnau, unos sonreían; otros, los menos, dejaban entrever cierta tristeza por la capitulación. Arnau les sostuvo la mirada a todos y contestó con altivez a los que sonreían, pero no logró borrar la burla de sus rostros.

Sólo faltó Bernat, aunque Tomàs el palafrenero no dudó en avisarlo de que su hijo había acudido a disculparse. «Lo siento, Arnau, lo siento», masculló Bernat una y otra vez, mientras cepillaba uno de los caballos.

Tras la espera, con las piernas doloridas por la obligada inmovilidad —había intentado sentarse, pero Estranya se lo había prohibido—, Arnau fue conducido al salón principal de la casa de Grau. No prestó atención al lujo con que estaba decorada la estancia. Nada más entrar sus ojos se posaron en los cinco miembros de la familia, que lo esperaban al fondo: los barones sentados y sus tres primos en pie a su lado, los hombres ataviados con vistosas calzas de seda de diferentes colores, y jubones por encima de las rodillas y ceñidos por cinturones dorados; las mujeres con vestidos adornados con perlas y pedrería.

El mayordomo condujo a Arnau hasta el centro de la estancia, a algunos pasos de la familia. Luego, volvió a la puerta, junto a la que, por órdenes de Grau, esperó.

—Tú dirás —espetó Grau, hierático como siempre.

—Vengo a pediros perdón.

—Pues hazlo —le ordenó Grau.

Arnau quiso tomar la palabra, pero la baronesa se lo impidió.

—¿Así es como te propones pedir perdón? ¿De pie?

Arnau dudó unos segundos, pero al final hincó una rodilla en tierra. La tonta risilla de Margarida resonó en el salón.

—Os pido perdón a todos —recitó Arnau mirando directamente a la baronesa.

La mujer le traspasó con los ojos.

«Sólo lo hago por mi padre —le contestó Arnau con la mirada—. Furcia.»

—¡Los pies! —chilló la baronesa—. ¡Bésanos los pies! —Arnau hizo ademán de levantarse pero la baronesa volvió a impedírselo—. ¡De rodillas! —se oyó en todo el salón.

Arnau obedeció y se arrastró hasta ellos de rodillas. «Sólo por mi padre. Sólo por mi padre. Sólo por mi padre…» La baronesa le mostró sus zapatillas de seda y Arnau las besó, primero la izquierda y después la derecha. Sin levantar la mirada se desplazó hasta Grau, que vaciló cuando tuvo al niño delante de sí, arrodillado, con la vista fija en sus pies, pero su mujer lo miró, fuera de sí, y los levantó hasta la altura de la boca del muchacho, uno tras otro. Los primos de Arnau imitaron a sus padres. Arnau intentó besar la zapatilla de seda que le mostraba Margarida, pero justo cuando sus labios la iban a rozar, ella la apartó y volvió a sonar su risita. Arnau lo intentó de nuevo y otra vez su prima se rió de él. Al final esperó a que la muchacha llegase a tocar su boca con la zapatilla…, una… y otra.

15

Bernat contó los dineros que le había pagado Grau y los echó en la bolsa mascullando. Deberían ser suficientes pero... ¡malditos genoveses! ¿Cuándo terminaría el cerco al que estaban sometiendo al principado? Barcelona tenía hambre.

Bernat se colgó la bolsa al cinto y fue en busca de Arnau. El muchacho estaba desnutrido. Bernat lo miró con preocupación. Duro invierno. Aunque al menos habían pasado el invierno. ¿Cuántos podrían decir lo mismo? Bernat contrajo los labios y revolvió el cabello de su hijo antes de apoyar la mano sobre su hombro. ¿Cuántos debían de haber muerto por el frío, el hambre y las enfermedades? ¿Cuántos padres podían apoyar ahora la mano sobre el hombro de su hijo? «Por lo menos estás vivo», pensó.

Ese día arribó un barco de cereales al puerto de Barcelona, uno de los pocos que logró sortear el bloqueo genovés. Los cereales fueron comprados por la propia ciudad a precios astronómicos para revenderlos entre sus habitantes a precios asequibles. Ese viernes había trigo en la plaza del Blat, y la gente, desde primeras horas de la mañana, se fue congregando en ella, enzarzándose en peleas por comprobar cómo preparaban el grano los medidores oficiales.

Desde hacía algunos meses y pese a los esfuerzos de los consejeros de la ciudad por acallarlo, un fraile carmelita predicaba contra los poderosos, les achacaba los males de la hambruna y los acusaba de tener trigo escondido. Las filípicas del fraile habían hecho mella en la feligresía y los rumores se extendían por toda la ciudad; por eso, aquel viernes, la gente, cada vez en mayor número, se movía intranquila por la plaza del Blat, discutía y se acercaba a empellones hasta las mesas en que los funcionarios municipales trajinaban con el grano.

Las autoridades calcularon la cantidad de trigo que correspondía a cada barcelonés y ordenaron al comerciante en telas Pere Juyol, veedor oficial de la plaza del Blat, el control de la venta.

—¡Mestre no tiene familia! —se oyó gritar a los pocos minutos de iniciada la venta a un hombre harapiento que iba acompañado de un niño más harapiento todavía—. Murieron todos durante el invierno —añadió.

Los medidores retiraron el grano de Mestre, pero las acusaciones se multiplicaron: aquél tiene un hijo en la otra mesa; ya ha comprado; no tiene familia; no es su hijo, sólo lo trae para pedir más...

La plaza se convirtió en un hervidero de rumores. La gente abandonó las colas, comenzaron las discusiones y las razones degeneraron en insultos. Alguien exigió a gritos que las autoridades pusieran a la venta el trigo que tenían escondido y el pueblo, furioso, se sumó al requerimiento. Los medidores oficiales se vieron superados por la masa, que se amontonó atropelladamente frente a las mesas de venta; los alguaciles del rey empezaron a enfrentarse a la gente hambrienta y sólo una rápida decisión de Pere Juyol logró salvar la situación. Ordenó que se llevara el trigo al palacio del veguer, en el extremo oriental de la plaza, y suspendió la venta durante la mañana.

Bernat y Arnau regresaron a casa de Grau para continuar con su trabajo, decepcionados por no haber conseguido el preciado alimento, y en el mismo patio de entrada, frente a las cuadras, le contaron al caballerizo mayor y a quien quiso escucharlos lo que había sucedido en la plaza del Blat; ninguno de los dos se contuvo a la hora de lanzar invectivas contra las autoridades y de quejarse del hambre que pasaban.

173

Desde una de las ventanas que daban al patio, atraída por los gritos, la baronesa se regodeó en las penurias del siervo fugitivo y de su descarado hijo. Mientras los observaba, una sonrisa acudió a sus labios al recordar las órdenes que le había dado Grau antes de partir de viaje. ¿No deseaba que sus deudores comieran?

La baronesa cogió la bolsa con el dinero destinado a la alimentación de los presos, encarcelados por deudas a su marido, llamó al mayordomo y le ordenó que encargase aquella tarea a Bernat Estanyol, a quien debía acompañarlo su hijo Arnau por si surgía algún problema.

—Recuérdales —le dijo ante la sonrisa de complicidad del siervo— que este dinero es para comprar trigo para los presos de mi marido.

El mayordomo cumplió las instrucciones de su dueña y se recreó en la expresión de incredulidad de padre e hijo, que aumentó en aquél cuando cogió la bolsa y sopesó las monedas que contenía.

—¿Para los presos? —preguntó Arnau a su padre, ya fuera del palacio de los Puig.

—Sí.

—¿Por qué para los presos, padre?

—Están presos por deberle dinero a Grau y éste tiene la obligación de pagar su alimentación.

—¿Y si no lo hiciera?

Seguían caminando en dirección a la playa.

—Los liberarían, y Grau no quiere que lo hagan. Paga los aranceles reales, paga al alcaide y paga la comida de los presos. Es la ley.

—Pero...

—Déjalo, hijo, déjalo.

Ambos continuaron en silencio camino de su casa.

Aquella tarde, Arnau y Bernat se encaminaron hacia la cárcel para cumplir su extraño cometido. Por boca de Joan, que en su trayecto desde la escuela de la catedral hasta la casa de Pere tenía que cruzar la plaza, sabían que los ánimos no se habían calmado y, ya en la calle de la Mar, que desembocaba en la plaza viniendo desde Santa María, empezaron a oír los gritos de la muchedumbre. El gentío se había congregado alrededor del palacio del veguer, donde se encontraba almacenado el trigo que se había retirado por la mañana y donde, también, estaban encarcelados los deudores de Grau.

La gente quería el trigo y las autoridades de Barcelona no disponían de los efectivos necesarios para un ordenado suministro. Los cinco consejeros, reunidos con el veguer, intentaban dar con una solución.

—Que juren —dijo uno—. Sin juramento no hay trigo. Cada comprador deberá jurar que la cantidad que solicita es la necesaria para el sustento de su familia y que no solicita más que aquella que según el reparto puede corresponderle.

—¿Será suficiente? —dudó otro.

—¡El juramento es sagrado! —le contestó el primero—. ¿Acaso no juran los contratos, la inocencia o las obligaciones? ¿Acaso no acuden al altar de san Félix para jurar los testamentos sacramentales?

Así se anunció desde un balcón del palacio del veguer. La gente corrió la voz hasta aquellos que no habían podido escuchar la solución propuesta, y los devotos cristianos que se apelotonaban reclamando el cereal se dispusieron a jurar... una vez más en su vida.

El trigo volvió a la plaza, donde el hambre no había desaparecido. Unos juraron. Otros sospecharon, y se repitieron las acusaciones, los gritos y las reyertas. El pueblo volvió a enardecerse y a reclamar el trigo que según el fraile carmelita tenían escondido las autoridades.

Arnau y Bernat se hallaban todavía en la desembocadura de la calle de la Mar, en el extremo opuesto al palacio del veguer, donde se había iniciado la venta del trigo. La gente gritaba a su alrededor desaforadamente.

—Padre —preguntó Arnau—, ¿quedará trigo para nosotros?

—Confío en que sí, hijo. —Bernat trató de no mirar a su hijo. ¿Cómo iba a quedar trigo para ellos? No habría trigo ni para una cuarta parte de los ciudadanos.

—Padre —le dijo Arnau—, ¿por qué los presos tienen el trigo asegurado y nosotros no?

Escudándose en el griterío, Bernat hizo como si no hubiera oído la pregunta; con todo no pudo dejar de mirar a su hijo: estaba famélico, sus brazos y sus piernas se habían convertido en delgadas extremidades, y en su enjuto rostro destacaban unos ojos saltones que en otras épocas sonreían despreocupadamente.

—Padre, ¿me habéis oído?

«Sí —pensó Bernat—, pero ¿qué puedo contestarte? ¿Que los pobres estamos unidos al hambre?, ¿que sólo los ricos pueden comer?, ¿que sólo los ricos pueden permitirse mantener a sus deudores?, ¿que los pobres no valemos nada para ellos?, ¿que los hijos de los pobres valen menos que uno de los presos encarcelados en el palacio del veguer?» Bernat no le contestó.

—¡Hay trigo en el palacio! —gritó uniéndose al vocerío del pueblo—. ¡Hay trigo en el palacio! —repitió más alto todavía cuando los más cercanos a él callaron y se volvieron para mirarlo. Pronto fueron muchos los que fijaron su atención en aquel hombre que aseguraba que había trigo en el palacio—. ¿Cómo, si no lo hubiera, podían comer los presos? —volvió a gritar, levantando la bolsa de dinero de Grau—. ¡Los nobles y los ricos pagan la comida de los presos! ¿De dónde sacan los alcaides el trigo para los presos? ¿Acaso salen a comprarlo como nosotros?

La multitud fue abriéndose para dejar pasar a Bernat, que estaba fuera de sí. Arnau lo seguía tratando de llamar su atención.

—¿Qué hacéis, padre?

—¿Acaso los alcaides se ven obligados a jurar como nosotros?

—¿Qué os sucede, padre?

—¿De dónde sacan los alcaides el trigo para los presos? ¿Por qué no podemos dar de comer a nuestros hijos y sí a los presos?

La muchedumbre enloqueció más todavía tras las palabras de Bernat. En esta ocasión los medidores oficiales no pudieron retirar a tiempo el trigo y la gente los asaltó. Pere Juyol y el veguer estuvieron a punto de ser linchados. Salvaron la vida gracias a algunos alguaciles, que los defendieron y los escoltaron hasta el palacio.

Pocos vieron sus necesidades satisfechas, ya que el trigo se desparramó por la plaza y fue pisoteado por la multitud, mientras algunos, en vano, intentaban recogerlo antes de ser ellos mismos pisoteados por sus conciudadanos.

Alguien gritó que la culpa era de los consejeros y la multitud se diseminó en busca de los prohombres de la ciudad, escondidos en sus casas.

Bernat no permaneció ajeno a la locura colectiva y gritó como el que más, dejándose llevar por las riadas de gente enardecida.

—Padre, padre.

Bernat miró a su hijo.

—¿Qué haces aquí? —le preguntó sin dejar de andar y entre grito y grito.

—Yo..., ¿qué os sucede, padre?

—Vete de aquí. Éste no es lugar para niños.

—¿Dónde voy a...?

—Toma. —Bernat le entregó dos bolsas de dinero: la suya propia y la destinada a presos y alcaides.

—¿Qué tengo que hacer con...? —preguntó Arnau.

—Vete, hijo. Vete.

Arnau vio cómo desaparecía su padre entre la multitud. Lo último que atisbó de él fue el odio que escupían sus ojos.

—¿Adónde vais, padre? —gritó cuando ya lo había perdido de vista.

—En busca de la libertad —le contestó una mujer que también observaba cómo la multitud se derramaba por las calles de la ciudad.

—Ya somos libres —se atrevió a afirmar Arnau.

—No hay libertad con hambre, hijo —sentenció la mujer.

Llorando, Arnau corrió contracorriente tropezando con el gentío.

Las algaradas duraron dos días enteros. Las casas de los consejeros y muchas otras residencias nobles fueron saqueadas y el pueblo, loco y encolerizado, anduvo de un lugar a otro, primero en busca de comida..., después en busca de venganza.

Durante dos días enteros la ciudad de Barcelona se vio sumida en el caos ante la impotencia de sus autoridades hasta que un enviado del rey Alfonso, con tropas suficientes, puso fin a los alborotos. Cien hombres fueron detenidos y muchos otros multados. De aquellos cien, diez fueron ejecutados en la horca tras un juicio sumarísimo. De los llamados a testificar en el juicio, pocos fueron los que no reconocieron en Bernat Estanyol, con su lunar en el ojo derecho, a uno de los principales instigadores de la revuelta ciudadana de la plaza del Blat.

16

Arnau corrió toda la calle de la Mar hasta casa de Pere sin siquiera dedicar una mirada a Santa María. Los ojos de su padre estaban grabados en sus retinas, y sus gritos resonaban en sus oídos. Nunca lo había visto así. ¿Qué os pasa, padre? ¿Es cierto que no somos libres como dice esa mujer? Entró en casa de Pere sin reparar en nada ni en nadie y se encerró en su habitación. Joan lo encontró llorando.

—La ciudad se ha vuelto loca... —dijo nada más abrir la puerta de la habitación—. ¿Qué te pasa?

Arnau no contestó. Su hermano dio una rápida mirada en derredor.

—¿Y padre? —Arnau moqueó y señaló con la mano en dirección a la ciudad—. ¿Está con ellos?

—Sí —logró balbucear Arnau.

Joan revivió las algaradas que había tenido que sortear desde el palacio del obispo hasta su casa. Los soldados habían cerrado las puertas de la judería y se habían apostado delante de ellas para evitar que la asaltara la muchedumbre, la cual se dedicaba ahora a saquear las casas de los cristianos. ¿Cómo podía estar Bernat con ellos? Las imágenes de grupos de exaltados derribando las puertas de los hogares de las gentes de bien y saliendo de ellos cargados con sus enseres volvieron a la memoria de Joan. No podía ser.

—No puede ser —repitió en voz alta. Arnau lo miró desde el

jergón en el que estaba sentado—. Bernat no es como ellos...
¿Cómo es posible?

—No sé... Había mucha gente. Todos gritaban...

—Pero... ¿Bernat? Bernat no es capaz, quizá sólo esté... ¡No sé,
tratando de encontrar a alguien!

Arnau miró a Joan. «¿Cómo quieres que te diga que era él
quien gritaba, el que más gritaba, el que ha enardecido a la gente? ¿Cómo quieres que te lo diga si yo mismo no me lo creo?»

—No sé, Joan. Había mucha gente.

—¡Están robando, Arnau! Están atacando a los prohombres de
la ciudad.

Una mirada fue suficiente.

Los dos niños esperaron en vano a su padre aquella noche. Al día
siguiente Joan se dispuso a acudir a clase.

—No deberías ir —le aconsejó Arnau.

En esta ocasión fue Joan quien le contestó con la mirada.

—Los soldados del rey Alfonso han sofocado la revuelta —se
limitó a comentar Joan al regresar a casa de Pere.

Aquella noche Bernat tampoco acudió a dormir.

Por la mañana, Joan volvió a despedirse de Arnau.

—Deberías salir —le dijo.

—¿Y si vuelve? Sólo puede volver aquí —añadió Arnau con
voz entrecortada.

Los dos hermanos se abrazaron. ¿Dónde estáis, padre?

Quien sí salió en busca de noticias fue Pere, y no le costó tanto
encontrarlas como volver a su casa.

—Lo siento, muchacho —le dijo a Arnau—. Tu padre ha sido
detenido.

—¿Dónde está?

—En el palacio del veguer, pero...

Arnau ya corría en dirección al palacio. Pere miró a su mujer
y negó con la cabeza; la anciana se llevó las manos al rostro.

—Han sido juicios de urgencia —le explicó Pere—. Un montón de testigos han reconocido a Bernat, con su lunar, como principal instigador de la revuelta. ¿Por qué lo habrá hecho? Parecía...

—Porque tiene dos hijos a los que alimentar —lo interrumpió su mujer con lágrimas en los ojos.

—Tenía... —corrigió Pere con voz cansina—; lo han ahorcado en la plaza del Blat junto a nueve alborotadores más.

Mariona volvió a llevarse las manos al rostro, pero de repente se las quitó.

—Arnau... —exclamó dirigiéndose a la puerta, pero se quedó a medio camino al oír las palabras de su esposo:

—Déjalo, mujer. A partir de hoy no volverá a ser un niño.

Mariona afirmó con la cabeza. Pere fue a abrazarla.

Las ejecuciones fueron inmediatas por orden expresa del rey. Ni siquiera dio tiempo a construir un cadalso y a los presos se les ejecutó sobre simples carros.

Arnau interrumpió bruscamente su carrera al entrar en la plaza del Blat. Jadeaba. La plaza estaba llena de gente, en silencio, todos de espaldas a él, quietos, con la mirada en... Por encima de la gente, junto al palacio, se alzaban una decena de cuerpos inertes.

—¡No...! ¡Padre!

El aullido resonó por toda la plaza y la gente se volvió a mirarlo. Arnau cruzó despacio la plaza mientras la gente le abría paso. Buscaba entre los diez...

—Déjame, por lo menos, ir a avisar al sacerdote. —pidió la esposa de Pere.

—Ya lo he hecho yo. Estará allí.

Arnau vomitó a la vista del cadáver de su padre. La gente se apartó de un salto. El muchacho volvió a mirar aquel rostro desfigurado, morado hasta la negrura, caído a un lado, con los rasgos contraídos, los ojos abiertos en una lucha que ya sería eterna por salir de sus órbitas y con la larga lengua colgando inerte entre las comisuras de los labios. La segunda y la tercera vez que miró sólo arrojó bilis.

Arnau notó un brazo sobre sus hombros.

—Vamos, hijo —le dijo el padre Albert.

El sacerdote tiró de él hacia Santa María pero Arnau no se movió. Volvió a mirar a su padre y cerró los ojos. Ya no volvería a tener hambre. El muchacho se encogió en una tremenda convulsión. El padre Albert intentó de nuevo tirar de él para que abandonase el macabro escenario.

—Dejadme, padre. Por favor.

Bajo la mirada de éste y de todos los presentes, Arnau salvó tambaleándose los pocos pasos que le separaban del improvisado cadalso. Se agarraba el estómago con las manos y temblaba. Cuando estuvo bajo su padre, miró a uno de los soldados que hacían guardia junto a los ahorcados.

—¿Puedo bajarlo? —le preguntó.

El soldado dudó ante la mirada del niño, parado bajo el cadáver de su padre, señalándolo. ¿Qué habrían hecho sus hijos en el caso de que hubiera sido él el ahorcado?

—No —se vio obligado a contestar. Le hubiera gustado no estar allí. Hubiera preferido estar luchando contra una partida de moros, estar junto a sus hijos... ¿Qué tipo de muerte era aquélla? Aquel hombre sólo había luchado por sus hijos, por ese niño que ahora lo interrogaba con la mirada, como todos los presentes en la plaza. ¿Por qué no estaría allí el veguer?—. El veguer ha ordenado que permanezcan tres días expuestos en la plaza.

—Esperaré.

—Después serán trasladados a las puertas de la ciudad, como cualquier ajusticiado en Barcelona, para que todo aquel que las cruce conozca la ley del veguer.

El soldado dio la espalda a Arnau e inició una ronda que empezaba y terminaba siempre en un ahorcado.

—Hambre —escuchó tras él—. Sólo tenía hambre.

Cuando aquella ronda sin sentido lo llevó otra vez hasta Bernat, el niño estaba sentado en el suelo, bajo su padre, con la cabeza entre las manos, llorando. El soldado no se atrevió a mirarlo.

—Vamos, Arnau —insistió el padre, otra vez junto a él.

Arnau negó con la cabeza. El padre Albert fue a hablar, pero un grito se lo impidió. Empezaban a llegar los familiares de los demás ahorcados. Madres, esposas, hijos y hermanos se agolparon al pie de los cadáveres, en un doloroso silencio interrumpido por algún grito de dolor. El soldado se concentró en su ronda, buscando en su memoria el grito de guerra de los infieles. Joan, que pasaba por la plaza de regreso a casa, se acercó a los muertos y se desmayó al ver el horrible espectáculo. Ni siquiera tuvo tiempo de ver a Arnau, que seguía sentado en el mismo lugar, ahora meciéndose hacia delante y hacia atrás. Los propios compañeros de Joan lo levantaron y lo llevaron al palacio del obispo. Arnau tampoco vio a su hermano.

Transcurrieron las horas y Arnau permanecía ajeno a los ciudadanos que acudían a la plaza del Blat movidos por la compasión, la curiosidad o el morbo. Sólo las botas del soldado que hacía la ronda frente a él interrumpían sus pensamientos.

«Arnau, yo abandoné cuanto tenía para que tú pudieras ser libre —le había dicho su padre no hacía mucho—. Abandoné nuestras tierras, que habían sido propiedad de los Estanyol durante siglos, para que nadie pudiera hacerte a ti lo que me habían hecho a mí, a mi padre y al padre de mi padre..., y ahora volvemos a estar en las mismas, al albur del capricho de los que se llaman nobles; pero con una diferencia: podemos negarnos. Hijo, aprende a usar la libertad que tanto esfuerzo nos ha costado alcanzar. Sólo a ti corresponde decidir.»

«¿De veras podemos negarnos, padre? —Las botas del soldado volvieron a pasar frente a sus ojos—. No hay libertad con hambre. Vos ya no tenéis hambre, padre. ¿Y vuestra libertad?»

—Miradlos bien, niños.

Aquella voz...

—Son delincuentes. Miradlos bien. —Por primera vez Arnau se permitió observar a la gente que se amontonaba ante los cadáveres. La baronesa y sus tres hijastros contemplaban el rostro desfigurado de Bernat Estanyol. Los ojos de Arnau se clavaron en los pies de Margarida; después la miró a la cara. Sus primos habían palidecido, pero la baronesa sonreía y lo miraba a él, directamente a él. Arnau se levantó temblando—. No merecían ser ciudadanos de Barcelona —oyó que decía Isabel. Las uñas se le clavaron en la palma de las manos; su rostro se congestionó y le temblaba el labio inferior. La baronesa seguía sonriendo—. ¿Qué podía esperarse de un siervo fugitivo?

Arnau fue a lanzarse sobre la baronesa pero el soldado se interpuso entre ellos. Arnau chocó con él.

—¿Te ocurre algo, muchacho? —El soldado siguió la mirada de Arnau—. Yo no lo haría —le aconsejó. Arnau trató de esquivar al soldado, pero éste lo cogió por el brazo. Isabel ya no sonreía; permanecía erguida, altanera, desafiante—. Yo no lo haría, te buscarás la ruina —oyó que le decía el hombre. Arnau levantó la mirada—. Él está muerto —insistió el soldado—, tú no. Siéntate, muchacho. —El soldado notó que Arnau aflojaba un tanto—. Siéntate —insistió.

Arnau desistió y el soldado permaneció de guardia a su lado.

—Miradlos bien, niños. —La baronesa sonreía de nuevo—. Mañana volveremos. Los ahorcados están expuestos hasta que se pudren, como deben pudrirse los delincuentes fugitivos.

Arnau no pudo controlar el temblor de su labio inferior. Continuó mirando a los Puig hasta que la baronesa decidió darle la espalda.

«Algún día..., algún día te veré muerta... Os veré muertos a todos...», se prometió. El odio de Arnau persiguió a la baronesa y a sus hijastros por toda la plaza del Blat. Ella había dicho que al día siguiente volvería. Arnau levantó la mirada hacia su padre.

«Juro por Dios que no lograrán regodearse una vez más con el cadáver de mi padre, pero ¿cómo? —Las botas del soldado volvieron a pasar frente a sus ojos—. Padre, no permitiré que os pudráis colgado de esa soga.»

Arnau dedicó las siguientes horas a pensar cómo podía lograr hacer desaparecer el cadáver de su padre, pero cualquier idea que se le ocurría se estrellaba contra las botas que pasaban junto a él. Ni siquiera podría descolgarlo sin que lo vieran y de noche tendrían teas encendidas..., teas encendidas..., teas encendidas. En ese preciso momento apareció Joan en la plaza con el rostro pálido, casi blanco, los ojos hinchados e inyectados en sangre, los andares cansinos. Arnau se levantó y Joan se echó en sus brazos en cuanto estuvo a su altura.

—Arnau..., yo... —balbuceó.

—Escúchame bien —lo interrumpió Arnau abrazado a él—. No dejes de llorar. —«No podría, Arnau», pensó Joan sorprendido por el tono de su hermano—. Quiero que esta noche, a las diez, me esperes escondido en la esquina de la calle de la Mar con la plaza; que nadie te vea. Trae..., trae una manta, la más grande que encuentres en casa de Pere. Y ahora, vete.

—Pero...

—Vete, Joan. No quiero que los soldados se fijen en ti.

Arnau tuvo que empujar a su hermano para deshacerse de su abrazo. Los ojos de Joan se pararon en el rostro de Arnau; después, miraron una vez más a Bernat. El muchacho tembló.

—¡Vete, Joan! —le susurró Arnau.

Aquella noche, cuando ya nadie paseaba por la plaza y sólo los familiares de los ahorcados permanecían a sus pies, cambió la guardia y los nuevos soldados dejaron de rondar frente a los cadáveres para sentarse alrededor de un fuego que encendieron junto a uno de los extremos de la fila de carretas. Todo estaba tranquilo y la noche había refrescado el ambiente. Arnau se levantó y pasó junto a los soldados procurando esconder el rostro.

—Voy a buscar una manta —dijo.

Uno de ellos lo miró de reojo.

Cruzó la plaza del Blat hasta la esquina de la calle de la Mar y se quedó allí durante unos instantes, preguntándose dónde estaría Joan. Ya era la hora convenida, debería haber llegado. Arnau chistó. El silencio continuó acompañándolo.

—¿Joan? —se atrevió a llamar.

Del quicio de la puerta de una casa surgió una sombra.

—¿Arnau? —se oyó en la noche.

—Claro que soy yo. —El suspiro de Joan se oyó a varios metros—. ¿Quién pensabas que era? ¿Por qué no has contestado?

—Está muy oscuro —se limitó a responder Joan.

—¿Has traído la manta? —La sombra levantó un bulto—. Bien, ya les he dicho que iba a buscar una. Quiero que te tapes con ella y que ocupes mi lugar. Anda de puntillas para que parezca que eres más alto.

—¿Qué te propones?

—Voy a quemarlo —le contestó cuando Joan ya se encontraba a su lado—. Quiero que ocupes mi lugar. Quiero que los soldados crean que tú eres yo. Limítate a sentarte bajo..., limítate a sentarte donde yo estaba y no hagas nada; simplemente, tápate la cara. No te muevas. No hagas nada veas lo que veas o pase lo que pase, ¿me has entendido? —Arnau no esperó a que Joan le contestase—. Cuando todo haya terminado, tú serás yo, tú serás Arnau Estanyol y tu padre no tenía ningún otro hijo. ¿Has entendido? Si los soldados te preguntasen...

—Arnau.

—¿Qué?

—No me atrevo.

—¿Có..., cómo?

—Que no me atrevo. Me descubrirán. Cuando vea a padre...

—¿Prefieres ver cómo se pudre? ¿Prefieres verlo colgado a las puertas de la ciudad mientras los cuervos y los gusanos devoran su cadáver?

Arnau esperó unos instantes a que su hermano imaginara semejante escena.

—¿Acaso quieres que la baronesa siga burlándose de nuestro padre... incluso muerto?

—¿No será pecado? —preguntó de repente Joan.

Arnau trató de ver a su hermano en la noche, pero tan sólo vislumbró una sombra.

—¡Sólo tenía hambre! No sé si será pecado, pero no estoy dispuesto a que nuestro padre se pudra colgado de una soga. Yo voy a hacerlo. Si quieres ayudarme ponte esa manta por encima y limítate a no hacer nada. Si no quieres hacerlo...

Sin más, Arnau partió calle de la Mar abajo mientras Joan se dirigía hacia la plaza del Blat cubierto con la manta y con la vista fija en Bernat: un fantasma entre los diez que colgaban de los carros, tenuemente alumbrado por el resplandor de la hoguera de los soldados. Joan no quería ver su rostro, no quería enfrentarse a su lengua morada colgando, pero sus ojos traicionaban su voluntad y caminaba con la vista fija en Bernat. Los soldados le vieron acercarse. Mientras, Arnau corrió a casa de Pere; cogió su pellejo y lo vació de agua; después lo llenó con el aceite de los candiles. Pere y su mujer, sentados alrededor del hogar, lo miraron hacer.

—Yo no existo —les dijo Arnau con un hilo de voz arrodillándose frente a ellos y tomando la mano de la anciana, que lo miró con cariño—. Joan será yo. Mi padre sólo tiene un hijo... Cuidad de él si sucediese algo.

—Pero Arnau... —empezó a decir Pere.

—Chist —siseó Arnau.

—¿Qué vas a hacer, hijo? —insistió el anciano.

—Tengo que hacerlo —le contestó Arnau levantándose.

Yo no existo. Soy Arnau Estanyol. Los soldados seguían observándolo. «Quemar un cadáver debe de ser pecado», pensaba Joan. ¡Bernat lo miraba! Joan se quedó parado a unos metros del ahorcado. ¡Lo miraba! «Es idea de Arnau.»

—¿Te sucede algo, muchacho? —Uno de los soldados hizo ademán de levantarse.

—Nada —contestó Joan antes de seguir andando hacia los ojos muertos que lo interrogaban.

Arnau cogió un candil y salió corriendo. Buscó barro y se embadurnó la cara. Cuántas veces le había hablado su padre de su llegada a aquella ciudad que ahora lo había asesinado. Rodeó la plaza del Blat por la de la Llet y la de la Corretgeria hasta llegar a la calle Tapineria, justo al lado de la fila de carretas de ahorcados. Joan estaba sentado bajo su padre, intentando controlar el temblor que lo delataba.

Arnau dejó el candil escondido en la calle, se colgó el pellejo a la espalda y a rastras empezó a avanzar hacia la parte posterior de las carretas, pegadas a los muros del palacio del veguer. Bernat estaba en la cuarta carreta y los soldados continuaban charlando alrededor del fuego, en el extremo opuesto. Se arrastró tras las primeras carretas. Cuando llegó a la segunda, una mujer lo vio; tenía los ojos hinchados por el llanto. Arnau se detuvo, pero la mujer desvió la mirada y continuó con su dolor. El muchacho se encaramó a la carreta en la que colgaba su padre. Joan lo oyó y se volvió.

—¡No mires! —Su hermano dejó de escrutar la oscuridad—. Y procura no temblar tanto —le susurró Arnau.

Se irguió para alcanzar el cuerpo de Bernat, pero un ruido lo obligó a tumbarse de nuevo. Esperó unos segundos y repitió la operación; otro ruido lo sobresaltó pero Arnau aguantó en pie. Los soldados seguían con su tertulia. Arnau levantó el pellejo y empezó a verter aceite sobre el cadáver de su padre. La cabeza quedaba bastante alta, de modo que se estiró cuanto pudo y apretó el pellejo con fuerza para que el aceite saliera disparado a presión. Un chorro viscoso empezó a empapar el cabello de Bernat. Cuando se quedó sin aceite rehízo el camino hasta la calle Tapineria.

Sólo tendría una oportunidad. Arnau mantenía el candil a su espalda para esconder la débil llama. «Tengo que acertar a la primera.» Miró hacia los soldados. Ahora era él quien temblaba. Respiró hondo y sin pensarlo entró en la plaza. Bernat y Joan estaban a unos diez pasos. Avivó la llama, con lo que se puso al descubierto. El resplandor del candil en la plaza del Blat se le antojó un amanecer despejado. Los soldados lo miraron. Arnau iba a echar a correr cuando se dio cuenta de que ninguno de ellos hacía ademán de moverse. «¿Por qué iban a hacerlo? ¿Acaso pueden saber que voy a quemar a mi padre? ¡Quemar a mi padre!» El candil tembló en su mano. Seguido por la mirada de los soldados, llegó hasta donde estaba Joan. Nadie hizo nada. Arnau se detuvo bajo el cadáver de su padre y lo miró por última vez. Los destellos del aceite sobre su rostro escondían el terror y el dolor que antes reflejaban.

Arnau arrojó el candil contra el cadáver y Bernat empezó a arder. Los soldados se levantaron de un salto, se volvieron hacia las llamas y corrieron detrás de Arnau. Los restos del candil cayeron sobre la carreta, en la que se había acumulado el aceite que resbalaba del cuerpo de Bernat, y también empezó a arder.

—¡Eh! —oyó que le gritaban los soldados.

Arnau iba a salir corriendo cuando reparó en que Joan seguía sentado junto a la carreta, con la manta tapándolo por entero, paralizado. El resto de dolientes observaba en silencio las llamas, absortos en su propio dolor.

—¡Alto! ¡Alto, en nombre del rey!

—Muévete, Joan. —Arnau se volvió hacia los soldados, que ya corrían hacia él—. ¡Muévete! ¡Te abrasarás!

No podía dejar a Joan allí. El aceite derramado por el suelo se acercaba a la temblorosa figura de su hermano. Arnau iba a sacarlo de allí cuando la mujer que antes lo había visto se interpuso entre los dos.

—Corre —lo apremió.

Arnau tuvo que zafarse de la mano del primer soldado y salió huyendo. Corrió por la calle Bòria hacia el portal Nou con los gritos de los soldados tras él. Cuanto más lo persiguieran, más tardarían en volver junto a su padre y apagar el fuego, pensó mientras corría. Los soldados, veteranos y cargados con su equipo, nunca podrían alcanzar a un muchacho cuyas piernas movía el mismo fuego.

—¡En nombre del rey! —oyó a sus espaldas.

Un silbido rozó su oído derecho. Arnau pudo oír cómo la lanza se estrellaba contra el suelo, por delante de él. Atravesó como una exhalación la plaza de la Llana mientras varias lanzas fallaban su objetivo, corrió por delante de la capilla de Bernat Marcús y llegó a la calle Carders. Los gritos de los soldados empezaban a perderse en la distancia. No podía seguir corriendo hasta el portal Nou, donde con seguridad habría más soldados apostados. Hacia abajo, en dirección al mar, podía llegar hasta Santa María; hacia arriba, en dirección a la montaña, podía hacerlo hasta Sant Pere de les Puelles, pero luego volvería a encontrarse con las murallas.

Apostó por el mar y se dirigió hacia él. Rodeó el convento de San Agustín y se perdió en el laberinto de calles que se abrían más allá del barrio del Mercadal; saltaba tapias, pisaba huertas y buscaba siempre las sombras. Cuando estuvo seguro de que sólo lo perseguía el eco de sus pisadas, aminoró el ritmo. Siguiendo el curso del Rec Comtal, llegó al Pla d'en Llull, junto al convento de Santa Clara, y desde allí, sin dificultad, a la plaza del Born y a la calle del Born, a su iglesia, su refugio. Sin embargo, cuando iba a meterse bajo la escalera de madera de la puerta, observó algo que le llamó la atención: un candil tirado en el suelo cuya llama, exigua, luchaba por no apagarse. Escrutó los alrededores de la tenue lucecita y no tardó en vislumbrar la figura del alguacil, también en el suelo, inmóvil, con un hilillo de sangre que corría por la comisura de sus labios.

Su corazón se aceleró. ¿Por qué? La tarea de aquel alguacil era vigilar Santa María. ¿Qué interés podía tener...? ¡La Virgen! ¡La capilla del Santísimo! ¡La caja de los *bastaixos*!

Arnau no lo pensó. Habían ejecutado a su padre; no podía permitir que además deshonraran a su madre. Entró con sigilo en Santa María por el hueco de la puerta y se dirigió hacia el deambulatorio. A su izquierda, separada por el espacio que restaba entre dos contrafuertes, quedaba la capilla del Santísimo. Cruzó la iglesia y se parapetó tras una de las columnas del altar mayor. Desde allí oyó ruidos procedentes de la capilla del Santísimo, pero todavía no la tenía a la vista. Se deslizó hasta la siguiente columna y, entonces sí, a través del intercolumnio pudo ver la capilla, iluminada como siempre por numerosos cirios encendidos.

Desde la capilla, un hombre se encaramaba al enrejado. Arnau miró a su Virgen. Todo parecía estar en orden. ¿Entonces? Paseó rápidamente la mirada por el interior de la capilla del Altísimo; la caja de los *bastaixos* había sido forzada. Mientras el ladrón seguía escalando, Arnau creyó oír el tintineo de las monedas que los *bastaixos* ingresaban en aquella caja para sus huérfanos y para sus viudas.

—¡Ladrón! —gritó lanzándose contra la reja de la capilla.

De un salto se encaramó al enrejado y golpeó al hombre en el pecho. El ladrón, sorprendido, cayó estrepitosamente. No tuvo tiempo para pensar. El hombre se levantó con rapidez y descargó un tremendo puñetazo en el rostro del muchacho. Arnau cayó de espaldas sobre el suelo de Santa María.

17

ebió de caer al tratar de escapar después de robar la caja de los *bastaixos* —sentenció uno de los oficiales reales, en pie, al lado de Arnau, que todavía estaba inconsciente.

El padre Albert negó con la cabeza. ¿Cómo podía Arnau haber cometido semejante atrocidad? ¡La caja de los *bastaixos*, en la capilla del Santísimo, junto a su Virgen! Los soldados lo habían avisado un par de horas antes del amanecer.

—No puede ser —musitó para sí mismo.

—Sí, padre —insistió el oficial—. El muchacho llevaba esta bolsa —añadió mostrándole la bolsa de los dineros de Grau para el alcaide y sus presos—. ¿Qué iba a hacer un muchacho con tanto dinero?

—¿Y su rostro? —intervino otro soldado—. ¿Para qué iba alguien a embadurnarse el rostro con barro si no es para robar?

El padre Albert volvió a negar con la cabeza, con la mirada fija en la bolsa que tenía alzada el oficial. ¿Qué hacía allí a aquellas horas de la noche? ¿De dónde había sacado la bolsa?

—¿Qué hacéis? —preguntó a los oficiales al ver que levantaban a Arnau del suelo.

—Nos lo llevamos a la prisión.

—De ninguna manera —se oyó decir a sí mismo.

Quizá..., quizá todo aquello tuviera una explicación. No podía ser que Arnau hubiera intentado robar la caja de los *bastaixos*. Arnau, no.

—Es un ladrón, padre.

—Eso lo tendrá que decidir un tribunal.

—Y así será —confirmó el oficial mientras sus soldados aguantaban a Arnau por las axilas—, pero esperará la sentencia en la cárcel.

—Si tiene que ir a alguna cárcel, será a la del obispo —dijo el cura—. El crimen se ha cometido en lugar santo y por lo tanto es jurisdicción de la iglesia, no del veguer.

El oficial miró a los soldados y a Arnau y, con gesto de impotencia, les ordenó que dejasen al chico en el suelo, cosa que cumplieron dejándolo caer. Una cínica sonrisa asomó a sus labios al ver cómo el rostro del muchacho golpeaba violentamente el suelo.

El padre Albert los miró con ira.

—Despabiladlo —exigió el padre Albert mientras sacaba las llaves de la capilla, abría la reja y entraba en ella—. Quiero escuchar qué tiene que decir el muchacho.

Se acercó a la caja de los *bastaixos*, cuyas tres cerraduras habían sido forzadas, y comprobó que estaba vacía; en el interior de la capilla no faltaba nada más ni había habido ningún destrozo. «¿Qué ha sucedido, Señora? —le preguntó en silencio a la Virgen—; ¿cómo has permitido que Arnau cometiera este delito?» Oyó cómo los soldados echaban agua sobre el rostro del muchacho y salió de la capilla en el momento en que varios *bastaixos*, advertidos del robo de su caja, entraban en Santa María.

Arnau despertó al sentir el agua helada y vio que estaba rodeado de soldados. El sonido de la lanza en la calle Bòria volvió a silbar junto a su oído. Corría delante de ellos. ¿Cómo habían logrado alcanzarlo? ¿Habría tropezado? Los rostros de los soldados se inclinaron sobre él. ¡Su padre! ¡Ardía! ¡Tenía que escapar! Arnau se levantó y trató de empujar a uno de los soldados, pero éstos lo inmovilizaron sin dificultad.

El padre Albert, abatido, vio la lucha del muchacho por zafarse de las manos de los soldados.

—¿Queréis escuchar algo más, padre? —le espetó irónicamente el oficial—. ¿Os parece suficiente confesión? —insistió señalando a Arnau, enloquecido.

El padre Albert se llevó las manos al rostro y suspiró. Después se dirigió cansinamente hasta donde los soldados tenían retenido a Arnau.

—¿Por qué lo has hecho? —le preguntó una vez que lo tuvo enfrente—. Sabes que esa caja es la de tus amigos los *bastaixos*. Que con ella satisfacen las necesidades de las viudas y los huérfanos de sus cofrades, entierran a sus muertos, hacen obras de caridad, engalanan a la Virgen, tu madre, y mantienen siempre encendidas las velas que la iluminan. ¿Por qué lo has hecho, Arnau?

Arnau se tranquilizó ante la presencia del sacerdote, pero ¿qué hacía allí? ¡La caja de los *bastaixos*, el ladrón! Lo había golpeado pero ¿qué más había sucedido? Con los ojos abiertos de par en par miró a su alrededor. Tras los soldados, un sinfín de rostros conocidos lo observaban esperando su respuesta. Reconoció a Ramon y a Ramon el Chico, a Pere, a Jaume, a Joan, que intentaba ver la escena poniéndose de puntillas, a Sebastià y a su hijo, Bastianet, y a muchos otros a los que había dado de beber y con los que había compartido inolvidables momentos en la salida de la *host* a Creixell. ¡Lo acusaban a él! ¡Era eso!

—Yo no... —balbuceó.

El oficial alzó ante sus ojos la bolsa de dinero de Grau, y Arnau se llevó la mano a donde debería haber estado. No había querido dejarla bajo el jergón por si la baronesa los denunciaba y culpaban a Joan, y ahora... ¡Maldito Grau! ¡Maldita bolsa!

—¿Buscas esto? —le espetó el oficial.

Un rumor se levantó entre los *bastaixos*.

—Yo no he sido, padre —se defendió Arnau.

El oficial lanzó una carcajada, a la que pronto se sumaron los soldados.

—Ramon, yo no he sido. Os lo juro —repitió Arnau mirando directamente al *bastaix*.

—Entonces, ¿qué hacías aquí por la noche? ¿De dónde has sacado esta bolsa? ¿Por qué tratabas de huir? ¿Por qué llevas la cara embadurnada con barro?

Arnau se llevó una mano a la cara. El barro estaba reseco.

¡La bolsa! El oficial no hacía más que balancearla frente a sus ojos. Mientras tanto, iban llegando más y más *bastaixos* y unos a otros, en voz baja, se contaban lo sucedido. Arnau observó el balanceo de la bolsa. ¡Maldita bolsa! Después se dirigió directamente al padre:

—Había un hombre —le dijo—. Intenté detenerlo pero no pude. Era muy fuerte.

La carcajada incrédula del oficial volvió a resonar en el deambulatorio.

—Arnau —lo instó el padre Albert—, contesta a las preguntas del oficial.

—No..., no puedo —reconoció, provocando aspavientos en oficiales y soldados y alboroto entre los *bastaixos*.

El padre Albert guardó silencio, con la mirada fija en Arnau. ¿Cuántas veces había escuchado aquellas palabras? ¿Cuántos feligreses se negaban a contarle sus pecados? «No puedo —le decían con el miedo en el rostro—; si se enterasen...» Ciertamente, pensaba entonces el sacerdote, si se enterasen del robo, del adulterio o de la blasfemia podrían detenerlos, y entonces él tenía que insistir, jurándoles secreto eterno, hasta que sus conciencias se abrían a Dios y al perdón.

—¿Me lo contarías a mí a solas? —le preguntó.

Arnau asintió y el clérigo le señaló la capilla del Santísimo.

—Esperad aquí —les dijo a los demás.

—Se trata de la caja de los *bastaixos* —se oyó entonces por detrás de los soldados—. Debería estar presente un *bastaix*.

El padre Albert asintió mirando a Arnau.

—¿Ramon? —le propuso.

El muchacho volvió a asentir y los tres se introdujeron en la capilla. Allí soltó cuanto llevaba dentro. Habló de Tomàs el palafrenero, de su padre, de la bolsa de Grau, del encargo de la baronesa, de la revuelta, de la ejecución, del fuego..., de la persecución, del ladrón de la caja y de su lucha infructuosa. Habló de su miedo a que se enteraran de que aquélla era la bolsa de Grau o a que lo detuvieran por prender fuego al cadáver de su padre.

Las explicaciones se alargaron. Arnau no supo describir al hombre que lo había golpeado; estaba oscuro, dijo respondiendo a las preguntas de ambos, pero era grande y fuerte, eso sí. Finalmente, el cura y el *bastaix* se miraron entre sí; creían al muchacho, pero ¿cómo demostrarle a la gente que ya murmuraba fuera de la capilla, que no había sido él? El sacerdote miró a la Virgen, miró la caja forzada y salió de la capilla.

—Creo que el chico dice la verdad —anunció a la pequeña multitud que esperaba en el deambulatorio—. Creo que él no robó la caja; es más, intentó evitar que la robaran.

Ramon había salido tras él y asentía.

—Entonces —preguntó el oficial—, ¿por qué no puede contestar a mis preguntas?

—Conozco los motivos. —Ramon continuó asintiendo—. Y son lo suficientemente convincentes. Si hay alguien que no me crea, que lo diga. —Nadie habló—. Y ahora, ¿dónde están los tres prohombres de la cofradía? —Tres *bastaixos* se adelantaron hasta donde se encontraba el padre Albert—. Cada uno de vosotros tiene una de las tres llaves que abren la caja, ¿no es cierto? —Los prohombres asintieron—. ¿Juráis que esta caja sólo ha sido abierta por vosotros tres de consuno y en presencia de diez cofrades como establecen las ordenanzas? —Los prohombres juraron en voz alta, en el mismo tono en el que los interrogaba el cura—. ¿Juráis, pues, que la última anotación hecha en el libro de caja coincide con la cantidad que debería haber depositada? —Los tres prohombres juraron de nuevo—. Y vos, oficial, ¿juráis que ésa es la bolsa que llevaba el muchacho? —El oficial asintió—. ¿Juráis que su contenido es el mismo que cuando la encontrasteis?

—¡Estáis ofendiendo a un oficial del rey Alfonso!

—¿Lo juráis o no lo juráis? —le gritó el cura.

Algunos *bastaixos* se acercaron al oficial requiriéndole una respuesta con la mirada.

—Lo juro.

—Bien —continuó el padre Albert—; ahora iré a buscar el libro de caja. Si este muchacho es el ladrón, el contenido de la bolsa deberá ser igual o superior a la última anotación efectuada; si es inferior, deberá dársele crédito.

Un murmullo de asentimiento corrió entre los *bastaixos*. La mayoría miró hacia Arnau; todos ellos habían bebido el agua fresca de su pellejo.

Tras entregar las llaves de la capilla a Ramon con orden de que la cerrase, el padre Albert se dirigió a sus habitaciones para coger el libro de caja, que según las ordenanzas de los *bastaixos* debía permanecer en poder de una tercera persona. Por lo que recordaba, era imposible que el contenido de la caja cuadrase con los dineros que Grau entregaba al alguacil de la prisión para que alimentase a sus presos; aquél debía de ser muy superior. Sería una prueba irrefutable, pensó sonriendo.

Mientras el padre Albert buscaba el libro y volvía a Santa María, Ramon se encargó de cerrar con llave las rejas de la capilla. Observó entonces un destello en el interior, se acercó y, sin tocarlo, examinó el objeto del que provenía. No dijo nada a nadie. Cerró las rejas y se dirigió al grupo de *bastaixos* que esperaban al cura, rodeando a Arnau y a los soldados.

Ramon les susurró algo a tres de ellos y juntos abandonaron la iglesia sin que nadie lo advirtiera.

—Según el libro de caja —cantó el padre Albert mostrándoselo a los tres prohombres para que lo comprobasen—, en la caja había setenta y cuatro dineros y cinco sueldos. Contad los que hay en la bolsa —añadió dirigiéndose al oficial.

Antes de proceder a abrir la bolsa, el oficial negó con la cabeza. Allí dentro no podía haber setenta y cuatro dineros.

—Trece dineros —proclamó—, ¡pero! —gritó— el muchacho puede tener un cómplice que se haya llevado la parte que falta.

—¿Y por qué ese cómplice iba a dejar los trece dineros en poder de Arnau? —dijo un *bastaix*.

Un murmullo de asentimiento acompañó la observación.

El oficial miró a los *bastaixos*. Por descuido, estuvo a punto de contestar, por prisa, por nerviosismo, pero ¿qué más daba? Algunos de ellos ya se habían acercado a Arnau y le palmeaban la espalda o le revolvían el cabello.

—Y si no fue el muchacho, ¿quién fue? —preguntó.

—Creo que sé quién ha sido —se oyó contestar a Ramon desde más allá del altar mayor.

Tras él, dos de los *bastaixos* con quienes había hablado arrastraban con dificultad a un hombre corpulento.

—Tenía que ser él —dijo entonces alguien en el grupo de los *bastaixos*.

—¡Ése era el hombre! —exclamó Arnau al mismo tiempo.

El Mallorquí siempre había sido un *bastaix* conflictivo, hasta que los prohombres de la cofradía se enteraron de que tenía una concubina y lo expulsaron. Ningún *bastaix* podía mantener relaciones fuera del matrimonio. Y tampoco podía hacerlo su mujer; en ese caso, se apartaba al *bastaix* de la cofradía.

—¿Qué dice ese niño? —gritó el Mallorquí al llegar al deambulatorio.

—Te acusa de haber robado la caja de los *bastaixos* —contestó el padre Albert.

—¡Miente!

El sacerdote buscó la mirada de Ramon, quien asintió con un leve movimiento de cabeza.

—¡Yo también te acuso! —gritó señalándolo.

—También miente.

—Eso tendrás oportunidad de demostrarlo en el caldero, en el monasterio de Santes Creus.

Se había cometido un delito en una iglesia y las constituciones de Paz y Tregua establecían que la inocencia debería demostrarse mediante la prueba del agua caliente.

El Mallorquí empalideció. Los dos oficiales y los soldados miraron extrañados al cura, pero éste les indicó que guardasen silencio. Ya no se utilizaba la prueba del agua caliente, pero todavía, en muchas ocasiones, los clérigos recurrían a la amenaza de sumergir los miembros del sospechoso en un caldero de agua hirviendo.

El padre Albert entrecerró los ojos y miró al Mallorquí.

—Si el niño y yo mentimos, seguro que aguantarás el agua hirviendo en tus brazos y en tus piernas sin confesar tu delito.

—Soy inocente —farfulló el Mallorquí.

—Ya te he dicho que tendrás oportunidad de demostrarlo —reiteró el cura.

—Si eres inocente —intervino Ramon—, explícanos qué hace tu puñal en el interior de la capilla.

El Mallorquí se volvió hacia Ramon.

—¡Es una trampa! —respondió con rapidez—. Alguien lo habrá colocado allí para inculparme. ¡El muchacho! ¡Seguro que ha sido él!

El padre Albert volvió a abrir las rejas de la capilla del Santísimo y apareció con un puñal.

—¿Es éste tu puñal? —le preguntó aproximándoselo al rostro.

—No..., no.

Los prohombres de la cofradía y varios *bastaixos* se acercaron al cura y le pidieron el puñal para examinarlo.

—Sí que es el suyo —dijo uno de los prohombres, sosteniéndolo en la mano.

Seis años atrás y debido a los muchos altercados que se producían en el puerto, el rey Alfonso prohibió llevar machete o armas parecidas a los bastaixos y demás personas no cautivas que trabajasen en él. La única arma permitida eran los puñales romos. El Mallorquí se había negado a acatar la orden real alardeando de su magnífico puñal con punta, que había enseñado una y otra vez para excusar su desobediencia. Sólo ante la amenaza de expulsión de la cofradía había accedido a llevarlo a casa del herrero para que lo limara.

—Mentiroso —estalló uno de los *bastaixos.*

—Ladrón —gritó otro.

—¡Alguien me lo habrá robado para inculparme! —protestó mientras forcejeaba con los dos hombres que lo retenían.

Entonces hizo su aparición el tercero de los *bastaixos* que había ido con Ramon en busca del Mallorquí y que había registrado su casa para encontrar el dinero robado.

—Aquí está —gritó levantando una bolsa y entregándosela al cura, quien a su vez se la dio al oficial.

—Setenta y cuatro dineros y cinco sueldos —cantó el oficial tras contar su contenido.

A medida que el oficial contaba, los *bastaixos* habían ido cerrando el círculo en torno al Mallorquí. ¡Ninguno de ellos podía tener tanto dinero! Cuando terminó la cuenta, se echaron encima del ladrón. Hubo insultos, patadas, puñetazos, escupitajos. Los soldados se mantuvieron al margen y el oficial se encogió de hombros mirando al padre Albert.

—¡Estamos en la casa de Dios! —gritó entonces el sacerdote tratando de apartar a los *bastaixos*—. ¡Estamos en la casa de Dios! —continuó gritando hasta que logró acercarse al Mallorquí, hecho un ovillo en el suelo—. Este hombre es un ladrón, cierto, y además un cobarde, pero merece un juicio. No podéis actuar como delincuentes. Llevádselo al obispo —ordenó al oficial.

Cuando el cura se dirigió al oficial, alguien volvió a patear al Mallorquí. Muchos le escupieron mientras los soldados lo levantaban y se lo llevaban.

Cuando los soldados abandonaron Santa María llevándose al Mallorquí, los *bastaixos* se acercaron a Arnau sonriéndole y pidiéndole disculpas. Luego, empezaron a retirarse hacia sus casas. Al final, frente a la capilla del Santísimo, otra vez abierta, sólo quedaron el padre Albert, Arnau, los tres prohombres de la cofradía y los diez testigos que exigían las ordenanzas cuando se trataba de la caja de los *bastaixos*.

El cura introdujo los dineros en la caja y anotó en el libro la incidencia sucedida durante la noche. Había amanecido y ya se había ido a avisar a un cerrajero para que recompusiera las tres cerraduras; todos tenían que esperar hasta que se volviera a cerrar la caja.

El padre Albert apoyó un brazo en el hombro de Arnau. Sólo entonces lo recordó sentado bajo el cadáver de Bernat, que colgaba de una soga. Apartó de su mente el fuego. ¡Sólo era un niño! Miró hacia la Virgen. «Se hubiera podrido en la puerta de la ciudad —le dijo en silencio—; ¡qué más da, pues! Sólo es un muchacho que ahora no tiene nada; ni padre, ni trabajo con el que alimentarse...»

—Creo —decidió de repente— que deberíais admitir a Arnau Estanyol en vuestra cofradía.

Ramon sonrió. También él, una vez que volvió la tranquilidad, había estado pensando en la confesión de Arnau. Los demás, incluido Arnau, miraron al cura con sorpresa.

—Es sólo un muchacho —dijo uno de los prohombres.

—Es débil. ¿Cómo podrá cargar fardos o piedras sobre la nuca? —preguntó otro.

—Es muy joven —afirmó un tercero.

Arnau los miraba a todos con los ojos abiertos de par en par.

—Todo lo que decís es cierto —contestó el cura—, pero ni su tamaño ni su fuerza ni su juventud le han impedido defender vuestros dineros. De no ser por él, la caja estaría vacía.

Los *bastaixos* permanecieron un rato escrutando a Arnau.

—Yo creo que podríamos probar —dijo al final Ramon—, y si no sirve...

Alguien del grupo asintió.

—De acuerdo —dijo al final uno de los prohombres de la cofradía mirando a sus dos compañeros, ninguno de los cuales se opuso—, lo admitiremos a prueba. Si durante los próximos tres meses demuestra su valía, lo confirmaremos como *bastaix*. Cobrará en proporción a su trabajo. Toma —añadió entregándole el puñal del Mallorquí, que todavía conservaba en su poder—; éste es tu puñal de *bastaix*. Padre, anotadlo en el libro para que el chico no tenga problemas de ningún tipo.

Arnau notó el apretón del cura en su hombro. Sin saber qué decir, sonriendo, mostró su agradecimiento a los *bastaixos*. ¡Él, un *bastaix*! ¡Si lo viera su padre!

18

Quién era? ¿Lo conoces, muchacho?

Todavía sonaban en la plaza las carreras y los gritos de alto de los soldados que perseguían a Arnau, pero Joan no los escuchaba: el crepitar del cadáver de Bernat retumbaba en sus oídos.

El oficial de noche que había permanecido junto al cadalso zarandeó a Joan y repitió la pregunta:

—¿Lo conoces?

Pero Joan no separó los ojos de la tea en la que se estaba convirtiendo quien se había prestado a ser su padre.

El oficial volvió a zarandearlo hasta que logró que el niño se volviese hacia él, con la mirada perdida y los dientes castañeteando.

—¿Quién era? ¿Por qué ha quemado a tu padre?

Joan ni siquiera escuchó la pregunta. Empezó a temblar.

—No puede hablar —intervino la mujer que había instado a huir a Arnau, la misma que había logrado separar de las llamas a Joan, que estaba paralizado, la misma que había reconocido en Arnau al muchacho que había velado al ahorcado durante toda la tarde. «Si yo me atreviera a hacer lo mismo —pensó—, el cuerpo de mi marido no se pudriría en las murallas, devorado por los pájaros.» Sí, aquel muchacho había hecho algo que cualquiera de los que estaban allí querría hacer, y el oficial... Era el oficial de noche, de modo que no podía haber reconocido a Arnau; para él, el hijo era el otro, el que estaba bajo el padre. La mujer abrazó a Joan y lo arrulló.

—Tengo que saber quién le ha prendido fuego —adujo el oficial.

Los dos se sumaron a la gente que miraba el cadáver de Bernat.

—¿Qué más da? —murmuró la mujer notando las convulsiones de Joan—. Este niño está muerto de miedo y de hambre.

El soldado entornó los ojos; luego asintió con la cabeza, lentamente. ¡Hambre! Él mismo había perdido a un hijo de corta edad: el niño empezó a perder peso hasta que unas simples fiebres se lo llevaron. Su esposa lo abrazaba igual que aquella mujer hacía con el muchacho. Y él los veía a los dos, ella llorando, el pequeño buscando cobijo en sus pechos, igual...

—Llévalo a su casa —le dijo el oficial a la mujer.

«Hambre —murmuró volviendo a mirar hacia el cadáver en llamas de Bernat—. ¡Malditos genoveses!»

Había amanecido en Barcelona.

—¡Joan! —gritó Arnau nada más abrir la puerta.

Pere y Mariona, en la planta baja, sentados junto al hogar, le indicaron que guardase silencio.

—Duerme —le dijo Mariona.

La mujer lo había llevado a casa y les había contado lo sucedido. Los dos ancianos lo cuidaron hasta que el muchacho logró conciliar el sueño; después, se sentaron al calor del hogar.

—¿Qué será de ellos? —le preguntó Mariona a su esposo—; sin Bernat, el muchacho no aguantará en las cuadras.

«Y nosotros no podemos mantenerlos», pensó Pere. No podían permitirse dejarles la habitación sin cobrar, ni darles de comer. Pere se extrañó del brillo que había en los ojos de Arnau. ¡Acababan de ejecutar a su padre! Incluso le había prendido fuego; se lo contó la mujer. ¿A qué venía aquel brillo?

—¡Soy un *bastaix*! —anunció Arnau dirigiéndose a los escasos restos de la cena de la noche anterior, fríos en la olla.

Los dos ancianos se miraron y después miraron al muchacho, que comía directamente del cucharón, de espaldas a ellos. ¡Estaba famélico! La falta de grano le había afectado, como a toda Barcelona. ¿Cómo iba aquel niño delgado a cargar nada?

Mariona negó con la cabeza, mirando a su esposo.

—Dios dirá —le contestó Pere.

—¿Decíais? —preguntó Arnau volviéndose, con la boca llena.

—Nada, hijo, nada.

—Tengo que irme —dijo Arnau, que cogió un pedazo de pan duro y le dio un bocado. Los deseos de preguntarle lo que había sucedido en la plaza chocaban con una ilusión nueva: unirse a sus nuevos compañeros. Se decidió—: Cuando Joan despierte, contádselo.

En abril se iniciaba la época de navegación, interrumpida desde octubre. Los días se alargaban, los grandes barcos empezaban a arribar a puerto o a salir de él y nadie, ni patronos, ni armadores, ni pilotos, deseaba estar más tiempo del estrictamente necesario en el peligroso puerto de Barcelona.

Desde la playa, antes de unirse al grupo de *bastaixos* que esperaban en ella, Arnau contempló el mar. Siempre lo había tenido ahí, pero cuando salía con su padre le daba la espalda a los pocos pasos. Aquel día lo miró de modo distinto: iba a vivir de él. En el puerto, además de un sinfín de pequeñas embarcaciones, estaban ancladas dos naves grandes que acababan de arribar y una escuadra formada por seis inmensas galeras de guerra, con doscientos sesenta botes y veintiséis bancos de remeros cada una de ellas.

Arnau había oído hablar de aquella escuadra; la había armado la propia ciudad para ayudar al rey en la guerra contra Génova y estaba bajo el mando del consejero cuarto de Barcelona, Galcerà Marquet. Sólo la victoria sobre los genoveses volvería a abrir las vías de comercio y sustento de la capital del principado; por eso Barcelona había sido generosa con el rey Alfonso.

—¿No te echarás atrás, verdad, muchacho? —dijo alguien a su espalda. Arnau se volvió y se encontró con uno de los prohombres de la cofradía—. Vamos —lo instó éste sin dejar de caminar hacia el lugar de reunión de los demás cofrades.

Arnau lo siguió. Cuando llegó al grupo, los *bastaixos* lo recibieron con sonrisas.

—Esto no será como dar agua, Arnau —le dijo uno, provocando las risas de los demás.

—Toma —le ofreció Ramon—. Es la más pequeña que hemos encontrado en la cofradía.

Arnau cogió con cuidado la *capçana*.

—¡No se rompe! —rió uno de los *bastaixos* viendo el mimo con el que Arnau la sostenía.

«¡Claro que no! —pensó Arnau sonriendo al *bastaix*—, ¿cómo va a romperse?» Se colocó el cojín sobre el cogote, en la frente la correa de cuero que lo sujetaba, y volvió a sonreír.

Ramon comprobó que el cojín quedase en el sitio adecuado.

—Vale —dijo dándole una palmada—. Sólo te falta el callo.

—¿Qué callo...? —empezó a preguntar Arnau, pero la llegada de los prohombres desvió la atención de todos los cofrades.

—No se ponen de acuerdo —explicó uno de ellos. Todos los *bastaixos*, Arnau incluido, miraron hacia un poco más allá de la playa, donde varias personas lujosamente vestidas discutían—. Galcerà Marquet quiere que primero se carguen las galeras; los comerciantes, en cambio, que se descarguen los dos barcos que acaban de arribar. Hay que esperar —anunció.

Los hombres murmuraron y la mayoría de ellos se sentó sobre la arena. Arnau lo hizo junto a Ramon, con la *capçana* todavía agarrada a la frente.

—No se romperá, Arnau —le dijo éste señalándola—; pero no permitas que entre arena: te molestaría cuando cargues.

El muchacho se quitó la *capçana* y la guardó cuidadosamente, sin que tocase la arena.

—¿Cuál es el problema? —le preguntó a Ramon—. Se puede descargar o cargar primero unos y después otros.

—Nadie quiere estar en el puerto de Barcelona más tiempo del necesario. Si se levantara temporal, las naves estarían en peligro, sin defensa alguna.

Arnau recorrió el puerto con la mirada, desde el Puig de les

Falsies hasta Santa Clara; después, fijó la vista en el grupo, que seguía discutiendo.

—El consejero de la ciudad manda, ¿no?

Ramon rió y le revolvió el cabello.

—En Barcelona mandan los comerciantes. Son los que han pagado las galeras reales.

Al fin, la disputa se saldó con un pacto: los *bastaixos* irían a recoger los pertrechos de las galeras a la ciudad y, mientras, los barqueros empezarían a descargar los mercantes. Los *bastaixos* deberían estar de vuelta antes de que los barqueros hubieran arribado a la playa con las mercaderías, que se dejarían a resguardo en un lugar apropiado en vez de repartirlas por los almacenes de sus dueños. Los barqueros llevarían los pertrechos a las galeras mientras los *bastaixos* irían a por más y, desde éstas, se dirigirían a los mercantes para recoger las mercaderías. Así una y otra vez hasta que galeras y mercantes estuvieran unas cargadas y los otros descargados. Después ya distribuirían la mercancía por los correspondientes almacenes y, si el tiempo lo seguía permitiendo, volverían a cargar los mercantes.

Cuando los prohombres estuvieron de acuerdo, todos los operarios del puerto se pusieron en movimiento. Los *bastaixos*, por grupos, se adentraron en Barcelona en dirección a los almacenes municipales, donde se hallaban los pertrechos de los tripulantes de las galeras, incluidos los de los numerosos remeros de cada una, y los barqueros se dirigieron a los mercantes que acababan de arribar a puerto para descargar las mercaderías, las cuales, por falta de muelles, no se podían descargar sino a través de aquellas cofradías afectas a la organización portuaria.

La tripulación de cada barcaza, leño, laúd o barca de ribera estaba compuesta por tres o cuatro hombres: el barquero y, dependiendo de la cofradía, esclavos u hombres libres asalariados. Los barqueros agrupados en la cofradía de Sant Pere, la más antigua y rica de la ciudad, utilizaban esclavos, no más de dos por barca, como establecían las ordenanzas; los de la cofradía joven de Santa María, sin tantos recursos económicos, utilizaban hombres libres, a sueldo. En cualquier caso, la carga y descarga de las mercaderías, una vez que las barcas se habían acostado a los mercantes, eran operaciones lentas y delicadas incluso con la mar tranquila, puesto que los barqueros eran responsables frente al propietario de cualquier merma o avería que sufriesen las mercancías, e incluso podían ser condenados a prisión en el supuesto de que no pudiesen hacer frente a las indemnizaciones debidas a los mercaderes.

Cuando el temporal asolaba el puerto de Barcelona, el asunto se complicaba, pero no sólo para los barqueros sino para todos quienes intervenían en el tráfico marítimo. En primer lugar porque los barqueros podían negarse a acudir a descargar la mercancía —cosa que no podían hacer cuando había bonanza—, salvo que voluntariamente acordasen un precio especial con el propietario de ésta. Pero los efectos más importantes del temporal recaían sobre los dueños, pilotos e incluso la marinería del barco. Bajo amenaza de severas penas, nadie podía abandonar la nave hasta que la mercadería hubiera sido totalmente descargada, y si el dueño o su escribano, únicos que podían desembarcar, se encontraban fuera de la embarcación, tenían obligación de volver a ella.

Así pues, mientras los barqueros empezaban a descargar el primer navío, los *bastaixos*, repartidos en grupos por sus prohombres, empezaron a trasladar a la playa, desde los diversos almacenes de la ciudad, los pertrechos de las galeras. Arnau fue incluido en el grupo de Ramon, a quien el prohombre lanzó una significativa mirada cuando le asignó al muchacho.

Desde donde se encontraban, sin abandonar la línea de la playa, se dirigieron al pórtico del Forment, el almacén municipal de grano, fuertemente protegido por los soldados del rey tras la revuelta popular. Arnau intentó esconderse detrás de Ramon al llegar a la puerta, pero los soldados se percataron de la presencia de un muchacho entre aquellos fortísimos hombres.

—¿Qué va a cargar éste? —preguntó uno de ellos riendo y señalándolo.

Al ver que todos los soldados lo miraban, Arnau sintió que se le encogía el estómago e intentó esconderse todavía más, pero Ramon lo cogió por uno de los hombros, le puso la *capçana* so-

206

bre la frente y le contestó al soldado en el mismo tono que éste había empleado:

—¡Ya le toca trabajar! —exclamó—. Tiene catorce años y debe ayudar a su familia.

Varios soldados asintieron y les franquearon el paso. Arnau anduvo entre ellos con la cabeza gacha y el cuero sobre la frente. Cuando entró en el pórtico del Forment, el olor del grano almacenado lo golpeó. Los rayos de luz que se colaban por las ventanas reflejaban el polvo en suspensión, un polvillo que no tardó en hacer toser al chico y a otros muchos *bastaixos*.

—Antes de la guerra contra Génova —le comentó Ramon moviendo una mano como si quisiera abarcar todo el perímetro del almacén—, estaba lleno de grano, pero ahora...

Allí estaban las grandes tinajas de Grau, observó Arnau, colocadas una junto a otra.

—¡Vamos! —gritó uno de los prohombres.

Con un pergamino en las manos, el encargado del almacén empezó a señalar las grandes tinajas. «¿Cómo vamos a transportar esas tinajas tan llenas?», pensó Arnau. Era imposible que un hombre transportara tal peso. Los bastaixos se agruparon de dos en dos, y tras ladear las tinajas y atarlas con sogas, cruzaron sobre sus espaldas un recio palo que previamente habían pasado por entre las sogas y, de tal guisa, ayuntados, empezaron a desfilar en dirección a la playa. El polvo en suspensión se multiplicó y se revolvió. Arnau volvió a toser y, cuando llegó su turno, oyó la voz de Ramon:

—Al chico dale una de las pequeñas, de las de sal.

El encargado miró a Arnau y negó con la cabeza.

—La sal es cara, *bastaix* —alegó dirigiéndose a Ramon—. Si se cae la tinaja...

—¡Dale una de sal!

Las tinajas de grano medían cerca de un metro de alto; en cambio, la de Arnau no debía de superar el medio metro, pero cuando, con ayuda de Ramon, la cargó sobre su espalda, el muchacho notó que sus rodillas temblaban.

Desde atrás, Ramon lo agarró por los hombros.

—Ahora es cuando tienes que demostrarlo —le susurró al oído.

Arnau empezó a andar, encorvado, con las manos fuertemente agarradas a las asas de la tinaja, empujando con la cabeza hacia delante y notando cómo se le clavaba la tira de cuero en la frente.

Ramon le vio partir tambaleándose, moviendo un pie tras otro con cuidado, lentamente. El encargado volvió a negar con la cabeza y los soldados se mantuvieron en silencio cuando pasó entre ellos.

—¡Por vos, padre! —masculló con los dientes apretados cuando notó el calor del sol en el rostro. ¡El peso lo iba a partir en dos!—. Ya no soy un niño, padre, ¿me veis?

Ramon y otro de los *bastaixos*, con una tinaja de grano colgando del palo, lo seguían, ambos con los ojos puestos en los pies del muchacho; pudieron ver cómo éstos chocaron entre sí. Arnau se tambaleó. Ramon cerró los ojos. «¿Estaréis ahí colgado todavía? —pensó en aquellos instantes Arnau con la imagen del cadáver de Bernat en sus pupilas—. ¡Nadie podrá burlarse de vos! Ni siquiera la bruja y sus hijastros.» Se irguió bajo el peso y empezó a andar de nuevo.

Llegó a la playa; Ramon sonreía tras él. Todos callaron. Los barqueros acudieron a coger la tinaja de sal antes de que el muchacho llegase a la orilla. Arnau tardó unos segundos en poder ponerse derecho. «¿Me habéis visto, padre?», murmuró mirando al cielo.

Ramon le palmeó la espalda cuando se vio libre del grano.

—¿Otra? —preguntó el muchacho con seriedad.

Dos más. Cuando Arnau descargó la tercera tinaja en la playa, se le acercó Josep, uno de los prohombres.

—Ya está bien por hoy, muchacho —le dijo.

—Puedo continuar —aseguró Arnau tratando de ocultar el dolor de espalda que sentía.

—No. No puedes y yo no puedo permitir que recorras Barcelona sangrando como si fueras un animal herido —le dijo paternalmente, señalando unos finos regueros que corrían por sus costados. Arnau se llevó la mano a la espalda y después la miró—.

No somos esclavos; somos hombres libres, trabajadores libres, y la gente debe vernos como tales. No te preocupes —insistió al observar la expresión de desazón de Arnau—, a todos nos sucedió lo mismo en su día y todos tuvimos a alguien que nos impidió continuar. La llaga que se te ha formado en el cogote y en la espalda tiene que hacer callo. Será cuestión de unos días, y ten por seguro que a partir de entonces no te permitiré descansar más que a cualquiera de tus compañeros. —Josep le entregó un pequeño frasco—. Límpiate bien la llaga y que te apliquen este ungüento para secarla.

La tensión desapareció ante las palabras del prohombre. Ese día no tendría que cargar más. Sin embargo aparecieron el dolor, el cansancio, los efectos de una noche en vela; Arnau se sintió desfallecer. Murmuró unas palabras a modo de despedida y se arrastró hacia su casa. Joan lo esperaba en la puerta. ¿Cuánto tiempo llevaría ahí?

—¿Sabes que soy un *bastaix*? —le preguntó Arnau cuando llegó hasta él.

Joan asintió. Lo sabía. Lo había observado durante sus dos últimos viajes, apretando dientes y manos con cada trémulo paso que daba hacia su destino, rezando para que no cayese, llorando ante su rostro congestionado. Joan se limpió las lágrimas y abrió los brazos para recibir a su hermano. Arnau se dejó caer en ellos.

—Tienes que aplicarme este ungüento en la espalda —acertó a decir mientras Joan lo acompañaba arriba.

No fue capaz de decir más. A los pocos segundos, tumbado cuan largo era y con los brazos abiertos, cayó en un sueño reparador. Procurando no despertarlo, Joan le limpió la llaga y la espalda con el agua caliente que le subió Mariona; la anciana conocía el oficio. Después le aplicó el ungüento, de olor fuerte y agrio, el cual debió de empezar a surtir efecto de inmediato puesto que Arnau se movió inquieto, pero no llegó a despertarse.

Esa noche fue Joan quien no pudo dormir. Sentado en el suelo junto a su hermano, escuchaba su respiración; permitía que sus párpados cayeran lentamente cuando ésta era tranquila, y despertaba sobresaltado cuando Arnau se movía. «Y ahora, ¿qué será de nosotros?», se permitía pensar de vez en cuando. Había hablado con Pere y su mujer; los dineros que Arnau podía ganar como *bastaix* no serían suficientes para los dos. ¿Qué sería de él?

—¡A la escuela! —le ordenó Arnau a la mañana siguiente, cuando se encontró a Joan trajinando junto a Mariona.

Lo había pensado el día anterior: todo debía seguir igual, como su padre lo había dejado.

Inclinada sobre el hogar, la anciana se volvió hacia su marido. Joan quiso contestar a Arnau pero Pere se adelantó:

—Obedece a tu hermano mayor —lo conminó.

La mirada de Mariona se transformó en una sonrisa. El anciano, sin embargo, le devolvió un semblante serio. ¿Cómo iban a vivir los cuatro? Pero Mariona continuó sonriendo, hasta que Pere agitó la cabeza como si quisiera despejarla de aquellas incógnitas de las que tanto habían hablado esa misma noche.

Joan salió corriendo de la casa y, cuando el pequeño hubo desaparecido, Arnau trató una vez más de estirarse. No podía mover ni un solo músculo; los tenía totalmente agarrotados y unos terribles pinchazos lo recorrían desde la punta de los pies hasta el cuello. Poco a poco, sin embargo, su cuerpo joven empezó a responder y, tras dar cuenta de un escaso desayuno, salió al sol, sonriendo a la playa y al mar, y a las seis galeras que todavía permanecían ancladas en puerto.

Ramon y Josep lo obligaron a enseñarles la espalda.

—Un viaje —le comentó el prohombre a Ramon antes de irse hacia el grupo—; después a la capilla.

Arnau volvió el rostro hacia Ramon mientras se bajaba la camisa.

—Ya has oído —le dijo éste.

—Pero...

—Haz caso, Arnau, Josep sabe lo que hace.

Y lo sabía. Nada más cargar la primera tinaja, Arnau empezó a sangrar.

—Si ya he sangrado la primera vez —alegó Arnau cuando Ramon, tras él, descargó su mercancía en la playa—, ¿qué más da algunos viajes más?

—El callo, Arnau, el callo. No se trata de que te destroces la espalda, sólo de que se te forme callo. Ahora ve a limpiarte, a ponerte el ungüento y a la capilla del Santísimo... —Arnau intentó protestar—. Es nuestra capilla, tu capilla, Arnau, hay que cuidarla.

—Hijo —añadió el *bastaix* que cargaba junto a Ramon—, esa capilla significa mucho para nosotros. No somos más que unos simples descargadores del puerto, pero la Ribera nos ha concedido lo que ningún noble, lo que ninguna de las ricas cofradías tiene: la capilla del Santísimo y las llaves de la iglesia de la Señora de la Mar. ¿Entiendes? —Arnau asintió pensativo—. Sólo los *bastaixos* podemos cuidar esa capilla. No hay mayor honra para ninguno de nosotros. Ya tendrás tiempo para cargar y descargar; no te preocupes por eso.

Mariona lo curó y Arnau se dirigió hacia Santa María. Allí buscó al padre Albert para que le entregara las llaves de la capilla, pero el sacerdote lo obligó a acompañarlo hasta el cementerio situado frente al portal de las Moreres.

—Esta mañana he enterrado a tu padre —le dijo señalando el cementerio. Arnau lo interrogó con la mirada—. No he querido avisarte por si aparecía algún soldado. El veguer decidió que no quería que la gente viese el cadáver quemado de tu padre, ni en la plaza del Blat ni en las puertas de la ciudad; tenía miedo de que cundiese el ejemplo. No me ha sido difícil que me permitieran enterrarlo.

Ambos permanecieron en silencio frente al cementerio durante un rato.

—¿Quieres que te deje solo? —preguntó el cura al final.

—Tengo que limpiar la capilla de los *bastaixos* —contestó Arnau secándose las lágrimas.

Durante unos días, Arnau hizo sólo un viaje, y después volvía a la capilla. Las galeras ya habían partido y la mercancía era la habitual del tráfico mercantil: telas, coral, especias, cobre, cera... Un día, su espalda no sangró. Josep volvió a inspeccionarla y Arnau siguió cargando grandes fardos de tela, sonriendo a todos los *bastaixos* con los que se cruzaba.

Mientras, recibió sus primeros dineros como *bastaix*. ¡Poco más de lo que percibía trabajando para Grau! Se los entregó todos a Pere, junto con algunas de las monedas que todavía quedaban en la bolsa de Bernat. «No es suficiente», pensó el muchacho al contar las monedas. Bernat le pagaba bastante más. Volvió a abrir la bolsa. No duraría mucho, consideró al comprobar el contenido de la mermada bolsa de Bernat. Con la mano metida en ella, Arnau miró al anciano. Pere frunció los labios.

—Cuando pueda cargar más —le dijo Arnau—, ganaré más dinero.

—Eso tardará en llegar, Arnau, lo sabes, y para entonces ya se habrá vaciado la bolsa de tu padre. Tú sabes que esta casa no es mía... No, no lo es —le aclaró ante la expresión de sorpresa del muchacho—. La mayoría de las casas de la ciudad son de la Iglesia: del obispo o de alguna orden religiosa; nosotros sólo las tenemos en enfiteusis, por lo que debemos pagar un canon anual. Ya sabes lo poco que puedo trabajar, por lo que sólo cuento con el alquiler de la habitación para hacer frente al pago. Si tú no llegas a esa cantidad... ¿Entiendes?

—¿De qué sirve entonces ser libre si los ciudadanos están atados a sus casas como los payeses a sus tierras? —preguntó Arnau, negando con la cabeza.

—No estamos atados a ellas —contestó Pere.

—Pero he oído que todas esas casas pasan de padres a hijos; ¡incluso las venden! ¿Cómo es posible si no son suyas y tampoco son siervos de ellas?

—Es sencillo de entender, Arnau. La Iglesia es muy rica en tierras y propiedades, pero sus leyes le prohíben la venta de los bienes eclesiásticos. —Arnau trató de intervenir pero Pere le rogó silencio con la mano—. El problema es que a los obispos, los abates y demás cargos importantes de la Iglesia los nombra el rey de entre sus amigos. El Papa nunca se niega —añadió—, y todos esos amigos del rey esperan obtener buenas rentas de los bienes que les corresponden, pero como no pueden venderlos han inventado la enfiteusis y de esta forma burlan la prohibición de vender.

—Como si fuesen inquilinos —dijo Arnau.

—No. A los inquilinos se les puede echar en cualquier momento; al enfiteuta no se le puede echar nunca... mientras pague su canon.

—Y tú, ¿podrías vender tu casa?

—Sí. Entonces se llama subenfiteusis. El obispo cobraría una parte de la venta, el laudemio, y el nuevo subenfiteuta podría hacer lo mismo que yo. Sólo hay una prohibición. —Arnau lo interrogó con la mirada—. No se puede ceder a alguien de mejor condición social. Nunca se la podría ceder a un noble... aunque tampoco creo que encontrase un noble para esta casa, ¿verdad? —añadió sonriendo. Arnau no lo acompañó en la broma y Pere borró la sonrisa del rostro. Los dos permanecieron unos instantes en silencio—. El caso —intervino de nuevo el anciano— es que tengo que pagar el canon y con lo que yo gano y tú aportas...

«¿Qué vamos a hacer ahora?», pensó Arnau. Con los míseros dineros que ganaba no podrían optar a nada, ni siquiera a comida para dos personas, pero tampoco Pere merecía cargar con ellos; siempre se había portado bien.

—No te preocupes —le dijo titubeante—; nos iremos para que puedas...

—Mariona y yo hemos pensado —lo interrumpió Pere— que, si estáis dispuestos, Joan y tú podríais dormir aquí, junto al hogar. —Los ojos de Arnau se abrieron de par en par—. Así..., así podríamos alquilar la habitación a alguna familia y pagar el canon. Sólo tendríais que procuraros dos jergones. ¿Qué te parece?

El rostro de Arnau se iluminó. Sus labios temblaron.

—¿Significa eso que sí? —lo ayudó Pere.

Arnau apretó los labios y asintió enérgicamente con la cabeza.

—¡Vamos por la Virgen! —gritó uno de los prohombres de la cofradía.

El vello de los brazos y las piernas de Arnau se erizó.

Aquel día no había barcos que cargar o descargar y en el puerto se arremolinaban únicamente las pequeñas embarcaciones de pesca. Se habían reunido en la playa, como siempre, mientras asomaba un sol que prometía una jornada primaveral.

Desde que se había unido a los *bastaixos*, al inicio de la época de navegación, no habían tenido oportunidad de dedicar un día a trabajar para Santa María.

—¡Vamos por la Virgen! —se volvió a oír desde el grupo de *bastaixos*.

Arnau se fijó en sus compañeros: los rostros adormilados se transformaron en sonrisas. Algunos se desperezaron moviendo los brazos hacia atrás y hacia delante, preparando las espaldas. Arnau recordó cuando les daba agua, cuando los veía pasar por delante de él encorvados, apretando los dientes, cargados con aquellas enormes piedras. ¿Sería capaz? El temor atenazó sus músculos; quiso imitar a los *bastaixos* y empezó a desentumecerlos moviéndolos hacia delante y hacia atrás.

—Tu primera vez —le felicitó Ramon. Arnau no dijo nada y dejó caer los brazos a los costados. El joven *bastaix* entornó los ojos—. No te preocupes, muchacho —añadió apoyando el brazo sobre su hombro e instándolo a seguir al grupo, que ya se había puesto en movimiento—; piensa que cuando cargas piedras para la Virgen, parte del peso lo lleva ella.

Arnau levantó la mirada hacia Ramon.

—Es cierto —insistió el *bastaix* sonriendo—, hoy lo comprobarás.

Salieron desde Santa Clara, en el extremo oriental, para recorrer toda la ciudad, cruzar las murallas y subir hasta la cantera real de La Roca, en Montjuïc. Arnau caminaba en silencio; de cuando en cuando se sentía observado por alguno de ellos. Dejaron atrás el barrio de la Ribera, la lonja y el pórtico del Forment. Cuando pasaron por delante de la fuente del Àngel, Arnau miró a las mujeres que esperaban para llenar sus cántaros; muchas de ellas los habían dejado colarse cuando Joan y él aparecían con el pellejo. La gente los saludaba. Algunos niños se sumaron al grupo corriendo y saltando, cuchicheando y señalando a Arnau con respeto. Dejaron atrás los pórticos del astillero y llegaron al convento de Framenors, en el límite occidental de la ciudad, allí donde finalizaban las murallas de Barcelona; tras ellas, las nuevas atarazanas de la ciudad condal, cuyos muros empezaban a levantarse, y después campos y huertas —Sant Nicolau, Sant Bertran y Sant Pau del Camp—, donde comenzaba el camino de subida a la cantera.

Pero antes de llegar hasta ella, los *bastaixos* tenían que cruzar el Cagalell. El olor de los desechos de la ciudad los asaltó mucho antes de que lo vieran.

—Lo están desaguando —afirmó alguien ante el hedor.

La mayoría de los hombres asintieron.

—No olería tanto si no lo estuvieran desaguando —añadió otro.

El Cagalell era un estanque que se formaba en la desembocadura de la rambla, junto a las murallas, y en el que se acumulaban los desechos y las aguas pútridas de la ciudad. Debido a lo accidentado del terreno nunca terminaba de desaguar en la playa, y las aguas permanecían estancadas hasta que un funcionario municipal cavaba una salida y empujaba los desechos hasta el mar. Era entonces cuando peor olía el Cagalell.

Bordearon el estanque para vadearlo allí por donde podían cruzarlo de un salto y continuaron atravesando los campos hacia la falda de Montjuïc.

—¿Cómo se cruza de vuelta? —preguntó Arnau señalando la corriente.

Ramon negó con la cabeza.

—Todavía no he conocido a nadie capaz de saltar con una piedra en la espalda —le dijo.

Mientras ascendían a la cantera real, Arnau volvió la mirada hacia la ciudad. Quedaba lejos, muy lejos ¿Cómo iba a aguantar toda aquella caminata con una piedra a la espalda? Sintió que las piernas le flaqueaban y corrió para alcanzar al grupo, que seguía charlando y riendo.

La cantera real de La Roca se abrió ante ellos tras superar un recodo. Arnau dejó escapar una exclamación de asombro. ¡Era como la plaza del Blat o cualquier otro mercado, pero sin mujeres! En una gran explanada, los funcionarios del rey trataban con la gente que había acudido en busca de piedra. Carros y reatas de mulas se acumulaban en uno de los lados de la explanada, allí donde las paredes de la montaña aún no se habían empezado a explotar; el resto aparecía cortado a pico, refulgente la piedra. Un sinfín de picapedreros desprendían peligrosamente grandes bloques de roca; luego reducían su tamaño en la explanada.

Los *bastaixos* fueron acogidos con cariño por todos cuantos esperaban rocas y, mientras los prohombres se dirigían hacia los funcionarios, los demás se mezclaron con la gente; hubo abrazos, apretones de manos, bromas y risas, y botijos de agua o vino que se alzaban sobre sus cabezas.

Arnau no podía dejar de observar el trabajo de los picapedreros o de los peones, que cargaban carros y mulas seguidos siempre por algún funcionario que tomaba nota. Como en los mercados, la gente discutía o aguardaba impaciente su turno.

—No te esperabas esto, ¿verdad?

Arnau se volvió a tiempo de ver cómo Ramon devolvía un botijo, y negó con la cabeza.

—¿Para quién es tanta piedra?

—¡Huy! —contestó Ramon. Empezó a recitar—: para la catedral, para Santa María del Pi, para Santa Anna, para el monasterio de Pedralbes, para las atarazanas reales, para Santa Clara, para las murallas; todo se está construyendo o modificando, por no hablar de las nuevas casas de ricos y nobles. Ya nadie quiere madera o ladrillo de adobe. Piedra, sólo piedra.

—¿Y toda la piedra la cede el rey?

Ramon soltó una carcajada.

—Sólo la de Santa María de la Mar; ésa sí que la ha cedido gratis... y supongo que la del monasterio de Pedralbes, que se construye por orden de la reina. Para el resto se cobra sus buenos dineros.

—¿Y las de las atarazanas reales? —preguntó Arnau—. Si son reales...

Ramon volvió a sonreír.

—Serán reales —le interrumpió—, pero no las paga el rey.

—¿La ciudad?

—Tampoco.

—¿Los mercaderes?

—Tampoco.

—¿Entonces? —inquirió Arnau volviéndose hacia el bastaix.

—Las atarazanas reales las están pagando...

—¡Los pecadores! —le quitó la palabra el hombre que le había dado el botijo, un arriero de la catedral.

Ramon y él rieron ante la cara de asombro de Arnau.

—¿Los pecadores?

—Sí —continuó Ramon—, las nuevas atarazanas se pagan con todos los dineros de los mercaderes pecadores. Escucha, es muy sencillo: desde que tras las cruzadas..., ¿sabes qué fueron las cruzadas? —Arnau asintió; ¿cómo no iba a saber qué habían sido las cruzadas?—. Bien, pues desde que se perdió definitivamente la Ciudad Santa, la Iglesia prohibió el comercio con el soldán de Egipto, pero resulta que allí es donde nuestros comerciantes obtienen las mejores mercaderías, y ninguno de ellos está dispuesto a dejar de comerciar con el soldán; por eso, antes de hacerlo, acuden a los consulados de la mar y pagan una multa por el pecado que van a cometer. Entonces se les absuelve por adelantado y ya no pecan. El rey Alfonso ordenó que todos esos dineros sirviesen para construir las nuevas atarazanas de Barcelona.

Arnau iba a intervenir pero Ramon lo interrumpió con la mano. Los prohombres los llamaban y le indicó que lo siguiera.

—¿Pasamos delante de ellos? —preguntó Arnau señalando a los arrieros que iban quedando atrás.

—Claro —contestó Ramon sin dejar de caminar—; nosotros no necesitamos tantos controles como ellos; la piedra es gratis y contarla es bastante sencillo: un *bastaix*, una piedra.

«Un *bastaix*, una piedra», repitió para sí Arnau en el momento en que el primer *bastaix* y la primera piedra pasaron por su lado. Habían llegado al lugar en el que los picapedreros reducían los grandes bloques. Miró el rostro del hombre, contraído, tenso. Arnau sonrió, pero su compañero de cofradía no le contestó; se habían terminado las bromas, ya nadie reía o charlaba, todos miraban el montón de piedras en el suelo, con la *capçana* agarrada a su frente. ¡La *capçana*! Arnau se la colocó. Los *bastaixos* pasaban a su lado, uno tras otro, en fila, en silencio, sin esperar al siguiente, y a medida que pasaban, el grupo que rodeaba las piedras menguaba.

Arnau miró las piedras; se le secó la boca y se le encogió el estómago. Un *bastaix* ofreció su espalda y dos peones levantaron la piedra para cargarla sobre ella. Lo vio ceder. ¡Las rodillas le temblaban! Aguantó unos segundos, se irguió y pasó junto a Arnau, camino de Santa María. ¡Dios, era tres veces más corpulento que él! ¡Y las piernas le habían cedido! ¿Cómo iba a poder él...?

—Arnau —lo llamaron los prohombres, los últimos en salir.

Todavía quedaban algunos *bastaixos*. Ramon lo empujó hacia delante.

—Ánimo —le dijo.

Los tres prohombres hablaban con uno de los picapedreros, que no hacía más que negar con la cabeza. Los cuatro escrutaban el montón de piedras, señalaban aquí o allá y después negaban de nuevo con la cabeza, todos. Junto a las piedras, Arnau intentó tragar saliva, pero su garganta estaba seca. Temblaba. ¡No podía temblar! Movió las manos y después los brazos, hacia atrás y hacia delante. ¡No podía permitir que vieran cómo temblaba!

Josep, uno de los prohombres, señaló una piedra. El picapedrero le contestó con un gesto de indiferencia, miró a Arnau, volvió a negar con la cabeza e indicó a los peones que la cogieran. «Todas son similares», había repetido hasta la saciedad.

Cuando vio a los dos peones cargados con la piedra, Arnau se acercó a ellos. Se encorvó y tensó todos los músculos del cuerpo. Todos los presentes guardaron silencio. Los peones soltaron la piedra con suavidad y lo ayudaron a afianzar las manos en ella. Al notar el peso, se encorvó aún más y las piernas se le doblaron. Arnau apretó los dientes y cerró los ojos. «¡Arriba!», creyó escuchar. Nadie había dicho nada, pero todos lo habían gritado en silencio al ver las piernas del muchacho. ¡Arriba! ¡Arriba! Arnau se irguió bajo el peso. Muchos suspiraron. ¿Podría andar? Arnau esperó, todavía con los ojos cerrados. ¿Podría andar?

Avanzó un pie. El propio peso de la piedra lo obligó a mover el otro y otra vez el primero... y de nuevo el segundo. Si paraba..., si paraba la piedra haría que cayera de bruces.

Ramon sorbió por la nariz y se llevó las manos a los ojos.

—¡Ánimo, muchacho! —se oyó gritar a alguno de los arrieros que esperaban.

—¡Vamos, valiente!

—¡Tú puedes!

—¡Por Santa María!

El griterío resonó en las paredes de la cantera y acompañó a Arnau cuando se encontró a solas en el camino de vuelta a la ciudad.

Sin embargo, no anduvo solo. Todos los *bastaixos* que salieron tras él le dieron fácilmente alcance y todos, del primero al último, acomodaron su paso al de Arnau durante algunos minutos para animarlo y jalearlo; cuando uno llegaba a su altura, el anterior recuperaba su ritmo.

Pero Arnau no los escuchaba. Ni siquiera pensaba. Su atención estaba puesta en aquel pie que debía aparecer desde detrás, y cuando lo veía avanzar por debajo de él y plantarse en el camino, volvía a esperar al siguiente; un pie tras otro, sobreponiéndose al dolor.

Por las huertas de Sant Bertran, los pies tardaban una eternidad en aparecer. Todos los *bastaixos* lo habían superado ya. Recordó la forma en que Joan y él mismo les daban agua, con la pesada piedra apoyada en la borda de una embarcación. Buscó algún lugar similar y al poco encontró un olivo, en una de cuyas ramas bajas logró apoyar la piedra; si la dejaba en el suelo no podría volver a cargársela a la espalda. Tenía las piernas agarrotadas.

—Si paras —le había aconsejado Ramon—, no dejes que tus piernas se agarroten totalmente, no podrías continuar.

Arnau, libre de parte del peso, continuó moviendo las piernas. Resopló, una, un montón de veces. Parte del peso lo lleva la Virgen, le había dicho también. ¡Dios!, si eso era cierto, ¿cuánto pesaba aquella piedra? No se atrevió a mover la espalda. Le dolía, le dolía terriblemente. Descansó durante un buen rato. ¿Podría volver a ponerse en movimiento? Arnau miró en derredor. Estaba solo. Ni siquiera los demás arrieros seguían aquel camino, pues tomaban el del portal de Trentaclaus.

¿Podría? Miró al cielo. Escuchó el silencio y aupó la piedra de nuevo, de un tirón. Los pies se pusieron en movimiento. Uno, otro, uno, otro...

En el Cagalell repitió el descanso apoyando la piedra sobre el saliente de una gran roca. Allí aparecieron los primeros *bastaixos*, ya de vuelta a la cantera. Nadie habló. Sólo se miraban. Arnau volvió a apretar los dientes y aupó de nuevo la piedra. Algunos de los *bastaixos* asintieron con la cabeza pero ninguno de ellos se paró. «Es su desafío», comentó uno de ellos después, cuando Arnau ya no podía oírlos, volviéndose para mirar el lento avance de la piedra. «Debe afrontarlo él solo», afirmó otro.

Cuando traspasó la muralla occidental y dejó atrás Framenors, Arnau se encontró con los ciudadanos de Barcelona. Seguía con la atención fija en sus pies. ¡Ya estaba en la ciudad! Marineros, pescadores, mujeres y niños, operarios de los astilleros, carpinteros de ribera; todos observaron en silencio al muchacho encogido bajo el peso de la piedra, sudoroso, congestionado. Todos se fijaban en los pies del joven *bastaix*, que Arnau miraba sin prestar atención a nada más, y todos, en silencio, los empujaban: uno, otro, uno, otro...

Algunos se sumaron al recorrido de Arnau, tras él, en silencio, acomodando su andar al avance de la piedra, y así, tras más de dos horas de esfuerzo, el muchacho llegó a Santa María acompañado por una pequeña y silenciosa multitud. Las obras se paralizaron. Los albañiles se asomaron a los andamios y los carpinteros y picapedreros dejaron sus labores. El padre Albert, Pere y Mariona lo esperaban. Àngel, el hijo del barquero, ya convertido en oficial, se acercó a él.

—¡Vamos! —le gritó—. ¡Ya estás! ¡Ya has llegado! ¡Venga, vamos, vamos!

Se empezaron a oír gritos de ánimo procedentes de lo alto de los andamios. Los que habían seguido a Arnau estallaron en vítores. Toda Santa María se sumó al griterío; incluso el padre Albert se unió al griterío general. Sin embargo, Arnau siguió mirando sus pies, uno, otro, uno, otro... hasta alcanzar el lugar en que se depositaban las piedras; allí los aprendices y los oficiales se lanzaron a por la que el muchacho había acarreado.

Sólo entonces Arnau levantó la mirada, todavía encogido, temblando, y sonrió. La gente se arremolinó a su alrededor y lo felicitó. Arnau fue incapaz de saber quiénes eran los que lo rodeaban; sólo reconoció al padre Albert, cuya mirada se dirigía hacia el cementerio de las Moreres. Arnau la siguió.

—Por vos, padre —susurró.

Cuando la gente se dispersó y Arnau se disponía a volver a la cantera, siguiendo los pasos de sus compañeros, algunos de los cuales llevaban ya tres viajes, el cura lo llamó; había recibido instrucciones de Josep, prohombre de la cofradía.

—Tengo un trabajo para ti —le dijo. Arnau se paró y lo miró extrañado—. Hay que limpiar la capilla del Santísimo, despabilar los cirios y ponerla en orden.

—Pero... —protestó Arnau señalando las piedras.

—No hay peros que valgan.

19

Había sido una jornada dura. Recién pasado el solsticio de verano tardaba en anochecer, y los *bastaixos* trabajaban de sol a sol, cargando y descargando las naves que arribaban a puerto, siempre azuzados por los mercaderes y pilotos, que querían permanecer en el puerto de Barcelona el menor tiempo posible.

Arnau entró en casa de Pere arrastrando los pies, con la *capçana* en una mano. Ocho rostros se volvieron hacia él. Pere y Mariona estaban sentados a la mesa junto a un hombre y una mujer. Joan, un muchacho y dos chicas lo miraban desde el suelo, sentados y apoyados contra la pared. Todos daban cuenta de sus escudillas.

—Arnau —le dijo Pere—, te presento a nuestros nuevos inquilinos. Gastó Segura, oficial curtidor. —El hombre se limitó a hacer una inclinación de cabeza, sin dejar de comer—. Su esposa, Eulàlia. —Ella sí sonrió—. Y sus tres hijos: Simó, Aledis y Alesta.

Arnau, que estaba rendido, hizo un leve movimiento con la mano dirigido a Joan y a los hijos del curtidor y se dispuso a coger la escudilla que ya le ofrecía Mariona. Sin embargo, algo lo obligó a volverse de nuevo hacia los tres recién llegados. ¿Qué...? ¡Los ojos! Los ojos de las dos muchachas estaban fijos en él. Eran..., eran inmensos, castaños, vivaces. Las dos sonrieron a un tiempo.

—¡Come, chico!

La sonrisa desapareció. Alesta y Aledis bajaron la mirada hacia sus escudillas y Arnau se volvió hacia el curtidor, que había dejado de comer y con la cabeza le señalaba a Mariona, que estaba junto al fuego, con la escudilla extendida hacia él.

Mariona le dejó su sitio en la mesa y Arnau empezó a dar cuenta de la olla; Gastó Segura, frente a él, sorbía y masticaba con la boca abierta. Cada vez que Arnau levantaba la vista de la escudilla tropezaba con la mirada del curtidor fija en él.

Al cabo de un rato, Simó se levantó para entregar a Mariona su escudilla y las de sus hermanas, ya vacías.

—A dormir —ordenó Gastó rompiendo el silencio.

Entonces el curtidor entrecerró los ojos mirando a Arnau, lo que hizo que el muchacho se sintiera incómodo, y lo obligó a concentrarse en la escudilla; sólo pudo oír el ruido que hicieron las chicas al levantarse y una tímida despedida. Cuando sus pasos dejaron de oírse, Arnau levantó la mirada. La atención de Gastó parecía haber disminuido.

—¿Cómo son? —le preguntó aquella noche a Joan, la primera que dormían junto al hogar, uno a cada lado, con los jergones de paja sobre el suelo.

—¿Quiénes? —inquirió a su vez Joan.

—Las hijas del curtidor.

—¿Que cómo son? Normales —dijo Joan mientras hacía un gesto de ignorancia que su hermano no pudo ver en la oscuridad—, muchachas normales. Supongo —titubeó—; en realidad no lo sé. No me han dejado hablar con ellas; su hermano ni siquiera me ha permitido darles la mano. Cuando se la he ofrecido, la ha estrechado él y me ha separado de ellas.

Pero Arnau ya no lo escuchaba. ¿Cómo iban a ser normales aquellos ojos? Y le habían sonreído, las dos.

Al amanecer, Pere y Mariona bajaron. Arnau y Joan ya habían apartado sus jergones. Poco después aparecieron el curtidor y su hijo. Las mujeres no los acompañaban, ya que Gastó les había prohibido bajar hasta que los chicos se hubieran marchado. Arnau abandonó la casa de Pere con aquellos inmensos ojos castaños en sus retinas.

—Hoy te toca la capilla —le dijo uno de los prohombres cuando llegó a la playa. El día anterior lo había visto descargar temblequeante el último bulto.

Arnau asintió. Ya no le molestaba que lo destinaran a la capilla. Nadie dudaba ya de su condición de *bastaix*; los prohombres lo habían confirmado y si bien todavía no podía cargar lo mismo que Ramon o la mayoría de ellos, se volcaba como el que más en un trabajo que lo satisfacía. Todos lo querían. Además, aquellos ojos castaños... quizá no le permitirían concentrarse en su labor; por otra parte, estaba cansado, no había dormido bien junto al hogar. Entró en Santa María por la puerta principal de la vieja iglesia, que todavía resistía. Gastó Segura no había dejado que las mirara. ¿Por qué no podía mirar a unas simples muchachas? Y esa mañana, seguro que les había prohibido... Tropezó con una cuerda y estuvo a punto de caer. Trastabilló durante unos metros, tropezando con más cuerdas, hasta que unas manos lo agarraron. Se torció el tobillo y soltó un aullido de dolor.

—¡Eh! —oyó que le decía el hombre que lo había ayudado—. Hay que tener cuidado. ¡Mira qué has hecho!

Le dolía el tobillo, pero miró hacia el suelo. Había desmontado las cuerdas y estacas con las que Berenguer de Montagut señalaba..., pero... ¡no podía ser él! Se volvió despacio hacia el hombre que lo había ayudado. ¡No podía ser el maestro! Enrojeció al encontrarse cara a cara con Berenguer de Montagut. Después se fijó en los oficiales que habían detenido su labor y los miraban.

—Yo... —titubeó—. Si lo deseáis... —añadió señalando la maraña de cuerdas a sus pies—, podría ayudaros... Yo... Lo siento, maestro.

De pronto, el rostro de Berenguer de Montagut se relajó. Todavía lo tenía agarrado del brazo.

—Tú eres el bastaix —afirmó mostrando una sonrisa. Arnau asintió—. Te he visto en varias ocasiones.

La sonrisa de Berenguer se amplió. Los oficiales respiraron tranquilos. Arnau volvió a mirar las cuerdas que se habían enredado en sus pies.

—Lo siento —repitió.

—Qué le vamos a hacer. —El maestro gesticuló dirigiéndose a los oficiales—. Arreglad esto —les ordenó—. Ven, vamos a sentarnos. ¿Te duele?

—No quisiera molestaros —dijo Arnau con una mueca de dolor tras agacharse para intentar desprenderse de las cuerdas.

—Espera.

Berenguer de Montagut lo obligó a erguirse y se arrodilló para desenredarle las cuerdas. Arnau no se atrevió a mirarlo, y dirigió la vista hacia los oficiales, que observaban atónitos la escena. ¡El maestro arrodillado frente a un simple *bastaix*!

—Debemos cuidar de estos hombres —gritó a todos los presentes cuando logró liberar los pies de Arnau—; sin ellos no tendríamos piedra. Ven, acompáñame. Vamos a sentarnos. ¿Te duele? —Arnau negó con la cabeza, pero cojeó, intentando no apoyarse en el maestro. Berenguer de Montagut lo agarró del brazo con fuerza y lo llevó hasta unas columnas que descansaban en el suelo, listas para ser izadas, sobre las que los dos se sentaron—. Te voy a contar un secreto —le dijo nada más sentarse. Arnau se volvió hacia Berenguer. ¡Le iba a contar un secreto!, ¡el maestro! ¿Qué más le sucedería esa mañana?—. El otro día intenté levantar la piedra que habías descargado y lo conseguí a duras penas. —Berenguer negó con la cabeza—. No me vi capaz de dar varios pasos con ella a cuestas. Este templo es vuestro —afirmó paseando la mirada por las obras. Arnau sintió un escalofrío—. Algún día, en vida de nuestros nietos, o de sus hijos, o de los hijos de sus hijos, cuando la gente mire esta obra, no hablará de Berenguer de Montagut; lo hará de ti, muchacho.

Arnau sintió que se le hacía un nudo en la garganta. ¡El maestro! ¿Qué le estaba diciendo? ¿Cómo iba a ser un bastaix más importante que el gran Berenguer de Montagut, maestro de obras de Santa María y de la catedral de Manresa? Él sí que era importante.

—¿Te duele? —insistió el maestro.

—No..., un poco. Sólo ha sido una torcedura.

—Confío en ello. —Berenguer de Montagut le palmeó la espalda—. Necesitamos tus piedras. Todavía queda mucho por hacer.

Arnau siguió la mirada del maestro hacia las obras.

—¿Te gusta? —le preguntó de repente Berenguer de Montagut.

¿Le gustaba? Nunca se lo había planteado. Veía crecer la iglesia, sus muros, sus ábsides, sus magníficas y esbeltas columnas, sus contrafuertes, pero... ¿le gustaba?

—Dicen que será el mejor templo para la Virgen de todos los que se han construido en el mundo —optó por decir.

Berenguer se volvió hacia Arnau y sonrió. ¿Cómo contarle a un muchacho, a un *bastaix*, cómo iba a ser aquel templo cuando ni siquiera los obispos o los nobles eran capaces de vislumbrar su proyecto?

—¿Cómo te llamas?

—Arnau.

—Pues bien, Arnau, no sé si será el mejor templo del mundo. —Arnau se olvidó de su pie y volvió el rostro hacia el maestro—. Lo que te aseguro es que será único, y lo único no es ni mejor ni peor, es simplemente eso: único.

Berenguer de Montagut seguía con la mirada perdida en la obra, y de tal guisa continuó hablando:

—¿Has oído hablar de Francia o de la Lombardía, Génova, Pisa, Florencia...? —Arnau asintió; ¿cómo no iba a haber oído hablar de los enemigos de su país?—. Pues bien, en todos esos lugares también se construyen iglesias; son magníficas catedrales, grandiosas y cargadas de elementos decorativos. Los príncipes de esos lugares quieren que sus iglesias sean las más grandes y las más bonitas del mundo.

—Y nosotros, ¿acaso no queremos lo mismo?

—Sí y no. —Arnau meneó la cabeza. Berenguer de Montagut se volvió hacia él y le sonrió—. A ver si eres capaz de entenderme: nosotros queremos que sea el mejor templo de la historia, pero pretendemos lograrlo empleando medios distintos de los que utilizan los demás; nosotros queremos que la casa de la patrona de la mar sea la casa de todos los catalanes, igual que aquellas en las que viven sus fieles, ideada y construida con el mismo espíritu que nos ha llevado a ser como somos, aprovechando lo nuestro: el mar, la luz. ¿Lo entiendes?

Arnau pensó durante unos segundos, pero terminó negando con la cabeza.

—Al menos tú eres sincero —rió el maestro—. Los príncipes hacen las cosas para su propia gloria personal; nosotros las hacemos para nosotros. He visto que, a veces, en lugar de llevar la carga a las espaldas, la transportáis atada a palos, entre dos hombres.

—Sí, cuando es demasiado voluminosa para cargarla a la espalda.

—¿Qué pasaría si duplicáramos la longitud del palo?

—Se rompería.

—Pues eso es lo mismo que pasa con las iglesias de los príncipes... No, no quiero decir que se rompan —añadió ante la expresión del muchacho—; quiero decir que como las quieren tan grandes, tan altas y tan largas, las tienen que hacer muy estrechas. Altas, largas y estrechas, ¿entiendes? —En esta ocasión Arnau asintió—. La nuestra será todo lo contrario; no será tan larga, ni tan alta, pero será muy ancha, para que quepan todos los catalanes, juntos frente a su Virgen. Algún día, cuando esté terminada, lo comprobarás: el espacio será común para todos los fieles, no habrá distinciones, y como única decoración: la luz, la luz del Mediterráneo. Nosotros no necesitamos más decoración: sólo el espacio y la luz que entrará por allí. —Berenguer de Montagut señaló el ábside y fue bajando la mano hasta el suelo. Arnau la siguió—. Esta iglesia será para el pueblo, no para mayor gloria de ningún príncipe.

—Maestro... —Se les había acercado uno de los oficiales, ya arregladas las estacas y las cuerdas.

—¿Lo entiendes ahora?

¡Sería para el pueblo!

—Sí, maestro.

—Tus piedras son oro para esta iglesia, recuérdalo —añadió Montagut levantándose—. ¿Te duele?

Arnau ya no se acordaba del tobillo y negó con la cabeza.

Aquella mañana, dispensado de trabajar con los *bastaixos*, Arnau regresó antes a casa. Limpió rápidamente la capilla, despabiló las velas, sustituyó las consumidas y tras una breve oración se despidió de la Virgen. El padre Albert lo vio salir corriendo de Santa María, igual que lo vio entrar Mariona en casa.

—¿Qué ocurre? —le preguntó la anciana—, ¿qué haces aquí tan temprano?

Arnau recorrió la estancia con la mirada; allí estaban, madre e hijas, cosiendo en la mesa; las tres lo miraban.

—¡Arnau! —insistió Mariona—, ¿pasa algo?

Notó que enrojecía.

—No... —¡No había pensado ninguna excusa! ¿Cómo podía haber sido tan estúpido? Y lo miraban. Todas lo miraban, parado junto a la puerta, jadeante—. No... —repitió—, es que hoy he..., he terminado antes.

Mariona sonrió y miró a las muchachas. Eulàlia, la madre, tampoco pudo evitar esbozar una sonrisa.

—Pues ya que has terminado antes —dijo Mariona interrumpiendo sus pensamientos—, ve a buscarme agua.

Lo había vuelto a mirar, pensó el muchacho mientras iba con el cubo camino de la fuente del Àngel. ¿Querría decirle algo? Arnau zarandeó el cubo; seguro que sí.

Sin embargo, no tuvo oportunidad de comprobarlo. Cuando no era Eulàlia, Arnau se topaba con los negros dientes de Gastó, los pocos que le quedaban, y, cuando ninguno de los dos estaba presente, Simó vigilaba a las dos muchachas. Durante días, Arnau tuvo que conformarse con mirarlas de reojo. Algunas veces podía detenerse unos segundos en sus rostros, finamente delineados y con una marcada barbilla, pómulos sobresalientes, nariz itálica, recta y sobria, dientes blancos y bien formados y aquellos impresionantes ojos castaños. Otras veces, cuando el sol entraba en la casa de Pere, Arnau casi podía tocar el reflejo azulado de sus largos cabellos, sedosos, negros como el azabache. Y las menos, cuando creía sentirse seguro, dejaba que su mirada bajase más allá del cuello de Aledis, donde los pechos de la hermana mayor podían vislumbrarse incluso a través de la tosca camisa que vestía. Entonces, un extraño escalofrío recorría todo su cuerpo y, si nadie vigilaba, seguía bajando la mirada para recrearse en las curvas de la muchacha.

Gastó Segura había perdido durante la hambruna todo cuanto tenía y su carácter, de por sí agrio, se había endurecido sobremanera. Su hijo Simó trabajaba con él, como aprendiz de curtidor, y su gran preocupación eran aquellas dos muchachas, a las que no podría dotar para encontrar un buen marido. Sin embargo, la belleza de las jóvenes prometía, y Gastó confiaba en que encontrarían un buen esposo. Así podría dejar de alimentar dos bocas.

Para ello, pensaba el hombre, las muchachas debían conservarse inmaculadas, y nadie en Barcelona debía poder alimentar la menor sospecha sobre su decencia. Sólo de esa forma, les repetía una y otra vez a Eulàlia o a Simó, Alesta y Aledis podrían encontrar un buen esposo. Los tres, padre, madre y hermano mayor, habían asumido aquel objetivo como propio, pero si Gastó y Eulàlia confiaban en que no habría problema alguno para conseguirlo, no sucedió lo mismo con Simó cuando la convivencia con Arnau y Joan se prolongó.

Joan se había convertido en el alumno más aventajado de la escuela catedralicia. En poco tiempo dominó el latín, y sus profesores se volcaban en aquel muchacho pausado, sensato, reflexivo y, por encima de todo, creyente; tales eran sus virtudes, que pocos dudaban de que tendría un gran futuro dentro de la Iglesia. Joan llegó a ganarse el respeto de Gastó y Eulàlia, quienes a menudo compartían con Pere y Mariona, atentos y embelesados, las explicaciones que el pequeño daba sobre las Escrituras. Sólo los sacerdotes podían leer aquellos libros, escritos en latín, y allí, en una humilde casa junto al mar, los cuatro podían disfrutar de las palabras sagradas, de las historias antiguas, de los mensajes del Señor que antes sólo les llegaban desde los púlpitos.

Pero si Joan se había ganado el respeto de quienes le rodeaban, Arnau no se quedaba atrás: hasta Simó lo miraba con envidia: ¡un *bastaix*! Pocos eran los que en el barrio de la Ribera ignoraban los esfuerzos que Arnau hacía transportando piedras para la Virgen. «Dicen que el gran Berenguer de Montagut se arrodilló ante él para ayudarlo», le había comentado, con las manos abiertas y gritando, otro de los aprendices del taller. Simó imaginó al gran maestro, respetado por nobles y obispos, a los pies de Arnau. Cuando hablaba el maestro, todos, hasta su padre, guardaban silencio, y cuando gritaba..., cuando gritaba, temblaban. Simó observaba a Arnau cuando éste entraba en casa por la noche. Siempre era el último en llegar. Regresaba cansado y sudoroso, con la *capçana* en una mano y sin embargo... ¡sonreía! ¿Cuándo había sonreído él al volver del trabajo? Alguna vez se había cruzado con él mientras Arnau acarreaba piedras hasta Santa María; las piernas, los brazos, el pecho, todo él parecía de hierro. Simó miraba la piedra y después el rostro congestionado; ¿acaso no lo había visto sonreír?

Por eso cuando Simó tenía que cuidar de sus hermanas y aparecían Arnau o Joan, el aprendiz de curtidor, a pesar de ser mayor que ellos, se retraía, y las dos muchachas disfrutaban de la libertad de la que se veían privadas cuando sus padres estaban presentes.

—¡Vamos a pasear por la playa! —propuso un día Alesta.

Simó quiso negarse. Pasear por la playa; si su padre los viese...

—De acuerdo —dijo Arnau.

—Nos sentará bien —afirmó Joan.

Simó calló. Los cinco, Simó el último, salieron al sol, Aledis junto a Arnau, Alesta junto a Joan; ambas dejaban que la brisa ondeara su cabello y que cosiera caprichosamente sus holgadas camisas a sus cuerpos, punteándoles los pechos, el vientre o la entrepierna.

Pasearon en silencio, mirando al mar o golpeando la arena con los pies, hasta que se encontraron con un grupo de *bastaixos* ociosos. Arnau los saludó con la mano.

—¿Quieres que te los presente? —le preguntó a Aledis.

La muchacha miró hacia los hombres. Todos tenían la atención puesta en ella. ¿Qué miraban? El viento apretaba la camisa contra sus pechos y sus pezones. ¡Dios!, parecían querer atravesar la tela. Se sonrojó y negó con la cabeza cuando Arnau ya se dirigía hacia ellos. Aledis dio media vuelta y Arnau se quedó parado a medio camino.

—Corre tras ella, Arnau —oyó que le gritaba uno de sus compañeros.

—No la dejes escapar —le aconsejó un segundo.

—¡Es muy bonita! —finalizó un tercero.

Arnau aceleró el paso hasta volver a ponerse a la altura de Aledis.

—¿Qué ocurre?

La muchacha no le contestó. Andaba con el rostro escondido y los brazos cruzados sobre la camisa, pero tampoco tomó el camino de vuelta a casa. Así siguieron paseando, con el rumor de las olas por toda compañía.

20

Aquella misma noche, mientras cenaban junto al hogar, la muchacha premió a Arnau con un segundo más de lo necesario, un segundo en el que mantuvo sus enormes ojos castaños fijos en él.

Un segundo en el que Arnau volvió a escuchar el mar mientras él se hundía en la arena de la playa. Desvió la mirada hacia los demás para comprobar si alguien se había percatado del descaro: Gastó continuaba charlando con Pere y nadie parecía prestarle mayor atención. Nadie parecía escuchar las olas.

Cuando Arnau se atrevió a volver a mirar a Aledis, estaba cabizbaja y jugueteaba con la comida de su escudilla.

—¡Come, niña! —le ordenó Gastó el curtidor al ver que movía el cucharón sin llevárselo a la boca—; la comida no es para jugar.

Las palabras de Gastó devolvieron a Arnau a la realidad y, durante el resto de la cena, Aledis no sólo no volvió a mirar a Arnau sino que lo rehuyó de forma patente.

Aledis tardó algunos días en volver a dirigirse a Arnau en la silenciosa manera en que lo había hecho aquella noche tras el paseo por la playa. En las escasas ocasiones en las que se encontraban, Arnau deseaba volver a sentir fijos en él los ojos castaños de Aledis, pero la muchacha se zafaba torpemente y escondía la mirada.

—Adiós, Aledis —le dijo distraídamente una mañana al abrir la puerta para dirigirse hacia la playa.

Coincidió que ambos estaban solos en aquel momento. Arnau fue a cerrar la puerta tras de sí pero algo indefinible lo impelió a volverse a mirar a la muchacha, y allí estaba ella, junto al hogar, erguida, preciosa, invitándolo con sus ojos castaños.

¡Por fin! Por fin. Arnau se sonrojó y bajó la mirada. Azorado, intentó cerrar la puerta y a medio movimiento algo volvió a reclamar su atención: Aledis seguía allí, llamándolo con sus grandes ojos castaños, y sonriendo. Aledis le sonreía.

Su mano resbaló del pestillo de la puerta, él trastabilló y estuvo a punto de caer al suelo. No se atrevió a mirarla de nuevo y escapó a paso ligero hacia la playa dejando la puerta abierta.

—Se avergüenza —le susurró Aledis a su hermana esa misma noche, antes de que sus padres y su hermano se retirasen, tumbadas las dos en el jergón que compartían.

—¿Por qué iba a hacerlo? —preguntó ésta—. Es un *bastaix*. Trabaja en la playa y lleva piedras a la Virgen. Tú sólo eres una niña. Él es un hombre —añadió con un deje de admiración.

—Tú sí que eres una niña —le espetó Aledis.

—¡Vaya, habló la mujer! —contestó Alesta dándole la espalda y utilizando la misma expresión que empleaba su madre cuando alguna de las dos reclamaba algo que por edad no les correspondía.

—Vale, vale —repuso Aledis.

«Habló la mujer. ¿Acaso no lo soy?» Aledis pensó en su madre, en las amigas de su madre, en su padre. Quizá..., quizá su hermana tuviera razón. ¿Por qué alguien como Arnau, un *bastaix* que había demostrado a Barcelona entera su devoción por la Virgen de la Mar, iba a avergonzarse porque ella, una niña, lo mirara?

—Se avergüenza. Te aseguro que se avergüenza —insistió Aledis la noche siguiente.

—¡Pesada! ¿Por qué iba a avergonzarse Arnau?

—No lo sé —contestó Aledis—, pero lo hace. Se avergüenza

de mirarme. Se avergüenza cuando lo miro. Se azora, se pone colorado, me rehúye...

—¡Estás loca!

—Quizá lo esté, pero... —Aledis sabía lo que decía. Si la noche anterior su hermana logró sembrar la duda, ahora no lo iba a conseguir. Lo había comprobado. Observó a Arnau, buscó el momento oportuno, cuando nadie los podía sorprender, y se acercó a él, tanto como para notar el olor de su cuerpo. «Hola, Arnau.» Fue un simple hola, un saludo acompañado de una mirada tierna, cercana, lo más cercana que pudo, rozándolo casi, y Arnau volvió a sonrojarse, a rehuir su mirada y a esconderse de su presencia. Al ver que se alejaba, Aledis sonrió, orgullosa de un poder hasta entonces desconocido—. Mañana lo comprobarás —le dijo a su hermana.

La indiscreta presencia de Alesta la animó a llevar más lejos su breve coqueteo; no podía fallar. Por la mañana, cuando Arnau se disponía a salir de la casa, Aledis le cerró el paso plantándose ante la puerta y apoyándose en ella. Lo había planeado una y mil veces mientras su hermana dormía.

—¿Por qué no quieres hablar conmigo? —le dijo con voz melosa, mirándolo a los ojos una vez más.

Ella misma se sorprendió de su atrevimiento. Había repetido aquella simple frase tantas veces como ocasiones se había preguntado si sería capaz de decirla sin titubear. Si Arnau le contestaba, ella se encontraría indefensa, pero para su satisfacción no fue así. Consciente de la presencia de Alesta, Arnau se volvió instintivamente hacia Aledis con el consabido rubor adornando sus mejillas. No podía salir y tampoco se atrevía a mirar a Alesta.

—Yo sí..., yo...

—Tú, tú, tú —lo interrumpió Aledis, crecida—, tú me rehúyes. Antes hablábamos y nos reíamos y ahora, cada vez que intento dirigirme a ti...

Aledis se irguió tanto como le fue posible y sus jóvenes pechos se mostraron firmes a través de la camisa. A pesar de la basta tela, sus pezones se marcaron como dardos. Arnau los vio y ni todas las piedras de la cantera real hubieran podido desviar su mirada de lo que Aledis le ofrecía. Un escalofrío le recorrió la espalda.

—¡Niñas!

La voz de Eulàlia, que bajaba por la escalera, los devolvió a todos a la realidad. Aledis abrió la puerta y salió a la calle antes de que su madre llegara a la planta baja. Arnau se volvió hacia Alesta, que todavía observaba la escena boquiabierta, y salió a su vez de la casa. Aledis ya había desaparecido.

Esa noche las hermanas cuchichearon, sin encontrar respuestas a las preguntas que les suscitaba aquella nueva experiencia y que no podían compartir con nadie. De lo que sí estaba segura Aledis, aunque no sabía cómo explicárselo a su hermana, era del poder que su cuerpo ejercía sobre Arnau. Aquella sensación la satisfacía, la llenaba por completo. Se preguntó si todos los hombres reaccionarían igual, pero no se imaginó frente a otro que no fuera Arnau; jamás se le hubiera ocurrido actuar de forma parecida con Joan o con alguno de los aprendices de curtidor amigos de Simó; sólo imaginárselo... Sin embargo, con Arnau, algo en su interior se liberaba...

—¿Qué le pasa al muchacho? —le preguntó Josep, prohombre de la cofradía, a Ramon.

—Pues no lo sé —le contestó éste con sinceridad.

Los dos hombres miraron hacia los barqueros, donde se encontraba Arnau exigiendo con aspavientos que le cargaran uno de los fardos más pesados. Cuando lo consiguió, Josep, Ramon y sus demás compañeros lo vieron partir con paso titubeante, los labios apretados y el rostro congestionado.

—No aguantará mucho este ritmo —sentenció Josep.

—Es joven —intentó defenderlo Ramon.

—No aguantará.

Todos lo habían notado. Arnau exigía los fardos y las piedras más pesadas y los transportaba como si le fuera la vida en ello. Volvía al lugar de carga casi corriendo, y reclamaba de nuevo más peso del que le convenía. Al acabar la jornada, se arrastraba derrengado hasta la casa de Pere.

—¿Qué pasa, muchacho? —se interesó Ramon al día siguiente, mientras ambos cargaban fardos hasta los depósitos municipales.

Arnau no contestó. Ramon dudó si su silencio se debía a que no quería hablar o que, por algún motivo, no podía hacerlo. Volvía a tener el rostro congestionado a causa del peso que cargaba sobre sus espaldas.

—Si tienes algún problema, yo podría...

—No, no —logró articular Arnau. ¿Cómo contarle que su cuerpo ardía de deseo por Aledis? ¿Cómo contarle que sólo encontraba calma cargando más y más peso sobre sus espaldas hasta que su mente, obsesionada por llegar, lograba olvidar sus ojos, su sonrisa, sus pechos, su cuerpo entero? ¿Cómo contarle que, cada vez que Aledis jugaba con él, perdía el dominio de sus pensamientos y la veía desnuda, a su lado, acariciándolo? Entonces recordaba las palabras del cura sobre las relaciones prohibidas: «¡Pecado! ¡Pecado!», advertía con voz firme a sus feligreses. ¿Cómo contarle que deseaba llegar a su casa roto para caer rendido en el jergón y poder conciliar el sueño pese a la cercanía de aquella muchacha?—. No, no —repitió—. Gracias..., Ramon.

—Reventará —insistió Josep al final de aquella jornada.

En esa ocasión Ramon no se atrevió a llevarle la contraria.

—¿No crees que te estás excediendo? —le preguntó una noche Alesta a su hermana.

—¿Por qué?

—Si padre se enterase...

—¿De qué tendría que enterarse?

—De que quieres a Arnau.

—¡Yo no quiero a Arnau! Solamente..., solamente... Me siento bien, Alesta. Me gusta. Cuando me mira...

—Lo quieres —insistió la pequeña.

—No. ¿Cómo explicártelo? Cuando veo que él me mira, cuando se sonroja, es como si un gusanillo me recorriera todo el cuerpo.

—Lo quieres.

—No. Duérmete. ¿Qué sabrás tú? Duérmete.

—Lo quieres, lo quieres, lo quieres.

Aledis decidió no contestar, pero ¿lo quería? Sólo disfrutaba sabiéndose mirada y deseada. Le complacía que los ojos de Arnau no pudieran apartarse de su cuerpo; la satisfacía su evidente desazón cuando ella dejaba de tentarlo: ¿era eso querer? Aledis intentó encontrar respuesta, pero no transcurrió mucho tiempo antes de que su mente volviera a vagar por aquella satisfacción antes de caer dormida.

Una mañana, Ramon abandonó la playa en cuanto vio salir a Joan de casa de Pere.

—¿Qué le sucede a tu hermano? —le preguntó aun antes de saludarlo.

Joan pensó unos segundos.

—Creo que se ha enamorado de Aledis, la hija de Gastó el curtidor.

Ramon soltó una carcajada.

—Pues ese amor lo está volviendo loco —le advirtió—. Como siga así reventará. No se puede trabajar a ese ritmo. No está preparado para ese esfuerzo. No sería el primer *bastaix* que se rompiese..., y tu hermano es muy joven para quedar tullido. Haz algo, Joan.

Esa misma noche Joan intentó hablar con su hermano.

—¿Qué te sucede, Arnau? —le preguntó desde su jergón.

Éste guardó silencio.

—Debes contármelo. Soy tu hermano y quiero..., deseo ayudarte. Tú siempre has hecho lo mismo conmigo. Permíteme compartir tus problemas.

Joan dejó que su hermano pensase en sus palabras.

—Es..., es por Aledis —reconoció. Joan no quiso interrumpirlo—. No sé qué me pasa con esa muchacha, Joan. Desde el paseo por la playa... algo ha cambiado entre nosotros. Me mira como si quisiera..., no sé. También...

—También ¿qué? —le preguntó Joan al ver que su hermano callaba.

237

«¡No pienso contarle nada aparte de las miradas», decidió al momento Arnau con los pechos de Aledis en su memoria.

—Nada.

—Entonces, ¿cuál es el problema?

—Pues que tengo malos pensamientos, la veo desnuda. Bueno, me gustaría verla desnuda. Me gustaría...

Joan había instado a sus maestros a profundizar en el asunto y ellos, sin saber que su interés respondía a la preocupación que le causaba su hermano y al temor de que el muchacho pudiera caer en la tentación y salirse del camino que tan decididamente había iniciado, se extendieron en explicaciones acerca de las teorías sobre el carácter y la perniciosa naturaleza de la mujer.

—No es culpa tuya —sentenció Joan.

—¿No?

—No. La malicia —le explicó susurrando a través de la chimenea a cuyos lados dormían— es una de las cuatro enfermedades naturales del hombre que nacen con nosotros por culpa del pecado original, y la malicia de la mujer es mayor que cualquiera de las malicias que existen en el mundo. —Joan repetía de memoria las explicaciones de sus maestros.

—¿Cuáles son las otras tres enfermedades?

—La avaricia, la ignorancia y la apatía o incapacidad para hacer el bien.

—Y ¿qué tiene que ver la malicia con Aledis?

—Las mujeres son maliciosas por naturaleza y disfrutan tentando al hombre hacia los caminos del mal —recitó Joan.

—¿Por qué?

—Pues porque las mujeres son como aire en movimiento, vaporosas. No cesan de ir de un lado para otro como si fueran corrientes de aire. —Joan recordó al sacerdote que había hecho aquella comparación: sus brazos, con las manos extendidas y los dedos vibrando sin cesar, revolotearon alrededor de su cabeza—. En segundo lugar —recitó—, porque las mujeres, por naturaleza, por creación, tienen poco sentido común y en consecuencia no existe freno a su malicia natural.

Joan había leído todo esto y mucho más, pero no era capaz de expresarlo con palabras. Los sabios afirmaban que la mujer era, también por naturaleza, fría y flemática, y es sabido que cuando algo frío llega a encenderse, arde con mucha fuerza. Según los entendidos, la mujer era, en definitiva, la antítesis del hombre y por lo tanto incoherente y absurda. Sólo había que fijarse en que incluso su cuerpo era opuesto al del hombre: ancho por abajo y delgado por arriba, mientras que el cuerpo de un hombre bien hecho debe ser lo contrario, delgado desde el pecho hacia abajo, ancho de pecho y espaldas, con el cuello corto y grueso y la cabeza grande. Cuando una mujer nace, la primera letra que dice es la «e», que es una letra para regañar, mientras que la primera letra que dice un hombre al nacer es la «a», la primera letra del abecedario y enfrentada con la «e».

—No es posible. Aledis no es así —contradijo Arnau al fin.

—No te engañes. A excepción de la Virgen, que concibió a Jesús sin pecado, todas las mujeres son iguales. ¡Hasta las ordenanzas de tu cofradía así lo entienden! ¿Acaso no prohíben las relaciones adúlteras? ¿Acaso no ordenan la expulsión de quien tenga una amiga o conviva con una mujer deshonesta?

Arnau no podía enfrentarse a aquel argumento. Desconocía las razones de sabios y filósofos y, por más que Joan se empeñara, podía hacer caso omiso de ellas, pero de las enseñanzas de la cofradía no. Esas reglas sí que las conocía. Los prohombres de la cofradía lo habían puesto al corriente de ellas y le habían advertido que si las incumplía sería expulsado. ¡Y la cofradía no podía estar equivocada!

Arnau se sintió tremendamente confuso.

—Entonces, ¿qué hay que hacer? Si todas las mujeres son malas...

—Primero hay que casarse con ellas —lo interrumpió Joan— y, una vez contraído matrimonio, actuar como nos enseña la Iglesia.

Casarse, casarse... La posibilidad jamás había pasado por su cabeza, pero... si ésa era la única solución...

—¿Y qué hay que hacer una vez casados? —inquirió con voz trémula ante la hipótesis de verse junto a Aledis de por vida.

Joan recuperó el hilo de la explicación que le habían proporcionado sus profesores catedralicios:

—Un buen marido debe procurar controlar la malicia natural de su esposa según algunos principios: el primero de ellos es que la mujer se halla bajo el dominio del hombre, sometida a él: «*Sub potestate viri eris*», reza el Génesis. El segundo, del Eclesiastés: «*Mulier si primatum haber...* —Joan se atrancó—. *Mulier si primatum habuerit, contraria est viro suo*», que significa que si la mujer tiene primacía en la casa, será contraria a su marido. Otro principio es el que aparece en los Proverbios: «*Qui delicate nutrit servum suum, inveniet contumacem*», que quiere decir que quien trata delicadamente a aquellos que deben servirlo, entre quienes se encuentra la mujer, encontrará rebelión allí donde debería encontrar humildad, sumisión y obediencia. Y si pese a todo, la malicia sigue haciendo acto de presencia en su mujer, el marido debe castigarla con la vergüenza y el miedo; corregirla al comienzo, cuando es joven, sin esperar a que envejezca.

Arnau escuchó en silencio las palabras de su hermano.

—Joan —le dijo cuando terminó—, ¿crees que podría casarme con Aledis?

—¡Claro que sí! Pero deberías esperar un poco hasta que prosperes en la cofradía y puedas mantenerla. De todas formas sería conveniente que hablases con su padre antes de que convenga su matrimonio con otra persona, porque entonces no podrías hacer nada.

La imagen de Gastó Segura con sus escasos dientes, todos ellos negros, apareció ante Arnau como una barrera infranqueable. Joan imaginó cuáles eran los temores de su hermano.

—Debes hacerlo —insistió.

—¿Me ayudarías?

—¡Por supuesto!

Durante unos instantes el silencio volvió a reinar entre los dos jergones de paja que rodeaban la chimenea de casa de Pere.

—Joan —llamó Arnau rompiéndolo.

—Dime.

—Gracias.

«Lo habíamos hecho más malo.»

—No hay de qué —contestó.

Los dos hermanos intentaron dormir, pero no lo consiguieron. Arnau, entusiasmado con la idea de casarse con su deseada Aledis; Joan perdido en los recuerdos, recordando a su madre. ¿Tendría razón Ponç el calderero? La malicia es natural en la mujer. La mujer debe estar sometida al hombre. El hombre debe castigar a la mujer. ¿Tendría razón el calderero? ¿Cómo podía él respetar el recuerdo de su madre y dar tales consejos? Joan recordó la mano de su madre saliendo por la pequeña ventana de su prisión y acariciándole la cabeza. Recordó el odio que había sentido, y sentía, hacia Ponç... Pero ¿tuvo razón el calderero?

Durante los días siguientes ninguno de los dos se atrevió a dirigirse al malhumorado Gastó, un hombre a quien la estancia como inquilino en la casa de Pere no hacía más que recordarle su infortunio, que le había llevado a perder su vivienda. El agrio carácter del curtidor empeoraba cuando se encontraba en la casa, que era precisamente cuando los dos hermanos tenían oportunidad de plantearle su propuesta, pero sus gruñidos, protestas y groserías los hacían desistir.

Mientras, Arnau seguía envuelto en la estela que Aledis dejaba tras de sí. La veía, la perseguía con los ojos y con la imaginación y no había momento del día en que sus pensamientos no estuvieran puestos en ella, salvo cuando Gastó aparecía; entonces su espíritu se encogía.

Porque por más que lo prohibiesen los sacerdotes y los cofrades, el muchacho no podía apartar los ojos de Aledis cuando ella, sabiéndose a solas con su juguete, aprovechaba cualquier tarea para ceñirse la holgada camisa descolorida. Arnau se quedaba ensimismado ante la visión: aquellos pezones, aquellos pechos, todo el cuerpo de Aledis lo llamaba. «Serás mi esposa, algún día serás mi esposa», pensaba acalorado. Trataba entonces de imaginársela desnuda y su mente viajaba por lugares prohibidos y desconocidos pues, a excepción del torturado cuerpo de Habiba, jamás había visto a una mujer en cueros.

En otras ocasiones Aledis se agachaba ante Arnau, doblándose por la cintura en lugar de hacerlo acuclillándose, para mostrarle sus nalgas y las curvas de sus caderas; aprovechaba asimismo cualquier situación propicia para levantarse la camisa por encima de las rodillas y dejar al descubierto sus muslos; se llevaba las manos a la espalda, hasta los riñones para, simulando algún dolor inexistente, curvarse cuanto le permitía su columna vertebral y mostrar así que su vientre era plano y duro. Después, Aledis sonreía o, fingiendo descubrir de pronto la presencia de Arnau, se mostraba turbada. Cuando desaparecía, Arnau debía luchar por alejar aquellas imágenes de su memoria.

Los días en que vivía tales experiencias, Arnau intentaba a toda costa encontrar el momento oportuno para hablar con Gastó.

—¡Qué diantre hacéis ahí parados! —les soltó en una ocasión, cuando ambos muchachos se plantaron frente a él con la ingenua intención de pedir a su hija en matrimonio.

La sonrisa con la que Joan había intentado acudir a Gastó desapareció tan pronto como el curtidor pasó entre los dos, empujándolos sin contemplaciones.

—Ve tú —le dijo en otra ocasión Arnau a su hermano.

Gastó estaba solo en la mesa de la planta baja. Joan se sentó frente a él, carraspeó y, cuando iba a hablar, el curtidor levantó la mirada de la pieza que estaba examinando.

—Gastó... —dijo Joan.

—¡Lo desollaré vivo! ¡Le arrancaré los cojones! —espetó el curtidor escupiendo saliva a través de los huecos que se abrían entre sus negros dientes—. ¡Simoooó! —Joan dirigió a Arnau, escondido en una esquina de la habitación, un gesto de impotencia. Mientras, Simó había acudido al grito de su padre—. ¿Cómo puedes haber hecho esta costura? —le gritó Gastó plantándole la pieza de cuero en las narices.

Joan se levantó de la silla y se retiró de la discusión familiar.

Pero no cedieron.

—Gastó —volvió a insistir Joan en otra ocasión en que, tras la cena y aparentemente de buen humor, el curtidor salió a dar un paseo por la playa y ambos se lanzaron en su persecución.

—¿Qué quieres? —le preguntó sin dejar de andar.

«Por lo menos nos deja hablar», pensaron los dos.

—Quería... hablarte de Aledis...

Al oír el nombre de su hija, Gastó se paró en seco y se acercó a Joan, tanto que su fétido aliento sacudió al muchacho como un fogonazo.

—¿Qué ha hecho? —Gastó respetaba a Joan; lo tenía por un joven serio. La mención de Aledis y su innata desconfianza le hacían creer que quería acusarla de algo y el curtidor no podía permitirse la menor mácula en su joya.

—Nada —le dijo Joan.

—¿Cómo que nada? —continuó Gastó atropelladamente, sin apartarse un milímetro de Joan—. Entonces, ¿para qué quieres hablarme de Aledis? Dime la verdad, ¿qué ha hecho?

—Nada, no ha hecho nada, de verdad.

—¿Nada? Y tú —dijo volviéndose hacia Arnau para tranquilidad de su hermano—, ¿qué tienes que decir?, ¿qué sabes de Aledis?

—Yo..., nada... —El titubeo de Arnau azuzó las obsesivas sospechas de Gastó.

—¡Cuéntamelo!

—No hay nada..., no...

—¡Eulàlia! —Gastó no esperó más y gritando como un energúmeno el nombre de su mujer, volvió a casa de Pere.

Esa noche los dos muchachos, con la culpa en la garganta, oyeron los gritos que Eulàlia lanzaba mientras Gastó, a palos, intentaba obtener de ella una confesión imposible.

Lo probaron en dos ocasiones más, pero ni siquiera pudieron empezar a explicarse. Al cabo de unas semanas, descorazonados, le contaron su problema al padre Albert, quien, sonriendo, se comprometió a hablar con Gastó.

—Lo siento, Arnau —le anunció pasada una semana el padre Albert. Había citado a Arnau y a Joan en la playa—. Gastó Segura no aprueba tu matrimonio con su hija.

—¿Por qué? —preguntó Joan—. Arnau es una buena persona.

—¿Pretendéis que case a mi hija con un esclavo de la Ribera? —le contestó el curtidor—; un esclavo que no gana lo suficiente para alquilar una habitación.

El padre trató de convencerlo:

—En la Ribera ya no trabaja ningún esclavo; eso era antes. Bien sabes que está prohibido que los esclavos trabajen en...

—Un trabajo de esclavos.

—Eso era antes —insistió el cura—. Además —añadió—, he conseguido una buena dote para tu hija. —Gastó Segura, que ya daba por terminada la conversación, se volvió de repente hacia el sacerdote—. Con ella podrían comprar una casa...

Gastó lo interrumpió de nuevo:

—¡Mi hija no necesita la caridad de los ricos! Guardad vuestros oficios para otros.

Tras escuchar las palabras del padre Albert, Arnau miró hacia el mar; el reflejo de la luna rielaba desde el horizonte hasta la orilla y se perdía en la espuma de las olas que rompían en la playa.

El padre Albert dejó que el rumor de las olas los envolviese. ¿Y si Arnau le preguntaba sobre las razones? ¿Qué le diría entonces?

—¿Por qué? —balbuceó Arnau sin dejar de mirar el horizonte.

—Gastó Segura es..., es un hombre extraño. —¡No podía entristecer aún más al muchacho!—. ¡Pretende un noble para su hija! ¿Cómo puede un oficial curtidor pretender tal cosa?

Un noble. ¿Se lo habría creído el chico? Nadie podía sentirse menospreciado ante la nobleza. Hasta el rumor de las olas, constante, paciente, parecía esperar la respuesta de Arnau.

Un sollozo retumbó en la playa.

El sacerdote pasó un brazo por encima del hombro de Arnau y notó las convulsiones del muchacho. Después hizo lo mismo con Joan y los tres permanecieron frente al mar.

—Encontrarás una buena mujer —le dijo el cura al cabo de un rato.

«No como ella», pensó Arnau.

SIERVOS DE LA PASIÓN

21

Segundo domingo de julio de 1339
Iglesia de Santa María de la Mar
Barcelona

Habían transcurrido cuatro años desde que Gastó Segura se negó a conceder la mano de su hija a Arnau el *bastaix*. Al cabo de pocos meses, Aledis fue dada en matrimonio a un viejo maestro curtidor viudo que aceptó con lascivia la falta de dote de la muchacha. Hasta que la entregaron a su esposo, Aledis estuvo siempre acompañada de su madre.

Por su parte, Arnau se había convertido en un hombre de dieciocho años, alto, fuerte y apuesto. Durante esos cuatro años vivió por y para la cofradía, la iglesia de Santa María de la Mar y su hermano Joan —acarreaba mercaderías y piedras como el que más, cumplía con la caja de los *bastaixos* y participaba con devoción en los actos religiosos—, pero no estaba casado, y los prohombres veían con preocupación el estado de soltería de un joven como él: si caía en la tentación de la carne tendrían que expulsarlo, y qué fácil era que un muchacho de dieciocho años cometiese aquel pecado.

Sin embargo, Arnau no quería oír hablar de mujeres. Cuando el cura le dijo que Gastó no quería saber nada de él, Arnau recordó, mirando el mar, a las mujeres que habían pasado por su vida: ni siquiera había llegado a conocer a su madre; Guiamona lo acogió con cariño pero después se lo negó; Habiba desapareció con sangre y dolor —muchas noches todavía soñaba con el látigo de Grau restallando sobre su cuerpo desnudo—; Estranya lo trató como a un esclavo; Margarida se burló de él en el momento más humillante de su existencia, y Aledis, ¿qué decir de Aledis? Junto a ella había descubierto al hombre que llevaba dentro, pero luego lo había abandonado.

—Tengo que cuidar de mi hermano —les contestaba a los prohombres cada vez que salía a colación el problema—. Sabéis que está entregado a la Iglesia, dedicado a servir a Dios —añadía mientras ellos pensaban en sus palabras—, ¿qué mejor propósito que ése?

Entonces los prohombres callaban.

Así vivió Arnau esos cuatro años: tranquilo, pendiente de su trabajo, de la iglesia de Santa María y, sobre todo, de Joan.

Aquel segundo domingo de julio del año 1339 era una fecha trascendental para Barcelona. En enero de 1336 había fallecido en la ciudad condal el rey Alfonso el Benigno y tras la pascua de ese mismo año, fue coronado en Zaragoza su hijo Pedro, quien reinaba bajo el título de Pedro III de Cataluña, IV de Aragón y II de Valencia.

Durante casi cuatro años, desde 1336 hasta 1339, el nuevo monarca no visitó Barcelona, la ciudad condal, la capital de Cataluña, y tanto la nobleza como los comerciantes veían con preocupación aquella desidia por rendir homenaje a la más importante de las ciudades del reino. La animadversión del nuevo monarca hacia la nobleza catalana era bien conocida por todos: Pedro III era hijo de la primera mujer del fallecido Alfonso, Teresa de Entenza, condesa de Urgel y vizcondesa de Ager. Teresa falleció antes de que su marido fuera coronado rey y Alfonso contrajo segundas nupcias con Leonor de Castilla, mujer ambiciosa y cruel de la que había tenido dos hijos.

El rey Alfonso, conquistador de Cerdeña, era no obstante débil de carácter e influenciable, y la reina Leonor pronto consiguió para sus hijos importantes concesiones de tierras y títulos. Su siguiente propósito fue la implacable persecución de sus hijastros, los hijos de Teresa de Entenza, herederos del trono de su padre. Durante los ocho años de reinado de Alfonso el Benigno y a ciencia y paciencia de éste y de su corte catalana, Leonor se dedicó a atacar al infante Pedro, entonces un niño, y a su hermano Jaime, conde de Urgel. Tan sólo dos nobles catalanes, Ot de Montcada, padrino de Pedro, y Vidal de Vilanova, comendador de Montalbán, apoyaron la causa de los hijos de Teresa de Entenza y aconsejaron al rey Alfonso y a los propios infantes que escaparan a fin de no ser envenenados. Los infantes Pedro y Jaime así lo hicieron y se escondieron en las montañas de Jaca, en Aragón; después consiguieron el apoyo de la nobleza aragonesa y refugio en la ciudad de Zaragoza, bajo la protección del arzobispo Pedro de Luna.

Por eso la coronación de Pedro rompió con una tradición que se mantenía desde que se unieron el reino de Aragón y el principado de Cataluña. Si el cetro de Aragón se entregaba en Zaragoza, el principado de Cataluña, que correspondía al rey en su calidad de conde de Barcelona, debía ser entregado en tierras catalanas. Hasta la entronación de Pedro III, los monarcas juraban previamente en Barcelona para después ser coronados en Zaragoza. Porque si el rey recibía la corona por el simple hecho de ser el monarca de Aragón, como conde de Barcelona sólo recibía el principado si juraba lealtad a los fueros y constituciones de Cataluña y hasta entonces el juramento de los fueros se consideraba un trámite previo a cualquier entronación.

El conde de Barcelona, príncipe de Cataluña, era tan sólo un *primus inter pares* para la nobleza catalana y así lo demostraba el juramento de homenaje que recibía: «Nosotros, que somos tan buenos como vos, juramos a vuestra merced, que no es mejor que nosotros, aceptaros como rey y señor soberano, siempre que respetéis todas nuestras libertades y leyes; si no, no». De ahí que, cuando Pedro III iba a ser coronado rey, la nobleza catalana se dirigiera a Zaragoza para exigirle que primero jurase en Barcelona como habían hecho sus antepasados. El rey se negó y los catalanes abandonaron la coronación. Sin embargo, el rey tenía que recibir el juramento de fidelidad de los catalanes y, a despecho de las protestas de la nobleza y las autoridades de Barcelona, Pedro el

Ceremonioso decidió hacerlo en la ciudad de Lérida, donde en junio de 1336, tras jurar los *Usatges* y fueros catalanes, recibió el homenaje.

Aquel segundo domingo de julio de 1339, el rey Pedro visitaba por primera vez Barcelona, la ciudad que había humillado. Tres eran los acontecimientos que llevaban al rey a Barcelona: el juramento que como vasallo de la corona de Aragón debía prestarle su cuñado Jaime III, rey de Mallorca, conde del Rosellón y de la Cerdaña y señor de Montpellier; el concilio general de los prelados de la provincia tarraconense —en la que a efectos eclesiásticos se hallaba incluida Barcelona— y el traslado de los restos de la mártir santa Eulalia desde la iglesia de Santa María a la catedral.

Los dos primeros actos se llevaron a cabo sin la presencia del pueblo llano. Jaime III solicitó expresamente que su juramento de homenaje no se celebrara delante del pueblo, sino en un lugar más íntimo, en la capilla del palacio y ante la sola presencia de un escogido grupo de nobles.

El tercer acontecimiento, no obstante, se convirtió en un espectáculo público. Nobles, eclesiásticos y el pueblo entero se volcaron, unos para ver y otros para acompañar, los más privilegiados, a su rey y a la comitiva real, que tras oír misa en la catedral se dirigirían en procesión a Santa María para, desde allí, volver a la seo con los restos de la mártir.

Todo el recorrido, desde la catedral hasta Santa María de la Mar, estaba ocupado por el pueblo, que deseaba aclamar a su rey. Santa María ya había visto cubierto su ábside, se trabajaba en las nervaduras de la segunda bóveda y todavía quedaba una pequeña parte de la iglesia románica inicial.

Santa Eulalia sufrió martirio en época romana, en el año 303. Sus restos reposaron primero en el cementerio romano y después en la iglesia de Santa María de las Arenas, que se construyó sobre la necrópolis una vez que el edicto del emperador Constantino permitió el culto cristiano. Con la invasión árabe, los responsables de la pequeña iglesia decidieron esconder las reliquias de la mártir. En el año 801, cuando el rey francés Luis el Piadoso liberó la ciudad, el entonces obispo de Barcelona, Frodoí, decidió buscar los restos de la santa. Desde que fueron hallados, descansaban en una arqueta en Santa María.

Pese a estar cubierta de andamios y rodeada de piedras y materiales de construcción, Santa María estaba esplendorosa para la ocasión. El archidiácono de la Mar, Bernat Rosell, junto a los miembros de la junta de obras, nobles, beneficiados y demás miembros del clero, ataviados todos con sus mejores galas, esperaban a la comitiva real. El colorido de las vestiduras era espectacular. El sol de la mañana de julio se colaba a raudales a través de las bóvedas y los ventanales inacabados, haciendo refulgir los dorados y metales que vestían los privilegiados que podían esperar al rey en su interior.

También el sol brilló sobre el bruñido puñal romo de Arnau, pues junto a aquellos importantes personajes estaban los humildes *bastaixos*. Unos, entre los que se encontraba Arnau, ante la capilla del sacramento, su capilla; y otros, como guardianes del portal mayor, junto al portal de acceso al templo, todavía el de la vieja iglesia románica.

Los *bastaixos*, aquellos antiguos esclavos o *macips de ribera*, gozaban de innumerables privilegios por lo que hacía a Santa María de la Mar, y Arnau los había disfrutado durante los últimos cuatro años. Además de corresponderles la capilla más importante del templo y de ser los guardianes del portal mayor, las misas de sus festividades se celebraban en el altar mayor, el prohombre de más importancia de la cofradía guardaba la llave del sepulcro del Altísimo, en las procesiones del Corpus eran los encargados de portar a la Virgen y, a menor altura que a ésta, a Santa Tecla, Santa Caterina y Sant Macià, y cuando un *bastaix* se hallaba a las puertas de la muerte, el Sagrado Viático salía de Santa María, fuese la hora que fuese, solemnemente, por la puerta principal bajo palio.

Aquella mañana, Arnau superó junto con sus compañeros las barreras de los soldados del rey que controlaban el trayecto de la comitiva; se sabía envidiado por los numerosísimos ciudadanos que se amontonaban para ver al rey. Él, un humilde trabajador portuario, había accedido a Santa María junto a los nobles y ricos mercaderes, como uno más. Al cruzar la iglesia para llegar a la capilla del Santísimo, se topó de frente con Grau Puig, Isabel y sus tres primos, todos con vestiduras de seda, engalanados de oro, altivos.

Arnau titubeó. Los cinco lo miraban. Bajó la vista al pasar junto a ellos.

—Arnau —oyó que lo llamaban justo cuando dejaba atrás a Margarida. ¿No habían tenido suficiente con arruinar la vida de su padre? ¿Serían capaces de humillarlo una vez más, ahora, junto a sus cofrades, en su iglesia?—. Arnau —volvió a oír.

Levantó la mirada y se encontró con Berenguer de Montagut; los cinco Puig estaban a menos de un paso de él.

—Excelencia —dijo el maestro dirigiéndose al archidiácono de la Mar—, os presento a Arnau... —«Estanyol», balbuceó Arnau—. Es el *bastaix* del que tanto os he hablado. Sólo era un niño, pero ya cargaba piedras para la Virgen.

El prelado asintió con la cabeza y ofreció su anillo a Arnau, que se inclinó para besarlo. Berenguer de Montagut le palmeó la espalda. Arnau vio cómo Grau y su familia se inclinaban ante el prelado y el maestro, pero éstos hicieron caso omiso de ellos y continuaron su camino hasta otros nobles. Arnau se irguió y, con paso firme y la vista en el deambulatorio, se alejó de los Puig y se dirigió a la capilla del Santísimo, donde se apostó junto a los demás cofrades.

El griterío de la muchedumbre anunció la llegada del rey y su comitiva. El rey Pedro III; el rey Jaime de Mallorca; la reina María, esposa de Pedro; la reina Elisenda, viuda del rey Jaime, abuelo de Pedro; los infantes Pedro, Ramón Berenguer y Jaime, los dos primeros tíos y hermano del rey el último; la reina de Mallorca, también hermana del rey Pedro; el cardenal Rodés, legado papal; el arzobispo de Tarragona; obispos; prelados; nobles y caballeros se dirigían en procesión a Santa María por la calle de la Mar. Jamás se había visto en Barcelona mayor despliegue de personalidades, de lujo y de vistosidad.

Pedro III el Ceremonioso quería impresionar al pueblo al que había tenido abandonado durante más de tres años, y lo consiguió.

Los dos reyes, el cardenal y el arzobispo andaban bajo palio, portado por diversos obispos y nobles. En el provisional altar mayor de Santa María, recibieron de la mano del archidiácono de la mar la arqueta con los restos de la mártir, bajo la atenta mirada de los presentes y el contenido nerviosismo de Arnau. El propio rey transportó la arqueta con los restos desde Santa María hasta la catedral. Salió bajo palio y volvió a la seo, donde se inhumaron en la capilla especialmente construida para ello bajo el altar mayor.

22

espués del entierro de los restos de santa Eulalia, el rey celebró un banquete en su palacio. En la mesa real, junto a Pedro, se acomodaron el cardenal, los reyes de Mallorca, la reina de Aragón y la reina madre, los infantes de la casa real y varios prelados, hasta un total de veinticinco personas; en otras mesas, los nobles y, por primera vez en la historia de los banquetes reales, gran cantidad de caballeros. Pero no sólo el rey y sus favoritos celebraron el acontecimiento: toda Barcelona fue una fiesta durante ocho días.

A primera hora de la mañana, Arnau y Joan acudían a misa y a las solemnes procesiones que recorrían la ciudad al son del repique de campanas. Después, como todos, se perdían en las calles de la ciudad y disfrutaban de las justas y torneos en el Born, donde los nobles y caballeros demostraban sus habilidades guerreras, a pie, armados con sus grandes espadas, o a caballo, lanzándose uno contra otro a galope tendido con las lanzas apuntando al oponente. Los dos muchachos se quedaban embelesados contemplando los simulacros de combates navales. «Fuera del mar parecen mucho más grandes», le comentó Arnau a Joan señalándole los leños y las galeras que, montadas sobre carros, recorrían la ciudad y desde las que los marineros simulaban abordajes y peleas. Joan censuraba a Arnau con la mirada cuando éste apostaba algunos dineros a las cartas o a los dados, pero no tuvo inconveniente en compartir con él, sonriente, los juegos de bolos, el *bòlit* o la *escampella*, en los que el joven estudiante demostró una habilidad inusitada al bolear los palos en el primero o golpear las monedas en el segundo.

Pero lo que más le gustaba a Joan era escuchar, de boca de los muchos trovadores que habían acudido a la ciudad, las grandes gestas guerreras de los catalanes. «Ésas son las crónicas de Jaime I», le comentó a Arnau en una ocasión, tras escuchar la historia de la conquista de Valencia. «Ésa, la crónica de Bernat Desclot», le explicó en otra, cuando el trovador puso fin a las historias guerreras del rey Pedro el Grande en su conquista de Sicilia o en la cruzada francesa contra Cataluña.

—Hoy tenemos que ir al Pla d'en Llull —le dijo Joan al terminar la procesión del día.

—¿Por qué?

—Me he enterado de que allí hay un trovador valenciano que conoce la *Crónica* de Ramon Muntaner. —Arnau lo interrogó con la mirada—. Ramon Muntaner es un afamado cronista ampurdanés que fue caudillo de los almogávares en su conquista de los ducados de Atenas y Neopatria. Hace siete años que escribió la crónica de esas guerras y seguro que es interesante...; por lo menos será cierta.

El Pla d'en Llull, un espacio abierto entre Santa María y el convento de Santa Clara, estaba lleno a rebosar. La gente se había sentado en el suelo y charlaba sin apartar la vista del lugar en el que debía aparecer el trovador valenciano; su fama era tal que hasta algunos nobles habían acudido a escucharlo, acompañados por esclavos cargados con sillas para toda la familia. «No están», le dijo Joan a Arnau al observar cómo su hermano buscaba con recelo entre los nobles. Arnau le había contado el encuentro con los Puig en Santa María. Consiguieron un buen sitio junto a un grupo de *bastaixos* que llevaba algún tiempo esperando a que empezase el espectáculo. Arnau se sentó en el suelo, no sin antes volver a mirar a las familias de los nobles, que destacaban por encima del pueblo llano.

—Deberías aprender a perdonar —le susurró Joan. Arnau se limitó a contestarle con una dura mirada—. El buen cristiano...

—Joan —lo interrumpió Arnau—, nunca. Nunca olvidaré lo que esa arpía le hizo a mi padre.

En ese momento apareció el trovador y la gente estalló en aplausos. Martí de Xàtiva, un hombre alto y delgado que se movía con agilidad y elegancia, pidió silencio con las manos.

—Os voy a contar la historia de cómo y por qué seis mil catalanes conquistaron el Oriente y vencieron a los turcos, a los bizantinos, a los alanos y a cuantos pueblos guerreros trataron de enfrentarse a ellos.

Los aplausos volvieron a escucharse en el Pla d'en Llull; Arnau y Joan se sumaron a ellos.

—Os contaré, asimismo, cómo el emperador de Bizancio asesinó a nuestro almirante Roger de Flor y a numerosos catalanes a los que había invitado a una fiesta... —Alguien gritó: «¡Traidor!», logrando que el público prorrumpiese en insultos—. Os contaré, finalmente, cómo los catalanes se vengaron de la muerte de su caudillo y arrasaron el Oriente sembrando la muerte y la destrucción. Ésta es la historia de la compañía de los almogávares catalanes, que en el año 1305 embarcaron al mando del almirante Roger de Flor...

El valenciano sabía cómo captar la atención de su público. Gesticulaba, actuaba y se acompañaba de dos ayudantes que, tras él, representaban las escenas que narraba. También obligaba a actuar al público.

—Ahora volveré a hablar del César —dijo al empezar el capítulo de la muerte de Roger de Flor—, quien acompañado de trescientos hombres a caballo y mil de a pie acudió a Andrinópolis invitado por *xor* Miqueli, hijo del emperador, a una fiesta en su honor. —Entonces el trovador se dirigió a uno de los nobles mejor vestidos y le pidió que saliera al escenario para representar el papel de Roger de Flor. «Si comprometes al público —le había explicado su maestro—, sobre todo si son nobles, te pagarán más dineros.» Frente a la gente, Roger de Flor fue adulado por los ayudantes durante los seis días que duró su estancia en Andrinópolis, y al séptimo, *xor* Miqueli hizo llamar a Girgan, jefe de los alanos, y a Melic, jefe de los turcópolos, con ocho mil hombres a caballo.

El valenciano se movió inquieto por el escenario. La gente

empezó a gritar de nuevo, algunos se levantaron y sólo sus acompañantes les impidieron acudir a defender a Roger de Flor. El propio trovador asesinó a Roger de Flor y el noble se dejó caer al suelo. La gente empezó a clamar venganza por la traición al almirante catalán. Joan aprovechó para observar a Arnau, que, quieto, tenía la mirada fija en el noble caído. Los ocho mil alanos y turcópolos asesinaron a los mil trescientos catalanes que habían acompañado a Roger de Flor. Los ayudantes se mataron repetidamente entre sí.

—Sólo se libraron tres —continuó el trovador levantando la voz—. Ramon de Arquer, caballero de Castelló d'Empúries, Ramon de Tous...

La historia prosiguió con la venganza de los catalanes y la destrucción de la Tracia, de Calcidia, de Macedonia y de Tesalia. Los ciudadanos de Barcelona se felicitaban cada vez que el trovador mencionaba alguno de aquellos lugares. «¡Que la venganza de los catalanes te aflija!», gritaban una y otra vez. Todos habían participado de las conquistas de los almogávares cuando éstos llegaron al ducado de Atenas. También allí vencieron tras dar muerte a más de veinte mil hombres y nombrar capitán a Roger des Laur, cantó el trovador, y le dieron por mujer a la que fue del señor de la Sola, junto al castillo de la Sola. El valenciano buscó a otro noble, lo invitó al escenario y le concedió una mujer, la primera que encontró entre el público, a la que acompañó hasta el nuevo capitán.

—Y así —dijo el trovador con el noble y la mujer cogidos de la mano—, se repartieron la ciudad de Tebas y todas las villas y los castillos del ducado, y dieron a todas las mujeres por esposas a los de la compañía de almogávares, a cada uno según cuán buen hombre fuera.

Mientras el trovador cantaba la *Crónica* de Muntaner, sus ayudantes elegían hombres y mujeres del público y los colocaban en dos filas enfrentadas. Muchos querían ser seleccionados: estaban en el ducado de Atenas, ellos eran los catalanes que habían vengado la muerte de Roger de Flor. El grupo de *bastaixos* llamó la atención de los ayudantes. El único soltero era Arnau y sus compañeros lo levantaron y lo señalaron como candidato a disfrutar de la fiesta. Los ayudantes lo eligieron para alegría de sus compañeros, que rompieron a aplaudir. Arnau salió al escenario.

Cuando el joven se colocó en la fila de los almogávares, una mujer se levantó de entre el público clavando sus inmensos ojos castaños en el joven *bastaix*. Los ayudantes la vieron. Nadie podía dejar de verla, bella y joven como era y exigiendo altivamente que la eligieran. Cuando los ayudantes se dirigieron a ella, un anciano malhumorado la agarró del brazo e intentó sentarla de nuevo, lo que despertó la risa entre la gente. La muchacha aguantó los tirones del viejo. Los ayudantes miraron al trovador y éste los azuzó con un gesto; no te preocupe humillar a alguien, le habían enseñado, si con ello te ganas a la mayoría, y la mayoría se reía del anciano, que, ya en pie, luchaba con la joven.

—Es mi esposa —le recriminó a uno de los ayudantes mientras forcejeaba con él.

—Los vencidos no tienen esposas —contestó el trovador desde lejos—. Todas las mujeres del ducado de Atenas son para los catalanes.

El anciano titubeó, momento que los ayudantes aprovecharon para arrebatarle a la muchacha y colocarla en la fila de las mujeres entre los vítores de la gente.

Mientras el trovador seguía con su representación, entregaba las atenienses a los almogávares y levantaba gritos de alegría con cada nuevo matrimonio, Arnau y Aledis se miraban a los ojos. «¿Cuánto tiempo ha transcurrido, Arnau? —le preguntaron aquellos ojos castaños—. ¿Cuatro años?» Arnau miró a los *bastaixos*, que le sonreían y animaban; evitó, sin embargo, enfrentarse a Joan. «Mírame, Arnau.» Aledis no había abierto la boca pero su exigencia llegó a él clamorosamente. Arnau se perdió en los ojos de ella. El valenciano tomó la mano de la muchacha y la hizo atravesar el espacio que separaba las filas. Levantó la mano de Arnau y apoyó la de Aledis sobre la del *bastaix*.

Un nuevo clamor se elevó. Todas las parejas estaban en fila, encabezadas por Arnau y Aledis y encaradas hacia el público. La joven sintió que todo su cuerpo temblaba y apretó suavemente la mano de Arnau mientras el *bastaix* observaba de reojo al anciano, que, de pie entre la gente, lo atravesaba con la mirada.

—Así ordenaron su vida los almogávares —siguió cantando el trovador señalando a las parejas—. Se establecieron en el ducado de Atenas y allí, en el lejano Oriente, siguen viviendo para grandeza de Cataluña.

El Pla d'en Llull se levantó en aplausos. Aledis llamó la atención de Arnau apretándole la mano. Ambos se miraron. «Tómame, Arnau», le rogaron los ojos castaños. De repente, Arnau notó la mano vacía. Aledis había desaparecido; el viejo la había agarrado por el cabello y tiraba de ella, entre las chanzas del público, en dirección a Santa María.

—Unas monedas, señor —le pidió el trovador acercándosele.

El viejo escupió y siguió tirando de Aledis.

—¡Ramera! ¿Por qué lo has hecho?

El viejo maestro curtidor aún tenía fuerza en los brazos, pero Aledis no sintió la bofetada.

—No..., no lo sé. La gente, los gritos; de repente me he sentido en el Oriente... ¿Cómo iba a dejar que lo entregasen a otra?

—¿En el Oriente? ¡Puta!

El curtidor agarró una tira de cuero y Aledis olvidó a Arnau.

—Por favor, Pau. Por favor. No sé por qué lo he hecho. Te lo juro. Perdóname. Te lo ruego, perdóname. —Aledis se hincó de rodillas frente a su marido y bajó la cabeza. La tira de cuero tembló en la mano del anciano.

—Permanecerás en esta casa, sin salir de ella hasta que yo te lo diga —cedió el hombre.

Aledis no dijo nada más ni se movió hasta que escuchó el ruido de la puerta que daba a la calle.

Hacía cuatro años que su padre la había entregado en matrimonio. Sin dote alguna, aquél fue el mejor partido que Gastó pudo conseguir para su hija: un viejo maestro curtidor, viudo y sin hijos. «Algún día heredarás», le dijo por toda explicación. No añadió que entonces él, Gastó Segura, ocuparía el lugar del maestro y se haría con el negocio, pero en su opinión las hijas no necesitaban conocer aquellos detalles.

El día de la boda, el viejo no esperó a que terminase la fiesta para llevar a su joven esposa al dormitorio. Aledis se dejó desnudar por unas manos temblorosas y se dejó besar los pechos por una boca que babeaba La primera vez que el anciano la tocó, la piel de Aledis se encogió al contacto de aquellas manos callosas y ásperas. Después, Pau la llevó a la cama y se tumbó sobre ella todavía vestido, babeando, temblando, jadeando. El viejo la sobó y mordisqueó sus pechos. Le pellizcó la entrepierna. Después, sobre ella, aún vestido, empezó a jadear más rápido y a moverse hasta que un suspiro lo llevó a la quietud y al sueño.

A la mañana siguiente, Aledis perdió su virginidad bajo la liviandad de un cuerpo frágil y debilitado que la acometía con torpeza. Se preguntó si llegaría a sentir algo que no fuera asco.

Aledis observaba a los jóvenes aprendices de su marido cada vez que por una u otra razón tenía que bajar al taller. ¿Por qué no la miraban? Ella sí los veía. Sus ojos seguían los músculos de aquellos muchachos y se recreaban en las perlas de sudor que les nacían en la frente, les recorrían el rostro, les caían por el cuello y se alojaban en sus torsos, fuertes y poderosos. El deseo de Aledis bailaba al son de la danza que marcaba el constante movimiento de sus brazos mientras curtían la piel, una y otra vez, una y otra vez, una y otra vez... Pero las órdenes de su marido habían sido claras: «Diez azotes para quien mire a mi mujer por primera vez, veinte la segunda, el hambre la tercera». Y Aledis seguía, noche tras noche, preguntándose dónde estaba el placer del que le habían hablado, aquel que reclamaba su juventud, aquel que jamás podría proporcionarle el decrépito marido al que la habían entregado.

Unas noches el viejo maestro la arañaba con sus manos rasposas, otras la obligaba a masturbarle y otras, apremiándola para que estuviera dispuesta antes de que la debilidad se lo impidiera, la penetraba. Después siempre caía dormido. Una de esas noches, Aledis se levantó en silencio, procurando no despertarlo, pero el viejo ni siquiera cambió de postura.

Bajó al taller. Las mesas de trabajo, recortadas en la penumbra, la atrajeron y se paseó entre ellas deslizando los dedos de una mano por los tableros pulidos. ¿No me deseáis? ¿No os gusto? Aledis estaba soñando con los aprendices, pasando entre sus mesas, acariciándose los pechos y las caderas, cuando un tenue resplandor en la pared de una esquina del taller llamó su atención. Un pequeño nudo de uno de los tablones que separaban el taller del dormitorio de los aprendices había caído. Aledis miró por él. La muchacha se separó del agujero. Temblaba. Volvió a arrimar el ojo al agujero. ¡Estaban desnudos! Por un momento temió que su respiración pudiera delatarla. ¡Uno de ellos se estaba tocando tumbado en el jergón!

—¿En quién piensas? —preguntó el más cercano a la pared en la que se encontraba Aledis—. ¿En la mujer del maestro?

El otro no le contestó y siguió friccionando su pene una y otra vez, una y otra vez... Aledis sudaba. Sin darse cuenta deslizó una mano hasta su entrepierna y, mirando al muchacho que pensaba en ella, aprendió a proporcionarse placer. Estalló antes incluso que el joven aprendiz y se dejó caer al suelo, la espalda apoyada en la pared.

A la mañana siguiente, Aledis pasó por delante de la mesa del aprendiz emanando deseo. Inconscientemente, Aledis se quedó parada delante de la mesa. Al final, el joven levantó la mirada un instante. Ella supo que el chico se había tocado pensando en ella y sonrió.

Por la tarde, Aledis fue llamada al taller. El maestro la esperaba detrás del aprendiz.

—Querida —le dijo cuando llegó a su altura—, ya sabes que no me gusta que nadie distraiga a mis aprendices.

Aledis miró la espalda del muchacho. Diez finas líneas de sangre la cruzaban. No contestó. Esa noche no bajó al taller, tampoco la siguiente ni la otra, pero después sí lo hizo, noche tras noche, para acariciarse el cuerpo con las manos de Arnau. Estaba solo. Se lo habían dicho sus ojos. ¡Tenía que ser suyo!

23

Barcelona todavía estaba de fiesta.

Era una casa humilde, como todas las de los *bastaixos* por más que aquélla fuera la de Bartolomé, uno de los prohombres de la cofradía. Como la mayoría de las viviendas de los *bastaixos*, estaba engastada en las estrechas callejuelas que llevaban desde Santa María, el Born o el Pla d'en Llull a la playa. La planta baja, donde se encontraba el hogar, era de ladrillo de adobe, y la planta superior, construida posteriormente, de madera.

Arnau no dejaba de tragar saliva ante la comida que preparaba la mujer de Bartolomé: pan blanco de trigo candeal; carne de ternera con verduras, fritas con tocino delante de los comensales en una gran paella sobre el hogar ¡y especiada con pimienta, canela y azafrán!; vino mezclado con miel; quesos y tortas dulces.

—¿Qué celebramos? —preguntó sentado a la mesa, con Joan enfrente de él, Bartolomé a su izquierda y el padre Albert a la derecha.

—Ya te enterarás —le contestó el cura.

Arnau se volvió hacia Joan, pero éste se limitó a callar.

—Ya te enterarás —insistió Bartolomé—; ahora come.

Arnau se encogió de hombros mientras la hija mayor de Bartolomé le acercaba una escudilla llena de carne y media hogaza de pan.

—Mi hija Maria —le dijo Bartolomé.

Arnau movió la cabeza, con la atención fija en la escudilla.

Cuando los cuatro hombres estuvieron servidos y el sacerdote hubo bendecido la mesa, empezaron a dar cuenta de la comida, en silencio. La mujer de Bartolomé, su hija y cuatro chiquillos más lo hicieron en el suelo, repartidos por la estancia, pero sólo comían la consabida olla.

Arnau paladeó la carne con verduras. ¡Qué sabores tan extraños! Pimienta, canela y azafrán; eso era lo que comían los nobles y ricos mercaderes. «Cuando los barqueros descargamos alguna de estas especias —le habían explicado un día en la playa— rezamos. Si se nos cayesen al agua o se estropeasen no tendríamos dinero para pagar su valor; cárcel segura.» Arrancó un pedazo de pan y se lo llevó a la boca; después cogió el vaso de vino con miel... Pero ¿por qué lo miraban? Los tres lo estaban observando, estaba seguro, aunque intentaban disimularlo. Vio que Joan no levantaba la vista de la comida. Arnau volvió a concentrarse en la carne; una, dos, tres cucharadas y de golpe alzó la mirada: Joan y el padre Albert gesticulaban.

—Bien, ¿qué ocurre? —Arnau dejó la cuchara sobre la mesa.

Bartolomé torció el gesto. «¿Qué le vamos a hacer?», pareció decir a los demás.

—Tu hermano ha decidido tomar los hábitos y entrar en la orden de los franciscanos —dijo entonces el padre Albert.

—O sea que era eso. —Arnau cogió el vaso de vino y volviéndose hacia Joan lo levantó con una sonrisa en la boca—. ¡Felicidades!

Pero Joan no brindó con él. Tampoco lo hicieron Bartolomé y el cura. Arnau se quedó con el vaso en alto. ¿Qué sucedía? Salvo los cuatro pequeños, que ajenos a todo seguían comiendo, los demás estaban pendientes de él.

Arnau dejó el vaso sobre la mesa.

—¿Y? —preguntó directamente a su hermano.

—Que no puedo hacerlo. —Arnau torció el gesto—. No quiero dejarte solo. Únicamente tomaré los hábitos cuando vea que estás junto a... una buena mujer, la futura madre de tus hijos.

Joan acompañó sus palabras con una furtiva mirada hacia la hija de Bartolomé, que escondió el rostro.

Arnau suspiró.

—Debes casarte y formar una familia —intervino entonces el padre Albert.

—No puedes quedarte solo —le repitió Joan.

—Me sentiría muy honrado si aceptases a mi hija Maria como esposa —intervino Bartolomé mirando a la joven, que buscaba el amparo de su madre—. Eres un hombre bueno y trabajador, sano y devoto. Te ofrezco una buena mujer a la que dotaría lo suficiente para que pudieseis optar a una vivienda propia; además, ya sabes que la cofradía da más dinero a los miembros casados.

Arnau no se atrevió a seguir la mirada de Bartolomé.

—Hemos buscado mucho y creemos que Maria es la persona indicada para ti —añadió el cura.

Arnau miró al sacerdote.

—Todo buen cristiano debe casarse y traer hijos al mundo —le indicó Joan.

Arnau volvió el rostro hacia su hermano, pero aún no había acabado éste de hablar cuando una voz a su izquierda reclamó su atención.

—No lo pienses más, hijo —le aconsejó Bartolomé.

—No tomaré los hábitos si no te casas —reiteró Joan.

—Nos harías muy feliz a todos si te convirtieras en un hombre casado —dijo el cura.

—La cofradía no veía con buenos ojos que te negaras a contraer matrimonio y que a causa de ello tu hermano no siguiese el camino de la Iglesia.

Nadie dijo nada más. Arnau frunció los labios. ¡La cofradía! Ya no tenía excusa.

—¿Y bien, hermano? —le preguntó Joan.

Arnau se volvió hacia Joan y se encontró por primera vez con una persona distinta de la que conocía: un hombre que lo interrogaba con seriedad. ¿Cómo no se había dado cuenta? Se había quedado anclado en su sonrisa, en el chiquillo que le había mostrado la ciudad, aquel al que le colgaban las piernas de un cajón mientras el brazo de su madre le acariciaba el cabello. ¡Qué poco habían hablado durante los últimos cuatro años! Siempre trabajando, descargando barcos, volviendo a casa al anochecer, destrozado, sin ganas de hablar, con el deber cumplido. Ciertamente, ya no era el pequeño Joanet.

—¿De verdad dejarías de tomar los hábitos por mí?

De repente estaban los dos solos.

—Sí.

Solos, Joan y él.

—Hemos trabajado mucho por eso.

—Sí.

Arnau se llevó la mano al mentón y pensó durante unos instantes. La cofradía. Bartolomé era uno de sus prohombres, ¿qué dirían sus compañeros? No podía fallarle a Joan, no después de tanto esfuerzo. Y además, si Joan se iba, ¿qué haría él? Se volvió hacia Maria.

Bartolomé la llamó con un gesto y la muchacha se acercó tímidamente.

Arnau vio a una joven sencilla, con el cabello rizado y expresión bondadosa.

—Tiene quince años —oyó que le decía Bartolomé cuando Maria se paró junto a la mesa. Observada por los cuatro, juntó las manos en el regazo y bajó la vista al suelo—. ¡Maria! —la llamó su padre.

La muchacha alzó el rostro hacia Arnau, sonrojada, apretando las manos.

En esta ocasión fue Arnau el que desvió la vista. Bartolomé se intranquilizó al ver cómo éste apartaba la mirada. La joven suspiró. ¿Lloraba? Él no había querido ofenderla.

—De acuerdo —afirmó.

Joan alzó su vaso, al que rápidamente se sumaron los de Bartolomé y el cura. Arnau cogió el suyo.

—Me haces muy feliz —le dijo Joan.

—¡Por los novios! —exclamó Bartolomé.

¡Ciento sesenta días al año! Por prescripción de la Iglesia, los cristianos tenían que guardar abstinencia ciento sesenta días al año, y todos y cada uno de esos días Aledis, como todas las mujeres de Barcelona, bajaba hasta la playa, junto a Santa María, para comprar pescado en alguna de las dos pescaderías de la ciudad condal: la vieja o la nueva.

¿Dónde estás? En cuanto veía algún barco, Aledis miraba hacia la orilla, donde los barqueros recogían o descargaban las mercaderías. ¿Dónde estás, Arnau? Algún día lo había visto, con los músculos en tensión, como si quisieran romper la piel que los cubría. ¡Dios! Entonces Aledis se estremecía y empezaba a contar las horas que restaban para el anochecer, cuando su esposo se dormiría y ella bajaría al taller para estar con él, fresco su recuerdo. A fuerza de abstinencias, Aledis llegó a conocer la rutina de los *bastaixos*: cuando no descargaban algún barco transportaban piedras a Santa María y, tras el primer viaje, la fila de *bastaixos* se rompía y cada cual hacía el camino por su cuenta, sin esperar a los demás.

Aquella mañana Arnau volvía a por otra piedra. Solo. Era verano y andaba balanceando la *capçana* en una mano. ¡Con el torso desnudo! Aledis lo vio pasar por delante de la pescadería. El sol se reflejaba en el sudor que cubría todo su cuerpo, y sonreía, sonreía a quienquiera que se cruzase con él. Aledis se separó de la cola. ¡Arnau! El grito pugnaba por escapársele de los labios. ¡Arnau! No podía. Las mujeres de la cola la miraban. La vieja que esperaba turno detrás de ella señaló el espacio que quedaba entre Aledis y la mujer de delante; Aledis le indicó que pasara. ¿Cómo distraer la atención de todas aquellas curiosas? Simuló una arcada. Alguien se adelantó para ayudarla, pero Aledis la rechazó; entonces sonrieron. Otra arcada y salió corriendo mientras algunas embarazadas gesticulaban entre ellas.

Arnau iba a Montjuïc, a la cantera real, por la playa. ¿Cómo podía alcanzarlo? Aledis corrió por la calle de la Mar hasta la plaza del Blat y desde allí, girando a la izquierda por debajo del antiguo portal de la muralla romana, junto al palacio del veguer, todo recto hasta la calle de la Boquería y el portal del mismo nombre. Tenía que alcanzarlo. La gente la miraba; ¿la reconocería alguien? ¡Qué más daba! Arnau iba solo. La muchacha cruzó el portal de la Boquería y voló por el camino que llevaba hasta Montjuïc. Tenía que estar por allí...

—¡Arnau! —Esta vez sí gritó.

Arnau se paró a mitad de subida de la cantera y se volvió hacia la mujer que corría hacia él.

—¡Aledis! ¿Qué haces aquí?

Aledis tomó aire. ¿Qué decirle ahora?

—¿Pasa algo, Aledis?

¿Qué decirle?

Se dobló por la cintura, agarrándose el estómago, y simuló otra arcada. ¿Por qué no? Arnau se acercó a ella y la cogió por los brazos. El simple contacto hizo temblar a la muchacha.

—¿Qué te pasa?

¡Qué manos! La cogían con fuerza, abarcando todo su antebrazo. Aledis alzó el rostro, se encontró con el pecho de Arnau, todavía sudoroso, y aspiró su aroma.

—¿Qué te pasa? —repitió Arnau intentando que se irguiese.

Aledis aprovechó el momento y se abrazó a él.

—¡Dios! —susurró.

Escondió la cabeza en su cuello y empezó a besarle y a lamerle el sudor.

—¿Qué haces?

Arnau intentó apartarla pero la muchacha se aferraba a él.

Unas voces que surgían de un recodo del camino sobresaltaron a Arnau. ¡Los *bastaixos*! ¿Cómo podría explicar...? Quizá el mismo Bartolomé. Si lo encontraban allí, con Aledis abrazada a él, besándolo... ¡Lo expulsarían de la cofradía! Arnau levantó a Aledis por la cintura y salió del camino para esconderse tras unos matorrales; allí le tapó la boca con la mano.

Las voces se acercaron y pasaron de largo, pero Arnau no les prestó atención. Estaba sentado en el suelo, con Aledis sobre él; la agarraba de la cintura con una mano y con la otra le tapaba la boca. La muchacha lo miraba. ¡Aquellos ojos castaños! De repente Arnau se dio cuenta de que la tenía abrazada. Su mano apretaba el estómago de Aledis, y sus pechos..., sus pechos jadeaban contra él, moviéndose convulsos. ¿Cuántas noches había soñado con abrazarla? ¿Cuántas noches había fantaseado con su cuerpo? Aledis no forcejeaba; se limitaba a mirarlo, traspasándolo con sus grandes ojos castaños.

Le destapó la boca.

—Te necesito —oyó que le susurraban sus labios.

Después, aquellos labios se acercaron a los suyos y lo besaron, dulces, suaves, anhelantes.

¡Su sabor! Arnau se estremeció.

Aledis temblaba.

Su sabor, su cuerpo..., su deseo.

Ninguno de los dos pronunció más palabras.

Aquella noche, Aledis no bajó a espiar a los aprendices.

24

Hacía algo más de dos meses que Maria y Arnau habían contraído matrimonio en Santa María de la Mar, en una celebración oficiada por el padre Albert y en presencia de todos los miembros de la cofradía, de Pere y Mariona, y de Joan, ya tonsurado y vestido con el hábito de los franciscanos. Con la garantía del aumento de salario que correspondía a los cofrades casados, escogieron una casa frente a la playa y la amueblaron con la ayuda de la familia de Maria y de todos cuantos quisieron colaborar con la joven pareja, que fueron muchos. Él no tuvo que hacer nada. La casa, los muebles, las escudillas, la ropa, la comida, todo apareció de la mano de Maria y su madre, que insistían en que él descansara. La primera noche, Maria se entregó a su marido, sin voluptuosidad pero sin reparos. A la mañana siguiente, cuando Arnau despertó, al alba, el desayuno estaba preparado: huevos, leche, salazón, pan. Al mediodía se repitió la escena, y por la noche, y al día siguiente, y al siguiente; Maria siempre tenía dispuesta la comida para Arnau. Lo descalzaba. Lo lavaba y le curaba con delicadeza las llagas y las heridas. Maria siempre estaba dispuesta en el lecho. Día tras día, Arnau encontraba cuanto podía desear un hombre: comida, limpieza, obediencia, atención y el cuerpo de una mujer joven y bonita. Sí, Arnau. No, Arnau. Maria nunca discutía con Arnau. Si él quería una vela, Maria dejaba cuanto estuviese haciendo para dársela. Si Arnau renegaba ella se precipitaba sobre él. Cuando él respiraba Maria corría a traerle el aire.

Diluviaba. Oscureció repentinamente y la tormenta provocaba unos fogonazos que atravesaban con violencia las nubes negras e iluminaban el mar. Arnau y Bartolomé, empapados, se encontraron en la playa. Todos los barcos habían abandonado el peligroso puerto de Barcelona para buscar refugio en Salou. La cantera real estaba cerrada. Aquel día los *bastaixos* no tenían trabajo.

—¿Cómo te va, hijo? —le preguntó Bartolomé a su yerno.

—Bien. Muy bien..., pero...

—¿Hay algún problema?

—Es sólo que... No estoy acostumbrado a que me traten tan bien como lo hace Maria.

—Para eso la hemos educado —adujo Bartolomé con satisfacción.

—Es demasiado...

—Ya te dije que no te arrepentirías de casarte con ella. —Bartolomé miró a Arnau—. Ya te acostumbrarás. Disfruta de tu mujer.

En ésas estaban cuando llegaron a la calle de las Dames, un pequeño callejón que desembocaba en la misma playa. En él, más de una veintena de mujeres, jóvenes y ancianas, guapas y feas, sanas y enfermas, todas pobres, paseaban bajo la lluvia.

—¿Las ves? —intervino Bartolomé señalando a las mujeres—. ¿Sabes qué esperan? —Arnau negó con la cabeza—. En días de temporal como hoy, cuando los pilotos solteros de los pesqueros han agotado todos sus recursos marineros, cuando se han encomendado a todos los santos y vírgenes y sin embargo no han logrado capear el temporal, sólo les queda un recurso. Las tripulaciones lo saben y se lo exigen. Llegado ese momento, el piloto jura ante Dios en voz alta y en presencia de su tripulación, que si logra hacer arribar sanos y salvos a puerto a su pesquero y a sus hombres contraerá matrimonio con la primera mujer que vea nada más pisar tierra. ¿Entiendes, Arnau? —Arnau se fijó de nuevo en la veintena de mujeres que se movían inquietas calle arriba, calle abajo, mirando el horizonte—. Las mujeres han nacido para eso, para contraer matrimonio, para servir al hombre. Así hemos educado a Maria y así te la entregué.

Los días transcurrían y Maria seguía volcada en Arnau, pero él sólo pensaba en Aledis.

—Esas piedras te destrozarán la espalda —comentó Maria mientras daba un masaje, ayudada con un ungüento, en la herida que Arnau mostraba a la altura del omóplato.

Arnau no contestó.

—Esta noche te revisaré la *capçana*. No puede ser que las piedras te hagan cortes como éstos.

Arnau no contestó. Había llegado a casa cuando ya había anochecido. Maria lo descalzó, le sirvió un vaso de vino y lo obligó a sentarse para darle un masaje en la espalda, como durante toda su infancia había visto hacer a su madre con su padre. Arnau la dejó hacer, como siempre. Ahora la escuchaba en silencio. Nada tenía que ver esa herida con las piedras de la Virgen, ni con la *capçana*. Estaba limpiando y curando la herida de la vergüenza, el arañazo de otra mujer a la que Arnau no era capaz de renunciar.

—Esas piedras os destrozarán la espalda a todos —repitió su esposa.

Arnau bebió un trago de vino mientras notaba cómo las manos de Maria recorrían su espalda con delicadeza.

Desde que su marido la llamó al taller para mostrarle las heridas del aprendiz que había osado mirarla, Aledis se limitaba a espiar a los jóvenes del taller. Descubrió que en numerosas ocasiones acudían por la noche al huerto, donde se encontraban con mujeres que saltaban la tapia para reunirse con ellos. Los muchachos tenían acceso al material, las herramientas y los conocimientos necesarios para fabricar una especie de capuchones de finísimo cuero que debidamente engrasados se acoplaban al pene antes de fornicar con la mujer. La certeza de que no iban a quedarse embarazadas, junto a la juventud de los amantes y la oscuridad de la noche, eran una tentación irrefrenable para muchas mujeres que deseaban una aventura anónima. Aledis no tuvo dificultades para colarse en el dormitorio de los aprendices y hacerse con algunos de aquellos capuchones; la ausencia de riesgo en sus relaciones con Arnau dio rienda suelta a su lujuria.

Aledis dijo que con aquellos capuchones no tendrían hijos y Arnau miraba cómo lo deslizaba a lo largo de su pene. ¿Sería la grasa que después le quedaba en el miembro? ¿Sería un castigo por oponerse a los designios de la naturaleza divina? Maria no quedaba encinta. Era una muchacha fuerte y sana. ¿Qué razón que no fueran los pecados de Arnau podía impedir que quedara encinta? ¿Qué otro motivo podía llevar al Señor a no premiarle con el deseado vástago? Bartolomé necesitaba un nieto. El padre Albert y Joan querían ver a Arnau convertido en padre. La cofradía entera estaba pendiente del momento en que los jóvenes cónyuges anunciaran la buena nueva; los hombres bromeaban con Arnau y las mujeres de los *bastaixos* visitaban a Maria para aconsejarla y cantarle las excelencias de la vida familiar.

Arnau también deseaba tener un hijo.

—No quiero que me pongas eso —se opuso en una de las ocasiones en que Aledis lo asaltó camino de la cantera.

Aledis no se arredró.

—No pienso perderte —le dijo—. Antes de que eso suceda abandonaré al viejo y te reclamaré. Todo el mundo sabrá lo que ha habido entre nosotros, caerás en desgracia, te expulsarán de la cofradía y probablemente de la ciudad y entonces sólo me tendrás a mí; sólo yo estaré dispuesta a seguirte. No entiendo mi vida sin ti, sentenciada de por vida como lo estoy a permanecer al lado de un viejo obseso e incapaz.

—¿Arruinarías mi vida? ¿Por qué me harías eso?

—Porque sé que en el fondo me quieres —respondió Aledis con resolución—. En realidad, sólo te estaría ayudando a dar un paso que no te atreves a dar.

Ocultos entre los matorrales de la ladera de la montaña de Montjuïc, Aledis deslizó el capuchón por el miembro de su amante. Arnau la miró hacer. ¿Eran ciertas sus palabras? ¿Era cierto que en el fondo deseaba vivir con Aledis, abandonar a su esposa y cuanto tenía para fugarse con ella? Si por lo menos su miembro no se mostrase tan dispuesto... ¿Qué tenía aquella mujer que era capaz de anular su voluntad? Arnau estuvo tentado de contarle la historia de la madre de Joan; la posibilidad de que, si revelaba sus

relaciones, fuese el viejo quien la reclamase a ella y la empareda-
ra de por vida, pero en lugar de eso montó sobre ella... una vez
más. Aledis jadeó al ritmo de los empellones de Arnau. El *bastaix*,
sin embargo, sólo podía oír sus miedos: Maria, su trabajo, la cofradía, Joan, la deshonra, Maria, su Virgen, Maria, su Virgen...

esde su trono, el rey Pedro levantó una mano. Flanqueado por su tío y su hermano, los infantes don Pedro y don Jaime, de pie a su derecha, y por el conde de Terranova y el padre Ot de Montcada por la izquierda, el rey esperó a que los demás miembros del consejo guardasen silencio. Se hallaban en el palacio real de Valencia, donde habían recibido a Pere Ramon de Codoler, mayordomo y mensajero del rey Jaime de Mallorca. Según el señor de Codoler, el rey de Mallorca, conde del Rosellón y de la Cerdaña y señor de Montpellier, había decidido declarar la guerra a Francia por las constantes afrentas que los franceses inferían a su señorío y, como vasallo de Pedro, lo requería para que el día 21 de abril del siguiente año de 1341, su señor estuviese en Perpiñán, al mando de los ejércitos catalanes, para ayudarlo y defenderlo en la guerra contra Francia.

Durante toda aquella mañana, el rey Pedro y sus consejeros estudiaron la solicitud de su vasallo. Si no acudían en ayuda del de Mallorca, éste negaría su vasallaje y quedaría en libertad, pero si lo hacían —todos estaban de acuerdo— caerían en una trampa: en cuanto los ejércitos catalanes entrasen en Perpiñán, Jaime se aliaría con el rey de Francia en su contra.

Cuando se hizo el silencio, el rey habló:

—Todos vosotros habéis estado pensando sobre este hecho, tratando de encontrar la manera de poder negar al rey de Mallorca el requerimiento que nos ha hecho. Creo que la hemos encontrado: vayamos a Barcelona y convoquemos Cortes y, una vez convocadas, requiramos al rey de Mallorca para que el día 25 de marzo esté en Barcelona para las dichas Cortes, como es su obligación. ¿Y qué puede suceder? Que él esté, o no. Si está, habrá hecho lo que le corresponde, y, en ese caso, nosotros, asimismo, cumpliremos con lo que nos pida... —Algunos consejeros se movieron inquietos; si el rey de Mallorca acudía a Cortes entrarían en guerra contra Francia, ¡al mismo tiempo que contra Génova! Alguien incluso se atrevió a negar en voz alta, pero Pedro le pidió tranquilidad con una mano y sonrió antes de proseguir, alzando la voz—:Y buscaremos el consejo de nuestros vasallos, que decidirán lo mejor que debemos hacer. —Algunos consejeros se sumaron a la sonrisa del rey, otros asintieron con la cabeza. Las Cortes eran competentes en materia de política catalana y podían decidir si iniciar o no una guerra. No sería el rey, pues, quien negaría ayuda a su vasallo, serían las Cortes de Cataluña—.Y si no viene —continuó Pedro—, habrá roto el vasallaje, y en dicho caso, no estaremos obligados a ayudarle ni a mezclarnos en guerra por él, contra el rey de Francia.

Barcelona, 1341

Nobles, eclesiásticos y representantes de las ciudades libres del principado, los tres brazos que componían las Cortes, se habían congregado en la ciudad condal, llenando sus calles de color y adornándola de sedas de Almería, de Barbaria, de Alejandría o de Damasco; de lana de Inglaterra o de Bruselas, de Flandes o de Malinas; de Orlanda o de la fantástica ropa de lino negro de Bisso, todos adornados con brocados de hilos de oro o plata formando preciosos dibujos.

Sin embargo, Jaime de Mallorca aún no había llegado a la capital del principado. Desde hacía algunos días, barqueros, *bastaixos* y demás trabajadores portuarios se preparaban, tras ser advertidos por el veguer, para el supuesto de que el rey de Mallorca decidiese acudir a Cortes. El puerto de Barcelona no estaba preparado para el desembarco de grandes personajes, quienes no iban a ir en volandas desde los humildes leños de los barqueros, como lo hacían los mercaderes para no mojarse las vestiduras. Por ello, cuando algún personaje arribaba a Barcelona, los barqueros afianzaban sus leños, uno contra el otro, desde la orilla hasta bien entrado el mar, y sobre ellos construían un puente para que reyes y príncipes accediesen a la playa de Barcelona con la solemnidad que correspondía.

Los *bastaixos*, Arnau entre ellos, transportaron a la playa los tablones necesarios para construir el puente y, como muchos de los ciudadanos que se acercaban a la playa, como muchos de los nobles de Cortes que también lo hacían, oteaban el horizonte en busca de las galeras del señor de Mallorca. Las Cortes de Barcelona se habían convertido en el objeto de todas las conversaciones; la solicitud de ayuda del rey de Mallorca y la estratagema del rey Pedro estaban ya en boca de todos los barceloneses.

—Es de suponer —le comentó un día Arnau al padre Albert, mientras despabilaba las velas de la capilla del Santísimo— que si toda la ciudad sabe lo que piensa hacer el rey Pedro, también lo sepa el rey Jaime; ¿por qué esperarle entonces?

—Por eso no vendrá —le contestó el cura sin dejar de trajinar en la capilla.

—¿Entonces?

Arnau miró al cura, que se detuvo e hizo un gesto de preocupación.

—Mucho me temo que Cataluña entrará en guerra contra Mallorca.

—¿Otra guerra?

—Sí. Es bien sabida la obsesión del rey Pedro por reunificar los antiguos reinos catalanes que Jaime I el Conquistador dividió entre sus herederos. Desde entonces los reyes de Mallorca no han hecho más que traicionar a los catalanes; no hace más de cincuenta años que Pedro el Grande tuvo que vencer a franceses y mallorquines en el desfiladero de Panissars. Después conquistó Mallorca, el Rosellón y la Cerdaña, pero el Papa lo obligó a devolvérselas a Jaime II. —El cura se volvió hacia Arnau—. Habrá guerra, Arnau, no sé cuándo ni por qué, pero habrá guerra.

Jaime de Mallorca no acudió a Cortes. El rey le concedió un nuevo plazo de tres días, pero transcurrido ese tiempo sus galeras tampoco habían llegado al puerto de Barcelona.

—Ahí tienes el porqué —le comentó otro día el padre Albert a Arnau—. Sigo sin saber cuándo, pero ya tenemos el porqué.

Al finalizar las Cortes, Pedro III ordenó incoar contra su vasallo un proceso legal por desobediencia, al que, además, sumó la acusación de que en los condados del Rosellón y la Cerdaña se acuñaba moneda catalana, cuando sólo en Barcelona se podía acuñar la moneda real de tercio.

Jaime de Mallorca siguió sin hacer caso, pero el proceso, dirigido por el veguer de Barcelona, Arnau d'Erill, asistido por Felip de Montroig y Arnau Camorera, vicecanciller real, continuó en rebeldía, sin la presencia del señor de Mallorca, quien empezó a ponerse nervioso cuando sus consejeros le comunicaron cuál podía ser el resultado: la requisa de sus reinos y condados. Entonces Jaime buscó la ayuda del rey de Francia, al que rindió homenaje, y la del Papa, para que mediase con su cuñado el rey Pedro.

El Sumo Pontífice, defensor de la causa del señor de Mallorca, solicitó a Pedro un salvoconducto para Jaime a fin de que, sin peligro para él y los suyos, pudiese acudir a Barcelona para excusarse y defenderse de las acusaciones que se le imputaban. El rey no pudo negarse a los deseos del Papa y concedió el salvoconducto, no sin antes solicitar de Valencia que le mandasen cuatro galeras al mando de Mateu Mercer para que vigilase las del señor de Mallorca.

Toda Barcelona acudió al puerto cuando las velas de las galeras del rey de Mallorca aparecieron en el horizonte. La flota capitaneada por Mateu Mercer las esperaba, armada, igual que la de Jaime III. Arnau d'Erill, veguer de la ciudad, ordenó a los trabajadores del puerto que iniciasen la construcción del puente; los barqueros atravesaron sus barcas y los hombres empezaron a unir los tablones por encima de ellas.

Cuando las galeras del rey de Mallorca hubieron fondeado, los barqueros restantes acudieron a la galera real.

—¿Qué sucede? —preguntó uno de los *bastaixos* al observar que el estandarte real seguía a bordo y que a la barca descendía un solo noble.

Arnau estaba empapado, igual que sus compañeros. Todos miraron al veguer, que tenía la vista fija en la barca que se acercaba a la playa.

Por el puente sólo desembarcó una persona: el vizconde de Èvol, un noble del Rosellón ricamente vestido y armado que se detuvo antes de pisar la playa, sobre las maderas.

El veguer acudió a su encuentro y, desde la arena, atendió las explicaciones de Èvol, quien no hacía más que señalar hacia Framenors y después a las galeras del rey de Mallorca. Cuando terminó la conversación, el vizconde regresó a la galera real y el veguer desapareció en dirección a la ciudad; al poco, volvió con instrucciones del rey Pedro.

—El rey Jaime de Mallorca —gritó para que todos pudieran oírlo— y su esposa, Constanza, reina de Mallorca, hermana de nuestro bien amado rey Pedro, se alojarán en el convento de Framenors. Hay que construir un puente de madera, fijo, cubierto por los lados y techado, desde donde fondean las galeras hasta las habitaciones reales.

Un murmullo se alzó en la playa, pero la severa expresión del veguer lo acalló. Después, la mayoría de los trabajadores del puerto se volvieron hacia el convento de Framenors, que se alzaba imponente sobre la línea costera.

—Es una locura —oyó Arnau que alguien decía en el grupo de *bastaixos*.

—Si se levanta temporal —auguró otro—, no aguantará.

—¡Cubierto y techado! ¿Para qué querrá el rey de Mallorca un puente así?

Arnau se volvió hacia el veguer justo cuando Berenguer de Montagut llegaba a la playa. Arnau d'Erill señaló al maestro de obras el convento de Framenors y después, con la mano derecha, trazó una línea imaginaria desde éste hacia el mar.

Arnau, *bastaixos*, barqueros y carpinteros de ribera, calafates, remolares, herreros y sogueros permanecieron en silencio cuando el veguer finalizó sus explicaciones y el maestro se quedó pensativo.

Por orden del rey se suspendieron las obras de Santa María y de la catedral y todos los operarios fueron destinados a la construcción del puente. Bajo la supervisión de Berenguer de Montagut, se desmontó parte de los andamios del templo, y aquella misma mañana los *bastaixos* empezaron a trasladar material hasta Framenors.

—Qué tontería —le comentó Arnau a Ramon mientras los dos cargaban un pesado tronco—; nos afanamos en cargar piedras para Santa María y ahora la desmontamos, y todo por el capricho...

—¡Calla! —lo instó Ramon—. Lo hacemos por orden del rey; él sabrá por qué.

A fuerza de remos, las galeras del rey de Mallorca, siempre vigiladas de cerca por las valencianas, se situaron frente a Framenors, fondeadas a considerable distancia del convento. Albañiles y carpinteros empezaron a montar un andamio adosado a la fachada mar del convento, una imponente estructura de madera que descendía hacia la orilla, mientras los *bastaixos*, ayudados por todos quienes no tenían un cometido concreto, iban y venían de Santa María cargando troncos y maderas.

Al anochecer se suspendieron los trabajos. Arnau llegó a casa renegando.

—Nuestro rey nunca ha pedido semejante locura; se conforma con el puente tradicional, sobre las barcas. ¿Por qué hay que permitirle semejante capricho a un traidor?

Pero sus palabras se fueron apagando y sus pensamientos cambiaron al notar el masaje que Maria le daba en los hombros.

—Tienes mejor las heridas —comentó la muchacha—. Hay quien utiliza geranio con frambueso, pero nosotros siempre hemos confiado en la siempreviva. Mi abuela curaba a mi abuelo con ella, y mi madre a mi padre...

Arnau cerró los ojos. ¿Siempreviva? Hacía días que no veía a Aledis. ¡Ésa era la única razón de su mejoría!

—¿Por qué tensas los músculos? —le reprochó Maria interrumpiendo sus pensamientos—. Relájate, debes relajarte para que...

Siguió sin escucharla. ¿Para qué? ¿Relajarse para que pudiera curar las heridas causadas por otra mujer? Si por lo menos se enfadara...

Pero en lugar de gritarle, Maria volvió a entregarse a él aquella noche: lo buscó con cariño y se ofreció a él con dulzura. Aledis no sabía qué era la dulzura. ¡Fornicaban como animales! Arnau la aceptó, con los ojos cerrados. ¿Cómo mirarla? La muchacha le acarició el cuerpo... y el alma, y lo transportó al placer, un placer más doloroso cuanto mayor era.

Al alba, Arnau se levantó para acudir a Framenors. Maria ya estaba abajo, junto al hogar, trabajando para él.

Durante los tres días que duraron las obras de construcción del puente, ningún miembro de la corte del rey de Mallorca abandonó las galeras; tampoco lo hicieron los valencianos. Cuando la estructura adosada a Framenors superó la playa y tocó agua, los barqueros se agruparon para permitir el transporte de los materiales. Arnau trabajó sin descanso; si lo hacía, si paraba, las manos de Maria volvían a acariciarle su cuerpo, el mismo que pocos días atrás había mordido y arañado Aledis. Desde las barcas, los operarios introducían las tablestacas en el fondo del puerto de Barcelona, dirigidos siempre por Berenguer de Montagut, que, en pie en la proa de un leño, iba de un lado a otro comprobando la resistencia de los pilares antes de permitir que se cargase sobre ellos.

Al tercer día, el puente de madera, de más de cincuenta metros de largo, cubierto por los lados, rompió la diáfana visión del puerto de la ciudad condal. La galera real se acercó hasta el extremo y al cabo de un rato, Arnau y todos cuantos habían intervenido en su construcción oyeron las pisadas del rey y su séquito sobre las tablas; muchos levantaron la cabeza.

Ya en Framenors, Jaime hizo llegar un mensajero al rey Pedro para notificarle que él y la reina Constanza habían caído enfermos debido a las inclemencias de la travesía marítima y que su hermana le rogaba que acudiese al convento a visitarla. El rey se disponía a complacer a Constanza, cuando el infante don Pedro se presentó ante él acompañado de un joven fraile franciscano.

—Habla, fraile —ordenó el monarca, visiblemente irritado por tener que aplazar la visita a su hermana.

Joan se encogió, tanto que la cabeza que le sacaba al rey pareció perder importancia. «Es muy bajito —le habían dicho a Joan—, y nunca se presenta ante sus cortesanos de pie.» Sin embargo, esa vez lo estaba y miraba directamente a los ojos de Joan, traspasándolo.

Joan balbuceó.

—Habla —lo instó el infante don Jaime.

Joan empezó a sudar profusamente y notó cómo el hábito, aún tosco, se le pegaba al cuerpo. ¿Y si no fuera cierto el mensaje? Por primera vez pensó en ello. Lo oyó de boca del viejo fraile que desembarcó con el rey de Mallorca y no esperó un instante. Salió corriendo en dirección al palacio real, se peleó con la guardia porque se negaba a trasladar el mensaje a nadie que no fuera el monarca y después cedió ante el infante don Pedro, pero ahora... ¿Y si no fuera cierto? ¿Y si no fuera más que otra treta del señor de Mallorca...?

—Habla. ¡Por Dios! —le gritó el rey.

Lo hizo de corrido, casi sin respirar.

—Majestad, no debéis acudir a visitar a vuestra hermana la reina Constanza. Es una trampa del rey Jaime de Mallorca. Con la excusa de lo enferma y débil que está su esposa, el ujier encargado de la custodia de la puerta de su cámara tiene órdenes de no dejar pasar a nadie más que a vos y a los infantes don Pedro y don Jaime. Nadie más podrá acceder a la estancia de la reina; dentro os estarán esperando una docena de hombres armados que os harán presos, os trasladarán por el puente hasta las galeras y partirán a la isla de Mallorca, al castillo de Alaró, donde se proponen reteneros cautivo hasta que liberéis al rey Jaime de todo vasallaje y le concedáis nuevas tierras en Cataluña.

¡Ya estaba!

Entrecerrando los ojos, el rey preguntó:

—¿Y cómo un joven fraile como tú sabe todo eso?

—Me lo ha contado fra Berenguer, pariente de vuestra majestad.

—¿Fra Berenguer?

Don Pedro asintió en silencio y el rey pareció recordar de repente a su pariente.

—Fra Berenguer —continuó Joan— ha recibido en confesión, de un traidor arrepentido, el encargo de transmitíroslo a vos, pero como está ya muy mayor y no puede moverse con agilidad, ha confiado en mí para esta misión.

—Para eso quería el puente cerrado —intervino don Jaime—. Si nos apresaran en Framenors, nadie podría darse cuenta del secuestro.

—Sería sencillo —apuntó el infante don Pedro asintiendo con la cabeza.

—Bien sabéis —dijo el rey dirigiéndose a los infantes— que si mi hermana la reina está enferma, no puedo dejar de acudir a visitarla cuando está en mis dominios. —Joan escuchaba sin atreverse a mirarlos. El rey calló durante unos instantes—. Aplazaré mi visita de esta noche, pero necesito..., ¿me escuchas, fraile? —Joan dio un respingo—. Necesito que ese penitente arrepentido nos permita revelar públicamente la traición. Mientras siga siendo secreto de confesión, tendré que acudir a ver a la reina. Ve —le ordenó.

Joan volvió corriendo a Framenors y trasladó el requerimiento real a fra Berenguer. El rey no acudió a la cita y para su tranquilidad, suceso que Pedro entendió como una protección de la divina providencia, se le declaró una infección en el rostro, cerca del ojo, que tuvo que ser sangrada y lo obligó a guardar cama durante unos días, los suficientes para que fra Berenguer consiguiese de su confesante la autorización solicitada por el rey Pedro.

En esta ocasión Joan no dudó un instante de la veracidad del mensaje.

—La penitente de fra Berenguer es vuestra propia hermana —le comunicó al rey en cuanto fue llevado ante él—, la reina Constanza, quien solicita de vos que la hagáis venir a palacio, por su voluntad o por la fuerza. Aquí, lejos de la autoridad de su marido y bajo vuestra protección, os revelará la traición con todo detalle.

El infante don Jaime, acompañado de un batallón de soldados, se personó en Framenors para cumplir los deseos de Constanza. Los frailes le franquearon el paso, e infante y soldados se presentaron directamente ante al rey. De poco sirvieron las quejas de éste: Constanza partió hacia el palacio real.

De poco le sirvió también al rey de Mallorca la consecuente visita que hizo a su cuñado el Ceremonioso.

—Por la palabra dada al Papa —le dijo el rey Pedro—, respetaré vuestro salvoconducto. Vuestra esposa quedará aquí, bajo mi protección. Abandonad mis reinos.

En cuanto Jaime de Mallorca partió con sus cuatro galeras, el rey ordenó a Arnau d'Erill que acelerase el proceso abierto contra su cuñado y, al poco, el veguer de Barcelona dictó sentencia por la que las tierras del vasallo infiel, juzgado en rebeldía, pasaban a poder del rey Pedro; el Ceremonioso ya tenía la excusa que legitimaba que declarara la guerra al rey de Mallorca.

Mientras tanto, el rey, exultante ante la posibilidad de volver a unir los reinos que dividió su antepasado Jaime el Conquistador, mandó llamar al joven fraile que había descubierto la trama.

—Nos has servido bien y fielmente —le dijo el rey, esta vez sentado en su trono—; te concedo una gracia.

Joan ya conocía la intención del rey; así se lo habían comunicado sus mensajeros. Y lo pensó detenidamente. Vestía el hábito franciscano por indicación de sus maestros, pero una vez en Framenors, el joven se llevó una desilusión: ¿dónde estaban los libros?, ¿dónde el saber?, ¿dónde el trabajo y el estudio? Cuando por fin se dirigió al prior de Framenors, éste le recordó con paciencia los tres principios establecidos por el fundador de la orden, san Francisco de Asís:

—Simplicidad radical, pobreza absoluta y humildad. Así debemos vivir los franciscanos.

Pero Joan deseaba saber, estudiar, leer, aprender. ¿Acaso no le habían asegurado sus maestros que aquél también era el camino del Señor? Por eso, cuando se cruzaba con algún fraile dominico,

Joan lo miraba con envidia. La orden de los dominicos se dedicaba principalmente al estudio de la filosofía y la teología y había creado diversas universidades. Joan quería pertenecer a la orden de los dominicos y proseguir sus estudios en la prestigiosa Universidad de Bolonia.

—Así sea —sentenció el rey tras escuchar los argumentos de Joan; el vello de todo el cuerpo del joven fraile se erizó—. Confiamos en que algún día volváis por nuestros reinos investido de la autoridad moral que proporcionan el conocimiento y la sabiduría y la apliquéis en bien de vuestro rey y de su pueblo.

26

Habían transcurrido casi dos años desde que el veguer de Barcelona condenó a Jaime III. Las campanas de toda la ciudad repicaban sin descanso y en el interior de Santa María, abiertos sus muros, Arnau las escuchaba sobrecogido. El rey había llamado a la guerra contra Mallorca y la ciudad se había llenado de nobles y soldados. Arnau, de guardia frente a la capilla de Santísimo, los observaba mezclados entre la gente que abarrotaba Santa María y que se derramaba por la plaza. Todas las iglesias de Barcelona oficiaban la misa para el ejército catalán.

Arnau estaba cansado. El rey había reunido su armada en Barcelona y desde hacía días los *bastaixos* trabajaban a destajo. ¡Ciento diecisiete naves! Jamás se había visto tal cantidad de barcos: veintidós grandes galeras aparejadas para la guerra; siete cocas panzudas para el transporte de caballos y ocho grandes naves de convento de dos y tres cubiertas para el transporte de soldados. El resto lo componían barcos medianos y pequeños. El mar estaba cubierto de mástiles y las naves entraban y salían de puerto.

Seguro que en alguna de aquellas galeras, ahora armadas, embarcó Joan hacía más de un año, vestido de negro, con el hábito dominico y con destino a Bolonia. Arnau lo acompañó hasta la misma orilla. Joan saltó a una barca y se acomodó de espaldas al mar; entonces le sonrió. Lo vio subir a bordo, y en cuanto los remeros empezaron a bogar, Arnau sintió que se le encogía el estómago y las lágrimas empezaron a caer por sus mejillas. Se había quedado solo.

Y así seguía. Arnau miró a su alrededor. Las campanas de todas las iglesias de la ciudad seguían sonando. Nobles, clérigos, soldados, mercaderes, artesanos y el pueblo llano se apretujaban en Santa María; sus compañeros de cofradía, a su lado, se mantenían firmes, pero ¡cuán solo se sentía! Sus ilusiones, su vida entera había ido desmoronándose como la vieja iglesia románica que dio vida al nuevo templo. Ya no existía. Ningún vestigio quedaba de la pequeña iglesia, y desde donde se encontraba podía observar la inmensa y ancha nave central, delimitada por las columnas ochavadas sobre las que se sustentarían las bóvedas. Más allá de las columnas, por el exterior, los muros de la iglesia seguían levantándose e izándose hacia el cielo, piedra a piedra, pacientemente.

Arnau miró hacia arriba. La clave de la segunda bóveda de la nave central ya se había colocado y se trabajaba en las de las naves laterales. El nacimiento de Nuestro Señor: aquél había sido el motivo elegido para aquella segunda piedra de clave. La bóveda del presbiterio estaba totalmente cubierta. La siguiente, la primera de la inmensa nave central rectangular, todavía no cubierta, parecía una tela de araña: las cuatro nervaduras de los arcos estaban a cielo abierto, con la piedra de clave en su centro, como una araña dispuesta a desplazarse por finos hilos en busca de su presa. La mirada de Arnau se perdió en aquellos nervios delgados. ¡Bien sabía él qué era sentirse atrapado en una tela de araña! Aledis lo perseguía con mayor ahínco cada día. «Se lo contaré a los prohombres de tu cofradía», lo amenazaba cuando Arnau dudaba, y él volvía a pecar, una, y otra, y otra vez. Arnau se volvió hacia los demás *bastaixos*. Si se enterasen... Allí estaba Bartolomé, su suegro, prohombre, y Ramon, su amigo y valedor. ¿Qué dirían? Y ni siquiera tenía a Joan.

Hasta Santa María parecía haberle dado la espalda. Cubierta ya en parte y alzados los contrafuertes que sostenían los arcos de las naves laterales de la segunda bóveda, la nobleza y los ricos mercaderes de la ciudad habían empezado a trabajar en las capillas laterales, decididos a dejar su impronta en forma de escudos heráldicos, imágenes, sarcófagos y todo tipo de relieves cincelados en la piedra.

Cuando Arnau acudía en busca de la ayuda de su Virgen, siempre había algún rico mercader, algún noble moviéndose entre las obras. Era como si le hubiesen robado su iglesia. Habían aparecido de repente y se detenían con orgullo en las once capillas, de las treinta y cuatro previstas, que ya se habían construido a lo largo del deambulatorio. Allí estaban ya los pájaros del escudo de los Busquets, en la capilla de Todos los Santos; la mano y el león rampante de los Junyent, en la de San Jaime; las tres peras de Boronat de Pera, cinceladas en la piedra de clave de la capilla ojival de San Pablo; la herradura y bandas de Pau Ferran, en el mármol de la misma capilla; los escudos de los Dufort y los Dusay o la fuente de los Font, en la capilla de Santa Margarita. ¡Hasta en la capilla del Santísimo! En ella, la suya, la de los *bastaixos*, se estaba instalando el sarcófago del archidiácono de la Mar que había iniciado la construcción del templo, Bernat Lull, junto a los escudos de los Ferrer.

Arnau pasaba cabizbajo junto a nobles y mercaderes. Él sólo acarreaba piedra, y se arrodillaba ante su Virgen para rogarle que lo librara de aquella araña que lo perseguía.

Cuando finalizaron los oficios religiosos, Barcelona entera se dirigió hacia el puerto. Allí estaba Pedro III, ataviado para la guerra y rodeado por sus barones. Mientras el infante don Jaime, conde de Urgel, permanecía en Cataluña a fin de defender las fronteras del Ampurdán, Besalú y Camprodón lindantes con los condados peninsulares del rey de Mallorca, los demás partirían con el rey a la conquista de la isla: el infante don Pedro, senescal de Cataluña; mosén Pere de Montcada, almirante de la flota; Pedro de Eixèrica y Blasco de Alagó; Gonzalo Díez de Arenós y Felipe de Castre; el padre Joan de Arborea; Alfonso de Llòria; Galvany de Anglesola; Arcadic de Mur; Arnau d'Erill; el padre Gonzalvo García; Joan Ximénez de Urrea, y muchos otros nobles personajes y caballeros, dispuestos para la guerra junto con sus tropas y respectivos vasallos.

Maria, que se encontró con Arnau fuera de la iglesia, los señaló, gritando, y lo obligó a seguir la dirección de su dedo.

—¡El rey! El rey, Arnau. Míralo. ¡Qué porte! ¿Y su espada?, ¡menuda espada! Y aquel noble. ¿Quién es, Arnau? ¿Lo conoces? Y los escudos, las armaduras, los pendones...

Maria arrastró a Arnau de un extremo a otro de la playa hasta que llegaron a Framenors. Allí, apartados de nobles y soldados, un numerosísimo grupo de hombres, sucios y desharrapados, sin escudos ni armaduras, sin espadas, vestidos sólo con una camisa larga y raída, polainas y gorros de cuero, estaban embarcando ya en los leños que los llevarían a las naves.

¡Aquellos hombres sólo iban armados con un machete y una lanza!

—¿La Compañía? —preguntó Maria a su esposo.

—Sí. Los almogávares.

Los dos se sumaron al silencioso respeto con que los ciudadanos de Barcelona observaban a los mercenarios contratados por el rey Pedro. ¡Los conquistadores de Bizancio! Hasta los niños y las mujeres, impresionados por las espadas y armaduras de los nobles, como le había sucedido a Maria, los miraban con orgullo. Luchaban a pie y a pecho descubierto, confiando única y exclusivamente en su destreza y habilidad. ¿Quién iba a reírse de su indumentaria, de sus camisas o de sus armas?

Lo habían hecho los sicilianos, le habían contado a Arnau: se habían reído de ellos en el campo de batalla. ¿Qué resistencia podían oponer unos desharrapados contra nobles a caballo? Sin embargo, los almogávares los derrotaron y conquistaron la isla. Lo hicieron también los franceses; la historia se contaba por toda Cataluña, allá donde cualquiera quisiera escucharla. Arnau la había oído en varias ocasiones.

—Dicen —le susurró a Maria— que unos caballeros franceses apresaron a un almogávar y lo llevaron a presencia del príncipe Carlos de Salerno, quien lo insultó tachándolo de miserable, pobre y salvaje y se burló de las tropas catalanas. —Ni Arnau ni

Maria apartaban la mirada de los mercenarios, que continuaban subiendo a los leños de los barqueros—. Entonces, el almogávar, en presencia del príncipe y sus caballeros, retó al mejor de sus hombres. Él lucharía a pie, armado tan sólo con su lanza; el francés a caballo, con todo su armamento. —Arnau calló unos instantes, pero Maria se volvió hacia él instándolo a continuar—. Los franceses se rieron del catalán, pero aceptaron el desafío. Partieron todos hacia un campo cercano al campamento francés. Allí, el almogávar venció a su oponente tras matar al caballo y aprovecharse de la falta de agilidad del caballero en la lucha a pie. Cuando se disponía a degollarlo, Carlos de Salerno le concedió la libertad.

—Es cierto —añadió alguien a sus espaldas—. Luchan como verdaderos demonios.

Arnau notó cómo Maria se arrimaba a él y le cogía del brazo con fuerza, sin apartar la mirada de los mercenarios. «¿Qué buscas, mujer? ¿Protección? ¡Si supieras! Ni siquiera soy capaz de enfrentarme a mis debilidades. ¿Crees que alguno de ellos te haría más daño del que te estoy haciendo yo? Luchan como demonios.» Arnau los miró: hombres que partían a la guerra contentos, alegres, dejando atrás sus familias. ¿Por qué..., por qué no podía hacer él lo mismo?

El embarque de los hombres se alargó durante horas. Maria se fue a casa y Arnau terminó vagando por la playa, entre la gente; se encontró aquí y allá a algunos compañeros.

—¿A qué tanta prisa? —le preguntó a Ramon, señalando las barcas que iban y venían sin cesar, llenas a rebosar de soldados—. Hace buen tiempo. No parece que pueda levantarse un temporal.

—Ya lo verás —le contestó Ramon.

En aquel instante se oyó el primer relincho; pronto se sumaron centenares de ellos. Los caballos habían estado esperando fuera de las murallas y ahora les tocaba embarcar. De las siete cocas destinadas al transporte de animales, algunas ya estaban llenas de caballos, aquellas que habían arribado junto a los nobles de Valencia o que se habían embarcado en los puertos de Salou, Tarragona o del norte de Barcelona.

—Vámonos de aquí —lo instó Ramon—; esto se va a convertir en un verdadero campo de batalla.

Justo cuando abandonaban la playa, llegaron los primeros animales de la mano de sus palafreneros. Enormes caballos de guerra que coceaban, piafaban y mordían, mientras sus cuidadores luchaban por controlarlos.

—Saben que van a la guerra —comentó Ramon, los dos guarecidos entre las barcas.

—¿Lo saben?

—Claro. Siempre que embarcan es para ir a la guerra. Mira. —Arnau desvió la mirada hacia el mar. Cuatro cocas panzudas, con una quilla de poco calado, se acercaron todo lo que pudieron a la playa y abrieron las rampas de popa; éstas cayeron al agua y mostraron las entrañas de las embarcaciones—. Y los que no lo saben —continuó Ramon— se contagian de los demás.

Pronto la playa se llenó de caballos. Había centenares de ellos, todos grandes, fuertes y poderosos, caballos de guerra entrenados para el combate. Los palafreneros y escuderos corrían de un lado para otro tratando de sortear las coces y los mordiscos de los animales. Arnau vio a más de uno salir despedido por los aires o acabar coceado o pateado. La confusión era enorme y el ruido ensordecedor.

—¿A qué esperan? —gritó Arnau.

Entonces Ramon volvió a señalar hacia las cocas. Varios escuderos, con el agua a la altura del pecho, llevaban algunos caballos hacia ellas.

—Ésos son los más expertos. Cuando estén dentro servirán de reclamo a la manada.

Así fue. Cuando los caballos llegaron al final de las rampas los escuderos los volvieron hacia la playa. Entonces, empezaron a relinchar frenéticamente.

Aquélla fue la señal.

La manada se metió en el agua levantando tanta espuma que durante unos instantes no se pudo ver nada. Detrás de ella y a los lados, encerrándola y dirigiéndola hacia las cocas, algunos expertos caballerizos hacían restallar los látigos. Los mozos habían perdido las riendas de sus caballos y la mayoría de los animales andaban sueltos por el agua, empujándose unos a otros. Durante un buen rato el caos fue total: gritos y restallar de látigos, animales relinchando y peleando por subir a las cocas y la gente animando desde la playa. Luego la tranquilidad volvió a reinar en el puerto. Cuando los caballos estuvieron cargados en las cocas se izaron las rampas de popa y las panzudas naves estuvieron listas.

La galera del almirante Pere de Montcada dio la orden de partir y los ciento diecisiete barcos empezaron a navegar. Arnau y Ramon volvieron a pie de playa.

—Allá van —comentó Ramon—, a conquistar Mallorca.

Arnau asintió en silencio. Sí, allá iban. Solos, dejando atrás sus problemas y sus miserias. Despedidos como héroes, con la mente en la guerra, sólo en la guerra. ¡Cuánto daría él por estar a bordo de una de esas galeras!

El 21 de junio de aquel mismo año, Pedro III escuchaba misa en la catedral de Mallorca *in sede majestatis*, ataviado según la costumbre: con las vestiduras, los honores y la corona correspondiente al rey de Mallorca. Jaime III había huido a sus dominios del Rosellón.

La noticia llegó a Barcelona y desde allí se extendió a toda la península: el rey Pedro había dado el primer paso para cumplir su palabra de reunificar los dominios divididos a la muerte de Jaime I. Ya sólo le faltaba reconquistar el condado de la Cerdaña y las tierras catalanas allende los Pirineos: el Rosellón.

Durante el mes largo que duró la campaña de Mallorca, Arnau no pudo olvidar la imagen de la armada real alejándose del puerto de Barcelona. Cuando las naves se encontraban ya a cierta distancia, la gente se disgregó y volvió a sus casas. ¿Para qué iba a volver él? ¿Para recibir un cariño y un afecto que no merecía? Se sentó en la arena y permaneció allí hasta mucho después de que la última vela desapareciera en el horizonte. «Afortunados ellos, que abandonan sus problemas», se repetía una y otra vez. Durante todo el mes, cuando Aledis lo acechaba en el camino de Montjuïc o cuando luego tenía que enfrentarse a los cuidados de Maria, Arnau oía de nuevo los gritos y las risas de los almogávares y veía cómo la armada se alejaba. Un día u otro lo descubrirían. No hacía mucho, mientras Aledis jadeaba encima de él, alguien gritó desde el camino. ¿Los habían oído? Los dos permanecieron en silencio un rato; luego, ella se rió y se volvió a lanzar sobre él. El día que lo descubrieran..., el escarnio, la expulsión de la cofradía. ¿Qué haría entonces? ¿De qué viviría?

Cuando el 29 de junio de 1343 toda la ciudad de Barcelona acudió a recibir a la armada real, congregada en la desembocadura del río Llobregat, Arnau ya había tomado una decisión. El rey tenía que partir a la conquista del Rosellón y la Cerdaña, sólo así cumpliría su promesa, y él, Arnau Estanyol, estaría con aquel ejército; ¡tenía que huir de Aledis! Quizá así se olvidaría de él y cuando regresara... Notó un escalofrío: era la guerra, morían hombres. Pero quizá cuando regresara podría reemprender la vida con Maria, sin Aledis persiguiéndolo.

Pedro III ordenó a las naves que entrasen en el puerto de la ciudad, separadas y por orden jerárquico: primero la galera real, después la del infante don Pedro, luego la del padre Pere de Montcada, a continuación la del señor de Eixèrica y así sucesivamente.

Mientras la flota esperaba, la galera real entró en el puerto y dio una vuelta por él a fin de que toda la gente que se había congregado en la ribera de Barcelona pudiera admirarla y vitorearla.

Arnau escuchó los gritos enardecidos del pueblo cuando la nave pasó por delante de él. *Bastaixos* y barqueros estaban a pie de playa, en la orilla, dispuestos ya a construir el puente por el que debía desembarcar el rey. A su lado, esperando también, estaban Francesc Grony, Bernat Santcliment y Galcerà Carbó, prohombres de la ciudad, flanqueados por los prohombres de las cofradías. Los barqueros empezaron a colocar sus barcas, pero los prohombres les ordenaron que esperaran.

¿Qué sucedía? Arnau miró a los demás *bastaixos*. ¿Cómo iba a desembarcar el rey si no era por un puente?

—No debe desembarcar —oyó que le decía Francesc Grony al señor de Santcliment—. El ejército debe partir hacia el Rosellón antes de que el rey Jaime se reorganice o pacte con los franceses.

Todos los presentes asintieron. Arnau desvió la mirada hacia la galera real, que seguía su recorrido triunfal por aguas de la ciudad. Si el rey no desembarcaba, si la armada continuaba hacia el Rosellón sin parar en Barcelona... Las piernas le flaquearon. ¡Tenía que desembarcar!

Hasta el conde de Terranova, consejero del rey, que se había quedado al cuidado de la ciudad, apoyaba la idea. Arnau lo miró con ira.

Los tres prohombres de Barcelona, el conde de Terranova y algunas autoridades más subieron a un leño que los transportó hasta la galera real. Arnau oyó cómo sus propios compañeros apoyaban la idea: «No debe dejar que el de Mallorca se rearme», decían asintiendo.

Las conversaciones se alargaron durante horas. La gente, apostada en la playa, aguardó la decisión del rey.

Al final el puente no se construyó, pero no porque la armada partiese a la conquista del Rosellón y la Cerdaña. El rey decidió que no podía continuar la campaña en las circunstancias en las que se encontraba: carecía de dinero para continuar la guerra; gran parte de sus caballeros habían perdido su montura durante la travesía marítima y tenían que desembarcar, y, por último, necesitaba pertrecharse para la conquista de aquellas nuevas tierras. A pesar de la petición de las autoridades de que les concediera unos días para preparar los festejos por la conquista de Mallorca, el monarca se negó y alegó que nada se festejaría hasta que sus reinos hubieran vuelto a unirse. Por eso, aquel 29 de junio de 1343, Pedro III desembarcó en Barcelona como un marinero más, saltando del leño al agua.

Pero ¿cómo iba a decirle a Maria que pensaba alistarse en el ejército? Aledis poco importaba, ¿qué iba a ganar ella si hacía público su adulterio? Si se iba a la guerra, ¿para qué dañarle a él y a sí misma? Arnau recordó a Joan y a su madre; aquél era el destino que podía esperarle si se llegaba a conocer el adulterio y Aledis era consciente de ello, pero Maria..., ¿cómo iba a decírselo a Maria?

Arnau lo intentó. Intentó despedirse de la muchacha cuando le daba masajes en la espalda. «Me voy a la guerra», podía decirle. Simplemente eso: «Me voy a la guerra». Lloraría. ¿Qué culpa tenía Maria? Lo intentó cuando le servía la comida, pero sus dulces ojos se lo impidieron. «¿Te ocurre algo?», le preguntó ella. Lo intentó incluso después de hacer el amor, pero Maria lo acariciaba.

Mientras tanto Barcelona se había convertido en un hervidero. El pueblo deseaba que el rey partiera a la conquista de la Cerdaña y el Rosellón, pero el rey no lo hacía. Los caballeros exigían al monarca el pago de sus soldadas y las indemnizaciones por las pérdidas de caballos y armamento que habían sufrido, pero las arcas reales estaban vacías y el rey tuvo que permitir que muchos de sus caballeros volvieran a sus tierras. Lo hicieron Ramon de Anglesola, Joan de Arborea, Alfonso de Llòria, Gonzalo Díez de Arenós y muchos otros nobles.

Entonces el rey convocó a la *host* de toda Cataluña; serían los ciudadanos quienes lucharían por él. Las campanas repicaron a lo largo y ancho del principado y, por orden del rey, desde los púlpitos empezaron a lanzarse arengas para que los hombres libres se alistasen. ¡Los nobles abandonaban el ejército catalán! El padre Albert hablaba con fervor, alto y fuerte, gesticulando sin parar. ¿Cómo iba el rey a defender Cataluña? ¿Y si el rey de Mallorca, sabedor de que los nobles abandonaban al rey Pedro, se aliaba con los franceses y atacaba Cataluña? ¡Ya había sucedido en una ocasión! El padre Albert gritó por encima de la parroquia de Santa María; ¿quién no recordaba, quién no había oído hablar de la cruzada de los franceses contra los catalanes? Aquella vez se había podido vencer al invasor. ¿Y ahora?, ¿lo lograrían si dejaban que Jaime se rearmase?

Arnau miró a la Virgen de piedra con el niño sobre su hombro. Si por lo menos hubieran tenido un hijo. Seguro que si hubieran tenido un hijo todo aquello no hubiera sucedido. Aledis no hubiera sido tan cruel. Si hubieran tenido un hijo...

—Acabo de hacerle una promesa a la Virgen —le susurró Arnau a Maria de repente, mientras el sacerdote seguía reclutando soldados desde el altar mayor—; voy a alistarme en el ejército real para que nos conceda la bendición de tener un hijo.

Maria se volvió hacia él y antes de hacerlo hacia la Virgen, le cogió la mano y se la apretó con fuerza.

—¡No puedes! —gritó Aledis cuando Arnau le comunicó su decisión. Arnau la instó con las manos a que bajara la voz, pero ella siguió gritando—: ¡No puedes dejarme! Le contaré a todo el mundo...

—¿Qué más da ya, Aledis? —la interrumpió él—. Estaré con el ejército. Sólo conseguirías arruinar tu vida.

Los dos se miraron, escondidos tras los matorrales, como siempre. El labio inferior de Aledis empezó a temblar. ¡Qué bonita era! Arnau quiso acercar una mano a la mejilla de la mujer, por la que ya corrían las lágrimas, pero se detuvo.

—Adiós, Aledis.

—No puedes dejarme —sollozó.

Arnau se volvió hacia ella. Había caído de rodillas con la cabeza entre las manos. El silencio la incitó a levantar la mirada hacia Arnau.

—¿Por qué me haces esto? —lloró.

Arnau vio las lágrimas en el rostro de Aledis; todo su cuerpo temblaba. Arnau se mordió el labio y dirigió la mirada a lo alto de la montaña, adonde acudía en busca de las piedras. ¿Para qué hacerle más daño? Abrió los brazos.

—Debo hacerlo.

Ella empezó a arrastrarse de rodillas hasta llegar a tocarle las piernas.

—¡Debo hacerlo, Aledis! —repitió Arnau saltando hacia atrás.

Y emprendió el descenso de Montjuïc.

27

Eran prostitutas; sus vestidos de colores lo proclamaban. Aledis dudaba si acercarse a ellas, pero el aroma de la olla de carne y verduras la empujaba a hacerlo. Tenía hambre. Estaba demacrada. Las muchachas, jóvenes como ella, se movían y charlaban alegremente alrededor del fuego. La invitaron a acercarse cuando la vieron a pocos pasos de las tiendas del campamento, pero eran prostitutas. Aledis se examinó a sí misma: harapienta, maloliente, sucia. Las prostitutas volvieron a invitarla; los reflejos de sus trajes de seda moviéndose al sol la distrajeron. Nadie le había ofrecido algo de comer. ¿Acaso no lo había intentado en todas las tiendas, chamizos o simples fogatas a las que se había arrastrado? ¿Alguien se había apiadado de ella? La habían tratado como una vulgar pordiosera; había pedido limosna: un poco de pan, algo de carne, una simple hortaliza. Le habían escupido en la mano tendida. Después se habían reído. Aquellas mujeres eran rameras, pero la habían invitado a compartir su olla.

El rey ordenó que sus ejércitos se reunieran en la ciudad de Figueras, al norte del principado, y hacia allí se dirigieron tanto los nobles que no abandonaron al monarca como las *hosts* de Cataluña, entre ellas los soldados de Barcelona y, con ellos, Arnau Estanyol, liberado, optimista y armado con la ballesta de su padre y una simple daga roma.

Pero si en Figueras el rey Pedro logró reunir a cerca de mil doscientos hombres a caballo y a cuatro mil soldados de a pie, también logró congregar otro ejército: familiares de los soldados —principalmente de los almogávares, quienes, como nómadas que eran, llevaban a cuestas familia y hogar—, comerciantes de todo tipo de mercaderías —que esperaban comprar las que los soldados obtuviesen del saqueo—, mercaderes de esclavos, clérigos, tahúres, ladrones, prostitutas, mendigos y todo tipo de menesterosos sin ningún otro objetivo en la vida que perseguir la carroña. Todos ellos formaban una impresionante retaguardia que se movía al ritmo de los ejércitos y con sus propias leyes, a menudo mucho más crueles que las de la contienda de la que vivían como parásitos.

Aledis sólo era una más en aquel heterogéneo grupo. La despedida de Arnau repiqueteaba en sus oídos. Una vez más, Aledis notó cómo las rugosas y ajadas manos de su marido recorrían los entresijos de su intimidad. Los estertores del viejo curtidor se mezclaron con sus recuerdos. El anciano le pellizcó la vulva. Aledis no se movió. El anciano pellizcó de nuevo, más fuerte, reclamando la falsa generosidad con que hasta entonces lo había premiado su mujer. Aledis cerró las piernas. «¿Por qué me has dejado, Arnau?», pensó Aledis sintiendo a Pau sobre ella, que se ayudaba de las manos para penetrarla. Cedió y se abrió de piernas a la vez que la amargura se instalaba en su garganta. Disimuló una arcada. El anciano se movía encima de ella como un reptil. Ella vomitó hacia un lado del lecho. Él ni se enteró. Siguió empujando lánguidamente, ayudado de sus manos, aguantando el pene, y con la cabeza sobre sus pechos, mordisqueando unos pezones a los que el asco impedía crecer. Cuando terminó se dejó caer sobre su lado de la cama y se durmió. A la mañana siguiente, Aledis hizo un pequeño hatillo con sus escasas posesiones, algo de dinero que le hurtó a su marido y un poco de comida, y, como cualquier otro día, salió a la calle.

Anduvo hasta el monasterio de Sant Pere de les Puelles y abandonó Barcelona para enfilar la antigua vía romana que la llevaría hasta Figueras. Traspasó las puertas de la ciudad cabizbaja, reprimiendo la necesidad de salir corriendo y evitando cruzar la mirada con los soldados; levantó la vista hacia el cielo, azul y brillante, y se encaminó hacia su nuevo futuro, sonriendo a los muchos viajeros que se cruzaban con ella camino de la gran ciudad. Arnau también había abandonado a su esposa, lo había comprobado. ¡Seguro que se había ido por Maria! No podía querer a aquella mujer. Cuando hacían el amor..., ¡lo notaba!, ¡lo sentía sobre ella! No podía engañarla: la quería a ella, a Aledis. Y cuando la viera... Aledis lo imaginó corriendo hacia ella con los brazos abiertos. ¡Escaparían! Sí, escaparían juntos... para siempre.

Durante las primeras horas de viaje, Aledis acomodó su paso al de un grupo de campesinos que tras vender sus productos, volvían a sus tierras. Les explicó que iba en busca de su marido puesto que estaba embarazada y había hecho la promesa de que él debía saberlo antes de entrar en combate. Supo por ellos que Figueras se hallaba a cinco o seis jornadas a buen paso, siguiendo aquel mismo camino hasta Gerona. Pero también tuvo la oportunidad de escuchar los consejos de un par de ancianas desdentadas que parecía que fuesen a quebrarse bajo el peso de las cestas vacías que transportaban; sin embargo, seguían y seguían caminando descalzas, con una energía inconcebible en sus cuerpos viejos y delgados.

—No es bueno que una mujer ande sola por estos caminos —dijo una de ellas negando con la cabeza.

—No, no lo es —ratificó la otra.

Transcurrieron unos segundos, los necesarios para que ambas tomasen el aliento necesario.

—Mucho menos si es joven y hermosa —añadió la segunda.

—Cierto, cierto —asintió la primera de ellas.

—¿Qué puede sucederme? —preguntó ingenuamente Aledis—. El camino está lleno de gente, de buena gente como vosotros.

Tuvo que volver a esperar mientras las ancianas daban algunos pasos en silencio, un poco más largos éstos para no alejarse del grupo de campesinos.

—Aquí sí encontrarás gente. Hay muchos pueblos cerca de Barcelona que, como nosotros, viven de ella. Pero un poco más allá —añadió sin levantar la vista del suelo—, cuando los pueblos se distancian entre sí y no hay ciudad a la que dirigirse, los caminos son solitarios y peligrosos.

En esta ocasión la compañera se abstuvo de hacer ningún comentario; con todo, y tras la espera de rigor, fue ella quien volvió a dirigirse a Aledis:

—Cuando estés sola procura no dejarte ver. Escóndete al menor ruido que oigas. Evita cualquier compañía.

—¿Incluso si son caballeros? —preguntó Aledis.

—¡Sobre todo a ésos! —gritó una.

—¡En cuanto oigas los cascos de un caballo, escóndete y reza! —exclamó la otra.

Esta vez las dos contestaron al unísono, encolerizadas y sin necesidad de respiro alguno; incluso hicieron un pequeño alto, por lo que la comitiva se alejó un tanto. La expresión de incredulidad de Aledis debió de ser lo suficientemente ostensible para que las dos ancianas, una vez que recuperaron el ritmo, volvieran a insistir.

—Mira, muchacha —le aconsejó una de ellas mientras la otra asentía aun antes de saber qué diría su compañera—, yo que tú volvería a la ciudad y esperaría allí a mi hombre. Los caminos son muy peligrosos y más cuando todos los soldados y oficiales están de campaña con el rey. Entonces no existe autoridad, nadie vigila y nadie teme el castigo de un rey que está ocupado en otros menesteres.

Aledis caminó pensativa al lado de las dos ancianas. ¿Esconderse de los caballeros? ¿Por qué debía hacerlo? Todos los caballeros que acudían al taller de su marido se habían mostrado corteses y respetuosos con ella. Nunca, de boca de los numerosos mercaderes que proveían de materia prima a su marido, había oído relatos de robos o desmanes ocurridos en los caminos del principado. En cambio, recordaba las estremecedoras historias con las que solían entretenerlos, acerca de las accidentadas travesías marinas, los viajes por tierras moras o por las más lejanas del soldán de Egipto. Su marido le había contado que desde hacía más de doscientos años los caminos catalanes estaban protegidos por las leyes y por el rey y que cualquier persona que osara delinquir en un camino real recibía un castigo muy superior al que correspondería al mismo delito cometido en otro lugar. «¡El comercio exige paz en los caminos! —añadía—. ¿Cómo podríamos vender nuestros productos a lo largo y ancho de Cataluña si el rey no la proporcionara?» Entonces le contaba, como si fuese una niña, que desde hacía más de doscientos años la Iglesia había empezado a tomar medidas para defender los caminos. Primero hubo las Constituciones de Paz y Tregua, que se dictaron en sínodos. Si alguien atentaba contra esas reglas se le excomulgaba instantáneamente. Los obispos establecieron que los habitantes de sus condados y obispados no podían atacar a sus enemigos desde la hora nona del sábado hasta la hora prima del lunes, ni en las fiestas de precepto; además, la tregua protegía a los clérigos, a las iglesias y a todos aquellos que se dirigieran o regresaran de ellas. Las constituciones, le explicó, fueron ampliándose y protegiendo a mayor número de personas y bienes: mercaderes y animales agrícolas y de transporte, los aperos del campo y las casas de los campesinos, los habitantes de las villas, las mujeres, las cosechas, los olivares, el vino... Al final, el rey Alfonso I concedió la Paz a las vías públicas y a los caminos y estableció que quien la transgrediese cometería un delito de lesa majestad.

Aledis miró a las ancianas, que seguían caminando en silencio, cargadas con sus fardos, arrastrando los pies descalzos. ¿Quién iba a osar cometer un delito de lesa majestad? ¿Qué cristiano iba a arriesgarse a ser excomulgado por atacar a alguien en un camino catalán? En ello estaba pensando cuando el grupo de campesinos se desvió hacia San Andrés.

—Adiós, muchacha —se despidieron las ancianas—. Haz caso a dos viejas —añadió una de ellas—. Si decides continuar, sé prudente. No entres en ningún pueblo ni en ninguna ciudad. Podrían verte y seguirte. Detente sólo en las masías, y sólo en las que veas niños y mujeres.

Aledis observó cómo se alejaba el grupo; las dos ancianas arrastraban sus pies descalzos y se esforzaban por no perder al grueso de campesinos. En pocos minutos se quedó sola. Hasta entonces había avanzado en compañía de aquellos campesinos, charlando y dejando que sus pensamientos volasen tanto como su imaginación, despreocupadamente, anhelando llegar al lado de Arnau, emocionada por la aventura a la que le había llevado su precipitada decisión; sin embargo, cuando las voces y ruidos de sus compañeros de viaje se perdieron en la distancia, Aledis se sintió sola. Tenía un largo camino por delante, que trató de escudriñar poniendo su mano sobre la frente a modo de visera para protegerse de un sol que ya estaba alto en el cielo, un cielo azul celeste, sin una sola nube que empañase la inmensidad de aquella magnífica cúpula que se unía en el horizonte con las vastas y ricas tierras de Cataluña.

Quizá no fuese únicamente la sensación de soledad que asaltó a la muchacha tras verse abandonada por los campesinos o la sensación de extrañeza por hallarse en un paraje desconocido. En realidad, Aledis jamás se había enfrentado al cielo y a la tierra cuando nada se interpone en la visión del espectador, cuando se puede otear el horizonte girando sobre uno mismo... ¡y verlo en todo momento! Y lo miró. Aledis miró al horizonte, hacia donde le habían dicho que estaba Figueras. Las piernas le flaquearon. Giró sobre sí misma y miró hacia atrás. Nada. Se alejaba de Barcelona y sólo veía tierras desconocidas. Aledis buscó los tejados de los edificios que siempre se habían interpuesto ante la maravilla de una realidad desconocida: el cielo. Buscó los olores de la ciudad, el olor a cuero, los gritos de la gente, el rumor de una ciudad viva. Estaba sola. De pronto, las palabras de las dos ancianas acudieron atropelladamente a su mente. Trató de divisar Barcelona desde la distancia. ¡Cinco o seis jornadas! ¿Dónde dormiría? ¿Qué comería? Sopesó su hatillo. ¿Y si fueran ciertas las palabras de las ancianas? ¿Qué haría? ¿Qué podía hacer ella contra un caballero o un delincuente? El sol estaba alto en el cielo. Aledis volvió la vista hacia donde le habían dicho que estaba Figueras... y Arnau.

Redobló la prudencia. Anduvo con los sentidos a flor de piel, atenta a cualquier ruido que perturbara la soledad del camino. En las cercanías de Montcada, cuyo castillo, alzado en la cima del mismo nombre, defendía la entrada al llano de Barcelona, y ya con el sol situado en el mediodía, el camino volvió a llenarse de campesinos y mercaderes. Aledis se sumó a ellos como si fuese parte de alguna de las comitivas que se dirigían hacia la ciudad, pero cuando alcanzó sus puertas recordó los consejos de las ancianas y la rodeó a campo traviesa hasta volver a encontrar el camino.

Aledis se sintió satisfecha al comprobar que cuanto más avanzaba más se disipaban los temores que la habían sobrecogido tras encontrarse sola en el camino. Cuando llegó al norte de Montcada siguió cruzándose con campesinos y mercaderes, la mayoría a pie, otros en carros, mulas o asnos. Todos se saludaban amablemente y Aledis empezó a disfrutar de aquella generosidad en el trato. Como había hecho con anterioridad, se sumó a un grupo, esta vez de mercaderes, que se dirigía a Ripollet. La ayudaron a vadear el río Besós, pero nada más cruzarlo los mercaderes se desviaron a la izquierda, hacia Ripollet. Cuando Aledis, de nuevo sola, rodeó y dejó atrás Val Romanas, se encontró con el verdadero río Besós: una corriente de agua que en aquella época del año aún era lo suficientemente caudalosa para que fuera imposible cruzarla a pie.

Aledis miró el río y al barquero que esperaba indolente en la orilla. El hombre sonrió con una absurda expresión de condescendencia y le mostró unos dientes horriblemente negros. A Aledis no le quedaba otro remedio, si quería proseguir su viaje, que utilizar los servicios de aquel barquero de dientes negros. Intentó cerrar el escote tirando de los cordeles que se cruzaban sobre él, pero tenía que sostener el hatillo y no lo consiguió. Aminoró el paso. Siempre le habían dicho lo bonitos que eran sus movimientos; siempre se había recreado en ellos cuando se sabía observada. ¡Todo él era negrura! Desprendía suciedad. ¿Y si soltaba el hatillo? No. Se daría cuenta. No tenía por qué temerlo. La camisa del barquero estaba apergaminada por la mugre. ¿Y sus pies? ¡Dios! Si casi no se le veían los dedos. Despacio. Despacio. «¡Dios, qué hombre más horrible!», pensó.

—Quiero cruzar el río —le dijo.

El barquero levantó la vista desde los pechos de Aledis hasta sus grandes ojos castaños.

—Ya —se limitó a contestar; luego, descaradamente, volvió a fijar la vista en sus pechos.

302

—¿No me has oído?

—Ya —repitió, sin ni siquiera levantar la mirada.

El rumor de las aguas del Besós rompió el silencio. Aledis creyó notar el roce de los ojos del barquero sobre sus senos. Su respiración se aceleró, lo que realzó sus pechos, y los sanguinolentos ojos escudriñaron hasta el último rincón de su cuerpo.

Aledis estaba sola, perdida en el interior de Cataluña, a la orilla de un río del que ni siquiera había oído hablar y que ya creía haber cruzado con los de Ripollet y con un hombre fornido que la miraba con lujuria. Aledis miró a su alrededor. No se veía un alma. Algunos metros a su izquierda, algo apartada de la orilla, se alzaba una cabaña fabricada con troncos mal dispuestos, tan destartalada y cochambrosa como su dueño. Frente a la puerta de la cabaña, entre desechos y desperdicios, un fuego calentaba una olla colgada de un trípode de hierro. Aledis no quiso ni imaginar lo que se estaría cociendo en aquella olla pero el olor que desprendía le pareció repulsivo.

—Tengo que alcanzar al ejército del rey —empezó a decirle con voz titubeante.

—Ya —le contestó otra vez el barquero.

—Mi esposo es oficial del rey —mintió, alzando el tono de voz—, y tengo que comunicarle que estoy embarazada antes de que entre en combate.

—Ya —contestó volviendo a mostrar sus negros dientes.

Un hilillo de baba apareció en la comisura de sus labios. El barquero se la limpió con la manga de la camisa.

—¿Acaso no sabes decir otra cosa?

—Sí —contestó el hombre entrecerrando los ojos—. Los oficiales del rey suelen morir pronto en batalla.

Aledis no lo vio venir. El barquero descargó una terrible bofetada en la mejilla de la muchacha. Aledis se giró, antes de caer postrada a los inmundos pies de su agresor.

El hombre se agachó, la agarró del cabello y empezó a arrastrarla hacia la cabaña. Aledis clavó sus uñas en la mano del hombre hasta notar cómo se hundían en la carne, pero él siguió arrastrándola. Intentó levantarse, dio varios traspiés y volvió a caer. Se recuperó y se lanzó a gatas contra las piernas de su agresor, tratando de inmovilizarlas. El barquero se zafó y le propinó una patada en la boca del estómago.

Ya dentro del chamizo, mientras intentaba recuperar el aliento, Aledis sintió que la tierra y el barro arañaban su cuerpo al son de la lujuria del barquero.

Mientras esperaba a las diversas *hosts* y asambleas del principado, así como los correspondientes víveres, el rey Pedro estableció su cuartel general en un albergue de Figueras, ciudad con representación en Cortes y cercana a la frontera con el condado del Rosellón. El infante don Pedro y sus caballeros se instalaron en Perelada, y el infante don Jaime y los demás nobles —el señor de Eixèrica, el conde de Luna, Blasco de Alagó, mosén Juan Ximénez de Urrea, Felipe de Castro y mosén Juan Ferrández de Luna, entre otros— se repartieron, junto con sus tropas, por los alrededores de Figueras.

Arnau Estanyol se hallaba con las tropas reales. A sus veintidós años jamás había vivido una experiencia como la de aquellos días. El campamento real, en el que se hacinaban más de dos mil hombres exultantes por la victoria obtenida en Mallorca, ávidos de guerra, pelea y botín, sin nada que hacer salvo esperar la orden real de marchar sobre el Rosellón, era el polo opuesto al orden que reinaba en Barcelona. Salvo los momentos en que la tropa recibía instrucción o hacía ejercicios de tiro, la vida en el campamento giraba en torno a las apuestas, las tertulias en las que los novatos escuchaban terroríficas historias de guerra de boca de los orgullosos veteranos y, cómo no, los hurtos y las pendencias.

Junto a tres jóvenes venidos de Barcelona y tan inexpertos como él en el arte de la guerra, Arnau acostumbraba a pasear por el campamento. Le maravillaban los caballos y las armaduras, que los sirvientes se ocupaban de tener bruñidas en todo momento, y las mostraban al sol, frente a las tiendas, en una suerte de competición en la que vencían aquellas armas y pertrechos que más refulgían. Pero si las monturas y las armas lo maravillaban, sufría por el contrario el suplicio de la suciedad, el mal olor y las miríadas de insectos atraídos por los desechos de miles de hombres y animales. Los oficiales reales ordenaron la construcción de unas largas y profundas zanjas a modo de letrinas, lo más alejadas posible del campamento, junto a un arroyo en el que pretendían desaguar los detritos de los soldados. Sin embargo, el arroyo estaba casi seco y los desechos se amontonaban y se descomponían, originando un hedor pegajoso e insoportable.

Una mañana en que Arnau y sus tres nuevos compañeros paseaban entre las tiendas, vieron que se acercaba un caballero que volvía de ejercitarse. El caballo, que se dirigía hacia la cuadra en busca de una comida bien merecida y de que lo descargaran del peso de la armadura que cubría su pecho y sus flancos, piafaba alzando sus patas, mientras el jinete trataba de llegar a su tienda sin causar daño, sorteando a los soldados y los enseres amontonados en las calles que se habían abierto entre las tiendas. Pero el animal, grande y brioso, obligado a someterse a los crueles frenos que lo embocaban, sustituía sus deseos de avanzar por un espectacular baile a cuyo son lanzaba el blanco sudor que empapaba sus costados a cuantos se cruzaban con él.

Arnau y su grupo se apartaron cuanto pudieron al paso del jinete, pero con tan mala fortuna que en ese preciso instante el animal desplazó violenta y lateralmente su grupa y golpeó a Jaume, el más pequeño de los cuatro, que perdió el equilibrio y cayó al suelo. El golpe no dañó al muchacho; el jinete, por su parte, ni siquiera miró atrás y siguió su camino hacia una tienda cercana. Sin embargo, el pequeño Jaume cayó justo en el lugar en que algunos veteranos se jugaban su mesada a los dados. Uno de ellos había perdido una cantidad equivalente a los beneficios que pudieran corresponderle en todas las futuras campañas del rey Pedro, y el altercado no se hizo esperar. El desafortunado jugador se levantó cuan grande era, dispuesto a descargar en Jaume la ira que no podía descargar en sus compañeros. Se trataba de un hombre robusto, con el cabello y la barba largos y sucios y con una expresión en el rostro, fruto de horas de constantes pérdidas, que habría amedrentado al más valeroso de los enemigos.

El soldado agarró al entrometido y lo levantó en volandas hasta la altura de sus ojos. Jaume ni siquiera tuvo tiempo de percatarse de lo que sucedía. En cuestión de segundos, el caballo lo había desplazado, él había caído y ahora lo atacaba un energúmeno que le gritaba y lo zarandeaba hasta que, sin soltarlo, le abofeteó el rostro logrando que un hilillo de sangre apareciese en la comisura de sus labios.

Arnau vio cómo Jaume pataleaba en el aire.

—¡Déjalo! ¡Cerdo! —Sus palabras lo sorprendieron incluso a él.

La gente empezó a apartarse de Arnau y el veterano. Jaume, que, también sorprendido, había dejado de patalear, cayó sentado cuando éste lo soltó para enfrentarse al que había osado insultarlo. De repente, Arnau se vio en el centro de un círculo formado por los muchos curiosos que se acercaron para presenciar el espectáculo. Él y un enfurecido soldado. Si por lo menos no lo hubiera insultado... ¿Por qué había tenido que llamarle cerdo?

—Él no tenía la culpa... —balbuceó Arnau señalando a Jaume, que todavía no entendía qué había pasado.

Sin mediar palabra el soldado arremetió contra Arnau como un toro en celo; le golpeó el pecho con la cabeza y lo lanzó varios metros más allá, los suficientes para que el círculo de curiosos tuviera que apartarse. Arnau sintió un dolor como si le hubieran reventado el pecho. El aire hediondo que se había acostumbrado a respirar parecía haber desaparecido de repente. Boqueó. Trató de levantarse, pero una patada en el rostro lo lanzó de nuevo a tierra. Un intenso dolor se ensañó con su cabeza mientras intentaba recuperar el aliento, y cuando empezaba a lograrlo, una nueva patada, esta vez en los riñones, volvió a tumbarlo. Después la paliza fue terrible, tanto que Arnau cerró los ojos y se hizo un ovillo en el suelo.

Cuando el veterano cesó en sus ataques, Arnau creyó que aquel loco lo había destrozado; con todo y pese al dolor que sentía, le pareció oír algo.

Desde el suelo, todavía hecho un ovillo, aguzó el oído.

Entonces lo oyó.

Lo oyó una vez.

Y una vez más, y otra, y otras más. Abrió los ojos y miró a la gente del círculo, que estaba riéndose alrededor de él, señalándolo y volviendo a reír. Las palabras de su padre resonaron en sus maltratados oídos: «Yo abandoné cuanto tenía para que tú pudieras ser libre». En su mente aturdida se confundieron imágenes y recuerdos: vio a su padre colgando de una soga en la plaza del Blat... Se levantó con el rostro ensangrentado. Recordó la primera piedra que llevó a la Virgen de la Mar... El veterano le daba la espalda. El esfuerzo que entonces tuvo que hacer para transportar aquella piedra sobre sus espaldas... El dolor, el sufrimiento, el orgullo al descargarla...

—¡Cerdo!

El barbudo giró sobre sí mismo. El campamento entero pudo oír el roce de sus pantalones al hacerlo.

—¡Campesino estúpido! —gritó antes de volver a lanzarse cuan grande era sobre Arnau.

Ninguna piedra podía pesar más que ese cerdo. Ninguna piedra... Arnau se lanzó sobre el veterano, se agarró a él para impedir que lo golpease y ambos rodaron por la arena. Arnau logró levantarse antes que el soldado y, en lugar de pegarle, lo cogió por el cabello y por el cinturón de cuero que vestía, lo levantó por encima de él como si fuese una marioneta y lo lanzó por los aires encima del círculo de curiosos.

El barbudo cayó estrepitosamente sobre los espectadores.

Sin embargo, aquella demostración de fuerza no arredró al soldado. Acostumbrado a pelear, en pocos segundos se halló de nuevo ante Arnau, que estaba firmemente plantado en el suelo, esperándolo. En esta ocasión, en lugar de abalanzarse sobre él, el veterano intentó golpearlo, pero Arnau volvió a ser más rápido: paró el golpe cogiéndolo del antebrazo y, tras girar sobre sí mismo, volvió a lanzarlo a tierra, varios metros más allá. Sin embargo, la forma en que Arnau se defendía no dañaba al soldado y el acoso se repetía una y otra vez.

Al fin, cuando el veterano esperaba que su contrincante volviera a lanzarlo por los aires, Arnau le descargó un puñetazo en el rostro, un golpe en el que el *bastaix* puso toda la rabia que llevaba dentro.

Los gritos que habían acompañado la reyerta cesaron. El barbudo cayó inconsciente a los pies de Arnau, que deseaba cogerse la mano con la que lo había golpeado y aliviar el dolor que sentía en los nudillos, pero aguantó las miradas con el puño cerrado, como si estuviese dispuesto a golpear de nuevo. «No te levantes —pensó mirando al soldado—. Por Dios, no te levantes.»

Con torpeza, el veterano intentó erguirse. «¡No lo hagas!» Arnau apoyó el pie derecho en la cara del veterano y lo empujó al suelo. «No te levantes, hijo de puta.» No lo hizo, y los compañeros del soldado se acercaron para retirarlo.

—¡Muchacho! —La voz sonó autoritaria. Arnau se volvió y se encontró con el caballero causante de la pelea, todavía vestido con su armadura—. Acércate.

Arnau obedeció cogiéndose la mano con disimulo.

—Me llamo Eiximèn d'Esparça, escudero de su majestad el rey Pedro III, y quiero que sirvas bajo mis órdenes. Preséntate a mis oficiales.

28

Las tres muchachas callaron y se miraron cuando Aledis se lanzó sobre la olla, como un animal hambriento, sin respirar, de rodillas, metiendo las dos manos en la sopa para coger la carne y las verduras, sin dejar de observarlas por encima de la escudilla. Una de ellas, la más joven, con una cascada de cabello rubio rizado que le caía sobre un vestido azul cielo, frunció los labios hacia las otras dos: ¿cuál de ellas no había pasado por lo mismo?, pareció preguntarles. Sus compañeras asintieron con la mirada y las tres se alejaron unos pasos de Aledis.

Cuando se hubieron apartado, la muchacha del cabello rubio rizado se volvió hacia el interior de la tienda, donde, protegidas del sol de julio que caía a plomo sobre el campamento, otras cuatro chicas, algo más maduras que las de fuera, y la patrona, sentada en un taburete, no apartaban la mirada de Aledis. La patrona había asentido con la cabeza cuando ésta apareció, y consintió en que se le ofreciera comida; desde entonces no había dejado de observarla: harapienta y sucia pero bella... y joven. ¿Qué hacía allí aquella muchacha? No era una vagabunda, no mendigaba como ellas. Tampoco era una prostituta; había retrocedido instintivamente cuando se encontró con quienes sí lo eran. Estaba sucia, sí; llevaba la camisa rasgada, también; su cabello era una maraña de pelo grasiento, cierto. Sin embargo, sus dientes eran blancos como la nieve. Aquella joven no había conocido el hambre, ni las enfermedades que ennegrecían los dientes. ¿Qué hacía allí? Tenía que estar huyendo de algo, pero ¿de qué?

La patrona hizo un gesto a una de las mujeres que la acompañaban en el interior de la tienda.

—La quiero limpia y arreglada —le susurró cuando la otra se inclinó sobre ella.

La mujer miró a Aledis, sonrió y asintió.

Aledis no pudo resistirse. «Necesitas un baño», le dijo al terminar de comer otra de las prostitutas, que había salido del interior de la tienda. ¡Un baño! ¿Cuántos días hacía que no se lavaba? Dentro de la tienda le prepararon un barreño de agua fresca y Aledis se sentó en él, con las piernas encogidas. Las mismas tres muchachas que la habían acompañado mientras comía, se ocuparon de ella y la lavaron. ¿Por qué no dejarse querer? No podía presentarse ante Arnau en aquel estado. El ejército acampaba muy cerca y con él estaría Arnau. ¡Lo había conseguido! ¿Por qué no dejarse lavar? También se dejó vestir. Buscaron para ella el vestido menos llamativo pero aun así... «Las mujeres públicas deben vestir telas de colores», le dijo su madre cuando ella, siendo niña, confundió a una prostituta con una noble e intentó cederle el paso. «Entonces, ¿cómo las distinguiremos?», preguntó Aledis. «El rey las obliga a vestir así, pero les prohíbe llevar capa o abrigo, incluso en invierno. Así distinguirás a las prostitutas: nunca llevan nada por encima de los hombros.»

Aledis volvió a mirarse. Las mujeres de su clase, las esposas de los artesanos, nunca podían vestir de color; así lo mandaba el rey, y sin embargo, ¡qué bonitas eran aquellas telas! Pero ¿cómo iba a presentarse ante Arnau vestida de esa forma? Los soldados la confundirían... Alzó un brazo para verse de costado.

—¿Te gusta?

Aledis se volvió y vio a la patrona junto a la entrada de la tienda. Antònia, que así se llamaba la joven rubia del cabello rizado que la había ayudado a vestirse, desapareció a una señal de la primera.

—Sí..., no... —Aledis volvió a mirarse. El traje era verde claro. ¿Tendrían aquellas mujeres algo para echarse por los hombros? Si se cubría, nadie pensaría que ella era una prostituta.

La patrona la miró de arriba abajo. No se había equivocado. Un cuerpo voluptuoso que haría las delicias de cualquier oficial. ¿Y sus ojos? Las dos mujeres se miraron. Eran enormes. Castaños. Y, sin embargo, parecían tristes.

—¿Qué te ha traído aquí, muchacha?

—Mi esposo. Está en el ejército y se marchó sin saber que va a ser padre. Quería decírselo antes de que entrase en combate.

Lo dijo de corrido, igual que a los mercaderes que la recogieron en el Besós, cuando el barquero, tras consumar la violación y mientras intentaba deshacerse de ella ahogándola en el río, se vio sorprendido por su presencia y salió huyendo. Aledis había terminado rindiéndose a aquel hombre y sollozó sobre el barro mientras la forzaba o cuando la arrastraba hacia el río. El mundo no existía, el sol se había apagado y los jadeos del barquero se perdían en su interior, mezclándose con los recuerdos y la impotencia. Cuando los mercaderes llegaron hasta ella y la vieron ultrajada, se apiadaron.

—Hay que denunciarlo al veguer —le dijeron.

Pero ¿qué le iba a decir ella al representante del rey? ¿Y si su marido la estaba persiguiendo? ¿Y si la descubrían? Se iniciaría un juicio y ella no podía...

—No. Tengo que llegar al campamento real antes de que las tropas partan para el Rosellón —les dijo tras explicarles que estaba embarazada y que su marido no lo sabía—. Allí se lo contaré a mi esposo y él decidirá.

Los mercaderes la acompañaron hasta Gerona. Aledis se separó de ellos en la iglesia de Sant Feliu, extramuros de la ciudad; el más anciano de ellos negó con la cabeza al verla sola y desastrada junto a los muros de la iglesia. Aledis recordó el consejo de las ancianas: no entres en ningún pueblo o ciudad, y no lo hizo en Gerona, una ciudad de seis mil habitantes. Desde donde estaba podía ver la cubierta de la iglesia de Santa María, la seo, en construcción; a su lado el palacio del obispo y al lado de éste, la torre Gironella, alta y recia, la mayor defensa de la ciudad. Las miró durante unos instantes y volvió a ponerse en marcha hacia Figueras.

La patrona, que seguía observándola mientras Aledis recordaba su viaje, vio que temblaba.

La presencia del ejército en Figueras movía a centenares de personas hacia allí. Aledis se sumó a ellas, acosada por el hambre. No lograba recordar sus rostros. Le dieron pan y agua fresca. Alguien le ofreció alguna verdura. Hicieron noche al norte del río Fluviá, al pie del castillo de Pontons, que protegía el paso del río por la ciudad de Báscara, a medio camino entre Gerona y Figueras. Allí los viajeros se cobraron su comida y dos de ellos la montaron salvajemente durante la noche. ¡Qué más daba ya! Aledis buscó en su memoria el rostro de Arnau y se protegió en él. Al día siguiente los siguió como un animal, algunos pasos por detrás, pero no le dieron comida, ni siquiera le hablaron, y, al final, llegaron al campamento.

Y ahora..., ¿qué miraba aquella mujer? Sus ojos no se apartaban de... ¡su vientre! Aledis notó el vestido ceñido a su vientre, plano y duro. Se movió inquieta y bajó la mirada.

La patrona dejó escapar una mueca de satisfacción que Aledis no pudo ver. ¿Cuántas veces había asistido a aquellas confesiones silenciosas? Muchachas que inventaban historias, incapaces de sostener sus mentiras ante la más leve presión; se ponían nerviosas y bajaban la vista como aquélla. ¿Cuántos embarazos había vivido?, ¿decenas?, ¿cientos? Nunca una muchacha le había dicho que estuviera embarazada teniendo un vientre duro y plano como ése. ¿Una falta? Podía ser, pero era inimaginable que con sólo una falta corriese a contárselo a su esposo, camino de la guerra.

—Vestida así no puedes presentarte en el campamento real. —Aledis levantó la vista al oír a la patrona y volvió a mirarse—. Tenemos prohibido ir allí. Si quieres, yo podría encontrar a tu esposo.

—¿Vos? ¿Me ayudaríais? ¿Por qué íbais a hacerlo?

—¿Acaso no te he ayudado ya? Te he dado de comer, te he lavado y te he vestido. Nadie lo ha hecho en este campamento de locos, ¿verdad? —Aledis asintió. Un escalofrío recorrió su cuerpo al recordar cómo la habían tratado—. ¿Por qué te extraña, pues? —continuó la mujer. Aledis titubeó—. Somos mujeres públicas, es cierto, pero eso no significa que no tengamos corazón. Si alguien me hubiese ayudado a mí hace algunos años... —La patrona dejó la mirada perdida y sus palabras flotaron en el interior de la tienda—. Bueno. Ya da igual. Si quieres, puedo hacerlo. Conozco a mucha gente en el campamento y no me sería difícil hacer venir a tu esposo.

Aledis sopesó la oferta. ¿Por qué no? La patrona pensó en su futura adquisición. No sería difícil hacer desaparecer al esposo, una simple reyerta en el campamento..., le debían muchos favores aquellos soldados, y entonces, ¿a quién acudiría la chica? Estaba sola. Se entregaría a ella. El embarazo, si fuese cierto, no era un problema; ¿cuántos había solucionado por unas monedas?

—Os lo agradezco —consintió Aledis.

Ya estaba. Ya era suya.

—¿Cómo se llama tu esposo y de dónde viene?

—Viene con la *host* de Barcelona y se llama Arnau, Arnau Estanyol. —La patrona se estremeció—. ¿Sucede algo? —preguntó Aledis.

La mujer buscó el taburete y se sentó. Sudaba.

—No —contestó—. Debe de ser este maldito calor. Acércame aquel abanico.

¡No podía ser!, se dijo mientras Aledis atendía su ruego. Le palpitaban las sienes. ¡Arnau Estanyol! No podía ser.

—Descríbeme a tu esposo —le dijo, sentada y abanicándose.

—¡Oh!, debe de ser muy sencillo dar con él. Es *bastaix* del puerto. Es joven y fuerte, alto y guapo, y tiene un lunar junto al ojo derecho.

La patrona siguió abanicándose en silencio. Su mirada fue mucho más allá de Aledis: a un pueblo llamado Navarcles, a una fiesta de matrimonio, a un jergón y a un castillo..., a Llorenç de Bellera, al escarnio, al hambre, al dolor... ¿Cuántos años habían pasado? ¿Veinte? Sí, debían de ser veinte, quizá más. Y ahora...

Aledis interrumpió su silencio:

—¿Lo conocéis?

—No..., no.

¿Lo había llegado a conocer? En realidad, qué poco recordaba de él. ¡Entonces sólo era una niña!

—¿Me ayudaréis a encontrarlo? —volvió a interrumpirla Aledis.

«¿Y quién me ayudará a mí si me encuentro con él?» Necesitaba estar sola.

—Lo haré —afirmó, señalándole la salida de la tienda.

Cuando Aledis salió, Francesca se llevó las manos al rostro. ¡Arnau! Había llegado a olvidarlo; se había obligado a hacerlo y ahora, veinte años más tarde... Si la muchacha decía la verdad, aquel niño que llevaba en las entrañas sería... ¡su nieto! Y ella había pensado en matarlo. ¡Veinte años! ¿Cómo sería él? Aledis había dicho que alto, fuerte, guapo. No lo recordaba, ni siquiera de recién nacido. Consiguió para él el calor de la forja pero pronto dejó de poder llegar hasta donde se encontraba su niño. «¡Malditos! ¡Sólo era una niña, y hacían cola para violarme!» Una lágrima empezó a caer por su mejilla. ¿Cuánto tiempo hacía que no lloraba? Entonces, hacía veinte años, no lo hizo. «El niño estará mejor con Bernat», había pensado. Cuando se enteró de todo, doña Caterina la abofeteó y ella terminó arrastrándose entre la soldadesca primero y entre los desperdicios después, junto a la muralla del castillo. Ya nadie la deseaba, y vagaba entre inmundicias y basura, junto a un montón de desgraciados como ella, peleando por los restos de mendrugos enmohecidos y llenos de gusanos. Allí se encontró con una niña, las dos hurgaban. Estaba delgada pero era bonita. Nadie la vigilaba. Quizá si... Le ofreció restos de comida, los que guardaba para sí. La niña sonrió y sus ojos se iluminaron; probablemente no conocía otra vida que aquélla. La lavó en un riachuelo y restregó su piel con arena hasta que gritó de dolor y frío. Después sólo tuvo que llevarla hasta uno de los oficiales del castillo del señor de Bellera. Ahí empezó todo. «Me endurecí, hijo, me endurecí hasta el punto de que mi corazón encalleció. ¿Qué te contó de mí tu padre? ¿Que te abandoné a la muerte?»

Aquella misma noche, cuando los oficiales del rey y los soldados afortunados en las cartas o en los naipes acudieron a la tienda, Francesca preguntó por Arnau.

—¿El *bastaix* dices? —le contestó uno de ellos—; claro que lo conozco, todo el mundo lo conoce. —Francesca ladeó la cabeza—. Dicen que venció a un veterano a quien todo el mundo temía —explicó—, y Eiximèn d'Esparça, el escudero del rey, lo reclutó para su guardia personal. Tiene un lunar junto al ojo. Lo han entrenado para usar el puñal, ¿sabes? Desde entonces ha competido en varias peleas más y en todas ha vencido. Vale la pena apostar por él. —El oficial sonrió—. ¿Por qué te interesas por él? —añadió ampliando la sonrisa.

¿Por qué no dar alas a una imaginación calenturienta?, pensó Francesca. Era difícil ofrecer otra explicación. Y guiñó un ojo al oficial.

—Estás vieja para tanto hombre —rió el soldado.

Francesca no se inmutó.

—Tú tráemelo y no te arrepentirás.

—¿Adónde? ¿Aquí?

¿Y si a fin de cuentas Aledis mentía? Nunca le habían fallado sus primeras impresiones.

—No. Aquí, no.

Aledis se apartó unos pasos de la tienda de Francesca. La noche era preciosa, estrellada y cálida, con una luna que teñía de amarillo la oscuridad. La muchacha miraba al cielo y a los hombres que entraban en la tienda y salían acompañados de alguna de las chicas; entonces se dirigían hacia unos pequeños chamizos, de los que salían al cabo de un rato, unas veces riendo, otras en silencio. Y repetían y repetían. Cada vez, las mujeres se dirigían al barreño en que se había bañado Aledis y se lavaban sus partes, mirándola con descaro, como lo hizo aquella mujer a la que en cierta ocasión su madre no le permitió ceder el paso.

—¿Por qué no la arrestan? —le preguntó entonces Aledis a su madre.

Eulàlia miró a su hija, calibrando si ya era lo suficientemente adulta para recibir una explicación.

—No pueden hacerlo; tanto el rey como la Iglesia les permiten ejercer su oficio. —Aledis la miró incrédula—. Sí, hija, sí. La Iglesia dice que las mujeres públicas no pueden ser castigadas por la ley terrenal, que ya lo hará la ley divina. —¿Cómo explicarle a una criatura que la verdadera razón por la que la Iglesia sostenía aquella máxima era para evitar el adulterio o las relaciones contra natura? Eulàlia volvió a observar a su hija. No, todavía no debía conocer la existencia de las relaciones contra natura.

Antònia, la joven del cabello rubio rizado, se hallaba junto al barreño y le sonrió. Aledis frunció los labios en un amago de sonrisa y la dejó hacer.

¿Qué más le había contado su madre?, pensó, intentando distraerse. Que no podían vivir en ciudad, villa o lugar alguno en que lo hicieran personas honestas, bajo pena de ser expulsadas incluso de sus propias casas si lo pedían sus vecinos. Que estaban obligadas a escuchar sermones religiosos para buscar su rehabilitación. Que no podían utilizar los baños públicos más que los lunes y los viernes, los días reservados a judíos y sarracenos. Y que con su dinero podían hacer caridad, pero nunca oblación ante el altar.

Antònia, de pie en el barreño, con la falda recogida en una mano, continuaba lavándose con la otra, ¡y seguía sonriéndole! Cada vez que se erguía después de coger agua con la mano para llevársela a la entrepierna, la miraba y le sonreía. Y Aledis trataba de devolverle la sonrisa, intentando no bajar la mirada hacia su pubis expuesto a la luz de la luna.

¿Por qué le sonreía? Sólo debía de ser una niña y ya estaba condenada. Algunos años atrás, justo después de que su padre se negara a su matrimonio con Arnau, su madre las llevó, a ella y a Alesta, al monasterio de San Pedro de Barcelona. «¡Que lo vean!», le ordenó el curtidor a su esposa. El atrio estaba lleno de puertas que habían sido arrancadas de sus goznes y estaban apoyadas en las arcadas o tiradas en el patio. El rey Pedro concedió a la abadesa de San Pedro el privilegio para que, con su autoridad y sin implorar el auxilio de nadie, pudiera ordenar a las mujeres deshonestas que saliesen de su parroquia, y luego arrancar las puertas de sus viviendas y llevarlas al atrio del monasterio. La abadesa se puso manos a la obra, ¡vaya si lo hizo!

316

—¿Todo esto son desahuciados? —preguntó Alesta mientras agitaba una mano abierta y recordaba cómo les echaron a ellos de su casa, antes de terminar en la de Pere y Mariona: arrancaron la puerta por impago.

—No, hija —contestó su madre—; esto es lo que les sucede a las mujeres que no cumplen con la castidad.

Aledis revivió aquel momento. Mientras hablaba, su madre la miró a ella directamente, con los ojos entrecerrados.

Despejó aquel mal recuerdo de su mente moviendo la cabeza de un lado a otro hasta encontrarse de nuevo con Antònia y su pubis rubio, cubierto de pelo rizado, igual que su cabeza. ¿Qué haría con Antònia la abadesa de San Pedro?

Francesca salió de la tienda en busca de la muchacha. «¡Niña!», le gritó. Aledis observó cómo Antònia saltaba del barreño, se calzaba y entraba corriendo en la tienda. Después su mirada se encontró con la de Francesca unos segundos, antes de que la patrona volviera a sus quehaceres. ¿Qué escondía aquella mirada?

Eiximèn d'Esparça, escudero de su majestad el rey Pedro III, era un personaje importante, bastante más importante por su rango que por su complexión, porque en el momento en que se apeó del imponente caballo de guerra y se quitó la armadura, se convirtió en un hombre bajo y delgado. Débil, concluyó Arnau temiendo que el noble adivinase sus pensamientos.

Eiximèn d'Esparça estaba al mando de una compañía de almogávares que pagaba de su propio peculio. Cuando miraba a sus hombres lo asaltaban las dudas. ¿Dónde estaba la lealtad de aquellos mercenarios? En su mesada, sólo en su mesada. Por eso le gustaba rodearse de una guardia pretoriana, y el combate de Arnau lo había impresionado.

—¿Qué arma sabes utilizar? —le preguntó a Arnau el oficial del escudero real. El *bastaix* mostró la ballesta de su padre—. Eso ya lo imagino. Todos los catalanes saben utilizarla; es su obligación. ¿Alguna más?

Arnau negó con la cabeza.

—¿Y ese puñal? —El oficial señaló el arma que Arnau llevaba al cinto, y estalló en una sonora carcajada, echando la cabeza hacia atrás, cuando éste le mostró el puñal romo—. Con eso —añadió todavía riendo—, no podrías ni rasgar el himen de una doncella. Te entrenarás con uno de verdad, en el cuerpo a cuerpo.

Buscó en un arcón y le entregó un machete, mucho más largo y grande que su puñal de *bastaix*. Arnau pasó un dedo por la hoja. A partir de entonces, día tras día, Arnau se sumó a la guardia de Eiximèn para entrenarse en la lucha cuerpo a cuerpo con su nuevo puñal. También le proporcionaron un uniforme colorido que incluía una cota de malla, un yelmo —que procuraba bruñir hasta que resplandecía— y nos fuertes zapatos de cuero que se ataban a las pantorrillas mediante tiras cruzadas. Los duros entrenamientos se alternaban con combates reales, cuerpo a cuerpo, sin armas, organizados por los oficiales de los nobles del campamento. Arnau se convirtió en el representante de las tropas del escudero real y no transcurrió un día sin que participara en una o dos peleas ante la gente, que se amontonaba en su derredor, gritaba y cruzaba apuestas.

Fueron suficientes unas cuantas peleas para que Arnau alcanzase fama entre los soldados. Cuando paseaba entre ellos, en los pocos momentos de asueto que tenía, se sentía observado y señalado. ¡Qué extraña sensación era provocar el silencio a su paso!

El oficial de Eiximèn d'Esparça sonrió cuando su compañero le planteó la pregunta.

—¿Yo también podré disfrutar de una de sus muchachas? —quiso saber.

—Seguro. La vieja está empeñada en tu soldado. No puedes imaginar cómo le brillaban los ojos.

Los dos rieron.

—¿Adónde debo llevártelo?

Francesca escogió para la ocasión un pequeño mesón en las afueras de Figueras.

—No hagas preguntas y obedece —le dijo el oficial a Arnau—; hay alguien que quiere verte.

Los dos oficiales lo acompañaron hasta el mesón y, una vez allí, hasta la mísera habitación en la que ya esperaba Francesca. Cuando Arnau entró, cerraron la puerta y la atrancaron por fuera. Arnau se volvió e intentó abrirla; luego, golpeó la puerta.

—¿Qué sucede? —gritó—. ¿Qué significa esto?

Le respondieron las carcajadas de los oficiales.

Arnau las escuchó durante unos segundos. ¿Qué significaba aquello? De repente notó que no estaba solo y se volvió. Francesca, en pie, lo observaba apoyada en la ventana, tenuemente iluminada por la luz de una vela que colgaba de una de las paredes; pese a la penumbra, su vestido verde brillaba. ¡Una prostituta! Cuántas historias de mujeres había escuchado al calor de las fogatas del campamento, cuántos se jactaban de haber gastado sus dineros con una muchacha, siempre mejor, más bella y más voluptuosa que la del anterior. Entonces Arnau callaba y bajaba la mirada; ¡él había llegado allí huyendo de dos mujeres! Quizá..., quizá aquella jugarreta fuera consecuencia de su silencio, de su aparente falta de interés por las mujeres... ¿Cuántas veces le habían lanzado puyas ante su mutismo?

—¿Qué broma es ésta? —le preguntó a Francesca—. ¿Qué pretendes de mí?

Todavía no lo veía. La vela no iluminaba lo suficiente, pero su voz..., su voz ya era la de un hombre, y era grande y alto, como le había dicho la muchacha. Notó que las rodillas le temblaban y las piernas le flaqueaban. ¡Su hijo!

Francesca tuvo que carraspear antes de hablar.

—Tranquilízate. No quiero nada que pueda comprometer tu honor. En cualquier caso —añadió—, estamos solos; ¿qué iba a poder hacer yo, una mujer débil, contra un hombre joven y fuerte como tú?

—Entonces, ¿por qué ríen los de fuera? —preguntó Arnau todavía desde la puerta.

—Deja que rían si lo desean. La mente del hombre es retorcida, y por lo general le gusta creer siempre lo peor. Quizá si les hubiera dicho la verdad, si les hubiera contado las razones de mi insistencia por verte, no se hubieran mostrado tan dispuestos como lo han estado cuando la imaginación ha avivado su lujuria.

—¿Qué iban a pensar de una prostituta y un hombre encerrados en la habitación de un mesón? ¿Qué cabe esperar de una prostituta?

Su tono fue duro, hiriente. Francesca logró reponerse.

—También somos personas —dijo levantando la voz—. San Agustín escribió que sería Dios quien juzgaría a las meretrices.

—¿No me habrás hecho venir hasta aquí para hablar de Dios?

—No. —Francesca se acercó a él; tenía que verle el rostro—. Te he hecho venir para hablarte de tu esposa.

Arnau titubeó. Era guapo de veras.

—¿Qué ocurre? ¿Cómo es posible...?

—Está embarazada.

—¿Maria?

—Aledis... —corrigió Francesca sin pensar, pero ¿había dicho Maria?

—¿Aledis?

Francesca vio que el joven se estremecía. ¿Qué significaba aquello?

—¿Qué hacéis hablando tanto? —se oyó que gritaban tras la puerta, entre fuertes golpes y carcajadas—. ¿Qué pasa, patrona?, ¿es demasiado hombre para ti?

Arnau y Francesca se miraron. Ella le hizo una señal para que se apartara de la puerta y Arnau obedeció. Los dos bajaron la voz.

—¿Has dicho Maria? —preguntó Francesca cuando ya estaban junto a la ventana, en el extremo opuesto.

—Sí. Mi esposa se llama Maria.

—¿Y quién es Aledis, pues? Ella me ha dicho...

Arnau negó con la cabeza. ¿Era tristeza lo que apareció en sus ojos?, se preguntó Francesca. Arnau había perdido la compostura: sus brazos caían a los costados y el cuello, antes altanero, parecía incapaz de soportar el peso de la cabeza. Sin embargo, no contestó. Francesca sintió una punzada en lo más profundo de su ser. ¿Qué sucede, hijo?

—¿Quién es Aledis? —insistió.

Arnau volvió a negar con la cabeza. Lo había dejado todo; Maria, su trabajo, la Virgen... y, ahora, ¡estaba allí!, ¡embarazada!

Todo el mundo se enteraría. ¿Cómo podría volver a Barcelona, a su trabajo, a su casa?

Francesca desvió la mirada hacia la ventana. Fuera estaba oscuro. ¿Qué era aquel dolor que la oprimía? Había visto a hombres arrastrándose, a mujeres desahuciadas; había presenciado la muerte y la miseria, la enfermedad y la agonía, pero nunca hasta entonces se había sentido así.

—No creo que diga la verdad —afirmó, con la garganta atenazada, sin dejar de mirar por la ventana. Notó cómo Arnau se movía junto a ella.

—¿Qué quieres decir?

—Que creo que no está embarazada, que miente.

—¡Qué más da! —se oyó decir a sí mismo Arnau.

Estaba allí, eso era suficiente. Lo seguía, volvería a acosarlo. De nada había servido todo cuanto había hecho.

—Yo podría ayudarte.

—¿Por qué ibas a hacerlo?

Francesca se volvió hacia él. Casi se rozaban. Podía tocarlo. Podía olerlo. ¡Porque eres mi hijo!, podía decirle, sería el momento, pero ¿qué debía de haberle contado Bernat de ella? ¿De qué serviría que aquel muchacho supiese que su madre era una mujer pública? Francesca alargó una mano temblorosa. Arnau no se movió. ¿De qué serviría? Detuvo el gesto. Habían pasado más de veinte años y ella no era más que una prostituta.

—Porque ella me engañó a mí —le contestó—. Le di de comer, la vestí y la acogí. No me gusta que me engañen. Pareces buena persona y creo que también a ti está intentando engañarte.

Arnau la miró directamente a los ojos. ¿Qué más daba ya? Libre de su marido y lejos de Barcelona, Aledis lo contaría todo, y además aquella mujer... ¿Qué había en ella que le resultaba tranquilizador?

Arnau bajó la cabeza y empezó a hablar.

29

El rey Pedro III el Ceremonioso llevaba ya seis días en Figueras cuando el 28 de julio de 1343 ordenó levantar el campamento e iniciar la marcha hacia el Rosellón.

—Tendrás que esperar —le dijo Francesca a Aledis mientras las muchachas desmontaban la tienda para seguir al ejército—. Cuando el rey ordena la marcha, los soldados no pueden abandonar las filas. Quizá en el próximo campamento...

Aledis la interrogó con la mirada.

—Ya le he mandado recado —añadió Francesca sin darle importancia—. ¿Vienes con nosotras?

Aledis asintió.

—Pues ayuda —le ordenó Francesca.

Mil doscientos hombres a caballo y más de cuatro mil a pie, armados para la guerra y con provisiones para ocho días, se pusieron en movimiento en dirección a La Junquera, a poco más de media jornada de Figueras. Tras el ejército, una multitud de carros, mulos y todo tipo de personas. Una vez en La Junquera, el rey ordenó acampar otra vez; un nuevo mensajero del Papa, un fraile agustino, traía otra carta de Jaime III. Cuando Pedro III conquistó Mallorca, el rey Jaime acudió al Papa en busca de ayuda; frailes, obispos y cardenales mediaron infructuosamente ante el Ceremonioso.

Como ocurrió con los anteriores, el rey no hizo caso al nuevo enviado papal. El ejército hizo noche en La Junquera. ¿Era el momento?, pensó Francesca mientras observaba cómo Aledis ayudaba a las demás muchachas con la comida. No, concluyó. Cuanto más lejos estuvieran de Barcelona, de la antigua vida de Aledis, más oportunidades tendría Francesca. «Tenemos que esperar», le contestó cuando la muchacha le preguntó por Arnau.

A la mañana siguiente el rey levantó el campamento de nuevo.

—¡A Panissars! ¡En orden de batalla! En cuatro grupos dispuestos para el combate.

La orden corrió por las filas del ejército. Arnau la oyó junto a la guardia personal de Eiximèn d'Esparça, presta a marchar. ¡A Panissars! Algunos lo gritaban, otros apenas lo susurraban, pero todos lo hacían con orgullo y respeto. ¡El desfiladero de Panissars!, el paso por los Pirineos desde tierras catalanas hacia las del Rosellón. A sólo media legua de La Junquera, aquella noche en todas las hogueras podían escucharse las hazañas de Panissars.

Fueron ellos, los catalanes, sus padres, sus abuelos, quienes vencieron a los franceses. ¡Sólo ellos!, los catalanes. Años atrás, el rey Pedro el Grande fue excomulgado por el Papa por haber conquistado Sicilia sin su consentimiento. Los franceses, bajo el mando del rey Felipe el Atrevido, declararon la guerra al hereje, ¡en nombre de la cristiandad!, y con la ayuda de algunos traidores, cruzaron los Pirineos por el paso de la Maçana.

Pedro el Grande tuvo que batirse en retirada, y los nobles y caballeros de Aragón abandonaron al rey y partieron con sus ejércitos hacia sus tierras.

—¡Sólo quedábamos nosotros! —dijo alguien en la noche, acallando incluso el chisporroteo del fuego.

—¡Y Roger de Llúria! —saltó otro.

El rey, mermados sus ejércitos, tuvo que dejar que los franceses invadiesen Cataluña en espera de que llegasen refuerzos desde Sicilia, de la mano del almirante Roger de Llúria. Pedro el Grande ordenó al vizconde Ramon Folch de Cardona, defensor de Gerona, que resistiese el asedio de los franceses hasta que Roger de Llúria llegase a Cataluña. El vizconde de Cardona así lo hizo y defendió épicamente la ciudad hasta que su monarca le permitió rendirla al invasor.

Roger de Llúria llegó y derrotó a la armada francesa; mientras, en tierra, el ejército francés se vio asolado por una epidemia.

—Profanaron el sepulcro de Sant Narcís cuando tomaron Gerona —intervino alguien.

Millones de moscas salieron del sepulcro del santo, al decir de los viejos del lugar, cuando los franceses lo profanaron. Aquellos insectos propagaron la epidemia entre las filas francesas. Derrotados por mar, enfermos en tierra, el rey Felipe el Atrevido solicitó una tregua para retirarse sin que hubiera una matanza.

Pedro el Grande se la concedió, pero, les advirtió, sólo en su nombre y en el de sus nobles y caballeros.

Arnau oyó los gritos de los almogávares que entraban en Panissars. Protegiéndose los ojos, miró hacia arriba, a las montañas que rodeaban el paso y en las que reverberaban los gritos de los mercenarios. Allí, junto a Roger de Llúria, observados desde la cima por Pedro el Grande y sus nobles, los mercenarios acabaron con el ejército francés tras dar muerte a millares de hombres. Al día siguiente, en Perpiñán, falleció Felipe el Atrevido y terminó la cruzada contra Cataluña.

Los almogávares siguieron gritando a lo largo de todo el desfiladero, desafiando a un enemigo que no apareció; quizá recordaban lo que les habían contado sus padres o sus abuelos sobre lo ocurrido allí mismo hacía cincuenta años.

Aquellos hombres desharrapados, que cuando no guerreaban como mercenarios vivían en los bosques y en las montañas dedicándose a saquear y devastar las tierras sarracenas, haciendo caso omiso de cualquier tratado que hubieran pactado los reyes cristianos de la península con los cabecillas moros, andaban a su aire. Arnau lo comprobó en el camino de Figueras a La Junquera y ahora lo veía de nuevo: de los cuatro grupos en los que el rey había dividido el ejército, los tres restantes marchaban en formación, bajo sus pendones, pero el de los almogávares lo hacía en desorden, gritando, amenazando, riendo y hasta bromeando, burlándose del enemigo que no aparecía y del que en su día lo hiciera.

—¿No tienen jefes? —preguntó Arnau tras ver cómo los almogávares, cuando Eiximèn d'Esparça ordenó un alto, los adelantaban desordenada y despreocupadamente y seguían su camino.

—No lo parece, ¿verdad? —le contestó un veterano, firme a su lado, como todos los componentes de la guardia personal del escudero real.

—No. No lo parece.

—Pues sí que los tienen, y que se guarden de desobedecerlos. No son jefes como los nuestros. —El veterano señaló a Eiximèn d'Esparça; después quitó un insecto imaginario de su escudilla y lo agitó en el aire. Varios soldados se sumaron a las risas de Arnau—. Ésos sí son jefes —continuó el veterano poniéndose serio de repente—; ahí no sirve ser hijo de alguien, llamarse de tal o cual o ser el protegido del conde de lo que sea. Los más importantes son los *adalils*. —Arnau miró hacia los almogávares, que seguían pasando por su lado—. No, no te molestes —le dijo el veterano—; no los distinguirás. Visten todos igual, pero ellos saben muy bien quiénes son. Para llegar a ser *adalil* se precisan cuatro virtudes: sabiduría para guiar las huestes; ser esforzado y saber exigirles el mismo esfuerzo a los hombres que uno manda; tener dotes naturales para el mando y, sobre todo, ser leal.

—Eso es lo mismo que dicen que tiene él —lo interrumpió Arnau señalando al escudero real y haciendo el mismo gesto con los dedos de su mano derecha.

—Sí, pero a ése nadie se lo ha discutido ni se lo discute. Para llegar a ser *adalil* de los almogávares es necesario que doce *adalils* más juren bajo pena de muerte que el aspirante cumple esas condiciones. No quedarían nobles en el mundo si tuviesen que jurar del mismo modo sobre sus iguales..., sobre todo tratándose de lealtad.

Los soldados que escuchaban la conversación asintieron sonriendo. Arnau volvió a mirar a los almogávares. ¿Cómo podían matar a un caballo con una simple lanza y en plena carga?

—Por debajo de los *adalils* —continuó explicando el veterano— están los *almogatens*; tienen que ser expertos en la guerra, esforzados, ligeros y leales, y su forma de elección es la misma:

doce *almogatens* tienen que jurar que el candidato reúne esas cualidades.

—¿Bajo pena de muerte? —preguntó Arnau.

—Bajo pena de muerte —confirmó el veterano.

Lo que no podía imaginar Arnau era que el desparpajo de
aquellos guerreros llegara hasta el punto de desobedecer al rey.
Pedro III ordenó que, una vez cruzado el desfiladero de Panissars,
el ejército se dirigiera hacia la capital del Rosellón: Perpiñán; sin
embargo, cuando las tropas lo hubieron cruzado, los almogávares
se separaron de ellas en dirección al castillo de Bellaguarda, erigido en la cima de un pico del mismo nombre, situado sobre el
desfiladero de Panissars.

Arnau y los soldados del escudero real vieron cómo se marchaban, ascendiendo a la cima del Bellaguarda. Seguían gritando,
como habían hecho a lo largo de todo el paso. Eiximèn d'Esparça
se volvió hacia donde se encontraba el rey, que también los miraba.

Pero Pedro III no hizo nada. ¿Cómo detener a aquellos mercenarios? Volvió grupas y continuó su camino hacia Perpiñán.
Aquélla fue la señal para Eiximèn d'Esparça: el rey admitía el asalto
de Bellaguarda, pero era él quien pagaba a los almogávares; si había algún botín tenía que estar allí. Así, mientras el grueso del ejército continuaba en formación, Eiximèn d'Esparça y sus hombres
iniciaron el ascenso de Bellaguarda, tras los almogávares.

Los catalanes sitiaron el castillo y durante el resto del día y la
noche entera, los mercenarios se turnaron en la tala de árboles para
construir máquinas de asedio: escalas de asalto y un gran ariete
montado sobre ruedas, que oscilaba mediante unas cuerdas que
colgaban de un tronco superior, cubierto de pieles para proteger
a los hombres que lo manejarían.

Arnau estuvo haciendo guardia frente a los muros de Bellaguarda. ¿Cómo se asaltaba un castillo? Ellos tendrían que ir a pecho descubierto, hacia arriba, mientras que los defensores se limi-
tarían a dispararles, refugiados tras las almenas. Allí estaban. Veía
cómo se asomaban y los miraban. En algún momento le pareció
que alguno lo observaba a él directamente. Parecían tranquilos,

mientras que él temblaba al notar la atención de aquellos ase-
diados.

—Parecen muy seguros de sí mismos —le comentó a uno de
los veteranos que estaba a su lado.

—No te engañes —le contestó éste—; ahí dentro lo están
pasando peor que nosotros. Además, han visto a los almogávares.

Los almogávares; de nuevo los almogávares. Arnau se volvió
hacia ellos. Trabajaban sin descanso, ahora perfectamente organizados. Nadie reía ni discutía; trabajaban.

—¿Cómo pueden darles tanto miedo a los que están tras esas
murallas? —preguntó.

El veterano rió.

—Nunca los has visto luchar, ¿verdad? —Arnau negó con la
cabeza—. Espera y verás.

Esperó dormitando en el suelo, a lo largo de una noche tensa
en la que los mercenarios no dejaron de construir sus máquinas,
a la luz de unas antorchas que iban y venían sin descanso.

Al despuntar el día, cuando la luz de sol empezaba a asomar
por el horizonte, Eiximèn d'Esparça ordenó que sus tropas se dis-
pusieran en formación. La oscuridad de la noche apenas se había
atenuado con aquella luz lejana. Arnau buscó a los almogávares.
Habían obedecido y formaban frente a los muros de Bellaguarda.
Después miró hacia el castillo, por encima de ellos. Habían desaparecido todas las luces, pero estaban allí; durante la noche no
habían hecho más que prepararse para el asalto. Arnau sintió un
escalofrío. ¿Qué hacía él allí? El amanecer era fresco y, sin embargo,
sus manos, agarradas a la ballesta, no dejaban de sudar. El silencio
era total. Podía morir. Durante el día, los defensores lo habían
mirado en repetidas ocasiones, a él, a un simple *bastaix*; los rostros
de aquellos hombres, entonces perdidos en la distancia, cobraron
vida. ¡Ahí estaban!, esperándolo. Tembló. Las piernas le temblaron
y tuvo que hacer un esfuerzo para que sus dientes no castañetea-
ran. Apretó la ballesta contra su pecho para que nadie advirtiese
el temblor de sus manos. El oficial le había indicado que cuando
diera la orden de atacar se acercase a los muros y se parapetase tras
unas piedras para disparar su ballesta contra los defensores. El pro-

blema sería llegar hasta aquellas piedras. ¿Llegaría? Arnau no separaba la mirada de donde estaban; tenía que llegar hasta ellas, parapetarse, disparar, esconderse y volver a disparar...

Un grito rasgó el silencio.

¡La orden! ¡Las piedras! Arnau salió corriendo hacia ellas, pero la mano del oficial lo agarró por el hombro.

—Todavía no —le dijo.

—Pero...

—Todavía no —insistió el oficial—. Mira.

El soldado le señaló a los almogávares.

Otro grito tronó desde sus filas:

—¡Despierta, hierro!

Arnau no pudo apartar la mirada de los mercenarios. Pronto, todos ellos gritaban al unísono.

—¡Despierta, hierro! ¡Despierta, hierro!

Empezaron a entrechocar sus lanzas y sus cuchillos hasta que el sonido del metal superó sus propias voces.

—¡Despierta, hierro!

Y el acero empezó a despertar: lanzaba chispas a medida que las armas chocaban y chocaban, entre ellas o contra las rocas. El estruendo sobrecogió a Arnau. Poco a poco, las chispas, centenares de ellas, miles de ellas, rompieron la oscuridad y los almogávares aparecieron rodeados de un halo luminoso.

Arnau se sorprendió a sí mismo golpeando el aire con la ballesta.

—¡Despierta, hierro! —gritaba. Ya no sudaba, ya no temblaba—. ¡Despierta, hierro!

Miró hacia las murallas; parecía que fueran a derrumbarse bajo los gritos de los almogávares. El suelo retumbaba y el resplandor de las chispas crecía a su alrededor. De repente sonó una trompeta y el griterío se transformó en un aullido estremecedor:

—¡Sant Jordi! ¡Sant Jordi!

—Esta vez sí —le gritó el oficial empujándolo hacia delante, detrás de dos centenares de hombres que se lanzaban ferozmente al asalto.

Arnau corrió hasta apostarse tras las piedras, junto al oficial y un cuerpo de ballesteros, al pie de las murallas. Se concentró en una de las escalas que los almogávares habían apoyado contra la muralla e intentó hacer blanco en las figuras que desde las almenas luchaban por impedir el asalto de los mercenarios, que continuaban aullando como posesos. Y lo hizo. Por dos ocasiones acertó en el cuerpo de los defensores, allí donde sus cotas de malla no los protegían, y los vio desaparecer tras el impacto de las saetas.

Un grupo de asaltantes logró superar los muros de la fortaleza y Arnau notó cómo el oficial, golpeándole el hombro, llamaba su atención para que no disparase más. El ariete no fue necesario. Cuando los almogávares alcanzaron las almenas, las puertas del castillo se abrieron y varios caballeros huyeron a galope tendido para no ser tomados como rehenes. Dos de ellos cayeron bajo las ballestas catalanas; los demás lo consiguieron. Algunos ocupantes, huérfanos de autoridad, se rindieron. Eiximèn d'Esparça y sus caballeros accedieron al interior del castillo con sus caballos de guerra y mataron a cuantos seguían oponiéndose a ellos. Después entraron corriendo los hombres de a pie.

Arnau se quedó quieto una vez cruzadas las murallas, con la ballesta colgando de la espalda y el puñal en la mano. Ya no era necesario. El patio del castillo estaba lleno de cadáveres, y quienes no habían caído permanecían arrodillados, desarmados, suplicando entre los caballeros que recorrían el patio con sus largas espadas desenfundadas. Los almogávares se entregaban al saqueo; unos en la torre, otros rebuscando en los cadáveres con una avidez que obligó a Arnau a desviar la mirada. Uno de los almogávares se dirigió a él y le ofreció un puñado de saetas; unas procedentes de disparos errados, muchas manchadas de sangre, otras incluso con trozos de carne adheridos. Arnau dudó. El almogávar, un hombre ya mayor, delgado como las saetas que le ofrecía, se sorprendió; después sonrió mostrando una boca sin dientes y le ofreció las saetas a otro soldado.

—¿Qué haces? —le preguntó este último a Arnau—. ¿Acaso esperas que Eiximèn te reponga las saetas? Límpialas —le dijo arrojándolas a sus pies.

En pocas horas todo terminó. Los hombres vivos fueron agrupados y maniatados. Esa noche serían vendidos como esclavos en el campamento que seguía al ejército. Las tropas de Eiximèn d'Esparça se pusieron de nuevo en marcha en busca del rey; transportaban sus heridos y dejaban tras de sí a diecisiete catalanes muertos y una fortaleza en llamas que no volvería a ser útil a los seguidores del rey Jaime III.

30

Eiximèn d'Esparça y sus hombres alcanzaron al ejército real en las proximidades de la villa de Elna, la Orgullosa, a tan sólo dos leguas de Perpiñán, en cuyas afueras el rey decidió hacer noche y donde recibió la visita de otro obispo, que, de nuevo infructuosamente, trató de mediar en nombre de Jaime de Mallorca.

Aunque el rey no puso objeción a que Eiximèn d'Esparça y sus almogávares tomaran el castillo de Bellaguarda, sí trató de impedir que, en el trayecto hasta Elna, otro grupo de caballeros tomara por las armas la torre de Nidoleres. Sin embargo, cuando el rey llegó hasta allí, los caballeros ya la habían asaltado, matado a sus ocupantes e incendiado el lugar.

Por el contrario, nadie osó acercarse a Elna ni molestar a sus habitantes.

El ejército entero se reunió alrededor de los fuegos de campaña y miró las luces de la ciudad. Elna mantenía sus puertas abiertas en claro desafío a los catalanes.

—¿Por qué...? —empezó a preguntar Arnau sentado en torno al fuego.

—¿La Orgullosa? —lo interrumpió uno de los más veteranos.

—Sí. ¿Por qué se la respeta? ¿Por qué no cierra sus puertas?

El veterano miró hacia la ciudad antes de contestar.

—La Orgullosa pesa sobre nuestra conciencia..., la conciencia catalana. Saben que no nos acercaremos. —Calló. Arnau había aprendido a respetar la forma de ser de los soldados. Sabía que si lo apremiaba, lo miraría con desprecio y ya no hablaría. A todos los veteranos les gustaba deleitarse con sus recuerdos o sus historias, ciertas o falsas, exageradas o no. Mantener la intriga era una de sus manías. Al fin, reinició su discurso—: En la guerra contra los franceses, cuando Elna nos pertenecía, Pedro el Grande prometió defenderla y mandó un destacamento de caballeros catalanes. Éstos la traicionaron; huyeron por la noche y dejaron la ciudad a merced del enemigo. —El veterano escupió al fuego—. Los franceses profanaron las iglesias, asesinaron a los niños golpeándolos contra las paredes, violaron a las mujeres y ejecutaron a todos los hombres..., menos a uno. La matanza de Elna pesa sobre nuestra conciencia. Ningún catalán osará acercarse a Elna.

Arnau volvió a mirar hacia las puertas abiertas de la Orgullosa. Después observó las diversas agrupaciones que formaban el campamento; siempre había alguien que miraba hacia Elna en silencio.

—¿A quién perdonaron? —preguntó rompiendo sus propias reglas.

El veterano lo escrutó a través de la hoguera.

—A un hombre llamado Bastard de Rosselló. —Arnau volvió a esperar hasta que el hombre decidió proseguir—: Años más tarde, ese soldado guió a las tropas francesas a través del paso de la Maçana para invadir Cataluña.

El ejército durmió a la sombra de la ciudad de Elna.

También lo hicieron, alejados de él, los centenares de personas que lo seguían. Francesca miró a Aledis. ¿Sería aquél el lugar idóneo? La historia de Elna había recorrido tiendas y chamizos, y en el campamento reinaba un silencio poco habitual. Ella misma miró en repetidas ocasiones hacia las puertas abiertas de la Orgullosa. Sí, se encontraban en tierra inhóspita; ningún catalán sería bien recibido en Elna o sus alrededores. Aledis estaba lejos de su casa. Sólo faltaba que, además, se quedase sola.

—Tu Arnau ha muerto —le dijo cuando Aledis atendió a su llamada.

Ésta se vino abajo; Francesca la vio empequeñecer dentro del vestido verde. Aledis se llevó las manos al rostro y su llanto rompió aquel extraño silencio.

—¿Có..., cómo ha sido? —preguntó al cabo de un rato.

—Me engañaste —se limitó a contestarle Francesca, fríamente.

Aledis la miró, con los ojos llenos de lágrimas, sollozando, temblando; después bajó la vista.

—Me engañaste —repitió Francesca. Aledis no contestó—. ¿Quieres saber cómo ha sido? Lo mató tu esposo, el verdadero, el maestro curtidor.

¿Pau? ¡Imposible! Aledis levantó la cabeza. Era imposible que aquel viejo...

—Se presentó en el campamento real acusando al tal Arnau de haberte secuestrado —continuó Francesca interrumpiendo los pensamientos de la joven. Quería observar sus reacciones. Arnau le contó que ella temía a su esposo—. El muchacho lo negó y tu esposo lo desafió. —Aledis intentó intervenir; ¿cómo iba Pau a desafiar a nadie?—. Pagó a un oficial para que pelease por él —continuó Francesca obligándola a guardar silencio—. ¿No lo sabías? Cuando alguien es demasiado viejo para luchar, puede pagar a otro para que lo haga por él. Tu Arnau murió defendiendo su honor.

Aledis se desesperó. Francesca la vio temblar. Poco a poco sus piernas cedieron y cayó al suelo, de rodillas frente a ella, pero Francesca no se apiadó.

—Tengo entendido que tu esposo te anda buscando.

Aledis volvió a llevarse las manos al rostro.

—Tendrás que abandonarnos. Antònia te dará tu antigua ropa.

¡Ésa era la mirada que deseaba! ¡Miedo! ¡Pánico!

Las preguntas se agolpaban en la cabeza de Aledis. ¿Qué iba a hacer? ¿Adónde iba a ir? Barcelona estaba en el otro confín del mundo y en todo caso, ¿qué le quedaba allí? ¡Arnau, muerto! El viaje desde Barcelona a Figueras pasó por su mente como un rayo y todo su cuerpo sintió el horror, la humillación, la vergüenza..., el dolor. ¡Y Pau buscándola!

—No... —intentó decir Aledis—, ¡no podría!

—No puedo buscarme problemas —le contestó Francesca con seriedad.

—¡Protegedme! —suplicó—. No tengo adónde ir. No tengo a quién acudir.

Sollozaba. Aledis se quedó de rodillas ante Francesca, sin atreverse a mirarla.

—No podría hacerlo, estás embarazada.

—También era mentira —gritó la muchacha.

Ya había llegado hasta sus piernas. Francesca no se movió.

—¿Qué harías a cambio?

—¡Lo que queráis! —gritó Aledis. Francesca escondió una sonrisa. Ésa era la promesa que esperaba escuchar. ¿Cuántas veces la había obtenido de muchachas como Aledis?—. ¡Lo que queráis! —repitió ésta—. Protegedme, escondedme de mi esposo y haré cuanto deseéis.

—Ya sabes qué somos —insistió la patrona.

¿Y qué más daba? Arnau había muerto. No tenía nada. No le quedaba nada..., salvo un esposo que la lapidaría si la encontraba.

—Escondedme, os lo ruego. Haré lo que queráis —repitió Aledis.

Francesca ordenó que Aledis no se mezclara con los soldados; Arnau era conocido en las filas del ejército.

—Trabajarás escondida —le dijo al día siguiente, cuando se preparaban para partir—. No quisiera que tu esposo... —Aledis asintió antes de que ella terminara la frase—. No debes dejarte ver hasta que termine la guerra. —Aledis volvió a asentir.

Esa misma noche, Francesca mandó recado a Arnau: «Todo arreglado. No volverá a molestarte».

Al día siguiente, en lugar de acudir a Perpiñán, donde se encontraba el rey Jaime de Mallorca, Pedro III decidió proseguir camino en dirección al mar, hacia la villa de Canet, donde Ramon, vizconde del lugar, debería entregarle su castillo en virtud del vasallaje que le juró tras la conquista de Mallorca, cuando el monarca catalán, tras la huida del rey Jaime, lo dejó en libertad después de que rindiera el castillo de Bellver.

Así fue. El vizconde de Canet entregó el castillo al rey Pedro, y el ejército pudo descansar y comer en abundancia gracias a la generosidad de los lugareños, que confiaban en que los catalanes levantasen pronto el campamento para dirigirse a Perpiñán. Asimismo, el rey pudo establecer una cabeza de puente con su armada, a la que inmediatamente aprovisionó.

Establecido en Canet, Pedro III recibió a un nuevo mediador; en este caso se trataba de todo un cardenal, el segundo que intercedía por Jaime de Mallorca. Tampoco le hizo caso, lo despidió y empezó a estudiar con sus consejeros la mejor forma de asediar la ciudad de Perpiñán. Mientras el rey esperaba los suministros por mar y los almacenaba en el castillo de Canet, el ejército catalán estuvo asentado seis días en la villa, durante los cuales se dedicó a tomar los castillos y fortalezas que se encontraban entre Canet y Perpiñán.

La *host* de Manresa tomó en nombre del rey Pedro el castillo de Santa María de la Mar, otras compañías asaltaron el castillo de Castellarnau Sobirà, y Eiximèn d'Esparça, con sus almogávares y otros caballeros, asedió y tomó Castell-Rosselló.

Castell-Rosselló no era un simple puesto fronterizo como Bellaguarda, sino que constituía una de las defensas adelantadas de la capital del condado del Rosellón. Allí se repitieron los gritos de guerra y el entrechocar de lanzas de los almogávares, que en esta ocasión fueron acompañados por los aullidos de algunos centenares de soldados deseosos de entrar en combate. La fortaleza no cayó con tanta facilidad como lo hizo Bellaguarda; la lucha en los muros fue encarnizada y el uso de arietes imprescindible para derribar sus defensas.

Los ballesteros fueron los últimos en traspasar las abiertas defensas del castillo. Aquello no tenía nada que ver con el asalto a Bellaguarda. Soldados y civiles, incluidas las mujeres y los niños, defendían la plaza con su vida. En su interior, Arnau tuvo un encarnizado combate cuerpo a cuerpo.

Dejando a un lado su ballesta, empuñó el cuchillo. Centenares de hombres peleaban a su alrededor. El silbido de una espada lo introdujo en el combate. Instintivamente, se apartó y la espada pasó rozando su costado. Con su mano libre, Arnau agarró la muñeca que manejaba la espada y clavó el puñal. Lo hizo mecánicamente, como le habían enseñado en las inacabables lecciones del oficial de Eiximèn d'Esparça. Le habían enseñado a pelear; le habían enseñado cómo se mataba, pero nadie le había enseñado cómo hundir un puñal en el abdomen de un hombre. La cota de malla de su oponente resistió la puñalada y, aunque agarrado por la muñeca, el defensor del castillo volteó la espada con violencia e hirió a Arnau en el hombro.

Fueron unos segundos; los suficientes para darse cuenta de que debía matar.

Arnau apretó el puñal con saña. La hoja traspasó la cota de malla y se hundió en el estómago de su enemigo. La espada perdió fuerza pero siguió volteando peligrosamente. Arnau empujó el puñal hacia arriba. Su mano notó el calor de las entrañas. El cuerpo de su enemigo se izó del suelo, el puñal rajó el abdomen, la espada cayó al suelo y Arnau se encontró con el rostro de su rival sobre el suyo. Aquellos labios se movieron a escasa distancia de su rostro. ¿Quería decirle algo? A pesar del fragor del combate, Arnau escuchó sus estertores. ¿Pensaba en algo? ¿Veía la muerte? Los ojos desorbitados parecieron advertirle y Arnau se volvió en el mismo instante en que otro defensor de Castell-Rosselló se abalanzaba sobre él.

No lo dudó. El puñal de Arnau rasgó el aire y el cuello de su nuevo contrincante. Dejó de pensar. Fue él quien buscó más muerte. Peleó y gritó. Golpeó y hundió su puñal en la carne del enemigo, una y otra vez, sin reparar en sus rostros ni en su dolor.

Mató.

Cuando todo hubo terminado y los defensores de Castell-Rosselló se rindieron, Arnau se vio a sí mismo ensangrentado y temblando por el esfuerzo.

Miró a su alrededor y los cadáveres le recordaron la batalla. No tuvo oportunidad de fijarse en ninguno de sus oponentes. No pudo participar de su dolor o de compadecerse de sus almas. A partir de aquel preciso instante, los rostros que no había visto, cegado por la sangre, empezaron a aparecérsele reclamando sus derechos, el honor del vencido. Arnau recordaría muchas veces las caras borrosas de quienes murieron bajo su puñal.

A mediados de agosto el ejército se hallaba de nuevo acampado entre el castillo de Canet y el mar. Arnau asaltó Castell-Rosselló el 4 de agosto. Dos días más tarde, el rey Pedro III puso en marcha sus tropas, y durante una semana, comoquiera que la ciudad de Perpiñán no había rendido homenaje al rey Pedro, los ejércitos catalanes se dedicaron a devastar los alrededores de la capital del Rosellón: Basoles, Vernet, Solés, Sant Esteve... Talaron viñas, olivares y cuantos árboles se interpusieron al paso de un ejército desplegado por orden de su rey, excepción hecha de las higueras; ¿capricho del Ceremonioso? Quemaron molinos y cosechas, destrozaron campos de cultivo y villas, pero en ningún momento llegaron a asediar la capital y refugio del rey Jaime: Perpiñán.

15 de agosto de 1343
Misa solemne de campaña

El ejército entero, concentrado en la playa, rendía culto a la Virgen de la Mar. Pedro III había cedido a las presiones del Santo Padre y pactado una tregua con Jaime de Mallorca. El rumor corrió entre el ejército. Arnau no escuchaba al sacerdote; pocos lo hacían, la mayoría tenía el rostro contrito. La Virgen no consolaba a Arnau. Había matado. Había talado árboles. Había arrasado viñas y campos de cultivo ante los asustados ojos de los campesinos y de sus hijos. Había destruido villas enteras y con ellas los hogares de gentes de bien. El rey Jaime había conseguido su tregua y el rey Pedro había cedido. Arnau recordó las arengas de Santa María de la Mar: «¡Cataluña os necesita! ¡El rey Pedro os necesita! ¡Partid a la guerra!». ¿Qué guerra? Sólo habían sido matanzas. Escaramuzas en las que los únicos que perdieron fueron las gentes humildes, los soldados leales...

y los niños, que pasarían hambre el próximo invierno por falta de grano. ¿Qué guerra? ¿La que habían librado obispos y cardenales, correveidiles de reyes arteros? El sacerdote proseguía con su homilía pero Arnau no escuchaba sus palabras. ¿Para qué había tenido que matar? ¿De qué servían sus muertos?

La misa finalizó. Los soldados se disolvieron formando pequeños grupos.

—¿Y el botín prometido?

—Perpiñán es rica, muy rica —oyó Arnau.

—¿Cómo pagará el rey a sus soldados si ya antes no podía hacerlo?

Arnau deambulaba entre los grupos de soldados. ¿Qué le importaba a él el botín? Era la mirada de los niños lo que le importaba; la de aquel pequeño que, agarrado a la mano de su hermana, presenció cómo Arnau y un grupo de soldados arrasaban su huerto y esparcían el grano que debía sustentarles durante el invierno. ¿Por qué?, le preguntaron sus ojos inocentes. ¿Qué mal os hemos hecho nosotros? Probablemente los niños fueran los encargados del huerto, y permanecieron allí, con las lágrimas cayendo por sus mejillas, hasta que el gran ejército catalán terminó de destruir sus escasas posesiones. Cuando terminaron, Arnau ni siquiera fue capaz de volver la mirada hacia ellos.

El ejército regresaba a casa. Las columnas de soldados se diseminaban por los caminos de Cataluña, acompañadas por tahúres, prostitutas y comerciantes, desencantados por los beneficios que no llegarían.

Barcelona se acercaba. Las diferentes *hosts* del principado se desviaban hacia sus lugares de origen; otras atravesarían la ciudad condal. Arnau notó que sus compañeros avivaban el paso, igual que él mismo había hecho. Aparecieron algunas sonrisas en los rostros de los soldados. Volvían a casa. El rostro de Maria se le apareció en el camino. «Todo arreglado —le habían dicho—, Aledis no volverá a molestarte.» Era lo único que deseaba, lo único de lo que había huido.

El rostro de Maria empezó a sonreírle.

31

Finales de marzo de 1348
Barcelona

espuntaba el alba y Arnau y los *bastaixos* esperaban a pie de playa la descarga de una galera mallorquina que había arribado a puerto durante la noche. Los prohombres de la cofradía ordenaban a sus gentes. El mar estaba en calma y las olas lamían la playa con delicadeza, llamando a los ciudadanos de Barcelona a iniciar la jornada. El sol empezaba a arañar destellos de colores allí donde las aguas se ondulaban, y los *bastaixos*, mientras esperaban la llegada de los barqueros con las mercaderías, se dejaban llevar por el encanto del momento, con la mirada perdida en el horizonte y el espíritu bailando con la mar.

—Qué extraño —se oyó en el grupo—, no descargan.

Todos fijaron su atención en la galera. Los barqueros se habían acercado a la nave y algunos de ellos volvían a la playa de vacío; otros hablaban a gritos con los marineros de cubierta, algunos de los cuales se lanzaban al agua y se encaramaban a las barcas. Pero nadie descargaba fardos de la galera.

—¡La peste! —Los gritos de los primeros barqueros se oyeron en la playa mucho antes de que arribasen las barcas—. ¡La peste ha llegado a Mallorca!

Arnau sintió un escalofrío. ¿Era posible que aquel precioso mar les trajera semejante noticia? Un día gris, de temporal... pero aquella mañana todo parecía mágico. Durante meses había sido el tema de conversación de los barceloneses: la peste asolaba el lejano Oriente, se había extendido hacia el oeste y devastaba comunidades enteras.

—Quizá no llegue a Barcelona —decían algunos—; tiene que cruzar todo el Mediterráneo.

—El mar nos protegerá —afirmaban otros.

Durante meses, el pueblo quiso creérselo: la peste no llegaría a Barcelona.

Mallorca, pensó Arnau. Había llegado a Mallorca; la plaga había cruzado leguas y leguas de Mediterráneo.

—¡La peste! —repitieron los barqueros al arribar a la playa.

Los *bastaixos* los rodearon para escuchar qué noticias traían. En una de las barcas venía el piloto de la galera.

—Llevadme ante el veguer y los consejeros de la ciudad —ordenó tras saltar a la orilla—. ¡Rápido!

Los prohombres atendieron su solicitud; los demás asediaron a los recién llegados. «Mueren a centenares —contaban—. Es horroroso. Nadie puede hacer nada. Niños, mujeres y hombres, ricos o pobres, nobles o humildes...; hasta los animales son pasto de la plaga. Los cadáveres se amontonan en las calles y se pudren, y las autoridades no saben qué hacer. La gente muere en menos de dos días entre espantosos gritos de dolor.» Algunos *bastaixos* corrieron en dirección a la ciudad, dando voces y haciendo aspavientos. Arnau escuchaba, encogido. Decían que a los apestados les salían grandes bubas purulentas en el cuello, las axilas o las ingles, que crecían hasta reventar.

La noticia se extendió por la ciudad y muchos fueron los que se acercaron al grupo de la playa para escuchar un rato y volver corriendo a sus hogares.

Barcelona entera se convirtió en un hervidero de rumores: «Cuando las bubas se abren, salen demonios. Los apestados se vuelven locos y muerden a la gente; así se transmite la enfermedad. Los ojos y los genitales revientan. Si alguien mira las bubas, se contagia. Hay que quemarlos antes de que mueran, porque, si no, la enfermedad ataca a otra persona. ¡Yo he visto la peste!».

Cualquier persona que iniciase su conversación con esas palabras era inmediatamente objeto de atención y la gente se arremolinaba a su alrededor para escuchar su historia; después, el horror y la imaginación se multiplicaban en boca de unos ciudadanos que ignoraban lo que les esperaba. El municipio, como única precaución, ordenó la máxima higiene, y la gente se lanzó a los baños públicos... y a las iglesias. Misas, rogativas, procesiones: todo era poco para atajar el peligro que se cernía sobre la ciudad condal y, tras un mes de agonía, la peste llegó a Barcelona.

Primero fue un calafateador que trabajaba en las atarazanas. Los médicos acudieron a su lado, pero lo único que pudieron hacer fue comprobar lo que habían leído en libros y tratados.

—Son del tamaño de pequeñas mandarinas —dijo uno señalando las grandes bubas que había en el cuello del hombre.

—Negras, duras y calientes —añadió otro tras tocarlas.

—Paños de agua fría para la fiebre.

—Hay que sangrarlo. Si lo sangramos, desaparecerán las hemorragias alrededor de las bubas.

—Hay que sajar las bubas —aconsejó un tercero.

Los otros médicos dejaron al enfermo y miraron al que había hablado.

—Los libros dicen que no se sajen —atajó uno.

—A fin de cuentas —dijo otro—, es sólo un calafateador. Comprobemos las axilas y las ingles.

También allí había grandes bubas negras, duras y calientes. Entre gritos de dolor, el enfermo fue sangrado y la poca vida que conservaba se escapó por los cortes que los galenos practicaron en su cuerpo.

Aquel mismo día aparecieron nuevos casos. Al día siguiente, más, y más al siguiente. Los barceloneses se encerraron en sus casas, donde algunos morían entre terribles sufrimientos; otros, por miedo al contagio, eran dejados en las calles, donde agonizaban hasta que les llegaba la muerte. Las autoridades ordenaron marcar con una cruz de cal las puertas de las casas en las que se había producido algún caso de peste. Insistieron en la higiene corporal, en que se evitara el contacto con los apestados, y ordenaron que los cadáveres se quemaran en grandes piras. Los ciudadanos se restregaron la piel hasta arrancársela y, quienes pudieron, permanecieron alejados de los enfermos. Sin embargo, nadie intentó hacer lo propio con las pulgas, y para extrañeza de médicos y autoridades, la enfermedad siguió transmitiéndose.

Transcurrieron las semanas, y Arnau y Maria, como mucha otra gente, siguieron acudiendo diariamente a Santa María para insistir en unas plegarias que el cielo no atendía. A su alrededor morían a causa de la epidemia amigos tan queridos como el buen padre Albert. La peste se ensañó en los ancianos Pere y Mariona, que no tardaron en morir bajo la funesta plaga. El obispo organizó una procesión de plegaria que debía recorrer todo el perímetro de la ciudad; saldría de la catedral y bajaría por la calle de la Mar hasta Santa María, donde se le uniría la Virgen de la Mar bajo palio, antes de seguir el trayecto previsto.

La Virgen esperaba en la plaza de Santa María, junto a los *bastaixos* que la cargarían. Los hombres se miraban unos a otros, mientras se preguntaban en silencio por los *bastaixos* ausentes. Nadie contestaba. Apretaban los labios y bajaban la mirada. Arnau recordó las grandes procesiones en las que habían portado a su patrona, en las que se peleaban por acercarse al paso. Los prohombres tenían que poner orden y establecer turnos para que todos pudieran acarrear a la Virgen, y ahora... no eran suficientes ni para... relevarse. ¿Tantos habían muerto? ¿Cuánto duraría aquello, Señora? El rumor de las plegarias del pueblo bajó por la calle de la Mar. Arnau miró la cabeza de la procesión: la gente andaba cabizbaja y arrastrando los pies. ¿Dónde estaban los nobles que con tanto boato se unían siempre al obispo? Cuatro de los cinco consejeros de la ciudad habían muerto; las tres cuartas partes de los miembros del Consejo de Ciento corrieron igual suerte. Los demás habían huido de la ciudad. Los *bastaixos* alzaron en silencio a su Virgen, la cargaron sobre sus hombros, dejaron pasar al obispo y se sumaron a la procesión y a las rogativas. Desde Santa María continuaron hasta el convento de Santa Clara pasando por la plaza del Born. En Santa Clara y pese al incienso de los sacerdotes, los asaltó el olor a carne quemada; muchos sustituyeron las oraciones por el llanto. A la altura del portal de San Daniel giraron hacia la izquierda en dirección al portal Nou y al monasterio de Sant Pere de les Puelles; sortearon algún que otro cadáver y evitaron mirar a los apestados que esperaban la muerte en las esquinas o frente a las puertas señaladas con una cruz blanca, que nunca volverían a abrirse ante ellos. «Señora —pensó Arnau con el paso sobre los hombros—, ¿por qué tanta desgracia?» Desde Sant Pere siguieron rezando hasta el portal de Santa Anna, donde volvieron a girar a la izquierda, en dirección al mar, hasta el barrio del Forn dels Arcs, y dirigirse de nuevo hacia la catedral.

Pero el pueblo empezó a dudar de la eficacia de la Iglesia y sus autoridades; rezaban hasta la extenuación y la peste continuaba haciendo estragos.

—Dicen que es el fin del mundo —se lamentó un día Arnau al entrar en su casa—. Barcelona entera ha enloquecido. Los flagelantes, se hacen llamar. —Maria estaba de espaldas a él. Arnau se sentó a la espera de que su mujer lo descalzase y continuó hablando—: Van por las calles a cientos, con el torso descubierto, gritan que se acerca el día del juicio final, confiesan sus pecados a los cuatro vientos y se flagelan la espalda con látigos. Algunos la tienen en carne viva y continúan... —Arnau acarició la cabeza de Maria, arrodillada frente a él. Ardía—. ¿Qué...?

Buscó la barbilla de su mujer con la mano. No podía ser. Ella no. Maria levantó unos ojos vidriosos hacia él. Sudaba y tenía el rostro congestionado. Arnau intentó levantarle más la cabeza para verle el cuello, pero ella hizo un gesto de dolor.

—¡Tú no! —exclamó Arnau.

Maria, arrodillada, con las manos en las esparteñas de su esposo, miró fijamente a Arnau mientras las lágrimas empezaban a caer por sus mejillas.

—Dios, tú no. ¡Dios! —Arnau se arrodilló junto a ella.

—Vete, Arnau —balbuceó Maria—. No te quedes junto a mí.

Arnau intentó abrazarla, pero al cogerla por los hombros, Maria volvió a hacer una mueca de dolor.

—Ven —le dijo alzándola lo más suavemente que pudo. Maria, sollozando, volvió a insistir en que se fuera—. ¿Cómo voy a dejarte? Eres todo lo que tengo... ¡lo único que tengo! ¿Qué haría yo sin ti? Algunos se curan, Maria. Tú te curarás. Tú te curarás. —Intentando consolarla la llevó hasta la alcoba y la tumbó sobre la cama. Allí pudo ver su cuello, un cuello que recordó precioso y que ahora empezaba a ennegrecer—. ¡Un médico! —gritó abriendo la ventana y asomándose al balcón.

Nadie pareció oírle. Sin embargo, aquella misma noche, cuando las bubas empezaban a adueñarse del cuello de Maria, alguien marcó su puerta con una cruz de cal.

Arnau sólo pudo poner paños de agua fría sobre la frente de Maria. Tumbada en la cama, la mujer tiritaba. Incapaz de moverse sin sufrir terribles dolores, sus sordos quejidos erizaban el vello de Arnau. Maria tenía la vista perdida en el techo. Arnau vio cómo crecían las bubas del cuello y la piel se volvía negra. «Te quiero, Maria. ¿Cuántas veces habría querido decírtelo?» Le cogió la mano y se arrodilló junto a la cama. Así pasó la noche, agarrado a la mano de su mujer, tiritando y sudando con ella, clamando al cielo con cada espasmo que sufría Maria.

La amortajó con la mejor de las sábanas que tenían y esperó a que pasara el carro de los muertos. No la dejaría en la calle. Él mismo la entregaría a los funcionarios. Así lo hizo. Cuando oyó el cansino repiquetear de los cascos del caballo, cogió el cadáver de Maria y lo bajó hasta la calle.

—Adiós —le dijo besándola en la frente.

Los dos funcionarios, enguantados y con los rostros tapados con paños gruesos, miraron sorprendidos cómo Arnau destapaba la cara de Maria y la besaba. Nadie quería acercarse a los apestados, ni siquiera sus seres queridos, que los abandonaban en la calle o, como mucho, los llamaban a ellos para que los recogiesen en los lechos en que habían encontrado la muerte. Arnau entregó su esposa a los funcionarios, que, impresionados, intentaron dejarla con cuidado sobre la decena de cadáveres que portaban.

Con lágrimas en los ojos, Arnau miró cómo se alejaba el carro hasta que se perdió en las calles de Barcelona. Él sería el siguiente: entró en su casa y se sentó a esperar la muerte, deseoso de reunirse con Maria. Tres días enteros estuvo Arnau aguardando la llegada de la peste, palpándose constantemente el cuello en busca de una hinchazón que no llegaba. Las bubas no aparecieron y Arnau acabó convenciéndose de que, de momento, el Señor no lo llamaba a su lado, junto a su esposa.

Arnau caminó por la playa, pisoteando las olas que se acercaban a la ciudad maldita; vagó por Barcelona ajeno a la miseria, a los enfermos y a los sollozos que salían de las ventanas de las casas. Algo volvió a llevarle a Santa María. Las obras se habían interrumpido, los andamios estaban vacíos, las piedras descansaban en el suelo a la espera de que alguien las cincelase, pero la gente seguía acudiendo a la iglesia. Entró. Los fieles se congregaban alrededor del inacabado altar mayor, en pie o arrodillados sobre el suelo, rezando. Pese a que la iglesia todavía se hallaba abierta al cielo en los ábsides en construcción, el ambiente estaba cargado por el incienso que se quemaba para aplacar los olores de muerte que acompañaban al pueblo. Cuando iba a acercarse a su Virgen, un sacerdote se dirigió a los feligreses desde el altar mayor.

—Sabed —les dijo— que nuestro Sumo Pontífice, el papa Clemente VI, ha dictado una bula por la que exculpa a los judíos de ser los causantes de la plaga. La enfermedad es sólo una pestilencia con la que Dios aflige al pueblo cristiano. —Un murmullo de desaprobación se elevó entre los reunidos—. Rezad —continuó el sacerdote—, encomendaos al Señor...

Muchos de ellos abandonaron Santa Maria discutiendo a voz en grito.

Arnau hizo caso omiso del sermón y se dirigió hacia la capilla del Altísimo. ¿Los judíos? ¿Qué tenían que ver los judíos con la peste? Su pequeña Virgen lo esperaba en el mismo lugar que siempre. Los cirios de los *bastaixos* seguían acompañándola. ¿Quién los debía de haber encendido? Sin embargo, Arnau apenas lograba vislumbrar a su madre; una tupida nube de incienso se arremolinaba a su alrededor. No la vio sonreír. Quiso rezar pero no pudo. «¿Por qué lo has permitido, madre?» Las lágrimas volvieron a correr por sus mejillas al recordar a Maria, su sufrimiento, su

345

cuerpo abandonado al dolor, las bubas que lo habían asolado. Había sido un castigo, pero era él quien lo merecía, él quien había pecado siendo infiel con Aledis.

Y allí, delante de la Virgen, juró que nunca volvería a dejarse llevar por la lujuria. Se lo debía a Maria. Pasara lo que pasara. Nunca.

—¿Te ocurre algo, hijo? —oyó que le preguntaban. Arnau se volvió y se encontró con el sacerdote que hacía unos instantes se estaba dirigiendo a la feligresía—. Hola, Arnau —lo saludó tras ver que era uno de los *bastaixos* que se volcaban en Santa María—. ¿Te ocurre algo? —repitió.

—Maria.

El sacerdote asintió con la cabeza.

—Recemos por ella —lo instó.

—No, padre —se opuso Arnau—, todavía no.

—Sólo en Dios podrás encontrar consuelo, Arnau.

¿Consuelo? ¿Cómo iba a encontrar consuelo en nada? Arnau trató de ver a su Virgen, pero el humo se lo volvió a impedir.

—Recemos... —insistió el sacerdote.

—¿Qué significa lo de los judíos? —lo interrumpió Arnau en busca de una salida.

—Toda Europa cree que la peste se debe a los judíos. —Arnau lo interrogó con la mirada—. Dicen que en Ginebra, en el castillo de Chillon, algunos judíos han confesado que la peste ha sido extendida por un judío de Savoy que envenenaba los pozos con una pócima preparada por los rabinos.

—¿Es eso cierto? —le preguntó Arnau.

—No. El Papa los ha exculpado, pero la gente busca culpables. ¿Rezamos ahora?

—Hacedlo vos por mí, padre.

Arnau abandonó Santa María. En la plaza se encontró rodeado por un grupo de cerca de veinte flagelantes. «¡Arrepiéntete!», gritaba sin dejar de castigar sus espaldas con látigos. «¡Es el fin del mundo!», gritaron otros escupiéndole las palabras a la cara.

Arnau vio la sangre que corría por sus espaldas en carne viva y que bajaba por sus piernas, desnudas desde las caderas abrazadas por cilicios. Observó sus rostros y los ojos desorbitados que lo miraban. Escapó corriendo hacia la calle de Montcada hasta que los gritos se desvanecieron. Allí reinaba el silencio..., pero había algo. ¡Las puertas! Pocos de los grandes portalones de acceso a los palacios de la calle de Montcada mostraban la cruz blanca que estigmatizaba la mayoría de las puertas de la ciudad. Arnau se encontró frente al palacio de los Puig. Tampoco tenía la cruz blanca; las ventanas estaban cerradas y no se percibía actividad alguna dentro del edificio. Deseó que la peste los encontrase allí donde se hubieran refugiado, que sufrieran como había sufrido su Maria. Arnau huyó de allí con más prisa aun que al escapar de los flagelantes.

Cuando llegó al cruce de la calle Montcada con Carders, Arnau volvió a encontrarse con una muchedumbre exaltada, en este caso provista de palos, espadas y ballestas. «Están todos locos», pensó Arnau apartándose al paso de la gente. De poco habían servido los sermones que se pronunciaban en todas las iglesias de la ciudad. La bula de Clemente VI no había apaciguado los ánimos de un pueblo que necesitaba descargar su ira. «¡A la judería! —oyó que gritaban—. ¡Herejes! ¡Asesinos! ¡Arrepentíos!» Los flagelantes también estaban allí, y seguían castigándose las espaldas, salpicando de sangre y exaltando a cuantos los rodeaban.

Arnau se puso a la cola de la horda, junto a quienes la seguían en silencio, entre los que pudo ver a algún que otro apestado. Toda Barcelona confluyó en la judería y rodeó por los cuatro costados el barrio semiamurallado. Unos se colocaron en el norte, junto al palacio del obispo; otros en poniente, frente a las antiguas murallas romanas de la ciudad; otros se emplazaron en la calle del Bisbe, con la que lindaba la judería por oriente, y los más, entre ellos el grupo al que seguía Arnau, en el sur, en la calle de la Boquería y frente al Castell Nou, donde estaba la entrada al barrio. El griterío era ensordecedor. El pueblo clamaba venganza, aunque de momento se limitaba a gritar frente a las puertas, mostrando sus palos y sus ballestas.

Arnau logró hacerse un sitio en la atestada escalera de la iglesia de Sant Jaume, la misma de la que los habían echado a él y a Joanet un lejano día, cuando buscaba a esa Virgen a la que llamar madre. Sant Jaume se alzaba justo frente a la muralla sur de la judería y desde allí, por encima de la gente, Arnau pudo ver qué ocurría. La guarnición de soldados reales, capitaneada por el veguer, estaba preparada para defender la judería. Antes de atacar, una comitiva de ciudadanos se acercó a parlamentar con el veguer, junto a la puerta entreabierta de la judería, para que retirase las tropas de su interior; los flagelantes gritaban y danzaban alrededor del grupo, y la muchedumbre seguía amenazando a los judíos, a los que ni siquiera veía.

—No se retirarán —oyó Arnau que aseguraba una mujer.

—Los judíos son propiedad del rey, sólo dependen del rey —asintió otro—. Si los judíos mueren, el rey perderá todos los impuestos que les cobra...

—Y todos los créditos que les pide a esos usureros.

—No sólo eso —intervino un tercero—; si se asalta la judería, el rey perderá hasta los muebles que los judíos les dejan a él y a su corte cuando viene a Barcelona.

—Los nobles tendrán que dormir en el suelo —se oyó gritar entre carcajadas.

Arnau no pudo reprimir una sonrisa.

—El veguer defenderá los intereses del rey —dijo la mujer.

Así fue. El veguer no cedió y cuando se dieron por finalizadas las conversaciones se encerró apresuradamente en el interior de la judería. Aquélla era la señal que esperaba la gente, y antes de que se hubiese cerrado la puerta, los más cercanos a las murallas se abalanzaron sobre ella al tiempo que una lluvia de palos, flechas y piedras empezaba a volar por encima de las murallas del barrio judío. El asalto había empezado.

Arnau vio cómo una turba de ciudadanos cegados por el odio se lanzaba sin orden ni concierto contra las puertas y las murallas de la judería. No había ningún mando; lo más parecido a una orden eran los gritos de los flagelantes que seguían torturándose al pie de las murallas y que incitaban a los ciudadanos a escalarlas y asesinar a los herejes. Muchos cayeron bajo las espadas de los soldados del rey en cuanto lograron coronar las murallas, pero la judería estaba sufriendo un asalto masivo por sus cuatro costados y muchos otros lograron superar a los soldados y enfrentarse cuerpo a cuerpo con los judíos.

Arnau permaneció en la escalera de Sant Jaume por espacio de dos horas. Los gritos de guerra de los combatientes le recordaron sus días de soldado: Bellaguarda y Castell-Rosselló. Los rostros de los que caían se confundieron con los de los hombres a los que un día dio muerte; el olor a sangre lo transportó al Rosellón, a la mentira que le llevó a aquella guerra absurda, a Aledis, a Maria..., y abandonó la atalaya desde la que había seguido la matanza.

Anduvo en dirección al mar pensando en Maria y en lo que le había llevado a refugiarse en la guerra. Sus pensamientos se vieron bruscamente interrumpidos. Estaba a la altura del Castell de Regomir, bastión de la antigua muralla romana, cuando unos gritos muy cercanos le obligaron a volver a la realidad.

—¡Herejes!

—¡Asesinos!

Arnau se topó con una veintena de personas armadas con palos y cuchillos que ocupaban toda la calle y que gritaban a algunas personas que debían de estar pegadas a la fachada de una de las casas. ¿Por qué no se limitaban a llorar a sus muertos? No se detuvo y se dispuso a atravesar el grupo de exaltados para continuar su camino. Mientras los apartaba a empellones, Arnau desvió un instante la mirada hacia el lugar que la gente rodeaba: en el quicio de la puerta de una casa, un esclavo moro, ensangrentado, intentaba proteger con su cuerpo a tres niños vestidos de negro con la rodela amarilla en el pecho. De pronto, Arnau se encontró entre el moro y los agresores. Se hizo el silencio y los niños asomaron sus caritas asustadas. Arnau los miró; lamentaba no haberle dado hijos a Maria. Una piedra voló hacia una de las cabecitas y rozó a Arnau. El moro se interpuso en su camino; la pedrada impactó en su estómago y lo dobló de dolor. La carita miró directamente a Arnau. A su mujer le encantaban los niños: le daba igual que fueran cristianos, moros o judíos. Los seguía con la mirada, en la playa, en las calles... Sus ojos los perseguían y después lo miraban a él...

—¡Aparta! Sal de ahí —oyó Arnau a sus espaldas.

Arnau miró aquellos ojitos aterrados.

—¿Qué queréis hacerles a estos niños? —preguntó.

Varios hombres, armados con cuchillos, se enfrentaron a él.

—Son judíos —le contestaron al unísono.

—¿Y sólo por eso vais a matarlos? ¿No tenéis suficiente con sus padres?

—Han envenenado los pozos —contestó uno—. Mataron a Jesús. Matan a los niños cristianos para sus ritos herejes. Sí, les arrancan el corazón... Roban las sagradas hostias. —Arnau no escuchaba. Todavía olía la sangre de la judería..., la de Castell-Rosselló. Agarró del brazo al hombre que tenía más cerca y lo golpeó en la cara a la vez que se hacía con su cuchillo y lo encaraba hacia los demás.

—¡Nadie hará daño a unos niños!

Los atacantes vieron cómo Arnau empuñaba el cuchillo, cómo lo movía en círculo hacia ellos, cómo los miraba.

—Nadie hará daño a unos niños —repitió—. Id a luchar a la judería, contra los soldados, contra los hombres.

—Os matarán —oyó que le advertía el moro, ahora a sus espaldas.

—¡Hereje! —le gritaron desde el grupo.

—¡Judío!

Le habían enseñado a atacar primero, a pillar desprevenido al enemigo, a no permitir que su oponente se creciera, a asustarle. Arnau se lanzó a cuchilladas contra los más cercanos al grito de «¡Sant Jordi!». Clavó el puñal en el vientre del primero y giró sobre sí mismo, lo que obligó a los que se abalanzaban sobre él a retroceder. El puñal sesgó el pecho de más de uno. Desde el suelo, uno de los atacantes lo apuñaló en la pantorrilla. Arnau lo miró, lo agarró del cabello, le echó hacia atrás la cabeza y lo degolló. La sangre manó a borbotones. Tres hombres yacían en el suelo y los demás empezaron a apartarse. «Huye cuando estés en desventaja», le habían aconsejado. Arnau hizo ademán de volver a lanzarse sobre ellos y la gente tropezó mientras intentaba alejarse de él. Con la mano izquierda, sin mirar hacia atrás, instó al moro a que se acercase y cuando notó el temblor de los niños en sus piernas, empezó a andar hacia el mar, de espaldas, sin perder de vista a los agresores.

—Os esperan en la judería —gritó a los asaltantes mientras seguía empujando a los niños.

Alcanzaron el antiguo portal del Castell de Regomir y echaron a correr. Arnau, sin mayores explicaciones, impidió que los niños se dirigieran hacia la judería.

¿Dónde podría esconder a unos niños? Arnau los guió hasta Santa María y se detuvo en seco ante la entrada principal. Desde donde estaban, a través de la obra inacabada, se alcanzaba a ver el interior.

—¿No..., no pretenderéis meter a los niños en una iglesia cristiana? —le preguntó jadeando el esclavo.

—No —contestó Arnau—. Pero sí muy cerca de ella.

—¿Por qué no nos habéis dejado volver a nuestras casas? —le preguntó a su vez la muchacha, a todas luces la mayor de los tres y mucho más entera que todos los demás tras la carrera.

Arnau se palpó la pantorrilla. La sangre manaba abundantemente.

—Porque vuestras casas están siendo asaltadas por la gente —le contestó—. Os culpan de la peste. Dicen que habéis envenenado los pozos. —Nadie dijo nada—. Lo siento —añadió Arnau.

El esclavo musulmán fue el primero en reaccionar:

—No podemos quedarnos aquí —dijo obligando a Arnau a dejar de examinarse la pierna—. Haced lo que creáis oportuno, pero esconded a los niños.

—¿Y tú? —inquirió Arnau.

—Tengo que enterarme de qué es lo que ha sucedido con sus familias. ¿Cómo podré encontrarles?

—No podrás —contestó Arnau pensando en que en ese momento no podía mostrarle el camino del cementerio romano—. Yo te encontraré a ti. Ve a medianoche a la playa, frente a la pescadería nueva. —El esclavo asintió; cuando ya iban a separarse,

Arnau añadió—: Si durante tres noches no has venido, te daré por muerto.

El musulmán asintió de nuevo y miró a Arnau con sus grandes ojos negros.

—Gracias —le dijo antes de salir corriendo en dirección a la judería.

El más pequeño de los niños intentó seguir al moro, pero Arnau lo agarró por los hombros.

Aquella primera noche el musulmán no se presentó a la cita. Arnau estuvo esperándolo durante más de una hora tras la medianoche; escuchaba el lejano rumor de los tumultos de la judería y observaba la noche, coloreada de rojo por los incendios. Durante la espera tuvo tiempo de pensar en lo ocurrido a lo largo de aquella loca jornada. Tenía tres niños judíos escondidos en un antiguo cementerio romano bajo el altar mayor de Santa María, bajo su propia Virgen. La entrada al cementerio que en su día descubrieron él y Joanet seguía igual que la última vez que estuvieron allí. Todavía no se había construido la escalera de la puerta del Born y el entarimado de madera les permitió un fácil acceso; sin embargo, los guardias que vigilaban el templo, que estuvieron rondando durante casi una hora por la calle, les obligaron a esperar agazapados y en silencio la oportunidad de colarse bajo la tarima.

Los niños lo siguieron sin rechistar, hasta que tras recorrer el túnel, en la oscuridad, Arnau les dijo dónde se encontraban y les advirtió que no tocaran nada si no querían llevarse una desagradable sorpresa. Entonces los tres se echaron a llorar desconsoladamente y Arnau no supo cómo responder a aquellos llantos. Seguro que Maria habría sabido calmarlos.

—Sólo son muertos —les gritó—, y no de peste precisamente. ¿Qué preferís: estar aquí, vivos con los muertos, o fuera para que os maten? —Los llantos cesaron—. Ahora volveré a salir para ir a buscar una vela, agua y algo de comida. ¿De acuerdo? ¿De acuerdo? —repitió ante su silencio.

—De acuerdo —oyó que respondía la niña.

—Vamos a ver, me he jugado la vida por vosotros y todavía me la voy a seguir jugando si alguien descubre que tengo a tres niños judíos escondidos bajo la iglesia de Santa María. No estoy dispuesto a seguir haciéndolo si cuando vuelva habéis desaparecido. ¿Qué decís? ¿Me esperaréis aquí o queréis volver a salir a la calle?

—Esperaremos —contestó decidida la niña.

A Arnau lo recibió una casa vacía. Se lavó y trató de curarse la pierna. Vendó la herida. Llenó de agua su viejo pellejo, cogió una linterna y aceite para cargarla, una hogaza de pan duro y carne salada y volvió renqueando a Santa María.

Los niños no se habían movido del extremo del túnel donde los había dejado. Arnau encendió la linterna y vio a tres cervatillos asustados que no respondieron a la sonrisa con que trató de calmarlos. La niña abrazaba a los otros dos. Los tres eran morenos, con el cabello largo y limpio, sanos, con los dientes blancos como la nieve y guapos, sobre todo la niña.

—¿Sois hermanos? —se le ocurrió preguntar a Arnau.

—Nosotros somos hermanos —contestó de nuevo la niña, señalando al más pequeño—. Él es un vecino.

—Bueno, creo que después de todo lo que ha pasado y de lo que aún nos queda, deberíamos presentarnos. Me llamo Arnau.

La niña hizo los honores: ella se llamaba Raquel, su hermano Jucef y su vecino Saúl. Arnau siguió interrogándolos a la luz de la linterna, mientras los niños echaban fugaces miradas al interior del cementerio. Tenían trece, seis y once años. Habían nacido en Barcelona y vivían con sus padres en la judería, adonde regresaban cuando les asaltaron los salvajes de los que los defendió Arnau. El esclavo, al que siempre habían llamado Sahat, era propiedad de los padres de Raquel y Jucef, y si había dicho que iría a la playa, seguro que lo haría; jamás les había fallado.

—Bien —dijo Arnau tras las explicaciones—, creo que valdrá la pena que echemos una mirada a este lugar. Hace mucho tiempo, más o menos desde que tenía vuestra edad, que no he estado aquí, aunque no creo que nadie se haya movido. —Sólo él se rió.

De rodillas, se desplazó hasta el centro de la cueva iluminando el interior. Los niños permanecieron agazapados donde estaban, mirando con terror las tumbas abiertas y los esqueletos—. Esto es lo mejor que se me ha ocurrido —se excusó al percatarse de su expresión de pánico—. Seguro que aquí nadie nos podrá encontrar mientras esperamos a que se calme...

—¿Y qué pasará si matan a nuestros padres? —lo interrumpió Raquel.

—No pienses en eso. Seguro que no les sucederá nada. Mirad, venid aquí. Aquí hay un espacio sin tumbas y es lo suficientemente grande para que podamos caber todos. ¡Vamos! —Tuvo que insistir apremiándolos con gestos.

Al final lo consiguió y los cuatro se reunieron en un pequeño espacio que les permitía sentarse sobre el suelo sin tocar ninguna tumba. El antiguo cementerio romano seguía igual que la primera vez que Arnau lo había visto, con sus extrañas tumbas de tejas en forma de pirámides alargadas y las grandes ánforas con cadáveres en su interior. Arnau colocó la linterna sobre una de ellas y les ofreció el pellejo, el pan y la carne salada. Los tres bebieron con avidez, pero para comer tan sólo probaron el pan.

—No es *kosher* —se excusó Raquel señalando la carne salada.

—¿*Kosher*?

Raquel le explicó qué significaba *kosher* y los ritos que debían seguirse para que los miembros de la comunidad judía pudieran comer carne, y siguieron charlando hasta que los dos niños cayeron rendidos en el regazo de la muchacha. Entonces, susurrando para no despertarlos, la niña le preguntó:

—¿Y tú no crees lo que dicen?

—¿El qué?

—Que hemos envenenado los pozos.

Arnau tardó algunos segundos en contestar.

—¿Ha muerto algún judío por la peste? —dijo.

—Muchos.

—En ese caso, no —afirmó—. No lo creo.

Cuando Raquel se durmió, Arnau se arrastró por el túnel y se dirigió hacia la playa.

El ataque contra la judería se prolongó dos días, durante los cuales las escasas fuerzas reales, unidas a los miembros de la comunidad judía, intentaron defender el barrio de los constantes asaltos a los que lo sometía un pueblo enloquecido y enfervorizado que, en nombre de la cristiandad, enarbolaba la bandera del saqueo y el linchamiento. Al final, el rey mandó tropas suficientes y la situación empezó a volver a la normalidad.

La tercera noche, Sahat, que había luchado junto a sus amos, pudo escapar para encontrarse con Arnau en la playa de la ciudad, frente a la pescadería, como habían convenido.

—¡Sahat! —oyó en la noche.

—¿Qué haces tú aquí? —le preguntó el esclavo a Raquel, que se lanzó sobre él.

—El cristiano está muy enfermo.

—¿No será...?

—No —le interrumpió la muchacha—, no es peste. No tiene bubas. Es su pierna. La herida se le ha infectado y tiene mucha fiebre. No puede andar.

—¿Y los demás? —preguntó el esclavo.

—Bien, ¿y...?

—Os esperan a todos.

Raquel guió al moro hasta la tarima de la puerta del Born de Santa María.

—¿Aquí? —preguntó el esclavo cuando la muchacha se metió bajo la tarima.

—Silencio —le contestó ella—. Sígueme.

Los dos se deslizaron por el túnel hasta el cementerio romano. Todos tuvieron que ayudar para sacar a Arnau de allí; Sahat, reptando hacia atrás, tiró de él por las manos y los niños empujaron por los pies. Arnau había perdido el conocimiento. Los cinco, Arnau a hombros del esclavo y los niños disfrazados de cristianos con ropas que había traído Sahat, tomaron el camino de la judería tratando, no obstante, de ampararse en las sombras. Cuando llegaron ante las puertas de ésta, vigiladas por un fuerte contingente de soldados del rey, Sahat le explicó al oficial de guardia la verdadera identidad de los niños y la razón de que no portaran la rodela amarilla. En cuanto a Arnau, sí, era un cristiano con fiebre que necesitaba la atención de un médico, como el oficial podía comprobar y efectivamente hizo, aunque se apartó de inmediato por si era un apestado. Sin embargo, lo que en realidad les abrió las puertas de la judería fue la generosa bolsa que el esclavo dejó caer en las manos del oficial del rey mientras hablaba con él.

32

adie hará daño a estos niños. Padre, ¿dónde estáis? ¿Por qué, padre? Hay grano en el palacio. Te quiero, Maria...»

Cuando Arnau deliraba, Sahat obligaba a los niños a abandonar la habitación y mandaba llamar a Hasdai, el padre de Raquel y Jucef, para que lo ayudase a inmovilizarlo en caso de que Arnau empezara a combatir contra los soldados del Rosellón y se le abriese de nuevo la herida de la pierna. Amo y esclavo lo vigilaban al pie de la cama mientras otra esclava le ponía compresas frías en la frente. Así llevaban ya una semana, durante la cual Arnau recibió los mejores cuidados de los médicos judíos y la atención constante de la familia Crescas y de sus esclavos, en especial de Sahat, que velaba día y noche al enfermo.

—La herida no tiene mucha importancia —diagnosticaron los médicos—, pero la infección afecta a todo el cuerpo.

—¿Vivirá? —preguntó Hasdai.

—Es un hombre fuerte —se limitaron a contestar los médicos antes de abandonar la casa.

—¡Hay trigo en el palacio! —volvió a gritar Arnau, sudoroso por la fiebre, al cabo de unos minutos.

—De no ser por él —dijo Sahat— estaríamos todos muertos.

—Lo sé —contestó Hasdai, de pie junto a él.

—¿Por qué lo haría? Es un cristiano.

—Es una buena persona.

De noche, cuando Arnau descansaba y la casa permanecía en

silencio, Sahat se orientaba hacia la dirección sagrada y se arrodillaba a rezar por el cristiano. Durante el día lo obligaba pacientemente a beber agua y a tragar las pócimas que habían preparado los médicos. Raquel y Jucef se asomaban a menudo y Sahat les permitía entrar si Arnau no deliraba.

—Es un guerrero —afirmó en una ocasión Jucef, con los ojos como platos.

—Seguro que lo ha sido —le contestó Sahat.

—Dijo que era un *bastaix* —corrigió Raquel.

—En el cementerio nos dijo que era un guerrero. A lo mejor es un *bastaix* guerrero.

—Lo dijo para que te callaras.

—Yo apostaría a que es un *bastaix* —terció Hasdai—. Por lo que dice.

—Es un guerrero —insistió el menor de los niños.

—No lo sé, Jucef. —El esclavo le revolvió el cabello negro—. ¿Por qué no esperamos a que se cure y él mismo nos lo cuente?

—¿Se curará?

—Seguro. ¿Cuándo has visto que un guerrero muera por una herida en la pierna?

Cuando se iban los niños, Sahat se acercaba a Arnau y le tocaba la frente, que seguía ardiendo. «No sólo los niños son los que viven gracias a ti, cristiano. ¿Por qué lo hiciste? ¿Qué te impulsó a arriesgar tu vida por un esclavo y tres niños judíos? Vive. Tienes que vivir. Quiero hablar contigo, darte las gracias. Además, Hasdai es muy rico y te recompensará, seguro.»

Unos días después, Arnau empezó a recuperarse. Una mañana Sahat lo encontró sensiblemente menos caliente.

—Alá, su nombre sea loado, me ha escuchado.

Hasdai sonrió cuando lo comprobó personalmente.

—Vivirá —se atrevió a asegurarles a sus hijos.

—¿Me contará sus batallas?

—Hijo, no creo...

Pero Jucef empezó a imitar a Arnau moviendo el puñal frente a un imaginario grupo de agresores. En el momento en que iba a degollar al caído, su hermana lo cogió por el brazo.

—¡Jucef! —le gritó.

Cuando se volvieron hacia el enfermo, se toparon con los ojos abiertos de Arnau. Jucef se azoró.

—¿Cómo te encuentras? —le preguntó Hasdai.

Arnau intentó contestar pero tenía la boca seca. Sahat le acercó un vaso con agua.

—Bien —logró decir tras beber—. ¿Y los niños?

Jucef y Raquel se acercaron a la cabecera de la cama, empujados por su padre. Arnau esbozó una sonrisa.

—Hola —dijo Arnau.

—Hola —le respondieron ellos.

—¿Y Saúl?

—Bien —le contestó Hasdai—, pero ahora debes descansar. Vamos, niños.

—¿Cuando estés bien me contarás tus batallas? —le preguntó Jucef antes de que su padre y su hermana lo sacaran de la habitación.

Arnau asintió e intentó esbozar una sonrisa.

A lo largo de la semana siguiente la fiebre remitió por completo y la herida empezó a cerrarse. Arnau y Sahat conversaron en cuantas ocasiones el *bastaix* se sintió con fuerzas para ello.

—Gracias —fue lo primero que le dijo al esclavo.

—Ya me las diste, ¿recuerdas? ¿Por qué..., por qué lo hiciste?

—Los ojos del niño..., mi mujer no lo hubiera permitido...

—¿Maria? —preguntó Sahat recordando los delirios de Arnau.

—Sí —contestó Arnau.

—¿Quieres que la avisemos de que estás aquí? —Arnau apretó los labios y negó con la cabeza—. ¿Hay alguien a quien quieras que avisemos? —El esclavo no insistió más al ver la expresión que ensombrecía el rostro de Arnau.

—¿Cómo terminó el asedio? —le preguntó en otra ocasión Arnau a Sahat.

—Doscientos hombres y mujeres asesinados. Muchas casas saqueadas o incendiadas.

—¡Qué desastre!

—No tanto —lo corrigió Sahat. Arnau lo miró sorprendido—. La judería de Barcelona ha tenido suerte. Desde Oriente hasta Castilla, los judíos han sido asesinados sin piedad. Más de trescientas comunidades han quedado totalmente destruidas. En Alemania, el mismo emperador Carlos IV prometió conceder el perdón a todo delincuente que asesinase a un judío o destruyese una judería. ¿Imaginas qué habría sucedido en Barcelona si vuestro rey, en lugar de protegerla, hubiera perdonado a todos los que mataran a algún judío? —Arnau cerró los ojos y negó con la cabeza—. En Mainz, han quemado en la hoguera a seis mil judíos, y en Estrasburgo, han inmolado en masa a dos mil, en una inmensa pira en el cementerio judío, mujeres y niños incluidos. Dos mil a la vez...

Los niños sólo podían entrar en la habitación de Arnau cuando Hasdai iba a visitar al enfermo y podía encargarse de que no lo molestasen. Un día, cuando Arnau ya empezaba a levantarse del lecho y a dar los primeros pasos, Hasdai apareció solo. El judío, alto y delgado, con el cabello negro, largo y lacio, la mirada penetrante y la nariz ganchuda, se sentó frente a él.

—Debes saber... —dijo con voz grave—, supongo que ya sabrás —corrigió— que tus sacerdotes tienen prohibida la cohabitación entre cristianos y judíos.

—No te preocupes, Hasdai; en cuanto pueda andar...

—No —lo interrumpió el judío—; no estoy diciendo que debas irte de mi casa. Has salvado a mis hijos de una muerte segura, arriesgando tu vida. Todo cuanto poseo es tuyo y te estaré eternamente agradecido. Puedes permanecer en esta casa cuanto tiempo desees. Mi familia y yo nos sentiríamos muy honrados si así lo hicieses. Lo único que pretendía era advertirte, sobre todo si decides quedarte, que intentemos guardar la máxima discreción. Nadie sabrá por los míos, y en ellos incluyo a toda la comunidad hebrea, que vives en mi casa; por eso puedes estar tranquilo. La decisión es tuya e insisto en que nos sentiríamos muy honrados y felices si decidieses continuar con nosotros. ¿Qué respondes?

—¿Quién le contaría a tu hijo mis batallas?

Hasdai sonrió y le ofreció una mano que Arnau estrechó.

Castell-Rosselló era una fortaleza impresionante... El pequeño Jucef se sentaba frente a Arnau, en el suelo del jardín trasero de los Crescas, con las piernas cruzadas y los ojos completamente abiertos, y saboreaba una y otra vez las historias de guerra del *bastaix*, atento en el asedio, inquieto en la pelea, sonriente en la victoria.

—Los defensores lucharon con valor —le contaba—, pero los soldados del rey Pedro fuimos superiores...

Cuando terminaba, Jucef insistía para que repitiera otra de sus historias. Arnau le contaba tanto relatos verdaderos como inventados. «Yo sólo ataqué dos castillos —había estado a punto de confesarle—; los demás días de guerra nos dedicamos a saquear y destruir granjas y cosechas..., salvo las higueras.»

—¿Te gustan los higos, Jucef? —le preguntó en una ocasión recordando los retorcidos troncos que se alzaban en medio de la destrucción total.

—Ya basta, Jucef —le advirtió su padre, que acababa de llegar al jardín, ante la insistencia del pequeño en que Arnau le contara otra batalla—. Vete a dormir. —Jucef, obediente, se despidió de su padre y de Arnau—. ¿Por qué le has preguntado al niño si le gustan los higos?

—Es una larga historia.

Sin decir palabra, Hasdai se sentó frente a él en una silla. «Cuéntamela», le dijo con la mirada.

—Arrasamos con todo... —le confesó Arnau tras relatarle brevemente los antecedentes—, salvo con las higueras. Absurdo, ¿verdad? Dejábamos los campos yermos y, en medio de ellos, en medio de tanta destrucción, una solitaria higuera nos miraba preguntándonos qué estábamos haciendo.

Arnau se perdió en sus recuerdos y Hasdai no se atrevió a interrumpirlo.

—Fue una guerra sin sentido —añadió al fin el *bastaix*.

—Al año siguiente —dijo Hasdai—, el rey recuperó el Rosellón. Jaime de Mallorca se arrodilló descubierto ante él y rindió sus ejércitos. Quizá esa primera guerra en la que tú estuviste sirviera para...

—Para matar de hambre a los payeses, a los niños y a los humildes —lo interrumpió Arnau—. Quizá sirvió para que el ejército de Jaime no tuviera provisiones, pero para eso debieron morir muchas gentes humildes, te lo aseguro. No somos más que juguetes en manos de los nobles. Deciden sobre sus asuntos sin importarles cuántas muertes o cuánta miseria puedan acarrear a los demás.

Hasdai suspiró.

—Si yo te contara, Arnau. Nosotros somos propiedad real, somos suyos...

—Yo fui a la guerra a luchar y terminé quemando las cosechas de los humildes.

Los dos hombres se quedaron pensativos durante unos instantes.

—¡Bueno! —exclamó Arnau rompiendo el silencio—, ya conoces por qué la historia de las higueras.

Hasdai se levantó y palmeó a Arnau en el hombro. Después lo invitó a entrar en la casa.

—Ha refrescado —le dijo mirando al cielo.

Cuando Jucef los dejaba solos, Arnau y Raquel solían conversar en el pequeño jardín de los Crescas. No hablaban de la guerra; Arnau le contaba cosas de su vida de *bastaix* y de Santa María.

—Nosotros no creemos en Jesucristo como el Mesías; el Mesías todavía no ha llegado y el pueblo judío espera su venida —le contó en una ocasión Raquel.

—Dicen que vosotros lo matasteis.

—¡No es cierto! —contestó ella, ofuscada—. ¡Es a nosotros a los que siempre nos han matado y expulsado de donde estuviésemos!

—Dicen —insistió Arnau— que en la Pascua sacrificáis a un niño cristiano y os coméis su corazón y sus miembros para cumplir con vuestros ritos.

Raquel negó con la cabeza.

—¡Eso es una tontería! Tú has comprobado que no podemos comer carne que no sea *kosher* y que nuestra religión nos prohíbe ingerir sangre, ¿qué íbamos a hacer con el corazón de un niño, con sus brazos o con sus piernas? Tú ya conoces a mi padre y al padre de Saúl; ¿los crees capaces de comerse a un niño?

Arnau recordó el rostro de Hasdai y escuchó de nuevo sus sabias palabras; rememoró su prudencia y el cariño que brillaba en su rostro cuando miraba a sus hijos. ¿Cómo iba aquel hombre a comer el corazón de un niño?

—¿Y la hostia? —preguntó—; dicen también que las robáis para torturarlas y revivir el sufrimiento de Jesucristo.

Raquel gesticuló con las manos.

—Los judíos no creemos en la transubs... —Hizo un gesto de contrariedad. ¡Siempre se trababa con aquella palabra cuando hablaba con su padre!—. Transubstanciación —repitió de corrido.

—¿En la qué?

—En la transubs... tanciación. Para vosotros significa que vuestro Jesucristo está en la hostia, que la hostia es realmente el cuerpo de Cristo. Nosotros no creemos en eso. Para los judíos vuestra hostia no es más que un pedazo de pan. Sería bastante absurdo por nuestra parte torturar a un simple pedazo de pan.

—Entonces, ¿nada de lo que se os acusa es cierto?

—Nada.

Arnau quería creer a Raquel. La muchacha lo miraba con los ojos abiertos de par en par implorándole que alejase de su mente los prejuicios con que los cristianos difamaban a su comunidad y sus creencias.

—Pero sois usureros. Eso sí que no podéis negarlo.

Raquel iba a contestar cuando oyeron la voz de su padre.

—No. No somos usureros —intervino Hasdai Crescas acercándose a ellos y tomando asiento junto a su hija—; al menos no lo somos tal como lo cuentan. —Arnau permaneció en silencio a la espera de una explicación—. Mira, hasta hace poco más de un siglo, en el año 1230, los cristianos también prestaban dinero con intereses. Tanto judíos como cristianos lo hacíamos, pero un decreto de vuestro papa Gregorio IX prohibió a los cristianos el préstamo con intereses y, a partir de entonces, sólo los judíos y algunas otras comunidades como los lombardos continuamos practicándolo. Durante mil doscientos años los cristianos habéis prestado dinero con intereses. Lleváis poco más de cien años sin hacerlo, oficialmente —Hasdai remarcó la palabra—, y resulta que somos unos usureros.

—¿Oficialmente?

—Sí, oficialmente. Hay muchos cristianos que prestan dinero con intereses a través de nosotros. En cualquier caso quisiera explicarte por qué lo hacemos. En todas las épocas y en todos los lugares los judíos siempre hemos dependido directamente del rey. A lo largo de los tiempos nuestra comunidad ha sido expulsada de muchos países; lo fue de nuestra propia tierra, después lo fue de Egipto, más tarde, en 1183, de Francia, y pocos años después, en 1290, de Inglaterra. Las comunidades judías tuvieron que emigrar de un país a otro, dejar atrás todas sus pertenencias y suplicar a los reyes de los países a los que se dirigían, permiso para establecerse. En respuesta, los reyes, como sucede con los vuestros, suelen apropiarse de la comunidad judía y nos exigen grandes contribuciones para sus guerras y sus gastos. Si no obtuviéramos beneficios de nuestro dinero no podríamos cumplir con las desorbitadas exigencias de vuestros reyes y nos volverían a expulsar de donde nos encontramos.

—Pero no sólo prestáis dinero a los reyes —insistió Arnau.

—No. Cierto. ¿Y sabes por qué? —Arnau negó con la cabeza—. Porque los reyes no devuelven nuestros préstamos; muy al contrario, nos piden más y más préstamos para sus guerras y sus gastos. De alguna parte tenemos que sacar el dinero para prestárselo, cuando no para contribuir graciosamente, sin que sea un préstamo.

—¿No podéis negaros?

—Nos echarían... o, lo que sería peor, no nos defenderían de los cristianos como hace unos días. Moriríamos todos. —En esta ocasión Arnau asintió en silencio frente a la satisfecha mirada de Raquel, que comprobaba cómo su padre lograba convencer al *bastaix*. Él mismo había visto a los encolerizados barceloneses clamando contra los judíos—. En cualquier caso piensa que tampoco prestamos dinero a aquellos cristianos que no sean mercaderes o que no tengan oficio de comprar y vender. Hace casi cien años que vuestro rey Jaime I el Conquistador promulgó un *usatge* por el que cualquier escritura de comanda o de depósito efectuada por un cambista judío a alguien que no sea mercader se considera falsa y simulada por los judíos, por lo que no se puede actuar contra aquellos que no sean mercaderes. No podemos hacer escrituras de comanda o depósito a alguien que no sea mercader, puesto que no las cobraríamos nunca.

—¿Y qué diferencia hay?

—Toda, Arnau, toda. Los cristianos os enorgullecéis de no prestar dinero con intereses siguiendo las órdenes de vuestra Iglesia, y es cierto que no lo hacéis, cuando menos a las claras. Sin embargo, hacéis lo mismo pero lo llamáis de otra manera. Mira, hasta que la Iglesia prohibió los préstamos con interés entre los cristianos, los negocios funcionaron como lo hacen ahora entre los judíos y los mercaderes: había cristianos con mucho dinero que prestaban a otros cristianos, mercaderes, y a los que éstos les devolvían el capital con los intereses.

—¿Qué sucedió cuando se prohibió el préstamo con intereses?

—Pues muy sencillo. Como siempre, los cristianos le disteis la vuelta a la norma de la Iglesia. Era evidente que ningún cristiano que tuviese dinero lo iba a prestar a otro sin obtener un beneficio, como se pretendía. Para eso se lo quedaba él y no corría riesgo alguno. Entonces los cristianos os inventasteis un negocio que se llama la comanda; ¿has oído hablar de ella?

—Sí —reconoció Arnau—. En el puerto se habla mucho de las comandas cuando llega un barco con mercaderías, pero la verdad es que nunca lo he entendido.

—Pues es muy sencillo. La comanda no es más que un préstamo con interés... disfrazado. Hay un comerciante, un cambista por lo general, que entrega dinero a un mercader para que compre o venda alguna mercancía. Cuando el mercader ha ultimado el negocio, tiene que devolver al cambista la misma cantidad que ha recibido más una parte de las ganancias que ha obtenido. Es lo mismo que el préstamo con intereses pero llamado de otra manera: comanda. El cristiano que entrega ese dinero obtiene un beneficio por su dinero, que es lo que prohíbe la Iglesia: la obtención de beneficios por el dinero y no por el trabajo del hombre. Los cristianos seguís haciendo exactamente lo mismo que hace cien años, antes de que se prohibiesen los intereses, sólo que con otro nombre. Resulta que si nosotros prestamos dinero para un negocio somos unos usureros, pero si lo hace un cristiano a través de una comanda, no lo es.

—¿No hay ninguna diferencia?

—Sólo una: en las comandas, aquel que ha entregado el dinero corre el mismo riesgo que el negocio, esto es, si el mercader no vuelve o pierde la mercadería porque, por ejemplo, lo asaltan los piratas durante una travesía marítima, el que ha puesto el dinero lo pierde. Eso no sucedería en un préstamo, pues el mercader seguiría estando obligado a devolver el dinero con sus intereses, pero en la práctica sigue siendo lo mismo puesto que el mercader que ha perdido su mercancía no nos paga, y en último término los judíos tenemos que acomodarnos a las prácticas comerciales habituales: los mercaderes quieren comandas en las que no corran con el riesgo y nosotros tenemos que hacerlas porque de lo contrario no conseguiríamos beneficios para cumplir con vuestros reyes. ¿Lo has entendido?

—Los cristianos no prestamos con interés, pero el resultado es el mismo a través de las comandas —comentó Arnau para sí.

—Exacto. Lo que intenta prohibir vuestra Iglesia no es el interés en sí mismo, sino la obtención de un beneficio por el dinero, no por el trabajo, y eso siempre que los préstamos no sean a reyes, nobles o caballeros, los que se llaman préstamos baratos, porque un cristiano sí puede prestar dinero a los reyes, nobles o caballeros, con interés; la Iglesia supone que ese préstamo es para la guerra, y considera válido el interés.

—Pero esa práctica sólo la llevan a cabo los cambistas cristianos —arguyó Arnau—. No se puede juzgar a todos los cristianos por lo que hagan...

—No te equivoques, Arnau —le advirtió Hasdai sonriendo y gesticulando con las manos—. Los cambistas reciben en depósito el dinero de los cristianos y con ese dinero contratan comandas, cuyos beneficios después tienen que pagar a aquellos cristianos que les han dado su dinero. Los cambistas dan la cara, pero el dinero es de los cristianos, de todos los que lo depositan en sus mesas de cambio. Arnau, hay algo que nunca cambiará en la historia: el que tiene dinero quiere más; nunca lo ha regalado y nunca lo hará. Si no lo hacen vuestros obispos, ¿por qué iban a hacerlo sus feligreses? Se llamará préstamo, se llamará comanda, se llamará como se llame, pero la gente no regala nada; sin embargo, los únicos usureros somos nosotros.

Charlando les llegó la noche, una noche mediterránea, estrellada y plácida. Durante un rato, los tres permanecieron en silencio disfrutando de la paz y la tranquilidad que se respiraba en el pequeño jardín trasero de la casa de Hasdai Crescas. Al final los llamaron para cenar y por primera vez desde que se alojaba con aquellos judíos, Arnau los vio como personas iguales a él, con otras creencias, pero buenos, tan buenos y caritativos como pudieran serlo los más santos de los cristianos. Esa noche, sin ninguna reserva, disfrutó de los sabores de la cocina judía acompañado por Hasdai a la mesa y servido por las mujeres de la casa.

33

El tiempo iba transcurriendo y la situación empezaba a hacerse incómoda para todos. Las noticias que llegaban al *call* sobre la peste eran alentadoras: cada vez aparecían menos casos. Arnau necesitaba volver a su casa. La noche anterior a la partida, Arnau y Hasdai se reunieron en el jardín. Intentaron charlar amistosamente, de cosas intrascendentes, pero la noche sabía a despedida y, entre frase y frase, evitaban mirarse.

—Sahat es tuyo —anunció repentinamente Hasdai, entregándole la documentación que lo corroboraba.

—¿Para qué quiero un esclavo? Si ni siquiera podré alimentarme yo mismo hasta que se reanude el tráfico marítimo, ¿cómo voy a dar de comer a un esclavo? La cofradía no permite que los esclavos trabajen. No necesito a Sahat.

—Sí que lo necesitarás —le contestó sonriendo Hasdai—. Él se debe a ti. Desde que nacieron Raquel y Jucef, Sahat se ha encargado de cuidarlos como si fueran sus propios hijos y te aseguro que como tales los adora. Ni Sahat ni yo podremos devolverte nunca lo que hiciste por ellos. Hemos pensado que la mejor manera de pagarte esa deuda es facilitándote la vida. Para eso necesitarás a Sahat, y él está dispuesto.

—¿Facilitarme la vida?

—Ambos te ayudaremos a hacerte rico.

Arnau devolvió la sonrisa a su todavía anfitrión.

—Sólo soy un *bastaix*. Las riquezas son para nobles y mercaderes.

—Para ti también lo serán. Yo pondré los medios para que así sea. Si actúas con prudencia y conforme a las instrucciones de Sahat, no me cabe duda de que llegarás a serlo. —Arnau lo miró en espera de más explicaciones—. Como sabrás —continuó Hasdai—, la peste está remitiendo; los casos empiezan a ser aislados pero las consecuencias de la plaga han sido terroríficas. Nadie sabe exactamente cuántas personas han fallecido en Barcelona, pero lo que sí se sabe es que de los cinco consejeros, cuatro han muerto. Y eso puede ser terrible. Bien, a lo que íbamos: muchos de los muertos son cambistas que ejercían su profesión en Barcelona. Lo sé porque colaboraba con ellos y ahora ya no están. Creo que, si te interesa, podrías dedicarte al negocio del cambio...

—No sé nada de negocios ni de cambios —lo interrumpió Arnau—. Todos los maestros de oficios necesitan pasar una prueba. Yo no sé nada de todo eso.

—Los cambistas todavía no —le respondió Hasdai—. Sé que se ha pedido al rey que proclame una normativa, pero aún no lo ha hecho. La profesión de cambista es libre, siempre y cuando asegures tu mesa. En cuanto a la sabiduría, Sahat tiene bastante. Él lo sabe absolutamente todo sobre las mesas de cambio. Lleva muchos años colaborando en mi negocio. Lo compré porque era un experto en transacciones de ese tipo. Si le dejas hacer, aprenderás y prosperarás sin problema. Pese a ser esclavo, es un hombre de toda confianza y te debe lealtad por lo que hiciste por mis hijos, las únicas personas a las que ha querido, pues para él son su familia. —Hasdai interrogó a Arnau con sus ojillos—. ¿Y bien?

—No sé... —dudó Arnau.

—Contarás con mi ayuda y la de todos aquellos judíos que conocen tu hazaña. Somos un pueblo agradecido, Arnau. Sahat conoce a todos mis corresponsales a lo largo del Mediterráneo, Europa e incluso más allá de Oriente, en las lejanas tierras del soldán de Egipto. Contarás con una gran base para emprender negocios y nosotros mismos te ayudaremos al principio. Es una buena propuesta, Arnau. No tendrás ningún problema.

El escéptico consentimiento de Arnau puso en marcha toda la maquinaria que Hasdai tenía ya preparada. Primera regla: nadie, nadie debía saber que Arnau contaba con el apoyo de los judíos; eso iría en su contra. Hasdai le entregó una documentación que probaba que todo el dinero que utilizase provenía de una viuda cristiana de Perpiñán, y formalmente así era.

—Si alguien te pregunta —le dijo—, no contestes, pero si te vieras obligado a ello, has heredado. Necesitarás bastante dinero —continuó—. En primer lugar deberás asegurar tu mesa de cambio ante los magistrados de Barcelona constituyendo una fianza por importe de mil marcos de plata; después deberás comprar una casa o los derechos de una casa en el barrio de los cambistas, ya sea en la calle de Canvis Vells o Canvis Nous, y acomodarla para ejercer tu profesión; por último, tendrás que reunir más dinero para empezar a trabajar.

¡Cambista! ¿Y por qué no? ¿Qué le quedaba de su antigua vida? Todos sus seres queridos habían muerto a causa de la peste. Hasdai parecía convencido de que, con la ayuda de Sahat, la mesa funcionaría. Ni siquiera podía imaginar cómo debía de ser la vida de un cambista; se haría rico, le había asegurado Hasdai. ¿Qué hacían los ricos? De repente recordó a Grau, el único rico que había conocido, y notó un vacío en el estómago. No. Él nunca sería como Grau.

Aseguró su mesa de cambio con los mil marcos de plata que le entregó Hasdai y juró ante el magistrado que denunciaría la moneda falsa —se preguntó cómo podría llegar a reconocerla si algún día le faltaba Sahat— y la partiría en dos mediante unas cizallas especiales que debía tener todo cambista. Legalizó con la firma del magistrado los enormes libros de cuentas que darían fe de sus operaciones y, en un momento en que Barcelona se hallaba sumida en el caos consiguiente a la plaga de peste bubónica, recibió la autorización para ejercer de cambista y se fijaron los días y horas en que obligatoriamente debía hallarse al frente de su establecimiento.

La segunda regla que Hasdai le aconsejó seguir fue la relativa a Sahat:

—Nadie debe saber que es un regalo mío. Sahat es muy conocido entre los cambistas, y si alguien llega a saberlo tendrás

370

problemas. Como cristiano puedes hacer negocios con los judíos, pero evita que puedan llamarte amigo de judíos. Hay otro problema con respecto a Sahat que debes conocer: pocos profesionales del cambio llegarían a entender su venta. He tenido centenares de ofertas por él, a cual más sustanciosa, y siempre me he negado, tanto por su competencia como por su amor hacia mis hijos. No lo entenderían. Así pues, hemos pensado que Sahat se convierta al cristianismo...

—¿Se convierta? —le interrumpió Arnau.

—Sí. Los judíos tenemos prohibido tener esclavos cristianos. Si alguno de nuestros esclavos se convierte, debemos manumitirlo o venderlo a otro cristiano.

—Y ¿creerían los demás cambistas en esa conversión?

—Una epidemia de peste es capaz de socavar cualquier fe.

—¿Está dispuesto Sahat a ese sacrificio?

—Lo está.

Habían hablado de ello, no como amo y esclavo sino como dos amigos, como lo que habían llegado a ser con los años.

—¿Serías capaz? —le preguntó Hasdai.

—Sí —contestó Sahat—. Alá, ¡exaltado y glorificado sea!, sabrá comprender. Te consta que la práctica de nuestra fe está prohibida en tierras cristianas. Cumplimos con nuestras obligaciones en secreto, en la intimidad de nuestros corazones. Así seguirá siendo por más agua bendita que derramen sobre mi cabeza.

—Arnau es un cristiano devoto —insistió Hasdai—; si llega a saberlo...

—Nunca lo sabrá. Los esclavos, más que nadie, conocemos el arte de la hipocresía. No, no es por ti, pero he sido esclavo allá donde he ido. A menudo nuestra vida depende de ello.

La tercera regla quedó en secreto entre Hasdai y Sahat.

—No tengo que decirte, Sahat —le dijo su antiguo amo con voz trémula—, la gratitud que siento por tu decisión. Mis hijos y yo te lo agradeceremos siempre.

—Soy yo el que debo agradecéroslo a vosotros.

—Supongo que sabrás en qué debes volcar tus esfuerzos en estos momentos...

—Creo que sí.

—Nada de especias. Nada de tejidos, aceites o ceras —le aconsejó Hasdai mientras Sahat asentía con la cabeza ante unas instrucciones que ya preveía—. Hasta que vuelva a estabilizarse la situación, Cataluña no estará preparada para asumir de nuevo esas importaciones. Esclavos, Sahat, esclavos. Después de la peste, Cataluña necesita mano de obra. Hasta ahora no nos habíamos dedicado mucho al negocio de los esclavos. Los encontrarás en Bizancio, Palestina, Rodas y Chipre. Evidentemente, también en el mercado de Sicilia. Me consta que en Sicilia se venden muchos turcos y tártaros. Pero yo sería partidario de utilizar sus lugares de origen; en todos ellos tenemos corresponsales a los que puedes recurrir. En muy poco tiempo, tu nuevo amo amasará una considerable fortuna.

—¿Y si se niega al comercio de esclavos? No parece que sea una persona...

—Es una buena persona —lo interrumpió Hasdai confirmando sus sospechas—, escrupulosa, de orígenes humildes y muy generosa. Podría ser que se negase a intervenir en el comercio de esclavos. No los traigas a Barcelona. Que Arnau no los vea. Llévalos directamente a Perpiñán, Tarragona o Salou o limítate a venderlos en Mallorca. Mallorca tiene uno de los mercados de esclavos más importantes del Mediterráneo. Deja que otros los traigan a Barcelona o comercien con ellos allá donde deseen. Castilla también está muy necesitada de esclavos. En cualquier caso, hasta que Arnau se entere de cómo funcionan las cosas, transcurrirá el tiempo suficiente para ganar bastante dinero. Yo le propondría, y así se lo recomendaré personalmente, que al principio se dedique a conocer bien las monedas, los cambios, los mercados, las rutas y los principales objetos de exportación o importación. Mientras tanto tú puedes dedicarte a lo tuyo, Salat. Piensa que no somos más inteligentes que los demás y que todo aquel que tenga algo de dinero importará esclavos. Será una época muy lucrativa pero corta. Hasta que el mercado se agote, que se agotará, aprovéchala.

—¿Cuento con tu ayuda?

—Toda. Te daré cartas para todos mis corresponsales, a los que ya conoces. Te procurarán el crédito que necesites.

—¿Y los libros? Tendrán que constar los esclavos, y Arnau podría comprobarlos.

Hasdai le dirigió una sonrisa de complicidad.

—Estoy seguro de que sabrás arreglar ese pequeño detalle.

34

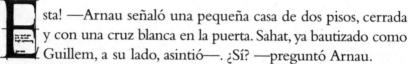sta! —Arnau señaló una pequeña casa de dos pisos, cerrada y con una cruz blanca en la puerta. Sahat, ya bautizado como Guillem, a su lado, asintió—. ¿Sí? —preguntó Arnau.

Guillem volvió a asentir, esta vez con una sonrisa en los labios.

Arnau miró la casita y meneó la cabeza. Se había limitado a señalarla y Guillem había consentido. Era la primera vez en su vida que sus deseos se cumplían de una forma tan sencilla. ¿Sería siempre así a partir de entonces? Volvió a menear la cabeza.

—¿Sucede algo, amo? —Arnau lo traspasó con la mirada. ¿Cuántas veces le había dicho que no quería que lo llamase amo? Pero el moro se había negado; le contestó que debían guardar las apariencias. Guillem le sostuvo la mirada—. ¿Acaso no te gusta, amo? —añadió.

—Sí..., claro que me gusta. ¿Es adecuada?

—Por supuesto. No podría ser mejor. Mira —le dijo señalándola—, está justo en la esquina de las dos calles de los cambistas: Canvis Nous y Canvis Vells. ¿Qué mejor casa que ésta?

Arnau miró hacia donde le señalaba Guillem. Canvis Vells llegaba hasta el mar, a la izquierda de donde se encontraban; Canvis Nous se abría frente a ellos. Pero Arnau no la había elegido por eso; ni siquiera se había dado cuenta de que aquellas calles fueran las de los cambistas, a pesar de haber andado por ellas en centenares de ocasiones. La casita se alzaba en el linde de la plaza de Santa María, frente a lo que sería el portal mayor del templo.

—Buen augurio —musitó para sí mismo.

—¿Qué dices, amo?

Arnau se volvió con violencia hacia Guillem. No soportaba que se dirigiera a él usando esa palabra.

—¿Qué apariencias tenemos que guardar ahora? —le espetó—. Nadie nos escucha. Nadie nos mira.

—Piensa que desde que te has convertido en cambista, mucha gente te escucha y te mira, aunque no lo creas. Debes acostumbrarte a ello.

Aquella misma mañana, mientras Arnau se perdía en la playa, entre los barcos, mirando al mar, Guillem investigó la propiedad de la casita que, como era de esperar, pertenecía a la Iglesia. Sus enfiteutas habían fallecido y quién mejor que un cambista para ocuparla de nuevo.

Por la tarde entraban en ella. La planta superior tenía tres pequeñas habitaciones de las que amueblaron dos, una para cada uno. La inferior estaba compuesta por la cocina, con salida a lo que debía de haber sido un pequeño huerto y, separada de ella por un tabique, con vistas a la calle, una habitación diáfana en la que, durante los días siguientes, Guillem instaló un armario, varias lámparas de aceite y una mesa de madera noble larga con dos sillas tras ella y cuatro enfrente.

—Falta algo —dijo Guillem un día; luego salió de la casa.

Arnau se quedó solo en lo que sería su mesa de cambio. La larga mesa de madera relucía; Arnau la había limpiado una y otra vez. Rozó con los dedos los respaldos de las dos sillas.

—Elige el lugar que desees —le dijo Guillem.

Arnau eligió el de la derecha, a la izquierda de los futuros clientes. Entonces Guillem cambió las sillas: a la derecha puso una silla con brazos, tapizada con seda roja; la correspondiente al moro era basta. Arnau se sentó en su silla y observó la sala vacía. ¡Qué extraño! Hacía sólo algunos meses se dedicaba a descargar barcos y ahora... ¡Jamás se había sentado en una silla como aquélla! En un extremo de la mesa, en desorden, estaban los libros; de pergaminos sin rasgar, le dijo Guillem cuando los compraron. También adquirieron plumas, tinteros, una balanza, varios cofres para el dinero y una gran cizalla para cortar la moneda falsa.

Guillem sacó dinero de su bolsa, más del que Arnau había visto en toda su vida.

—¿Quién paga todo esto? —preguntó en un determinado momento.

—Tú.

Arnau enarcó las cejas y miró la bolsa que colgaba del cinto de Guillem.

—¿La quieres? —le ofreció éste.

—No —contestó.

Además de los objetos que adquirieron, Guillem aportó uno propio: un precioso ábaco con un marco de madera y bolas de marfil que Hasdai le había regalado. Arnau lo cogió y movió las bolas de un lado a otro. ¿Qué le había dicho Guillem? Primero movió las bolas con rapidez, calculando y calculando. Arnau le rogó que lo hiciera más lentamente y el moro, obediente, trató de explicarle su funcionamiento, pero... ¿qué era lo que le había explicado?

Dejó el ábaco y se dedicó a ordenar la mesa. Los libros frente a su silla..., no, frente a la de Guillem. Mejor que fuera él quien hiciese las anotaciones. Los cofres, ésos sí que podía ponerlos a su lado; la cizalla algo apartada y las plumas y los tinteros junto a los libros, con el ábaco. ¿Quién sino iba a utilizarlo?

En ello estaba cuando entró Guillem.

—¿Qué te parece? —le preguntó Arnau sonriente, extendiendo la mano sobre la mesa.

—Muy bien —le contestó Guillem devolviéndole la sonrisa—, pero así no conseguiremos ningún cliente y menos a alguien que nos confíe sus dineros. —La sonrisa de Arnau se desdibujó al instante—. No te preocupes, sólo falta esto. Es lo que había salido a comprar.

Guillem le entregó un paño que Arnau desenrolló con cuidado. Se trataba de un tapete de carísima seda roja, con flecos dorados en sus extremos.

—Eso —le dijo el esclavo— es lo que te falta sobre la mesa. Es la señal pública de que has cumplido con todos los requisitos que exigen las autoridades y de que tienes tu mesa convenientemente asegurada ante el magistrado municipal por valor de mil marcos de plata. Nadie, bajo severas penas, puede poner el tapete sobre una mesa de cambio o esteras ante ella si no posee la autorización municipal. Por eso, si no la pones, nadie entrará ni depositará aquí sus dineros.

A partir de ese día Arnau y Guillem se dedicaron por entero a su nuevo negocio y, tal como le aconsejó Hasdai Crescas, el antiguo *bastaix* se volcó en el aprendizaje de los rudimentos de su profesión.

—La primera función de un cambista —le dijo Guillem, sentados los dos en la mesa, con el rabillo del ojo puesto en la puerta por si alguien se decidía a entrar— es la del cambio manual de moneda.

Guillem se levantó de la mesa, la rodeó, se detuvo delante de Arnau y depositó una bolsa de dinero frente a él.

—Ahora fíjate bien —le dijo sacando una moneda de la bolsa y poniéndola sobre la mesa—. ¿La conoces? —Arnau asintió—. Es un croat de plata catalán. Se acuñan en Barcelona, a pocos pasos de aquí...

—Pocos he tenido en la bolsa —lo interrumpió Arnau—, pero estoy cansado de llevarlos a las espaldas. Por lo visto el rey sólo confía en los *bastaixos* para ese transporte.

Guillem asintió sonriendo y metió de nuevo la mano en la bolsa.

—Esto —continuó, sacando otra moneda y poniéndola junto al croat— es un florín aragonés de oro.

—De ésos nunca he tenido —dijo Arnau cogiendo el florín.

—No te preocupes, tendrás muchos. —Arnau miró a Guillem a los ojos y el moro asintió con seriedad—. Éste es un antiguo dinero barcelonés de tern. —Guillem puso otra moneda sobre la mesa y antes de que Arnau volviera a interrumpirlo, continuó sacando monedas—. Pero en el comercio se mueven muchas otras monedas —dijo—, y debes conocerlas todas. Las musulmanas: besantes, mazmudinas rexedíes, besantes de oro. —Guillem fue colocando todas las monedas en fila, frente a Arnau—. Los torneses franceses; las doblas de oro castellanas; los florines de oro acuñados en Florencia; los genoveses, acuñados en Génova; los ducados venecianos; la moneda marsellesa, y las demás monedas catalanas: el real valenciano o mallorquín, el gros de Montpellier, los melgurienses del Pirineo oriental y la jaquesa, acuñada en Jaca y utilizada principalmente en Lérida.

—¡Virgen Santa! —exclamó Arnau cuando el moro finalizó.

—Debes conocerlas todas —insistió Guillem.

Arnau recorrió la fila con la mirada una y otra vez. Después suspiró.

—¿Hay más? —preguntó, levantando la mirada hacia Guillem.

—Sí. Muchas más. Pero éstas son las más habituales.

—¿Y cómo se cambian?

En esta ocasión fue el moro quien suspiró.

—Eso es más complicado. —Arnau lo instó a continuar—. Bien, para su cambio se utilizan las unidades de cuenta: las libras y los marcos para las grandes transacciones; los dineros y los sueldos para el uso corriente. —Arnau asintió; él siempre había hablado de sueldos o dineros, independientemente de la moneda que los representase, aunque por lo general siempre era la misma—. Una vez que tienes una moneda, hay que calcular su valor según la unidad de cuenta y luego hacer lo mismo con aquella por la que quieres cambiarla.

Arnau trataba de seguir las explicaciones del moro.

—¿Y esos valores?

—Se fijan periódicamente en la lonja de Barcelona, en el Consulado de la Mar. Hay que acudir allí para ver cuál es el cambio oficial.

—¿Varía? —Arnau negó con la cabeza. No conocía aquellas monedas, ignoraba cómo se efectuaban los cambios y, además, ¡resultaba que el cambio variaba!

—Constantemente —le contestó Guillem—. Y hay que dominar los cambios; ahí está el mayor beneficio de un cambista. Ya lo comprobarás. Uno de los mayores negocios es el de la compraventa de dinero...

—¿Comprar dinero?

—Sí. Comprar... o vender dinero. Comprar plata con oro u oro con plata, jugando con las muchas monedas que existen; aquí, en Barcelona, si el cambio es bueno o en el extranjero si resulta que allí es mejor.

Arnau gesticuló con ambas manos en señal de impotencia.

—En realidad es bastante sencillo —insistió Guillem—. Verás, en Cataluña es el rey quien fija la paridad entre el florín de oro y el croat de plata, y el rey ha dicho que es de trece a uno; un florín de oro vale trece croats de plata. Pero en Florencia, en Venecia o en Alejandría, lo que diga el rey no les importa y el oro que contiene un florín no vale trece veces la plata que contiene un croat. Aquí el rey fija la paridad por motivos políticos; allí, pesan el oro y la plata que contienen las monedas y fijan su valor. O sea, que si uno atesora croats de plata y los vende fuera, obtendrá más oro del que le darían en Cataluña por esos mismos croats. Y si vuelve aquí con ese oro, volverán a darle trece croats por cada florín de oro.

—Pero eso lo podría hacer todo el mundo —objetó Arnau.

—Y lo hace..., todo el que puede. El que tiene diez o cien croats no lo hace. Lo hace quien cuenta con mucha gente dispuesta a entregarle esos diez o cien croats. —Se miraron—. Ésos somos nosotros —finalizó el moro abriendo las manos.

Algún tiempo después, cuando Arnau dominaba ya las monedas y controlaba sus cambios, Guillem empezó a hablarle de las rutas y las mercaderías.

—Hoy en día, la principal —le dijo— es la que va por Candía a Chipre, desde allí hasta Beirut y de allí hasta Damasco o Alejandría..., aunque el Papa ha prohibido comerciar con Alejandría.

—Entonces, ¿cómo se hace? —preguntó Arnau, que jugueteaba con el ábaco.

—Con dinero, por supuesto. Se compra el perdón.

Arnau recordó entonces las explicaciones que le dieron en la cantera real sobre los dineros con los que se pagaba la construcción de las atarazanas reales.

—¿Y sólo comerciamos a través del Mediterráneo?

—No. Comerciamos con todo el mundo. Con Castilla, con Francia y Flandes, pero principalmente lo hacemos a través del Mediterráneo. La diferencia estriba en el tipo de mercaderías; en Francia, Inglaterra y Flandes compramos tejidos, sobre todo de lujo: paños de Tolosa, de Brujas, de Malinas, Dieste o Vilages, aunque también les vendemos lino catalán. También compramos artículos de cobre y latón. En Oriente, en Siria y Egipto, compramos especias...

—Pimienta —lo interrumpió Arnau.

—Sí, pimienta. Pero no te confundas. Cuando alguien te hable del comercio de especias, incluirá la cera, el azúcar y hasta los colmillos de elefante. Si te habla de especias menudas, entonces sí se estará refiriendo a lo que se entiende comúnmente por especias: canela, clavo de especie, pimienta, nuez moscada...

—¿Has dicho cera? ¿Importamos cera? ¿Cómo es posible que importemos cera si el otro día me dijiste que exportábamos miel?

—Pues sí —lo interrumpió el moro—. Exportamos miel pero importamos cera. La miel nos sobra, pero las iglesias consumen mucha cera. —Arnau recordó la principal obligación de los *bastaixos*: mantener siempre encendidos los cirios a la Virgen de la Mar—. La cera viene de Dacia a través de Bizancio. Otros de los principales productos con que se comercia —continuó Guillem— son los alimentos. Antes, hace bastante años, exportábamos trigo, ahora tenemos que importar todo tipo de cereales (trigo, arroz, mijo y cebada) y exportamos aceite, vino, frutos secos, azafrán, tocino y miel. También se comercia con salazón...

En aquel momento entró un cliente, y Arnau y Guillem interrumpieron su conversación. El hombre se sentó frente a los cambistas y, tras un intercambio de saludos, depositó una considerable suma de dinero. Guillem se felicitó: no conocía a aquel cliente, lo cual era buena señal; empezaban a no depender de los antiguos clientes de Hasdai. Arnau lo atendió con seriedad; contó las monedas y comprobó su autenticidad aunque, por si acaso, se las fue pasando una a una a Guillem. Luego anotó el depósito en los libros. Guillem lo observó mientras escribía. Había mejorado; había hecho un esfuerzo considerable en ese sentido. El preceptor de los Puig le enseñó las letras, pero había pasado años sin usar la escritura.

En espera del inicio de la época de navegación, Arnau y Guillem se limitaban a preparar los contratos de comanda. Compraban productos para exportar, concurrían con otros mercaderes para fletar naves o los contrataban y discutían qué productos importarían en el tornaviaje de cada uno de los barcos.

—¿Qué ganan los mercaderes que contratamos? —le preguntó un día Arnau.

—Depende de la comanda. En las comandas normales, por lo general, un cuarto de los beneficios. En las comandas de dinero, oro o plata, no juega el cuarto. Nosotros marcamos el cambio que queremos y el mercader obtiene sus beneficios del sobrecambio que pueda conseguir.

—¿Qué hacen esos hombres en tierras tan lejanas? —volvió a preguntar Arnau tratando de imaginar cómo eran aquellos lugares—. Son tierras extranjeras, allí se hablan otras lenguas... Todo debe de ser diferente.

—Sí, pero piensa que en todas esas ciudades —le contestó Guillem— existen consulados catalanes. Son como el Consulado de la Mar de Barcelona —aclaró—. En cada uno de esos puertos existe un cónsul, nombrado por la ciudad de Barcelona, que imparte justicia en materia comercial y que media en los conflictos que puedan surgir entre los mercaderes catalanes y las gentes o las autoridades del lugar. Todos los consulados tienen una alhóndiga. Son recintos amurallados en los que se hospedan los mercaderes catalanes y que están provistos de almacenes para guardar las mercaderías hasta que son vendidas o embarcadas de nuevo. Cada alhóndiga es como una parte de Cataluña en tierras extranjeras. Son extraterritoriales; quien manda en ellas es el cónsul, no las autoridades del país en que se encuentran.

—¿Y eso?

—A todos los gobiernos les interesa el comercio. Cobran impuestos y llenan sus arcas. El comercio es un mundo aparte, Arnau. Podemos estar en guerra con los sarracenos, pero ya desde el siglo pasado, por ejemplo, tenemos consulados en Túnez o

Bugía, y pierde cuidado: ningún cabecilla moro violará las alhóndigas catalanas.

La mesa de cambio de Arnau Estanyol funcionaba. La peste había diezmado a los cambistas catalanes, la presencia de Guillem era una garantía para los inversores y la gente, a medida que remitía la epidemia, sacaba a la luz aquellos dineros que había guardado en sus casas. Sin embargo, Guillem no podía dormir. «Véndelos en Mallorca», le aconsejó Hasdai refiriéndose a los esclavos, para que Arnau no se enterase de la operación. Y Guillem así lo ordenó. ¡En mala hora!, maldijo dando la enésima vuelta en la cama. Recurrió a uno de los últimos barcos que partían de Barcelona en época de navegación, casi a primeros de octubre. Bizancio, Palestina, Rodas y Chipre: ésos eran los destinos de los cuatro mercaderes que embarcaron en nombre del cambista de Barcelona, Arnau Estanyol, mediante letras de cambio que Guillem le hizo firmar a Arnau. Éste ni siquiera las miró. Aquellos mercaderes debían comprar esclavos y llevarlos a Mallorca. Guillem volvió a cambiar de postura.

Sin embargo, las circunstancias políticas conspiraban en su contra: pese a la mediación del Sumo Pontífice, el rey Pedro conquistó definitivamente la Cerdaña y el Rosellón un año después de su primer intento, cuando finalizó la prórroga que entonces había concedido. El 15 de julio de 1344, Jaime III, tras la rendición de la mayor parte de sus villas y ciudades, se arrodilló ante su cuñado con la cabeza descubierta, solicitando misericordia y entregando sus territorios al conde de Barcelona. El rey Pedro le concedió el señorío de Montpellier y los vizcondados de Omelades y Carladés, pero recuperó las tierras catalanas de sus antepasados: Mallorca, el Rosellón y la Cerdaña.

Sin embargo, después de haberse rendido, Jaime de Mallorca reunió un pequeño ejército de sesenta caballeros y trescientos hombres a pie, y volvió a entrar en la Cerdaña para guerrear contra su cuñado. El rey Pedro ni siquiera acudió a presentar batalla. Se limitó a mandar a sus lugartenientes. Cansado, hastiado y derrotado, el rey Jaime buscó refugio junto al papa Clemente VI, que seguía favoreciendo sus intereses y allí, en manos de la Iglesia, se tramó la última de las estrategias: Jaime III vendió al rey Felipe VI de Francia el señorío de Montpellier por doce mil escudos de oro; con esa cantidad, más los préstamos de la Iglesia, armó una flota que le proporcionó la reina Juana de Nápoles, y en 1349 volvió a desembarcar en Mallorca.

Estaba previsto que los esclavos llegaran en los primeros viajes del año 1349. Había una gran cantidad de dinero en juego, y si algo fallaba, el nombre de Arnau —por mucho que Hasdai respondiera por él— quedaría mancillado frente a los corresponsales con quienes tendría que trabajar en el futuro. Las letras de cambio las había firmado él y, aunque Hasdai pagase como avalista, el mercado no permitía que una letra se impagase. Las relaciones con los corresponsales de países lejanos se basaban en la confianza, en la confianza ciega. ¿Cómo iba a triunfar un cambista que fallaba en su primera operación?

—Hasta él me ha dicho que evitemos cualquier ruta que pase por Mallorca —le confesó un día a Hasdai, la única persona con quien podía explayarse, en el huerto de la casa del judío.

Evitaban mirarse y, sin embargo, sabían que los dos estaban pensando lo mismo. ¡Cuatro barcos de esclavos! Aquella operación podía arruinar incluso a Hasdai.

—Si el rey Jaime no ha sido capaz de mantener la palabra dada el día que se rindió —dijo Guillem buscando la mirada de Hasdai—, ¿qué será del comercio y los bienes de los catalanes?

Hasdai no contestó. ¿Qué podía decirle?

—Quizá tus mercaderes elijan otro puerto —apuntó al fin.

—¿Barcelona? —preguntó Guillem meneando la cabeza.

—Nadie podía prever algo así —trató de tranquilizarlo el judío.

Arnau había salvado a sus hijos de una muerte segura. ¿Cómo no consolarse con eso?

En mayo de 1349, el rey Pedro envió la armada catalana a Mallorca, en plena época de navegación, en plena época de comercio.

—Suerte que no hemos mandado ninguna nave a Mallorca —comentó un día Arnau.

Guillem se vio obligado a asentir.

—¿Qué pasaría —preguntó de nuevo Arnau— si lo hubiéramos hecho?

—¿Qué quieres decir?

—Nosotros recibimos dinero de la gente y lo invertimos en comandas. Si hubiésemos enviado alguna nave a Mallorca y el rey Jaime la hubiera requisado, no tendríamos ni el dinero ni las mercaderías; no podríamos devolver los depósitos. Nosotros corremos con los riesgos de las comandas. ¿Qué sucedería entonces?

—*Abatut* —contestó Guillem de malos modos.

—¿*Abatut*?

—Cuando un cambista no puede devolver los depósitos, el magistrado de cambios le concede un plazo de seis meses para satisfacer las deudas. Si al vencer el plazo no las ha liquidado, lo declara *abatut*, lo encarcela a pan y agua y vende sus bienes para pagar a los acreedores...

—Yo no tengo bienes.

—Si los bienes no alcanzan a cubrir las deudas —siguió recitando Guillem—, se le corta la cabeza frente a su establecimiento para ejemplo de los demás cambistas.

Arnau guardó silencio.

Guillem no se atrevió a mirarlo. ¿Qué culpa tenía Arnau de todo aquello?

—No te preocupes —intentó tranquilizarlo—; no sucederá.

35

La guerra en Mallorca continuaba, pero Arnau era feliz. Cuando no tenía trabajo en la mesa, salía a la puerta y se apoyaba en el quicio. Tras la peste, Santa María volvía a cobrar vida. La pequeña iglesia románica que él y Joanet conocieron ya no existía y las obras avanzaban hacia el portal mayor. Podía pasarse horas viendo cómo los albañiles colocaban piedras y recordando las muchas que él había cargado. Santa María lo significaba todo para Arnau: su madre, su ingreso en la cofradía... Incluso el refugio para los niños judíos. De vez en cuando, para aumentar su alegría, recibía carta de su hermano. Las misivas de Joan eran breves, y en ellas sólo informaba a Arnau de que se encontraba bien de salud y plenamente dedicado al estudio.

Apareció un *bastaix* cargado con una piedra. Pocos habían sobrevivido a la plaga. Su propio suegro, Ramon y muchos más habían fallecido. Arnau había llorado en la playa junto a sus antiguos compañeros.

—Sebastià —murmuró al reconocer al *bastaix*.

—¿Qué dices? —oyó que preguntaba Guillem a sus espaldas. Arnau no se volvió.

—Sebastià —repitió—. Ese hombre, el que carga la piedra, se llama Sebastià.

Sebastià lo saludó al pasar por delante de él, sin volver la cabeza, con la vista al frente y los labios apretados bajo el peso de la piedra.

—Durante muchos años yo hice lo mismo —continuó Arnau con voz entrecortada. Guillem no hizo ningún comentario—. Sólo tenía catorce años cuando llevé mi primera piedra a la Virgen. —En aquel momento pasó otro *bastaix*. Arnau lo saludó—. Creía que me iba a partir por la mitad, que se me iba a romper el espinazo, pero la satisfacción que sentí al llegar... ¡Dios!

—Algo bueno deberá de tener vuestra Virgen para que la gente se sacrifique por ella de esta manera —oyó que le decía el moro.

Luego, los dos guardaron silencio mientras la procesión de *bastaixos* pasaba por delante de ellos.

Los *bastaixos* fueron los primeros en acudir a Arnau.

—Necesitamos dinero —le dijo sin rodeos Sebastià, convertido en prohombre de la cofradía—. La caja está vacía, las necesidades son muchas y el trabajo, de momento, muy escaso y mal pagado. Los cofrades no tienen con qué vivir después de la peste y yo no puedo obligarlos a contribuir a la caja hasta que se recuperen del desastre.

Arnau miró a Guillem, que, inexpresivo, estaba sentado a su lado, tras la mesa en la que brillaba el tapete rojo de seda.

—¿Tan mala es la situación? —preguntó Arnau.

—Ni te imaginas. Con lo que han subido los alimentos, los *bastaixos* no ganamos para dar de comer a nuestras familias. Además, están las viudas y los huérfanos de los que han muerto. Hay que ayudarlos. Necesitamos dinero, Arnau. Te devolveremos hasta la última moneda que nos prestes.

—Lo sé.

Arnau volvió a mirar a Guillem en busca de su aprobación. ¿Qué sabía él de préstamos? Hasta el momento sólo había recibido dinero; nunca lo había prestado.

Guillem se llevó las manos al rostro y suspiró.

—Si no es posible... —empezó a decir Sebastià.

—Sí —lo interrumpió Guillem. Llevaban dos meses en guerra y no tenía noticia de sus esclavos. ¿Qué más daban unos cuantos dineros? Sería Hasdai quien se arruinaría. Arnau podía permitirse aquel préstamo—. Si a mi amo le basta vuestra palabra...

—Me basta —saltó Arnau al momento.

Arnau contó el dinero que le había pedido la cofradía de los *bastaixos* y se lo entregó solemnemente a Sebastià. Guillem vio cómo se estrechaban las manos por encima de la mesa, los dos en pie, en silencio, procurando torpemente esconder sus sentimientos durante un apretón que se prolongó una eternidad.

Durante el tercer mes de guerra, cuando Guillem empezaba a perder la esperanza, llegaron los cuatro mercaderes, juntos. Cuando el primero de ellos hizo escala en Sicilia y se enteró de la guerra con Mallorca, esperó la llegada de más barcos catalanes, entre ellos las tres galeras restantes. Todos los pilotos y mercaderes decidieron evitar la ruta por Mallorca y los cuatro vendieron su mercancía en Perpiñán, la segunda ciudad del principado. Como les había ordenado el moro, citaron a Guillem fuera de la mesa de cambio de Arnau, en la alhóndiga de la calle Carders y allí, una vez deducida su cuarta parte de los beneficios, le entregaron sendas letras de cambio por el principal de la operación más las tres cuartas que correspondían a Arnau. ¡Una fortuna! Cataluña necesitaba mano de obra y los esclavos se habían vendido a un precio exorbitante.

Cuando los tres mercaderes se hubieron ido y nadie en la alhóndiga lo miraba, Guillem besó las letras de cambio, una, dos, mil veces.

Enfiló el camino de regreso a la mesa de cambio, pero a la altura de la plaza del Blat cambió de idea y se dirigió hacia la judería. Después de darle la noticia a Hasdai, anduvo hasta Santa María sonriendo al cielo y a la gente.

Cuando entró en la mesa de cambio se encontró a Arnau junto a Sebastià y un sacerdote.

—Guillem —lo saludó Arnau—, te presento al padre Juli Andreu. Es el sustituto del padre Albert.

Guillem se inclinó con torpeza ante el sacerdote. Más préstamos, pensó mientras lo saludaba.

—No es lo que te imaginas —le dijo Arnau. Guillem tanteó las letras de cambio que llevaba y sonrió. ¿Qué más daba? Arnau era rico. Sonrió de nuevo y Arnau malinterpretó su sonrisa—. Es peor de lo que te imaginas —afirmó con seriedad. «¿Qué puede ser peor que un préstamo hecho a la Iglesia?», estuvo tentado de preguntar el moro. Después saludó al prohombre de los *bastaixos*—. Tenemos un problema —concluyó Arnau.

Los tres hombres se quedaron mirando un rato al moro. «Sólo si Guillem lo acepta», había exigido Arnau pasando por alto las referencias que el cura había hecho a su condición de esclavo.

—¿Te he hablado alguna vez de Ramon? —Guillem negó—. Ramon fue una persona muy importante en mi vida. Me ayudó...., me ayudó mucho. —Guillem seguía en pie, como correspondía a un esclavo—. Él y su esposa fallecieron de peste y la cofradía ya no puede hacerse cargo de su hija. Hemos estado hablando..., me han pedido...

—¿Por qué me consultas, amo?

El padre Juli Andreu, esperanzado, se giró hacia Arnau.

—La Pia Almoina y la Casa de la Caritat no dan abasto —continuó Arnau—; ya ni siquiera pueden repartir pan, vino y escudella entre los menesterosos, como hacían a diario. La peste ha hecho estragos.

—¿Qué es lo que deseas, amo?

—Me han propuesto ahijarla.

Guillem volvió a tantear las letras de cambio. «¡A veinte, podrías ahijar ahora!», pensó.

—Si tú lo deseas —se limitó a contestar.

—Yo no sé nada de niños —saltó Arnau.

—Sólo hay que darles cariño y un hogar —terció Sebastià—. El hogar lo tienes... y me da la impresión de que el cariño te sobra.

—¿Me ayudarás? —preguntó Arnau a Guillem, sin escuchar a Sebastià.

—Te obedeceré en cuanto desees.

—No quiero obediencia. Quiero..., pido ayuda.

—Tus palabras me honran. La tendrás, de corazón —se comprometió Guillem—; toda la que necesites.

La niña, de seis años, se llamaba Mar, como la Virgen. En poco más de tres meses empezó a superar el golpe que supuso para ella la epidemia de peste y la muerte de sus padres. A partir de entonces ya no pudo oírse el tintineo de las monedas o el rasgar de la pluma sobre los libros de la mesa de cambio: las risas y los correteos llenaban la casa. Arnau y Guillem, sentados tras la mesa, la regañaban cuando lograba escapar de la esclava que Guillem compró para que cuidara de ella y se asomaba al local, pero luego, indefectiblemente, se miraban sonrientes el uno al otro.

Donaha, la esclava, fue mal recibida por Arnau.

—¡No quiero más esclavos! —gritó interrumpiendo los argumentos de Guillem.

Pero entonces la muchacha, escuálida, sucia y con la ropa hecha jirones, se echó a llorar.

—¿Dónde estará mejor que aquí? —le preguntó entonces Guillem a Arnau—. Si tanto te disgusta, prométele la libertad, pero entonces se venderá a otra persona. Necesita comer... y nosotros necesitamos a una mujer que se ocupe de la niña. —La muchacha se arrodilló frente a Arnau y éste trató de quitársela de encima—. ¿Sabes cuánto debe de haber sufrido esta niña? —Guillem entrecerró los ojos—. Si la devolviese...

Arnau, muy a su pesar, accedió.

Además de la esclava, Guillem encontró la solución al dinero obtenido por la venta de esclavos y, tras pagar a Hasdai como corresponsal en Barcelona de los vendedores, entregó los cuantiosos beneficios obtenidos a un judío de la confianza de Hasdai, de paso por Barcelona.

Abraham Leví se plantó una mañana en la mesa de cambio. Era un hombre alto y enjuto, con una barba blanca rala y vestido con una levita negra en la que destacaba la rodela amarilla. Abraham Leví saludó a Guillem y éste se lo presentó a Arnau. Cuando el judío se sentó frente a ellos, entregó a Arnau una letra de cambio por los beneficios obtenidos.

—Quiero depositar esta cantidad en vuestro establecimiento, maese Arnau —le dijo.

Arnau abrió desmesuradamente los ojos tras ver la cantidad.

Después le entregó el documento a Guillem, instándolo nerviosamente a que lo leyera.

—Pero... —empezó a decir mientras Guillem simulaba sorprenderse— esto es mucho dinero. ¿Por qué lo depositáis en mi mesa y no en la de uno de vuestros...?

—¿Hermanos de fe? —lo ayudó el judío—. Siempre he confiado en Sahat. No creo que el cambio de nombre —dijo mirando al moro— haya modificado su capacidad. Salgo de viaje, un viaje muy largo, y quiero que seáis vos y Sahat quienes mováis mis dineros.

—Estas cantidades se remuneran con un cuarto por el simple hecho de depositarlas en la mesa, ¿no es así, Guillem? —El moro asintió—. ¿Cómo pagaremos vuestros beneficios si partís a ese viaje tan largo? ¿Cómo podremos ponernos en contacto con...?

«¿A qué vienen tantas preguntas?», pensó Guillem. No le había dado tantas instrucciones a Abraham, pero el judío se defendió con soltura.

—Reinvertidlos —le contestó—. No os preocupéis por mí. No tengo hijos ni familia y, allí adonde voy, no necesito dinero. Algún día, quizá lejano, dispondré de él o mandaré a alguien para que disponga. Hasta entonces no deberéis preocuparos. Seré yo quien se ponga en contacto con vos. ¿Os molesta?

—¿Cómo iba a molestarme? —dijo Arnau. Guillem respiró—. Si es eso lo que queréis, así sea.

Cerraron la transacción y Abraham Leví se levantó.

—Debo despedirme de algunos amigos en la judería —añadió tras hacerlo de ellos.

—Os acompaño —dijo Guillem buscando la aprobación de Arnau, que consintió con un gesto.

Desde allí, los dos se dirigieron a un escribano y, ante él, Abraham Leví otorgó carta de pago del depósito que acababa de efectuar en la mesa de cambio de Arnau Estanyol, renunció a favor de éste a cualesquiera beneficios, en la forma en que éstos fueran, que dicho depósito pudiera originar. Guillem volvió a la mesa de cambio con el documento escondido bajo sus ropas. Sólo era cuestión de tiempo, pensó mientras caminaba por Barcelona. Formalmente, aquellos dineros eran propiedad del judío, así constaba en los libros de

Arnau, pero nunca nadie podría reclamárselos, pues el judío había otorgado carta de pago a su favor. Mientras, los tres cuartos de los beneficios que produjera aquel capital, que serían propiedad de Arnau, serían más que suficientes para que éste multiplicase su fortuna.

Aquella noche, cuando Arnau dormía, Guillem bajó a la mesa. Había localizado una piedra suelta en la pared. Protegió el documento envolviéndolo en un paño resistente y lo escondió tras la piedra, que fijó lo mejor que pudo. Algún día le pediría a uno de los albañiles de Santa María que la fijase mejor. La fortuna de Arnau descansaría allí hasta que pudiera confesarle de dónde procedía el dinero. Sólo era cuestión de tiempo.

De mucho tiempo, tuvo que corregirse Guillem un día que paseaban por la playa tras pasar por el Consulado de la Mar para solventar algunos asuntos. Barcelona seguía recibiendo esclavos; mercadería humana que los barqueros transportaban hasta la playa, hacinada en sus laúdes. Hombres y muchachos aptos para el trabajo, pero también mujeres y niños cuyos llantos obligaron a los dos hombres a desviar la mirada.

—Escúchame bien, Guillem. Nunca, por mal que estemos —le dijo Arnau—, por más que podamos necesitarlo, financiaremos una comanda de esclavos. Antes preferiría perder la cabeza a manos del magistrado municipal.

Después vieron cómo la galera, a fuerza de remos, abandonaba el puerto de Barcelona.

—¿Por qué se va? —preguntó Arnau sin pensar—. ¿No aprovecha el tornaviaje para cargar mercaderías?

Guillem se volvió hacia él, negando imperceptiblemente con la cabeza.

—Regresará —aseguró—. Sólo sale a alta mar... para seguir descargando —añadió con voz entrecortada.

Arnau guardó silencio durante unos instantes, mirando cómo se alejaba la galera.

—¿Cuántos mueren? —preguntó al fin.

—Demasiados —le contestó el moro con el recuerdo en un barco similar.

—¡Nunca, Guillem! Recuérdalo, nunca.

36

1 de enero de 1354
Plaza de Santa María de la Mar
Barcelona

Cómo no iba a ser frente a Santa María, pensó Arnau mientras observaba desde una de las ventanas de su casa a toda Barcelona reunida y apiñada en la plaza, en las calles adyacentes, sobre los andamios, dentro de la iglesia incluso, con la atención puesta en un entarimado que había hecho levantar el rey. Pedro III no había elegido la plaza del Blat, ni la de la catedral, la lonja o las soberbias atarazanas que él mismo estaba construyendo, no. Había elegido Santa María, la iglesia del pueblo, aquella que se estaba levantando gracias a la unión y el sacrificio de todas sus gentes.

—No hay lugar en Cataluña entera que represente mejor que éste el espíritu de los habitantes de Barcelona —le comentó Arnau a Guillem aquella mañana, mientras miraban cómo los operarios levantaban el entarimado—. Y el rey lo sabe. Por eso lo ha elegido.

Arnau sacudió los hombros a causa de un escalofrío. ¡Toda su vida había girado alrededor de aquella iglesia!

—Nos costará dinero —se limitó a rezongar el moro.

Arnau se volvió hacia él, tentado de protestar, pero Guillem no apartó la mirada del entarimado y Arnau optó por no añadir nada más.

Habían transcurrido cinco años desde que abrieron la mesa de cambio. Arnau contaba treinta y tres, y era feliz...Y rico, muy rico. Llevaba una vida austera, pero sus libros acreditaban una considerable fortuna.

—Vamos a desayunar —lo instó poniendo la mano sobre su hombro.

Abajo, en la cocina, los esperaba Donaha con la niña, que la ayudaba a poner la mesa.

La esclava siguió preparando el desayuno, pero Mar, al verlos, corrió hacia ellos.

—¡Todo el mundo habla de la visita del rey! —gritó—. ¿Podremos acercarnos a él? ¿Vendrán sus caballeros?

Guillem se sentó a la mesa con un suspiro.

—Viene a pedirnos más dinero —le explicó a la niña.

—¡Guillem! —exclamó Arnau ante la expresión de perplejidad de Mar.

—Es cierto —se defendió el moro.

—No. No lo es, Mar —le dijo Arnau obteniendo el premio de una sonrisa—. El rey viene a pedirnos ayuda para conquistar Cerdeña.

—¿Dinero? —preguntó la niña tras guiñarle un ojo a Guillem.

Arnau observó a la muchacha primero y después a Guillem; los dos le sonrieron con ironía. ¡Cuánto había crecido aquella niña! Ya era casi una muchacha, bella, inteligente, con un encanto capaz de encandilar a cualquiera.

—¿Dinero? —repitió la muchacha interrumpiendo sus pensamientos.

—¡Todas las guerras cuestan dinero! —se vio obligado a reconocer Arnau.

—¡Ah! —dijo Guillem abriendo los brazos.

Donaha empezó a llenarles las escudillas.

—¿Por qué no le cuentas —continuó Arnau cuando Donaha acabó de servir— que en realidad no nos cuesta dinero, que en realidad ganamos dinero?

Mar abrió los ojos hacia Guillem.

Guillem titubeó.

—Llevamos tres años de impuestos especiales —comentó, negándose a dar la razón a Arnau—, tres años de guerra que hemos costeado los barceloneses.

Mar apretó los labios en una sonrisa y se volvió hacia Arnau.

—Cierto —reconoció Arnau—. Hace exactamente tres años los catalanes firmamos un tratado con Venecia y Bizancio para hacer la guerra a Génova. Nuestro objetivo era conquistar Córcega y Cerdeña, que por el tratado de Agnani debían ser feudos catalanes y que sin embargo se encontraban en poder de los genoveses. ¡Sesenta y ocho galeras armadas! —Arnau alzó la voz—. Sesenta y ocho galeras armadas, veintitrés catalanas y el resto venecianas y griegas, se enfrentaron en el Bósforo a sesenta y cinco galeras genovesas.

—¿Qué pasó? —preguntó Mar ante el repentino silencio de Arnau.

—No ganó nadie. Nuestro almirante, Ponç de Santa Pau, murió en la batalla y sólo volvieron diez de las veintitrés galeras catalanas. ¿Qué pasó entonces, Guillem? —El esclavo negó con la cabeza—. Cuéntaselo, Guillem —insistió Arnau.

Guillem suspiró.

—Los bizantinos nos traicionaron —recitó—, y a cambio de la paz, pactaron con Génova y les concedieron el monopolio exclusivo de su comercio.

—¿Y qué más ocurrió? —insistió Arnau.

—Perdimos una de las rutas más importantes del Mediterráneo.

—¿Perdimos dinero?

—Sí.

Mar seguía la conversación mirando a uno y otro. Hasta Donaha, junto al hogar, hacía lo propio.

—¿Mucho dinero?

—Sí.

—¿Más del que después le hemos dado al rey?

—Sí.

—Sólo si el Mediterráneo es nuestro, podremos comerciar en paz —sentenció Arnau.

—¿Y los bizantinos? —preguntó Mar.

—Al año siguiente, el rey armó una flota de cincuenta galeras capitaneada por Bernat de Cabrera y venció a los genoveses en Cerdeña. Nuestro almirante apresó treinta y tres galeras y hundió otras cinco. Ocho mil genoveses murieron y tres mil doscientos más fueron capturados, ¡y sólo cuarenta catalanes perdieron la vida! Los bizantinos —continuó, con la mirada puesta en los ojos de Mar, brillantes de curiosidad— rectificaron y volvieron a abrir sus puertos a nuestro comercio.

—Tres años de impuestos especiales que todavía estamos pagando —apostilló Guillem.

—Pero si el rey ya tiene Cerdeña y nosotros el comercio con Bizancio, ¿qué viene a buscar ahora el monarca? —preguntó Mar.

—Los nobles de la isla, encabezados por un tal juez de Arborea se han levantado en armas contra el rey Pedro y tiene que acudir a sofocar la revuelta.

—El rey —intervino Guillem— debería conformarse con tener las rutas comerciales abiertas y cobrar sus impuestos. Cerdeña es una tierra tosca y dura. Nunca llegaremos a dominarla.

El rey no reparó en boato para presentarse ante su pueblo. Sobre el entarimado, su corta estatura pasó inadvertida para la multitud. Vestía sus mejores galas, de un brillante rojo carmesí que brillaba al sol de invierno tanto como la pedrería que las adornaba. Para aquella ocasión no había olvidado portar la corona de oro ni, por supuesto, el pequeño puñal que siempre llevaba al cinto. Su séquito de nobles y cortesanos no le iba a la zaga y, al igual que su señor, vestían lujosamente.

El rey habló al pueblo y lo enardeció. ¿Cuándo se había dirigido un rey a los simples ciudadanos para explicarles qué pensaba hacer? Habló de Cataluña, de sus tierras y de sus intereses. Habló de la traición de Arborea en Cerdeña y la gente levantó sus brazos y clamó venganza. El rey siguió enardeciendo al pueblo, con Santa María al frente, hasta que les solicitó la ayuda que necesitaba; le hubieran entregado a sus hijos si se los hubiera pedido.

La contribución salió de todos los barceloneses; Arnau pagó la cantidad que le correspondía como cambista de la ciudad y el rey partió hacia Cerdeña al mando de una flota de cien barcos.

Cuando el ejército abandonó Barcelona, la ciudad recobró la normalidad y Arnau volvió a dedicarse a su mesa de cambio, a Mar, a Santa María y a ayudar a quienes acudían a él pidiéndole un préstamo.

Guillem tuvo que acostumbrarse a una forma de actuar muy distinta de la de los cambistas y mercaderes que había conocido hasta entonces, incluido Hasdai Crescas. Al principio se opuso y así se lo manifestó a Arnau cada vez que abría la bolsa para entregar dinero a alguno de los muchos trabajadores que lo necesitaban.

—¿Acaso no pagan? ¿Acaso no lo devuelven? —le preguntó Arnau.

—Son préstamos sin intereses —adujo Guillem—. Esos dineros deberían estar dando beneficios.

—¿Cuántas veces me has dicho que deberíamos comprar un palacio, que deberíamos vivir mejor? ¿Cuánto costaría todo eso, Guillem? Bien sabes que infinitamente más que todos los préstamos que hemos concedido a esas personas.

Y Guillem se vio obligado a callar. Porque era cierto. Arnau vivía modestamente en su casa de la esquina de Canvis Nous y Canvis Vells. En lo único que no reparaba en gastos era en la educación de Mar. La niña la recibía en casa de un mercader amigo a la que acudían preceptores y, por supuesto, en Santa María. Poco tardó la junta de obra de la parroquia en acudir a Arnau en solicitud de ayuda económica.

—Ya tengo capilla —les contestó Arnau cuando la junta le ofreció beneficiar una de las capillas laterales de Santa María—. Sí —añadió ante la sorpresa de la comitiva—, mi capilla es la del Santísimo, la de los *bastaixos*, y ésa será siempre. De todas formas... —dijo abriendo el cofre—, ¿qué necesitáis?

¿Qué necesitáis? ¿Cuánto quieres? ¿Con cuánto pasarías? ¿Tienes suficiente con esto? Guillem tuvo que acostumbrarse a aquellas preguntas hasta que empezó a ceder cuando la gente lo saludaba, le sonreía y le daba las gracias cada vez que paseaba por la playa o por el barrio de la Ribera. «Quizá tenga razón Arnau», empezó a pensar. Se entregaba a los demás, pero ¿acaso no hizo lo mismo con él y con tres niños judíos que estaban siendo lapidados y a los que no conocía? De no ser por ese carácter, lo más probable es que él, Raquel y Jucef estuvieran muertos. ¿Por qué tenía que cambiar por el hecho de ser rico? Y Guillem, igual que hacía Arnau, empezó a sonreír a la gente con la que se cruzaba y a saludar a desconocidos que le cedían el paso.

Sin embargo, aquella forma de actuar nada tenía que ver con algunas decisiones que Arnau había tomado a lo largo de los años. Que se negase a participar en comandas o fletes que tuvieran relación con el comercio de esclavos, parecía lógico, pero ¿por qué, se preguntaba Guillem, se negaba a participar a veces en ciertos negocios que nada tenían que ver con los esclavos?

Las primeras veces, Arnau justificó sus decisiones sin entrar en una discusión.

—No me convence.

—No me gusta.

—No lo veo claro.

Al final, el moro se impacientó.

—Es una buena operación, Arnau —le dijo cuando los comerciantes abandonaron la mesa de cambio—. ¿Qué pasa? A veces rechazas negocios que nos proporcionarían buenos beneficios. No lo entiendo. Ya sé que no soy quién...

—Sí que lo eres —lo interrumpió sin volverse hacia él, los dos sentados en sus sillas tras la mesa—; lo siento. Lo que sucede... —Guillem esperó a que se decidiera—. Verás, nunca participaré en un negocio en el que lo haga Grau Puig. Mi nombre nunca estará unido al suyo.

Arnau miró al frente, mucho más allá de la pared de la casa.

—¿Me lo contarás algún día?

—¿Por qué no? —musitó volviéndose hacia él. Y se lo relató.

Guillem conocía a Grau Puig, pues éste había trabajado con Hasdai Crescas. El moro se preguntaba por qué, si Arnau no quería trabajar con él, el barón sí se prestaba en cambio a hacerlo con Arnau. ¿Acaso los sentimientos no eran recíprocos después de todo lo que le había contado Arnau?

—¿Por qué? —le preguntó un día a Hasdai Crescas tras resumirle la historia de Arnau, en la confianza de que no saldría de allí.

—Porque hay mucha gente que no quiere trabajar con Grau Puig. Hace tiempo que yo ya no lo hago, y como yo, muchos otros. Es un hombre obsesionado por estar allí donde no ha sido llamado por nacimiento. Mientras era un simple artesano, era de fiar; ahora..., ahora sus objetivos son otros y nunca supo dónde se metía cuando contrajo matrimonio. —Hasdai negó con la cabeza—. Para ser noble hay que haber nacido noble, hay que haber mamado nobleza. No es que sea bueno o que lo defienda, pero sólo los nobles que la han mamado pueden seguir siéndolo y controlar a la vez sus riesgos. Además, si se arruinan, ¿quién se atreve a llevarle la contraria a un barón catalán? Son orgullosos, soberbios, nacidos para mandar y estar por encima de los demás, incluso en la ruina. Grau Puig sólo ha podido continuar siendo noble a fuerza de dinero. Gastó una fortuna en la dote de su hija Margarida y eso casi le arruina. ¡Toda Barcelona lo sabe! A sus espaldas se ríen de él y su esposa lo sabe. ¿Qué hace un simple artesano viviendo en un palacio de la calle Montcada? Y cuanto más se burlan los demás, más tienen que demostrar su poder a fuerza de dilapidar dinero. ¿Qué haría Grau Puig sin dinero?

—¿Quieres decir...?

—No quiero decir nada, pero yo no haría negocios con él. En eso, aunque sea por otros motivos, tu patrón ha acertado.

A partir de aquel día, Guillem aguzaba el oído en cuanto oía alguna conversación en la que se nombraba a Grau Puig, y en la lonja, en el Consulado de la Mar, en las transacciones, entre compras y ventas de mercancías, en comentarios sobre la situación del comercio, se hablaba mucho del barón, demasiado.

—El hijo, Genís Puig... —le comentó un día a Arnau, tras salir de la lonja y mientras miraban al mar, un mar en calma, plácido, manso como nunca. Arnau se volvió hacia él al oír ese nombre—. Genís Puig ha tenido que pedir un préstamo barato para seguir al rey a Mallorca. —¿Le habían brillado los ojos? Guillem sostuvo la mirada de Arnau. No le había contestado, pero ¿le habían brillado los ojos?—. ¿Quieres que siga?

Arnau continuó en silencio, pero al final asintió con la cabeza. Tenía los ojos entrecerrados y los labios levemente apretados. Y siguió asintiendo durante un buen rato.

—¿Me autorizas a tomar las decisiones que considere oportunas? —preguntó finalmente Guillem.

—No te lo autorizo. Te lo ruego, Guillem, te lo ruego.

Con discreción, Guillem empezó a utilizar sus conocimientos y los muchos contactos que había obtenido a lo largo de años de negociaciones. Que el hijo, el caballero don Genís, hubiera tenido que recurrir a uno de los préstamos especiales para nobles significaba que el padre ya no podía sufragar los gastos para la guerra. Los préstamos baratos, pensaba Guillem, implican un interés considerable; son los únicos en los que se admite el cobro de intereses entre cristianos. ¿Por qué iba un padre a permitir que su hijo pagase intereses salvo si él carecía de ese capital? ¿Y la tal Isabel? Aquella arpía que había hundido a Arnau y a su padre, que había obligado a Arnau a arrastrarse de rodillas, ¿cómo permitía tal situación?

Guillem lanzó sus redes durante algunos meses; habló con sus amigos, con aquellos que le debían favores y mandó mensajes a todos sus corresponsales: ¿cuál era la situación de Grau Puig, barón catalán, comerciante?, ¿qué sabían de él, de sus negocios, de sus finanzas..., de su solvencia?

Cuando la temporada de navegación estaba pronta a finalizar y los barcos regresaban ya al puerto de Barcelona, Guillem empezó a recibir respuestas a sus cartas. ¡Preciosa información! Una noche, cuando cerraron el establecimiento, Guillem se quedó sentado en la mesa.

—Tengo cosas que hacer —le dijo a Arnau.

—¿Qué cosas?

—Mañana te lo contaré.

Al día siguiente, por la mañana, antes de desayunar, los dos se sentaron a la mesa y se lo contó:

—Grau Puig está en una situación crítica. —¿Habían vuelto a brillar los ojos de Arnau?—. Todos los cambistas o mercaderes con que he hablado coinciden: su fortuna se ha evaporado...

—Quizá sean rumores malintencionados —lo interrumpió Arnau.

—Espera. Toma. —Guillem le entregó las respuestas de los corresponsales—. Esto lo prueba. Grau Puig está en manos de los lombardos.

Arnau pensó en los lombardos: cambistas y mercaderes, corresponsales de las grandes casas florentinas o pisanas, un grupo cerrado que vigilaba sus propios intereses, cuyos miembros negociaban entre ellos o con sus casas matrices. Monopolizaban el comercio de telas de lujo: vellones de lana, sedas y brocados, tafetán de Florencia, velos pisanos y muchos otros productos. Los lombardos no ayudaban a nadie y si cedían parte de su mercado o sus negocios lo hacían única y exclusivamente para que no los echasen de Cataluña. No era nada bueno depender de ellos. Hojeó la documentación y la dejó sobre la mesa.

—¿Qué propones?

—¿Qué es lo que deseas?

—Ya lo sabes: ¡su ruina!

—Según dicen, Grau es ya un anciano y sus negocios los llevan sus hijos y su esposa. ¡Imagínate! Sus finanzas están en un equilibrio precario; si les fallase alguna operación, todo se desmoronaría y no podrían hacer frente a sus compromisos. Lo perderían todo.

—Compra sus deudas. —Arnau habló fríamente, sin mover un solo músculo de su cuerpo—. Hazlo con discreción. Quiero ser su acreedor y no quiero que se enteren. Haz que falle una de sus operaciones... No, una no —se corrigió—, ¡todas! —gritó, golpeando la mesa tan fuerte que temblaron hasta los libros—. Todas las que puedas —añadió en voz baja—. No quiero que se me escapen.

20 de septiembre de 1355
Puerto de Barcelona

El rey Pedro III, al mando de su flota, arribó victorioso a Barcelona tras la conquista de Cerdeña. Toda Barcelona acudió a recibirlo. Desembarcó, entre el fervor popular, por un puente de madera alzado sobre el mar frente al convento de Framenors. Tras él, nobles y soldados desembarcaron en una Barcelona vestida de fiesta para celebrar la victoria sobre los sardos.

Arnau y Guillem cerraron la mesa y acudieron a recibir a la armada. Después, con Mar, se sumaron a los festejos que la ciudad había preparado en honor del rey; rieron, cantaron y bailaron, escucharon historias, comieron dulces y cuando el sol empezaba a ponerse y la noche de septiembre a refrescar, volvieron a casa.

—¡Donaha! —gritó Mar cuando Arnau abrió la puerta.

La joven entró en su casa, contenta por la fiesta, y siguió llamando a Donaha a gritos, pero al llegar al umbral de la cocina se detuvo en seco. Arnau y Guillem se miraron. ¿Qué ocurría? ¿Le habría pasado algo a la esclava?

Corrieron a su vez.

—¿Qué...? —empezó a preguntar Arnau por encima del hombro de Mar.

—No creo que estos gritos sean los más adecuados para recibir a un pariente al que hace tiempo que no ves, Arnau —dijo una voz masculina no del todo desconocida.

Arnau había empezado a apartar a Mar, pero se quedó con la mano sobre su hombro.

—¡Joan! —logró gritar al cabo de unos segundos.

Mar vio cómo Arnau se acercaba, con los brazos abiertos y balbuceando, a aquella figura de negro que la había asustado. Guillem abrazó a la muchacha junto al quicio de la puerta.

—Es su hermano —le susurró.

Donaha estaba escondida en un rincón de la cocina.

—¡Dios! —exclamó Arnau al abrazar a Joan—. ¡Dios! ¡Dios! ¡Dios! —continuó diciendo mientras lo levantaba en volandas, una y otra vez.

Joan logró separarse de Arnau, sonriente.

—Me partirás en dos...

Pero Arnau no lo escuchó.

—¿Por qué no me has avisado? —le preguntó, cogiéndole esta vez de los hombros—. Deja que te vea. ¡Has cambiado! —Trece años, intentó decir Joan, pero Arnau no le dejó—. ¿Cuánto hace que estás en Barcelona?

—He venido...

—¿Por qué no me has avisado?

Arnau zarandeaba a su hermano a cada pregunta.

—¿Vuelves para quedarte? Di que sí. ¡Por favor!

Guillem y Mar no pudieron evitar una sonrisa. El fraile los vio sonreír.

—¡Basta! —gritó, separándose de Arnau un paso—. Basta. Me matarás.

Arnau aprovechó la distancia para examinarlo. Sólo los ojos pertenecían al Joan que había abandonado Barcelona: vivos, brillantes; por lo demás estaba casi calvo, delgado y demacrado... y ese hábito negro que le colgaba de los hombros lo hacía todavía más tétrico. Tenía tres años menos que él, pero parecía mucho mayor.

—¿No comías? Si no tenías suficiente con el dinero que te mandaba...

—Sí —lo interrumpió Joan—, más que suficiente. Tu dinero ha servido para alimentar... mi espíritu. Los libros son muy caros, Arnau.

—Haberme pedido más.

Joan hizo un gesto con la mano y se sentó a la mesa, de cara a Guillem y Mar.

—Bien, preséntame a tu ahijada. Observo que ha crecido desde tu última carta.

Arnau hizo una seña a Mar y ésta se acercó a Joan. La chica bajó la mirada, turbada ante la severidad que se leía en los ojos del sacerdote. Cuando el fraile dio por finalizado su examen, Arnau le presentó a Guillem.

—Guillem —dijo Arnau—. Ya te he hablado mucho de él en mis cartas.

—Sí. —Joan no hizo ademán de alargar la mano y Guillem retiró la que había adelantado hacia él—. ¿Cumples con tus obligaciones cristianas? —le preguntó.

—Sí...

—Fra Joan —añadió Joan.

—Fra Joan —repitió Guillem.

—Aquélla es Donaha —intervino rápidamente Arnau.

Joan asintió sin siquiera mirarla.

—Bien —dijo dirigiéndose a Mar e indicándole con la mirada que podía sentarse—, eres la hija de Ramon, ¿verdad? Tu padre fue un gran hombre, trabajador y cristiano temeroso de Dios, como todos los *bastaixos*. —Joan miró a Arnau—. He rezado mucho por él desde que Arnau me dijo que había muerto. ¿Qué edad tienes, muchacha?

Arnau ordenó a Donaha que sirviera la cena y se sentó a la mesa. Entonces, se dio cuenta de que Guillem seguía de pie, alejado de ella, como si no se atreviera a sentarse ante el nuevo invitado.

—Siéntate, Guillem —le pidió—. Mi mesa es la tuya.

Joan no se inmutó.

La cena transcurrió en silencio. Mar estaba inusualmente callada, como si la presencia de aquel recién llegado le hubiera quitado la espontaneidad. Joan, por su parte, comió frugalmente.

—Cuéntame, Joan —le dijo Arnau cuando terminaron—. ¿Qué ha sido de ti? ¿Cuándo has vuelto?

—He aprovechado el regreso del rey. Tomé un barco hasta Cerdeña cuando me enteré de la victoria y desde allí hasta Barcelona.

—¿Has visto al rey?

—No me ha recibido.

Mar pidió permiso para retirarse. Guillem la imitó. Ambos se despidieron de fra Joan. La conversación se prolongó hasta la madrugada; alrededor de una botella de vino dulce, los dos hermanos recuperaron los trece años de separación.

37

Para tranquilidad de la familia de Arnau, Joan decidió trasladarse al convento de Santa Caterina.

—Ése es mi lugar —le dijo a su hermano—, pero vendré a visitaros todos los días.

Arnau, a quien no se le había escapado que tanto su ahijada como Guillem se habían sentido algo incómodos durante la cena de la noche anterior, no insistió más de lo estrictamente necesario.

—¿Sabes qué me ha dicho? —le susurró a Guillem al mediodía, después de comer, cuando todos se levantaban de la mesa. Guillem acercó el oído—. ¿Que qué hemos hecho para casar a Mar?

Guillem, sin cambiar de postura, miró a la muchacha, que estaba ayudando a Donaha a recoger la mesa. ¿Casarla? Pero si sólo era... ¡Una mujer! Guillem se volvió hacia Arnau. Ninguno de los dos la había mirado jamás como lo hacían ahora.

—¿Dónde ha ido nuestra niña? —le susurró Arnau a su amigo.

Los dos miraron de nuevo a Mar: ágil, bella, serena y segura.

Entre escudilla y escudilla, Mar los miró también a ellos durante un instante.

Su cuerpo mostraba ya la sensualidad de una mujer; sus curvas se marcaban con claridad y sus pechos destacaban bajo la camisa. Tenía catorce años.

Mar volvió a mirarlos y los vio embobados. En esta ocasión no sonrió; pareció azorarse pero fueron sólo unos instantes.

—¿Qué miráis vosotros dos? —les espetó—. ¿Acaso no tenéis nada que hacer? —añadió de pie frente a ambos, seria.

Los dos asintieron a la vez. No cabía duda: se había convertido en una mujer.

—Tendrá la dote de una princesa —le comentó Arnau a Guillem, ya en la mesa de cambios—. Dinero, ropa y una casa..., no, ¡un palacio! —Bruscamente, se volvió hacia su amigo—. ¿Qué hay de los Puig?

—Se nos irá —murmuró éste, haciendo caso omiso de la pregunta de Arnau.

Los dos quedaron en silencio.

—Nos dará nietos —dijo al fin Arnau.

—No te engañes. Le dará hijos a su esposo. Además, si los esclavos no tenemos hijos, menos aún nietos.

—¿Cuántas veces te he ofrecido la libertad?

—¿Qué haría yo siendo libre? Estoy bien como estoy. Pero Mar... ¡casada! No sé por qué, pero te aseguro que estoy empezando a odiarlo, quienquiera que pueda ser.

—Yo también —murmuró Arnau.

Se volvieron el uno hacia el otro, sonrieron y estallaron en carcajadas.

—No me has contestado —dijo Arnau cuando recuperaron la compostura—. ¿Qué hay de los Puig? Quiero ese palacio para Mar.

—Mandé instrucciones a Pisa, a Filippo Tescio. Si hay alguien en el mundo que pueda hacer lo que pretendemos, es Filippo.

—¿Qué le dijiste?

—Que contratase corsarios si era necesario, pero que las comandas de los Puig no debían llegar a Barcelona, ni las que hubieran salido de Barcelona a su destino. Que robase las mercaderías o las incendiase, lo que quisiera, pero que no llegasen a destino.

—¿Te ha contestado?

—¿Filippo? Nunca lo hará. No lo haría por escrito ni confiaría ese encargo a nadie. Si alguien se enterase... Hay que esperar a que finalice la época de navegación. Falta poco menos de un mes. Si para entonces no han llegado las comandas de los Puig, no podrán hacer frente a sus obligaciones; estarán arruinados.

—¿Hemos comprado sus créditos?

—Eres el mayor acreedor de Grau Puig.

—Deben de estar sufriendo —murmuró para sí Arnau.

—¿No los has visto? —Arnau se volvió con rapidez hacia Guillem—. Desde hace tiempo están en la playa. Antes estaban la baronesa y uno de sus hijos; ahora se les ha sumado Genís, que ha vuelto de Cerdeña. Pasan las horas oteando el horizonte en espera de un mástil... y cuando aparece alguno y arriba a puerto una nave que no es la que esperan, la baronesa maldice las olas. Creía que sabías...

—No, no lo sabía. —Arnau dejó pasar unos instantes—. Avísame en cuanto arribe a puerto alguno de nuestros barcos.

—Llegan varios barcos juntos —le dijo Guillem una mañana, de vuelta del consulado.

—¿Están?

—Por supuesto. La baronesa está tan cerca del agua que las olas le rozan los zapatos... —Guillem calló de repente—. Lo siento..., no quería...

Arnau sonrió.

—No te preocupes —lo tranquilizó.

Arnau subió a su habitación y se vistió con sus mejores ropas, lentamente. Al final Guillem había logrado convencerlo de que se las comprase.

—Una persona de prestigio como tú —le había dicho— no puede presentarse mal vestido en la lonja o el consulado. El rey así lo ordena, incluso vuestros santos; san Vicente, por ejemplo...

Arnau lo hizo callar, pero cedió. Se puso una gonela blanca sin mangas, de tela de Malinas, forrada de piel, una cota hasta las rodillas, de seda roja damasquinada, medias negras y zapatos de seda negros. Con un ancho cinturón bordado en hilo de oro y perlas se ciñó la cota a la cintura. Arnau completó su atuendo con un fantástico manto negro que le consiguió Guillem de una expedición de más allá de Dacia, forrado de armiño y bordado en oro y piedras preciosas.

Guillem asintió cuando le vio cruzar la mesa. Mar fue a decir algo, pero finalmente calló. Vio que Arnau salía por la puerta; después corrió hacia ella y desde la calle miró cómo se dirigía hacia la playa, con el manto ondeando por la brisa marina que subía hacia Santa María y las piedras preciosas envolviéndolo en destellos.

—¿Adónde va Arnau? —le preguntó a Guillem tras regresar a la mesa y sentarse en una de las sillas de cortesía, frente a él.

—A cobrar una deuda.

—Debe de ser muy importante.

—Mucho, Mar —Guillem frunció los labios—; sin embargo, éste va a ser sólo el primer pago.

Mar empezó a juguetear con el ábaco de marfil. ¿Cuántas veces, escondida en la cocina, asomando la cabeza, había visto cómo Arnau trabajaba con él? Serio, concentrado, moviendo los dedos sobre las bolas y anotando en los libros. Mar se sacudió el escalofrío que recorrió su espina dorsal.

—¿Te pasa algo? —inquirió Guillem.

—No..., no.

¿Y por qué no contárselo? Guillem podría entenderla, se dijo la chica. Excepto Donaha, que escondía una sonrisa cada vez que ella iba a la cocina para espiar a Arnau, nadie más lo sabía. Todas las muchachas que se reunían en casa del mercader Escales hablaban de lo mismo. Algunas incluso estaban prometidas, y no cesaban de elogiar las virtudes de sus futuros esposos. Mar las escuchaba y eludía las preguntas que le hacían. ¿Cómo hablar de Arnau? ¿Y si llegaba a enterarse? Arnau tenía treinta y cinco años y ella sólo catorce. ¡Había una muchacha a la que habían prometido a un hombre mayor que Arnau! Le hubiera gustado poder contárselo a alguien. Sus amigas podían hablar de dinero, de porte, de atractivo, de hombría o generosidad, pero ¡Arnau los superaba a todos! ¿Acaso no contaban los *bastaixos*, a quienes Mar veía en la playa, que Arnau había sido uno de los soldados más valientes del ejército del rey Pedro? Mar había descubierto las viejas armas de Arnau, su ballesta y su puñal, en el fondo de un baúl, y cuando estaba sola las cogía y las acariciaba, imaginándoselo rodeado de enemigos, luchando como le habían contado los *bastaixos* que hacía.

Guillem se fijó en la muchacha. Mar tenía la yema de un dedo sobre una de las bolas de marfil del ábaco. Estaba quieta, con la mirada perdida. ¿Dinero? A espuertas. Toda Barcelona lo sabía. Y en cuanto a bondad...

—¿Seguro que no te pasa nada? —volvió a preguntarle sobresaltándola.

Mar enrojeció. Donaha decía que cualquiera podía leer sus pensamientos, que llevaba el nombre de Arnau en los labios, en los ojos, en todo su rostro. ¿Y si Guillem los había leído?

—No... —repitió—, seguro.

Guillem movió las bolas del ábaco y Mar le sonrió... ¿con tristeza? ¿Qué pasaba por la mente de la muchacha? Quizá fra Joan tuviera razón; ya estaba en edad núbil, era una mujer encerrada con dos hombres...

Mar apartó el dedo del ábaco.

—Guillem.

—Dime.

Calló.

—Nada, nada —dijo al fin levantándose.

Guillem la siguió con la mirada mientras abandonaba la mesa; le molestaba, pero probablemente el fraile tuviera razón.

Se acercó a ellos. Había andado hasta la orilla mientras los barcos, tres galeras y un ballenero, entraban en el puerto. El ballenero era de su propiedad. Isabel, de negro, sosteniendo el sombrero con una mano, y sus hijastros Josep y Genís, a su lado, todos de espaldas a él, miraban la entrada de las naves. «No traen vuestro consuelo», pensó Arnau.

Bastaixos, barqueros y mercaderes callaron al ver pasar a Arnau vestido de gala.

«¡Mírame, arpía!» Arnau esperó a algunos pasos de la orilla. «¡Mírame! La última vez que lo hiciste...» La baronesa se volvió, lentamente; después lo hicieron sus hijos. Arnau respiró hondo. «La última vez que lo hiciste, mi padre colgaba por encima de mi cabeza.»

Bastaixos y barqueros murmuraron entre sí.

—¿Deseas algo, Arnau? —le preguntó uno de los prohombres.

Arnau negó con la cabeza, la vista fija en los ojos de la mujer. La gente se apartó y éste quedó frente a la baronesa y sus primos.

Volvió a respirar hondo. Clavó los ojos en los de Isabel, sólo unos instantes; luego paseó la mirada por sus primos, miró hacia los barcos y sonrió.

Los labios de la mujer se contrajeron antes de volverse hacia el mar, siguiendo la dirección marcada por Arnau. Cuando miró de nuevo hacia él, fue para ver cómo se alejaba; las piedras de su capa refulgían.

Joan seguía empeñado en casar a Mar y propuso varios candidatos; no le fue difícil encontrarlos. Con sólo hablar de la cuantía de la dote de Mar, nobles y mercaderes acudieron a su llamada, pero… ¿cómo decírselo a la chica? Joan se ofreció a hacerlo, pero cuando Arnau lo comentó con Guillem, el moro se opuso rotundamente.

—Debes hacerlo tú —dijo—. No un fraile al que apenas conoce.

Desde que Guillem se lo dijo, Arnau perseguía a Mar con la mirada allá donde la muchacha se encontrara. ¿La conocía? Hacía años que convivían pero en realidad era Guillem quien se había ocupado de ella. Él simplemente se había limitado a disfrutar de su presencia, de sus risas y sus bromas. Jamás había hablado con ella de ningún asunto serio. Y ahora, cada vez que pensaba en acercarse a la muchacha y pedirle que lo acompañara a dar un paseo por la playa o, ¿por qué no?, a Santa María, cada vez que pensaba en decirle que tenían que tratar un tema serio, se encontraba con una mujer desconocida… y dudaba, hasta que ella lo sorprendía mirándola, y sonreía. ¿Dónde estaba la niña que se columpiaba sobre sus hombros?

—No deseo casarme con ninguno de ellos —les contestó.

Arnau y Guillem se miraron. Al final había acudido a él.

—Tienes que ayudarme —le pidió.

409

Los ojos de Mar se iluminaron cuando le hablaron de matrimonio, los dos tras la mesa de cambio, ella enfrente, como si de una operación mercantil se tratara. Pero después negó con la cabeza ante cada uno de los cinco candidatos que les había propuesto fra Joan.

—Pero, niña —intervino Guillem—, tienes que elegir alguno. Cualquier muchacha estaría orgullosa de los nombres que hemos mencionado.

Mar volvió a negar con la cabeza.

—No me gustan.

—Pues algo habrá que hacer —dijo de nuevo Guillem, dirigiéndose a Arnau.

Arnau miró a la muchacha. Estaba a punto de llorar. Escondía el rostro, pero el temblor de su labio inferior y la respiración agitada la delataban. ¿Por qué reaccionaba así una muchacha a la que le acababan de proponer tales hombres? El silencio se prolongó. Al final, Mar levantó la mirada hacia Arnau, apenas un imperceptible movimiento de sus párpados. ¿Por qué hacerla sufrir?

—Seguiremos buscando hasta encontrar alguno que le guste —le contestó a Guillem—. ¿Estás de acuerdo, Mar?

La muchacha asintió con la cabeza, se levantó y se fue, dejando tras de sí a los dos hombres.

Arnau suspiró.

—¡Y yo que creía que lo difícil sería decírselo!

Guillem no contestó. Continuaba con la vista fija en la puerta de la cocina, por donde había desaparecido Mar. ¿Qué sucedía? ¿Qué escondía su niña? Había sonreído al oír la palabra matrimonio, lo había mirado con ojos chispeantes, y después...

—Verás cómo se pone Joan cuando se entere —añadió Arnau.

Guillem se volvió hacia Arnau pero se contuvo a tiempo. ¿Qué importaba lo que pensara el fraile?

—Tienes razón. Lo mejor será que sigamos buscando.

Arnau se volvió hacia Joan.

—Por favor —le dijo—, no es el momento.

Había entrado en Santa María para calmarse. Las noticias no eran buenas y allí, con su Virgen, con el constante repiqueteo de los operarios, con la sonrisa de todos cuantos trabajaban en la obra, se sentía a gusto. Pero Joan lo había encontrado y se había pegado a su espalda. Mar por aquí, Mar por allá, Mar por acullá. ¡Además, no le concernía!

—¿Qué razones puede tener para oponerse al matrimonio? —insistió Joan.

—No es el momento, Joan —repitió Arnau.

—¿Por qué?

—Porque nos acaban de declarar otra guerra. —El fraile se sobresaltó—. ¿No lo sabías? El rey Pedro el Cruel de Castilla nos acaba de declarar la guerra.

—¿Por qué?

Arnau negó con la cabeza.

—Porque desde hace tiempo tenía ganas de hacerlo —bramó moviendo los brazos—. La excusa ha sido que nuestro almirante, Francesc de Perellós, ha apresado frente a las costas de Sanlúcar dos naves genovesas que transportaban aceite. El castellano ha exigido su liberación y, como el almirante ha hecho oídos sordos, nos ha declarado la guerra. Ese hombre es peligroso —murmuró Arnau—. Tengo entendido que se ha ganado a pulso su apelativo; es rencoroso y vengativo. ¿Te das cuenta, Joan? En este momento estamos en guerra contra Génova y Castilla a la vez. ¿Te parece el momento de andar a vueltas con la muchacha? —Joan titubeó. Se encontraban bajo la piedra de clave de la tercera bóveda de la nave central, rodeados de los andamiajes de los que saldrían las nervaduras—. ¿Te acuerdas? —le preguntó Arnau señalando hacia la piedra de clave. Joan levantó la mirada y asintió. ¡Sólo eran unos niños cuando vieron cómo izaban la primera! Arnau esperó unos instantes y continuó—: Cataluña no va a poder soportar esto. Todavía estamos pagando la campaña contra Cerdeña y ya se nos abre otro frente.

—Creía que los comerciantes erais partidarios de las conquistas.

—Castilla no nos abrirá ninguna ruta comercial. La situación es mala, Joan. Guillem tenía razón. —El fraile torció el gesto al oír el nombre del moro—. No acabamos de conquistar Cerdeña y los corsos ya se han sublevado; lo hicieron en cuanto el rey abandonó la isla. Estamos en guerra contra dos potencias y el rey ha agotado todos sus recursos; ¡hasta los consejeros de la ciudad parecen haberse vuelto locos!

Empezaron a andar hacia el altar mayor.

—¿Qué quieres decir?

—Quiero decir que las arcas no lo soportarán. El rey sigue con sus grandes construcciones: las atarazanas reales y la nueva muralla...

—Pero son necesarias —alegó Joan interrumpiendo a su hermano.

—Las atarazanas, quizá, pero la nueva muralla carece de sentido tras la peste. Barcelona no necesita ampliar esa muralla.

—¿Y?

—Pues que el rey sigue agotando sus recursos. Para la construcción de las murallas ha obligado a contribuir a todas las poblaciones de los alrededores, por si algún día tienen que refugiarse tras ellas; además, ha creado un nuevo impuesto destinado a su construcción: la cuadragésima parte de todas las herencias deberá destinarse a la ampliación de las murallas. Y en cuanto a las atarazanas, todas las multas de los consulados se dedican a su construcción. Y ahora una nueva guerra.

—Barcelona es rica.

—Ya no, Joan, ésa es la cuestión. El rey ha cedido privilegios a medida que la ciudad le concedía recursos, y los consejeros se han metido en tales gastos que no pueden financiarlos. Han aumentado los impuestos sobre la carne y el vino. ¿Sabes qué parte del presupuesto municipal cubrían esos impuestos? —Joan negó—. El cincuenta por ciento de todos los gastos municipales, y ahora los suben. Las deudas del municipio nos llevarán a la ruina, Joan, a todos.

Los dos se quedaron pensativos frente al altar mayor.

—¿Qué hay de Mar? —insistió Joan cuando decidieron abandonar Santa María.

—Hará lo que quiera, Joan, lo que quiera.

—Pero...

—Sin peros. Es mi decisión.

412

—Llama —le pidió Arnau.

Guillem golpeó con la aldaba sobre la madera del portalón. El sonido atronó la calle desierta. Nadie abrió.

—Vuelve a llamar.

Guillem empezó a golpear la puerta, una, dos..., siete, ocho veces; a la novena se abrió la mirilla.

—¿Qué ocurre? —preguntaron los ojos que aparecieron en ella—. ¿A qué tanto escándalo? ¿Quiénes sois?

Mar, agarrada al brazo de Arnau, notó que se tensaba.

—¡Abre! —ordenó Arnau.

—¿Quién lo pide?

—Arnau Estanyol —contestó con gravedad Guillem—, propietario de este edificio y de todo lo que hay dentro de él, incluida tu persona si eres esclavo.

«Arnau Estanyol, propietario de este edificio...» Las palabras de Guillem resonaron en los oídos de Arnau. ¿Cuánto tiempo había pasado? ¿Veinte años? ¿Veintidós? Tras la mirilla, los ojos dudaron.

—¡Abre! —insistió a gritos Guillem.

Arnau levantó la vista al cielo, pensando en su padre.

—¿Qué...? —empezó a preguntarle la muchacha.

—Nada, nada —contestó sonriendo Arnau justo cuando la puerta para el paso de personas de uno de los portalones empezaba a abrirse.

Guillem le ofreció entrar.

—Los portalones, Guillem. Que abran los dos portalones.

Guillem entró y, desde fuera, Arnau y Mar oyeron cómo daba órdenes.

«¿Me estás viendo, padre? ¿Recuerdas? Aquí fue donde te entregaron la bolsa de dinero que te perdió. ¿Qué podías hacer entonces?» La revuelta de la plaza del Blat acudió a su memoria; los gritos de la gente, los de su padre, ¡todos pidiendo grano! Arnau notó que se le hacía un nudo en la garganta. Los portalones se abrieron de par en par y Arnau entró.

Varios esclavos se encontraban en el patio de entrada. A su

derecha, la escalinata que subía a los pisos nobles. Arnau no miró hacia arriba, pero Mar sí lo hizo y pudo ver cómo unas sombras se movían tras los ventanales. Enfrente de ellos estaban las caballerizas, con los palafreneros parados a la entrada. ¡Dios! Un temblor recorrió el cuerpo de Arnau, que se apoyó en Mar. La muchacha dejó de mirar hacia arriba.

—Toma —le dijo Guillem a Arnau, ofreciéndole un pergamino enrollado.

Arnau no lo cogió. Sabía qué era. Se había aprendido de memoria su contenido desde que Guillem se lo entregara el día anterior. Era el inventario de los bienes de Grau Puig que el veguer le adjudicaba en pago de sus créditos: el palacio, los esclavos —Arnau buscó en vano entre los nombres pero Estranya no constaba—, algunas propiedades fuera de Barcelona, entre las que se encontraba una insignificante casa en Navarcles que decidió dejarles para que vivieran en ella. Algunas joyas, dos pares de caballos con sus arneses, un carruaje, trajes y vestidos, ollas y platos, alfombras y muebles, todo lo que se encontraba dentro del palacio aparecía reseñado en aquel pergamino enrollado que Arnau había leído una y otra vez la noche anterior.

Volvió a observar la entrada de las caballerizas y después paseó la mirada por todo el patio empedrado... hasta el pie de la escalera.

—¿Subimos? —preguntó Guillem.

—Subimos. Llévame ante tus señor..., ante Grau Puig —se corrigió, dirigiéndose a un esclavo.

Recorrieron el palacio; Mar y Guillem lo observaban todo, Arnau con la vista al frente. El esclavo los llevó hasta el salón principal.

—Anúnciame —le dijo Arnau a Guillem antes de abrir las puertas.

—¡Arnau Estanyol! —gritó su amigo abriéndolas.

Arnau no recordaba cómo era el salón principal del palacio. Ni siquiera lo miró cuando de niño lo recorrió... de rodillas. Tampoco lo hizo ahora. Isabel estaba sentada en un sillón junto a una de las ventanas; flanqueándola, en pie, Josep y Genís. El primero, como su hermana Margarida, había contraído matrimonio. Genís seguía soltero. Arnau buscó a la familia de Josep. No estaban. En otro sillón, vio a Grau Puig, anciano y babeante.

Isabel lo miraba con los ojos encendidos.

Arnau se plantó en medio del salón, junto a una mesa de comedor, de madera noble, el doble de larga que su mesa de cambio. Mar permaneció junto a Guillem, detrás de él. En las puertas del salón se arracimaron los esclavos.

Arnau habló lo suficientemente alto para que su voz resonase en toda la estancia.

—Guillem, esos zapatos son míos —dijo señalando los pies de Isabel—. Que se los quiten.

—Sí, amo.

Mar se volvió sobresaltada hacia el moro. ¿Amo? Conocía el estado de Guillem, pero nunca antes le había oído dirigirse a Arnau en tales términos.

Con una señal, Guillem llamó a dos de los esclavos que miraban desde el quicio de la puerta y los tres se encaminaron hacia Isabel. La baronesa continuaba altiva, enfrentándose con la mirada a Arnau.

Uno de los esclavos se arrodilló, pero antes de que la tocase, Isabel se descalzó y dejó caer los zapatos al suelo, sin dejar de mirar un solo momento a Arnau.

—Quiero que recojas todos los zapatos de esta casa y les prendas fuego en el patio —dijo Arnau.

—Sí, amo —volvió a contestar Guillem.

La baronesa lo seguía mirando con altivez.

—Esos sillones. —Arnau señaló los asientos de los Puig—. Llévatelos de ahí.

—Sí, amo.

Grau fue cogido en volandas por sus hijos. La baronesa se levantó antes de que los esclavos cogieran su sillón y se lo llevaran, junto con los demás, hasta una de las esquinas.

Pero seguía mirándolo.

—Ese vestido es mío.

¿Había temblado?

—¿No pretenderás...? —empezó a decir Genís Puig, irguiéndose con su padre aún en brazos.

—Ese vestido es mío —repitió Arnau interrumpiéndolo, sin dejar de mirar a Isabel.

¿Temblaba?

—Madre —intervino Josep—, ve a cambiarte.

Temblaba.

—Guillem —gritó Arnau.

—Madre, por favor.

Guillem se acercó a la baronesa.

¡Temblaba!

—¡Madre!

—¿Y qué quieres que me ponga? —gritó Isabel dirigiéndose a su hijastro.

Isabel se volvió de nuevo hacia Arnau, temblando. Guillem también lo miró. «¿De verdad quieres que le quite el vestido?», preguntaban sus ojos.

Arnau frunció el ceño y poco a poco, muy poco a poco, Isabel bajó la vista al suelo, llorando de rabia.

Arnau le hizo una señal a Guillem y dejó transcurrir unos segundos mientras los sollozos de Isabel llenaban el salón principal del palacio.

—Esta misma noche —dijo al fin, dirigiéndose a Guillem—, quiero este edificio vacío. Diles que pueden volver a Navarcles, de donde nunca deberían haber salido. —Josep y Genís lo miraron, Isabel continuó sollozando—. No me interesan esas tierras. Dales ropas de los esclavos, pero no calzado; quémalo. Véndelo todo y cierra esta casa.

Arnau se volvió y se encontró de cara con Mar. Se había olvidado de ella. La muchacha estaba congestionada. La tomó del brazo y salió con ella.

—Ya puedes cerrar estas puertas —le dijo al viejo que les había abierto.

Anduvieron en silencio hasta la mesa de cambio, pero antes de entrar, Arnau se detuvo.

—¿Un paseo por la playa?

Mar asintió.

—¿Ya has cobrado tu deuda? —le preguntó cuando empezaron a ver el mar.

Siguieron caminando.

—Nunca podré cobrármela, Mar —lo oyó murmurar la muchacha al cabo de un rato—, nunca.

38

Arnau trabajaba en la mesa de cambio. Se hallaban en plena época de navegación. Los negocios iban viento en popa y Arnau se había convertido en una de las primeras fortunas de la ciudad. Seguían viviendo en la pequeña casa de la esquina de Canvis Vells y Canvis Nous, junto a Mar y Donaha. Arnau hizo oídos sordos al consejo de Guillem de trasladarse al palacio de los Puig, que permanecía cerrado desde hacía cuatro años. Por su parte, Mar era igual de tozuda que Arnau y no había consentido en contraer matrimonio.

—¿Por qué quieres alejarme de ti? —le preguntó un día, con los ojos anegados en lágrimas.

—Yo... —titubeó Arnau—, ¡yo no quiero alejarte de mí!

Ella continuó llorando y buscó su hombro.

—No te preocupes —le dijo Arnau acariciando su cabeza—, nunca te obligaré a hacer algo que no quieras.

Y Mar seguía viviendo con ellos.

Aquel 9 de junio empezó a repicar una campana. Arnau dejó de trabajar. Al instante se sumó otra y al cabo de poco rato muchas más.

—*Via fora* —comentó Arnau.

Salió a la calle. Los obreros de Santa María bajaban vertigino-

418

samente de los andamios; albañiles y picapedreros salían por el portal mayor y la gente corría por las calles con el *«Via fora!»* en sus labios.

En aquel momento se encontró con Guillem, que caminaba deprisa, alterado.

—¡Guerra! —gritó.

—Están llamando a la *host* —dijo Arnau.

—No..., no. —Guillem hizo una pausa para recobrar el aliento—. No es la *host* de la ciudad. Es la de Barcelona y todas sus villas y pueblos a dos leguas de distancia. No sólo son las de Barcelona.

Eran las de Sant Boi y Badalona. Las de Sant Andreu y Sarrià; Provençana, Sant Feliu, Sant Genís, Cornellà, Sant Just Desvern, Sant Joan Despí, Sants, Santa Coloma, Esplugues, Vallvidrera, Sant Martí, Sant Adrià, Sant Gervasi, Sant Joan d'Horta... El repique de campanas atronaba Barcelona hasta dos leguas de distancia.

—El rey ha invocado el *usatge princeps namque* —continuó Guillem—. No es la ciudad. ¡Es el rey! ¡Estamos en guerra! Nos atacan. El rey Pedro de Castilla nos ataca...

—¿Barcelona? —lo interrumpió Arnau.

—Sí. Barcelona.

Los dos entraron corriendo en la casa.

Cuando salieron, Arnau equipado como cuando sirvió a Eiximèn d'Esparça, se dirigieron a la calle de la Mar para llegar a la plaza del Blat; sin embargo la gente bajaba por la calle gritando el *via fora*, en lugar de subir por ella.

—¿Qué...? —intentó preguntar Arnau sujetando por el brazo a uno de los hombres armados que corrían calle abajo.

—¡A la playa! —le gritó el hombre deshaciéndose de su mano—. ¡A la playa!

—¿Por mar? —se preguntaron Arnau y Guillem el uno al otro.

Los dos se sumaron a la multitud que corría hacia la playa.

Cuando llegaron, los barceloneses empezaban a arremolinarse en ella con la vista puesta en el horizonte, armados con sus ballestas y el repique de campanas en sus oídos. El *«Via fora!»* fue perdiendo fuerza y los ciudadanos terminaron guardando silencio.

Guillem se llevó la mano a la frente para protegerse del fuerte sol de junio y empezó a contar las naves: una, dos, tres, cuatro...

El mar estaba en calma.

—Nos destrozarán —oyó Arnau a sus espaldas.

—Arrasarán la ciudad.

—¿Qué podemos hacer nosotros contra un ejército?

Veintisiete, veintiocho... Guillem seguía contando.

«Nos arrasarán», repitió Arnau para sí. ¿Cuántas veces había hablado de ello con mercaderes y comerciantes? Barcelona estaba indefensa por mar. Desde Santa Clara hasta Framenors, la ciudad se abría al mar, ¡sin defensa alguna! Si una armada llegase a entrar en puerto...

—Treinta y nueve y cuarenta. ¡Cuarenta barcos! —exclamó Guillem.

Treinta galeras y diez leños, todos armados. Era la armada de Pedro el Cruel. Cuarenta naves cargadas de hombres curtidos, de expertos guerreros, contra unos ciudadanos convertidos de súbito en soldados. Si lograban desembarcar se lucharía en la misma playa, en las calles de la ciudad. Arnau sintió un escalofrío al pensar en las mujeres y los niños..., en Mar. ¡Los derrotarían! Saquearían. Violarían a las mujeres. ¡Mar! Se apoyó en Guillem al volver a pensar en ella. Era joven y bella. La imaginó en poder de los castellanos, gritando, pidiendo ayuda... ¿Dónde estaría él entonces?

La playa continuaba llenándose de gente. El propio rey acudió a ella y empezó a dar órdenes a sus soldados.

—¡El rey! —gritó alguien.

¿Y qué podía hacer el rey?, estuvo a punto de replicar Arnau.

Desde hacía tres meses, el rey se hallaba en la ciudad preparando una armada para acudir en defensa de Mallorca, a la que Pedro el Cruel había amenazado con atacar. En el puerto de Barcelona sólo había diez galeras —el resto de la flota estaba aún por llegar— ¡y lucharían en el mismo puerto!

Arnau negó con la cabeza con la vista fija en las velas que poco a poco se acercaban a la costa. El de Castilla había logrado engañarlos. Desde que empezó la guerra, hacía ya tres años, las batallas y las treguas se habían ido alternando. Pedro el Cruel atacó primero el reino de Valencia y después el de Aragón, donde tomó

Tarazona, con lo que amenazó directamente a Zaragoza. La Iglesia intervino y Tarazona se entregó al cardenal Pedro de la Jugie, quien debía arbitrar a cuál de los dos reyes correspondía la ciudad. También se firmó una tregua de un año, que no incluía, empero, las fronteras de los reinos de Murcia y Valencia.

Durante la tregua, el Ceremonioso logró convencer a su hermanastro Ferrán, aliado entonces del de Castilla, para que lo traicionase y, tras hacerlo, el infante atacó y saqueó el reino de Murcia hasta llegar a Cartagena.

Desde la misma playa, el rey Pedro ordenó que se aparejasen las diez galeras y que los ciudadanos de Barcelona y los de las villas colindantes, que ya empezaban a llegar a la playa, embarcasen junto a los pocos soldados que lo acompañaban. Todas las barcas, pequeñas o grandes, mercantes o de pesca, debían salir al encuentro de la armada castellana.

—Es una locura —comentó Guillem observando cómo la gente se lanzaba a las barcas—. Cualquiera de esas galeras abordará nuestros barcos y los partirá en dos. Morirá mucha gente.

Todavía faltaba bastante para que la flota castellana llegara a puerto.

—No tendrá piedad —oyó Arnau a sus espaldas—. Nos destrozará.

Pedro el Cruel no tendría piedad. Su fama era de sobras conocida: ejecutó a sus hermanos bastardos, a Federico en Sevilla y a Juan en Bilbao, y un año después a su tía Leonor, tras tenerla presa durante todo ese tiempo. ¿Qué piedad podía esperarse de un rey que mataba a sus propios parientes? El Ceremonioso no mató a Jaime de Mallorca, a pesar de sus muchas traiciones y de las guerras que los habían enfrentado.

—Sería mejor organizar la defensa en tierra —le comentó Guillem, gritando y acercándose a su oído—; por mar es imposible hacerlo. En cuanto los castellanos superen las *tasques,* nos arrasarán.

Arnau asintió. ¿Por qué se empeñaba el rey en defender la ciudad por mar? Tenía razón Guillem, en cuanto superaran las *tasques…*

—¡Las *tasques*! —bramó Arnau—. ¿Qué barco tenemos en puerto...?

—¿Qué pretendes?

—¡Las *tasques*, Guillem! ¿No lo entiendes? ¿Qué barco tenemos?

—Aquel ballenero —le contestó señalando un inmenso y pesado barco panzudo.

—Vamos. No hay tiempo que perder.

Arnau echó a correr de nuevo hacia el mar, mezclado con la muchedumbre que hacía lo mismo. Miró hacia atrás para decirle a Guillem que acelerase el paso.

La orilla se había convertido en un hervidero de soldados y barceloneses, metidos en el agua hasta la cintura; unos intentaban subir a las pequeñas barcas de pesca que ya salían a la mar, otros esperaban que llegase algún barquero para que los llevase hasta cualquiera de las grandes naves de guerra o mercantes fondeadas en el puerto.

Arnau vio llegar a uno de ellos.

—¡Vamos! —le gritó a Guillem metiéndose en el agua, tratando de adelantarse a todos los que se dirigían hacia la barca.

Cuando llegaron, la barca estaba a rebosar, pero el barquero reconoció a Arnau y les hizo un sitio.

—Llévame al ballenero —le dijo éste cuando el hombre iba a dar la orden de partir.

—Primero las galeras. Ésa es la orden del rey...

—¡Llévame al ballenero! —lo instó Arnau. El barquero ladeó la cabeza. Los hombres de la barca empezaron a quejarse—. ¡Silencio! —gritó Arnau—. Me conoces. Tengo que llegar al ballenero. Barcelona..., tu familia depende de ello. ¡Todas vuestras familias pueden depender de ello!

El barquero miró el gran barco panzudo. Tenía que desviarse muy poco. ¿Por qué no? ¿Por qué iba a engañarlo Arnau Estanyol?

—¡Al ballenero! —ordenó a los dos remeros.

En cuanto Arnau y Guillem se agarraron a las escalas que les lanzó el piloto del ballenero, el barquero puso rumbo a la siguiente galera.

—Los hombres a los remos —le ordenó Arnau al piloto cuando todavía no había pisado cubierta.

El hombre hizo un gesto a los remeros, que se colocaron de inmediato en sus bancos.

—¿Qué hacemos? —preguntó.

—A las *tasques* —contestó Arnau.

Guillem asintió.

—Alá, su nombre sea loado, quiera que te salga bien.

Pero si Guillem llegó a entender los propósitos de Arnau, no así el ejército y los ciudadanos de Barcelona. Cuando vieron cómo el ballenero se ponía en movimiento, sin soldados, sin hombres armados, rumbo a alta mar, alguien dijo:

—Quiere salvar su barco.

—¡Judío! —gritó otro.

—¡Traidor!

Muchos otros se sumaron a los insultos y, al poco rato, la playa entera era un clamor contra Arnau. ¿Qué se proponía Arnau Estanyol?, se preguntaron *bastaixos* y barqueros, todos con la mirada puesta en el barco panzudo que se movía lentamente, al ritmo de más de un centenar de remos que caían al agua para volver a subir, una y otra vez, una y otra vez.

Arnau y Guillem se colocaron en proa, en pie, con la atención puesta en la armada castellana, que empezaba a acercarse peligrosamente, pero cuando pasaron junto a las galeras catalanas, una lluvia de flechas los obligó a esconderse. Volvieron a ponerse en pie cuando estuvieron fuera de su alcance.

—Saldrá bien —le dijo Arnau a Guillem—. Barcelona no puede caer en manos de ese canalla.

Las *tasques*, una cadena de bancos de arena paralela a la costa que impedía la entrada de las corrientes marítimas, eran la única defensa natural del puerto de Barcelona, al tiempo que suponían un peligro para los barcos que intentaban arribar a él. Una sola entrada, a modo de canal con suficiente calado, permitía el paso de las naves; si no era a través de él, los barcos embarrancaban en los bajíos.

Arnau y Guillem se acercaron a las *tasques* dejando tras de sí miles de gargantas de las que salían los más obscenos insultos. Los gritos de los catalanes habían logrado incluso acallar el repique de campanas.

«Saldrá bien», repitió Arnau esta vez para sí. Después ordenó al piloto que los remeros dejasen de bogar. Cuando el centenar de remos se alzó por encima de la borda y el ballenero se deslizó en dirección a las *tasques*, los insultos y gritos comenzaron a menguar hasta que el silencio reinó en la playa. La armada castellana seguía acercándose. Por encima de las campanas, Arnau oyó cómo la quilla del barco se deslizaba hacia los bajíos.

—¡Tiene que salir bien! —masculló.

Guillem lo agarró del brazo y apretó. Era la primera vez que lo tocaba de aquella forma.

El ballenero continuó deslizándose, lentamente, muy lentamente. Arnau miró al piloto. «¿Estamos en el canal?», le preguntó con un simple gesto de sus cejas. El piloto asintió; desde que le ordenó que dejaran de remar sabía qué quería hacer Arnau.

Toda Barcelona lo sabía ya.

—¡Ahora! —gritó Arnau—. ¡Vira!

El piloto dio la orden. Los remos de babor se sumergieron en la mar y el ballenero empezó a girar en redondo hasta que la popa y la proa embarrancaron en las paredes del canal.

La nave escoró.

Guillem apretó con fuerza el brazo de Arnau. Los dos se miraron y Arnau lo atrajo para abrazarlo mientras la playa y las galeras estallaban en vítores.

La entrada al puerto de Barcelona había sido clausurada.

Desde la orilla, armado para la batalla, el rey miró al ballenero cruzado en las *tasques*. Nobles y caballeros permanecieron a su alrededor, en silencio, mientras el rey contemplaba la escena.

—¡A las galeras! —ordenó al fin.

Con el ballenero de Arnau atravesado en las *tasques*, Pedro el Cruel organizó su armada en mar abierto. El Ceremonioso lo hizo *tasques* adentro y antes de que anocheciese, las dos flotas —la una de guerra, con cuarenta naves armadas y dispuestas, la otra pintoresca, con sólo diez galeras y decenas de pequeños barcos mercantes o de pesca cargados de ciudadanos— se encontraron la una frente a la otra, a lo largo de toda la línea de la costa portuaria, desde Santa Clara a Framenors. Nadie podía entrar ni salir de Barcelona.

Ese día no hubo batalla. Cinco de las galeras de Pedro III se dispusieron cerca del ballenero de Arnau, y por la noche, los soldados reales, iluminados por una luna resplandeciente, lo abordaron.

—Parece que la batalla girará en torno a nosotros —le comentó Guillem a Arnau, los dos sentados en cubierta, con la espalda apoyada en la borda, a refugio de los ballesteros castellanos.

—Nos hemos convertido en la muralla de la ciudad y todas las batallas empiezan en las murallas.

En aquel momento se les acercó un oficial real.

—¿Arnau Estanyol? —preguntó. Arnau se hizo notar levantando una mano—. El rey os autoriza a abandonar el barco.

—¿Y mis hombres?

—¿Los convictos a galeras? —En la semioscuridad Arnau y Guillem pudieron comprobar la expresión de sorpresa del oficial. ¿Qué podía importarle al rey un centenar de convictos?—. Pueden ser necesarios aquí —salió del paso el oficial.

—En ese caso —dijo Arnau—, me quedo; es mi barco y son mis hombres.

El oficial se encogió de hombros y continuó ordenando sus fuerzas.

—¿Quieres bajar tú? —le preguntó Arnau a Guillem.

—¿Acaso no soy uno más de tus hombres?

—No, y bien lo sabes. —Los dos guardaron silencio durante unos instantes, mientras veían pasar sombras y oían las carreras de los soldados, que tomaban posiciones, y las órdenes a media voz, casi susurradas, de los oficiales—. Sabes que hace mucho tiempo que dejaste de ser esclavo —continuó Arnau—; sólo tienes que pedir tu carta de libertad y la tendrás.

Algunos soldados se apostaron junto a ellos.

—Id a las bodegas como los demás —les susurró uno de los soldados, intentando ocupar su sitio.

—En este barco vamos donde queremos —le contestó Arnau.

El soldado se inclinó sobre ambos.

—Perdón —se disculpó—. Todos os agradecemos lo que habéis hecho.

Y buscó otro sitio junto a la borda.

—¿Cuándo querrás ser libre? —volvió a preguntar Arnau.

—No creo que supiese ser libre.

Los dos se quedaron en silencio. Cuando todos los soldados abordaron el ballenero y ocuparon sus puestos, la noche empezó a transcurrir lentamente. Arnau y Guillem dormitaron entre toses y susurros de los hombres.

Al amanecer, Pedro el Cruel ordenó el ataque. La armada castellana se acercó a las *tasques* y los soldados del rey empezaron a disparar sus ballestas y a lanzar piedras con unos pequeños trabucos montados en las bordas y también con brígolas. La flota catalana hizo lo propio desde el otro lado de los bajíos. Se luchaba a lo largo de la línea costera, pero sobre todo junto al ballenero de Arnau. Pedro III no podía permitir que los castellanos abordaran la nave y varias galeras, incluida la real, tomaron posiciones junto a ella.

Muchos hombres murieron tras ser alcanzados por las saetas disparadas desde uno u otro lado. Arnau recordaba el silbido de las flechas cuando salían disparadas de su ballesta, apostado tras una roca frente al castillo de Bellaguarda.

Unas carcajadas lo sacaron de su ensueño. ¿Quiénes podían reír en una batalla? Barcelona estaba en peligro y los hombres morían. ¿Cómo era posible que alguien riese? Arnau y Guillem se miraron. Sí, eran risas. Carcajadas cada vez más sonoras. Buscaron un lugar resguardado para poder ver la batalla. Los tripulantes de muchos barcos catalanes, en segunda o tercera línea, a cubierto de las flechas, se burlaban de los castellanos, les gritaban y se reían de ellos.

Desde sus barcos, los castellanos intentaban hacer blanco con las brígolas, pero con tan poca puntería que las piedras caían una tras otra al mar. Algunas piedras levantaron un árbol de espuma tras caer al agua. Arnau y Guillem se miraron y sonrieron. Los hombres de los barcos volvieron a burlarse de los castellanos y la playa de Barcelona, repleta de ciudadanos convertidos en soldados, se sumó a las risas.

Durante todo el día, los catalanes se estuvieron mofando de los artilleros castellanos, que fallaban una y otra vez.

—No me gustaría estar en la galera de Pedro el Cruel —le comentó Guillem a Arnau.

—No —contestó éste riendo—, no quiero pensar lo que les hará a esos aprendices.

Esa noche nada tuvo que ver con la anterior. Arnau y Guillem se pusieron a atender a los muchos heridos del ballenero, a curarlos y a ayudarlos a bajar hasta las barcas que debían llevarlos a tierra. Hasta el ballenero sí que llegaban las flechas de los castellanos. Un nuevo contingente de soldados abordó la nave y cuando ya casi había transcurrido la noche intentaron descansar un poco para la nueva jornada.

La primera luz volvió a despertar las gargantas de los catalanes, y los gritos, los insultos y las risas atronaron de nuevo en el puerto de Barcelona.

Arnau había agotado sus saetas y junto a Guillem, a resguardo, se dedicó a contemplar la batalla.

—Mira —le dijo su amigo señalando las galeras castellanas—, se están acercando mucho más que ayer.

Era cierto. El rey de Castilla había decidido terminar cuanto antes con la mofa de los catalanes y se dirigía directamente hacia el ballenero.

—Diles que dejen de reírse —comentó Guillem con la vista fija en las galeras castellanas que se acercaban.

Pedro III se aprestó a defender el ballenero y se acercó a él tanto como las *tasques* se lo permitieron. La nueva batalla se libró junto a Guillem y Arnau; casi podían tocar la galera real y distinguían con claridad al rey y a sus caballeros.

Las dos galeras se pusieron de costado, cada una a un lado de las *tasques*. Los castellanos dispararon unos trabucos que llevaban montados a proa. Arnau y Guillem se volvieron hacia la galera real. No había daños. El rey y sus hombres seguían en cubierta y la nave no parecía afectada por los disparos.

—¿Eso es una bombarda? —preguntó Arnau señalando el cañón hacia el que se dirigió Pedro III.

—Sí —contestó Guillem.

Había visto cómo la subían a la galera mientras el rey preparaba su flota creyendo que los castellanos pensaban atacar Mallorca.

—¿Una bombarda en un barco?

—Sí —volvió a contestar Guillem.

—Debe de ser la primera vez que se arma una galera con una bombarda —dijo Arnau, con la atención puesta en las órdenes que el rey estaba dando a sus artilleros—; nunca había visto...

—Yo tampoco...

Su conversación se vio interrumpida por el estruendo que hizo la bombarda tras disparar una gran piedra. Los dos se volvieron hacia la galera castellana.

—¡Bravo! —gritaron al unísono cuando la piedra desarboló la nave.

Todos los barcos catalanes vitorearon el disparo.

El rey ordenó que cargasen la bombarda de nuevo. La sorpresa y la caída del mástil impidieron que los castellanos contestaran al fuego con sus trabucos. El siguiente disparo acertó de lleno en el castillo de la nave y la destrozó.

Los castellanos empezaron a apartarse de las *tasques*.

El constante escarnio y la bombarda de la galera real hicieron recapacitar al castellano y al cabo de un par de horas ordenó a su flota que abandonara el asedio y se dirigiese hacia Ibiza.

Desde cubierta, Arnau y Guillem observaron junto a varios oficiales del rey la retirada de la armada castellana. Las campanas de la ciudad empezaron a repicar.

—Ahora tendremos que desencallar este barco —comentó Arnau.

—Ya lo haremos nosotros —oyó a sus espaldas. Arnau se volvió y se encontró con un oficial que acababa de abordar el ballenero—. Su majestad os espera en la galera real.

El rey había tenido dos noches enteras para enterarse de quién era Arnau Estanyol. «Rico —le dijeron los consejeros de Barcelona—, inmensamente rico, majestad.» El rey asentía con poco interés a cada comentario que sobre Arnau le hacían los consejeros: su etapa como *bastaix*, su lucha a las órdenes de Eiximèn d'Esparça, su devoción por Santa María. Sin embargo, sus ojillos se abrieron al oír que era viudo. «Rico y viudo —pensó el monarca—; si nos libramos de ésta...»

—Arnau Estanyol —lo presentó en voz alta uno de los camarlengos del rey—. Ciudadano de Barcelona.

El rey, sentado en una silla en cubierta, estaba flanqueado por multitud de nobles, caballeros consejeros y prohombres de la ciudad que se habían acercado a la galera real tras la retirada de los castellanos. Guillem se quedó junto a la borda, detrás de quienes rodeaban a Arnau y al rey.

Arnau hizo amago de hincar la rodilla en tierra, pero el rey le ordenó que se levantase.

—Estamos muy satisfechos de vuestra acción —habló el rey—; vuestra osadía e inteligencia han sido cruciales para ganar esta batalla.

El rey calló y Arnau dudó. ¿Debía hablar o esperar? Todos los presentes tenían la vista puesta en él.

—Nosotros —continuó el monarca—, en agradecimiento a vuestra acción, deseamos favoreceros con nuestra gracia.

¿Y ahora? ¿Debía hablar? ¿Qué gracia podía concederle el rey? Ya tenía todo cuanto podía desear...

—Os concedemos en matrimonio a nuestra pupila Elionor, a quien dotamos con las baronías de Granollers, Sant Vicenç dels Horts y Caldes de Montbui.

Todos los presentes murmuraron; algunos aplaudieron. ¡Matrimonio! ¿Había dicho matrimonio? Arnau se volvió en busca de Guillem pero no logró encontrarlo. Los nobles y caballeros le sonreían. ¿Había dicho matrimonio?

—¿No estáis contento, señor barón? —preguntó el rey al verlo con la cabeza vuelta.

Arnau se volvió hacia el rey. ¿Señor barón? ¿Matrimonio? ¿Para qué quería él todo eso? Nobles y caballeros callaron ante el silencio de Arnau. El rey lo atravesaba con la mirada. ¿Elionor había dicho? ¿Su pupila? ¡No podía..., no debía desairar al rey!

—No..., quiero decir, sí, majestad —titubeó—. Os agradezco vuestra gracia.

—Sea, pues.

Pedro III se levantó y su corte se cerró a su alrededor. Algunos palmearon la espalda de Arnau al pasar junto a él y le felicitaron con frases que le resultaron ininteligibles. Arnau se quedó solo, allí donde antes había estado rodeado de gente. Se volvió hacia Guillem, que seguía acodado en la borda.

Desde donde estaba, Arnau abrió las manos, pero el moro le contestó gesticulando hacia el rey y su corte, y las escondió con rapidez.

La llegada de Arnau a la playa fue tan celebrada como la del mismo rey. La ciudad entera se abalanzó sobre él y fue de mano en mano, de uno a otro, recibiendo felicitaciones, palmadas y apretones de mano. Todo el mundo quería acercarse al salvador de la ciudad, pero Arnau no lograba reconocer ni oír a nadie. Ahora que todo le iba bien, que era feliz, el rey había decidido casarlo. Los barceloneses lo acompañaron, apretujados contra él, desde la playa a su mesa de cambio y cuando entró, permanecieron frente a la entrada, coreando su nombre, gritando sin cesar.

En cuanto entró, Mar se lanzó en sus brazos. Guillem ya había llegado y estaba sentado en una silla; no había contado nada. Joan, que también había acudido a la mesa, le observaba con su taciturno aspecto habitual.

Mar se quedó sorprendida cuando Arnau, quizá con más fuerza de la que hubiera querido, se desembarazó de su abrazo. Joan fue a felicitarlo pero Arnau tampoco le hizo caso. Al final, se dejó caer en una silla, junto a Guillem. Los demás lo miraban sin atreverse a decir nada.

—¿Qué te pasa? —se atrevió a preguntar al fin Joan.

—¡Que me casan! —gritó Arnau, levantando los brazos por encima de la cabeza—. El rey ha decidido convertirme en barón y casarme con su pupila. ¡Ése es el favor que me hace por ayudarle a salvar su capital! ¡Casarme!

Joan pensó unos instantes, ladeó la cabeza y sonrió.

—¿Por qué te quejas? —le preguntó.

Arnau lo miró de reojo. A su lado, Mar había empezado a temblar. Sólo la vio Donaha, en la puerta de la cocina, que acudió rauda a ayudarla a mantenerse en pie.

—¿Qué es lo que te disgusta? —insistió Joan. Arnau siquiera lo miró. Mar sintió la primera arcada tras oír las palabras del fraile—. ¿Qué hay de malo en que contraigas matrimonio? Y con la pupila del rey. Te convertirás en barón de Cataluña.

Mar, temiendo vomitar, se marchó con Donaha a la cocina.

—¿Qué le pasa a Mar? —preguntó Arnau.

El fraile tardó un momento en responder.

—Yo te diré qué le pasa —dijo por fin—. ¡Que también debería casarse! Los dos deberíais casaros. Suerte que el rey tiene más cabeza que tú.

—Déjame, Joan, te lo ruego —dijo cansinamente Arnau.

El fraile elevó los brazos en el aire y abandonó la mesa de cambio.

—Ve a ver qué le pasa a Mar —le pidió Arnau a Guillem.

—No sé qué le ocurre —le dijo éste a su amo unos minutos después—, pero Donaha me ha dicho que no me preocupe. Cosas de mujeres —añadió.

Arnau se volvió hacia él.

—No me hables de mujeres.

—Poco podemos hacer contra los deseos del rey, Arnau. Quizá con algo de tiempo... encontremos una solución.

Pero no tuvieron tiempo. Pedro III fijó para el día 23 de junio su partida hacia Mallorca para perseguir al rey de Castilla; ordenó que su armada estuviera reunida en el puerto de Barcelona para esa fecha y manifestó que antes de partir quería haber resuelto el asunto del matrimonio de su pupila Elionor con el acaudalado Arnau. Así se lo comunicó un oficial del rey al *bastaix* en su mesa de cambio.

—¡Sólo me quedan nueve días! —se quejó a Guillem cuando el oficial desapareció por la puerta—. ¡Quizá menos!

¿Cómo sería la tal Elionor? Arnau no podía dormir con sólo

pensar en ello. ¿Vieja? ¿Bella? ¿Simpática, agradable o altiva y cínica como todos los nobles que había conocido? ¿Cómo iba a casarse con una mujer a la que ni siquiera conocía? Se lo encargó a Joan:

—Tú puedes hacerlo. Entérate de cómo es esa mujer. No puedo dejar de pensar en qué es lo que me espera.

—Se dice —le contó Joan la misma tarde del día en que el oficial se había presentado en la mesa— que es bastarda de uno de los infantes del principado, alguno de los tíos del rey, aunque nadie se atreve a asegurar cuál de ellos. Su madre falleció en el parto; por eso fue acogida en la corte...

—Pero ¿cómo es, Joan? —lo interrumpió Arnau.

—Tiene veintitrés años y es atractiva.

—¿Y de carácter?

—Es noble —se limitó a contestar.

¿Para qué contarle lo que había oído de Elionor? Es atractiva, ciertamente, le habían dicho, pero sus rasgos siempre reflejan un constante enfado con el mundo entero. Es caprichosa y mimada, altiva y ambiciosa. El rey la casó con un noble que falleció al poco tiempo y ella, sin hijos, volvió a la corte. ¿Un favor a Arnau? ¿Una gracia real? Sus confidentes se rieron. El rey no aguantaba más a Elionor y con quién casarla mejor que con uno de los hombres más ricos de Barcelona, un cambista a quien podía acudir en demanda de créditos. El rey Pedro ganaba en todos los sentidos: se quitaba de encima a Elionor y se aseguraba el acceso a Arnau. ¿Para qué contarle todo aquello?

—¿Qué quieres decir con eso de que es noble?

—Pues eso —dijo Joan tratando de evitar la mirada de Arnau—, que es noble, una mujer noble, con su carácter, como todas ellas.

También Elionor había hecho averiguaciones por su cuenta, y su irritación aumentaba a medida que le llegaban más noticias: un antiguo *bastaix*, una cofradía que derivaba de los esclavos de ribera, de los *macips* de ribera, de los mancipados. ¿Cómo pretendía el rey casarla con un *bastaix*? Era rico, muy rico, sí, según le habían dicho todos, pero ¿qué le importaban a ella sus dineros? Vivía en la corte y nada le faltaba. Decidió acudir al rey cuando se enteró de que Arnau era hijo de un payés fugitivo y que él mismo, por nacimiento, también había sido siervo de la tierra. ¿Cómo podía el rey pretender que ella, hija de un infante, desposara con semejante personaje?

Pero Pedro III no la recibió y ordenó que la boda se celebrase el 21 de junio, dos días antes de su partida hacia Mallorca.

Al día siguiente se casaría. En la capilla real de Santa Àgata.

—Es una capilla pequeña —le explicó Joan—. La construyó a principios de siglo Jaime II por indicación de su esposa, Blanca de Anjou, bajo la advocación de las reliquias de la Pasión de Cristo, la misma que la Sainte-Chapelle de París, de donde provenía la reina.

Sería una boda íntima, tanto que el único que acompañaría a Arnau sería Joan. Mar se negó a asistir. Desde que anunció su matrimonio la muchacha lo rehuía y callaba en su presencia, mirándolo de vez en cuando, sin las sonrisas que hasta entonces le había dedicado.

Por eso aquella tarde Arnau abordó a la muchacha y le pidió que lo acompañase.

—¿Adónde? —preguntó Mar.

¿Adónde?

—No sé... ¿Qué tal a Santa María? Tu padre adoraba esa iglesia. Lo conocí allí, ¿sabes?

Mar accedió; los dos salieron de la mesa de cambio y se dirigieron hacia la inconclusa fachada de Santa María. Los albañiles empezaban a trabajar en las dos torres ochavadas que debían flanquearla y los maestros del cincel se afanaban en el tímpano, las jambas, el parteluz y las arquivoltas, picando y repicando sobre la piedra. Arnau y Mar entraron en el templo. Las nervaduras de la tercera bóveda de la nave central habían empezado ya a extenderse hacia el cielo, en busca de la clave, como una tela de araña protegida por el andamiaje de madera sobre el que crecían.

Arnau sintió la presencia de la muchacha a su lado. Era tan alta como él y su cabello caía con gracia sobre sus hombros. Olía bien: a frescor, a hierbas. La mayoría de los operarios la admiraron; lo vio en sus ojos, aun cuando se desviaban en cuanto advertían la mirada de Arnau. Su aroma iba y venía al ritmo de sus movimientos.

—¿Por qué no quieres venir a mi boda? —le preguntó de repente.

Mar no le contestó. Paseaba la vista por el templo.

—Ni siquiera me han permitido casarme en esta iglesia —murmuró Arnau.

La muchacha tampoco dijo nada.

—Mar… —Arnau esperó a que se volviera hacia él—. Me hubiera gustado que estuvieras conmigo el día de mi boda. Sabes que no me gusta, que lo hago contra mi voluntad, pero el rey… No insistiré más, ¿de acuerdo? —Mar asintió—. Si no lo hago, ¿podremos tratarnos como siempre?

Mar bajó la mirada. Eran tantas las cosas que habría querido decirle… Pero no podía negarle lo que le pedía; no habría podido negarle nada.

—Gracias —le dijo Arnau—; si me fallases tú… ¡No sé qué sería de mí si los que quiero me fallaseis!

Mar sintió un escalofrío. No era esa clase de cariño el que ella pedía. Era amor. ¿Por qué había consentido en acompañarlo? Dirigió su mirada hacia el ábside de Santa María.

—Joan y yo vimos cómo elevaban esa piedra de clave, ¿sabes? —le dijo Arnau al observar la dirección de su mirada—. Sólo éramos unos niños.

En aquel momento, los maestros vidrieros trabajaban con denuedo en el claristorio, el conjunto de ventanas situado debajo del ábside, tras haber finalizado las de la parte superior, cuyo arco ojival aparecía cercenado por un pequeño rosetón. Luego pasarían a decorar los grandes ventanales ojivales que se abrían bajo ellas. Trabajaban los colores componiendo figuras y dibujos, todos rotos mediante finas y delicadas tiras de plomo, que recibían la luz externa para filtrarla al templo.

—Cuando era un muchacho —continuó Arnau—, tuve la suerte de hablar con el gran Berenguer de Montagut. Nosotros, recuerdo que me dijo refiriéndose a los catalanes, no necesitamos más decoración: sólo el espacio y la luz. Entonces señaló el ábside, justo donde ahora estás mirando tú, y dejó caer una mano extendida hasta el altar mayor simulando la luz de la que había hablado. Yo le dije que entendía lo que decía pero en realidad era incapaz de imaginar a qué se refería. —Mar se volvió hacia él—. Era joven —se excusó—, y él era el maestro, el gran Berenguer de Montagut. Pero hoy sí lo entiendo. —Arnau se acercó más a Mar y extendió una mano en dirección al rosetón del ábside, arriba, muy arriba. Mar se esforzó por esconder el ligero temblor que tuvo al contacto con Arnau—. ¿Ves cómo entra la luz en el templo? —Entonces empezó a bajar la mano hasta el altar mayor, como hizo Berenguer en su día, pero en esta ocasión señalando unos coloridos rayos de luz que efectivamente entraban en la iglesia. Mar siguió la mano de Arnau—. Fíjate bien. Las vidrieras orientadas al sol son de colores vivos, rojos, amarillos y verdes, para aprovechar la fuerza de la luz del Mediterráneo; las que no lo están son blancas o azules. Y cada hora, a medida que el sol recorre el cielo, el templo va cambiando de color y las piedras reflejan unas u otras tonalidades. ¡Qué razón tenía el maestro! Es como una iglesia nueva cada día, cada hora, como si continuamente naciera un nuevo templo, porque aunque la piedra está muerta, el sol está vivo y cada día es diferente; nunca se verán los mismos reflejos.

Los dos se quedaron hipnotizados con la luz.

Al final, Arnau cogió a Mar por los hombros y la volvió hacia él.

—No me dejes, Mar, por favor.

Al día siguiente, al amanecer, en la capilla de Santa Àgata, oscura y recargada, Mar trató de ocultar sus lágrimas mientras duraba la ceremonia.

Por su parte, Arnau y Elionor permanecían hieráticos delante del obispo. Elionor ni siquiera se movió, erguida, con la mirada al frente. Arnau se volvió hacia ella en un par de ocasiones al principio de la ceremonia, pero Elionor continuó mirando hacia delante. A partir de entonces sólo se permitió algunas miradas de reojo.

39

El mismo día de la boda, en cuanto finalizó la ceremonia, los nuevos barones de Granollers, Sant Vicenç y Caldes de Montbui partieron hacia el castillo de Montbui. Joan le había trasladado a Arnau las preguntas del mayordomo de la baronesa. ¿Dónde pretendía Arnau que durmiera doña Elionor? ¿En las habitaciones superiores de una vulgar mesa de cambio? ¿Y su servicio? ¿Y sus esclavos? Arnau lo hizo callar y accedió a ponerse en marcha ese mismo día, con la condición de que Joan los acompañara.

—¿Por qué? —preguntó éste.

—Porque me da la impresión de que necesitaré tus oficios.

Elionor y su mayordomo partieron a caballo, ella a la amazona, con las dos piernas al mismo lado de la montura y con un palafrenero que a pie llevaba las riendas de su señora. El escribano y dos doncellas iban montados en mulas, y cerca de una docena de esclavos tiraban de otras tantas acémilas cargadas con las pertenencias de la baronesa.

Arnau alquiló un carro.

Cuando la baronesa lo vio aparecer, destartalado, tirado por dos mulas y cargado con las escasas pertenencias de Arnau, Joan y Mar —Guillem y Donaha se quedaban en Barcelona—, el fuego que salió por sus pupilas podría haber prendido una tea. Aquélla fue la primera vez que miró a Arnau y a su nueva familia; se habían casado, habían comparecido ante el obispo, en presencia del rey y su esposa, y ni siquiera había mirado a uno u otros.

Escoltados por la guardia que el rey puso a su disposición, abandonaron Barcelona. Arnau y Mar montados en el carro. Joan caminando a su lado. La baronesa apretó el paso para llegar cuanto antes al castillo. Lo avistaron antes de la puesta de sol.

Erigido en lo alto de una loma, el castillo era una pequeña fortaleza donde hasta entonces había residido un carlán. Payeses y siervos se habían ido sumando al séquito de sus nuevos señores, de modo que, cuando estaban a escasos metros del castillo, más de un centenar de personas caminaba junto a ellos, preguntándose quién sería el personaje tan ricamente vestido pero montado en aquel carro destartalado.

—Y ahora, ¿por qué paramos? —preguntó Mar cuando la baronesa dio orden de detenerse.

Arnau hizo un gesto de ignorancia.

—Porque nos tienen que entregar el castillo —contestó Joan.

—¿Y no deberíamos entrar para que nos lo entregasen? —inquirió Arnau.

—No. Las Costumbres Generales de Cataluña establecen otro procedimiento: el carlán debe abandonar el castillo, con su familia y la servidumbre, antes de entregárnoslo. —Las pesadas puertas de la fortaleza se abrieron lentamente y el carlán salió de él, seguido por su familia y sus servidores. Cuando llegó a la altura de la baronesa, le entregó algo—. Deberías ser tú quien recogiese esas llaves —le dijo Joan a Arnau.

—¿Y para qué quiero yo un castillo?

Cuando la nueva comitiva pasó junto al carro, el carlán dirigió una sonrisa burlona a Arnau y sus acompañantes. Mar se ruborizó. Hasta los sirvientes los miraron directamente a los ojos.

—No deberías permitirlo —volvió a intervenir Joan—. Ahora tú eres su señor. Te deben respeto, fidelidad...

—Mira, Joan —lo interrumpió Arnau—, aclaremos una cosa: no quiero ningún castillo, no soy ni pretendo ser el señor de nadie y desde luego sólo pienso permanecer en este lugar el tiempo estrictamente necesario para ordenar lo que haya que ordenar. En cuanto esté todo en regla, volveré a Barcelona, y si la señora baronesa desea vivir en su castillo, ahí lo tiene, todo para ella.

Aquélla fue la primera vez a lo largo del día en que Mar esbozó una sonrisa.

—No puedes irte —negó Joan.

La sonrisa de Mar desapareció y Arnau se volvió hacia el fraile.

—¿Qué no puedo qué? Puedo hacer lo que quiera. ¿No soy el barón? ¿Acaso no se van los barones con el rey durante meses y meses?

—Pero ellos se van a la guerra.

—Con mi dinero, Joan, con mi dinero. Me parece que es más importante que sea yo el que me vaya que cualquiera de esos barones que no hacen más que pedir préstamos baratos. Bueno —añadió volviéndose hacia el castillo—, y ahora ¿a qué esperamos? Ya está vacío y estoy cansado.

—Todavía falta... —empezó a decir Joan.

—Tú y tus leyes —lo interrumpió—. ¿Por qué tenéis que aprender leyes los dominicos? ¿Qué falta aho...?

—¡Arnau y Elionor, barones de Granollers, Sant Vicenç y Caldes de Montbui! —Los gritos resonaron a lo largo del valle que se extendía a los pies de la loma. Todos los presentes elevaron la mirada hacia el más alto de los torreones de la fortaleza, donde el mayordomo de Elionor, con las manos a modo de bocina, se desgañitaba—. ¡Arnau y Elionor, barones de Granollers, Sant Vicenç y Caldes de Montbui! ¡Arnau y Elionor...!

—Faltaba el anuncio de la toma del castillo —apostilló Joan.

La comitiva se puso en marcha de nuevo.

—Por lo menos dicen mi nombre.

El mayordomo continuaba gritando.

—Si no, no sería lega —aclaró el fraile.

Arnau fue a decir algo, pero en lugar de ello meneó la cabeza.

El interior de la fortaleza, como era costumbre, había crecido desordenadamente tras las murallas y alrededor de la torre del homenaje, a la que se le había añadido un cuerpo de edificio compuesto por un enorme salón, cocina y despensa, amén de habitaciones en el piso superior. Alejadas del conjunto se erigían diversas construcciones destinadas a albergar a la servidumbre y a los escasos soldados que componían la guarnición del castillo.

Fue el oficial de la guardia, un hombre bajo, fondón, desastrado y sucio, quien tuvo que hacer los honores a Elionor y su séquito. Entraron todos en el gran salón.

—Muéstrame las habitaciones del carlán —le gritó Elionor.

El oficial le indicó una escalera de piedra, adornada con una sencilla balaustrada también de piedra, y la baronesa, seguida del soldado, el mayordomo, el escribano y las doncellas, empezó a subir. En momento alguno se dirigió a Arnau.

Los tres Estanyol se quedaron en el salón, mientras los esclavos depositaban en él las pertenencias de Elionor.

—Quizá debieras... —empezó a decirle Joan a su hermano.

—No intervengas, Joan —le espetó Arnau.

Durante un rato se dedicaron a inspeccionar el salón: sus altos techos, la inmensa chimenea, los sillones, los candelabros y la mesa para una docena de personas. Poco después, el mayordomo de Elionor apareció en la escalera. Sin embargo no llegó a pisar el salón; se quedó tres escalones por encima de él.

—Dice la señora baronesa —cantó desde allí, sin dirigirse a nadie en concreto— que esta noche está muy cansada y no desea ser molestada.

El mayordomo empezaba a dar media vuelta cuando Arnau lo detuvo:

—¡Eh! —gritó. El mayordomo se volvió—. Dile a tu señora que no se preocupe, que nadie la molestará... Nunca —susurró. Mar abrió los ojos y se llevó las manos a la boca. El mayordomo volvió a dar media vuelta, pero Arnau lo detuvo de nuevo—. ¡Eh! —volvió a gritar—, ¿cuáles son nuestras habitaciones? —El hombre se encogió de hombros—. ¿Dónde está el oficial?

—Atendiendo a la señora.

—Pues sube donde esté la señora y haz bajar al oficial. Y apresúrate, porque de lo contrario te cortaré los testículos y la próxima vez que vuelvas a anunciar la toma de un castillo lo harás trinando.

El mayordomo, agarrado a la balaustrada, dudó. ¿Era aquél el mismo Arnau que había aguantado todo un día subido en un carro? Arnau entrecerró los ojos, se acercó a la escalinata y desenfundó el cuchillo de *bastaix* que había querido llevar a la boda. El mayordomo no alcanzó a ver su punta roma; al tercer paso de Arnau, corrió escaleras arriba.

Arnau se volvió y vio a Mar riendo, y el rostro displicente de fra Joan. Aunque no sólo sonreían ellos: algunos esclavos de Elionor habían presenciado la escena y también cruzaban sonrisas.

—¡Y vosotros! —les gritó Arnau—, descargad el carro y llevad las cosas a nuestras habitaciones.

Llevaban ya más de un mes instalados en el castillo. Arnau había intentado poner orden en sus nuevas propiedades; sin embargo, cuantas veces se enfrascaba en los libros de cuentas de la baronía, terminaba cerrándolos con un suspiro. Hojas rotas, números rasgados y sobrescritos, datos contradictorios cuando no falsos. Eran ininteligibles, totalmente indescifrables.

A la semana de su estancia en Montbui, Arnau empezó a acariciar la idea de regresar a Barcelona y dejar aquellas propiedades en manos de un administrador, pero mientras tomaba la decisión optó por conocerlas un poco más; aunque, lejos de acudir a los nobles que le debían vasallaje y que en sus visitas al castillo lo desdeñaban por completo y se rendían a los pies de Elionor, lo hizo al común, a los payeses, a los siervos de sus siervos.

Acompañado de Mar, salió a los campos con curiosidad. ¿Qué habría de cierto en lo que escuchaba en Barcelona? Ellos, los comerciantes de la gran ciudad, a menudo basaban sus decisiones en las noticias que les llegaban. Arnau sabía que la epidemia de 1348 despobló los campos, eso se decía, y que justo el año anterior, el de 1358, una plaga de langosta empeoró la situación tras arruinar las cosechas. La falta de recursos propios empezó a dejarse notar en el comercio y los mercaderes variaron sus estrategias.

—¡Dios! —murmuró a las espaldas del primer payés, cuando éste entró corriendo en la masía para presentar al nuevo barón a su familia.

440

Como él, Mar no podía apartar la mirada del ruinoso edificio y de sus alrededores, tan sucios y dejados como el hombre que los había recibido y que ahora volvía a salir acompañado de una mujer y dos niños pequeños.

Los cuatro se pusieron en fila ante ellos y, torpemente, intentaron hacerles una reverencia. Había miedo en sus ojos. Sus ropas estaban ajadas y los niños... Los niños ni siquiera podían tenerse en pie. Sus piernas eran delgadas como espigas.

—¿Es ésta tu familia? —preguntó Arnau.

El payés empezaba a asentir justo cuando desde dentro de la masía surgió un débil llanto. Arnau frunció las cejas y el hombre negó con la cabeza, lentamente; el miedo de sus ojos se convirtió en tristeza.

—Mi mujer no tiene leche, señoría.

Arnau miró a la mujer. ¿Cómo iba a tener leche aquel cuerpo? ¡Primero había que tener pechos!

—¿Y nadie por aquí podría...?

El payés se adelantó a su pregunta.

—Todos están igual, señoría. Los niños mueren.

Arnau percibió cómo Mar se llevaba una mano a la boca.

—Enséñame tu finca: el granero, los establos, tu casa, los campos.

—¡No podemos pagar más, señoría!

La mujer había caído de rodillas y empezaba a arrastrarse hacia Mar y Arnau.

Arnau se acercó a ella y la cogió por los brazos. La mujer se encogió al contacto de Arnau.

—¿Qué...?

Los niños empezaron a llorar.

—No le peguéis, señoría, os lo ruego —intervino el esposo acercándose a él—; es cierto, no podemos pagar más. Castigadme a mí.

Arnau soltó a la mujer y se retiró unos pasos, hasta donde estaba Mar, que observaba la escena con los ojos muy abiertos.

—No le voy a pegar —dijo dirigiéndose al hombre—; tampoco a ti, ni a nadie de tu familia. No os voy a pedir más dinero. Sólo quiero ver tu finca. Dile a tu esposa que se levante.

441

Primero había sido miedo, después tristeza, ahora extrañeza; los dos clavaron en Arnau sus ojos hundidos con expresión de sorpresa. «¿Acaso jugamos a ser dioses?», pensó Arnau. ¿Qué le habían hecho a esa familia para que respondiera de esa forma? Estaban dejando morir a uno de sus hijos y aún pensaban que alguien acudía a ellos para pedirles más dinero.

El granero estaba vacío. El establo también. Los campos descuidados, los aperos de labranza estropeados y la casa... Si el niño no moría de hambre lo haría de cualquier enfermedad. Arnau no se atrevió a tocarlo; parecía..., parecía que fuera a romperse sólo con moverlo.

Cogió la bolsa del cinto y sacó unas monedas. Se las fue a ofrecer al hombre pero rectificó y sacó más monedas.

—Quiero que este niño viva —le dijo dejando los dineros sobre lo que en tiempos debía de haber sido una mesa—. Quiero que tú, tu esposa y tus otros dos hijos comáis. Este dinero es para vosotros, ¿entendido? Nadie tiene derecho a él, y si tenéis algún problema acudid a verme al castillo.

Ninguno de ellos se movió; tenían la mirada puesta en las monedas. Ni siquiera fueron capaces de desviarla para despedirse de Arnau cuando éste salió de la casa.

Arnau volvió al castillo sin decir palabra, cabizbajo, pensativo. Mar compartió con él el silencio.

—Todos están igual, Joan —dijo Arnau una noche, mientras los dos solos paseaban al fresco por las afueras del castillo—. Hay algunos que han tenido la suerte de ocupar masías deshabitadas, de payeses muertos o que simplemente han huido, ¿cómo no van a hacerlo? Esas tierras las dedican ahora a bosque y pastos, lo que les da cierta garantía de supervivencia cuando las tierras no producen. Pero los más... los más están en una situación desastrosa. Los campos no producen y mueren de hambre.

—Eso no es todo —añadió Joan—; me he enterado de que los nobles, tus feudatarios, están obligando a firmar *capbreus* a los payeses que quedan...

—¿*Capbreus*?

—Son documentos por los que los payeses reconocen la vigencia de todos los derechos feudales que habían quedado en desuso en épocas de bonanza. Como quedan pocos hombres, los sangran para conseguir los mismos beneficios que cuando había muchos y las cosas iban bien.

Arnau llevaba bastantes noches durmiendo mal. Se despertaba sobresaltado tras ver rostros demacrados. Sin embargo, en aquella ocasión ni siquiera pudo conciliar el sueño. Había recorrido sus tierras y había sido generoso. ¿Cómo podía admitir tal situación? Todas aquellas familias dependían de él; primero de sus señores, pero éstos, a su vez, eran feudatarios de Arnau. Si él, como señor de estos últimos, les exigía el pago de sus rentas y mercedes, los nobles repercutirían en aquellos desgraciados las nuevas obligaciones que el carlán había gestionado con absoluta negligencia.

Eran esclavos. Esclavos de la tierra. Esclavos de sus tierras. Arnau se encogió en el lecho. ¡Sus esclavos! Un ejército de hombres, mujeres y niños hambrientos a los que nadie daba importancia alguna... salvo para sangrarlos hasta la muerte. Arnau recordó a los nobles que habían venido a visitar a Elionor, sanos, fuertes, lujosamente vestidos, ¡alegres! ¿Cómo podían vivir de espaldas a la realidad de sus siervos? ¿Qué podía hacer él?

Era generoso. Repartía dinero allí donde lo necesitaban, una miseria para él, pero despertaba alegría entre los niños y hacía sonreír a Mar, siempre a su lado. Pero aquello no podía eternizarse. Si seguía repartiendo dinero serían los nobles quienes se aprovecharían de ello. Continuarían sin pagarle a él y explotarían todavía más a los desgraciados. ¿Qué podía hacer?

Y mientras Arnau se levantaba cada día más y más pesimista, el estado de ánimo de Elionor era muy distinto.

—Ha convocado a nobles, payeses y lugareños para la Virgen de Agosto —explicó Joan a su hermano, que en su calidad de dominico era el único que mantenía algún contacto con la baronesa.

—¿Para qué?

—Para que le rindan... os rindan homenaje —rectificó. Arnau lo instó a continuar—. Según la ley... —Joan abrió los brazos; tú me lo has pedido, intentó decirle con el gesto—. Según la ley cualquier noble, en cualquier momento, puede exigir de sus vasallos que renueven el juramento de fidelidad y reiteren el homenaje a su señor. Es lógico que no habiéndolo recibido todavía, Elionor desee que se lo presten.

—¿Quieres decir que vendrán?

—Los nobles y caballeros no tienen obligación de comparecer a un llamamiento público, siempre y cuando renueven su vasallaje en privado, presentándose ante su nuevo señor en el plazo de un año, un mes y un día, pero Elionor ha estado hablando con ellos y parece ser que acudirán. A fin de cuentas es la pupila del rey. Nadie quiere enfrentarse a la pupila del rey.

—¿Y al esposo de la pupila del rey?

Joan no le contestó. Sin embargo, algo en sus ojos... Conocía aquella mirada.

—¿Tienes algo más que decirme, Joan?

El fraile negó con la cabeza.

Elionor ordenó la construcción de un entarimado en un llano situado al pie del castillo. Soñaba con el día de la Virgen de Agosto. Cuántas veces había visto a nobles y pueblos enteros prestar vasallaje a su tutor, el rey. Ahora se lo prestarían a ella, como a una reina, como a una soberana en sus tierras. ¿Qué más daba que Arnau estuviera a su lado? Todos sabían que era a ella, a la pupila del rey, a quien se sometían.

Tal era su ansiedad que, cercano ya el día señalado, incluso se permitió sonreír a Arnau, desde muy lejos y débilmente, pero le sonrió.

Arnau dudó y sus labios devolvieron una mueca.

«¿Por qué le he sonreído?», pensó Elionor. Apretó los puños. «¡Imbécil! —se insultó a sí misma—. ¿Cómo te humillas ante un vulgar cambista, un siervo fugitivo?» Llevaban más de un mes y medio en Montbui y Arnau no se había acercado a ella. ¿Acaso no era un hombre? Cuando nadie la miraba observaba el cuerpo de Arnau, fuerte, poderoso, y por las noches, sola en su alcoba, se permitía soñar que aquel hombre la montaba salvajemente. ¿Cuánto tiempo hacía que no vivía aquellas sensaciones? Y él la humillaba con su desdén. ¿Cómo se atrevía? Elionor se mordió con fuerza el labio inferior. «Ya vendrá», se dijo.

El día de la festividad de la Virgen de Agosto, Elionor se levantó al alba. Desde la ventana de su solitario dormitorio observó la planicie dominada por el entarimado que había mandado construir. Los payeses empezaban a congregarse en el llano; muchos ni siquiera habían dormido, para acudir a tiempo al requerimiento de sus señores. Todavía no había llegado ningún noble.

40

El sol anunció un día espléndido y caluroso. El cielo límpido y sin nubes, semejante al que casi cuarenta años atrás acogió la celebración del matrimonio de un siervo de la tierra llamado Bernat Estanyol, parecía una cúpula azul celeste sobre los miles de vasallos congregados en el llano. Se acercaba la hora, y Elionor, con sus mejores galas, paseaba nerviosa por el inmenso salón del castillo de Montbui. ¡Sólo faltaban los nobles y caballeros! Joan, ataviado con su hábito negro, descansaba en una silla, y Arnau y Mar, como si la cosa no fuera con ellos, cruzaban divertidas miradas de complicidad ante cada suspiro de desesperación que surgía de la garganta de Elionor.

Finalmente, llegaron los nobles. Sin guardar las formas, impaciente como su señora, un sirviente de Elionor irrumpió en la estancia para anunciar su llegada. La baronesa se asomó a la ventana, y cuando se volvió hacia los presentes, su cara irradiaba felicidad. Los nobles y los caballeros de sus tierras llegaban a la planicie con todo el boato de que eran capaces. Sus lujosas vestiduras, sus espadas y sus joyas se mezclaron con el pueblo poniendo una nota de color y brillo en los grises, tristes y desgastados hábitos de los payeses. Los caballos, de la mano de los palafreneros, empezaron a reunirse tras el estrado y sus relinchos rompieron el silencio con el que los humildes habían acogido la llegada de sus señores. Los sirvientes de los nobles instalaron lujosas sillas, tapizadas con seda de colores vivos, al pie de la tarima, donde los nobles y

446

los caballeros jurarían homenaje a sus nuevos señores. Instintivamente, la gente se separó de la última fila de sillas para dejar un espacio visible entre ellos y los privilegiados.

Elionor volvió a mirar por la ventana y sonrió al comprobar de nuevo el alarde de lujo y nobleza con que sus vasallos pensaban recibirla. Cuando al fin, acompañada de su séquito familiar, estuvo ante ellos, sentada en la tarima, mirándolos desde la distancia, se sintió como una verdadera reina.

El escribano de Elionor, convertido en maestro de ceremonias, inició el acto dando lectura al decreto de Pedro III por el que se concedía como dote a Elionor, pupila real, la baronía de los honores reales de Granollers, Sant Vicenç y Caldes de Montbui, con todos sus vasallos, tierras, rentas... Mientras el escribano leía, Elionor se deleitaba en sus palabras; se sentía observada y envidiada —incluso odiada, ¿por qué no?— por cuantos vasallos lo habían sido hasta entonces del rey. Siempre deberían fidelidad al príncipe, pero desde aquel momento, entre el rey y ellos habría un nuevo escalón: ella. Arnau, por el contrario, no prestaba atención alguna a las palabras del escribano y se limitaba a devolver las sonrisas que le dirigían los payeses a los que había visitado y ayudado.

Mezcladas con el pueblo llano e indiferentes a lo que allí ocurría, había dos mujeres vistosamente vestidas, como obligaba su condición de mujeres públicas: una, ya anciana; la otra, madura pero bella, mostrando con altanería sus atributos.

—Nobles y caballeros —gritó el escribano, captando, esta vez sí, la atención de Arnau—, ¿prestáis homenaje a Arnau y Elionor, barones de Granollers, Sant Vicenç y Caldes de Montbui?

—¡No!

La negativa pareció rasgar el cielo. El despojado carlán del castillo de Montbui se había puesto en pie y había contestado con voz de trueno al requerimiento del escribano. Un murmullo sordo salió de la multitud emplazada tras los nobles; Joan movió la cabeza como si ya lo hubiera previsto, Mar titubeó sintiéndose extraña ante toda aquella gente, Arnau dudó qué hacer y Elionor palideció hasta que su rostro se tornó blanco como la cera.

447

El escribano volvió la vista hacia la tarima esperando instrucciones de su señora, pero, al no recibirlas, tomó la iniciativa:

—¿Os negáis?

—Nos negamos —bramó el carlán, seguro de sí mismo—. Ni siquiera el rey puede obligarnos a prestar homenaje a persona de condición inferior a la nuestra. ¡Es la ley! —Joan asintió con tristeza. No había querido decírselo a Arnau. Los nobles habían engañado a Elionor—. Arnau Estanyol —continuó el carlán, dirigiéndose al escribano a voz en grito— es ciudadano de Barcelona, hijo de un payés de *remença* fugitivo. ¡No vamos a prestar homenaje al hijo fugitivo de un siervo de la tierra, por más que el rey le haya concedido las baronías que dices!

La más joven de las dos mujeres se puso de puntillas para ver el entarimado. La visión de los nobles allí sentados había despertado su curiosidad, pero al oír en voz del carlán el nombre de Arnau, ciudadano de Barcelona e hijo de un payés, sus piernas empezaron a flaquear.

Con el murmullo del gentío al fondo, el escribano volvió a mirar a Elionor. También lo hizo Arnau, pero la pupila real no hizo ademán alguno. Estaba paralizada. Tras la primera impresión, su sorpresa se había convertido en ira. El blanco de su rostro se había convertido en colorado: temblaba de rabia y sus manos, agarrotadas sobre los brazos de la silla, parecían querer atravesar la madera.

—¿Por qué me dijiste que había muerto, Francesca? —preguntó Aledis, la más joven de las dos prostitutas.

—Es mi hijo, Aledis.

—¿Arnau es tu hijo?

A la vez que asentía con la cabeza, Francesca le hizo a Aledis un expresivo ademán para que bajase la voz. Por nada del mundo deseaba que alguien pudiera enterarse de que Arnau era el hijo de una mujer pública. Afortunadamente, la gente que las rodeaba sólo estaba pendiente de la reyerta entre los nobles.

La discusión parecía recrudecerse por momentos. Ante la pasividad de los demás, Joan decidió intervenir.

—Podéis tener razón en cuanto decís —afirmó desde detrás

de la ultrajada baronesa—, podéis negaros al homenaje, pero eso no deroga la obligación de prestar servicios a vuestros señores y de firmarles de derecho. ¡Es la ley! ¿Estáis dispuestos a ello?

Mientras el carlán, consciente de que el dominico tenía razón, miraba a sus compañeros, Arnau hizo un gesto a Joan para que se acercase a él.

—¿Qué significa eso? —le preguntó en voz baja.

—Significa que salvan su honor. No prestan homenaje a...

—A una persona de condición inferior —lo ayudó Arnau—. Ya sabes que nunca me ha importado.

—No te prestan homenaje ni se someten a ti como vasallos, pero la ley los obliga a seguir prestándote servicios y a firmarte de derecho, a reconocer las tierras y honores que tienen por ti.

—¿Algo así como los *capbreus* que ellos les hacen firmar a los payeses?

—Algo así.

—Firmaremos de derecho —contestó el carlán.

Arnau no hizo el menor caso al noble. Ni siquiera lo miró. Pensaba; ahí estaba la solución a la miseria de los payeses. Joan seguía inclinado sobre él. Elionor ya no contaba; sus ojos miraban más allá del espectáculo, a las ilusiones perdidas.

—¿Eso quiere decir —le preguntó Arnau a Joan— que aunque no me reconozcan como su barón sigo mandando y tienen que obedecerme?

—Sí. Sólo salvan su honor.

—Está bien —dijo Arnau poniéndose en pie parsimoniosamente y llamando mediante gestos al escribano—. ¿Ves el hueco que hay entre los señores y el pueblo? —le preguntó cuando lo tuvo al lado—. Quiero que te sitúes allí y vayas repitiendo lo más alto que puedas, palabra por palabra, lo que voy a decir. ¡Quiero que todo el mundo se entere de lo que voy a decir! —Mientras el escribano se encaminaba al espacio abierto tras los nobles, Arnau dirigió una cínica sonrisa al carlán, que esperaba respuesta a su compromiso de firmar de derecho—. ¡Yo, Arnau, barón de Granollers, Sant Vicenç y Caldes de Montbui...!

Arnau esperó a que el escribano vocease sus palabras:

—Yo, Arnau —repitió el escribano—, barón de Granollers, Sant Vicenç y Caldes de Montbui...

—... declaro proscritas de mis tierras todas aquellas costumbres conocidas como malos usos...

—... declaro proscritas...

—¡No puedes hacerlo! —gritó uno de los nobles interrumpiendo al escribano.

Ante las palabras de los nobles, Arnau miró a Joan buscando confirmación a sus facultades.

—Sí puedo hacerlo —se limitó a contestar Arnau cuando Joan asintió.

—¡Acudiremos al rey! —gritó otro.

Arnau se encogió de hombros. Joan se acercó a él.

—¿Has pensado lo que les sucederá a estas pobres gentes si les das esperanza y después el rey te quita la razón?

—Joan —respondió Arnau con una seguridad en sí mismo que hasta entonces no había tenido—, es probable que no sepa nada del honor, de la nobleza o de la caballería, pero conozco los apuntes que hay en mis libros en relación con los préstamos a su majestad; por cierto —añadió sonriendo—, considerablemente incrementados para la campaña de Mallorca tras mi matrimonio con su pupila. De eso sí que sé. Te aseguro que el rey no pondrá en entredicho mis palabras.

Arnau miró al escribano y lo instó a continuar:

—... declaro proscritas de mis tierras todas aquellas costumbres conocidas como malos usos... —gritó el escribano.

—Declaro derogado el derecho de *intestia*, por el que el señor tiene derecho a heredar parte de los bienes de sus vasallos. —Arnau continuó hablando con claridad y lentamente, para que el escribano pudiera repetir sus palabras. El pueblo escuchaba en silencio, incrédulo y esperanzado a la vez—. El de *cugutia*, por el que los señores se apropian de la mitad o la totalidad de los bienes de la adúltera. El de *exorquia,* por el que se les otorga una parte de los bienes de los payeses casados que fallezcan sin hijos. El de *ius maletractandi*, por el que los señores pueden maltratar a su antojo a los payeses y apropiarse de sus cosas. —El silencio acompañaba las palabras de Arnau, tanto que el mismo escribano calló al percatarse de que la multitud allí congregada podía escuchar sin problemas el discurso de su señor. Francesca se agarró al brazo de Aledis—. El de *arsia*, por el que el payés tiene la obligación de indemnizar al señor por el incendio de sus tierras. El derecho de *firma de espoli forzada*, por el que el señor puede yacer con la novia en su primera noche...

El hijo no pudo verlo, pero entre aquella multitud que empezaba a revolverse alegremente a medida que se daba cuenta de la seriedad de sus palabras, una anciana, su madre, se desasió de Aledis y se llevó las manos al rostro. Aledis lo comprendió todo al instante. Las lágrimas asomaron en sus pupilas y abrazó a su dueña. Mientras, los nobles y caballeros, al pie de la tarima desde la que Arnau liberaba a sus vasallos, discutían sobre cuál sería la mejor manera de plantear aquel problema al rey.

—Declaro proscritos cualesquiera otros servicios a los que hasta ahora hayan estado obligados los rústicos y que no sean el pago del justo y legítimo canon de sus tierras. Os declaro libres para cocer vuestro propio pan, para herrar vuestros animales y para reparar vuestros aparejos en vuestras propias forjas. A las mujeres, a las madres, os declaro libres para negaros a amamantar gratuitamente a los hijos de vuestros señores. —La anciana, perdida en el recuerdo, ya no podía dejar de llorar—. Así como para negaros a servir gratuitamente en las casas de vuestros señores. Os libero de la obligación de hacer regalos a vuestros señores en Navidad y de trabajar sus tierras gratuitamente.

Arnau guardó silencio unos instantes, mientras observaba más allá de los preocupados nobles a la multitud que esperaba oír determinadas palabras. ¡Faltaba uno! La gente lo sabía y esperaba inquieta ante el repentino silencio de Arnau. ¡Faltaba uno!

—¡Os declaro libres! —gritó al fin.

El carlán gritó y levantó el puño hacia Arnau. Los nobles que lo acompañaban gesticularon y gritaron a su vez.

—¡Libres! —sollozó la anciana entre los vítores de la multitud.

—En el día de hoy, en que unos nobles se han negado a prestar homenaje a la pupila del rey, los payeses que trabajan las tierras que componen las baronías de Granollers, Sant Vicenç y Caldes de Montbui serán iguales a los payeses de la Cataluña nueva, iguales a los de las baronías de Entença, de la Conca del Barberà, del campo de Tarragona, del condado de Prades, de la Segarra o la Garriga, del marquesado de Aytona, del territorio de Tortosa o del campo de Urgell..., iguales a los payeses de cualquiera de las diecinueve comarcas de esa Cataluña conquistada con el esfuerzo y la sangre de vuestros padres. ¡Sois libres! ¡Sois payeses pero nunca más, en estas tierras, volveréis a ser siervos de la tierra ni lo serán vuestros hijos o vuestros nietos!

—Tampoco vuestras madres —susurró Francesa para sí—, tampoco vuestras madres —repitió antes de prorrumpir de nuevo en llanto y agarrarse a Aledis, que tenía los sentimientos a flor de piel.

Arnau tuvo que abandonar la tarima para evitar que el pueblo se abalanzara sobre él. Joan ayudó a Elionor, que era incapaz de caminar por sí sola. Tras ellos, Mar trataba de controlar la emoción que parecía a punto de estallar en su pecho.

El llano empezó a vaciarse en cuanto Arnau y su séquito lo abandonaron en dirección al castillo. Los nobles, tras acordar cómo plantearían el asunto al rey, hicieron lo propio a galope tendido, sin respetar a la gente que se agolpaba en los caminos y que tenía que saltar a los campos para no ser arrollados por unos jinetes iracundos. Los payeses iniciaron una lenta marcha de regreso a sus hogares, con una sonrisa en el rostro.

Sólo dos mujeres permanecían quietas en el llano.

—¿Por qué me engañaste? —preguntó Aledis.

En esta ocasión la anciana se volvió hacia ella.

—Porque no lo merecías... y él no debía vivir junto a ti. Tú no estabas llamada a ser su esposa. —Francesca no dudó. Lo dijo fríamente, tan fríamente como se lo permitió su voz ronca.

—¿De verdad piensas que no lo merecía? —preguntó Aledis.

Francesca se enjugó las lágrimas y recuperó de nuevo la energía y la firmeza que le habían permitido llevar su negocio durante años.

—¿Acaso no has visto en lo que se ha convertido? ¿Acaso no

has oído lo que ha hecho? ¿Crees que su vida hubiera sido la misma junto a ti?

—Lo de mi marido y el duelo...

—Mentira.

—Lo de que me buscaban...

—También. —Aledis frunció el entrecejo y observó a Francesca—. También tú me mentiste, ¿recuerdas? —le echó en cara la anciana.

—Yo tenía mis motivos.

—Y yo los míos.

—Captarme para tu negocio... Ahora lo entiendo.

—No fue ése el único, pero reconozco que sí. ¿Tienes alguna queja? ¿A cuántas muchachas ingenuas has engañado tú desde entonces?

—Eso no hubiera sido necesario si tú...

—Te recuerdo que la elección fue tuya. —Aledis dudó—. Otras no pudimos elegir.

—Fue muy duro, Francesca. Llegar hasta Figueras, arrastrarme, someterme y ¿para qué?

—Vives bien, mejor que muchos de los nobles que hoy estaban aquí. No te falta de nada.

—Mi honra.

Francesca se irguió cuanto su ajado cuerpo le permitió. Entonces se enfrentó a Aledis.

—Mira, Aledis, yo no entiendo de honras ni honores. Tú me vendiste la tuya. A mí me la robaron cuando era una muchacha. Nadie me permitió elegir. Hoy he llorado lo que no me había permitido llorar en toda mi vida, y ya es suficiente. Somos lo que somos y de nada nos serviría, ni a ti ni a mí, recordar cómo hemos llegado a serlo. Deja que los demás se peleen por la honra. Hoy los has visto. ¿Quién de los que estaban junto a nosotras puede hablar de honor u honra?

—Quizá ahora, sin malos usos...

—No te engañes, seguirán siendo unos desgraciados sin un lugar donde caerse muertos. Hemos luchado mucho para llegar donde estamos; no pienses en la honra: no está hecha para el pueblo.

Aledis miró a su alrededor y observó al pueblo. Los habían liberado de los malos usos, sí, pero seguían siendo los mismos hombres y las mismas mujeres sin esperanzas, los mismos niños famélicos, descalzos y medio desnudos. Asintió con la cabeza y abrazó a Francesca.

41

No pensarás dejarme aquí!

Elionor bajó la escalera hecha una furia. Arnau estaba en el salón, sentado a la mesa, firmando los documentos con los que derogaba los malos usos de sus tierras. «En cuanto los firme, me iré», le había dicho a Joan. El fraile y Mar, a espaldas de Arnau, observaban la escena.

Arnau terminó de firmar y después se enfrentó a Elionor. Debía de ser la primera vez que hablaban desde que contrajeron matrimonio. Arnau no se levantó.

—¿Qué interés tienes en que me quede aquí?

—¿Cómo quieres que me quede en un lugar donde me han humillado como lo han hecho?

—Lo diré de otra forma entonces: ¿qué interés puedes tener en seguirme?

—¡Eres mi esposo! —Le salió una voz chillona. Le había dado mil vueltas: no podía quedarse, pero tampoco podía volver a la corte del rey. Arnau hizo una mueca de desagrado—. Si te vas, si me dejas —añadió Elionor—, acudiré al rey.

Las palabras resonaron en los oídos de Arnau. «¡Acudiremos al rey!», lo habían amenazado los nobles. Creía poder solucionar el ataque de los nobles, pero... Miró los documentos que acababa de firmar. Si Elionor, su propia esposa, la pupila real, se sumaba a las quejas de los nobles...

—Firma —la instó acercándole los documentos.

—¿Por qué debería hacerlo? Si derogas los malos usos, nos quedaremos sin rentas.

—Firma y vivirás en un palacio en la calle de Montcada de Barcelona. No necesitarás esas rentas. Tendrás el dinero que quieras.

Elionor se acercó a la mesa, cogió la pluma y se inclinó sobre los documentos.

—¿Qué garantías tengo de que cumplirás tu palabra? —preguntó de repente, volviéndose hacia Arnau.

—La de que cuanto más grande sea la casa, menos te veré. Ésa es la garantía. La de que cuanto mejor vivas, menos me molestarás. ¿Te sirven esas garantías? No tengo intención de darte otras.

Elionor miró a los que estaban detrás de Arnau. ¿Sonreía la muchacha?

—¿Vivirán ellos con nosotros? —preguntó señalándolos con la pluma.

—Sí.

—¿Ella también?

Mar y Elionor cruzaron una mirada gélida.

—¿Acaso no he hablado con suficiente claridad, Elionor? ¿Firmas?

Firmó.

Arnau no esperó a que Elionor hiciera sus preparativos y aquel mismo día, al atardecer, para evitar el calor de agosto, partió hacia Barcelona, en un carro alquilado, igual que había llegado hasta allí.

Ninguno de ellos miró atrás cuando el carro cruzó las puertas del castillo.

—¿Por qué debemos ir a vivir con ella? —le preguntó Mar a Arnau durante el viaje de vuelta en el carro.

—No debo ofender al rey, Mar. Nunca se sabe cuál puede ser la respuesta de un monarca.

Mar permaneció callada durante unos instantes, pensativa.

—¿Por eso le has ofrecido todo lo que le has ofrecido?

—No..., bueno, también, pero la principal razón han sido los payeses. No quiero que se queje. Supuestamente el rey nos ha concedido unas rentas para vivir, aunque en realidad no existan o sean mínimas. Si ella acudiese al rey diciendo que por mi actuación he dilapidado esas rentas, quizá derogaría mis órdenes.

—¿El rey? ¿Por qué iba el rey...?

—Debes saber que no hace muchos años el rey dictó una pragmática contra los siervos de la tierra, en contra incluso de los privilegios que él mismo y sus antecesores habían concedido a las ciudades. La Iglesia y los nobles le exigieron que tomara medidas contra los payeses que escapaban de sus tierras y las dejaban baldías... y él lo hizo.

—No pensaba que fuera capaz de eso.

—Es un noble más, Mar; el primero de ellos.

Hicieron noche en una masía a las afueras de Montcada. Arnau pagó generosamente a los payeses. Se levantaron al alba y antes de que empezase la canícula entraron en Barcelona.

—La situación es dramática, Guillem —le dijo Arnau cuando pusieron fin a saludos y explicaciones y se quedaron solos—. El principado está mucho peor de lo que imaginábamos. Aquí sólo nos llegan las noticias, pero hay que ver el estado de los campos y las tierras. No aguantaremos.

—Hace mucho tiempo que tomo medidas —lo sorprendió Guillem. Arnau lo instó a que continuase—. La crisis es grave y se veía venir; ya lo habíamos hablado en alguna ocasión. Nuestra moneda se devalúa constantemente en los mercados extranjeros pero el rey no adopta ninguna medida aquí, en Cataluña, y soportamos unas paridades insostenibles. El municipio se está endeudando cada vez más para financiar toda la estructura que se ha creado en Barcelona. La gente ya no obtiene beneficios en el comercio y buscan lugares más seguros para su dinero.

—¿Y el nuestro?

—Fuera. En Pisa, Florencia, incluso en Génova. Allí todavía se puede comerciar con cambios lógicos. —Los dos guardaron unos momentos de silencio—. Castelló ha sido declarado *abatut* —añadió Guillem rompiéndolo—; empieza el desastre.

Arnau recordó al cambista, gordo, siempre sudoroso y simpático.

—¿Qué ha sucedido?

—No ha sido prudente. La gente empezó a reclamarle la devolución de los depósitos y no pudo hacer frente.

—¿Podrá pagar?

—No creo.

El 29 de agosto, el rey desembarcó victorioso de su campaña en Mallorca contra Pedro el Cruel, que había huido de Ibiza, tras tomarla y saquearla, en cuanto la flota catalana arribó a las islas.

Al cabo de un mes, cuando llegó Elionor, los Estanyol, incluido Guillem pese a su inicial oposición, se trasladaron al palacio de la calle de Montcada.

A los dos meses, el rey concedió audiencia al carlán de Montbui. El día anterior, enviados de Pedro III solicitaron un nuevo préstamo a la mesa de Arnau. Cuando se lo concedieron, el rey despidió al carlán y mantuvo las órdenes de Arnau.

Al cabo de dos meses más, transcurridos los seis que la ley concedía al *abatut* para que pagase sus deudas, el cambista Castelló fue decapitado frente a su mesa de cambio, en la plaza dels Canvis. Todos los cambistas de la ciudad fueron obligados a presenciar, en primera fila, la ejecución. Arnau vio cómo se separaba la cabeza de Castelló de su tronco tras el certero golpe del verdugo. Le hubiera gustado cerrar los ojos, como muchos hicieron, pero no pudo. Tenía que verlo. Era una llamada a la prudencia que no debía olvidar nunca, se dijo mientras la sangre se derramaba sobre el cadalso.

42

La veía sonreír. Arnau seguía viendo sonreír a su Virgen, y la vida le sonreía igual que ella. Había cumplido cuarenta años y, pese a la crisis, sus negocios funcionaban y le proporcionaban grandes beneficios, de los que destinaba una parte a los menesterosos o a Santa María. Con el tiempo, Guillem le dio la razón: la gente del pueblo pagaba y devolvía sus préstamos, dinero a dinero. Su iglesia, el templo de la mar, continuaba creciendo a través de su tercera bóveda central y de los campanarios octogonales que flanqueaban la fachada principal. Santa María estaba repleta de artesanos: marmolistas y escultores, pintores, vidrieros, carpinteros y forjadores. Incluso había un organista, cuyo trabajo Arnau seguía con atención. ¿Cómo sonaría la música en el interior de aquel majestuoso templo?, se preguntaba a menudo. Tras la muerte del arcediano Bernat Llull y el paso de dos canónigos, quien ahora ocupaba el cargo era Pere Salvete de Montirac, con el que Arnau mantenía una relación fluida. También habían muerto el gran maestro, Berenguer de Montagut, y su sucesor, Ramon Despuig. El encargado de la dirección de las obras del templo era ahora Guillem Metge.

Pero Arnau no sólo trataba con los prebostes de Santa María. Su situación económica y su nueva condición le llevaban a confraternizar con los consejeros de la ciudad, con prohombres y con miembros del Consejo de Ciento. Su opinión era escuchada en la lonja y sus consejos seguidos por comerciantes y mercaderes.

—Debes aceptar el cargo —le aconsejó Guillem.

Arnau pensó durante unos instantes. Acababan de ofrecerle uno de los dos puestos de cónsul de la Mar de Barcelona, el máximo representante del comercio en la ciudad, juez en las disputas mercantiles, con jurisdicción propia, independiente de cualquier otra institución de Barcelona, árbitro de cualquier problema que se planteara en el puerto o que tuviesen sus trabajadores, y vigilante del cumplimiento de las leyes y las costumbres del comercio.

—No sé si podré...

—Nadie mejor que tú, Arnau, hazme caso —lo interrumpió Guillem—. Puedes. Seguro que puedes.

Aceptó ser uno de los nuevos cónsules cuando finalizase el mandato de los anteriores.

Santa María, sus negocios, sus futuras nuevas obligaciones como cónsul de la Mar: todo ello creó alrededor de Arnau una muralla tras la que el *bastaix* se sentía cómodo, y cuando volvía a su nuevo hogar, al palacio de la calle Montcada, no se daba cuenta de lo que sucedía tras sus grandes portalones.

Arnau había cumplido las promesas hechas a Elionor, pero también cumplió con las garantías bajo las que se las ofreció, y su relación era distante y fría; se reducía a lo imprescindible para la convivencia. Mientras, Mar había cumplido veinte esplendorosos años y seguía negándose a contraer matrimonio. «¿Para qué voy a hacerlo si tengo a Arnau para mí? ¿Qué haría él sin mí? ¿Quién lo descalzaría? ¿Quién lo atendería a la vuelta del trabajo? ¿Quién charlaría con él y escucharía sus problemas? ¿Elionor? ¿Joan, cada día más enfrascado en sus estudios? ¿Los esclavos?, ¿o un Guillem con quien ya pasa la mayor parte del día?», pensaba la muchacha.

Todos los días, Mar esperaba con impaciencia la vuelta a casa de Arnau. Su respiración se aceleraba cuando oía sus aldabonazos sobre los portalones y la sonrisa volvía a sus labios en cuanto acudía, corriendo, a esperarle en lo alto de las escalinatas que llevaban a las plantas nobles. Porque durante el día, cuando Arnau no estaba, su vida era un monótono y constante suplicio.

—¡Nada de perdiz! —resonó en las cocinas—, hoy comeremos ternera.

Mar se volvió hacia la baronesa, de pie en la entrada de la cocina. A Arnau le gustaba la perdiz. Había ido con Donaha a comprarlas. Las eligió ella misma, las colgó de una barra en la cocina y comprobó día tras día su estado. Por fin decidió que ya estaban en su punto y, por la mañana, temprano, bajó a la cocina para prepararlas.

—Pero... —intentó oponerse Mar.

—Ternera —la interrumpió Elionor, traspasándola con la mirada.

Mar se volvió hacia Donaha, pero la esclava le contestó encogiendo imperceptiblemente los hombros.

—Lo que se come en esta casa lo decido yo —continuó la baronesa, dirigiéndose en esta ocasión a todos los esclavos presentes en la cocina—. ¡En esta casa mando yo!

Tras su último grito, dio media vuelta y se fue.

Aquel día, Elionor esperó a comprobar el resultado de su desplante. ¿Acudiría la muchacha a Arnau o mantendría aquella disputa en secreto? Mar también pensó en ello: ¿debía contárselo a Arnau? ¿Qué podía ganar haciéndolo? Si Arnau se ponía de su parte, discutiría con Elionor y en realidad ella era la señora de la casa. ¿Y si no se ponía de su parte? Se le encogió el estómago. ¿Y si no lo hacía? Arnau dijo en una ocasión que no debía ofender al rey. ¿Y si Elionor se quejaba al rey por su causa? ¿Qué diría entonces Arnau?

Elionor dejó escapar una sonrisa de desprecio hacia Mar al final del día, cuando comprobó que Arnau seguía tratándola como siempre, sin dirigirle la palabra. Con el tiempo, la sonrisa se fue convirtiendo en un constante asedio a la muchacha. Elionor prohibió que acompañara a los esclavos a la compra y que entrase en las cocinas. Apostó esclavos en las puertas de los salones cuando ella estaba dentro. «La señora baronesa no desea ser molestada», le decían a Mar cuando trataba de entrar en ellos. Día tras día, Elionor encontró más formas de molestar a la muchacha.

El rey. No debían ofender al rey. Mar tenía aquellas palabras grabadas en la mente y se las repetía una y otra vez. Elionor seguía siendo su pupila y podía acudir al monarca en cualquier momento. ¡Ella no sería la causa de que Elionor se ofendiera!

Cuán equivocada estaba. Poco satisfacían a Elionor las rencillas domésticas. Sus pequeñas victorias desaparecían cuando Arnau regresaba a casa y Mar saltaba a sus brazos. Los dos reían, charlaban... y se rozaban. Arnau contaba los sucesos del día, las disputas en la lonja, los cambios, los barcos, sentado en un sillón, con Mar a sus pies, embelesada en sus historias. ¿Acaso no debía ser aquél el sitio de su legítima esposa? Arnau, acompañado de Mar, se quedaba en una de las ventanas, por la noche, después de cenar, con ella cogida de su brazo, mientras ambos miraban la noche estrellada. A sus espaldas, Elionor apretaba los puños hasta clavarse las uñas en las palmas de las manos; entonces el dolor la hacía reaccionar y se levantaba bruscamente para retirarse a sus habitaciones.

Y en la soledad pensaba en su situación. Arnau no la había tocado desde que contrajeran matrimonio. Ella se acariciaba el cuerpo, los pechos..., ¡todavía se mantenían firmes!, las caderas, la entrepierna, y cuando el placer empezaba a llegar, chocaba siempre con la realidad: aquella muchacha... ¡aquella muchacha había logrado ocupar su puesto!

—¿Qué sucederá cuando mi esposo fallezca?

Se lo preguntó directamente, sin preámbulos, tras tomar asiento frente a la mesa repleta de libros. Después tosió; todo aquel estudio lleno de libros y legajos, el polvo...

Reginald d'Area examinó con tranquilidad a su visitante. Era el mejor abogado de la ciudad, le habían comentado a Elionor, un experto glosador de los *Usatges* de Cataluña.

—Tengo entendido que no tenéis hijos de vuestro esposo, ¿es cierto? —Elionor frunció las cejas—. Debo saberlo —insistió con parsimonia. Todo él, corpulento y con aspecto bonachón, con su melena y su barba blancas, infundía seguridad.

—No. No los he tenido.

—Imagino que vuestra consulta se refiere al aspecto patrimonial.

Elionor se movió en la silla, inquieta.

—Sí —contestó al fin.

—Vuestra dote os será devuelta. En cuanto al patrimonio propio de vuestro esposo, puede disponer de él por testamento como desee.

—¿No me corresponderá nada?

—El usufructo de sus bienes durante un año, el año de luto.

—¿Sólo?

El grito logró descomponer a Reginald d'Area. ¿Qué se creía aquella mujer?

—Eso se lo debéis a vuestro tutor, el rey Pedro —contestó con sequedad.

—¿Qué queréis decir?

—Hasta que vuestro tutor accedió al trono regía en Cataluña una ley de Jaime I por la que la viuda, mientras lo hiciera honestamente, disfrutaba del usufructo de toda la herencia de su marido de por vida. Pero los mercaderes de Barcelona y Perpiñán son muy celosos de su patrimonio, incluso cuando se trata de sus esposas, y consiguieron un privilegio real por el que tan sólo disfrutarían de un año de luto, no del usufructo. Vuestro tutor ha elevado dicho privilegio a rango de ley general para todo el principado...

Elionor no lo escuchaba y se levantó antes de que el abogado finalizase su exposición. Volvió a toser y paseó la mirada por el estudio. ¿Para qué querría tantos libros? Reginald se levantó también.

—Si necesitáis algo más...

Elionor, ya de espaldas, se limitó a levantar una mano.

Estaba claro: necesitaba tener un hijo de su marido para asegurarse el futuro. Arnau había cumplido su palabra y Elionor había conocido otra forma de vida: el lujo, algo que había visto en la corte pero que, al estar sometida a los innumerables controles de los tesoreros reales, siempre había estado fuera de su alcance. Ahora gastaba cuanto quería, tenía cuanto deseaba. Pero si Arnau moría... Y lo único que se lo impedía, lo único que lo mantenía apartado de ella, era aquella bruja voluptuosa. Si la bruja no estuviera..., si desapareciese... ¡Arnau se rendiría ante ella! ¿Cómo no iba a ser capaz de seducir a un siervo fugitivo?

Unos días después, Elionor llamó a sus estancias al fraile, el único de los Estanyol con el que tenía algún trato.

—¡No puedo creerlo! —le contestó Joan.

—Pues así es, fra Joan —dijo Elionor con las manos todavía en el rostro—. Desde que nos casamos no me ha puesto una mano encima.

Joan sabía que no había amor entre Arnau y Elionor, que dormían en habitaciones separadas. Y qué más daba aquello. Nadie se casaba por amor y la mayoría de los nobles dormían separados. Pero si Arnau no había tocado a Elionor, entonces no estaban casados.

—¿Habéis hablado del asunto? —le preguntó.

Elionor separó las manos del rostro para mostrar unos ojos enrojecidos que requirieron la atención inmediata de Joan.

—No me atrevo. No sabría cómo hacerlo. Además, creo... —Elionor dejó en el aire sus sospechas.

—¿Qué es lo que creéis?

—Creo que Arnau está más pendiente de Mar que de su propia esposa.

—Ya sabéis que Arnau adora a esa muchacha.

—No me refiero a ese tipo de amor, fra Joan —insistió bajando la voz. Joan se irguió en el sillón—. Sí. Sé que os costará creerlo pero estoy convencida de que esa muchacha, como vos la llamáis, pretende a mi marido. ¡Es como tener al diablo en mi propia casa, fra Joan! —Elionor logró que su voz temblase—. Mis armas, fra Joan, son las de una simple mujer que quiere cumplir con el mandato que la Iglesia impone a las mujeres casadas, pero cada vez que lo intento me topo con que mi marido se halla inmerso en una voluptuosidad que le impide fijarse en mí. ¡Ya no sé qué hacer!

¡Por eso no quería casarse Mar! ¿Sería verdad? Joan empezó a recordar: siempre estaban juntos, y cómo se lanzaba en sus brazos. Y aquellas miradas, y las sonrisas. ¡Qué estúpido había sido! El moro lo sabía, seguro que lo sabía; por eso la defendía.

—No sé qué deciros —se excusó.

—Tengo un plan... pero necesito vuestra ayuda y, sobre todo, vuestro consejo.

43

Joan escuchó el plan de Elionor y, mientras lo hacía, un escalofrío recorrió su cuerpo.

—Tengo que pensarlo —le contestó cuando ésta insistió en su dramática situación matrimonial.

Esa misma tarde Joan se encerró en su habitación. Excusó su presencia en la cena. Evitó a Arnau y a Mar. Evitó la inquisitiva mirada de Elionor. Fra Joan miró sus libros de teología, pulcramente ordenados en un armario. En ellos debería estar la respuesta a sus problemas. Durante todos los años que había pasado lejos de su hermano, Joan no dejó de pensar en él. Quería a Arnau; él y su padre fueron lo único que tuvo en su infancia. Sin embargo, en ese cariño había tantos pliegues como en su hábito. Agazapada en ellos estaba una admiración que, en los peores momentos, rozaba la envidia. Arnau, con la sonrisa franca y el gesto presto, un niño que afirmaba hablar con la Virgen. Fra Joan hizo un gesto displicente al recordar lo mucho que intentó oír esa voz. Ahora sabía que era casi imposible, que sólo unos pocos elegidos se veían bendecidos con ese honor. Estudió y se disciplinó con la esperanza de ser uno de ellos; ayunó hasta casi perder la salud, pero todo fue en vano.

Fra Joan se enfrascó en las doctrinas del obispo Hincmaro, en las de san León Magno, en las del maestro Graciano, en las cartas de san Pablo y en las de otros muchos.

Sólo la comunión carnal entre los cónyuges, la *coniunctio*

sexuum, puede lograr que el matrimonio entre los hombres refleje la unión de Cristo con la Iglesia, objetivo principal del sacramento: sin la *carnalis copula* no existe el matrimonio, decía el primero.

Sólo cuando se ha producido la consumación del matrimonio mediante la cópula carnal, éste es válido frente a la Iglesia, afirmaba san León Magno.

Graciano, su maestro en la Universidad de Bolonia, abundaba en la misma doctrina, aquella que unía el simbolismo nupcial, el consentimiento que prestaban los cónyuges ante el altar, con la copulación sexual del hombre y la mujer: la *una caro*. Hasta san Pablo, en su famosa carta a los Efesios, decía: «El que ama a su mujer se ama a sí mismo; porque nadie odia jamás su propia carne; por el contrario, la alimenta y la cuida, como también Cristo a la Iglesia. Por este motivo el hombre dejará a su padre y a su madre y se adherirá a su mujer y los dos serán una sola carne. Este misterio es grande; más lo digo yo en orden a Cristo y la Iglesia».

Hasta bien entrada la noche, fra Joan estuvo enfrascado en las enseñanzas y doctrinas de los grandes. ¿Qué buscaba? Abrió de nuevo uno de los tratados. ¿Hasta cuándo iba a negar la verdad? Elionor tenía razón: sin cópula, sin unión carnal no había matrimonio. «¿Por qué no has copulado con ella? Estás viviendo en pecado. La Iglesia no reconoce tu matrimonio.» A la luz de la candela releyó a Graciano, despacio, siguiendo la letra con el dedo, tratando de encontrar lo que le constaba que no existía. «¡La pupila real! El propio rey te entregó a su pupila y tú no has copulado con ella. ¿Qué diría el rey si se enterase? Ni todo tu dinero... Es una ofensa al rey. Él te entregó a Elionor en matrimonio. Él mismo la llevó al altar y tú has ofendido la gracia que te concedió. ¿Y el obispo? ¿Qué diría el obispo?» Insistió con Graciano. Y todo por una jovencita soberbia que no había querido cumplir con su destino como mujer.

Joan estuvo buscando en los libros durante horas, pero su mente se perdía en el plan de Elionor y en las posibles alternativas. Debería decírselo directamente. Entonces se imaginaba a sí mismo, sentado frente a Arnau, quizá mejor de pie, sí, ambos en pie... «Deberías yacer con Elionor. Estás viviendo en pecado», le diría. ¿Y si se enojaba? Era barón de Cataluña, cónsul de la Mar. ¿Quién era él para decirle nada? Volvía a los libros. ¡A buena hora había prohijado a la muchacha! Ella era la causa de todos sus problemas. Si Elionor tenía razón, Arnau podría inclinarse por Mar en lugar de hacerlo por su hermano. Mar era la culpable, la única culpable de aquella situación. Había rechazado a todos los pretendientes para continuar paseando su voluptuosidad por delante de Arnau. ¿Qué hombre lo resistiría? ¡Era el diablo! El diablo hecho mujer, la tentación, el pecado. ¿Por qué tenía él que arriesgar el cariño de su hermano si el diablo era ella? El diablo era ella. La culpa la tenía ella. Sólo Cristo resistió las tentaciones. Arnau no era Dios, él era un hombre. ¿Por qué debían sufrir los hombres a causa del diablo?

Joan volvió a enfrascarse en los libros hasta que encontró lo que buscaba:

Mira cómo está impresa esta mala inclinación en nosotros, que la naturaleza humana por sí misma y por su original corrupción, sin otro extraño motivo o instigación, se vuelca sobre esa vileza, que si la bondad de nuestro señor no reprimiera esa natural inclinación, todo el mundo caería general y suciamente en esa vileza. Leemos cómo a un niño pequeño y puro, criado por unos santos ermitaños en el desierto, que no había tenido contacto con hembra, lo mandaron a la ciudad donde estaban su padre y su madre. Y en cuanto entró en el lugar en donde estaban su padre y su madre, preguntó a aquellos que lo habían llevado acerca de las cosas nuevas que veía, qué cosas eran: y como había visto bellas mujeres y bien adornadas, preguntó qué cosa eran, y los santos ermitaños dijéronle que aquellas cosas eran diablos, que turbaban a todo el mundo, y como estaban en casa del padre y de la madre, preguntaron al niño los santos ermitaños que le llevaban, y le dijeron así: «Mira qué cantidad de cosas bellas y nuevas has visto y que jamás habías visto, ¿cuál es la que más te ha gustado?». Y el niño respondió: «De todas las cosas bellas que he visto, las que más me han gustado son los diablos esos que turban el mundo». Y como aquéllos le dijesen: «¡Oh, mezquino! ¿No has oído decir muchas veces, y leído, lo malos que son los diablos y el mal que hacen, y que su hogar es el infierno, y cómo, entonces, te han

podido complacer tanto cuando los has visto por primera vez?».
Dicen que respondió: «Aunque tan malas cosas sean los diablos y
tanto mal hagan, y que en el infierno estén, no me importarían
todos esos males y no me importaría estar en el infierno, con tal
de que estuviese y habitase con diablos como ésos. Y ahora sé que
los diablos del infierno no son tan malas cosas como dicen, y ahora
sé que haría bien en estar en el infierno, puesto que tales diablos
hay allí y con tales debería estar. Y así fuese yo con ellos, Dios lo
quiera».

Fra Joan terminó la lectura y cerró sus libros cuando despun-
taba el alba. No iba a arriesgarse. No iba a ser él un santo ermi-
taño que se enfrentase al niño que prefería al diablo. No iba a ser
él quien llamase mezquino a su hermano. Lo decían sus libros,
aquellos que precisamente había comprado Arnau para él. Su decisión no podía ser otra. Se arrodilló en el reclinatorio de su habitación, bajo la imagen de Cristo crucificado, y rezó.

Aquella noche, antes de conciliar el sueño, creyó sentir un olor
extraño, un olor a muerte que inundó su habitación hasta casi
ahogarlo.

El día de San Marcos, el Consejo de Ciento en pleno y los prohombres de Barcelona eligieron a Arnau Estanyol, barón de Granollers, Sant Vicenç y Caldes de Montbui, cónsul de la Mar de
Barcelona. En procesión, como establecía el *Llibre de Consolat de
Mar*, aclamado por el pueblo, Arnau y el segundo cónsul, los consejeros y los prohombres de la ciudad recorrieron Barcelona hasta llegar a la lonja, la sede del Consulado de la Mar, un edificio en
reconstrucción en la misma playa, a pocos metros de la iglesia de
Santa María y de la mesa de cambio de Arnau.

Los *missatges*, que así se llamaban los soldados del consulado,
rindieron honores; la comitiva entró en el palacio y los consejeros-
ros de Barcelona entregaron la posesión del edificio a los recién
elegidos. En cuanto los consejeros abandonaron el lugar, Arnau
empezó a ejercer sus nuevas funciones: un mercader reclamaba el
valor de un cargamento de pimienta que había caído al mar al ser

descargado por un joven barquero. La pimienta fue llevada a la sala de juicios y Arnau comprobó personalmente su deterioro.

Escuchó las razones del mercader y el barquero y de los testigos que cada uno llevó al juicio. Conocía personalmente al mercader. Conocía personalmente al joven barquero. No hacía mucho había pedido un crédito en su mesa de cambio. Acababa de casarse. Arnau lo había felicitado y le había deseado todo tipo de parabienes.

—Sentencio —le tembló la voz— que el barquero debe satisfacer el precio de la pimienta. Así lo dispone —Arnau leyó el libro que le acercó el escribano— el capítulo sesenta y dos de las Costumbres de la Mar. —Acababa de pedirle un crédito. Acababa de casarse, en Santa María, como correspondía a los hombres de la mar. ¿Estaría ya embarazada? Arnau recordó el fulgor de los ojos de la joven esposa del barquero el día que los felicitó. Carraspeó—: ¿Tienes…? —Volvió a carraspear—: ¿Tienes dinero?

Arnau apartó la mirada del joven. Acababa de concederle un crédito. ¿Habría sido para la casa?, ¿para la ropa?, ¿para los muebles o quizá para esa barca? La negativa del joven llenó sus oídos.

—Te condeno, pues, a... —El nudo que se le formó en la garganta casi le impidió continuar—. Te condeno a prisión hasta que satisfagas el total de la cantidad adeudada.

¿Cómo podría pagarlo si no podía trabajar? ¿Estaría embarazada? Arnau olvidó golpear con la maza sobre la mesa. Los *missatges* le apremiaron a ello con la mirada. Golpeó. El joven fue llevado a los calabozos del consulado. Arnau bajó la mirada.

—Es necesario —le dijo el escribano cuando todos los interesados habían abandonado la corte.

Arnau permaneció quieto, sentado a la derecha del escribano, en el centro de la inmensa mesa que presidía la sala.

—Mira —insistió el escribano poniéndole delante un nuevo libro, el reglamento del consulado—. Aquí lo dice en referencia a las órdenes de prisión: «Que así muestra su poder, de mayor a menor». Tú eres el cónsul de la Mar y debes mostrar tu poder. Nuestra prosperidad, la de nuestra ciudad, depende de ello.

Aquel día no tuvo que enviar a nadie más a prisión pero sí tuvo que hacerlo muchos otros. La jurisdicción del cónsul de la Mar alcanzaba a todos los asuntos relacionados con el comercio —precios, salarios de marineros, seguridad de las naves y de las mercaderías...— y cualesquiera otros que estuvieran relacionados con el mar. Desde que tomó posesión de su cargo, Arnau se convirtió en una autoridad independiente del baile o del veguer; dictaba sentencias, embargaba, ejecutaba bienes de los deudores, encarcelaba, y todo ello con un ejército a sus órdenes.

Y mientras Arnau se veía obligado a encarcelar a jóvenes barqueros, Elionor hizo llamar a Felip de Ponts, un caballero que conoció durante su primer matrimonio y que en varias ocasiones había acudido a ella para que intercediese ante Arnau, a quien adeudaba una considerable cantidad de dinero a la que no podía hacer frente.

—He intentado cuanto estaba en mi mano, don Felip —mintió Elionor cuando se presentó ante ella—, pero ha sido de todo punto imposible. En breve será reclamada vuestra deuda.

Felip de Ponts, un hombre grande y fuerte, con una frondosa barba rubia y ojos pequeños, empalideció al oír las palabras de su anfitriona. Si reclamaban su deuda perdería sus pocas tierras... y hasta su caballo de guerra. Un caballero sin tierras para mantenerse y sin caballo para guerrear no podía considerarse tal.

Felip de Ponts hincó una rodilla en tierra.

—Os lo ruego, señora —suplicó—. Estoy seguro de que si vos lo deseáis, vuestro marido aplazará su decisión. Si ejecuta la deuda, mi vida carecerá de sentido. ¡Hacedlo por mí! ¡Por los viejos tiempos!

Elionor se hizo rogar durante unos instantes, en pie frente al caballero arrodillado. Fingió que pensaba.

—Levantaos —ordenó—. Podría haber una posibilidad...

—¡Os lo ruego! —repitió Felip de Ponts antes de levantarse.

—Es muy arriesgada.

—¡Lo que sea! No tengo miedo a nada. He luchado con el rey en tod...

—Se trataría de secuestrar a una muchacha —soltó Elionor.

—No..., no os entiendo —balbuceó el caballero tras unos instantes de silencio.

—Me habéis entendido perfectamente —replicó Elionor—. Se trataría de secuestrar a una muchacha y, además..., desflorarla.

—¡Eso está castigado con la muerte!

—No siempre.

Elionor lo había oído decir. Nunca había querido preguntar, y menos ahora, con su plan en la mente, por lo que esperó a que el dominico despejara sus dudas.

—Buscamos a alguien que la rapte —le soltó. Joan abrió los ojos desmesuradamente—. Que la viole. —Joan se llevó la mano al rostro—. Tengo entendido —prosiguió— que los *Usatges* disponen que si la muchacha o sus padres consiente el matrimonio, no hay pena para el violador. —Joan seguía con la mano en el rostro, mudo—. ¿Es eso cierto, fra Joan? ¿Es eso cierto? —insistió ante el silencio del fraile.

—Sí, pero...

—¿Lo es o no lo es?

—Lo es —confirmó Joan—. El estupro está penado con el destierro perpetuo si no ha habido violencia y con la muerte si la ha habido. Pero si se consiente el matrimonio o el violador propone un marido que acepte, de igual valor que el de la muchacha, no hay pena.

Elionor esbozó una sonrisa que trató de ocultar tan pronto como Joan volvió a dirigirse a ella, tratando de disuadirla. Elionor adoptó la postura de una mujer deshonrada.

—No lo sé, pero os aseguro que no hay barbaridad que no esté dispuesta a afrontar para recuperar a mi esposo. Buscamos a alguien que la rapte —repitió—, que la viole y después consentimos el matrimonio. —Joan negó con la cabeza—. ¿Qué diferencia hay? —insistió Elionor—. Podríamos entregar a Mar en matrimonio, aun en contra de su voluntad, si Arnau no estuviese tan cegado... tan obcecado con esa joven. Vos mismo la entregaríais en matrimonio si Arnau os lo permitiese. Lo único que haríamos sería contrarrestar la perniciosa influencia de esa mujer sobre mi esposo. Seríamos nosotros quienes elegiríamos al futuro esposo de Mar;

igual que si la entregásemos en matrimonio, pero sin contar con la aquiescencia de Arnau. No se puede contar con él, está loco, fuera de sí por esa joven. ¿Conocéis a algún padre que obre igual que Arnau y permita a una hija envejecer en soltería? Por más dinero que tenga. Por más noble que sea. ¿Conocéis a alguno? Hasta el rey me entregó a mí en contra... sin contar con mi opinión.

Joan fue cediendo ante las razones de Elionor, que aprovechó la debilidad del fraile para insistir una y otra vez en su precaria situación, en el pecado que se estaba cometiendo en aquella casa... Joan prometió pensarlo... y lo hizo. Felip de Ponts obtuvo su aprobación, con condiciones, pero la obtuvo.

—No siempre —repitió Elionor.

Los caballeros estaban obligados a conocer los *Usatges*.

—¿Sostenéis que la muchacha consentiría en el matrimonio? ¿Por qué no se casa entonces?

—Sus tutores consentirían.

—¿Por qué no se limitan a entregarla en matrimonio?

—Eso no os incumbe —le cortó Elionor. «Ésa —pensó— será mi tarea... y la del frailecillo.»

—Me pedís que rapte y viole a una muchacha y me decís que el motivo no es de mi incumbencia. Señora, os habéis equivocado conmigo. Seré deudor pero soy caballero...

—Es mi pupila. —Felip de Ponts se quedó sorprendido—. Sí. Os estoy hablando de mi pupila, Mar Estanyol.

Felip de Ponts recordó a la muchacha que había prohijado Arnau. La había visto en alguna ocasión en la mesa de cambio de su padre y hasta había compartido con ella una agradable conversación un día que fue a visitar a Elionor.

—¿Queréis que rapte y violente a vuestra propia pupila?

—Me parece, don Felip, que me he expresado con bastante claridad. Puedo aseguraros que no habrá castigo a vuestro delito.

—¿Qué motivo...?

—¡Los motivos son cosa mía! Bien, ¿qué decidís?

—¿Qué ganaría?

—La dote sería lo suficientemente cuantiosa para enjugar todas vuestras deudas y, creedme, mi marido sería muy generoso con su pupila. Además, ganaríais mi favor, y ya sabéis lo cerca que estoy del rey.

—¿Y el barón?

—Yo me ocuparé del barón.

—No entiendo...

—No hay nada más que entender: la ruina, el descrédito y el deshonor, o mi favor. —Felip de Ponts tomó asiento—. La ruina o la riqueza, don Felip. Si os negáis, mañana mismo el barón ejecutará vuestra deuda y adjudicará vuestras tierras, vuestras armas y vuestros animales. Eso sí os lo puedo asegurar.

44

Transcurrieron diez días de angustiosa incertidumbre hasta que Arnau tuvo las primeras noticias acerca de Mar. Diez días durante los cuales paralizó cualquier actividad que no fuera la de investigar qué le había sucedido a la muchacha desaparecida sin dejar rastro. Mantuvo reuniones con el veguer y con los consejeros para instarlos a que pusieran todo su empeño en averiguar lo sucedido. Ofreció cuantiosas recompensas por cualquier información sobre la suerte o el paradero de Mar. Rezó lo que no había rezado en toda su vida, y al final, Elionor, que dijo haber recibido la información de un mercader de paso que buscaba a Arnau, le confirmó sus sospechas. La muchacha había sido secuestrada por un caballero llamado Felip de Ponts, deudor suyo, quien la retenía a la fuerza en una masía fortificada cercana a Mataró, a menos de una jornada a pie al norte de Barcelona.

Arnau mandó a aquel lugar a los *missatges* del consulado. Mientras, él acudió a Santa María a seguir rezando a su Virgen de la Mar.

Nadie se atrevió a molestarlo e incluso los operarios frenaron el ritmo de trabajo. Postrado de rodillas bajo aquella pequeña figura de piedra que tanto había significado a lo largo de su vida, Arnau trató de alejar las escenas de horror y pánico que lo habían asaltado durante diez días y que ahora volvían a rondar su mente entreveradas con el rostro de Felip de Ponts.

Felip de Ponts asaltó a Mar en el interior de su propia casa, la amordazó y golpeó hasta que la muchacha, exhausta, cedió en su oposición. La introdujo en un saco y se sentó con ella en la parte trasera de un carro cargado con arneses que conducía uno de sus criados. De tal guisa, como si viniera de comprar o reparar sus bridas y monturas, cruzaron las puertas de la ciudad sin que nadie desconfiara del caballero. Ya en su masía, en el interior de la torre fortificada que se alzaba en uno de sus extremos, el caballero deshonró a la muchacha, una y otra vez, con más violencia y lascivia a medida que se percataba de la belleza de su rehén y de su obstinación por proteger su cuerpo, que ya no su virginidad. Porque Felip de Ponts se comprometió con Joan que robaría la virtud de Mar sin desnudarla siquiera, sin mostrarle su propio cuerpo, empleando la fuerza exclusivamente necesaria para ello y así lo hizo la primera vez, la única en que debía acercarse a Mar, pero la lujuria pudo más que su palabra de caballero.

Nada de lo que entre lágrimas y con el corazón encogido llegó a imaginar Arnau en el interior de Santa María, podía compararse con lo que sufrió la muchacha.

La entrada de los *missatges* en el templo paralizó por completo las obras. Las palabras del oficial resonaron como lo hacían en la corte de justicia del consulado:

—Muy honorable cónsul, es cierto. Vuestra hija ha sido secuestrada y se halla en poder del caballero Felip de Ponts.

—¿Habéis hablado con él?

—No, muy honorable. Se ha hecho fuerte en la torre y ha negado nuestra autoridad aduciendo que no se trataba de un asunto mercantil.

—¿Sabéis algo de la muchacha?

El oficial bajó la mirada.

Arnau clavó las uñas en el reclinatorio.

—¿Que no tengo autoridad? Si quiere autoridad —masculló entre dientes— la tendrá.

La noticia del secuestro de Mar se extendió con rapidez. Al día siguiente, al alba, todas las campanas de las iglesias de Barcelona empezaron a repicar con insistencia y el *«Via fora!»* se convirtió en un grito unánime en boca de todos los ciudadanos: había que rescatar a una barcelonesa.

La plaza del Blat, como en tantas otras ocasiones, se convirtió en el punto de reunión del *sometent*, el ejército de Barcelona, adonde fueron acudiendo todas las cofradías de la ciudad. Ni una sola faltó y, bajo sus pendones, se congregaban los cofrades debidamente armados. Esa mañana Arnau se despojó de sus ropas lujosas y vistió de nuevo aquellas con las que luchó bajo las órdenes de Eiximèn d'Esparça primero y contra Pedro el Cruel después. Seguía utilizando la maravillosa ballesta de su padre, que no había querido sustituir y a la que acarició como nunca lo había hecho; al cinto, el mismo puñal con el que años atrás dio muerte a sus enemigos.

Cuando Arnau se presentó en la plaza, más de tres mil hombres lo aclamaron. Los abanderados izaron los pendones. Espadas, lanzas y ballestas se elevaron sobre las cabezas de la muchedumbre al son de un *«Via fora!»* ensordecedor. Arnau no se alteró. Joan y Elionor, tras Arnau, palidecieron. Arnau buscó entre el mar de armas y pendones, sobre las cabezas; los cambistas no tenían cofradía.

—¿Entraba esto en vuestros planes? —le preguntó el dominico a Elionor en el estruendo.

Elionor tenía la mirada perdida en la muchedumbre. Barcelona entera apoyaba a Arnau. Blandían al aire sus armas y aullaban. Todo por una mujerzuela.

Arnau distinguió el pendón. La multitud fue abriéndole paso mientras se dirigía al lugar en el que se reunían los *bastaixos*.

—¿Entraba esto en vuestros planes? —preguntó de nuevo el fraile. Los dos miraban la espalda de Arnau. Elionor no contestó—. Se comerán a vuestro caballero. Arrasarán sus tierras, destrozarán su masía y entonces...

—¿Qué? Entonces, ¿qué? —gruñó Elionor con la vista al frente.

«Perderé a mi hermano. Quizá todavía estemos a tiempo de arreglar algo. Esto no puede salir bien...», pensó Joan.

—Hablad con él... —insistió.

—¿Estáis loco, fraile?

—¿Y si no acepta el matrimonio? ¿Y si Felip de Ponts lo cuenta todo? Hablad con él antes de que la *host* se ponga en marcha. Hacedlo. ¡Por Dios, Elionor!

—¿Por Dios? —En esta ocasión Elionor volvió el rostro hacia Joan—. Hablad vos con vuestro Dios. Hacedlo, fraile.

Ambos llegaron al pendón de los *bastaixos*. Allí encontraron a Guillem, sin armas, como esclavo que era.

Arnau miró a Elionor con el ceño fruncido cuando se percató de su presencia.

—También es pupila mía —exclamó ella.

Los consejeros dieron la orden y el ejército del pueblo de Barcelona se puso en marcha. Los pendones de Sant Jordi y de la ciudad iban por delante, después los *bastaixos* y después las demás cofradías, tres mil hombres para un solo caballero, Elionor y Joan con ellos.

A medio camino, la *host* de Barcelona aumentó con más de un centenar de payeses de las tierras de Arnau, que acudían gustosos, con sus ballestas, a defender a quien tan generosamente los había tratado. Arnau comprobó que ningún otro noble o caballero se sumó a ellos.

Arnau caminaba serio bajo el pendón, mezclado entre los *bastaixos*. Joan intentó rezar, pero lo que en otros momentos le salía de corrido ahora se trababa en su mente. Ni él ni Elionor habían imaginado que Arnau llegaría a convocar a la *host* ciudadana. El estruendo que originaban aquellos tres mil hombres en busca de justicia y satisfacción para una ciudadana barcelonesa ensordecía a Joan. Muchos de ellos habían besado a sus hijas antes de partir; más de uno, ya armado, mientras se despedía de su mujer, la había cogido del mentón y le había dicho: «Barcelona defiende a sus gentes... sobre todo a sus mujeres».

«Arrasarán las tierras del desgraciado Felip de Ponts como si la secuestrada fuera su hija —pensó Joan—. Lo juzgarán y lo ejecutarán, pero antes le darán oportunidad de hablar...» Joan miró a Arnau, que seguía caminando en silencio, con el semblante sombrío.

Al atardecer, la *host* ciudadana alcanzó las tierras de Felip de

Ponts y se detuvo al pie de una pequeña loma en cuya cima se encontraba la masía del caballero. Ésta no era sino una casa de payés sin defensa alguna, excepción hecha de la usual torre de vigilancia que se erguía en uno de sus costados. Joan miró hacia la masía; luego, paseó la vista por el ejército que esperaba las órdenes de los consejeros de la ciudad. Miró a Elionor, que evitó enfrentarse a él. ¡Tres mil hombres para tomar una simple masía!

Joan despertó y corrió al lugar al que se habían desplazado Arnau y Guillem, junto a los consejeros y demás prohombres de la ciudad, bajo el pendón de Sant Jordi. Los encontró discutiendo qué hacer a partir de aquel momento y el estómago se le encogió al comprobar que la gran mayoría eran partidarios de atacar la masía, sin advertencias de tipo alguno y sin dar oportunidad a Ponts de rendirse a la *host*.

Los consejeros empezaron a dar órdenes a los prohombres de las cofradías. Joan miró a Elionor, que permanecía hierática, con la mirada perdida en la masía. Se acercó a Arnau. Fue a hablarle pero no pudo. Guillem, a su lado, erguido, lo miró con un deje de desprecio. Los prohombres de las cofradías empezaron a transmitir las órdenes a sus soldados. El rumor de los preparativos para la guerra se hizo presente. Se encendieron antorchas; se oyó el acero de las espadas y la cuerda de las ballestas al tensarse. Joan se volvió para mirar a la masía y de nuevo al ejército. Se ponía en marcha. No habría concesiones. Barcelona no tendría clemencia. Arnau, como un soldado más, dejó atrás al fraile en dirección a la masía del señor de Ponts; empuñaba el cuchillo. Una nueva mirada a Elionor: seguía impasible.

—¡No...! —gritó Joan cuando su hermano ya le había dado la espalda.

Su grito, sin embargo, fue acallado por el rumor del ejército entero. De la masía salió una figura a caballo; Felip de Ponts, al paso, lentamente, se dirigía hacia ellos.

—¡Prendedlo! —ordenó un consejero.

—¡No! —gritó Joan. Todos se volvieron hacia él. Arnau lo interrogó con la mirada—. Al hombre que se rinde no hay que prenderle.

—¿Qué pasa, fraile? —inquirió uno de los consejeros—. ¿Acaso vas a mandar sobre la *host* de Barcelona?

Joan suplicó con la mirada a Arnau.

—Al hombre que se rinde no hay que prenderle —repitió para su hermano.

—Dejad que se rinda —concedió Arnau.

La primera mirada de Felip de Ponts fue para sus cómplices. Después se enfrentó a quienes se hallaban bajo el pendón de Sant Jordi, entre ellos Arnau y los consejeros de la ciudad.

—Ciudadanos de Barcelona —gritó lo suficientemente alto para que le pudiera escuchar todo el ejército—, sé la razón por la que hoy estáis aquí y sé que buscáis justicia para con una conciudadana vuestra. Aquí me tenéis. Me confieso autor de los delitos que se me imputan, pero antes de que me prendáis y arraséis mis propiedades os suplico la oportunidad de hablar.

—Hazlo —le permitió uno de los consejeros.

—Es cierto que, contra su voluntad, he secuestrado y yacido con Mar Estanyol... —Un murmullo recorrió las filas de la *host* barcelonesa interrumpiendo el discurso de Felip de Ponts. Arnau cerró las manos sobre la ballesta—. Lo he hecho aun a costa de mi vida, consciente del castigo por tales delitos. Lo he hecho y volvería a hacerlo si volviera a nacer, pues tal es el amor que siento por esa muchacha, tal la desazón por verla marchitarse en su juventud sin un marido a su lado para disfrutar de los dones que Dios le ha concedido, que mis sentimientos superaron la razón y mis actos fueron más los de un animal loco de pasión que los de un caballero del rey Pedro. —Joan sintió la atención del ejército y mentalmente trató de dictarle al caballero sus siguientes palabras—. Como animal que he sido, me entrego a vosotros; como caballero que me gustaría volver a ser, me comprometo a contraer matrimonio con Mar para seguir amándola toda la vida. ¡Juzgadme! No estoy dispuesto, como prevén nuestras leyes, a proporcionarle marido de su valor. Antes que verla con otro me quitaría la vida yo mismo.

Felip de Ponts finalizó su discurso y esperó orgullosamente erguido sobre su caballo, desafiando a un ejército de tres mil hombres que se mantenía en silencio tratando de asimilar las palabras que acababan de escuchar.

—¡Loado sea el Señor! —gritó Joan.

Arnau le miró extrañado. Todos se volvieron hacia el fraile, Elionor incluida.

—¿A qué viene eso? —preguntó Arnau.

—Arnau —le dijo Joan agarrándole del brazo y en voz lo suficientemente alta para que lo pudieran oír los presentes—, éste no es más que el resultado de nuestra propia negligencia. —Arnau dio un respingo—. Durante años hemos consentido los caprichos de Mar, haciendo dejación de nuestros deberes para con una joven sana y bella que ya debería haber traído hijos a este mundo, como es su obligación; así lo disponen las leyes de Dios y nosotros no somos quiénes para negar los designios de Nuestro Señor. —Arnau intentó replicar, pero Joan lo obligó a guardar silencio con un movimiento de la mano—. Me siento culpable. Durante años me he sentido culpable por ser demasiado complaciente con una mujer caprichosa cuya vida carecía de sentido conforme a las normas de la santa Iglesia católica. Este caballero —añadió señalando a Felip de Ponts— no es más que la mano de Dios, alguien enviado por el Señor para realizar aquello que no hemos sabido hacer nosotros. Sí, durante años me he sentido culpable al comprobar cómo se marchitaba la belleza y salud que Dios había proporcionado a una muchacha que tuvo la fortuna de ser recogida por un hombre bondadoso como tú. No quiero sentirme culpable también de la muerte de un caballero que, a costa de su propia vida, que hoy nos ofrece, ha venido a cumplir lo que nosotros no hemos sido capaces de cumplir. Consiente en el matrimonio. Yo, si de algo te sirve mi opinión, aceptaría.

Arnau guardó silencio durante unos instantes. El ejército entero estaba pendiente de sus palabras. Joan aprovechó el momento para volverse hacia Elionor y le pareció observar una orgullosa sonrisa en sus labios.

—¿Quieres decir que esto es culpa mía? —preguntó Arnau a Joan.

—Mía, Arnau, mía. Soy yo quien debería haberte advertido de

cuáles son las leyes de la Iglesia, de cuál es el designio de Dios, pero no lo he hecho... y lo siento.

Guillem echaba fuego por los ojos.

—¿Cuál es el deseo de la muchacha? —preguntó Arnau al señor de Ponts.

—Soy caballero del rey Pedro —contestó éste—, y sus leyes, las mismas por las que hoy estáis aquí, no valoran el deseo de una mujer casadera. —Un rumor de aprobación corrió entre las filas de la *host*—. Estoy ofreciéndome en matrimonio, yo, Felip de Ponts, caballero catalán. Si tú, Arnau Estanyol, barón de Cataluña, cónsul de la Mar, no consientes el matrimonio, prendedme y juzgadme; si consientes, de poco importa el deseo de la muchacha.

El ejército volvió a aprobar las palabras del caballero. Aquélla era la ley, y todos la cumplían y entregaban a sus hijas en matrimonio con independencia de su voluntad.

—No se trata de su deseo, Arnau —terció Joan bajando la voz—. Se trata de tu obligación. Asúmela. Nadie pide la opinión de sus hijas o sus pupilas. Se decide siempre considerando lo más beneficioso para ellas. Este hombre ha yacido con Mar. Poco importa ya cuál sea el deseo de la muchacha. O se casa con él o su vida será un infierno. Tienes que decidir tú, Arnau: una muerte más o la solución divina a nuestra dejadez.

Arnau buscó entre sus allegados. Miró a Guillem, que permanecía con la vista clavada en el caballero, rezumando odio. Encontró a Elionor, su esposa por designio real, y los dos aguantaron la mirada. Con un gesto, Arnau requirió su opinión. Elionor asintió. Por último, se volvió hacia Joan.

—Es la ley —le contestó éste.

Arnau miró al caballero. Después al ejército. Habían bajado sus armas. Ninguno de aquellos tres mil hombres parecía discutir los argumentos del señor de Ponts, ninguno pensaba ya en la guerra. Esperaban la decisión de Arnau. Aquélla era la ley catalana, la ley de la mujer. ¿Qué conseguiría luchando, matando al caballero y liberando a Mar? ¿Cuál sería la vida de la muchacha a partir de entonces, secuestrada y violada como lo había sido? ¿Un convento?

—Consiento.

Hubo un momento de silencio. Luego, un murmullo se propagó entre las filas de los soldados mientras se trasladaba de unos a otros la decisión de Arnau. Alguien aprobó públicamente su postura. Otro gritó. Algunos más se sumaron y la *host* estalló en vítores.

Joan y Elionor cruzaron sus miradas.

A tan sólo un centenar de metros de donde se encontraban, encerrada en la torre de vigilancia de la masía de Felip de Ponts, la mujer cuyo futuro acababa de decidirse observaba a la muchedumbre que se agolpaba al pie de la pequeña loma. ¿Por qué no subían? ¿Por qué no atacaban? ¿Qué podían estar tratando con aquel miserable? ¿Qué gritaban?

—¡Arnau! ¿Qué gritan tus hombres?

45

El griterío de la *host* lo convenció de que lo que acababa de oír era cierto: «Consiento». Guillem apretó los labios con fuerza. Alguien le golpeó la espalda y se unió al griterío. «Consiento.» Guillem miró a Arnau y después al caballero. Su rostro aparecía relajado. ¿Qué podía hacer un simple esclavo como él? Volvió a mirar a Felip de Ponts; ahora sonreía. «He yacido con Mar Estanyol —eso es lo que había dicho—: ¡he yacido con Mar Estanyol!» ¿Cómo podía Arnau...?

Alguien le acercó un pellejo de vino a la boca. Guillem lo apartó de malos modos.

—¿No bebes, cristiano? —oyó que le decían.

Su mirada se cruzó con la de Arnau. Los prohombres felicitaban a Felip de Ponts, todavía sobre su caballo. La gente bebía y reía.

—¿No bebes, cristiano? —volvió a oír tras de sí.

Guillem empujó al hombre del pellejo y volvió a buscar a Arnau con la mirada. Los prohombres lo felicitaban también a él. Rodeado, Arnau logró asomar la cabeza para atender a Guillem.

La gente, Joan entre ellos, empujó a Arnau en dirección a la masía del caballero, pero Arnau no dejó de mirar a Guillem.

Mientras, la *host* entera festejaba el acuerdo. Los hombres habían encendido hogueras y cantaban alrededor de ellas.

—Brinda por nuestro cónsul y la felicidad de su pupila —dijo otro, volviendo a acercarle un pellejo de vino.

Arnau había desaparecido en el camino a la masía.

Guillem volvió a apartar el pellejo.

—¿No quieres brindar...?

Guillem lo miró. Le dio la espalda y se encaminó de regreso a Barcelona. El bullicio de la *host* fue apagándose. Guillem se encontró solo en el camino a la ciudad; arrastraba los pies..., arrastraba sus sentimientos y el poco orgullo de hombre que le restaba a un esclavo; todo él se arrastró hacia Barcelona.

Arnau rechazó el queso que le ofreció la temblorosa anciana que atendía la masía de Felip de Ponts. Prohombres y consejeros se hacinaban en el primer piso, sobre los establos, allí donde se abría el gran hogar de piedra de la masía del caballero. Buscó a Guillem entre la multitud. La gente charlaba, reía y llamaba a la anciana para que sirviese queso y vino. Joan y Elionor se quedaron junto al hogar; ambos desviaron la mirada cuando Arnau clavó la vista en ellos.

Un murmullo lo obligó a desviar su atención hacia el otro extremo de la estancia.

Mar, agarrada del antebrazo por Felip de Ponts, había entrado en la sala. Arnau vio cómo se liberaba con violencia de la mano del caballero y corría hacia él. Una sonrisa apareció en sus labios. Mar abrió los brazos mucho antes de llegar hasta donde la esperaba, pero cuando iba a abrazarlo se paró en seco y los dejó caer lentamente.

Arnau creyó ver un moratón en su mejilla.

—¿Qué ocurre, Arnau?

Arnau se volvió y buscó ayuda en Joan, pero su hermano permanecía cabizbajo. Todos en la estancia esperaban sus palabras.

—El caballero Felip de Ponts ha invocado el *usatge: Si quis virginem...* —le dijo al fin.

Mar no se movió. Una lágrima empezó a correr por su mejilla. Arnau hizo un leve movimiento con la mano derecha pero al instante se retractó y dejó que aquella lágrima se perdiese en el cuello.

—Tu padre... —intentó intervenir Felip de Ponts desde detrás, antes de que Arnau lo hiciera callar con un gesto imperativo—. El cónsul de la Mar ha dado su palabra de matrimonio frente a la *host* de Barcelona. —Felip de Ponts lo soltó de corrido, antes de que Arnau pudiera hacerle callar... o desdecirse.

—¿Es cierto eso? —preguntó Mar.

«Lo único cierto es que me gustaría abrazarte..., besarte..., tenerte siempre conmigo. ¿Es eso lo que siente un padre?», pensó Arnau.

—Sí, Mar.

Ya no aparecieron más lágrimas en el rostro de Mar. Felip de Ponts se acercó a la muchacha y volvió a cogerla por el antebrazo. Ella no se opuso. Alguien rompió el silencio tras Arnau y todos los presentes se sumaron a los gritos. Arnau y Mar seguían mirándose. Se oyó un viva por los novios que atronó los oídos de Arnau. En esta ocasión fue su mejilla la que se llenó de lágrimas. Tal vez su hermano tuviera razón, tal vez él hubiera adivinado lo que ni siquiera sabía el propio Arnau. Ante la Virgen juró que no volvería a ser infiel a una esposa, aunque fuera una esposa impuesta, por amor a otra mujer.

—¿Padre? —preguntó Mar acercando su mano libre para enjugar sus lágrimas.

Arnau tembló cuando sintió el roce de Mar sobre su rostro.

Giró sobre sí mismo y huyó.

En aquel mismo momento, en algún lugar del solitario y oscuro camino de vuelta a Barcelona, un esclavo levantó la vista al cielo y oyó el grito de dolor que lanzaba la niña a la que había cuidado como a una hija suya. Nació esclavo y había vivido como tal. Había aprendido a amar en silencio y a reprimir sus sentimientos. Un esclavo no era un hombre, por eso en su soledad, el único lugar en el que nadie podía coartar su libertad, aprendió a ver mucho más allá que todos aquellos a quienes la vida les obnubilaba el espíritu. Había visto el amor que sentían el uno por el otro y había rezado, a sus dos dioses, para que aquellos seres a los que tanto amaba lograran liberarse de sus cadenas, unas ataduras mucho más fuertes que las de un simple esclavo.

Guillem se permitió llorar, una conducta que como esclavo tenía prohibida.

Guillem nunca cruzó las puertas de Barcelona. Llegó a la ciudad todavía de noche y se quedó ante la cerrada puerta de San Daniel. Le habían arrebatado a su niña. Quizá lo hizo sin saberlo, pero Arnau la había vendido como si de una esclava se tratara. ¿Qué iba a hacer él en Barcelona? ¿Cómo iba a sentarse donde lo había hecho Mar? ¿Cómo iba a pasear por donde lo había hecho con ella, charlando, riendo, compartiendo los secretos sentimientos de su niña? ¿Qué podía hacer en Barcelona sino recordarla día y noche? ¿Qué futuro le esperaba junto al hombre que había cercenado las ilusiones de ambos?

Guillem siguió recorriendo el camino de la costa y al cabo de dos días llegó al puerto de Salou, el segundo en importancia de Cataluña. Allí miró al mar, al horizonte, y la brisa marina le trajo recuerdos de su infancia en Génova, de una madre y unos hermanos de los que había sido cruelmente separado tras ser vendido a un comerciante con el que empezó a aprender el negocio. Después, en un viaje comercial por mar, amo y esclavo fueron capturados por los catalanes, en permanente guerra con Génova. Guillem pasó de mano en mano hasta que Hasdai Crescas vio en él unas cualidades muy superiores a las de un simple obrero manual. Volvió a mirar al mar, a los barcos y a los pasajeros... ¿Por qué no Génova?

—¿Cuándo sale el próximo barco hacia la Lombardía, hacia Pisa? —El joven revolvió nervioso los papeles que se amontonaban en la mesa del almacén. No conocía a Guillem y al principio lo trató con desdén, como hubiera hecho con cualquier esclavo sucio y maloliente, pero cuando el moro se presentó, las palabras que solía decir su padre aparecieron en su mente: «Guillem es la mano derecha de Arnau Estanyol, cónsul de la Mar de Barcelona, de quien nosotros vivimos»—. Necesito útiles para escribir una carta y un lugar tranquilo donde hacerlo —añadió Guillem.

«Acepto tu oferta de libertad —escribió—. Parto hacia Génova, vía Pisa, donde viajaré en tu nombre, como esclavo, y donde esperaré la carta de libertad.» ¿Qué más decirle: que sin Mar no podría vivir? Y su amo y amigo, Arnau, ¿podría? ¿Para qué recordárselo? «Voy en busca de mis orígenes, de mi familia —añadió—. Junto a Hasdai, has sido el mejor amigo que he tenido; cuida de él. Te estaré eternamente agradecido. Que Alá y Santa María te protejan. Rezaré por ti.»

El joven que lo había atendido partió hacia Barcelona en cuanto la galera en la que embarcó Guillem maniobró para abandonar el puerto de Salou.

Arnau rubricó la carta de libertad de Guillem lentamente, observando cada trazo que aparecía en el documento: la peste, la pelea, la mesa de cambio, días y días de trabajo, de charla, de amistad, de alegría... Su mano tembló con el último trazo. La pluma se dobló cuando acabó de firmar. Los dos sabían que eran otras razones las que lo habían impulsado a huir.

Arnau volvió a la lonja, donde ordenó la remisión de la carta de libertad a su corresponsal en Pisa. Junto a ella incluyó el mandato de pago de una pequeña fortuna.

—¿No esperamos a Arnau? —preguntó Joan a Elionor tras entrar en el comedor, donde la baronesa lo esperaba ya sentada a la mesa.

—¿Tenéis apetito? —Joan asintió con la cabeza—. Pues si queréis cenar es mejor que lo hagáis ahora.

El fraile se sentó frente a Elionor, en un costado de la larga mesa del comedor de Arnau. Dos criados les sirvieron pan blanco candeal, vino, sopa y oca asada aderezada con pimienta y cebollas.

—¿No decíais que teníais apetito? —inquirió Elionor a Joan al ver que el fraile jugueteaba con la comida.

Joan se limitó a levantar la mirada hacia su cuñada. Aquélla fue la única frase que se oyó en toda la velada.

Varias horas después de haberse retirado a su habitación, Joan oyó movimiento en el palacio. Algunos criados se apresuraban a recibir a Arnau. Le ofrecerían comida y éste la rechazaría, como había hecho en las tres ocasiones en que Joan había decidido esperarlo: Arnau se sentaba en uno de los salones del palacete, donde le esperaba Joan, y rechazaba la tardía cena con un ademán cansino.

Joan oyó los pasos de vuelta de los criados. Después escuchó los de Arnau frente a su puerta, lentos, dirigiéndose a su dormitorio. ¿Qué podía decirle si salía ahora? Había intentado hablar con él en las tres ocasiones en las que lo había esperado, pero Arnau se encerraba en sí mismo y contestaba con monosílabos a las preguntas de su hermano: «¿Te encuentras bien?». «Sí.» «¿Has tenido mucho trabajo en la lonja?» «No.» «¿Van bien las cosas?» Silencio. «¿Santa María?» «Bien.» En la oscuridad de su habitación, Joan se llevó las manos al rostro. Los pasos de Arnau se habían perdido. ¿Y de qué quería que le hablara? ¿De ella? ¿Cómo podría escuchar de sus labios que la amaba?

Joan vio cómo Mar recogía la lágrima que corría por el rostro de Arnau. «¿Padre?», la oyó decir. Vio a Arnau temblar. Entonces Joan se volvió y vio que Elionor sonreía. Había sido necesario verlo sufrir para comprender..., pero ¿cómo podía confesarle la verdad? ¿Cómo iba a decirle que había sido él...? Aquella lágrima volvió a aparecer en el recuerdo de Joan. ¿Tanto la quería? ¿Lograría olvidarla? Nadie fue a consolar a Joan cuando, una noche más, se hincó de rodillas y rezó hasta el amanecer.

—Desearía abandonar Barcelona.

El prior de los dominicos observó al fraile; estaba demacrado, con los ojos hundidos tras unas pronunciadas ojeras moradas y el hábito negro desaliñado.

—¿Te ves capaz, fra Joan, de asumir el cargo de inquisidor?

—Sí —aseguró Joan. El prior le miró de arriba abajo—. Sólo necesito salir de Barcelona y me recuperaré.

—Sea. La semana que viene partirás hacia el norte.

Su destino era una zona de pequeños pueblos dedicados a la

agricultura o la ganadería, perdidos en el interior de valles y montañas, cuyas gentes veían con temor la llegada del inquisidor. Su presencia no era nada nuevo para ellas. Desde hacía más de cien años, cuando Ramon de Penyafort recibió el encargo del papa Inocencio IV de ocuparse de la Inquisición en el reino de Aragón y el principado de Narbona, aquellos pueblos habían sufrido las indagaciones de los frailes negros. La mayoría de las doctrinas consideradas heréticas por la Iglesia pasaron desde Francia a Cataluña: los cátaros y los valdenses primero, los begardos después, y los templarios, perseguidos por el rey francés, por último. Las zonas fronterizas fueron las primeras en recibir las influencias heréticas; en aquellas tierras se condenó y ejecutó a sus nobles: el vizconde Arnau y su esposa Ermessenda; Ramon, señor del Cadí, o Guillem de Niort, veguer del conde Nunó Sanç en Cerdaña y Coflent, tierras en las que fra Joan debía ejercer su ministerio.

—Excelencia —lo recibió en uno más de aquellos pueblos una comitiva de los principales prohombres, inclinándose frente a él.

—No soy excelencia —les contestó Joan ordenándoles con gestos que se irguieran—. Llamadme simplemente fra Joan.

Su corta experiencia le demostraba que aquella escena siempre se repetía. La noticia de la llegada del inquisidor, del escribano que lo acompañaba y de media docena de soldados del Santo Oficio, los había precedido. Se encontraban en la pequeña plaza del pueblo. Joan observó a los cuatro hombres, que se negaban a erguirse completamente: mantenían la cabeza gacha, iban descubiertos y eran incapaces de estarse quietos. No había nadie más en la plaza pero Joan sabía que muchos ojos ocultos estaban puestos en él. ¿Tanto tenían que esconder?

Tras el recibimiento vendría lo de siempre: le ofrecerían el mejor alojamiento del pueblo, en el que lo esperaría una mesa bien servida, demasiado bien servida para los posibles de aquellas gentes.

—Sólo quiero un pedazo de queso, pan y agua. Retirad todo lo demás y ocupaos de que mis hombres sean atendidos —repitió una vez más tras sentarse a la mesa.

Otra casa igual. Humilde y sencilla pero construida en piedra, a diferencia de los chamizos de barro o de madera podrida que se amontonaban en aquellos pueblos. Una mesa y varias sillas constituían todo el mobiliario de una estancia que giraba alrededor del hogar.

—Su excelencia estará cansado.

Joan miró el queso que tenía delante. Habían viajado durante varias horas caminando por sendas pedregosas, aguantando el frío del amanecer, con los pies embarrados y empapados por el rocío. Por debajo de la mesa se frotó la dolorida pantorrilla y el pie diestro, cruzada la pierna derecha sobre la izquierda.

—No soy excelencia —repitió monótonamente—, ni tampoco estoy cansado. Dios no entiende de cansancios cuando de defender su nombre se trata. Empezaremos en breve, en cuanto haya comido algo. Reunid a la gente en la plaza.

Antes de partir de Barcelona, Joan pidió en Santa Caterina el tratado escrito por el papa Gregorio IX en 1231 y estudió el procedimiento de los inquisidores itinerantes.

«¡Pecadores! ¡Arrepentíos!» Primero el sermón al pueblo. Las poco más de setenta personas que se habían congregado en la plaza bajaron la vista al suelo en cuanto escucharon sus primeras palabras. Las miradas del fraile negro los paralizaba. «¡El fuego eterno os está esperando!» La primera vez dudó de su capacidad para dirigirse a las gentes, pero las palabras surgieron una tras otra, fácilmente, más fácilmente cuanto más advertía el poder que ejercía sobre aquellos atemorizados campesinos. «¡Ninguno de vosotros se librará! Dios no permite ovejas negras en su rebaño.» Tenían que denunciarse; tenía que salir a la luz la herejía. Ése era su cometido: hallar el pecado que se cometía en la intimidad, el que sólo conocían el vecino, el amigo, la esposa...

«Dios lo sabe. Os conoce. Os vigila. Aquel que contempla impasible el pecado arderá en el fuego eterno, porque es peor quien admite el pecado que el que peca; aquel que peca puede encontrar el perdón, pero el que esconde el pecado...» Entonces los escudriñaba: un movimiento de más, una mirada furtiva. Aquéllos serían los primeros. «Aquel que esconde el pecado...» Joan volvía a guardar silencio, un momento que prolongaba hasta que veía cómo se derrumbaban bajo su amenaza: «... no encontrará el perdón».

490

Miedo. Fuego, dolor, pecado, castigo...: el monje negro gritaba y alargaba sus diatribas hasta apoderarse de sus espíritus, una comunión que empezó a sentir ya en su primer sermón.

—Tenéis un período de gracia de tres días —terminó diciendo—. Todo el que voluntariamente se presente para confesar sus culpas será tratado con benevolencia. Transcurridos esos tres días..., el castigo será ejemplar. —Se volvió hacia el oficial—: Investiga a aquella mujer rubia, al hombre que va descalzo y también al del cinturón negro. La muchacha del crío... —Discretamente Joan los señaló—. Si no se presentasen voluntariamente, deberéis traerlos junto a otros tantos escogidos al azar.

Durante los tres días de gracia, Joan permaneció sentado tras la mesa, hierático, junto a un escribano y unos soldados que no cesaban de cambiar de postura mientras, lenta y silenciosamente, transcurrían las horas.

Sólo cuatro personas acudieron a romper el tedio: dos hombres que habían incumplido su obligación de asistir a misa, una mujer que había desobedecido en varias ocasiones a su marido y un niño que asomó la cabeza, con unos enormes ojos, por la jamba de la puerta.

Alguien lo empujó por la espalda pero el niño se negó a entrar y se quedó con medio cuerpo fuera y medio dentro.

—Entra, muchacho —le dijo Joan.

El niño retrocedió pero una mano volvió a empujarlo hacia el interior y cerró la puerta.

—¿Qué edad tienes? —preguntó Joan.

El niño miró a los soldados, al escribano, ya absorto en su cometido, y a Joan.

—Nueve años —tartamudeó.

—¿Cómo te llamas?

—Alfons.

—Acércate, Alfons. ¿Qué quieres decirnos?

—Que... que hace dos meses cogí judías del huerto del vecino.

—¿Cogí? —preguntó Joan.

Alfons bajó los ojos.

—Robé —se oyó tenuemente.

Joan se levantó del jergón y despabiló la candela. Hacía varias horas que el pueblo se había quedado en silencio, las mismas que él había pasado intentando conciliar el sueño. Cerraba los ojos y se adormecía, pero una lágrima que caía por la mejilla de Arnau lo devolvía a la vigilia. Necesitaba luz. Lo intentaba de nuevo, una y otra vez, pero siempre terminaba incorporándose, a veces violentamente, otras sudoroso y otras despacio, sopesando los recuerdos que le impedían dormir.

Necesitaba luz. Comprobó que quedara aceite en la lámpara.

El rostro triste de Arnau se le apareció en las sombras.

Volvió a tumbarse en el jergón. Hacía frío. Siempre hacía frío. Observó durante unos segundos el titilar de la llama y las sombras que se movían a su compás. La única ventana del dormitorio carecía de postigos y el aire se colaba por ella. «Todos bailamos alguna danza; la mía…»

Se arrebujó bajo las mantas y se obligó a cerrar los ojos.

¿Por qué no amanecía ya? Un día más y habrían transcurrido los tres días de gracia.

Joan cayó en una duermevela y al cabo de poco más de media hora volvió a despertarse, sudoroso.

La lámpara seguía ardiendo. Las sombras seguían bailando. El pueblo seguía en silencio. ¿Por qué no amanecía?

Se envolvió en las mantas y se acercó a la ventana.

Un pueblo más. Una noche más esperando que amaneciera.

Que llegara el día siguiente…

Por la mañana, una fila de ciudadanos escoltada por los soldados guardaba cola frente a la casa.

Dijo llamarse Peregrina. Joan fingió no prestar mayor atención a la mujer rubia que entró en cuarto lugar. No había obtenido nada de los tres primeros. Peregrina permaneció en pie frente a la mesa donde estaban sentados Joan y el escribano. El fuego crepitaba en el hogar. Nadie más los acompañaba. Los soldados permanecían en el exterior de la casa. De repente, Joan levantó la mirada. La mujer tembló.

—Tú sabes algo, ¿verdad, Peregrina? Dios nos vigila —afirmó Joan. Peregrina asintió con la vista fija en el suelo de tierra de la casa—. Mírame. Necesito que me mires. ¿Acaso quieres arder en el fuego eterno? Mírame. ¿Tienes hijos?

La mujer levantó la mirada, lentamente.

—Sí, pero... —balbuceó.

—Pero no son ellos los pecadores —la interrumpió Joan—. ¿Quién es, pues, Peregrina? —La mujer titubeó—. ¿Quién es, Peregrina?

—Blasfema —afirmó.

—¿Quién blasfema, Peregrina?

El escribano se preparó para anotar.

—Ella... —Joan esperó en silencio. Ya no había salida—. La he oído blasfemar cuando se enoja... —Peregrina volvió a dirigir la mirada al suelo de tierra—. La hermana de mi marido, Marta. Dice cosas terribles cuando se enoja.

El rasgueo del escribano se elevó por encima de cualquier otro sonido.

—¿Algo más, Peregrina?

En esta ocasión la mujer elevó la cabeza con tranquilidad.

—Nada más.

—¿Seguro?

—Os lo juro. Tenéis que creerme.

Sólo se había equivocado con el del cinturón negro. El hombre descalzo denunció a dos pastores que no guardaban la abstinencia: afirmó haberlos visto comer carne en Cuaresma. La muchacha del crío, viuda precoz, hizo lo propio con su vecino, un hombre casado que no cesaba de hacerle proposiciones deshonestas... Que incluso le acarició un pecho.

—Y tú, ¿te dejaste? —le preguntó Joan—. ¿Sentiste placer?

La muchacha estalló en llanto.

—¿Disfrutaste? —insistió Joan.

—Teníamos hambre —sollozó alzando al niño.

El escribano tomó nota del nombre de la muchacha. Joan fijó su mirada en ella. «¿Y qué te dio? —pensó—. ¿Un mendrugo de pan seco? ¿Eso es lo que vale tu honra?»

—¡Confesa! —sentenció Joan señalándola.

Dos personas más denunciaron a otros tantos vecinos. Herejes, aseguraron.

—Algunas noches, me despiertan sonidos extraños y veo luces en la casa —dijo uno—. Son adoradores del demonio.

«¿Qué te habrá hecho tu vecino para que lo denuncies? —pensó Joan—. Bien sabes que él nunca llegará a conocer el nombre de su delator. ¿Qué ganarás tú si le condeno? ¿Quizá un trozo de tierra?»

—¿Cómo se llama tu vecino?

—Anton, el panadero.

El escribano anotó el nombre.

Cuando Joan dio por terminado el interrogatorio, ya había anochecido; hizo entrar al oficial y el escribano le dictó los nombres de quienes deberían comparecer ante la Inquisición al día siguiente, al alba, tan pronto como el sol despuntara.

De nuevo el silencio de la noche, el frío, el titilar de la llama... y los recuerdos. Joan volvió a levantarse.

Una blasfema, un libidinoso y un adorador del demonio. «Cuando amanezca seréis míos», masculló. ¿Sería cierto lo del adorador? Muchas habían sido hasta entonces las denuncias similares pero sólo una había prosperado. ¿Sería cierta esta vez? ¿Cómo podría demostrarlo?

Se sintió cansado y volvió al jergón para cerrar los ojos. Un adorador del demonio...

—¿Juras por los cuatro evangelios? —preguntó Joan cuando la luz empezaba a entrar por la ventana de los bajos de la casa.

El hombre asintió.

—Sé que has pecado —afirmó Joan.

Rodeado por dos soldados erguidos, el hombre que había comprado un segundo de placer a la viuda joven empalideció. Gotas de sudor empezaron a perlar su frente.

—¿Cuál es tu nombre? —«Gaspar», se oyó—. Sé que has pecado, Gaspar —repitió Joan.

El hombre tartamudeó:

—Yo..., yo...

—Confiesa. —Joan elevó la voz.

—Yo...

—¡Azotadle hasta que confiese! —Joan se levantó y golpeó la mesa con ambos puños.

Uno de los soldados se llevó la mano al cinto, donde colgaba un látigo de cuero. El hombre cayó de rodillas frente a la mesa de Joan y el escribano.

—No. Os lo ruego. No me azotéis.

—Confiesa.

El soldado, con el látigo todavía enrollado, le golpeó la espalda.

—¡Confiesa! —gritó Joan.

—Yo..., yo no tengo la culpa. Es esa mujer. Me ha hechizado. —El hombre hablaba atropelladamente—. Su marido ya no la posee. —Joan no se inmutó—. Y me busca, me persigue. Sólo lo hemos hecho unas cuantas veces pero..., pero no lo volveré a hacer. No volveré a verla. Os lo juro.

—¿Has fornicado con ella?

—S... sí.

—¿Cuántas veces?

—No lo sé...

—¿Cuatro?, ¿cinco?, ¿diez?

—Cuatro. Sí. Eso es. Cuatro.

—¿Cómo se llama esa mujer?

El escribano tomó nota de nuevo.

—¿Qué más pecados has cometido?

—No..., ninguno más, os lo juro.

—No jures en vano. —Joan arrastró las palabras—. Azotadle.

Tras diez latigazos, el hombre confesó que había fornicado con aquella mujer y con varias prostitutas cuando iba al mercado de Puigcerdà; además, había blasfemado, mentido y cometido un sinfín de pequeños pecados. Cinco latigazos más fueron suficientes para que recordara a la joven viuda.

—Confeso —sentenció Joan—. Mañana, en la plaza, deberás comparecer para el *sermo generalis* en el que se te comunicará tu castigo.

El hombre ni siquiera tuvo tiempo de protestar. De rodillas, fue arrastrado por los soldados al exterior de la casa.

Marta, la cuñada de Peregrina, confesó sin necesidad de mayores amenazas y, tras citarla para el día siguiente, Joan urgió al escribano con la mirada.

—Traed a Anton Sinom —ordenó éste al oficial tras leer la lista.

Tan pronto como vio entrar al adorador del demonio, Joan se irguió en la dura silla de madera. La nariz aguileña de aquel hombre, su frente despejada, sus ojos oscuros...

Quería oír su voz.

—¿Juras por los cuatro evangelios?

—Sí.

—¿Cómo te llamas? —le preguntó antes incluso de que el hombre se colocara frente a él.

—Anton Sinom.

Aquel hombre pequeño, algo encorvado, contestó a su pregunta hundido entre los soldados que lo acompañaban, con un deje de resignación que no pasó inadvertido al inquisidor.

—¿Siempre te has llamado así?

Anton Sinom titubeó. Joan esperó la respuesta.

—Aquí todos me han conocido siempre por ese nombre —dijo al fin.

—¿Y fuera de aquí?

—Fuera de aquí tenía otro nombre.

Joan y Anton se miraron. En ningún momento el hombrecillo había bajado la vista.

—¿Un nombre cristiano, quizá?

496

Anton negó con la cabeza. Joan reprimió una sonrisa. ¿Cómo empezar? ¿Diciéndole que sabía que había pecado? Aquel judío converso no entraría en ese juego. Nadie en el pueblo lo había descubierto; en caso contrario más de uno lo habría denunciado, como era costumbre con los conversos. Debía de ser inteligente ese Sinom. Joan lo observó durante unos segundos mientras se preguntaba qué escondía ese hombre, ¿por qué iluminaba su casa por las noches?

Joan se levantó y salió del edificio; ni el escribano ni los soldados se movieron. Cuando cerró la puerta tras de sí, los curiosos que se arremolinaban frente a la casa se quedaron paralizados. Joan hizo caso omiso de todos ellos y se dirigió al oficial:

—¿Están por aquí los familiares del que hay dentro?

El oficial le señaló a una mujer y dos muchachos que lo miraban. Había algo...

—¿A qué se dedica ese hombre? ¿Cómo es su casa? ¿Qué ha hecho cuando lo habéis citado ante el tribunal?

—Es panadero —contestó el oficial—. Tiene el obrador en los bajos de su casa. ¿Su casa...? Normal, limpia. No hemos hablado con él para citarlo; lo hemos hecho con su mujer.

—¿No estaba en el obrador?

—No.

—¿Habéis ido al alba como os ordené?

—Sí, fra Joan.

«Algunas noches me despierta...» El vecino había dicho «me despierta». Un panadero..., un panadero se levanta antes del amanecer. «¿No duermes, Sinom? Si tienes que levantarte al amanecer...» Joan volvió a mirar a la familia del converso, algo apartados del resto de curiosos. Paseó en círculos durante unos instantes. De repente volvió a entrar en la casa; el escribano, los soldados y el converso no se habían movido de donde los había dejado.

Joan se acercó al hombre hasta que sus rostros llegaron a tocarse; después se sentó en su lugar.

—Desnudadle —ordenó a los soldados.

—Soy circunciso. Ya lo he reconoci...

—¡Desnudadle!

Los soldados se volvieron hacia Sinom y, antes de que se abalanzaran sobre él, la mirada que le dirigió el converso convenció a Joan de que tenía razón.

—Y ahora —le dijo cuando estuvo totalmente desnudo—; ¿qué tienes que decirme?

El converso intentó mantener la compostura lo mejor que pudo.

—No sé a qué te refieres —le contestó.

—Me refiero —Joan bajó la voz y masticó cada una de sus palabras— a que tu rostro y tu cuello están sucios, pero donde empieza el pecho, tu piel está inmaculadamente limpia. Me refiero a que tus manos y tus muñecas están sucias, pero tu antebrazo impoluto. Me refiero a que tus pies y tus tobillos están sucios, pero tus piernas limpias.

—Suciedad donde no hay ropa, limpieza donde la hay —alegó Sinom.

—¿Ni siquiera harina, panadero? ¿Pretendes decirme que la ropa de un panadero lo protege de la harina? ¿Pretendes hacerme creer que en el horno trabajas con la misma ropa con la que recibes el invierno? ¿Dónde está la harina de tus brazos? Hoy es lunes, Sinom. ¿Santificaste la fiesta de Dios?

—Sí.

Joan golpéo la mesa con el puño a la vez que se levantaba.

—Pero también te purificaste conforme a tus ritos herejes —gritó señalándolo.

—No —gimió Sinom.

—Veremos, Sinom, veremos. Encarceladlo y traedme a su mujer y a sus hijos.

—¡No! —suplicó Sinom cuando los soldados ya lo arrastraban por las axilas hacia el sótano—, ellos no tienen nada que ver.

—¡Alto! —ordenó Joan. Los soldados se detuvieron y volvieron al converso en dirección al inquisidor—. ¿En qué no tienen nada que ver, Sinom? ¿En qué no tienen nada que ver?

Sinom confesó tratando de exculpar a su familia. Cuando finalizó, Joan ordenó su detención... y la de su familia. Después hizo que trajeran a su presencia a los demás acusados.

Todavía no había amanecido cuanto Joan bajó a la plaza.

—¿No duerme? —preguntó uno de los soldados entre bostezo y bostezo.

—No —le contestó otro—. A menudo lo oyen andar de un lado a otro durante la noche.

Los dos soldados observaron a Joan, que ultimaba los preparativos para el sermón final. El hábito negro, raído y sucio, apergaminado, parecía negarse a acompañar sus movimientos.

—Pues si no duerme y tampoco come... —comentó el primero.

—Vive del odio —intervino el oficial, que había escuchado la conversación.

El pueblo empezó a comparecer en cuanto despuntó la primera luz. Los acusados en primera línea, separados de la gente y escoltados por los soldados; entre ellos, Alfons, el niño de nueve años.

Joan dio inicio al auto de fe y las autoridades del pueblo se acercaron para rendir voto de obediencia a la Inquisición y jurar el cumplimiento de las penas impuestas. El fraile empezó a leer las acusaciones y las penas. Quienes habían comparecido durante el período de gracia recibieron castigos menores: peregrinar hasta la catedral de Gerona. Alfons fue condenado a ayudar gratis, un día a la semana durante un mes, al vecino al que había robado. Cuando leyó la acusación de Gaspar, un grito interrumpió su discurso:

—¡Ramera! —Un hombre se lanzó sobre la mujer que había yacido con Gaspar. Los soldados acudieron a defenderla—. ¿Con que ése era el pecado que no querías contarme? —siguió gritándole tras los soldados.

Cuando el esposo ofendido calló, Joan dictó sentencia:

—Todos los domingos durante tres años, vestido con sambenito, permanecerás de rodillas frente a la iglesia, desde que salga el sol hasta que se ponga. En cuanto a ti... —empezó a dirigirse a la mujer.

—¡Reclamo el derecho de castigarla! —gritó el esposo.

Joan miró a la mujer. «¿Tienes hijos?», estuvo a punto de preguntarle. ¿Qué daño podían haber cometido sus hijos para tener que hablar con su madre subidos a una caja, a través de una pequeña ventana, con el único consuelo de una caricia de su mano en el cabello? Pero aquel hombre tenía derecho...

—En cuanto a ti —repitió—, te entrego a las autoridades seculares, quienes cuidarán de que se cumpla la ley catalana a instancias de tu esposo.

Joan continuó acusando e imponiendo penas.

—Anton Sinom. Tú y tu familia seréis puestos a disposición del inquisidor general.

—En marcha —ordenó Joan cuando hubo acomodado sus escasas pertenencias sobre una mula.

El dominico se despidió de aquel pueblo con la mirada, escuchando sus propias palabras, que todavía resonaban en la pequeña plaza; ese mismo día llegarían a otro, y luego a otro, y a otro más. «Y la gente de todos ellos —pensó— me mirará y escuchará atemorizada. Y después se denunciarán entre ellos y saldrán a la luz sus pecados. Y yo tendré que investigarlos, tendré que interpretar sus movimientos, sus expresiones, sus silencios, sus sentimientos, para encontrar el pecado.»

—Apresuraos, oficial. Deseo llegar antes del mediodía.

CUARTA PARTE

SIERVOS DEL DESTINO

46

Pascua de 1367
Barcelona

Arnau permanecía arrodillado frente a su Virgen de la Mar mientras los sacerdotes celebraban los oficios de la Pascua. Junto a Elionor, entró en Santa María; la iglesia estaba llena a rebosar, pero la gente se apartó para que pudiese llegar a la primera fila. Reconocía sus sonrisas: ése le había pedido un préstamo para su barca nueva; aquél le entregó sus ahorros; otro le pidió un préstamo para la dote de su hija; aquél todavía no le había devuelto lo pactado. Ese último tenía la mirada gacha. Arnau se detuvo junto a él y para desesperación de Elionor le ofreció la mano.

—La paz sea contigo —le dijo.

Los ojos del hombre se iluminaron y Arnau prosiguió el recorrido hasta el altar mayor. Eso era todo lo que tenía, le decía a la Virgen: gente humilde que le apreciaba a cambio de ayuda. Joan estaba persiguiendo el pecado y de Guillem no sabía nada. En cuanto a Mar, ¿qué decir de ella?

Elionor le golpeó el tobillo y cuando Arnau la miró, lo instó con gestos a que se levantase. «¿Acaso has visto alguna vez a un noble que permanezca postrado de rodillas tanto tiempo como tú?», le había recriminado en varias ocasiones. Arnau no le hizo caso pero Elionor volvió a golpearle los tobillos.

«Esto es lo que tengo, madre. Una mujer que se preocupa más de las apariencias que de otra cosa, salvo de que la haga madre. ¿Debería? Sólo quiere un heredero, sólo quiere un hijo que le garantice su futuro.» Elionor le golpeó de nuevo los tobillos. Cuando Arnau se volvió hacia ella, su esposa le indicó con la mirada a los demás nobles que se hallaban en Santa María. Algunos estaban de pie, pero la mayoría permanecían sentados; sólo Arnau seguía postrado.

—¡Sacrilegio!

El grito resonó por toda la iglesia. Los sacerdotes callaron, Arnau se levantó y todos se volvieron hacia la entrada principal de Santa María.

—¡Sacrilegio! —volvió a oírse.

Varios hombres se abrieron paso hasta el altar al grito de sacrilegio, herejía, demonios... y ¡judíos! Iban a hablar con los sacerdotes, pero uno de ellos se dirigió a la feligresía:

—Los judíos han profanado una sagrada hostia —gritó.

Un rumor se elevó entre la gente.

—No tienen suficiente con haber matado a Jesucristo —volvió a exclamar el primero desde el altar—, sino que también tienen que profanar su cuerpo.

El rumor inicial se convirtió en un griterío. Arnau se volvía hacia la gente pero su mirada se topó con la de Elionor.

—Tus amigos judíos —le dijo ésta.

Arnau sabía a qué se refería su esposa. Desde el matrimonio de Mar le resultaba insoportable estar en casa y muchas tardes iba a ver a su antiguo amigo, Hasdai Crescas, y se quedaba charlando con él hasta muy tarde. Antes de que Arnau pudiera responder a Elionor, los nobles y prohombres que los acompañaban en los oficios se sumaron a los comentarios y discutieron entre sí:

—Quieren seguir haciendo sufrir a Cristo después de muerto —dijo uno.

—La ley los obliga a mantenerse en sus casas durante la Pascua, con las puertas y ventanas cerradas; ¿cómo habrán podido? —preguntó el de al lado.

—Se habrán escapado —afirmó otro.

—¿Y los niños? —intervino una tercera—. Seguro que también habrán raptado a algún niño cristiano para crucificarlo y comer su corazón...

—Y beber su sangre —se escuchó.

Arnau no podía apartar los ojos de aquel grupo de nobles enfurecidos. ¿Cómo podían...? Su mirada volvió a cruzarse con la de Elionor. Sonreía.

—Tus amigos —repitió su esposa con retintín.

En aquel momento toda Santa María empezó a clamar venganza. ¡A la judería!, se azuzaron unos a otros al grito de herejes y sacrílegos. Arnau vio cómo se abalanzaban hacia la salida de la iglesia. Los nobles se quedaron atrás.

—Si no te das prisa —oyó que le decía Elionor—, te quedarás fuera de la judería.

Arnau se volvió hacia su mujer; después lo hizo hacia la Virgen. El griterío empezaba a perderse en la calle de la Mar.

—¿A qué tanto odio, Elionor? ¿Acaso no tienes cuanto deseas?

—No, Arnau. Sabes que no tengo lo que deseo y quizá sea eso lo que entregas a tus amigos judíos.

—¿A qué te refieres, mujer?

—A ti, Arnau, a ti. Bien sabes que nunca has cumplido con tus obligaciones conyugales.

Durante unos instantes, Arnau recordó las numerosas ocasiones en que había rechazado los acercamientos de Elionor; primero con delicadeza, tratando de no herirla, después con brusquedad, sin contemplaciones.

—El rey me obligó a casarme contigo, nada dijo de satisfacer tus necesidades —le espetó.

—El rey no —contestó ella—, pero sí la Iglesia.

—¡Dios no puede obligarme a yacer contigo!

Elionor encajó las palabras de su marido con la mirada fija en él; después, muy lentamente, volvió la cabeza hacia al altar mayor. Se habían quedado solos en Santa María... a excepción de tres sacerdotes que permanecían en silencio escuchando la discusión del matrimonio. Arnau se volvió también hacia los tres sacerdotes. Cuando los cónyuges volvieron a cruzar sus miradas, Elionor entrecerró los ojos.

No dijo más. Arnau le dio la espalda y se encaminó hacia la salida de Santa María.

—Ve con tu amante judía —oyó que Elionor gritaba tras de sí.

Un escalofrío recorrió la columna vertebral de Arnau.

Aquel año Arnau volvía a ocupar el cargo de cónsul de la Mar. Vestido de gala se encaminó a la judería; los gritos de la muchedumbre crecían a medida que recorría la calle de la Mar, la plaza del Blat, la bajada de la Presó, para llegar hasta la iglesia de Sant Jaume. El pueblo clamaba venganza y se apelotonaba frente a unas puertas defendidas por soldados del rey. Pese al tumulto, Arnau se abrió paso con relativa facilidad.

—No se puede entrar en la judería, honorable cónsul —le dijo el oficial de guardia—. Estamos esperando órdenes del lugarteniente real, el infante don Juan, hijo de Pedro III.

Y llegaron las órdenes. A la mañana siguiente el infante don Juan dispuso la reclusión de todos los judíos de Barcelona en la sinagoga mayor, sin agua ni comida, hasta que aparecieran los culpables de la profanación de la hostia.

—Cinco mil personas —masculló Arnau en su despacho de la lonja cuando le comunicaron la noticia—. ¡Cinco mil personas hacinadas en la sinagoga sin agua ni comida! ¿Qué será de las criaturas, de los recién nacidos? ¿Qué espera el infante? ¿Qué imbécil puede esperar que algún judío se declare culpable de la profanación de una hostia? ¿Qué estúpido puede esperar que alguien se condene a muerte?

Arnau golpeó sobre la mesa de su despacho y se levantó. El bedel que le había comunicado la noticia dio un respingo.

—Avisa a la guardia —le ordenó Arnau.

El muy honorable cónsul de la Mar recorrió la ciudad apresuradamente, acompañado por media docena de *missatges* armados. Las puertas de la judería, todavía vigiladas por soldados del rey, estaban abiertas de par en par; frente a ellas, la muchedumbre había desaparecido pero había poco más de un centenar de curiosos que intentaban asomarse al interior, a pesar de los empujones que les propinaban los soldados.

—¿Quién está al mando? —preguntó Arnau al oficial de la puerta.

—El veguer está dentro —señaló el oficial.

—Avisadle.

El veguer no tardó en aparecer.

—¿Qué deseas, Arnau? —le preguntó ofreciéndole la mano.

—Deseo hablar con los judíos.

—El infante ha ordenado...

—Lo sé —lo interrumpió Arnau—. Por eso mismo tengo que hablar con ellos. Tengo muchos procedimientos en marcha que afectan a judíos. Necesito hablar con ellos.

—Pero el infante... —empezó a decir el veguer.

—¡El infante vive de las aljamas! Doce mil sueldos anuales tienen que pagarle por disposición del rey. —El veguer asintió—. El infante tendrá interés en que aparezcan los culpables de la profanación, pero no te quepa duda de que también tendrá interés en que los asuntos comerciales de los judíos sigan su curso; en caso contrario... Ten en cuenta que la judería de Barcelona es la que más contribuye a esos doce mil sueldos anuales.

El veguer no lo dudó y cedió el paso a Arnau y su comitiva.

—Están en la sinagoga mayor —le dijo mientras pasaba por su lado.

—Lo sé, lo sé.

Pese a que todos los judíos estaban recluidos, el interior de la aljama era un hervidero. Sin dejar de andar, Arnau vio cómo un enjambre de frailes negros se dedicaba a inspeccionar todas y cada una de las casas de los judíos en busca de la hostia sangrante.

A las puertas de la sinagoga, Arnau se topó con otra guardia real.

—Vengo a hablar con Hasdai Crescas.

El oficial al mando intentó oponerse pero el que los acompañaba le hizo un gesto afirmativo.

Mientras esperaba la salida de Hasdai, Arnau se volvió hacia la judería. Las casas, todas con las puertas abiertas de par en par, ofrecían un espectáculo deplorable. Los frailes entraban y salían, a menudo con objetos, que mostraban a otros frailes, los cuales los examinaban y negaban con la cabeza para después arrojarlos al suelo, salpicado ya de pertenencias de los judíos. «¿Quiénes son los profanadores?», pensó Arnau.

—Honorable —oyó que le decían por la espalda.

Arnau se volvió y se encontró con Hasdai. Durante unos segundos observó aquellos ojos, que lloraban por el saqueo al que estaba siendo sometida su intimidad. Arnau ordenó a todos los soldados que se apartasen de ambos. Los *missatges* obedecieron, pero los soldados del rey siguieron junto a la pareja.

—¿Acaso os interesan los asuntos del Consulado de la Mar? —les preguntó Arnau—. Retiraos junto a mis hombres. Los asuntos del consulado son secretos.

Los soldados obedecieron de mala gana. Arnau y Hasdai se miraron.

—Me gustaría darte un abrazo —le dijo Arnau cuando ya nadie podía oírlos.

—No debemos.

—¿Cómo estáis?

—Mal, Arnau. Mal. Los viejos poco importamos, los jóvenes aguantarán, pero los niños llevan ya horas sin comer ni beber. Hay varios recién nacidos; cuando a las madres se les acabe la leche... Sólo llevamos algunas horas, pero las necesidades del cuerpo...

—¿Puedo ayudaros?

—Nosotros hemos intentado negociar, pero el veguer no quiere atendernos. Bien sabes que sólo hay una forma: compra nuestra libertad.

—¿Cuánto puedo llegar a...?

La mirada de Hasdai le impidió continuar. ¿Cuánto valía la vida de cinco mil judíos?

—Confío en ti, Arnau. Mi comunidad está en peligro.

Arnau extendió la mano.

—Confiamos en ti —repitió Hasdai aceptando la despedida de Arnau.

Arnau volvió a circular entre los frailes negros. ¿Habrían encontrado ya la hostia sangrante? Los objetos, ahora ya incluso los muebles, seguían amontonándose en las calles de la judería. Saludó al veguer a la salida. Aquella misma tarde le pediría audiencia, pero ¿cuánto debía ofrecerse por la vida de un hombre? ¿Y por la de toda una comunidad? Arnau había negociado con todo tipo de mercaderías —telas, especias, cereales, animales, barcos, oro y plata—, conocía el precio de los esclavos, pero ¿cuánto valía un amigo?

Arnau salió de la judería, giró a la izquierda y enfiló la calle Banys Nous; atravesó la plaza del Blat y cuando se encontraba en la calle Carders cerca de la esquina con Montcada, donde estaba su casa, se paró en seco. ¿Para qué?, ¿para encontrarse con Elionor? Dio media vuelta para volver hasta la calle de la Mar y bajar a su mesa de cambios. Desde el día en que consintió al matrimonio de Mar... Desde aquel día Elionor lo había perseguido sin descanso. Primero ladinamente. ¡Si hasta entonces nunca le había llamado querido! Jamás se había preocupado por sus negocios, o por lo que comía o simplemente por cómo se encontraba. Cuando aquella táctica falló, Elionor decidió atacar de frente. «Soy una mujer», le dijo un día. No debió de gustarle la mirada con la que Arnau le contestó porque no dijo nada más... hasta al cabo de algunos días: «Tenemos que consumar nuestro matrimonio; estamos viviendo en pecado».

—¿Desde cuándo te interesas tanto por mi salvación? —le contestó Arnau.

Elionor no cejó pese a los desplantes de su esposo y al final decidió hablar con el padre Juli Andreu, uno de los sacerdotes de Santa María, para exponerle el asunto. Él sí que tenía interés en la salvación de sus fieles, de los que Arnau era uno de los más queridos. Ante el cura, Arnau no podía excusarse como lo hacía con Elionor.

—No puedo, padre —le contestó cuando le asaltó un día en Santa María.

Era cierto. Justo después de la entrega de Mar al caballero de Ponts, Arnau había intentado olvidarse de la muchacha y, ¿por qué no?, crear su propia familia. Se había quedado solo. Todas las personas a las que quería habían desaparecido de su vida. Podía tener niños, jugar con ellos, volcarse y encontrar en ellos ese algo que le faltaba, y todo eso sólo podía llevarlo a cabo con Elionor. Pero cuando la veía arrimarse a él, perseguirlo por las estancias del palacio, o cuando oía su voz, falsa, forzada, tan diferente de la voz con que le había tratado hasta entonces, todos sus planteamientos se venían abajo.

—¿Qué queréis decir, hijo? —le preguntó el sacerdote.

—El rey me obligó a casarme con Elionor, padre, pero nunca me preguntó si me gustaba su pupila.

—La baronesa...

—La baronesa no me atrae, padre. Mi cuerpo se niega.

—Puedo recomendarte un buen médico...

Arnau sonrió.

—No, padre, no. No se trata de eso. Físicamente estoy bien; es simplemente...

—Entonces debéis esforzaros por cumplir con vuestras obligaciones matrimoniales. Nuestro Señor espera...

Arnau aguantó la perorata del cura hasta que se imaginó a Elionor contándole mil historias. ¿Qué se habían creído?

—Mirad, padre —lo interrumpió—, yo no puedo obligar a mi cuerpo a desear a una mujer a la que no desea. —El sacerdote hizo ademán de intervenir pero Arnau se lo impidió con un gesto—. Juré que sería fiel a mi esposa, y eso hago: nadie puede acusarme de lo contrario. Acudo a rezar con mucha frecuencia y dono dinero a Santa María. Me da la impresión de que contribuyendo a levantar este templo expío las debilidades que cometió mi cuerpo.

El cura dejó de frotarse las manos.

—Hijo...

—¿Qué opináis vos, padre?

El sacerdote buscó en sus escasos fundamentos de teología para rebatir cuantos argumentos había empleado. No pudo y al final se perdió con rápidos pasos entre los operarios de Santa María. Cuando Arnau se quedó solo, fue en busca de su Virgen y se arrodilló:

—Sólo pienso en ella, madre. ¿Por qué me dejaste entregarla al señor de Ponts?

No había vuelto a ver a Mar desde su matrimonio con Felip

de Ponts. Cuando éste murió, pocos meses después de la ceremonia, intentó acercarse a la viuda, pero Mar no quiso recibirle. «Tal vez sea mejor», se dijo Arnau. El juramento ante la Virgen le ataba ahora más que nunca: estaba condenado a ser fiel a una mujer que no le amaba y a la que no podía amar. Y a renunciar a la única persona con quien podía ser feliz...

—¿Han encontrado ya la hostia? —le preguntó Arnau al veguer, sentados uno frente a otro en el palacio que daba a la plaza del Blat.

—No —respondió éste.

—He estado hablando con los consejeros de la ciudad —le dijo Arnau—, y coinciden conmigo. El encarcelamiento de toda la comunidad judía puede afectar muy seriamente a los intereses comerciales de Barcelona. Acabamos de empezar la temporada de navegación. Si te acercas al puerto verás algunos barcos pendientes de partir. Llevan comandas de judíos; o las descargan o deberían esperar a los comerciantes que las acompañan. El problema es que no toda la carga es de los judíos; también hay mercancías de cristianos.

—¿Por qué no las descargan?

—Subiría el precio del transporte de las mercancías de los cristianos.

El veguer abrió las manos en señal de impotencia.

—Juntad las de los judíos en unos barcos y las de los cristianos en otros —apuntó al fin como solución.

Arnau negó con la cabeza.

—No puede ser. No todos los barcos tienen el mismo destino. Sabes que la temporada de navegación es corta. Si los barcos no zarpan, se retrasará todo el comercio y no podrán volver a tiempo; perderán algún viaje y eso encarecerá las mercancías. Todos perderemos dinero. —«Tú incluido», pensó Arnau—. Por otra parte, la espera de los barcos en el puerto de Barcelona es peligrosa; si hubiese algún temporal...

—Y ¿qué propones?

«Que los soltéis a todos. Que ordenéis a los frailes que dejen de registrar sus hogares. Que les devolváis sus pertenencias, que...»

—Multad a la judería.

—El pueblo exige culpables y el infante se ha comprometido a encontrarlos. La profanación de una hostia...

—La profanación de una hostia —lo interrumpió Arnau— será más cara que otro delito. —¿Para qué discutir? Los judíos habían sido juzgados y condenados apareciese o no apareciese la hostia sangrante. La duda hizo que se frunciera el entrecejo del veguer—. ¿Por qué no lo intentas? Si lo conseguimos, serán los judíos los que paguen, sólo ellos; de lo contrario será un mal año para el comercio y pagaremos todos.

Rodeado de operarios, de ruido y de polvo, Arnau levantó la vista hacia la piedra de clave que cerraba la segunda de las cuatro bóvedas de la nave central de Santa María, la última que se había construido. En la gran piedra de clave estaba representada la Anunciación, con la Virgen arrodillada, cubierta por una capa roja bordada en oro, mientras recibía la noticia de su próxima maternidad de boca de un ángel. Los vivos colores, rojos y azules, pero sobre todo los dorados, captaron la mirada de Arnau. Bonita escena. El veguer había sopesado los argumentos de Arnau y finalmente cedió.

¡Veinticinco mil libras y quince culpables! Aquélla fue la respuesta que el veguer le dio al día siguiente después de consultarlo con la corte del infante don Juan.

—¿Quince culpables? ¿Queréis ejecutar a quince personas por la insidia de cuatro dementes?

El veguer golpeó la mesa con el puño.

—Esos dementes son la santa Iglesia católica.

—Bien sabes que no —insistió Arnau.

Los dos hombres se miraron.

—Sin culpables —dijo Arnau.

—No será posible. El infante...

—¡Sin culpables! Veinticinco mil libras es una fortuna.

Arnau volvió a abandonar el palacio del veguer sin rumbo fijo. ¿Qué iba a decirle a Hasdai? ¿Que quince de ellos debían morir? Sin embargo, no podía quitarse de la cabeza la imagen de cinco mil personas hacinadas en una sinagoga, sin agua, sin comida...

—¿Cuándo tendré la respuesta? —le preguntó al veguer.

—El infante está cazando.

¡Cazando! Cinco mil personas recluidas por orden suya y se había ido a cazar. De Barcelona a Gerona, las tierras del infante, duque de Gerona y de Cervera, no debía de haber más de tres horas a caballo, pero Arnau tuvo que esperar hasta el día siguiente, bien entrada la tarde, para ser citado por el veguer.

—Treinta y cinco mil libras y cinco culpables.

A mil libras el judío de diferencia. «Quizá ése es el precio de un hombre», pensó Arnau.

—Cuarenta mil, sin culpables.

—No.

—Acudiré al rey.

—Bien sabes que el rey tiene suficientes problemas en la guerra con Castilla para indisponerse con su hijo y lugarteniente. Para algo lo nombró.

—Cuarenta y cinco mil, pero sin culpables.

—No, Arnau, no...

—¡Consúltalo...! —estalló Arnau—, te lo ruego —rectificó.

El hedor que salía de la sinagoga golpeó a Arnau cuando aún se hallaba a varios metros de ella. Las calles de la judería habían empeorado y los muebles y objetos de los judíos se amontonaban por doquier. En el interior de las viviendas resonaban los golpes de los frailes negros que levantaban paredes y suelos en busca del cuerpo de Cristo. Arnau tuvo que esforzarse para aparentar serenidad cuando se encontró con Hasdai, en esta ocasión acompañado por dos rabinos y otros tantos jefes de la comunidad. Le escocían los ojos. ¿Serían los efluvios de orina que partían del interior de la sinagoga o simplemente las noticias que tenía que darles?

Durante algunos instantes, con un sinfín de gemidos como

compañía, Arnau observó a aquellos hombres que trataban de renovar el aire de sus pulmones; ¿cómo sería dentro? Todos miraron de reojo el espectáculo que ofrecían las calles de la judería y su fuerte respiración se vio momentáneamente entrecortada.

—Exigen culpables —les dijo Arnau cuando los cinco se recuperaron—. Empezamos por quince. Estamos en cinco y espero...

—No podemos esperar, Arnau Estanyol —lo interrumpió uno de los rabinos—. Hoy ha muerto un anciano; estaba enfermo, pero nuestros médicos no han podido hacer nada por él, ni siquiera mojarle los labios. No nos permiten enterrarlo. ¿Entiendes lo que eso significa? —Arnau asintió—. Mañana, el hedor de su cuerpo en descomposición se sumará a los...

—En la sinagoga —lo interrumpió Hasdai—, no podemos ni movernos; la gente..., la gente no puede levantarse para hacer sus necesidades. Las madres ya no tienen leche; han dado de mamar a sus recién nacidos y también a los demás niños, para saciar su sed. Si esperamos muchos días más, cinco culpables serán una minucia.

—Más cuarenta y cinco mil libras —añadió Arnau.

—¿Qué nos importa el dinero cuando podemos morir todos? —intervino el otro rabino.

—¿Y? —preguntó Arnau.

—Insiste, Arnau —le suplicó Hasdai.

Diez mil libras más apresuraron al correo del infante... o quizá ni siquiera llegó a ir. Arnau fue citado a la mañana siguiente. Tres culpables.

—¡Son hombres! —le recriminó Arnau al veguer durante la discusión.

—Son judíos, Arnau. Sólo son judíos. Herejes propiedad de la corona. Sin su favor hoy ya estarían todos muertos y el rey ha decidido que tres de ellos deben pagar por la profanación de la hostia. El pueblo lo exige.

«¿Desde cuándo le importa tanto al rey su pueblo?», pensó Arnau.

—Además —insistió el veguer—, de esta manera se solucionarán los problemas del consulado.

El cadáver del anciano, los pechos secos de las madres, los niños llorando, los gemidos y el hedor: todo ello movió a Arnau a hacer un gesto de asentimiento. El veguer se retrepó en su sillón.

—Dos condiciones —añadió Arnau obligándolo a prestar atención de nuevo—: primera, ellos elegirán a los culpables —el veguer consintió—, y segunda, el trato debe ser aprobado por el obispo y comprometerse a calmar a los feligreses.

—Eso ya lo he hecho, Arnau. ¿Crees que me gustaría ver una nueva matanza en la judería?

La procesión partió de la misma judería. En su interior, las puertas y ventanas de las casas estaban cerradas y las calles aparecían desiertas, sembradas de muebles. El silencio de la aljama parecía retar al clamor que se escuchaba fuera de ella, donde la gente se apiñaba alrededor del obispo, refulgente de oro al sol mediterráneo, y de la infinidad de sacerdotes y frailes negros que esperaban a lo largo de la calle de la Boquería, separados del pueblo por dos filas de soldados del rey.

El griterío rasgó el cielo cuando tres figuras aparecieron en las puertas de la judería. La gente alzó los brazos con los puños cerrados y sus insultos se confundieron con el metálico desenvainar de las espadas cuando los soldados se dispusieron a defender la comitiva. Las tres figuras, encadenadas de pies y manos, fueron conducidas hasta el centro de dos hileras de frailes negros y así, encabezada por el obispo de Barcelona, la procesión inició la marcha. La presencia de los soldados y de los dominicos no impidió que el pueblo apedreara y escupiera a los tres culpables que se arrastraban entre ellos.

Arnau rezaba en Santa María. Había llevado la noticia a la judería, donde volvió a ser recibido por Hasdai, los rabinos y los jefes de la comunidad a las puertas de la sinagoga.

—Tres culpables —les dijo tratando de sostener sus miradas—. Podéis... podéis elegirlos vosotros mismos.

Ninguno de ellos pronunció una palabra; simplemente se limitaron a observar las calles de la judería dejando que los quejidos y lamentos que surgían del templo envolviesen sus pensamientos. Arnau no tuvo valor para prolongar su intercesión y se excusó ante el veguer al abandonar la judería. «Tres inocentes..., porque tú y yo sabemos que lo de la profanación del cuerpo de Cristo es falso.»

Arnau empezó a oír el griterío de la multitud a lo largo de la calle de la Mar. El murmullo llenó Santa María; se coló por los huecos de las puertas sin terminar y subió por los andamios de madera que aguantaban las estructuras en construcción, igual que podía hacerlo cualquier albañil, hasta alcanzar las bóvedas. ¡Tres inocentes! «¿Cómo los deben de haber elegido? ¿Lo habrán hecho los rabinos o se habrán presentado voluntariamente?» Entonces, Arnau recordó los ojos de Hasdai mirando las calles de la judería. ¿Qué había en ellos? ¿Resignación? ¿Acaso no era la mirada de aquel que se está... despidiendo? Arnau tembló; sus rodillas flaquearon y tuvo que agarrarse al reclinatorio. La procesión se acercaba a Santa María. El griterío aumentó. Arnau se levantó y miró hacia la salida que daba a la plaza de Santa María. La procesión no tardaría en entrar. Permaneció en el templo, mirando hacia la plaza, hasta que los insultos de la gente se convirtieron en realidad.

Arnau corrió hacia la puerta. Nadie oyó su alarido. Nadie lo vio llorar. Nadie lo vio caer de rodillas al observar a Hasdai encadenado, arrastrando los pies entre una lluvia de insultos, piedras y escupitajos. Hasdai pasó por delante de Santa María con la mirada puesta en el hombre que de rodillas golpeaba el suelo con los puños. Arnau no lo vio y continuó golpeando hasta que la procesión se marchó, hasta que la tierra empezó a teñirse de colorado. Entonces, alguien se arrodilló frente a él y le cogió las manos con suavidad.

—Mi padre no querría que te lastimaras por su causa —le dijo Raquel cuando Arnau levantó la mirada.

—Lo van... lo van a matar.

—Sí.

Arnau miró el rostro de aquella niña ya convertida en mujer. Allí mismo, bajo aquella iglesia, la escondió hacía muchos años. Raquel no lloraba y, pese al peligro, lucía sus vestimentas de judía y la rodela amarilla que mostraba su condición.

—Debemos ser fuertes —le dijo la niña que él recordaba.

—¿Por qué, Raquel? ¿Por qué él?

—Por mí. Por Jucef. Por mis hijos y los de Jucef, sus nietos; por sus amigos. Por todos los judíos de Barcelona. Dijo que ya era viejo, que ya había vivido bastante.

Arnau se levantó con la ayuda de Raquel y, apoyado en ella, siguieron el griterío.

Los quemaron vivos. Los ataron a unos postes, sobre leños y astillas, y les prendieron fuego sin que en momento alguno cesara el clamor de venganza de los cristianos. Cuando las llamas alcanzaron su cuerpo, Hasdai levantó la mirada hacia el cielo. Entonces fue Raquel la que estalló en llanto, se abrazó a Arnau y escondió las lágrimas en su pecho; estaban algo alejados de la muchedumbre.

Arnau, abrazado a la hija de Hasdai, no pudo apartar la mirada del cuerpo en llamas de su amigo. Le pareció que sangraba, pero el fuego se cebó con celeridad en el cuerpo. De repente dejó de oír los gritos de la gente; tan sólo los veía mover sus puños amenazantes... De pronto, algo lo obligó a volver el rostro hacia la derecha. A medio centenar de metros se encontraban el obispo y el inquisidor general, y junto a ellos, con el brazo extendido, señalándolo, Elionor hablaba con ellos. A un lado, había otra dama, elegantemente vestida, a la que Arnau no reconoció al principio. Éste cruzó su mirada con la del inquisidor mientras Elionor gesticulaba y gritaba sin dejar de señalarlo.

—Aquélla, aquella judía es su amante. Miradlos. Mirad cómo la abraza.

En aquel preciso instante, Arnau abrazó con fuerza a la mujer judía que lloraba sobre su pecho, mientras las llamas, coreadas por el rugido de la multitud, se elevaban hacia el cielo. Después, al desviar la mirada para huir del horror, los ojos de Arnau se cruzaron con los de Elionor. Al ver su expresión, aquel profundo odio, la maldad de la venganza satisfecha, se estremeció. Y entonces oyó la risa de la mujer que acompañaba a su esposa, una risa inconfundible, irónica, que Arnau llevaba grabada en la memoria desde que era un niño: la risa de Margarida Puig.

47

Una venganza que llevaba tiempo tramándose, en la que Elionor no estaba sola. Una venganza de la que la acusación contra Arnau y la judía Raquel era sólo el principio.

Las decisiones de Arnau Estanyol como barón de Granollers, Sant Vicenç dels Horts y Caldes de Montbui levantaron ampollas entre los demás nobles, que veían cómo soplaban vientos de rebeldía entre sus campesinos... Más de uno se vio obligado a sofocar, con más contundencia de la necesitada hasta aquel momento, una revuelta que pedía a gritos la abolición de ciertos privilegios a los que Arnau, aquel barón nacido siervo, había renunciado. Entre estos nobles ofendidos se encontraba Jaume de Bellera, el hijo del señor de Navarcles, al que Francesca había amamantado cuando era un niño. Y, a su lado, alguien a quien Arnau había privado de su casa, su fortuna y su estilo de vida: Genís Puig, que, tras el desahucio, tuvo que ocupar la vieja casa de Navarcles que perteneció a su abuelo, el padre de Grau. Una casa que poco tenía que ver con el palacio de la calle Montcada donde había transcurrido la mayor parte de su vida. Ambos pasaron horas lamentando su mala fortuna y trazando planes de venganza. Unos planes que ahora, si las cartas de su hermana Margarida no mentían, estaban a punto de dar sus frutos...

Arnau rogó al marinero que estaba testificando que guardase silencio y se volvió hacia el alguacil del tribunal del Consulado de la Mar que había interrumpido el juicio.

—Un oficial y varios soldados de la Inquisición quieren veros —le susurró éste inclinándose sobre él.

—¿Qué quieren? —preguntó Arnau. El portero hizo un gesto de ignorancia—. Que esperen al final del juicio —ordenó antes de instar al marinero a que continuase con sus explicaciones.

Otro marinero había muerto durante la travesía y el señor de la nave se negaba a pagar a sus herederos más de dos meses de salario, cuando la viuda sostenía que el pacto no había sido por meses y que en consecuencia, habiendo muerto en alta mar su marido, le correspondía la mitad de la cantidad pactada.

—Continuad —lo instó Arnau, con la mirada en la viuda y los tres hijos del fallecido.

—Ningún marinero pacta por meses...

De pronto, las puertas del tribunal se abrieron violentamente. Un oficial y seis soldados de la Inquisición, armados, empujando sin contemplaciones al alguacil del tribunal, irrumpieron en la sala.

—¿Arnau Estanyol? —preguntó el oficial dirigiéndose directamente a él.

—¿Qué significa esto? —bramó Arnau—. ¿Cómo os atrevéis a interrumpir...?

El oficial siguió andando hasta plantarse frente a Arnau.

—¿Eres Arnau Estanyol, cónsul de la Mar, barón de Granollers...?

—Bien lo sabéis, oficial —le interrumpió Arnau—, pero...

—Por orden del tribunal de la Santa Inquisición, quedáis detenido. Acompañadme.

Los *missatges* del tribunal hicieron un amago de defender a su cónsul, pero Arnau los detuvo con un gesto.

—Haced el favor de apartaros —rogó Arnau al oficial de la Inquisición.

El hombre dudó unos instantes. El cónsul, con gesto calmo, insistió con la mano indicándole que se situase más cerca de la puerta y al fin, sin dejar de vigilar a su detenido, el oficial dio los suficientes pasos para que Arnau recuperara la visión de los familiares del marinero muerto.

—Sentencio a favor de la viuda y los hijos —expuso con tranquilidad—. Deberán recibir la mitad del salario total de la travesía y no los dos meses que pretende el señor de la nave. Así lo ordena este tribunal.

Arnau golpeó con la mano, se puso en pie y se encaró al oficial de la Inquisición.

—Vamos —le dijo.

La noticia de la detención de Arnau Estanyol se propagó por Barcelona y desde allí, en boca de nobles, mercaderes o simples payeses, por gran parte de Cataluña.

Algunos días más tarde, en una pequeña villa del norte del principado, un inquisidor que en aquel momento estaba atemorizando a un grupo de ciudadanos recibía la noticia de boca de un oficial de la Inquisición.

Joan miró al oficial.

—Parece que es cierto —insistió.

El inquisidor se volvió hacia el pueblo. ¿Qué les estaba diciendo? ¿Arnau detenido?

Volvió a mirar al oficial y éste asintió con la cabeza.

¿Arnau?

La gente empezó a moverse inquieta. Joan intentó continuar pero no pudo pronunciar palabra. Una vez más se volvió hacia el oficial y percibió una sonrisa en sus labios.

—¿No continuáis, fra Joan? —se adelantó éste—. Los pecadores os están esperando.

Joan se volvió de nuevo hacia el pueblo.

—Partimos hacia Barcelona —ordenó.

De vuelta a la ciudad condal, Joan pasó muy cerca de las tierras del barón de Granollers. Por poco que se hubiera desviado de su ruta, habría podido ver cómo el carlán de Montbui y otros caballeros sometidos a Arnau recorrían las tierras amedrentando a unos payeses que volvían a estar sometidos a los malos usos que un día Arnau derogó. «Dicen que ha sido la propia baronesa quien ha denunciado a Arnau», aseguró alguien.

Pero Joan no pasó por las tierras de Arnau. Desde que inició el regreso no cruzó palabra con el oficial ni con ninguno de los hombres que formaban la comitiva, ni siquiera con el escribano. Sin embargo no pudo dejar de oír.

—Parece ser que lo han detenido por hereje —dijo uno de los soldados lo suficientemente alto para que Joan pudiera oírlo.

—¿El hermano de un inquisidor? —añadió otro a gritos.

—Nicolau Eimeric logrará que confiese todo lo que lleva dentro —intervino entonces el oficial.

Joan recordó a Nicolau Eimeric. ¿Cuántas veces lo había felicitado por su labor como inquisidor?

—Hay que combatir la herejía, fra Joan... Hay que buscar el pecado bajo la apariencia de bondad de la gente; en su alcoba, en sus hijos, en sus esposos.

Y él lo había hecho. «No hay que dudar en torturarlos para que confiesen.» Y él también lo había hecho, sin descanso. ¿Qué tortura le habría aplicado a Arnau para que se confesase hereje?

Joan apresuró el paso. El sucio y ajado hábito negro caía a plomo sobre sus piernas.

—Por su culpa me veo en esta situación —comentó Genís Puig sin dejar de andar de un lado a otro de la estancia—. Yo, que disfruté...

—De dinero, de mujeres, de poder —lo interrumpió el barón.

Pero el paseante no hizo caso del barón.

—Mis padres y mi hermano murieron como simples payeses, hambrientos, atacados por enfermedades que sólo se ceban en los pobres, y yo...

—Un simple caballero sin huestes que aportar al rey —añadió cansinamente el barón terminando la mil veces repetida frase.

Genís Puig se detuvo frente a Jaume, el hijo de Llorenç de Bellera.

—¿Te parece gracioso?

El señor de Bellera no se movió del sillón desde el que había seguido la ronda de Genís por la torre del homenaje del castillo de Navarcles.

—Sí —le contestó al cabo de unos instantes—, más que gracioso. Tus motivos para odiar a Arnau Estanyol me parecen grotescos comparados con los míos.

Jaume de Bellera dirigió su mirada hacia lo alto de la torre.

—¿Quieres dejar de dar vueltas de una vez?

—¿Cuánto más tardará tu oficial? —preguntó Genís sin cesar de pasear por la torre.

Ambos esperaban la confirmación de las noticias que Margarida Puig había insinuado en una misiva previa. Genís Puig, desde Navarcles, había convencido a su hermana para que poco a poco, durante las muchas horas que Elionor pasaba sola en la que fue la casa familiar de los Puig, se ganara la confianza de la baronesa. No le costó mucho: Elionor necesitaba una confidente que odiara a su marido tanto como ella misma. Fue Margarida quien, de manera insidiosa, informó a Elionor de adónde se dirigía el barón. Fue Margarida la que inventó el adulterio de Arnau con Raquel. Ahora, en cuanto Arnau Estanyol fuera detenido por relacionarse con una judía, Jaume de Bellera y Genís Puig darían el paso que tenían previsto.

—La Inquisición ha detenido a Arnau Estanyol —confirmó el oficial tan pronto como entró en la torre del homenaje.

—Entonces Margarida tenía ra... —saltó Genís.

—Calla —le ordenó el señor de Bellera desde su sillón—. Continúa.

—Lo detuvieron hace tres días, mientras impartía justicia en el tribunal del consulado.

—¿De qué se le acusa? —preguntó el barón.

—No está muy claro; hay quien dice que de herejía, otros sostienen que por judaizante y otros por mantener relaciones con una judía. Todavía no lo han juzgado; está encerrado en las mazmorras del palacio episcopal. Media ciudad está a favor y media en contra, pero todos hacen cola ante su mesa de cambio para que les reintegren sus depósitos. Los he visto. La gente se pelea por recuperar su dinero.

—¿Pagan? —intervino Genís.

—De momento, sí, pero todos saben que Arnau Estanyol ha prestado mucho dinero a gente sin recursos, y si no puede recuperar esos préstamos... Por eso la gente se pelea: dudan que la solvencia del cambista pueda sostenerse. Hay un gran revuelo.

Jaume de Bellera y Genís Puig intercambiaron una mirada.

—Empieza la caída —comentó el caballero.

—¡Busca a la puta que me amamantó —ordenó el barón al oficial—, y enciérrala en las mazmorras del castillo!

Genís Puig se sumó al señor de Bellera y azuzó al oficial para que se apresurase.

—Esa endemoniada leche no era para mí —le había oído decir en multitud de ocasiones—, era para su hijo, Arnau Estanyol, y mientras él disfruta del dinero y del favor del rey, yo tengo que sufrir las consecuencias del mal que me transmitió su madre.

Jaume de Bellera había tenido que acudir al obispo para que la epilepsia que padecía no fuera considerada un mal del demonio. Sin embargo, la Inquisición no dudaría de que Francesca estaba endemoniada.

—Quisiera ver a mi hermano —le soltó Joan a Nicolau Eimeric nada más presentarse en el palacio del obispo.

El inquisidor general entrecerró sus ojillos.

—Debes conseguir que confiese su culpa y que se arrepienta.

—¿De qué se le acusa?

Nicolau Eimeric dio un respingo tras la mesa en la que le había recibido.

—¿Pretendes que te diga de qué se le acusa? Eres un gran inquisidor pero... ¿acaso intentas ayudar a tu hermano? —Joan bajó la mirada—. Sólo puedo decirte que se trata de un tema muy serio. Te permitiré visitarlo siempre y cuando te comprometas a que el objetivo de tus visitas sea el de conseguir la confesión de Arnau.

¡Diez latigazos! Quince, veinticinco... ¿Cuántas veces había repetido aquella orden en los últimos años? «¡Hasta que confiese!», ordenaba al oficial que lo acompañaba. Y ahora..., ahora le pedían que obtuviera la confesión de su propio hermano. ¿Cómo iba a conseguirlo? Joan quiso contestar pero su intento se quedó en un simple movimiento de manos.

—Es tu obligación —le recordó Eimeric.

—Es mi hermano. Es lo único que tengo...

—Tienes a la Iglesia. Nos tienes a todos nosotros, tus hermanos en la fe cristiana. —El inquisidor general dejó transcurrir unos segundos—. Fra Joan, he esperado porque sabía que vendrías. Si no asumes ese compromiso, tendré que encargarme personalmente.

No pudo reprimir una mueca de disgusto cuando el hedor de las mazmorras del palacio episcopal golpeó sus sentidos. Mientras recorría el pasillo que le llevaría hasta Arnau, Joan oyó el goteo del agua que se filtraba por las paredes y el correteo de las ratas a su paso. Notó cómo una de ellas escapaba entre sus tobillos. Se estremeció, igual que lo había hecho ante la amenaza de Nicolau Eimeric: «... tendré que encargarme personalmente». ¿Qué falta habría cometido Arnau? ¿Cómo iba a decirle que él, su propio hermano, se había comprometido...?

El alguacil abrió la puerta de la mazmorra y una gran estancia oscura y maloliente se abrió ante Joan. Algunas sombras se movieron y el tintineo de las cadenas que las tenían sujetas a las paredes rechinó en los oídos del dominico. Éste sintió que su estómago se rebelaba contra aquella miseria y la bilis subió hasta su boca. «Allí», le dijo el alguacil señalándole una sombra encogida en un rincón, y sin esperar respuesta salió de la mazmorra. El ruido de la puerta a sus espaldas lo sobresaltó. Joan permaneció en pie, en la entrada de la estancia, envuelto en la penumbra; una única ventana enrejada, en lo alto de la pared, permitía la entrada de tenues rayos de luz. Las cadenas empezaron a sonar tras la salida del alguacil; más de una docena de sombras se movieron. ¿Estaban tranquilos porque no habían venido a por ellos o quizá desesperados por la misma razón?, pensó Joan a la vez que empezaba a verse acosado por lamentos y gemidos. Se acercó a una de las sombras, la que creía que le había señalado el alguacil, pero cuando se acuclilló ante ella, el rostro llagado y desdentado de una anciana se volvió hacia él.

Cayó hacia atrás; la anciana lo miró durante unos segundos y volvió a esconder su desdicha en la oscuridad.

—¿Arnau? —siseó Joan todavía desde el suelo. Luego, lo repitió en voz alta, rompiendo el silencio que había obtenido por respuesta.

—¿Joan?

Se apresuró hacia la voz que le marcaba el camino. Volvió a acuclillarse ante otra sombra, cogió la cabeza de su hermano con ambas manos y la atrajo hacia su pecho.

—¡Virgen Santa! ¿Qué...? ¿Qué te han hecho? ¿Cómo estás? —Joan empezó a palpar a Arnau; el cabello áspero, los pómulos que empezaban a sobresalir—. ¿No te dan de comer?

—Sí —contestó Arnau—, un mendrugo y agua.

Cuando Joan tocó las argollas de sus tobillos apartó las manos con rapidez.

—¿Podrás hacer algo por mí? —lo interrumpió Arnau. Joan calló—. Tú eres uno de ellos. Siempre me has comentado lo que te aprecia el inquisidor. Esto es insoportable, Joan. No sé cuántos días llevo aquí dentro. Te estaba esperando...

—He venido en cuanto he podido.

—¿Has hablado ya con el inquisidor?

—Sí. —Pese a la oscuridad Joan intentó esconder la mirada.

Los dos hermanos guardaron silencio.

—¿Y? —preguntó al fin Arnau.

—¿Qué es lo que has hecho, Arnau?

La mano de Arnau se crispó en el brazo de Joan.

—¿Cómo puedes pensar...?

—Necesito saberlo, Arnau. Necesito saber de qué se te acusa para poder ayudarte. Bien sabes que la denuncia es secreta; Nicolau no ha querido decírmela.

—Entonces, ¿de qué habéis hablado?

—De nada —contestó Joan—. No he querido hablar de nada con él hasta poder verte. Necesito saber por dónde puede ir la acusación para convencer a Nicolau.

—Pregúntaselo a Elionor. —Arnau volvió a ver a su mujer señalándolo entre las llamas que quemaban el cuerpo de un inocente—. Hasdai ha muerto —dijo.

—¿Elionor?

—¿Te extraña?

Joan perdió el equilibrio y tuvo que apoyarse en Arnau.

—¿Qué te pasa, Joan? —le preguntó su hermano haciendo un esfuerzo para que no cayese.

—Este sitio... Verte así... Creo que me estoy mareando.

—Vete de aquí —lo instó Arnau—. Me serás más útil fuera que aquí tratando de consolarme.

Joan se levantó. Las piernas le flaqueaban.

—Sí. Creo que sí.

Llamó al alguacil y abandonó la mazmorra. Recorrió el pasillo precedido por el obeso vigilante. Tenía algunas monedas.

—Toma —le dijo. El hombre se limitó a guardarse los dineros—. Mañana tendrás más si tratas bien a mi hermano. —La única respuesta fue el correteo de las ratas a su paso—. ¿Me has oído? —insistió. Sólo se oyó un gruñido que reverberó por el túnel de las mazmorras hasta acallar a las ratas.

Necesitaba dinero. Nada más salir del palacio del obispo, Joan se dirigió hacia la mesa de cambio de Arnau, donde se encontró con una multitud que se apelotonaba en la esquina de Canvis Vells y Canvis Nous, frente al pequeño edificio desde el que Arnau había dirigido sus negocios. Joan retrocedió.

—¡Ahí está su hermano! —gritó alguien.

Varias personas se abalanzaron sobre él. Joan hizo un amago de escapar pero cambió de parecer al ver que la gente se paraba a algunos pasos de él. ¿Cómo iban a atacar a un dominico? Se irguió cuanto pudo y reanudó su camino.

—¿Qué pasa con tu hermano, fraile? —le preguntó alguien cuando Joan pasó junto a él.

Éste se encaró a un hombre que le sacaba una cabeza.

—Mi nombre es fra Joan, inquisidor del Santo Oficio —alzó

la voz al mencionar su cargo—. Puedes dirigirte a mí como señor inquisidor.

Joan miró hacia arriba, directamente a los ojos del hombre. «¿Y cuáles son tus pecados?», le preguntó en silencio. El hombre retrocedió un par de pasos. Joan volvió a encaminarse hacia la mesa de cambio y la gente fue abriéndole paso.

—¡Soy fra Joan, inquisidor del Santo Oficio! —tuvo que volver a gritar ante las puertas cerradas del establecimiento.

Tres oficiales de Arnau lo recibieron. El interior estaba revuelto; los libros estaban esparcidos sobre el tapete rojo, arrugado, que cubría la larga mesa de su hermano. Si Arnau lo viese…

—Necesito dinero —les dijo.

Los tres mostraron incredulidad.

—Nosotros también —contestó el mayor, llamado Remigi, que había sustituido a Guillem.

—¿Qué dices?

—Que no hay un solo sueldo, fra Joan. —Remigi se acercó a la mesa para volcar varios cofres—. Ni uno, fra Joan.

—¿No tiene dinero mi hermano?

—En efectivo no. ¿Qué creéis que hace toda esa gente ahí fuera? Quieren su dinero. Llevamos varios días de acoso. Arnau sigue siendo muy rico —trató de tranquilizarlo el oficial—, pero todo está invertido, en préstamos, en comandas, en negocios en marcha…

—¿Y no podéis exigir la devolución de los préstamos?

—El mayor deudor es el rey y ya sabéis que las arcas de su majestad…

—¿No hay nadie más que le adeude dinero a Arnau?

—Sí. Hay mucha gente, pero son préstamos que no han vencido, y los que lo han hecho…; ya sabéis que Arnau prestaba mucho dinero a gente humilde. No pueden devolverlo. Aun así, cuando se han enterado de la situación de Arnau, muchos de ellos han venido y han pagado parte de lo que debían, lo poco que tienen, pero su gesto no es más que eso. No podemos cubrir la devolución de los depósitos.

Joan se volvió hacia la puerta y la señaló.

—Y ellos, ¿por qué pueden exigir su dinero?

—De hecho, no pueden. Todos depositaron su dinero para que Arnau negociase con él, pero el dinero es cobarde y la Inquisición...

Joan le hizo un gesto para que olvidase su hábito negro. El gruñido del alguacil volvió a resonar en sus oídos.

—Necesito dinero —pensó en voz alta.

—Ya os he dicho que no lo hay —oyó de boca de Remigi.

—Pues yo lo necesito —reiteró Joan—, Arnau lo necesita.

«Arnau lo necesita y sobre todo —pensó Joan volviéndose de nuevo hacia la puerta—, necesita tranquilidad. Este escándalo sólo puede perjudicarlo. La gente pensará que está arruinado y entonces nadie querrá saber nada de él... Necesitaremos apoyos.»

—¿No se puede hacer nada para calmar a esa gente? ¿No podemos vender nada?

—Podríamos ceder algunas comandas. Agrupar a los depositarios por comandas en las que no esté Arnau —contestó Remigi—. Pero sin su autorización...

—¿Te sirve la mía?

El oficial miró a Joan.

—Es necesario, Remigi.

—Supongo que sí —cedió el empleado al cabo de unos instantes—; en realidad no perderíamos dinero. Únicamente permutaríamos negocios: ellos se quedarían con unos y nosotros con otros. Sin Arnau de por medio, se tranquilizarían..., pero tendréis que darme la autorización por escrito.

Joan firmó el documento que le preparó Remigi.

—Consigue efectivo para mañana a primera hora —le dijo mientras lo rubricaba—. Necesitamos efectivo —insistió ante la mirada del oficial—; vende algo a bajo precio si es necesario, pero necesitamos ese dinero.

Tan pronto como Joan abandonó la mesa de cambio y acalló de nuevo a los acreedores, Remigi empezó a agrupar las comandas. Ese mismo día, el último barco que zarpó del puerto de Barcelona llevaba instrucciones para los corresponsales de Arnau a lo largo del Mediterráneo. Remigi actuó con rapidez; al día siguiente serían los satisfechos acreedores quienes empezarían a propagar la nueva situación de los negocios de Arnau.

48

Por primera vez en casi una semana, Arnau bebió agua fresca y comió algo que no fuera un mendrugo. El alguacil lo obligó a levantarse empujándolo con el pie y baldeó su sitio. «Mejor agua que excrementos», pensó Arnau. Durante unos segundos sólo se oyó el ruido del agua sobre el suelo y la ronca respiración del obeso alguacil; hasta la anciana que se había rendido a la muerte y tenía el rostro permanentemente escondido entre harapos, levantó la vista hacia la figura de Arnau.

—Deja el cubo —le ordenó el *bastaix* al alguacil cuando éste se aprestaba a irse.

Arnau había visto cómo maltrataba a los presos por el simple hecho de sostenerle la mirada. El alguacil se volvió con el brazo extendido pero se detuvo justo antes de impactar en el cuerpo de Arnau, que permanecía inmóvil ante el embate; entonces escupió y dejó caer el cubo al suelo. Antes de salir pateó a una de las sombras que los observaban.

Cuando la tierra absorbió el agua, Arnau volvió a sentarse. Fuera se oyó el repiqueteo de una campana. Los tenues rayos de sol que lograban filtrarse por la ventana, a ras de suelo en el exterior, y el sonido de las campanas eran su único vínculo con el mundo. Arnau alzó la vista hacia la pequeña ventana y aguzó el oído. Santa María estaba inundada de luz pero todavía no tenía campanas; sin embargo, el ruido de los cinceles contra las piedras, el martilleo sobre las maderas y los gritos de los operarios podían oírse a bastante distancia de la iglesia. Cuando el eco de alguno de aquellos ruidos entraba en la mazmorra, ¡Dios!, la luz y el sonido lo envolvían y lo llevaban en volandas junto al espíritu de quienes trabajaban entregados a la Virgen de la Mar. Arnau volvió a sentir en sus espaldas el peso de la primera piedra que llevó a Santa María. ¿Cuánto tiempo había pasado desde entonces? ¡Cuánto habían cambiado las cosas! Sólo era un niño, un niño que encontró en la Virgen a la madre que nunca conoció...

Al menos, se dijo Arnau, había podido salvar a Raquel del terrible destino al que parecía sentenciada. Tan pronto como vio a Elionor y a Margarida Puig señalándolos a ambos, Arnau se ocupó de que Raquel y su familia huyeran de la judería. Ni él mismo sabía adónde...

—Quiero que vayas a buscar a Mar —le dijo a Joan cuando éste volvió a visitarlo.

El fraile se quedó parado, todavía a un par de pasos de su hermano.

—¿Me has oído, Joan? —Arnau se levantó para acercarse pero las cadenas tiraron de sus piernas. Joan seguía quieto en el mismo sitio—. Joan, ¿me has oído?

—Sí..., sí..., te he oído. —Joan se acercó a Arnau para abrazarlo—. Pero... —empezó a decirle.

—Necesito verla, Joan. —Arnau agarró los hombros del fraile impidiéndole el abrazo y lo zarandeó con suavidad—. No quiero morir sin volver a hablar con ella...

—¡Por Dios! No digas...

—Sí, Joan. Podría morir aquí mismo, solo, con una docena de desahuciados por testigos. No quisiera morir sin haber tenido la oportunidad de ver a Mar. Es algo...

—Pero ¿qué quieres decirle? ¿Qué puede ser tan importante?

—Su perdón, Joan, necesito su perdón... y decirle que la quiero. —Joan intentó zafarse de las manos de su hermano, pero Arnau se lo impidió—. Tú me conoces, tú eres un hombre de Dios. Sabes que nunca he hecho daño a nadie, excepto a esa... niña.

Joan consiguió liberar sus hombros... y cayó de rodillas frente a su hermano.

—¡No fuis...! —empezó a decir.

—Sólo te tengo a ti, Joan —lo interrumpió Arnau arrodillándose también—. Tienes que ayudarme. Nunca me has fallado. No puedes hacerlo ahora. ¡Eres lo único que tengo, Joan!

Joan se mantuvo en silencio.

—¿Y su esposo? —se le ocurrió preguntar—; puede que no permita...

—Murió —le contestó Arnau—. Lo averigüé cuando dejó de pagar los intereses de un préstamo barato. Falleció a las órdenes del rey, en la defensa de Calatayud.

—Pero... —intentó de nuevo Joan.

—Joan... Estoy atado a mi esposa, atado por un juramento que hice y que me impedirá unirme con Mar mientras ella viva... Pero necesito verla. Necesito contarle mis sentimientos, aunque no podamos estar juntos... —Arnau recobró poco a poco la serenidad. Había otro favor que quería pedirle a su hermano—. Pásate por la mesa de cambios. Quiero saber cómo va todo.

Joan suspiró. Aquella misma mañana, cuando acudió a la mesa de cambios, Remigi le entregó una bolsa con dinero.

—No ha sido un buen negocio —oyó de boca del oficial.

Nada era un buen negocio. Tras dejar a Arnau habiéndole prometido que iría en busca de la muchacha, Joan pagó al alguacil en la misma puerta de la mazmorra.

—Me ha pedido un cubo.

¿Qué valía un cubo para que Arnau...? Joan depositó otra moneda.

—Quiero ese cubo limpio en todo momento.—El alguacil se guardó los dineros y se volvió para enfilar el pasillo—. Hay un preso muerto ahí dentro —añadió Joan.

El alguacil se limitó a encogerse de hombros.

Ni siquiera salió del palacio episcopal. Tras dejar las mazmorras, fue en busca de Nicolau Eimeric. Conocía aquellos pasillos. ¿Cuántas veces los había recorrido en su juventud, orgulloso de sus responsabilidades? Ahora eran otros jóvenes los que se movían por ellos, unos pulcros sacerdotes que no se escondían para observarle con cierta extrañeza.

—¿Ha confesado?

Le había prometido ir en busca de Mar.

—¿Ha confesado? —repitió el inquisidor general.

Joan había pasado la noche en vela preparando aquella conversación, pero nada de lo que había pensado acudió en su ayuda.

—Si lo hiciera, ¿qué condena...?

—Ya te dije que era muy grave.

—Mi hermano es muy rico.

Joan aguantó la mirada de Nicolau Eimeric.

—¿Estás pretendiendo comprar al Santo Oficio, tú, un inquisidor?

—Las multas están admitidas como condenas usuales. Estoy seguro de que si le propusiese una multa a Arnau...

—Bien sabes que depende de la gravedad del delito. La denuncia que se ha hecho contra él...

—Elionor no puede denunciarlo por nada —lo interrumpió Joan.

El inquisidor general se levantó de la silla y se encaró a Joan con las manos apoyadas en la mesa.

—Entonces —dijo levantando la voz—, los dos sabéis que ha sido la pupila del rey quien ha formulado la denuncia. Su propia esposa, ¡la pupila del rey! ¿Cómo ibais a imaginar que ha sido ella si tu hermano no tuviera nada que esconder? ¿Qué hombre desconfía de su propia esposa? ¿Por qué no de un rival comercial, de un empleado o de un simple vecino? ¿A cuánta gente ha condenado Arnau como cónsul de la Mar? ¿Por qué no podría haber sido alguno de ellos? Contesta, fra Joan, ¿por qué la baronesa? ¿Qué pecado esconde tu hermano para saber que ha sido ella?

Joan se encogió en su silla. ¿Cuántas veces había utilizado él el mismo procedimiento? ¿Cuántas veces había agarrado las palabras al vuelo para...? ¿Por qué Arnau sabía que había sido Elionor? ¿Podría ser que realmente...?

—No ha sido Arnau quien ha señalado a su esposa —mintió Joan—. Yo lo sé.

Nicolau Eimeric elevó ambas manos al cielo.

—¿Tú lo sabes? Y ¿por qué lo sabes, fra Joan?

—Lo odia... ¡No...! —trató de rectificar, pero Nicolau ya se le había echado encima.

—Y ¿por qué? —gritó el inquisidor—. ¿Por qué la pupila del rey odia a su esposo? ¿Por qué una buena mujer, cristiana, temerosa de Dios, puede llegar a odiar a su esposo? ¿Qué clase de mal le ha hecho ese esposo para despertar su odio? Las mujeres han nacido para servir a sus hombres; ésa es la ley, terrenal y divina. Los hombres pegan a sus mujeres y ellas no los odian por ello; los hombres encierran a sus mujeres y tampoco los odian; las mujeres trabajan para sus hombres, fornican con ellos cuando ellos quieren, deben cuidarlos y someterse a ellos, pero nada de eso crea odio. ¿Qué sabes, fra Joan?

Joan apretó los dientes. No debía hablar más. Se sentía vencido.

—Eres inquisidor. Te exijo que me digas lo que sabes —gritó Nicolau.

Joan continuó en silencio.

—No puedes amparar el pecado. Peca más quien lo calla que quien lo comete.

Infinidad de plazas de pequeños pueblos, con sus gentes empequeñeciendo ante sus diatribas empezaron a desfilar por la mente de Joan.

—Fra Joan —Nicolau escupió las palabras lentamente, señalándolo por encima de la mesa—, quiero esa confesión mañana mismo. Y reza para que no decida juzgarte a ti también. ¡Ah, fra Joan! —añadió cuando Joan ya se retiraba—, procura mudarte de hábito, ya he recibido alguna queja y ciertamente...

Nicolau hizo un gesto con una mano hacia el hábito de Joan. Cuando éste abandonó el despacho, mirando los embarrados y raídos bajos de su hábito negro, se tropezó con dos caballeros que esperaban en la antesala del inquisidor general. Junto a ellos, tres hombres armados custodiaban a dos mujeres encadenadas, una anciana y otra más joven, cuyo rostro...

—¿Todavía estás aquí, fra Joan? —Nicolau Eimeric había salido a la puerta para recibir a los caballeros.

Joan no se entretuvo más y aligeró el paso.

Jaume de Bellera y Genís Puig entraron en el despacho de Nicolau Eimeric; Francesca y Aledis, tras recibir una rápida mirada por parte del inquisidor, continuaron en la antesala.

—Nos hemos enterado —empezó a decir el señor de Bellera después de presentarse, una vez sentados en las sillas de cortesía— de que habéis detenido a Arnau Estanyol.

Genís Puig no cesaba de juguetear con las manos sobre el regazo.

—Sí —contestó secamente Nicolau—, es público.

—¿De qué se le acusa? —saltó Genís Puig ganándose una inmediata mirada reprobatoria por parte del noble; «No hables, tú no hables hasta que el inquisidor te pregunte», le había aconsejado en repetidas ocasiones.

Nicolau se volvió hacia Genís.

—¿Acaso no sabéis que eso es secreto?

—Os ruego disculpéis al caballero de Puig —intervino Jaume de Bellera—, pero como veréis nuestro interés es fundado. Nos consta que existe una denuncia contra Arnau Estanyol y queremos apoyarla.

El inquisidor general se irguió en su sillón. Una pupila del rey, tres sacerdotes de Santa María que habían oído blasfemar a Arnau Estanyol en la misma iglesia, a gritos, mientras discutía con su mujer, y ahora, un noble y un caballero. Pocos testimonios podían gozar de más crédito. Los instó con la mirada a que continuaran.

Jaume de Bellera entrecerró los ojos en dirección a Genís Puig; después inició la exposición que tanto había preparado.

—Creemos que Arnau Estanyol es la encarnación del diablo. —Nicolau ni se movió—. Ese hombre es hijo de un asesino y una bruja. Su padre, Bernat Estanyol, asesinó a un muchacho en el castillo de Bellera y huyó con su hijo, Arnau, al que mi padre, sabiendo quién era, tenía encerrado para que no causara mal a nadie. Fue Bernat Estanyol quien provocó la revuelta de la plaza del Blat durante el primer mal año, ¿recordáis? Allí mismo lo ejecutaron...

—Y su hijo quemó el cadáver —saltó entonces Genís Puig.

Nicolau dio un respingo. Jaume de Bellera volvió a atravesar con la mirada al entrometido.

—¿Quemó el cadáver? —preguntó Nicolau.

—Sí, yo mismo lo vi —mintió Genís Puig recordando las palabras de su madre.

—¿Lo denunciasteis?

—Yo... —El señor de Bellera hizo ademán de intervenir, pero Nicolau se lo impidió con un gesto—. Yo... era sólo un niño. Tuve miedo de que hiciera lo mismo conmigo.

Nicolau se llevó la mano a la barbilla para tapar con los dedos una imperceptible sonrisa. Luego, instó al señor de Bellera a continuar.

—Su madre, esa vieja de ahí fuera, es una bruja. Ahora trabaja de meretriz, pero me dio de mamar y me transmitió el mal, me endemonió con la leche que estaba destinada a su hijo. —Nicolau abrió los ojos al oír la confesión del noble. El señor de Navarcles se dio cuenta—. No os preocupéis —añadió rápidamente—, tan pronto como se manifestó el mal, mi padre me trajo a presencia del obispo. Desciendo de Llorenç y Caterina de Bellera —continuó el noble—, señores de Navarcles. Podéis comprobar que nadie en mi familia tuvo nunca el mal del diablo. ¡Sólo pudo ser la leche endemoniada!

—¿Decís que es una meretriz?

—Sí, podéis comprobarlo; se hace llamar Francesca.

—¿Y la otra mujer?

—Ha querido venir con ella.

—¿Otra bruja?

—Eso queda a vuestro justo criterio.

Nicolau pensó durante unos instantes.

—¿Algo más? —preguntó.

—Sí —intervino de nuevo Genís Puig—. Arnau asesinó a mi hermano Guiamon cuando éste no quiso participar en sus ritos demoníacos. Intentó ahogarlo una noche en la playa... Después, falleció.

Nicolau volvió a fijar su atención en el caballero.

—Mi hermana Margarida puede testificarlo. Ella estaba allí. Se asustó e intentó huir cuando Arnau empezó a invocar al diablo. Ella misma os lo confirmará.

—¿Tampoco lo denunciasteis entonces?

—Lo he sabido ahora, cuando le he dicho a mi hermana lo que pensaba hacer. Sigue aterrorizada por la posibilidad de que Arnau le haga daño; durante años ha vivido con ese miedo.

—Son unas acusaciones graves.

—Las que merece Arnau Estanyol —alegó el señor de Bellera—. Vos sabéis que ese hombre se ha dedicado a socavar la autoridad. En sus tierras, en contra de la opinión de su esposa, derogó los malos usos; aquí, en Barcelona, se dedica a prestar dinero a los humildes, y como cónsul de la Mar es bien conocida su tendencia a sentenciar a favor del pueblo. —Nicolau Eimeric escuchaba atentamente—. Durante toda su vida se ha dedicado a socavar los principios que deben regir nuestra convivencia. Dios creó a los payeses para que trabajasen la tierra sometidos a sus señores feudales. Hasta la propia Iglesia ha prohibido que sus payeses, para no perderlos, tomen los hábitos...

—En la Cataluña nueva no existen los malos usos —lo interrumpió Nicolau.

La mirada de Genís Puig iba de uno a otro.

—Eso es precisamente lo que quiero deciros. —El señor de Bellera movió las manos con violencia—. En la Cataluña nueva no hay malos usos... por interés del príncipe, por interés de Dios. Había que poblar esas tierras conquistadas a los infieles, y la única forma era atraer a la gente. El príncipe lo decidió. Pero Arnau no es más que el príncipe... del diablo.

Genís Puig sonrió al advertir que el inquisidor general asentía levemente con la cabeza.

—Presta dinero a los pobres —continuó el noble—, un dinero que sabe que no recuperará nunca. Dios creó a los ricos... y a los pobres. No puede ser que los pobres tengan dinero y casen a sus hijas como si fueran ricos; contraría el designio de Nuestro Señor. ¿Qué van a pensar esos pobres, de vosotros los eclesiásticos o de nosotros los nobles? ¿Acaso no cumplimos los preceptos de la Iglesia tratando a los pobres como lo que son? Arnau es un diablo hijo de diablos y no hace sino preparar la venida del diablo a través del descontento del pueblo. Pensadlo.

Nicolau Eimeric lo pensó. Llamó al escribano para que pusiera por escrito las denuncias del noble de Bellera y de Genís Puig, hizo llamar a Margarida Puig y ordenó el encarcelamiento de Francesca.

—¿Y la otra? —preguntó el inquisidor al señor de Bellera—. ¿Se la acusa de algo? —Los dos hombres titubearon—. En ese caso quedará en libertad.

Francesca fue encadenada lejos de Arnau, en el extremo opuesto de la inmensa mazmorra, y Aledis arrojada a la calle.

Después de organizarlo todo, Nicolau se dejó caer en el sillón de su mesa. Blasfemar en el templo del Señor, mantener relaciones carnales con una judía, amigo de los judíos, asesino, prácticas diabólicas, actuar en contra de los preceptos de la Iglesia...Y todo ello sostenido por sacerdotes, nobles, caballeros... y por la pupila del rey. El inquisidor general se arrellanó en el sillón y sonrió.

«¿Tan rico es tu hermano, fra Joan? ¡Estúpido! ¿De qué multa me hablas cuando todo ese dinero pasará a manos de la Inquisición en el mismo momento en que condene a tu hermano?»

Aledis dio varios traspiés cuando los soldados la empujaron fuera del palacio del obispo. Tras recuperar el equilibrio se encontró con que varias personas la miraban. ¿Qué habían gritado los soldados? ¿Bruja? Estaba casi en el centro de la calle y la gente seguía atenta a ella. Se miró la ropa, sucia. Se mesó los cabellos, ásperos y despeinados. Un hombre bien vestido pasó por su lado mirándola con descaro. Aledis dio un zapatazo en el suelo y se lanzó sobre él gruñendo, enseñando los dientes como los perros cuando atacan. El hombre dio un salto y se alejó corriendo hasta que advirtió que Aledis no se había movido. Entonces fue la mujer quien miró a los presentes; uno a uno bajaron la vista y siguieron su camino, aunque no faltó quien de reojo se volvió hacia la bruja y vio cómo observaba a los curiosos.

¿Qué había sucedido? Los hombres del noble de Bellera irrumpieron en su casa y detuvieron a Francesca mientras la anciana descansaba sentada en una silla. Nadie dio la menor explicación. Apartaron con violencia a las muchachas cuando se revolvieron contra los soldados; todas buscaron el apoyo de Aledis, que estaba paralizada por la sorpresa. Algún cliente salió corriendo medio desnudo. Aledis se enfrentó al que parecía el oficial:

—¿Qué significa esto? ¿Por qué detenéis a esta mujer?

—Por orden del señor de Bellera —contestó.

¡El señor de Bellera! Aledis desvió la mirada hacia Francesca, encogida entre dos soldados que la sostenían por las axilas. La anciana había empezado a temblar. ¡Bellera! Desde que Arnau derogó los malos usos en el castillo de Montbui y Francesca desveló su secreto a Aledis, las dos mujeres superaron la única barrera que hasta entonces había existido entre ellas. ¿Cuántas veces había oído de labios de Francesca la historia de Llorenç de Bellera? ¿Cuántas veces la había visto llorar al recordar aquellos instantes? Y ahora... otra vez Bellera; otra vez se la llevaban al castillo, como cuando...

Francesca seguía temblando entre los soldados.

—Dejadla —gritó Aledis a los soldados—, ¿no veis que le estáis haciendo daño? —Éstos se volvieron hacia el oficial—. Iremos voluntariamente —añadió Aledis mirándolo.

El oficial se encogió de hombros y los soldados cedieron la anciana a Aledis.

Las llevaron al castillo de Navarcles, donde las encerraron en las mazmorras. Sin embargo, no las maltrataron. Al contrario, les proporcionaron comida, agua e incluso algunos haces de paja para dormir. Ahora entendía la razón: el señor de Bellera quería que Francesca llegara en condiciones a Barcelona, donde las trasladaron al cabo de dos días, en un carro, en el más absoluto silencio. ¿Por qué? ¿Para qué? ¿Cuál era el significado de todo aquello?

El vocerío la devolvió a la realidad. Absorta en sus pensamientos había bajado por la calle del Bisbe y había girado por la calle Sederes para llegar a la plaza del Blat. El claro y soleado día de primavera había congregado en la plaza a más gente de lo habitual y junto a los compradores de grano se movían decenas de curiosos. Se encontraba bajo la antigua puerta de la ciudad y se volvió cuando sintió el olor del pan del puesto que quedaba a su izquierda. El panadero la miró con recelo y Aledis recordó su aspecto. No llevaba un solo sueldo encima. Tragó la saliva que se había formado en su boca y se marchó evitando cruzar la mirada con el panadero.

Veinticinco años; veinticinco años hacía que no pisaba aquellas calles, que no miraba a sus gentes y que no respiraba los olores de la gran ciudad condal. ¿Estaría abierta todavía la Pia Almoina? Esa mañana no les habían dado de comer en el castillo y su estómago así se lo recordaba. Desanduvo el camino hecho, de nuevo hacia la catedral, junto al palacio del obispo. Su boca empezó a segregar otra vez saliva cuando se acercó a la fila de menesterosos que se apiñaban ante las puertas de la Pia Almoina. ¿Cuántas veces en su juventud había pasado por el mismo lugar sintiendo lástima por aquellos hambrientos que se veían obligados a exponerse a la ciudadanía en busca de la caridad pública?

Se sumó a ellos. Aledis bajó la cabeza para que el cabello le tapase el rostro y arrastró los pies siguiendo la fila que avanzaba hacia la comida; lo escondió todavía más cuando llegó hasta el novicio, y alargó las manos. ¿Por qué tenía que pedir limosna? Poseía una buena casa y había ahorrado dinero para vivir cómodamente toda la vida. Los hombres la seguían deseando y... pan duro de harina de haba, vino y una escudilla de sopa. Comió. Lo hizo con la misma fruición con que lo hacían todos los miserables que la rodeaban.

Cuando terminó, levantó la mirada por primera vez. Estaba rodeada de pordioseros, tullidos y ancianos que comían sin perder de vista a sus compañeros de desgracia, agarrando con fuerza el mendrugo y la escudilla. ¿Qué razón la había podido llevar hasta allí? ¿Por qué habían detenido a Francesca en el palacio del obispo? Aledis se levantó. Una mujer rubia, vestida de rojo brillante, que caminaba hacia la catedral, llamó su atención. Una noble... ¿sola? Pero si no era una noble, con ese vestido sólo podía ser una... ¡Teresa! Aledis corrió hacia la muchacha.

—Nos turnamos frente al castillo para saber qué os sucedía —le dijo Teresa una vez que se hubieron abrazado—. No nos fue difícil convencer a los soldados de la puerta para que nos tuvieran al tanto. —La muchacha guiñó uno de sus preciosos ojos azules—. Cuando se os llevaron y los soldados nos dijeron que os traían a Barcelona, tuvimos que encontrar un medio para venir; por eso hemos tardado tanto... ¿Y Francesca?

—Detenida en el palacio del obispo.

—¿Por qué?

Aledis se encogió de hombros. Cuando las separaron y le ordenaron que se marchara, intentó que soldados o sacerdotes le dieran un motivo. «A las mazmorras con la vieja», había logrado oír. Pero nadie le contestó y la apartaron de su camino a empujones. La insistencia por conocer las razones de la detención de Francesca le costó que un joven fraile a quien había agarrado del hábito llamase a la guardia. La echaron a la calle al grito de bruja.

—¿Cuántas habéis venido?

—Eulàlia y yo.

Un brillante traje verde corría hacia ellas.

—¿Habéis traído dinero?

—Sí, claro...

—¿Y Francesca? —preguntó Eulàlia al llegar junto a Aledis.

—Detenida —repitió ésta. Eulàlia hizo amago de preguntar pero Aledis la hizo callar con un gesto—. No sé por qué. —Aledis miró a las jóvenes... ¿Qué no podrían conseguir ellas?—. No sé por qué está detenida —repitió—, pero lo sabremos; ¿no es cierto, chicas?

Ambas le contestaron con una pícara sonrisa.

Joan arrastró el barro de los bajos de su hábito negro por toda Barcelona. Su hermano le había pedido que fuese en busca de Mar. ¿Cómo iba a presentarse ante ella? Después había intentado llegar a un pacto con Eimeric y en lugar de ello, como uno de aquellos vulgares villanos a los que él condenaba, había caído en sus engaños y le había proporcionado mayores indicios de culpabilidad. ¿Qué podía haber denunciado Elionor? Por un momento pensó en visitar a su cuñada, pero el solo recuerdo de la sonrisa que le dirigió en casa de Felip de Ponts lo hizo desistir. Si había denunciado a su propio esposo, ¿qué iba a decirle a él?

Bajó por la calle de la Mar hasta Santa María. El templo de Arnau. Joan se detuvo y lo contempló. Todavía rodeada de andamios de madera, por los que los albañiles se movían sin descanso, Santa María ya mostraba lo que sería su orgullosa fábrica. Todos los muros exteriores, con sus contrafuertes, estaban terminados, al igual que el ábside y dos de las cuatro bóvedas de la nave central; las nervaduras de la tercera bóveda, cuya piedra de clave había sido pagada por el rey para que se cincelase en ella la figura ecuestre de su padre, el rey Alfonso, se empezaban a elevar en un arco perfecto, soportadas por complicados andamiajes, a la espera de que la piedra de clave equilibrase los esfuerzos y el arco se mantuviese por sí solo. Únicamente faltaban las dos últimas bóvedas principales y Santa María estaría cubierta del todo.

¿Cómo no enamorarse de aquella iglesia? Joan recordó al padre Albert y la primera vez que Arnau y él habían pisado Santa María. ¡Ni siquiera sabía rezar! Años más tarde, mientras él aprendía a rezar, a leer y a escribir, su hermano acarreaba piedras hasta allí mismo. Joan recordó las sangrantes llagas con las que Arnau apareció durante los primeros días, y sin embargo... sonreía. Observó a los maestros de obras de los diferentes oficios que se afanaban en las jambas y arquivoltas de la fachada principal, en su estatuaria, en sus puertas remachadas, en la tracería, distinta en cada una de sus puertas, en las verjas de hierro forjado y en las gárgolas con todo tipo de figuras alegóricas, en los capiteles de las columnas y en las vidrieras, sobre todo en las vidrieras, esas obras de arte llamadas a filtrar la mágica luz del Mediterráneo para juguetear, hora a hora, casi minuto a minuto, con las formas y los colores del interior del templo.

En el imponente rosetón de la fachada principal ya podía vislumbrarse su futura composición: en su centro, un pequeño rosetón polibulado desde cuyo diámetro partían, como flechas caprichosas, como un sol de piedra concienzudamente labrado, los maineles destinados a dividir el rosetón principal; tras éstos, las narices de tracería daban paso a una fila de trilóbulos en forma ojival y, después de ello, otra fila de cuatrilóbulos, éstos redondeados, que cerraban definitivamente el gran rosetón. Entre toda esa tracería, igual a la que decoraba los estrechos ventanales de la fachada, se irían incrustando las vidrieras emplomadas; de momento, sin embargo, el rosetón aparecía como una inmensa tela de araña, de piedra finamente labrada, a la espera de que los maestros vidrieros acudieran a rellenar los huecos.

«Les queda mucho por hacer», pensó Joan ante la visión del centenar de hombres que trabajaban entregados a la ilusión de todo un pueblo. En aquel momento llegó un *bastaix* cargado con una enorme piedra. El sudor corría desde su frente hasta sus pantorrillas y todos sus músculos se dibujaban, tensos, vibrando al ritmo de los pasos que le acercaban a la iglesia. Pero sonreía; lo hacía igual que lo había hecho su hermano. Joan no pudo apartar la mirada del *bastaix*. Desde los andamios, los albañiles dejaron cuanto estaban haciendo y se asomaron para ver la llegada de las piedras que más tarde deberían trabajar. Tras el primer *bastaix* apareció otro, y otro, y otro más, todos encorvados. El ruido del cincel contra las piedras se rindió ante los humildes trabajadores de la ribera de Barcelona y durante unos instantes Santa María entera quedó hechizada. Un albañil rompió el silencio desde lo alto del templo. Su grito de ánimo rasgó el aire, reverberó en las piedras y penetró en el interior de cuantos presenciaban la escena.

«Ánimo», susurró Joan sumándose al clamor que se había desatado. Los *bastaixos* sonreían, y cada vez que uno descargaba una piedra, el griterío aumentaba. Después, alguien les ofrecía agua, y los *bastaixos* alzaban los botijos sobre la cabeza dejando que ésta resbalase por su rostro antes de beberla. Joan se vio a sí mismo en la playa, persiguiendo a los *bastaixos* con el pellejo de Bernat. Luego levantó la vista al cielo. Debía ir a por ella: si ésa era la penitencia que le imponía el Señor, iría en busca de la muchacha y le confesaría la verdad. Rodeó Santa María hasta la plaza del Born, el Pla d'en Llull y el convento de Santa Clara para abandonar Barcelona por el portal de San Daniel.

No le fue difícil a Aledis encontrar al señor de Bellera y a Genís Puig. Aparte de la alhóndiga, destinada a los comerciantes que llegaban a Barcelona, la ciudad condal contaba tan sólo con cinco hostales. Ordenó a Teresa y Eulàlia que se escondiesen en el camino que llevaba a Montjuïc hasta que ella fuera a buscarlas. Aledis permaneció en silencio mientras veía cómo se iban, con los recuerdos azuzando sus sentimientos...

Cuando perdió de vista el refulgir de los trajes de sus muchachas, inició la busca. Primero el hostal del Bou, muy cerca del palacio del obispo, junto a la plaza Nova. El marmitón la despidió de malos modos cuando se presentó por la parte trasera y le preguntó por el señor de Bellera. En el hostal de la Massa, en Portaferrissa, también cerca del palacio del obispo, una mujer que amasaba harina en la parte trasera le dijo que allí no se hospedaban aquellos señores; entonces Aledis se dirigió al hostal del Estanyer, junto a la plaza de la Llana. En él, otro muchacho, muy descarado, miró a la mujer de arriba abajo.

—¿Quién se interesa por el señor de Bellera? —preguntó.

—Mi señora —contestó Aledis—; ha venido siguiéndole desde Navarcles.

El muchacho, alto y delgado como un palo, fijó la mirada en los pechos de la meretriz. Después, alargó la mano derecha y sopesó uno.

—¿Qué interés tiene tu señora en ese noble?

Aledis aguantó sin moverse, esforzándose por esconder una sonrisa.

—No me corresponde a mí saberlo. —El muchacho empezó a manosear con fuerza. Aledis se acercó a él y le rozó la entrepierna con la mano. El muchacho se encogió al contacto—. Sin embargo —dijo ella arrastrando las palabras—, si están aquí, quizá yo tenga que dormir esta noche en el huerto mientras mi señora...

Aledis acarició la entrepierna del joven.

—Esta misma mañana —balbuceó el chico—, han venido dos caballeros en busca de alojamiento.

Esta vez sí sonrió. Por un momento pensó en separarse del muchacho pero... ¿por qué no? Hacía tanto tiempo que no tenía sobre sí un cuerpo joven, inexperto, movido sólo por la pasión...

Aledis lo empujó hasta un pequeño cobertizo. La primera vez, el muchacho ni siquiera tuvo tiempo de bajarse los calzones, pero a partir de ahí, la mujer esquilmó todo el ímpetu del caprichoso objeto de su deseo.

Cuando Aledis se levantó para vestirse, el muchacho quedó tendido en el suelo, jadeando y con la mirada perdida en algún lugar del techo del cobertizo.

—Si vuelves a verme —le dijo ella—, sea como sea, no me conoces, ¿entiendes?

Aledis tuvo que insistir dos veces hasta que el chico se lo prometió.

—Vosotras seréis mis hijas —les dijo a Teresa y Eulàlia tras entregarles la ropa que acababa de comprar—. He enviudado hace poco y estamos de paso hacia Gerona, donde esperamos que nos acoja un hermano mío. No tenemos recursos. Vuestro padre era un simple oficial... curtidor de Tarragona.

—Pues para acabar de enviudar y haberte quedado sin recursos, estás muy sonriente —soltó Eulàlia mientras se desprendía del traje verde y hacía una simpática mueca en dirección a Teresa.

—Cierto —confirmó ésta—, deberías evitar esa expresión de satisfacción. Más bien parece que acabes de conocer...

—No os preocupéis —las interrumpió Aledis—; cuando sea menester aparentaré el dolor que corresponde a una viuda reciente.

—Y hasta que sea menester —insistió Teresa—, ¿no podrías olvidarte de la viuda y contarnos a qué se debe esa alegría?

Las dos muchachas se rieron. Escondidas entre la maleza de la falda de la montaña de Montjuïc, Aledis no pudo dejar de observar sus cuerpos desnudos, perfectos, sensuales... Juventud. Por un momento se recordó a sí misma, allí mismo, hacía muchos años...

—¡Ah! —exclamó Eulàlia—, esto... araña.

Aledis volvió a la realidad y vio a Eulàlia vestida con una camisa larga y descolorida que le llegaba hasta los tobillos.

—Las huérfanas de un oficial curtidor no visten de seda.

—Pero... ¿esto? —se quejó Eulàlia tirando con dos dedos de la camisa.

—Eso es lo normal —insistió Aledis—. De todas formas las dos os habéis olvidado de esto.

Aledis les mostró dos tiras de ropa descoloridas y tan bastas como las camisas. Se acercaron a cogerlas.

—¿Qué es...? —preguntó Teresa.

—Alfardas, y sirven para...

—No. No pretenderás...

—Las mujeres decentes se tapan los pechos. —Ambas intentaron protestar—. Primero los pechos —ordenó Aledis—, después las camisas y encima las gonelas, y dad gracias —añadió ante la mirada de las chicas— que os he comprado camisas y no cilicios. Quizá os convendría hacer algo de penitencia.

Las tres tuvieron que ayudarse entre sí para ponerse las alfardas.

—Creía que lo que pretendías era que sedujésemos a dos nobles —le dijo Eulàlia mientras Aledis tiraba de la alfarda sobre sus abundantes senos—; no veo cómo con esto...

—Tú déjame hacer a mí —le contestó Aledis—. Las gonelas son... casi blancas, símbolo de virginidad. Esos dos canallas no dejarán pasar la oportunidad de yacer con dos vírgenes. No sabéis nada de hombres —insistió Aledis mientras terminaban de vestirse—, no os mostréis coquetas ni osadas. Negaos en todo momento. Rechazadlos cuantas veces sea necesario.

—¿Y si los rechazamos tanto que desisten?

Aledis alzó las cejas al mirar a Teresa.

—Ingenua —le dijo sonriendo—. Lo único que tenéis que conseguir es que beban. El vino hará el resto. Mientras permanezcáis con ellos no desistirán. Os lo aseguro. Por otra parte, tened en cuenta que Francesca ha sido detenida por la Iglesia, no por orden del veguer o del baile. Dirigid vuestra conversación hacia temas religiosos...

Las dos la miraron con sorpresa.

—¿Religiosos? —exclamaron al unísono.

—Entiendo que no sepáis mucho de eso —asumió Aledis—. Echadle imaginación. Creo que tiene algo que ver con la brujería... Cuando me expulsaron del palacio lo hicieron al grito de bruja.

Al cabo de unas horas, los soldados que vigilaban la puerta de Trentaclaus franquearon el acceso a la ciudad a una mujer vestida de negro, con el cabello recogido en un moño, y a sus dos hijas casi de blanco, con el pelo recatadamente recogido, calzadas con vulgares esparteñas, sin afeites y sin perfumes, y que andaban cabizbajas detrás de la de negro, con la vista fija en sus talones, como les había ordenado Aledis.

49

La puerta de la mazmorra se abrió de repente. No era la hora habitual; el sol todavía no había bajado lo suficiente y la luz pugnaba por colarse a través de la pequeña ventana enrejada, pero la miseria que flotaba en el ambiente parecía dispuesta a impedírselo, y la luz se amalgamaba con el polvo y los efluvios de los presos. No era la hora habitual y todas las sombras se movieron. Arnau oyó el ruido de las cadenas, que cesó tan pronto como el alguacil entró con un nuevo preso; no venían en busca de ninguno de ellos. Otro... otra más, se corrigió Arnau a la vista del perfil de una anciana en el umbral de la puerta. ¿Qué pecado habría cometido aquella pobre mujer?

El alguacil empujó a la nueva víctima al interior de la mazmorra. La mujer cayó al suelo.

—¡Levanta, bruja! —resonó en la mazmorra. Pero la bruja no se movió. El alguacil propinó dos patadas al bulto que yacía a sus pies. El eco de aquellos dos golpes sordos vibró durante unos segundos eternos—. ¡He dicho que te levantes!

Arnau notó cómo las sombras intentaban fundirse con las paredes que las retenían. Eran los mismos gritos, el mismo tono imperativo, la misma voz. En los días que llevaba encarcelado había oído varias veces esa voz, atronando desde el otro lado de la puerta de la mazmorra, después de que un preso fuera desencadenado. También entonces había visto cómo las sombras se encogían y vomitaban el miedo a la tortura. Primero era la voz, el grito, y tras unos instantes el desgarrador aullido de un cuerpo mutilado.

—¡Levanta, vieja puta!

El alguacil volvió a patearla, pero la anciana siguió sin moverse. Al final se agachó resoplando, la agarró de un brazo y la arrastró hasta donde le habían ordenado que la encadenara: lejos del cambista. El sonido de las llaves y los grilletes sentenció a la anciana. Antes de salir, el alguacil cruzó la mazmorra hasta donde se encontraba Arnau.

—¿Por qué? —preguntó tras recibir la orden de encadenar a la bruja lejos de Arnau.

—Esta bruja es la madre del cambista —le contestó el oficial de la Inquisición: así se lo había contado el oficial del noble de Bellera.

—No creas —dijo el alguacil cuando estuvo al lado de Arnau— que por el mismo precio conseguirás que tu madre coma mejor. Por mucho que sea tu madre, una bruja cuesta dinero, Arnau Estanyol.

No había cambiado nada: la masía, con su torre de vigilancia adosada, seguía dominando la pequeña loma. Joan miró hacia arriba y volvió a su mente el sonido de la *host*, de los hombres nerviosos, de las espadas y de los gritos de alegría cuando él mismo, exactamente allí, logró convencer a Arnau para que entregara a Mar en matrimonio. Nunca se llevó bien con la muchacha, ¿qué iba a decirle ahora?

Joan alzó la mirada al cielo y luego, encorvado, cabizbajo, arrastrando el hábito, inició el ascenso de la suave ladera.

Los alrededores de la masía aparecían desiertos. Sólo el pajear de los animales estabulados en la planta baja rompía el silencio.

—¿Hay alguien? —gritó Joan.

Iba a gritar de nuevo cuando un movimiento llamó su atención. Asomado a una de las esquinas de la masía, un niño lo miraba con los ojos desmesuradamente abiertos.

—Ven aquí, chico —le ordenó Joan.

El niño titubeó.

—Ven aquí...

—¿Qué ocurre?

Joan se volvió hacia la escalera exterior que llevaba al piso superior. En lo alto de ella, Mar lo interrogaba con la mirada.

Los dos permanecieron un largo rato sin moverse ni decir nada. Joan intentó encontrar en aquella mujer la imagen de la muchacha cuya vida ofreció al caballero de Ponts, pero la figura desprendía una severidad que poco tenía que ver con la explosión de sentimientos que hacía cinco años vivieron en el interior de aquella misma masía. El tiempo pasaba, y Joan se sentía cada vez más cohibido. Mar lo atravesaba con la mirada, quieta, sin pestañear.

—¿Qué buscas, fraile? —le preguntó al fin.

—He venido a hablar contigo. —Joan tuvo que levantar la voz.

—No me interesa nada de lo que tengas que decirme.

Mar hizo ademán de dar media vuelta pero Joan se apresuró a intervenir.

—Le he prometido a Arnau que hablaría contigo. —En contra de lo que Joan esperaba, Mar no pareció inmutarse ante la mención de Arnau; sin embargo, tampoco se fue—. Escúchame, no soy yo quien quiere hablar contigo. —Joan dejó pasar unos instantes—. ¿Puedo subir?

Mar le dio la espalda y entró en la masía. Joan se dirigió hasta la escalera y antes de subir miró de nuevo al cielo. ¿De verdad era ésta la penitencia que merecía?

Carraspeó para llamar su atención. Mar continuó de cara al hogar, ocupada en una olla que colgaba de un llar que a su vez pendía del techo.

—Habla —se limitó a decirle.

Joan la observó de espaldas, inclinada sobre el fuego. El cabello le caía por la espalda hasta casi rozar unas nalgas que aparecían firmes, perfectamente delineadas bajo la camisa. Se había convertido en una mujer... atractiva.

—¿No vas a decir nada? —le preguntó Mar volviendo la cabeza unos instantes.

¿Cómo...?

—Arnau ha sido encarcelado por la Inquisición —soltó el dominico de sopetón.

Mar dejó de remover el contenido de la olla.

Joan guardó silencio.

La voz pareció partir de las mismas llamas, temblorosa, estremecida:

—Otras llevamos encarceladas mucho tiempo.

Mar continuó de espaldas a Joan, erguida, con los brazos caídos a los costados y la vista fija en la campana del hogar.

—No fue Arnau quien te encarceló.

Mar se volvió con brusquedad.

—¿Acaso no fue él quien me entregó al señor de Ponts? —gritó—. ¿Acaso no fue él quien consintió mi matrimonio? ¿Acaso no fue él quien decidió no vengar mi deshonra? ¡Me forzó! Me secuestró y me forzó.

Había escupido cada palabra. Temblaba. Toda ella temblaba; desde el labio superior hasta las manos, que ahora intentaba agarrarse por delante del pecho. Joan no pudo soportar aquellos ojos inyectados en sangre.

—No fue Arnau —repitió el fraile con voz trémula—. Fui..., ¡fui yo! —gritó—. ¿Entiendes, mujer? Fui yo. Fui yo quien lo convenció de que debía entregarte en matrimonio. ¿Qué habría sido de una muchacha forzada? ¿Qué habría sido de ti cuando toda Barcelona conociera tu desgracia? Fui yo quien, convencido por Elionor, preparó el secuestro y consintió en tu deshonra para poder convencer a Arnau de que te entregase en matrimonio. Fui yo el culpable de todo. Arnau nunca te hubiera entregado.

Los dos se miraron. Joan sintió que el peso del hábito se aligeraba. Mar dejó de temblar y las lágrimas asomaron a sus ojos.

—Te amaba —añadió Joan—. Te amaba entonces y te ama ahora. Te necesita...

Mar se llevó las manos al rostro. Dobló las dos rodillas hacia un lado y su cuerpo se fue encogiendo hasta quedar postrado delante del fraile.

Ya estaba. Ya lo había hecho. Ahora Mar llegaría a Barcelona, se lo contaría a Arnau y... Con tales pensamientos Joan se agachó para ayudar a Mar a levantarse...

—¡No me toques!

Joan saltó hacia atrás.

—¿Sucede algo, señora?

El fraile se volvió hacia la puerta. En el umbral, un hombre hercúleo, armado con una guadaña, lo miraba amenazadoramente; por detrás de una de sus piernas asomaba la cabeza del niño. Joan estaba a menos de dos palmos del recién llegado, que le sacaba casi dos cabezas.

—No sucede nada —contestó Joan, pero el hombre se adelantó hacia Mar empujándolo como si no existiera—. Ya te he dicho que no sucede nada —insistió Joan—; ve a ocuparte de tus labores.

El niño buscó refugio tras el marco exterior de la puerta y volvió a asomar la cabeza por ella. Joan dejó de observarlo y cuando se volvió hacia el interior vio que el hombre de la guadaña estaba arrodillado junto a Mar, sin tocarla.

—¿No me has oído? —le preguntó Joan. El hombre no contestó—. Obedece y ve a ocuparte de tus labores.

En esta ocasión el hombre se volvió hacia Joan.

—Sólo obedezco a mi señora.

¿Cuántos como aquél, grandes, fuertes y orgullosos, se habían postrado ante él? ¿A cuántos había visto llorar y suplicar antes de dictar sentencia? Joan entrecerró los ojos, apretó los puños y dio dos pasos hacia el criado.

—¿Te atreves a desobedecer a la Inquisición? —gritó.

No había terminado la frase cuando Mar ya se había levantado. Temblaba de nuevo. El de la guadaña también se levantó, más lentamente.

—¿Cómo te atreves tú, fraile, a venir a mi casa y amenazar a mi criado? ¿Inquisidor? ¡Ja! No eres más que un diablo disfrazado de fraile. ¡Tú me forzaste! —Joan vio cómo el criado apretaba los puños sobre el mango de la guadaña—. ¡Lo has reconocido!

—Yo... —vaciló Joan.

El criado se acercó a él y le puso el borde romo de la guadaña en el estómago.

—Nadie se enteraría, señora. Ha venido solo.

Joan miró a Mar. No había temor en sus ojos, ni siquiera compasión, sólo...; se volvió tan rápido como pudo para alcanzar la puerta, pero el niño la cerró violentamente y se encaró a él.

Desde atrás, el criado alargó la guadaña y rodeó el cuello de Joan. En esta ocasión el afilado borde del apero presionó la nuez del fraile. Joan se quedó quieto. El niño ya no lo miraba con temor. Su rostro reflejaba los sentimientos de quienes se hallaban a sus espaldas.

—¿Qué..., qué vas a hacer, Mar? —Al hablar, la guadaña le produjo un rasguño en el cuello.

Mar permaneció unos momentos en silencio. Joan podía oír su respiración.

—Enciérralo en la torre —ordenó.

Mar no había vuelto a entrar en ella desde el día en que vio cómo la *host* de Barcelona se preparaba primero para el asalto y después estallaba en vítores. Cuando su esposo cayó en Calatayud, la cerró.

50

La viuda y sus dos hijas cruzaron la plaza de la Llana hasta el hostal del Estanyer, un edificio de piedra, de dos pisos, que en sus bajos alojaba el hogar y el comedor de los huéspedes y en el primero las habitaciones. Las recibió el hostalero junto al mozo. Aledis guiñó un ojo al muchacho al ver que la miraba embobado. «¿Qué miras?», le gritó el hostalero antes de propinarle un pescozón. El joven salió corriendo hacia la parte trasera del local. Teresa y Eulàlia se percataron del guiño y sonrieron al alimón.

—El pescozón os lo voy a tener que dar a vosotras —les susurró Aledis aprovechando que el hostalero se había dado la vuelta por un momento—. ¿Queréis andar correctamente y dejar de rascaros? A la próxima que se vuelva a rascar...

—No se puede andar con estas tiras de esparto...

—Silencio —ordenó Aledis cuando el hostalero volvió a prestarles atención.

Disponía de una habitación en la que podrían dormir las tres, aunque sólo había dos jergones.

—No se preocupe, buen hombre —le dijo Aledis—. Mis hijas están acostumbradas a compartir el lecho.

—¿Os habéis fijado en cómo nos ha mirado el dueño cuando le has dicho que dormíamos juntas? —preguntó Teresa cuando ya se encontraban en la habitación.

Dos jergones de paja y un pequeño arcón sobre el que descansaba una lámpara de aceite ejercían a duras penas de mobiliario.

—Se veía metido entre las dos —apuntó Eulàlia riendo.

—Y eso que no mostráis vuestros encantos. Ya os lo dije —intervino Aledis.

—Podríamos trabajar así. Visto el resultado...

—Sólo funciona una vez —afirmó Aledis—, unas cuantas a lo sumo. Les gusta la inocencia, la virginidad. En el momento que la consiguen... Tendríamos que ir de lugar en lugar, engañando a la gente, y no podríamos cobrar.

—No habría oro suficiente en Cataluña para hacerme ir con estas esparteñas y estas... —Teresa empezó a rascarse desde los muslos hasta los pechos.

—¡No te rasques!

—Ahora no nos ve nadie —se defendió la muchacha.

—Pero cuanto más te rasques más te picará.

—¿Y el guiño al mozo? —preguntó Eulàlia.

Aledis las miró.

—No es asunto vuestro.

—¿Le cobras? —intervino Teresa.

Aledis recordó la expresión del muchacho cuando ni siquiera tuvo tiempo de quitarse los calzones, y después, la torpe violencia con que montó sobre ella. Les gustaba la inocencia, la virginidad...

—Algo he conseguido —contestó sonriendo.

Esperaron en la habitación hasta la hora de la cena. Entonces, bajaron y tomaron asiento alrededor de una tosca mesa de madera sin pulir. Al poco aparecieron Jaume de Bellera y Genís Puig. Desde que se sentaron a su mesa, en el otro extremo de la estancia, no apartaron la mirada de las chicas. No había nadie más en el comedor del hostal. Aledis llamó la atención de las muchachas y las dos se santiguaron antes de empezar a dar cuenta de las escudillas de sopa que les sirvió el hostalero.

—¿Vino? Sólo para mí —le dijo Aledis—. Mis hijas no beben.

—Otra jarra de vino y otra más... Desde que murió nuestro padre... —la excusó Teresa dirigiéndose al hostelero.

—Para reponerse del dolor... —apuntó Eulàlia.

—Escuchad, chicas —les susurró Aledis—, son tres jarras de vino... y lo cierto es que me han hecho efecto. Bien, dentro de un momento dejaré caer la cabeza sobre la mesa y empezaré a roncar. A partir de entonces ya sabéis qué tenéis que hacer. Debemos saber por qué han detenido a Francesca y qué es lo que pretenden hacer con ella.

Tras desplomarse sobre la mesa, con la cabeza entre las manos, Aledis se dispuso a escuchar.

—Venid aquí —resonó en el comedor. Silencio—. Si está borracha... —se oyó al cabo de un rato.

—No os haremos nada —dijo uno de ellos—. ¿Cómo vamos a haceros algo en un hostal de Barcelona? Ahí está el hostalero.

Aledis pensó en el hostalero: con sólo que le dejaran tocar algo...

—No os preocupéis... Somos caballeros...

Al final las jóvenes cedieron y Aledis oyó cómo se levantaban de la mesa.

—No se te oye roncar —le susurró Teresa.

Aledis se permitió una sonrisa.

—¡Un castillo!

Aledis imaginó a Teresa con sus impresionantes ojos verdes abiertos por completo, mirando directamente al señor de Bellera y permitiendo que éste se recrease en su belleza.

—¿Has oído, Eulàlia? Un castillo. Es un noble de verdad. Nunca habíamos hablado con un noble...

—Contadnos vuestras batallas —oyó que lo instaba Eulàlia—. ¿Conocéis al rey Pedro? ¿Habéis hablado con él?

—¿A quién más conocéis? —saltó Teresa.

Las dos se volcaron sobre el señor de Bellera. Aledis estuvo tentada de abrir los ojos, un poco, lo suficiente para observar... Pero no debía. Sus chicas sabrían hacerlo bien.

El castillo, el rey, las Cortes... ¿Habían participado en las Cortes? La guerra..., unos gritos de terror cuando Genís Puig, sin castillo, ni rey, ni Cortes, reclamó protagonismo exagerando sus batallas... Y vino, mucho vino.

—¿Qué hace un noble como vos en la ciudad, en este hostal?

¿Acaso esperáis a alguien importante? —oyó Aledis que preguntaba Teresa.

—Hemos traído a una bruja —saltó Genís Puig.

Las muchachas sólo preguntaban al señor de Bellera. Teresa vio cómo el noble reprobaba con la mirada a su compañero. Aquél era el momento.

—¡Una bruja! —exclamó Teresa lanzándose sobre Jaume de Bellera y cogiéndole ambas manos—. En Tarragona vimos quemar a una. Murió gritando mientras el fuego subía por sus piernas y le quemaba el pecho y...

Teresa miró hacia el techo como si siguiera el rumbo de las llamas; a renglón seguido se llevó las manos al pecho, pero al cabo de unos segundos volvió a la realidad y se mostró turbada ante un noble cuyo rostro ya mostraba deseo.

Sin soltar las manos de la joven, Jaume de Bellera se levantó.

—Ven conmigo. —Fue más una orden que un ruego y Teresa se dejó arrastrar.

Genís Puig los vio partir.

—¿Y nosotros? —le dijo a Eulàlia poniendo bruscamente una de sus manos en la pantorrilla de la chica.

Eulàlia no hizo ademán de quitársela.

—Primero quiero saberlo todo de la bruja. Me excita...

El caballero deslizó la mano hasta la entrepierna de la muchacha mientras iniciaba su exposición. Aledis estuvo a punto de levantar la cabeza y dar al traste con todo, cuando oyó el nombre de Arnau. «La bruja es su madre», oyó que decía Genís Puig. Venganza, venganza, venganza...

—¿Vamos ya? —preguntó Genís Puig cuando terminó su explicación.

Aledis escuchó el silencio de Eulàlia.

—No sé... —contestó la chica.

Genís Puig se levantó violentamente y abofeteó a Eulàlia.

—¡Déjate de remilgos y ven!

—Vamos —cedió ella.

Cuando se supo sola en la estancia, le costó incorporarse. Aledis se llevó las manos a la nuca y se la frotó. Iban a enfrentar a Arnau y a Francesca, al demonio y a la bruja, como los había llamado Genís Puig.

—Me quitaría la vida antes de que Arnau supiese que soy su madre —le dijo Francesca en las pocas conversaciones que mantuvieron tras el discurso de Arnau en la llanura de Montbui—. Él es un hombre respetable —añadió antes de que Aledis pudiera replicar—, y yo una vulgar meretriz; además... nunca podría explicarle el motivo de muchas cosas, por qué no fui tras él y su padre, por qué le abandoné a la muerte...

Aledis bajó la mirada.

—No sé qué le contó su padre sobre mí —continuó Francesca—, pero fuera lo que fuere, ya no tiene arreglo. El tiempo trae el olvido, hasta del amor de una madre. Cuando pienso en él, me gusta recordarlo subido en esa tarima, desafiando a los nobles; no quiero que tenga que bajar de ella por mi causa. Es mejor dejar las cosas así, Aledis, y tú eres la única persona en este mundo que lo sabe; confío en que siquiera a mi muerte reveles mi secreto. Prométemelo, Aledis.

Pero ahora, ¿de qué iba a servir aquella promesa?

Cuando Esteve volvió a subir a la torre ya no llevaba la guadaña.

—La señora dice que te pongas esto en los ojos —le dijo a Joan tirándole un trapo.

—¿Qué te has creído? —exclamó Joan, propinando un puntapié al trozo de tela.

El interior de la torre de vigía era pequeño, no más de tres pasos en cualquier dirección; con uno solo, Esteve se plantó frente a él y lo abofeteó dos veces, una en cada mejilla.

—La señora ha ordenado que te tapes los ojos.

—¡Soy inquisidor!

En esta ocasión la bofetada de Esteve lo lanzó contra la pared de la torre. Joan quedó a los pies de Esteve.

—Póntelo. —Esteve lo levantó agarrándolo con una sola mano—. Póntelo —repitió cuando Joan ya estaba en pie.

—¿Crees que usando la violencia vas a doblegar a un inquisidor? No te imaginas...

Esteve no le dejó terminar. Primero lo golpeó en el rostro, con el puño cerrado. Joan salió despedido de nuevo y el criado empezó a propinarle puntapiés, en la ingle, en el estómago, en el pecho, en la cara...

Joan se hizo un ovillo a causa del dolor. Esteve volvió a levantarlo con una sola mano.

—La señora dice que te lo pongas.

Sangraba por la boca. Las piernas le flaqueaban. Cuando el criado lo soltó, Joan intentó mantenerse en pie pero un intenso dolor en la rodilla lo dobló y cayó sobre Esteve, agarrándose a sus costados. El criado lo empujó al suelo.

—Póntelo.

El trapo estaba junto a él. Joan notó que se había orinado y que el hábito se le pegaba a los muslos.

Cogió el trapo y se lo anudó sobre los ojos.

Joan oyó cómo el criado cerraba la puerta y bajaba la escalera. Silencio. Una eternidad. Luego, varias personas subieron. Joan se levantó tanteando la pared. Se abrió la puerta. Traían muebles, ¿sillas quizá?

—Sé que has pecado. —Sentada en un taburete, la voz de Mar atronó en el interior de la torre; a su lado, el niño observaba al fraile.

Joan se mantuvo en silencio.

—La Inquisición nunca tapa los ojos a sus... detenidos —dijo al fin. Quizá si pudiese enfrentarse a ella...

—Cierto —oyó que le contestaba Mar—. Sólo les tapáis el alma, la hombría, la decencia, el honor. Sé que has pecado —repitió.

—No acepto esa argucia.

Mar hizo una seña a Esteve. El criado se acercó a Joan y le descargó un puñetazo en el estómago. El fraile se dobló por la cintura boqueando. Cuando logró erguirse, volvía a reinar el silencio. Su propio jadeo le impedía escuchar la respiración de los presentes. Le dolían las piernas y el pecho, su rostro ardía. Nadie dijo nada. Un rodillazo en la parte exterior del muslo lo derribó al suelo.

Remitió el dolor y Joan quedó encogido en posición fetal.

De nuevo se hizo el silencio.

Un punterazo en los riñones lo obligó a encorvarse en sentido contrario.

—¿Qué pretendes? —gritó Joan entre punzadas de dolor.

Nadie contestó hasta que dejó de dolerle. Entonces, el criado lo levantó y volvió a ponerlo delante de Mar.

Joan tuvo que hacer un esfuerzo por mantenerse en pie.

—¿Qué pret...?

—Sé que has pecado.

¿Hasta dónde sería capaz de llegar? ¿Hasta matarlo a palos? ¿Sería capaz de matarlo? Había pecado y, sin embargo, ¿qué autoridad tenía Mar para juzgarlo? Un temblor recorrió todo su cuerpo y estuvo a punto de llevarlo de nuevo al suelo.

—Ya me has condenado —acertó a decir Joan—. ¿Para qué quieres juzgarme?

Silencio. Oscuridad.

—¡Dime, mujer! ¿Para qué quieres juzgarme?

—Tienes razón —oyó por fin Joan—. Ya te he condenado, pero recuerda que has sido tú quien ha confesado tu culpa. Justo ahí donde estás ahora me robó la virginidad; ahí mismo me forzó una y otra vez. Cuélgalo y deshazte de su cadáver —añadió Mar dirigiéndose a Esteve.

Los pasos de Mar empezaron a alejarse escaleras abajo. Joan notó cómo Esteve le ataba las manos a la espalda. Ni siquiera podía moverse, ningún músculo de su cuerpo respondía. El criado lo alzó para ponerlo en pie sobre el taburete en el que había estado sentada Mar. Después se oyó el ruido de una soga que era lanzada contra las vigas de madera de la torre. Esteve no acertó y la soga retumbó al caer. Joan volvió a orinarse y defecó. Tenía la soga alrededor del cuello.

—¡He pecado! —gritó Joan con las escasas fuerzas que le restaban.

Mar oyó el grito desde el pie de la escalera.

Por fin.

Mar subió a la torre, seguida del muchacho.

—Ahora te escucho —le dijo a Joan.

Al despuntar el alba, Mar se dispuso a partir hacia Barcelona. Vestida con sus mejores ropas, adornada con las pocas joyas que poseía, con el cabello limpio y suelto, se dejó aupar por Esteve sobre una mula y azuzó al animal.

—Cuida de la casa —le dijo al criado antes de que la acémila echase a andar—. Y tú ayuda a tu padre.

Esteve empujó a Joan tras la mula.

—Cumple, fraile —le dijo.

Cabizbajo, Joan empezó a arrastrar los pies detrás de Mar. Y ahora, ¿qué sucedería? Esa misma noche, cuando le quitaron el trapo que le tapaba los ojos, Joan se encontró frente a Mar, iluminada por la temblorosa luz de las antorchas que ardían tras ella en la pared circular de la torre.

Entonces le escupió al rostro.

—No mereces el perdón..., pero Arnau puede necesitarte —le dijo después—; sólo eso te salva de que no te mate con mis propias manos aquí mismo.

Los pequeños cascos puntiagudos de la mula sonaban suaves sobre el terreno. Joan seguía aquel roce acompasado, con la vista clavada en sus propios pies. Se lo confesó todo: desde sus conversaciones con Elionor hasta el odio con el que se había volcado en la Inquisición. Fue entonces cuando Mar le quitó el trapo y le escupió.

La mula seguía caminando, dócil, en dirección a Barcelona. Joan olió el mar, que desde su izquierda se había sumado a su peregrinaje.

51

El sol ya calentaba cuando Aledis abandonó el hostal del Estanyer y se mezcló con la gente que transitaba por la plaza de la Llana. Barcelona ya había despertado. Algunas mujeres, pertrechadas con cubos, ollas y botijos, hacían cola ante el brocal del pozo de la Cadena, junto al mismo hostal, mientras otras se amontonaban ante la carnicería de la plaza, en el extremo opuesto. Todas hablaban a gritos y reían. Habría querido salir antes, pero volver a disfrazarse de viuda con la dudosa ayuda de dos muchachas que no cesaban de preguntarle qué iba a suceder a partir de entonces, qué iba a ser de Francesca y si la quemarían en la hoguera, como pretendían los caballeros, la retrasó. Por lo menos nadie reparaba en ella mientras andaba por la calle de la Bòria, en dirección a la plaza del Blat. Aledis se sintió extraña; siempre había llamado la atención de los hombres y provocado desprecio en las mujeres, pero ahora, con el calor cosido a su ropa negra, miraba a uno y otro lado y no descubría ni siquiera una mirada furtiva.

El rumor de la cercana plaza del Blat le anunció más gente, sol y calor. Sudaba y sus pechos empezaban a pelearse con las alfardas que los oprimían. Aledis giró a la derecha justo antes de llegar al gran mercado de Barcelona, buscando la sombra de la calle de los Semolers, y subió por ella hasta la plaza del Oli, donde la gente se amontonaba en busca del mejor aceite o adquiría pan en la tienda que se abría a la plaza. Después de cruzarla llegó hasta la fuente de Sant Joan, donde las mujeres que hacían cola no repararon tampoco en la sudorosa viuda que pasó por su lado.

Desde Sant Joan, girando a la izquierda, Aledis llegó a la catedral y al palacio del obispo. El día anterior la habían echado de allí al grito de bruja. ¿La reconocerían ahora? El muchacho del hostal... Aledis sonrió mientras buscaba un acceso lateral; el muchacho había tenido la oportunidad de fijarse en ella mejor que los soldados de la Inquisición.

—Busco al alguacil de las mazmorras. Tengo un recado para él —dijo, respondiendo a las preguntas del soldado que guardaba la puerta.

Éste le franqueó el paso y le indicó el camino a las mazmorras.

A medida que bajaba las escaleras, la luz y los colores desaparecieron. Al pie de ellas Aledis se encontró en una antesala rectangular vacía, con el piso de tierra e iluminada por antorchas; en uno de sus lados el alguacil descansaba sus abotargadas carnes sobre un taburete, con la espalda apoyada en la pared; en el otro extremo, se abría un oscuro pasillo.

El hombre la escrutó en silencio mientras llegaba hasta él.

Aledis respiró hondo.

—Quisiera ver a la anciana que encerraron ayer. —Aledis hizo sonar una bolsa de monedas.

Sin siquiera moverse, sin contestarle, el alguacil escupió muy cerca de sus pies e hizo un gesto despectivo con la mano. Aledis dio un paso atrás.

—No —contestó el alguacil.

Aledis abrió la bolsa. Los ojos del hombre siguieron el brillo de las monedas que caían sobre la mano de Aledis. Las órdenes eran estrictas: nadie podía entrar en las mazmorras sin la autorización expresa de Nicolau Eimeric, y él no quería enfrentarse con el inquisidor general. Conocía sus arrebatos de ira... y los procedimientos que utilizaba contra quienes lo desobedecían. Pero el dinero que le ofrecía aquella mujer... Además, ¿no había añadido el oficial que lo que no quería el inquisidor era que alguien tuviese acceso al cambista? Aquella mujer no quería ver al cambista, sino hablar con la bruja.

—De acuerdo —consintió.

Nicolau golpeó con fuerza sobre la mesa.

—¿Qué se ha creído ese sinvergüenza?

El joven fraile que le había llevado la noticia dio un paso atrás. Su hermano, mercader de vinos, se lo había comentado aquella misma noche, mientras cenaban en su casa, riendo, entre el alboroto que hacían sus cinco hijos.

—El mejor negocio que he hecho en muchos años —le dijo—. Por lo visto el hermano de Arnau, el fraile, ha dado orden de malvender comandas para conseguir efectivo y a fe mía que como siga así lo conseguirá; el oficial de Arnau está vendiendo a mitad de precio. —Después alzó el vino y, sin dejar de sonreír, brindó por Arnau.

Al conocer la noticia, Nicolau enmudeció, luego enrojeció y al final estalló. El joven fraile escuchó las órdenes que Nicolau, a gritos, dio a su oficial:

—¡Ve, y en cuanto deis con fra Joan, hacedle venir! ¡Da la orden a la guardia!

Mientras el hermano del mercader de vinos abandonaba el despacho, Nicolau negó con la cabeza. ¿Qué se había creído ese frailecillo? ¿Acaso pensaba engañar a la Inquisición vaciando las arcas de su hermano? Esa fortuna sería para el Santo Oficio..., ¡toda! Eimeric apretó los puños hasta que la sangre dejó de correr por sus nudillos.

—Aunque tenga que llevarle a la hoguera —masculló para sí.

—Francesca. —Aledis se arrodilló junto a la anciana, que hizo una mueca parecida a una sonrisa—. ¿Qué te han hecho? ¿Cómo estás? —La anciana no contestó. El lamento de los demás presos acompañó el silencio—. Francesca, tienen a Arnau. Por eso os han traído aquí.

—Ya lo sé. —Aledis meneó la cabeza, pero antes de que pudiera preguntar, la anciana continuó—: Allí está.

Aledis volvió la cabeza hacia el extremo contrario y vislumbró una figura en pie, pendiente de ellas.

—¿Cómo...?

—Oídme —resonó en la mazmorra—, la visitante de la anciana. —Aledis volvió de nuevo la mirada hacia la figura—. Quiero hablar con vos. Soy Arnau Estanyol.

—¿Qué pasa, Francesca?

—Desde que me encerraron ha estado preguntándome por qué el alguacil le ha dicho que soy su madre, que él se llama Arnau Estanyol y que le ha detenido la Inquisición... Esto sí que ha sido una verdadera tortura.

—¿Y qué le has dicho?

—Nada.

—¡Oídme!

En esta ocasión Aledis no se volvió.

—La Inquisición quiere demostrar que Arnau es hijo de una bruja —le dijo a Francesca.

—Escuchadme, por favor.

Aledis notó cómo las manos de Francesca se cerraban sobre sus antebrazos. La presión de la anciana se sumó al eco de la súplica de Arnau.

—¿No vas...? —Aledis carraspeó—. ¿No vas a decirle nada?

—Nadie tiene que saber que Arnau es mi hijo. ¿Me oyes, Aledis? Si no lo he admitido hasta ahora, menos lo voy a hacer cuando la Inquisición... Sólo tú lo sabes, muchacha. —La voz de la anciana se hizo más clara.

—Jaume de Bellera...

—¡Por favor! —se oyó de nuevo.

Aledis se volvió hacia Arnau; las lágrimas le impedían verlo, pero se esforzó por no limpiárselas.

—Sólo tú, Aledis —insistió Francesca—. Júrame que jamás se lo dirás a nadie.

—Pero el señor de Bellera...

—Nadie puede demostrarlo. Júramelo, Aledis.

—Te torturarán.

—¿Más de lo que lo ha hecho la vida? ¿Más de lo que lo está haciendo el silencio que me veo obligada a guardar ante los ruegos de Arnau? Júralo.

Los ojos de Francesca brillaron en la penumbra.

—Lo juro.

Aledis le echó los brazos al cuello. Por primera vez en muchos años notó la fragilidad de la anciana.

—No..., no quiero dejarte aquí —le dijo llorando—. ¿Qué va a ser de ti?

—No te preocupes por mí —le susurró la anciana al oído—. Aguantaré hasta convencerles de que Arnau no es mi hijo. —Francesca tuvo que tomar aire antes de continuar—: Un Bellera arruinó mi vida; su hijo no hará lo mismo con la de Arnau.

Aledis besó a Francesca y permaneció unos instantes con los labios pegados a su mejilla. Después se levantó.

—¡Oídme!

Aledis miró hacia la figura.

—No vayas —le pidió Francesca desde el suelo.

—¡Acercaos! Os lo ruego.

—No lo soportarás, Aledis. Me lo has jurado.

Arnau y Aledis se miraron en la oscuridad. Sólo dos figuras. Las lágrimas de Aledis brillaron mientras resbalaban por su rostro.

Arnau se dejó caer cuando vio que la desconocida se dirigía hacia la puerta de la mazmorra.

Esa misma mañana una mujer montada en una mula entró en Barcelona por la puerta de San Daniel. Tras ella, un dominico que ni siquiera miró a los soldados andaba arrastrando los pies. Recorrieron la ciudad hasta el palacio del obispo sin hablarse, el fraile tras la mula.

—¿Fra Joan? —le preguntó uno de los soldados que montaban guardia en la puerta.

El dominico alzó su rostro amoratado hacia el soldado.

—¿Fra Joan? —preguntó de nuevo el soldado.

Joan asintió.

—El inquisidor general ha ordenado que os llevemos a su presencia.

El soldado llamó a la guardia y varios compañeros suyos acudieron a buscar a Joan.

La mujer no se apeó de la mula.

52

Sahat irrumpió en el almacén que el viejo comerciante tenía en Pisa, cerca del puerto, a orillas del Arno. Algunos oficiales y aprendices intentaron saludarlo pero el moro no les hizo caso alguno. «¿Dónde está vuestro señor?», preguntaba a todos, sin dejar de andar entre la multitud de mercaderías que se apilaban en el gran establecimiento. Al final lo encontró en un extremo del edificio, inclinado sobre unas piezas de tela.

—¿Qué ocurre, Filippo?

El viejo comerciante se incorporó con dificultad y se volvió hacia Sahat.

—Ayer arribó un barco con destino a Marsella.

—Lo sé. ¿Sucede algo?

Filippo observó a Sahat. ¿Cuántos años tendría? Lo cierto es que ya no era joven. Como siempre, iba bien vestido, pero sin caer en la ostentación de tantos otros que eran menos ricos que él. ¿Qué debía de haber sucedido entre él y Arnau? Nunca se lo había querido contar. Filippo recordó al esclavo recién llegado de Cataluña, la carta de libertad, la orden de pago por parte de Arnau...

—¡Filippo!

El grito de Sahat le devolvió al presente por unos instantes; en cualquier caso, volvió a perderse en sus pensamientos, seguía mostrando el empuje de un joven ilusionado. Todo lo emprendía con esa decisión...

—¡Filippo, te lo ruego!

—Cierto, cierto. Tienes razón. Disculpa. —El anciano se acercó hasta él y se apoyó en su antebrazo—. Tienes razón, tienes razón. Ayúdame, vamos a mi despacho.

En el mundo pisano de los negocios eran contadas las personas en las que Filippo Tescio se apoyaba. Aquella muestra pública de confianza por parte del anciano podía abrir más puertas de las que lo haría un millar de florines de oro. En esta ocasión, sin embargo, Sahat detuvo el lento avance del rico comerciante.

—Filippo, por favor.

El anciano tiró suavemente de él para que continuara andando.

—Noticias..., malas noticias. Arnau —le dijo dándole tiempo para que se situase—. Lo ha detenido la Inquisición.

Sahat guardó silencio.

—Los motivos son bastante confusos —continuó Filippo—. Sus oficiales han empezado a vender comandas y por lo visto su situación..., pero eso sólo es un simple rumor e imagino que malintencionado. Siéntate —lo instó cuando llegaron a lo que el anciano llamaba su despacho, una sencilla mesa alzada sobre una tarima, desde la que controlaba a los tres oficiales que en mesas similares anotaban las operaciones en enormes libros de comercio, a la vez que vigilaba el contante trasiego del almacén.

Filippo suspiró al sentarse.

—No es todo —añadió. Sentado frente a él, Sahat no hizo ademán alguno—. Esta Pascua los barceloneses se alzaron contra la judería. Los acusaron de haber profanado una hostia. Una multa importante y tres ejecutados... —Filippo observó cómo el labio inferior de Sahat empezaba a temblar—. Hasdai.

El anciano desvió la mirada de Sahat y le permitió unos instantes de intimidad. Cuando se volvió hacia él, vio que sus labios estaban firmemente apretados. Sahat sorbió por la nariz y se llevó las manos hasta el rostro para restregarse los ojos.

—Toma —le dijo Filippo entregándole una carta—. Es de Jucef. Una coca que zarpó de Barcelona con destino a Alejandría se la dejó a mi representante en Nápoles; el piloto de la que vuelve a Marsella me la ha traído. Jucef se ha hecho cargo del negocio y en ella cuenta todo lo que ha pasado, aunque poco dice de Arnau.

Sahat cogió la carta pero no la abrió.

—Hasdai ejecutado y Arnau detenido —dijo—, y yo aquí...

—Te he reservado pasaje para Marsella —le dijo Filippo—. Partirá mañana al amanecer. Desde allí no te será difícil llegar a Barcelona.

—Gracias —se oyó Sahat decir a sí mismo.

Filippo guardó silencio.

—Vine aquí en busca de mis orígenes —empezó a contar Sahat—, en busca de la familia que creí haber perdido. ¿Sabes qué encontré? —Filippo se limitó a mirarle—. Cuando me vendieron, siendo un niño, mi madre y cinco hermanos más vivían. Sólo logré dar con uno... y tampoco puedo asegurar que lo fuera. Era esclavo de un descargador del puerto de Génova. Cuando me lo enseñaron no pude reconocer en él a mi hermano... Ni siquiera recordaba su nombre. Arrastraba una pierna y le faltaban el dedo meñique de la mano derecha y las dos orejas. Entonces pensé que su amo debía de haber sido muy cruel con él para haberle castigado de tal forma, pero después... —Sahat hizo una pausa y miró al anciano. No obtuvo respuesta—. Compré su libertad e hice que le entregaran una buena suma de dinero sin revelarle que era yo quien estaba detrás de todo aquello. Sólo le duró seis días; seis días en los que estuvo permanentemente borracho dilapidando en juego y mujeres lo que para él debía de ser una fortuna. Volvió a venderse como esclavo por cama y comida a su antiguo dueño. —Sahat hizo un gesto de desprecio con la mano—. Eso es todo lo que encontré aquí, un hermano borracho y pendenciero...

—También encontraste algún amigo —se quejó Filippo.

—Es cierto. Disculpa. Me refería...

—Sé a qué te referías.

Los dos hombres se quedaron mirando los documentos que estaban sobre la mesa. El trajín del almacén despertó sus sentidos.

—Sahat —dijo al fin Filippo—, durante muchos años he sido corresponsal de Hasdai, y ahora, mientras Dios me dé vida, lo seré de su hijo. Después, por voluntad de Hasdai e instrucciones tuyas, me convertí también en corresponsal de Arnau. Durante todo ese tiempo, ya fueran comerciantes, marineros o pilotos, sólo he oído halagos sobre Arnau; ¡incluso aquí se comentó lo que hizo con los siervos de sus tierras! ¿Qué sucedió entre vosotros? Si os hubierais enfadado no te habría premiado con la libertad y mucho menos me habría ordenado que te entregara aquella cantidad de dinero. ¿Qué fue lo que sucedió para que tú lo abandonaras y él te beneficiara de aquella forma?

Sahat dejó que sus recuerdos viajaran hacia el pie de una loma, cerca de Mataró, al son de espadas y ballestas...

—Una muchacha... Una muchacha extraordinaria.

—¡Ah!

—No —saltó el moro—. No es lo que piensas.

Y por primera vez en cinco años, Sahat contó en voz alta lo que durante todo aquel tiempo había guardado para sí.

—¡Cómo te has atrevido! —El grito de Nicolau Eimeric resonó por los pasillos del palacio. Ni siquiera esperó a que los soldados abandonaran el despacho. El inquisidor paseaba por la estancia gesticulando con los brazos—. ¿Cómo te atreves a poner en peligro el patrimonio del Santo Oficio? —Nicolau se volvió violentamente hacia Joan, que permanecía en pie en el centro de la sala—. ¿Cómo osas ordenar la venta de las comandas a bajo precio?

Joan no contestó. Había pasado la noche en vela, maltratado y humillado. Acababa de recorrer varias millas detrás de los cuartos traseros de una mula y le dolía todo el cuerpo. Olía mal y el hábito, sucio y reseco, le arañaba la piel. No había probado bocado desde el día anterior y tenía sed. No. No pensaba contestar.

Nicolau se le acercó por la espalda.

—¿Qué pretendes, fra Joan? —le susurró al oído—. ¿Acaso vender el patrimonio de tu hermano para esconderlo a la Inquisición?

Nicolau permaneció unos instantes al lado de Joan.

—¡Hueles mal! —gritó apartándose de él y volviendo a gesticular con los brazos—. Hueles como un vulgar payés. —Siguió mascullando por el despacho hasta que al fin se sentó—. La Inquisición se ha hecho con los libros de comercio de tu hermano; ya no habrá más ventas. —Joan no se movió—. He prohibido las visitas a la mazmorra, o sea que no intentes verlo. Dentro de algunos días se iniciará el juicio.

Joan siguió sin moverse.

—¿No me has oído, fraile? En pocos días empezaré a juzgar a tu hermano.

Nicolau golpeó la mesa con el puño.

—¡Ya está bien! ¡Vete de aquí!

Joan arrastró los bajos del sucio hábito por el brillante embaldosado del despacho del inquisidor general.

Joan se paró bajo el dintel de la puerta para dejar que sus ojos se acostumbrasen al sol. Mar lo esperaba, pie a tierra, con el ronzal de la mula en la mano. La había hecho venir desde su masía y ahora...; ¿cómo le iba a decir que el inquisidor había prohibido las visitas a Arnau? ¿Cómo cargar también con la culpa de esa prohibición?

—¿Piensas salir, fraile? —oyó a sus espaldas.

Joan se volvió y se encontró con una viuda deshecha en lágrimas.

Ambos se miraron.

—¿Joan? —preguntó la mujer.

Aquellos ojos castaños. Aquel rostro...

—¿Joan? —volvió a insistir ella—. Joan, soy Aledis. ¿Te acuerdas de mí?

—La hija del curtidor... —empezó a decir Joan.

—¿Qué sucede, fraile?

Mar se había acercado hasta la puerta. Aledis vio que Joan se volvía hacia la recién llegada. Luego, el fraile la miró a ella de nuevo y otra vez a la mujer de la mula.

—Una amiga de la infancia —dijo—. Aledis, te presento a Mar; Mar, ésta es Aledis.

Las dos se saludaron con una inclinación de cabeza.

—Éste no es sitio para estar de charla. —La orden del soldado obligó a los tres a volverse—. Despejad la entrada.

—Hemos venido a ver a Arnau Estanyol —soltó Mar alzando la voz, con la mula agarrada del ronzal.

El soldado la miró de arriba abajo antes de que una mueca burlona apareciera en sus labios.

—¿El cambista? —preguntó.

—Sí —insistió Mar.

—El inquisidor general ha prohibido las visitas al cambista.

El soldado hizo ademán de empujar a Aledis y Joan.

—¿Por qué las ha prohibido? —preguntó Mar mientras los otros dos empezaban a salir del palacio.

—Eso pregúntaselo al fraile —le contestó señalando a Joan.

Los tres empezaron a alejarse.

—Debería haberte matado ayer, fraile.

Aledis vio cómo Joan bajaba la mirada al suelo. Ni siquiera contestó. Después observó a la mujer de la mula; andaba erguida, tirando con autoridad del animal. ¿Qué debía de haber sucedido el día anterior? Joan no escondía su rostro amoratado y su acompañante quería ver a Arnau. ¿Quién era aquella mujer? Arnau estaba casado con la baronesa, la mujer que lo acompañaba en la tarima del castillo de Montbui cuando derogó los malos usos...

—Dentro de pocos días se iniciará el juicio contra Arnau.

Mar y Aledis se pararon en seco. Joan avanzó unos pasos más, hasta que se dio cuenta de que las mujeres no lo acompañaban. Cuando se volvió hacia ellas vio que se miraban cara a cara en silencio. «¿Quién eres?,» parecían preguntarse con la mirada.

—Dudo que ese fraile tuviera infancia... y menos amigas —dijo Mar.

Aledis no la vio parpadear. Mar permanecía en pie orgullosa; sus ojos jóvenes parecían querer traspasarla. Incluso la mula, tras ella, estaba quieta, con las orejas atentas.

—Eres directa —le dijo Aledis.

—La vida me ha enseñado a serlo.

—Si hace veinticinco años mi padre hubiera consentido, me habría casado con Arnau.

—Si hace cinco años me hubieran tratado como a una persona y no como a un animal —se volvió para mirar a Joan—, seguiría al lado de Arnau —dijo Mar.

El silencio acompañó una nueva pugna de miradas entre las

dos mujeres. Las dos se recrearon en ella, sopesándose la una a la otra.

—Hace veinticinco años que no veo a Arnau —confesó al fin Aledis. «No intento competir contigo», intentó decirle en un lenguaje que sólo dos mujeres pueden entender.

Mar cambió el peso de un pie a otro y aflojó la presión sobre el ronzal de la mula. Entornó los ojos y su mirada dejó de traspasar a Aledis.

—Vivo fuera de Barcelona; ¿tienes donde acogerme? —preguntó Mar tras unos instantes.

—Yo también vivo fuera. Me alojo... con mis hijas, en el hostal del Estanyer. Pero podremos arreglarnos —añadió cuando la vio titubear—. ¿Y...? —Aledis señaló a Joan con un gesto de la cabeza.

Las dos lo observaron, parado donde se había detenido, con el rostro amoratado y el hábito, sucio y roto, colgando de sus hombros caídos.

—Tiene mucho que explicar —dijo Mar— y podemos necesitarlo. Que duerma con la mula.

Joan esperó a que las mujeres se volvieran a poner en camino y las siguió.

«¿Y tú por qué estás aquí?», me preguntará. «¿Qué hacías en el palacio del obispo?» Aledis miró de reojo a su nueva acompañante; volvía a caminar erguida, tirando de la mula, sin apartarse cuando alguien se interponía en su camino. ¿Qué debía de haber sucedido entre Mar y Joan? El fraile parecía totalmente sometido... ¿Cómo podía un dominico admitir que una mujer lo mandase a dormir con una mula? Cruzaron la plaza del Blat. Ya había reconocido que conocía a Arnau, pero no les había dicho que lo había visto en las mazmorras, suplicando que se acercase. «¿Y Francesca? ¿Qué debo decirles de Francesca? ¿Que es mi madre? No. Joan la conoció y sabe que no se llamaba Francesca. La madre de mi difunto esposo. Pero ¿qué dirán cuando la impliquen en el proceso contra Arnau? Yo debería saberlo. ¿Y cuando se sepa que es una mujer pública? ¿Cómo va a ser mi suegra una mujer pública?» Mejor no saber nada, pero entonces ¿qué estaba haciendo en el palacio del obispo?

—¡Oh! —contestó Aledis a la pregunta de Mar—, llevaba un encargo del maestro curtidor, de mi difunto marido. Como sabía que íbamos a pasar por Barcelona...

Eulàlia y Teresa la miraron de reojo sin dejar de dar cuenta de sus escudillas. Habían llegado al hostal y habían conseguido que el hostalero colocase un tercer jergón en la habitación de Aledis y sus hijas. Joan asintió cuando Mar dijo que dormiría en el establo, con la mula.

—Oigáis lo que oigáis —les dijo Aledis a las muchachas—, no digáis nada. Procurad no contestar a ninguna pregunta y, sobre todo, no conocemos a ninguna Francesca.

Los cinco se sentaron a comer.

—Bien, fraile —volvió a intervenir Mar—, ¿por qué ha prohibido el inquisidor las visitas a Arnau?

Joan no había probado bocado.

—Necesitaba dinero para pagar al alguacil —contestó con voz cansina—, y como en la mesa de Arnau no tenían efectivo, ordené la venta de algunas comandas. Eimeric creyó que intentaba vaciar las arcas de Arnau y que entonces la Inquisición...

En aquel momento hicieron su entrada en el hostal el señor de Bellera y Genís Puig. En sus rostros se dibujó una amplia sonrisa al ver a las dos muchachas.

—Joan —dijo Aledis—, esos dos nobles estuvieron molestando ayer a mis hijas y me da la impresión de que sus intenciones... ¿Podrías ayudarme a que no vuelvan a molestarlas?

Joan se volvió hacia los dos hombres mientras éstos, en pie, se deleitaban mirando a Teresa y Eulàlia y recordando la noche anterior.

Sus sonrisas desaparecieron cuando reconocieron el hábito negro de Joan. El fraile continuó mirándolos y los caballeros se sentaron en silencio a su mesa, con la vista en las escudillas que les acababa de servir el hostalero.

—¿Por qué van a juzgar a Arnau? —preguntó Aledis cuando Joan volvió su atención hacia ellas.

Sahat observó el barco marsellés mientras la tripulación hacía los últimos preparativos para zarpar: una sólida galera de un solo palo, con un timón a popa y dos laterales, ciento veinte remeros a bordo y una cabida de alrededor de trescientos botes.

—Es rápida y muy segura —le comentó Filippo—; ha tenido varios encuentros con piratas y siempre ha logrado escapar. Dentro de tres o cuatro días estarás en Marsella. —Sahat asintió—. Desde allí no te será difícil embarcar en una nave de cabotaje y llegar a Barcelona.

Filippo se agarraba del brazo de Sahat con una mano mientras con el bastón señalaba la galera. Funcionarios, comerciantes y trabajadores del puerto lo saludaban con respeto al pasar junto a él; después hacían lo mismo con Sahat, el moro en el que el comerciante se apoyaba.

—Hace buen tiempo —añadió Filippo dirigiendo el bastón al cielo—; no tendrás problemas.

El piloto de la galera se acercó a la borda e hizo una señal dirigida a Filippo. Sahat notó cómo el anciano presionaba su antebrazo.

—Me da la impresión de que no volveré a verte —dijo el anciano. Sahat volvió el rostro hacia él pero Filippo lo agarró con más fuerza—. Ya soy viejo, Sahat.

Los dos hombres se abrazaron al pie de la galera.

—Cuida de mis asuntos —le dijo Sahat separándose de él.

—Lo haré, y cuando no pueda —añadió con voz trémula—, lo harán mis hijos. Entonces, estés donde estés, tendrás que ayudarlos tú.

—Lo haré —prometió a su vez Sahat.

Filippo atrajo hacia sí a Sahat y le besó en los labios ante la multitud que esperaba la partida de la galera, atenta al último pasajero; un murmullo se elevó ante aquella muestra de cariño por parte de Filippo Tescio.

—Ve —le dijo el anciano.

Sahat ordenó a los dos esclavos que portaban su equipaje que lo precediesen y subió a bordo. Cuando alcanzó la borda de la galera, Filippo había desaparecido.

La mar estaba en calma. El viento no soplaba y la galera avanzaba al ritmo del esfuerzo de sus ciento veinte remeros.

«Yo no tuve la valentía suficiente —decía Jucef en su carta tras explicar la situación provocada por el robo de la hostia— para escaparme de la judería y acompañar a mi padre en sus últimos instantes. Confío en que lo comprenda, esté donde esté ahora.»

Sahat, en la proa de la galera, levantó la vista hacia el horizonte. «Bastante valentía tenéis tú y los tuyos para vivir en una ciudad de cristianos», dijo para sí. Había leído y releído la carta:

Raquel no quería escapar, pero la convencimos.

Sahat se saltó el resto de la carta hasta el final:

Ayer, la Inquisición detuvo a Arnau y hoy he logrado enterarme a través de un judío que está en la corte del obispo, de que ha sido su esposa, Elionor, la que le ha denunciado por judaizante, y como la Inquisición necesita dos testigos para dar crédito a la denuncia, Elionor ha hecho llamar ante el Santo Oficio a varios sacerdotes de Santa María de la Mar que por lo visto presenciaron una discusión entre el matrimonio; al parecer, las palabras que dijo Arnau podrían considerarse sacrílegas y avalan suficientemente la denuncia de Elionor.

El asunto, continuaba escribiendo Jucef, era bastante complejo. Por una parte, Arnau era muy rico y ese patrimonio interesaba a la Inquisición, y por otra se hallaba en manos de un hombre como Nicolau Eimeric. Sahat recordó al soberbio inquisidor, que accedió al cargo seis años antes de que él abandonase el principado y a quien tuvo la oportunidad de ver en alguna celebración religiosa a la que se vio visto obligado a acompañar a Arnau.

Desde que te marchaste, Eimeric ha acumulado más y más poder, sin miedo alguno a enfrentarse públicamente al propio soberano. Hace años que el rey no paga las rentas al Papa, por lo que Urbano IV ha ofrecido Cerdeña en feudo al señor de Arborea, el cabecilla de la sublevación contra los catalanes. Después de la larga guerra contra Castilla, vuelven a sublevarse los nobles corsos. Todo ello ha sido aprovechado por Eimeric, que depende directamente del Papa, para enfrentarse sin ambages al rey. Por una parte sostiene que la Inquisición debería ampliar sus competencias sobre los judíos y demás confesiones no cristianas, ¡Dios nos libre de ello!, a lo que el rey, como propietario de las juderías de Cataluña, se opone radicalmente. Sin embargo, Eimerich sigue insistiéndole al Papa, que no está muy dispuesto a defender los intereses de nuestro monarca.

Pero además de querer intervenir en las juderías en contra de los intereses del rey, Eimeric se ha atrevido a tachar de heréticas las obras del teólogo catalán Ramon Llull. Desde hace más de medio siglo, las doctrinas de Llull han sido respetadas por la Iglesia catalana, y el rey ha puesto a trabajar a juristas y pensadores en su defensa, pues se ha tomado el asunto como una ofensa personal por parte del inquisidor.

Así las cosas, me consta que Eimeric intentará convertir el proceso contra Arnau, barón catalán y cónsul de la Mar, en un nuevo enfrentamiento con el rey para afianzar más su posición y obtener una importante fortuna para la Inquisición. Tengo entendido que Eimeric ya ha escrito al papa Urbano diciéndole que retendrá la parte del rey de los bienes de Arnau para hacer frente a las rentas que le adeuda Pedro; de esta forma el inquisidor se venga del rey en un noble catalán y afianza su situación ante el Papa.

Creo, por otra parte, que la situación personal de Arnau es bastante delicada, cuando no desesperada; su hermano Joan es inquisidor, bastante cruel por cierto; su esposa es quien lo ha denunciado; mi padre ha muerto, y nosotros, dada la acusación de judaizante y por su propio bien, no debemos mostrar nuestro aprecio hacia él. Sólo le quedas tú.

Así terminaba Jucef: «Sólo le quedas tú». Sahat introdujo la carta en el cofrecillo en el que guardaba la correspondencia que durante cinco años había mantenido con Hasdai. «Sólo le quedas tú.» Con el cofrecillo entre las manos, de pie en la proa, volvió a otear el horizonte. «Bogad, marselleses..., sólo le quedo yo.»

Eulàlia y Teresa se retiraron a una señal de Aledis. Joan lo había hecho hacía rato; su despedida no encontró respuesta por parte de Mar.

—¿Por qué lo tratas así? —preguntó Aledis cuando se quedaron solas en los bajos del hostal. Sólo se oía el crepitar de la leña casi consumida. Mar guardó silencio—. A fin de cuentas, es su hermano...

—Ese fraile no merece nada mejor.

Mar no levantó la vista, fija en la mesa, de la que intentaba hacer saltar una astilla que sobresalía. «Es bella», pensó Aledis. El cabello, brillante y ondulado, le caía por los hombros y sus facciones eran bien definidas: labios delineados, pómulos altos, barbilla marcada y nariz recta. Aledis se sorprendió cuando le vio los dientes, blancos y perfectos, y durante el trayecto del palacio al hostal no pudo dejar de advertir su cuerpo firme y bien formado. Sin embargo, las manos eran las de una persona que había trabajado el campo: ásperas y encallecidas.

Mar dejó la astilla y dirigió su atención hacia Aledis, que le sostuvo la mirada en silencio.

—Es una larga historia —confesó.

—Si lo deseas, tengo tiempo —dijo Aledis.

Mar contestó con una mueca y dejó transcurrir los segundos. ¿Por qué no? Hacía años que no hablaba con una mujer; hacía años que vivía encerrada en sí misma, volcada en trabajar unas tierras desagradecidas, tratando de que las espigas y el sol comprendiesen su desgracia y se apiadasen de ella. ¿Por qué no? Parecía una buena mujer.

—Mis padres murieron en la gran peste, cuando sólo era una niña...

No escatimó detalles. Aledis tembló cuando Mar habló del amor que sintió en la explanada del castillo de Montbui. «Te entiendo —estuvo a punto de decirle—; yo también...» Arnau, Arnau, Arnau; de cada cinco palabras una era Arnau. Aledis recordó la brisa del mar acariciando su cuerpo joven, traicionando su inocencia, enardeciendo su deseo. Mar le relató la historia de su secuestro y de su matrimonio; la confesión la hizo estallar en llanto.

—Gracias —dijo Mar cuando su garganta se lo permitió.

Aledis le cogió la mano.

—¿Tienes hijos? —le preguntó cuando se rehízo.

—Tuve uno. —Aledis le apretó la mano—. Murió hace cuatro años, recién nacido, en la epidemia de peste que se cebó en los niños. Su padre no llegó a conocerlo; ni siquiera supo nunca que estaba embarazada. Murió en Calatayud defendiendo a un rey que en lugar de capitanear sus ejércitos, zarpaba desde Valencia con destino al Rosellón para librar a su familia del nuevo brote de peste. —Mar acompañó sus palabras con una sonrisa despectiva.

—¿Y qué tiene que ver todo eso con Joan? —preguntó Aledis.

—Él sabía que yo amaba a Arnau... y que él me correspondía.

Aledis golpeó la mesa cuando terminó de escuchar la historia. La noche se les había echado encima y el golpe retumbó en el hostal.

—¿Piensas denunciarlos?

—Arnau siempre ha protegido a ese fraile. Es su hermano y lo quiere. —Aledis recordó a los dos muchachos que dormían en los bajos de la casa de Pere y Mariona: Arnau transportando piedras, Joan estudiando—. No quisiera hacerle daño a Arnau y, sin embargo, ahora..., ahora no puedo verlo ni sé si él sabe que estoy aquí y que lo sigo amando... Van a juzgarlo. Quizá, quizá lo condenen a...

Mar volvió a estallar en llanto.

—No creas que voy a romper el juramento que te hice, pero tengo que hablar con él —le dijo cuando ya se despedía. Francesca intentó escrutar su rostro en la penumbra—. Confía en mí —añadió Aledis.

Arnau se había levantado en el momento en que Aledis volvió a entrar en las mazmorras, pero no la llamó. Se limitó a observar en silencio cómo cuchicheaban las dos mujeres. ¿Dónde estaba Joan? Hacía dos días que no iba a visitarlo y tenía que preguntarle muchísimas cosas. Quería que averiguase quién era aquella anciana. ¿Qué hacía allí? ¿Por qué le había dicho el alguacil que era su madre? ¿Qué sucedía con su proceso? ¿Y con sus negocios?

¿Y Mar? ¿Qué era de Mar? Algo iba mal. Desde la última vez que Joan lo había visitado, el alguacil había vuelto a tratarle como a uno más; la comida consistía de nuevo en un mendrugo y agua podrida y el cubo había desaparecido.

Arnau vio cómo la mujer se separaba de la anciana. Con la espalda apoyada en la pared empezó a dejarse caer, pero..., pero se dirigía hacia él.

En la oscuridad, Arnau vio que se acercaba y se irguió. La mujer se detuvo a algunos pasos de él, apartada de los escasos y tenues rayos de luz que alumbraban la mazmorra.

Arnau entrecerró los párpados para intentar verla con mayor claridad.

—Han prohibido tus visitas —oyó que le decía la mujer.

—¿Quién eres? —preguntó él—. ¿Cómo lo sabes?

—No tenemos tiempo, Arn..., Arnau. —¡Lo había llamado Arnau!—. Si viniese el alguacil...

—¿Quién eres?

¿Por qué no decírselo? ¿Por qué no abrazarlo y consolarlo? No lo soportaría Las palabras de Francesca resonaron en sus oídos. Aledis se volvió hacia ella y miró de nuevo a Arnau. La brisa del mar, la playa, su juventud, el largo viaje hasta Figueras...

—¿Quién eres? —oyó de nuevo.

—Eso no importa. Sólo quiero decirte que Mar está en Barcelona, esperándote. Te ama. Sigue amándote.

Aledis observó cómo Arnau se apoyaba en la pared. Esperó unos segundos. Ruidos en el pasillo. El alguacil le había concedido sólo unos instantes. Más ruidos. La llave en la cerradura. Arnau también la oyó y se volvió hacia la puerta.

—¿Quieres que le dé algún recado?

La puerta se abrió y la luz de las antorchas del pasillo iluminó a Aledis.

—Dile que yo también... —El alguacil entro en la mazmorra—. La amo. Aunque no pueda...

Aledis giró sobre sí misma y se encaminó hacia la puerta.

—¿Qué hacías hablando con el cambista? —le preguntó el obeso alguacil tras cerrar la puerta.

—Me llamó cuando iba a salir.

—Está prohibido hablar con él.

—No lo sabía. Tampoco sabía que ése es el cambista. No le he contestado. Ni siquiera me he acercado.

—El inquisidor ha prohibido...

Aledis extrajo la bolsa e hizo tintinear las monedas.

—Pero no quiero volver a verte por aquí —dijo el alguacil tomando el dinero—; si lo haces, no saldrás de la mazmorra.

Mientras, en el tenebroso interior, Arnau seguía intentando aprehender las palabras de aquella mujer: «Te ama. Te sigue amando». Sin embargo, el recuerdo de Mar se veía enturbiado por el fugitivo reflejo de las antorchas sobre unos enormes ojos castaños. Conocía aquellos ojos. ¿Dónde los había visto antes?

Le había dicho que ella le daría el recado.

—No te preocupes —había insistido—; Arnau sabrá que estás aquí, esperándolo.

—Dile también que lo quiero —gritó Mar cuando Aledis ya se adentraba en la plaza de la Llana.

Desde la puerta del hostal, Mar vio cómo la viuda volvía el rostro hacia ella y sonreía. Cuando Aledis se perdió de vista, Mar abandonó el hostal. Lo pensó durante el trayecto desde Mataró; lo pensó cuando les impidieron ver a Arnau; lo pensó aquella misma noche. Desde la plaza de la Llana, anduvo unos pasos por la calle de Bòria, pasó por delante de la Capilla d'en Marcus y giró a la derecha. Se detuvo en el inicio de la calle Montcada y durante unos instantes estuvo observando los nobles palacios que la flanqueaban.

—¡Señora! —exclamó Pere, el viejo criado de Elionor, cuando le franqueó el paso de uno de los grandes portalones del palacio de Arnau—. Qué alegría volver a veros. Cuánto hacía que... —Pere calló y con gestos nerviosos la invitó a pasar al patio empedrado de la entrada—. ¿Qué os trae por aquí?

—He venido a ver a doña Elionor.

Pere asintió y desapareció.

Mientras, Mar se perdió en el recuerdo. Todo seguía igual; el patio, fresco y limpio, con sus pulidas piedras reluciendo; las cuadras, enfrente, y a la derecha la impresionante escalera que daba acceso a la zona noble, por la que acababa de subir Pere.

Volvió compungido.

—La señora no desea recibiros.

Mar levantó la mirada hacia las plantas nobles. Una sombra desapareció tras una de las ventanas. ¿Cuándo había vivido ella aquella misma situación? ¿Cuándo...? Volvió a mirar hacia las ventanas.

—Una vez —murmuró a las ventanas ante Pere, que no se atrevía a consolarla por el desplante—, viví esta misma escena. Arnau salió victorioso, Elionor. Te lo advierto: se cobró su deuda... entera.

53

Las armas y correajes de los soldados que lo acompañaban resonaron a lo largo de los interminables y altos pasillos del palacio episcopal. La comitiva marchaba marcialmente; el oficial abría el paso, dos soldados iban delante de él y otros dos a sus espaldas. Al llegar al final de la escalera que subía de las mazmorras, Arnau se detuvo para intentar acostumbrarse a la luz que inundaba el palacio; un fuerte golpe en la espalda lo obligó a seguir el ritmo de los soldados.

Arnau desfiló frente a frailes, sacerdotes y escribanos, pegados a las paredes para permitir el paso. Nadie le había querido contestar. El alguacil entró en la mazmorra y le liberó de las cadenas. «¿Dónde me llevas?» Un dominico de negro se santiguó a su paso, otro alzó un crucifijo. Los soldados seguían marchando impasibles, apartando a la gente con su sola presencia. Hacía días que no tenía noticias de Joan ni de la mujer de los ojos castaños; ¿dónde había visto aquellos ojos? Se lo preguntó a la anciana pero no obtuvo respuesta. «¿Quién era esa mujer?», le gritó en cuatro ocasiones. Algunas de las sombras atadas a las paredes gruñeron, otras permanecieron impasibles, igual que la anciana, que ni siquiera se movió, y, sin embargo, cuando el alguacil lo sacó a empujones de la mazmorra, le pareció ver que se removía, inquieta.

Arnau se topó de bruces con uno de los soldados que lo precedían. Se habían detenido frente a unas imponentes puertas de madera de doble hoja. El soldado lo empujó hasta hacerle retroceder. El oficial aporreó las puertas, las abrió y la comitiva accedió a una inmensa sala con ricos tapices en las paredes. Los soldados acompañaron a Arnau hasta el centro de la estancia y luego fueron a hacer guardia junto a la puerta.

Tras una larga mesa de madera profusamente labrada, siete hombres lo miraban. Nicolau Eimeric, el inquisidor general, y Berenguer d'Erill, obispo de Barcelona, ocupaban el centro de la mesa, ricamente vestidos con trajes bordados en oro. Arnau los conocía a ambos. A la izquierda del inquisidor, el notario del Santo Oficio; Arnau había coincidido con él en alguna ocasión, pero no lo había tratado. A la izquierda del notario y a la derecha del obispo, dos desconocidos dominicos de negro por cada lado completaban el tribunal.

Arnau les sostuvo la mirada en silencio, hasta que uno de los frailes hizo una mueca de desprecio. Arnau se llevó una mano al rostro y palpó la pringosa barba que le había crecido en las mazmorras; en sus vestiduras no había rastro de su color original y estaban rotas; sus pies, descalzos, negros, y las largas uñas de sus manos estaban tan sucias como éstas. Olía mal. Él mismo se asqueó de su olor.

Eimeric sonrió ante la mueca de aversión de Arnau.

—Primero le harán jurar sobre los cuatro evangelios —explicó Joan a Mar y Aledis, sentados alrededor de una mesa del hostal—. El juicio puede durar días e incluso meses —les dijo cuando ellas lo instaron a ir a las puertas del palacio del obispo—; mejor esperar en el hostal.

—¿Lo defenderá alguien? —preguntó Mar.

Joan negó cansinamente con la cabeza.

—Le asignarán un abogado... que tiene prohibido defenderlo.

—¿Cómo? —exclamaron las dos mujeres al unísono.

—Prohibimos a abogados y notarios —recitó Joan— que ayuden a los herejes, que les aconsejen o los apoyen, así como que crean en ellos o los defiendan. —Mar y Aledis interrogaron a Joan con la mirada—. Así reza una bula del papa Inocencio III.

—¿Entonces? —preguntó Mar.

—La labor del abogado es lograr la confesión voluntaria del hereje; si defendiera al hereje, estaría defendiendo la herejía.

—No tengo nada que confesar —contestó Arnau al joven sacerdote que le habían asignado como abogado.

—Es experto en derecho civil y canónico —dijo Nicolau Eimeric—, y un entusiasta de la fe —añadió sonriendo.

El sacerdote abrió los brazos en señal de impotencia, igual que había hecho ante el alguacil en la mazmorra, cuando instó a Arnau a confesar su herejía. «Debes hacerlo —se limitó a aconsejarle—; debes confiar en la benevolencia del tribunal.» Repitió exactamente el mismo gesto —¿cuántas veces lo habría hecho como abogado de los herejes?— y, tras una señal de Eimeric, se retiró de la sala.

—Después —continuó Joan a instancias de Aledis—, le pedirán que nombre a sus enemigos.

—¿Para qué?

—Si nombrase a alguno de los testigos que lo han denunciado, el tribunal podría considerar que la denuncia está viciada por esa enemistad.

—Pero Arnau no sabe quién lo ha denunciado —intervino Mar.

—No. En este momento, no. Después sí podría saberlo... si Eimeric le concede ese derecho. En realidad debería saberlo —añadió ante la expresión de sus interlocutoras—, puesto que así lo ordenó Bonifacio VIII, pero el Papa está muy lejos y al final cada inquisidor lleva el proceso como más le conviene.

—Creo que mi esposa me odia —contestó Arnau a la pregunta de Eimeric.

—¿Por qué razón va a odiarte doña Elionor? —preguntó de nuevo el inquisidor.

—No hemos tenido hijos.

—¿Lo has intentado? ¿Has yacido con ella?

Había jurado sobre los cuatro evangelios.

—¿Has yacido con ella? —repitió Eimeric.

—No.

El notario dejó correr la pluma sobre los legajos que descansaban frente a él. Nicolau Eimeric se volvió hacia el obispo.

—¿Algún enemigo más? —intervino en esta ocasión Berenguer d'Erill.

—Los nobles de mis baronías, en especial el carlán de Montbui. —El notario siguió escribiendo—. También he dictado sentencia en muchos procesos como cónsul de la Mar, pero creo haber obrado con justicia.

—¿Tienes algún enemigo entre los miembros del clero?

¿Por qué aquella pregunta? Siempre se había llevado bien con la Iglesia.

—Salvo que alguno de los presentes...

—Los miembros de este tribunal son imparciales —lo interrumpió Eimeric.

—Confío en ello. —Arnau se enfrentó a la mirada del inquisidor.

—¿Alguien más?

—Como bien sabéis, llevo mucho tiempo ejerciendo de cambista; quizá...

—No se trata —volvió a interrumpirlo Eimeric— de que especules sobre quién o quiénes podrían llegar a ser tus enemigos y por qué razones. Si los tienes debes decir su nombre; en caso contrario, negarlo. ¿Tienes o no? —rugió Eimeric.

—No creo tenerlos.

—¿Y después? —preguntó Aledis.

—Después empezará el verdadero proceso inquisitorial. —Joan se trasladó con la memoria a las plazas de los pueblos, a las casas de los principales, a las noches en vela..., pero un fuerte golpe sobre la mesa lo devolvió a la realidad.

—¿Qué significa eso, fraile? —gritó Mar.

Joan suspiró y la miró a los ojos.

—«Inquisición» significa busca. El inquisidor tiene que buscar la herejía, el pecado. Aun cuando existan denuncias, el proceso no se fundamenta en ellas ni se ciñe a ellas. Si el procesado no confiesa, debe buscarse esa verdad escondida.

—¿De qué manera? —preguntó Mar.

Joan cerró los ojos antes de contestar.

—Si te refieres a la tortura, sí, es uno de los procedimientos.

—¿Qué le hacen?

—Podría ser que no llegaran a torturarlo.

—¿Qué le hacen? —insistió Mar.

—¿Para qué quieres saberlo? —le preguntó Aledis cogiéndola de la mano—. Sólo servirá para atormentarte... más.

—La ley prohíbe que la tortura provoque la muerte o la amputación de algún miembro —aclaró Joan—, y sólo puede torturarse una vez.

Joan observó cómo las dos mujeres, con lágrimas en los ojos, trataban de consolarse. Sin embargo, el propio Eimeric había encontrado la forma de burlar esa disposición legal. *«Non ad modum iterationis sed continuationis»*, solía decir con un extraño brillo en los ojos; no como repetición sino como continuación, traducía a los noveles que todavía no dominaban el latín.

—¿Qué sucede si lo torturan y sigue sin confesar? —inquirió Mar tras sorber por la nariz.

—Su actitud será tenida en cuenta a la hora de dictar sentencia —contestó Joan sin más.

—Y la sentencia, ¿la dictará Eimeric? —preguntó Aledis.

—Sí, salvo que la condena sea a cárcel perpetua o ejecución en la hoguera; en ese caso necesita la conformidad del obispo. Sin embargo —continuó el fraile interrumpiendo la siguiente pregunta de las mujeres—, si el tribunal considera que el asunto es complejo, hay ocasiones en que lo consulta con los *boni viri*, entre treinta u ochenta personas, laicos y seglares, a fin de que le den su opinión sobre la culpabilidad del acusado y la pena que corresponde. Entonces el proceso se alarga meses y meses.

—En los que Arnau seguirá en la cárcel —señaló Aledis.

Joan asintió con la cabeza y los tres permanecieron en silencio; las mujeres trataban de asimilar lo que habían oído, Joan recordaba otra de las máximas de Eimeric: «La cárcel ha de ser lóbrega, un subterráneo en el que no pueda penetrar ninguna claridad, especialmente la del sol o de la luna; ha de ser dura y áspera, de forma que abrevie en lo posible la vida del reo, hasta hacerlo perecer».

Con Arnau en el centro de la sala, en pie, sucio y desharrapado, inquisidor y obispo acercaron las cabezas y empezaron a cuchichear. El notario aprovechó para ordenar sus legajos y los cuatro dominicos clavaron la mirada en Arnau.

—¿Cómo llevarás el interrogatorio? —le preguntó Berenguer d'Erill.

—Empezaremos como siempre, y a medida que obtengamos algún resultado, iremos comunicándole los cargos.

—¿Vas a decírselos?

—Sí. Creo que con este hombre será más efectiva la presión dialéctica que la física, aunque si no hay más remedio...

Arnau intentó sostener la mirada de los frailes negros. Uno, dos, tres, cuatro... Cambió el peso de su cuerpo al otro pie y volvió a mirar al inquisidor y al obispo. Seguían cuchicheando. Los dominicos continuaban con la atención puesta en él. La sala estaba en el más absoluto silencio, excepción hecha del ininteligible cuchicheo de los dos prebostes.

—Está empezando a ponerse nervioso —dijo el obispo tras levantar la mirada hacia Arnau y volver a enfrascarse con el inquisidor.

—Es una persona acostumbrada a mandar y a ser obedecido —contestó Eimeric—. Tiene que entender cuál es su verdadera situación, aceptar al tribunal y su autoridad, someterse a él. Sólo entonces estará en disposición de ser interrogado. La humillación es el primer paso.

Obispo e inquisidor prolongaron sus consultas durante un largo rato, durante el que Arnau se vio constantemente escrutado por los dominicos. Arnau intentó distraer sus pensamientos hacia Mar, hacia Joan, pero cada vez que pensaba en alguno de ellos la mirada de un fraile negro lo arañaba como si supiese qué estaba pensando. Cambió de posición infinidad de veces; se llevó la mano a la barba y al cabello y observó su estado de suciedad. Berenguer d'Erill y Nicolau Eimeric, refulgentes de oro, cómodamente sentados, parapetados tras la mesa del tribunal, lo miraban de reojo antes de volver a cuchichear.

Finalmente, Nicolau Eimeric se dirigió a él con voz potente:

—Arnau Estanyol, sé que has pecado.

Empezaba el juicio. Arnau inspiró con fuerza.

—Ignoro a qué os referís. Creo haber sido siempre un buen cristiano. He procurado...

—Tú mismo has reconocido ante este tribunal no haber mantenido relaciones con tu esposa. ¿Es ésa la actitud de un buen cristiano?

—No puedo tener relaciones carnales. No sé si sabréis que ya estuve casado en una ocasión y tampoco... pude tener ningún hijo.

—¿Quieres decir que tienes un problema físico? —intervino el obispo.

—Sí.

Eimeric observó a Arnau durante unos instantes; apoyó los codos sobre la mesa y, cruzando las manos, se tapó la boca con ellas. Después se volvió hacia el notario y le dio una orden en voz baja.

—Declaración de Juli Andreu, sacerdote de Santa María de la Mar —leyó el notario, enfrascándose en uno de los legajos—. «Yo, Juli Andreu, sacerdote de Santa María de la Mar, requerido por el inquisidor general de Cataluña, declaro que aproximadamente en marzo del año 1364 de Nuestro Señor, mantuve con Arnau Estanyol, barón de Cataluña, una conversación a instancias de su esposa, doña Elionor, baronesa, pupila del rey Pedro, la cual me había manifestado su preocupación por la dejación que hacía su esposo de los deberes conyugales. Declaro que Arnau Estanyol me confió que no le atraía su esposa y que su cuerpo se negaba a mantener relaciones con doña Elionor; que se encontraba bien físicamente y que no podía obligar a su cuerpo a desear a una mujer a la que no deseaba; que sabía que estaba en pecado —Nicolau Eimeric entrecerró los ojos hacia Arnau—, y que por esa razón rezaba tanto en Santa María y hacía cuantiosas donaciones para la construcción de la iglesia.»

El silencio volvió a hacerse en la sala. Nicolau siguió con la mirada puesta en Arnau.

—¿Mantienes que tienes un problema físico? —preguntó el inquisidor al fin.

Arnau recordaba aquella conversación pero no recordaba qué era exactamente...

—No recuerdo qué fue lo que dije.

—¿Reconoces entonces haber hablado con el padre Juli Andreu?

—Sí.

Arnau oyó el rasgueo de la pluma del notario.

—Sin embargo, estás poniendo en duda la declaración de un hombre de Dios. ¿Qué interés podría tener el clérigo en mentir contra ti?

—Podría estar equivocado. No recordar bien qué fue lo que se dijo...

—¿Pretendes decir que un sacerdote que dudara de lo que se dijo declararía como lo ha hecho el padre Juli Andreu?

—Sólo digo que podría estar equivocado.

—El padre Juli Andreu no es enemigo tuyo, ¿no? —intervino el obispo.

—No lo tenía por tal.

Nicolau volvió a dirigirse al notario.

—Declaración de Pere Salvete, canónigo de Santa María de la Mar. «Yo, Pere Salvete, canónigo de Santa María de la Mar, requerido por el inquisidor general de Cataluña, declaro que en la Pascua del año de 1367 de Nuestro Señor, mientras oficiábamos la Santa Misa, irrumpieron en la iglesia unos ciudadanos alertando del robo de una hostia por parte de los herejes. La misa se suspendió y los feligreses abandonaron la iglesia a excepción de Arnau

Estanyol, cónsul de la Mar, y su esposa, doña Elionor.» —«¡Ve con tu amante judía!» Las palabras de Elionor resonaron de nuevo. Arnau fue presa del mismo escalofrío que sintió aquel día. Levantó la mirada. Nicolau estaba atento a él... y sonreía. ¿Lo habría notado? El escribano seguía leyendo—: ... y el cónsul le contestó que Dios no podía obligarlo a yacer con ella...

Nicolau hizo callar al notario y dejó de sonreír.

—¿También miente el canónigo?

«¡Ve con tu amante judía!» ¿Por qué no lo habría dejado terminar de leer? ¿Qué pretendía Nicolau? Tu amante judía, tu amante judía..., las llamas lamiendo el cuerpo de Hasdai, el silencio, el pueblo enardecido reclamando justicia en silencio, gritando palabras que no llegaban a surgir de su boca, Elionor señalándolo y Nicolau y el obispo mirándolo a él... y a Raquel abrazada a él.

—¿También miente el canónigo? —repitió Nicolau.

—Yo no he acusado a nadie de mentir —se defendió Arnau. Necesitaba pensar.

—¿Niegas los preceptos de Dios? ¿Acaso te opones a las obligaciones que como esposo cristiano te corresponden?

—No..., no —titubeó Arnau.

—¿Entonces?

—Entonces, ¿qué?

—¿Niegas los preceptos de Dios? —repitió Nicolau alzando la voz.

Las palabras reverberaron en las paredes de piedra de la amplia sala. Sentía las piernas entumecidas, tantos días en aquella mazmorra...

—El tribunal puede considerar tu silencio como una confesión —añadió el obispo.

—No. No los niego. —Le empezaban a doler las piernas—. ¿Tanto importan al Santo Oficio mis relaciones con doña Elionor? ¿Acaso es pecado...?

—No te equivoques, Arnau —lo interrumpió el inquisidor—, las preguntas las hace el tribunal.

—Hacedlo, pues.

Nicolau observó cómo Arnau se movía, inquieto, y cambiaba de postura una y otra vez.

—Está empezando a notar dolor —susurró al oído de Berenguer d'Erill.

—Dejémosle pensar en él —contestó el obispo.

Empezaron a cuchichear de nuevo y Arnau volvió a sentir sobre sí los cuatro pares de ojos de los dominicos. Le dolían las piernas, pero tenía que resistir. No podía postrarse ante Nicolau Eimeric. ¿Qué sucedería si caía al suelo? Necesitaba... ¡una piedra!, una piedra sobre sus espaldas, un largo camino que recorrer cargado con una piedra para su Virgen. «¿Dónde estás ahora? ¿De verdad son éstos tus representantes?» Sólo era un niño y sin embargo... ¿Por qué no iba a aguantar ahora? Había recorrido Barcelona entera con una roca que pesaba más que él, sudando, sangrando, oyendo los gritos de ánimo de la gente. ¿No le quedaba nada de aquella fuerza? ¿Iba a vencerlo un fraile fanático? ¿A él? ¿Al niño *bastaix* al que habían admirado todos los muchachos de la ciudad? Paso a paso, arañando el camino hasta Santa María para después volver a su casa y descansar para la siguiente jornada. A su casa..., los ojos castaños, los grandes ojos castaños. Y entonces, en aquel momento, con un estremecimiento que estuvo a punto de hacerlo caer al suelo, reconoció a Aledis en la visitante de la oscura mazmorra.

Nicolau Eimeric y Berenguer d'Erill cruzaron una mirada cuando vieron cómo Arnau se erguía. Por primera vez uno de los dominicos desvió su atención hacia el centro de la mesa.

—No cae —cuchicheó nerviosamente el obispo.

—¿Dónde satisfaces tus instintos? —preguntó Nicolau alzando la voz.

Por eso lo había llamado Arnau. Su voz... Sí. Aquélla era la voz que tantas veces había escuchado en la falda de la montaña de Montjuïc.

—¡Arnau Estanyol! —El grito del inquisidor devolvió sus pensamientos al tribunal—. He preguntado que dónde satisfaces tus instintos.

—No entiendo vuestra pregunta.

—Eres un hombre. No has tenido relaciones con tu esposa en años. Es muy sencillo: ¿dónde satisfaces tus necesidades como hombre?

—Hace esos mismos años que decís que no tengo contacto con mujer alguna.

Había contestado sin pensar. El alguacil había dicho que era su madre.

—¡Mientes! —Arnau dio un respingo—. Este mismo tribunal te ha visto abrazado a una hereje. ¿No es eso tener contacto con una mujer?

—No al que os referís.

—¿Qué puede impulsar a un hombre y una mujer a abrazarse en público sino —Nicolau gesticuló con las manos— la lascivia?

—El dolor.

—¿Qué dolor? —saltó el obispo.

—¿Qué dolor? —insistió Nicolau ante su silencio. Arnau calló. Las llamas de la pira iluminaron la estancia—. ¿Por la ejecución de un hereje que había profanado una sagrada hostia? —preguntó de nuevo el inquisidor señalándolo con un dedo enjoyado—. ¿Es ése el dolor que sientes como buen cristiano? ¿El del peso de la justicia sobre un desalmado, un profanador, un miserable, un ladrón...?

—¡Él no fue! —gritó Arnau.

Todos los miembros del tribunal, notario incluido, se revolvieron en sus asientos.

—Los tres confesaron su culpa. ¿Por qué defiendes a los herejes? Los judíos...

—¡Judíos! ¡Judíos! —se revolvió— ¿Qué le pasa al mundo con los judíos?

—¿Acaso lo ignoras? —preguntó el inquisidor levantando la voz—. ¡Crucificaron a Jesucristo!

—¿No lo han pagado suficiente con su propia vida?

Arnau se encontró con la mirada de los miembros del tribunal. Todos ellos se habían erguido en sus asientos.

—¿Abogas por el perdón? —preguntó Berenguer d'Erill.

—¿No son ésas las enseñanzas de Nuestro Señor?

—¡El único camino es la conversión! No se puede perdonar a quien no se arrepiente —gritó Nicolau.

—Estáis hablando de algo que sucedió hace más de mil trescientos años. ¿De qué tiene que arrepentirse el judío que ha nacido en nuestro tiempo? Él no tiene ninguna culpa de lo que pudo pasar entonces.

—Todo aquel que abrace la doctrina judía está responsabilizándose de lo que hicieron sus antepasados; está asumiendo su culpa.

—Sólo abrazan ideas, creencias, como nosot... —Nicolau y Berenguer dieron un respingo; ¿por qué no?, ¿acaso no era cierto?, ¿acaso no lo merecía aquel hombre vilipendiado que había entregado su vida por su comunidad?—. Como nosotros —afirmó Arnau con contundencia.

—¿Equiparas la fe católica a la herejía? —saltó el obispo.

—No me corresponde a mí comparar nada; ésa es una labor que os dejo a vosotros, los hombres de Dios. Tan sólo he dicho...

—¡Sabemos perfectamente qué has dicho! —lo interrumpió Nicolau Eimeric levantando la voz—. Has igualado la auténtica fe cristiana, la única, la verdadera, con las doctrinas heréticas de los judíos.

Arnau se enfrentó al tribunal. El notario seguía escribiendo en los legajos. Hasta los soldados, a sus espaldas, hieráticos junto a las puertas, parecieron escuchar el rasgueo de la pluma. Nicolau sonrió y el sonido del escribano se coló en Arnau hasta alcanzarle el espinazo. Un escalofrío recorrió todo su cuerpo. El inquisidor se percató y sonrió abiertamente. Sí, le dijo con la mirada, son tus declaraciones.

—Son como nosotros —reiteró Arnau.

Nicolau le ordenó silencio con la mano.

El notario continuó escribiendo durante unos instantes. Ahí quedan tus palabras, volvió a decirle con la mirada el inquisidor. Cuando levantó la pluma, Nicolau sonrió de nuevo.

—Se suspende la sesión hasta mañana —voceó levantándose del sillón.

Mar estaba cansada de escuchar a Joan.

—¿Adónde vas? —le preguntó Aledis. Mar se limitó a mirarla—. ¿Otra vez? Has ido cada día y no has conseguido...

—He conseguido que sepa que estoy aquí y que no voy a olvidar lo que me hizo. —Joan escondió el rostro—. Conseguí

594

verla a través de la ventana y hacerle saber que Arnau es mío; lo vi en sus ojos y pienso recordárselo todos los días de su vida. Estoy dispuesta a conseguir que cada instante piense que he sido yo quien ha ganado.

Aledis la observó mientras abandonaba el hostal. Mar hizo el mismo camino que llevaba haciendo desde su llegada a Barcelona, hasta plantarse a las puertas del palacio de la calle Montcada. Golpeó con todas sus fuerzas la aldaba de la puerta. Elionor se negaría a recibirla pero debía saber que ella estaba allí abajo.

Un día más, el anciano criado abrió la mirilla.

—Señora —le dijo a través de ella—, ya sabéis que doña Elionor...

—Abre la puerta. Sólo quiero verla, aunque sea a través de la ventana tras la que se esconde.

—Pero ella no quiere, señora.

—¿Sabe quién soy?

Mar vio cómo Pere se volvía hacia las ventanas del palacio.

—Sí.

Mar volvió a golpear la aldaba con fuerza.

—No sigáis señora, o doña Elionor hará llamar a los soldados —le aconsejó el anciano.

—Abre, Pere.

—No quiere veros, señora.

Mar notó cómo una mano se posaba en su hombro y la apartaba de la puerta.

—Quizá sí quiera verme a mí —oyó antes de ver cómo un hombre se acercaba hasta la mirilla.

—¡Guillem! —gritó Mar abalanzándose sobre él.

—¿Te acuerdas de mí, Pere? —preguntó el moro con Mar colgando de su cuello.

—¿Cómo no iba a acordarme?

—Pues dile a tu señora que quiero verla.

Cuando el anciano cerró la mirilla, Guillem cogió a Mar por la cintura y la alzó. Riendo, Mar se dejó voltear. Luego, Guillem la dejó en el suelo y la apartó un paso, cogiéndola de las manos y abriéndolas para poder observarla.

—Mi niña —dijo con la voz entrecortada—, ¡cuántas veces he soñado con volver a levantarte en volandas! Pero ahora pesas mucho más. Te has convertido en toda una...

Mar se soltó y se abrazó a él.

—¿Por qué me abandonaste? —le preguntó llorando.

—Sólo era un esclavo, mi niña. ¿Qué podía hacer un simple esclavo?

—Tú eras como mi padre.

—¿Ya no lo soy?

—Siempre lo serás.

Mar abrazó con fuerza a Guillem. «Siempre lo serás», pensó el moro. «¿Cuánto tiempo he perdido lejos de aquí?» Se volvió hacia la mirilla:

—Doña Elionor tampoco quiere veros —se oyó desde el interior.

—Dile que tendrá noticias mías.

Los soldados lo acompañaron de vuelta a las mazmorras. Mientras el alguacil volvía a encadenarlo, Arnau no separó la vista de la sombra que se acurrucaba frente a él, en el otro extremo de la lúgubre estancia. Continuó en pie cuando el alguacil abandonó las mazmorras.

—¿Qué tienes tú que ver con Aledis? —le gritó a la anciana cuando ya no se oían las pisadas en el pasillo.

Arnau creyó vislumbrar un sobresalto en la sombra, pero al momento la figura volvió a quedar inerte.

—¿Qué tienes que ver con Aledis? —repitió—. ¿Qué hacía aquí? ¿Por qué te visita?

El silencio que obtuvo como respuesta le trajo al recuerdo el reflejo de aquellos grandes ojos castaños.

—¿Qué tienen que ver Aledis y Mar? —suplicó a la sombra.

Arnau intentó oír al menos la respiración de la anciana, pero un sinfín de jadeos y estertores se mezclaron en el silencio con que le respondía Francesca. Arnau paseó la mirada por las paredes de la mazmorra; nadie le prestaba la menor atención.

El hostalero dejó de remover la gran olla sobre el hogar en cuanto vio aparecer a Mar acompañada de un moro lujosamente ataviado. Su nerviosismo aumentó cuando tras ellos entraron dos esclavos cargados con las pertenencias de Guillem. «¿Por qué no habrá ido a la alhóndiga como todos los mercaderes?», pensó mientras acudía a recibirlo.

—Es un honor para esta casa —le dijo inclinándose en una exagerada reverencia.

Guillem esperó a que el hostalero finalizara con la zalamería.

—¿Tienes alojamiento?

—Sí. Los esclavos pueden dormir en el...

—Alojamiento para tres —lo interrumpió Guillem—. Dos habitaciones; una para mí y otra para ellos.

El hostalero desvió la mirada hacia los dos muchachos de grandes ojos oscuros y cabello ensortijado que esperaban en silencio tras su amo.

—Sí —contestó—. Si eso es lo que deseáis. Acompañadme.

—Ellos se ocuparán de todo. Traednos un poco de agua.

Guillem acompañó a Mar hasta una de las mesas. Estaban solos en el comedor.

—¿Dices que hoy ha empezado el juicio?

—Sí, aunque tampoco podría asegurártelo. Lo cierto es que no sé nada. Ni siquiera he podido verlo.

Guillem notó cómo a Mar se le quebraba la voz. Alargó la mano para consolarla pero no llegó a tocarla. Ya no era una niña y él... a fin de cuentas no era más que un moro. Nadie debía pensar... Bastante había hecho ya frente al palacio de Elionor. La mano de Mar recorrió el trayecto que le había faltado a la de Guillem.

—Sigo siendo la misma. Para ti, siempre.

Guillem sonrió.

—¿Y tu esposo?

—Murió.

El rostro de Mar no reflejó disgusto. Guillem cambió de asunto:

—¿Se ha hecho algo por Arnau?

Mar entrecerró los ojos y frunció los labios.

—¿Qué quieres decir? No podemos hacer...

—¿Y Joan? Joan es inquisidor. ¿Sabes algo de él? ¿No ha intercedido por Arnau?

—¿Ese fraile? —Mar sonrió con desgana y guardó silencio; ¿para qué contárselo? Ya era suficiente con lo de Arnau, y Guillem había venido por él—. No. No ha hecho nada. Es más, tiene en contra al inquisidor general. Está aquí con nosotras...

—¿Nosotras?

—Sí. He conocido a una viuda que se llama Aledis y que se aloja aquí junto a sus dos hijas. Era amiga de Arnau cuando era niño. Por lo visto coincidió con su detención, de paso por Barcelona. Duermo con ellas. Es una buena mujer. Los verás a todos a la hora de comer.

Guillem apretó la mano de Mar.

—¿Qué ha sido de ti? —le preguntó ella.

Mar y Guillem estuvieron contándose sus cinco años de separación hasta que el sol subió a lo alto de Barcelona; ella evitó confiarle nada referente a Joan. Las primeras en aparecer fueron Teresa y Eulàlia. Llegaban acaloradas pero sonrientes, aunque la sonrisa desapareció de sus bonitos rostros tan pronto como vieron a Mar y recordaron el encierro de Francesca.

Habían paseado por media ciudad disfrutando de la nueva identidad que les proporcionaban sus vestiduras de huérfanas... y vírgenes. Nunca antes habían gozado de tal libertad, pues la ley las obligaba a vestir de seda y colores para que cualquiera pudiera reconocerlas. «¿Entramos?», propuso Teresa señalando a escondidas las puertas de la iglesia de Sant Jaume. Lo dijo en un susurro, como si tuviera miedo de que la sola idea pudiera desencadenar la ira de toda Barcelona. Pero no sucedió nada. Los feligreses que se hallaban en su interior no les prestaron mayor atención, y tampoco lo hizo el sacerdote, a cuyo paso las muchachas bajaron la mirada y se apretaron la una contra la otra.

Desde la calle de la Boquería, bajaron charlando y riendo en dirección al mar; si hubieran subido por la calle del Bisbe, hasta la plaza Nova, se habrían encontrado a Aledis frente al palacio del obispo, con la mirada fija en los ventanales, tratando de reconocer a Arnau o Francesca en cada silueta que se dibujaba tras las vidrieras. ¡Ni siquiera sabía tras qué vidrieras estaban juzgando a Arnau! ¿Habría declarado Francesca? Joan no sabía nada de ella. Aledis paseaba su mirada de vidriera en vidriera. Seguro que sí pero, para qué contárselo si tampoco podía hacer nada desconociéndolo. Arnau era fuerte y Francesca..., no conocían a Francesca.

—¿Qué haces ahí parada, mujer? —Aledis se encontró con uno de los soldados de la Inquisición a su lado. No lo había visto llegar—. ¿Qué miras con tanto interés?

Se agazapó y salió huyendo sin contestar. «No conocéis a Francesca —pensó mientras escapaba—. Todas vuestras torturas no podrán hacerle confesar el secreto que ha callado durante toda su vida.»

Antes de que Aledis llegase al hostal, lo hizo Joan, con un hábito limpio que había conseguido en el monasterio de Sant Pere de les Puelles. Cuando vio a Guillem, sentado con Mar y las dos hijas de Aledis, se quedó parado en medio del comedor.

Guillem lo miró. ¿Aquello había sido una sonrisa o una mueca de disgusto?

El propio Joan no podría haberle contestado. ¿Le habría contado Mar lo del secuestro?

Como un fogonazo, Guillem recordó el trato que le dio el fraile cuando estaba con Arnau, pero no era hora de rencillas y se levantó. Necesitaban estar unidos por el bien de Arnau.

—¿Cómo te encuentras, Joan? —le dijo cogiéndolo por los hombros—. ¿Qué te ha pasado en la cara? —añadió viendo los moretones.

Joan miró a Mar pero sólo encontró el mismo rostro duro e inexpresivo con que lo había premiado desde que fue a buscarla. Pero no, Guillem no podía ser tan cínico para preguntar...

—Un mal encuentro —contestó—. Los frailes también los tenemos.

—Supongo que ya los habrás excomulgado —sonrió Guillem acompañando al fraile hasta la mesa—. ¿No dicen eso las Constituciones de Paz y Tregua? —Joan y Mar se miraban—. ¿No es así?; será excomulgado aquel que rompa la paz contra clérigos desarmados... ¿No irías armado, Joan?

Guillem no tuvo oportunidad de advertir la tirantez entre Mar y el fraile puesto que al instante apareció Aledis. Las presentaciones fueron breves, Guillem quería hablar con Joan.

—Tú eres inquisidor —le dijo—, ¿qué opinas de la situación de Arnau?

—Creo que Nicolau desea condenarlo, pero no puede tener gran cosa en su contra. Supongo que pasará con un sambenito y una multa importante, que es lo que le interesa a Eimeric. Conozco a Arnau; nunca ha hecho daño a nadie. Por más que lo haya denunciado Elionor, no podrán encontrar...

—¿Y si la denuncia de Elionor fuese acompañada por la de unos sacerdotes? —Joan dio un respingo—. ¿Denunciarían nimiedades unos sacerdotes?

—¿A qué te refieres?

—Eso da igual —dijo Guillem recordando la carta de Jucef—. Contéstame. ¿Qué sucederá si avalan la denuncia unos sacerdotes?

Aledis no escuchó las palabras de Joan. ¿Debía contar lo que sabía? ¿Podría hacer algo aquel moro? Era rico... y parecía... Eulàlia y Teresa la miraron. Habían guardado silencio como les ordenó, pero ahora parecían deseosas de que hablara. No fue necesario preguntarles, las dos asintieron. Eso significaba... ¡qué más daba! Alguien tenía que hacer algo y aquel moro...

—Hay bastante más —saltó interrumpiendo las hipótesis que todavía estaba barajando Joan.

Los dos hombres y Mar fijaron su atención en ella.

—No pienso deciros cómo lo he sabido, ni quiero volver a hablar del asunto una vez que os lo haya contado. ¿Estáis de acuerdo?

—¿Qué quieres decir con eso? —preguntó Joan.

—Está bastante claro, fraile —espetó Mar.

Guillem miró sorprendido a Mar; ¿a qué venía aquel trato? Se volvió hacia Joan, pero éste había bajado la mirada.

—Continúa, Aledis. Estamos de acuerdo —aceptó Guillem.

—¿Recordáis a los dos nobles que se alojan en el hostal?

Guillem interrumpió el discurso de Aledis cuando oyó el nombre de Genís Puig.

—Tiene una hermana que se llama Margarida —le dijo Aledis.

Guillem se llevó las manos al rostro.

—¿Siguen alojados aquí? —preguntó.

Aledis siguió contando lo que habían descubierto sus muchachas; el consentimiento de Eulàlia con Genís Puig no había sido en vano. Después de descargar en ella una pasión embebida en vino, el caballero se explayó en las acusaciones que habían formulado contra Arnau ante el inquisidor.

—Dicen que Arnau quemó el cadáver de su padre —contó Aledis—; yo no puedo creer...

Joan reprimió una arcada. Todos se volvieron hacia él. El fraile, con la mano en la boca, estaba congestionado. La oscuridad, el cuerpo de Bernat colgando de aquel cadalso improvisado, las llamas...

—¿Qué tienes que decir ahora, Joan? —oyó que le preguntaba Guillem.

—Lo ejecutarán —logró articular antes de salir corriendo del hostal con la mano tapándose la boca.

La sentencia de Joan quedó flotando entre los presentes. Nadie miró a nadie.

—¿Qué sucede entre Joan y tú? —le preguntó por lo bajo Guillem a Mar cuando había transcurrido un buen rato y el fraile seguía sin aparecer.

Sólo era un esclavo... ¿Qué podía hacer un simple esclavo? Las palabras de Guillem resonaron en la cabeza de Mar. Si se lo contaba... ¡Necesitaban estar unidos! Arnau necesitaba que todos luchasen por él... incluido Joan.

—Nada —le contestó—. Ya sabes que nunca nos llevamos bien.

Mar evitó la mirada de Guillem.

—¿Me lo contarás algún día? —insistió Guillem.

Mar bajó aún más la mirada.

54

El tribunal ya estaba constituido: los cuatro dominicos y el notario sentados tras la mesa, los soldados haciendo guardia junto a la puerta y Arnau, igual de sucio que el día anterior, en pie en el centro, vigilado por todos ellos.

Al poco entraron Nicolau Eimeric y Berenguer d'Erill, arrastrando lujo y soberbia. Los soldados los saludaron y los demás componentes del tribunal se levantaron hasta que ambos tomaron asiento.

—Se inicia la sesión —dijo Nicolau—; te recuerdo —añadió dirigiéndose a Arnau— que sigues estando bajo juramento.

«Ese hombre —le había comentado al obispo camino de la sala— hablará más por el juramento prestado que por el miedo a la tortura.»

—Proceda a leer las últimas palabras del reo —continuó Nicolau dirigiéndose al notario.

«Sólo abrazan ideas, creencias, como nosotros.» Su propia declaración lo golpeó. Con la constante presencia de Mar y Aledis en su mente, había estado toda la noche pensando en lo que había dicho. Nicolau no le había permitido explicarse pero, por otra parte, ¿cómo podía hacerlo?, ¿qué iba a decirles a aquellos cazadores de herejes sobre sus relaciones con Raquel y su familia? El notario continuaba leyendo. No podía dirigir las investigaciones hacia Raquel; bastante habían sufrido con la muerte de Hasdai para echarles encima a la Inquisición...

—¿Consideras que la fe cristiana se reduce a ideas o creencias

602

que pueden ser abrazadas voluntariamente por los hombres? —preguntó Berenguer d'Erill—. ¿Acaso puede un simple mortal juzgar los preceptos divinos?

¿Por qué no? Arnau miró directamente a Nicolau. ¿Acaso no sois vosotros simples mortales? Lo quemarían. Lo quemarían como habían hecho con Hasdai y tantos otros. Un escalofrío recorrió su cuerpo.

—Me expresé incorrectamente —contestó al fin.

—¿Cómo lo expresarías entonces? —intervino Nicolau.

—No lo sé. No poseo vuestros conocimientos. Sólo puedo decir que creo en Dios, que soy un buen cristiano y que siempre he actuado conforme a sus preceptos.

—¿Consideras que quemar el cadáver de tu padre es actuar conforme a los preceptos de Dios? —gritó el inquisidor poniéndose en pie y golpeando la mesa con las dos manos.

Raquel, amparándose en las sombras, acudió a la casa de su hermano, tal como había acordado con éste.

—Sahat —dijo por todo saludo, quedándose parada en la entrada de la casa.

Guillem se levantó de la mesa que compartía con Jucef.

—Lo siento, Raquel.

La mujer contestó con una mueca. Guillem estaba a algunos pasos, pero un leve movimiento de sus brazos fue suficiente para que se acercase a ella y la abrazase. Guillem la apretó contra sí e intentó consolarla, pero su voz no respondía. «Deja que corran las lágrimas, Raquel —pensó—, deja que empiece a apagarse ese fuego que quedó en tus ojos.»

Al cabo de unos instantes, Raquel se separó de Guillem y se secó las lágrimas.

—Has venido por Arnau, ¿verdad? —le preguntó una vez recompuesta—. Tienes que ayudarlo —añadió ante el asentimiento de Guillem—; nosotros poco podemos hacer sin complicar más las cosas.

—Le estaba diciendo a tu hermano que necesito una carta de presentación para la corte.

Raquel interrogó con la mirada a su hermano, todavía sentado a la mesa.

—La conseguiremos —asintió éste—. El infante don Juan con su corte, miembros de la corte del rey y prohombres del reino están reunidos en parlamento en Barcelona para tratar el asunto de Cerdeña. Es un momento excelente.

—¿Qué piensas hacer, Sahat? —preguntó Raquel.

—No lo sé todavía. Me escribiste —añadió dirigiéndose a Jucef— que el rey está enfrentado al inquisidor. —Jucef asintió—. ¿Y su hijo?

—Mucho más —dijo Jucef—. El infante es un mecenas del arte y la cultura. Le gusta la música y la poesía, y en su corte de Gerona suele reunir a escritores y filósofos. Ninguno de ellos acepta el ataque de Eimeric a Ramon Llull. La Inquisición está mal vista entre los pensadores catalanes; a principios de siglo se condenaron por heréticas catorce obras del médico Arnau de Vilanova; la obra de Nicolás de Calabria también fue declarada herética por el propio Eimeric, y ahora persiguen a otro de los grandes como es Ramon Llull. Parece como si todo lo catalán les repugnase. Pocos son los que se atreven a escribir por miedo a la interpretación que de sus textos pueda hacer Eimeric; Nicolás de Calabria acabó en la hoguera. Por otra parte, si a alguien podría afectar el proyecto del inquisidor de ejercer su jurisdicción sobre las juderías catalanas, es al infante. Ten en cuenta que el infante vive de los impuestos que le pagamos. Te prestará atención —afirmó Jucef—, pero no te engañes: es difícil que se enfrente directamente a la Inquisición.

Guillem asintió para sus adentros.

¿Quemar el cadáver...?

Nicolau Eimeric permaneció en pie, con las manos apoyadas sobre la mesa, mirando a Arnau; estaba congestionado.

—Tu padre —masculló— era un diablo que solivantó al pueblo. Por eso lo ejecutaron y por eso tú lo quemaste, para que muriese como tal.

Nicolau terminó señalando a Arnau.

¿Cómo lo sabía? Sólo había una persona que conociera... El escribano rasgueaba con su pluma. No podía ser. Joan no... Arnau sintió que sus piernas flaqueaban.

—¿Niegas haber quemado el cadáver de tu padre? —preguntó Berenguer d'Erill.

¡Joan no podía haberlo denunciado!

—¿Lo niegas? —repitió Nicolau elevando la voz.

Los rostros de los miembros del tribunal se desfiguraron y Arnau reprimió una arcada.

—¡Teníamos hambre! —gritó—. ¿Habéis tenido hambre alguna vez? —El rostro morado de su padre con la lengua colgando se confundió con los de los que lo miraban. ¿Joan? ¿Por qué no había ido a verle?—. ¡Teníamos hambre! —gritó. Arnau oyó hablar a su padre: «Yo de ti no me sometería»—. ¿Acaso habéis tenido hambre alguna vez?

Arnau trató de abalanzarse sobre Nicolau, que seguía interrogándole con la mirada, en pie, soberbio, pero antes de que llegase a él los soldados lo inmovilizaron y lo arrastraron de nuevo al centro de la sala.

—¿Quemaste a tu padre como a un demonio? —volvió a preguntar Nicolau a voz en grito.

—¡Mi padre no era ningún demonio! —le contestó Arnau gritando también, forcejeando con los soldados que lo mantenían agarrado.

—Pero quemaste su cadáver.

«¿Por qué, Joan? Eres mi hermano y Bernat... Bernat siempre te quiso como a un hijo.» Arnau bajó la cabeza y quedó colgado de los soldados. ¿Por qué...?

—¿Te lo ordenó tu madre?

Arnau sólo logró levantar la cabeza.

—Tu madre es una bruja que transmite el mal del diablo —añadió el obispo.

¿Qué estaban diciendo?

—Tu padre asesinó a un muchacho para liberarte a ti. ¿Lo confiesas? —gritó Nicolau.

—¿Qué...? —intentó decir Arnau.

—Tú —Nicolau lo señaló— también asesinaste a un muchacho cristiano. ¿Qué pensabas hacer con él?

—¿Te lo ordenaron tus padres? —preguntó el obispo.

—¿Querías su corazón? —preguntó Nicolau.

—¿A cuántos muchachos más has asesinado?

—¿Qué relaciones mantienes con los herejes?

Inquisidor y obispo le lanzaron una retahíla de preguntas. Tu padre, tu madre, muchachos, asesinatos, corazones, herejes, judíos... ¡Joan! Arnau dejó caer la cabeza de nuevo. Temblaba.

—¿Confiesas? —terminó Nicolau.

Arnau no se movió. El tribunal dejó que el tiempo corriera. Mientras, Arnau seguía colgando de los brazos de los soldados. Al final Nicolau les hizo una seña para que abandonasen la sala. Arnau notó cómo lo arrastraban.

—¡Esperad! —ordenó el inquisidor cuando estaban a punto de abrir las puertas. Los soldados se volvieron hacia él—. ¡Arnau Estanyol! —gritó—. ¡Arnau Estanyol! —gritó de nuevo.

Arnau levantó la cabeza lentamente y miró a Nicolau.

—Podéis llevároslo —les dijo el inquisidor a los soldados en cuanto notó la mirada de Arnau sobre sí—. Anotad, notario —oyó Arnau que decía Nicolau mientras cruzaba las puertas—, el reo no ha negado ninguna de las acusaciones formuladas por este tribunal y se ha negado a confesar simulando un desvanecimiento cuya falsedad se ha descubierto cuando, libre del proceso inquisitorial y antes de abandonar la sala, ha vuelto a atender el requerimiento del mismo.

El sonido de la pluma persiguió a Arnau hasta las mazmorras.

Guillem dio orden a sus esclavos de que organizasen el traslado a la alhóndiga, muy cercana al hostal del Estanyer, cuyo propietario recibió con desagrado la noticia; dejaba a Mar, pero no podía arriesgarse a que Genís Puig lo reconociera. Los dos esclavos respondieron negando con la cabeza a cuantos intentos hizo el hostalero para impedir que el rico mercader abandonara su establecimiento. «¿Para qué quiero nobles que no pagan?», masculló al contar los dineros que le entregaron los esclavos de Guillem.

Desde la judería, Guillem se dirigió directamente a la alhóndiga; ninguno de los mercaderes de paso en la ciudad que allí se alojaban conocía su antigua relación con Arnau.

—Tengo establecimiento abierto en Pisa —le contestó a un mercader siciliano que se sentó a comer en su mesa y que se interesó por él.

—¿Qué te ha traído a Barcelona? —preguntó el siciliano.

Un amigo con problemas, estuvo a punto de responderle. El siciliano era un hombre bajo, calvo y de facciones excesivamente marcadas; le dijo que se llamaba Jacopo Lercardo. Había hablado largo y tendido con Jucef, pero conocer otra opinión siempre sería bueno.

—Hace años mantuve buenos contactos con Cataluña y he aprovechado un viaje a Valencia para explorar un poco el mercado.

—Poco hay que explorar —le dijo el siciliano sin dejar de llevarse la cuchara a la boca.

Guillem esperó a que continuara, pero Jacopo siguió enfrascado en su olla de carne. Aquel hombre no hablaría si no era con alguien que conociese el negocio tan bien como él.

—He comprobado que la situación ha cambiado mucho desde la última vez que estuve aquí. En los mercados se echa en falta a los campesinos; sus puestos están vacíos. Recuerdo que antes, hace años, el almotacén tenía que poner orden entre mercaderes y campesinos.

—Ya no tiene trabajo —dijo el siciliano sonriendo—; los campesinos ya no producen y no acuden a vender a los mercados. Las epidemias han diezmado la población, la tierra no rinde y los propios señores las abandonan y las dejan baldías. El pueblo emigra a la tierra de donde vienes: Valencia.

—He visitado a algunos antiguos conocidos. —El siciliano volvió a mirarlo por encima de la cuchara—. Ya no arriesgan su dinero en operaciones comerciales; se limitan a comprar deuda de la ciudad. Se han convertido en rentistas. Según me han dicho, hace nueve años la deuda municipal era de unas ciento sesenta y nueve mil libras; hoy puede estar en unas doscientas mil libras y sigue subiendo. El municipio no puede seguir obligándose al pago de los censales o violarios que establece como garantía de la deuda; se arruinará.

Durante unos instantes, Guillem se permitió pensar en la eterna discusión del pago de los intereses del dinero que tenían prohibido los cristianos. Retraída la actividad comercial y con ella las comandas que retribuían el dinero, otra vez habían conseguido burlar la prohibición legal con la creación de los censales o los violarios, por los cuales los ricos entregaban un dinero al municipio y éste se comprometía al pago de una cantidad anual en la que, evidentemente, se incluían los intereses prohibidos. En los violarios, si se quería devolver el principal prestado, había que pagar un tercio más del total prestado. Sin embargo, comprando deuda municipal, no se corrían los riesgos de las expediciones comerciales... mientras Barcelona pudiese pagar.

—Pero mientras no llegue esa ruina —le dijo el siciliano haciéndolo volver a la realidad— la situación es excepcional para ganar dinero en el principado...

—Vendiendo —le interrumpió Guillem.

—Principalmente —Guillem notó que el siciliano se confiaba—, pero también se puede comprar, siempre y cuando se haga con la moneda adecuada. La paridad entre el florín de oro y el croat de plata es totalmente ficticia y muy alejada de las paridades establecidas en los mercados extranjeros. La plata está saliendo de Cataluña de forma masiva y el rey sigue empeñado en sostener el valor de su florín de oro en contra del mercado; esa actitud le costará muy cara.

—¿Por qué crees que mantiene esa postura? —preguntó con interés Guillem—. El rey Pedro siempre se ha comportado como una persona sensata...

—Por simple interés político —le interrumpió Jacopo—. El florín es la moneda real; su acuñación en la ceca de Montpellier depende directamente del rey. Por el contrario, el croat se acuña en ciudades como Barcelona y Valencia por concesión real. El monarca quiere sostener el valor de su moneda aunque se equivoque;

sin embargo, para nosotros, es el mejor error que podría cometer. ¡El rey ha fijado la paridad del oro con respecto a la plata en trece veces más de lo que en realidad cuesta en otros mercados!

—¿Y las arcas reales?

Aquél era el punto al que quería llegar Guillem.

—¡Trece veces sobrevaloradas! —rió el siciliano—. El rey sigue con su guerra contra Castilla aunque parece que está pronta a terminar. Pedro el Cruel tiene problemas con sus nobles, que se han decantado por el Trastámara. A Pedro el Ceremonioso sólo le son fieles las ciudades y, al parecer, los judíos. La guerra contra Castilla ha arruinado al rey. Hace cuatro años las cortes de Monzón le concedieron un subsidio por importe de doscientas setenta mil libras a costa de nuevas concesiones a nobles y ciudades. El rey invierte ese dinero en la guerra pero pierde privilegios para el futuro, y ahora, una nueva revuelta en Córcega... Si tienes algún interés en la casa real, olvídalo.

Guillem dejó de escuchar al siciliano y se limitó a asentir con la cabeza y sonreír cuando parecía que tocaba hacerlo. El rey estaba arruinado y Arnau era uno de sus mayores acreedores. Cuando Guillem abandonó Barcelona, los préstamos a la casa real superaban las diez mil libras; ¿a cuánto ascenderían ahora? Ni siquiera debía de haber pagado los intereses de los préstamos baratos. «Lo ejecutarán.» La sentencia de Joan volvió a su memoria. «Nicolau utilizará a Arnau para reforzar su poder —le había dicho Jucef—; el rey no paga al Papa y Eimeric le ha prometido parte de la fortuna de Arnau.» ¿Estaría dispuesto el rey Pedro a convertirse en deudor de un Papa que acababa de promover una revuelta en Córcega al negar el derecho de la corona de Aragón? Pero ¿cómo lograr que el rey se opusiese a la Inquisición?

—Vuestra propuesta nos interesa.

La voz del infante se perdió en la inmensidad del salón del Tinell. Sólo tenía dieciséis años pero acababa de presidir, en nombre de su padre, el Parlamento que debía tratar de la revolución sarda. Guillem observó disimuladamente al heredero, sentado en el trono y flanqueado por sus dos consejeros, Juan Fernández de Heredia y Francesc de Perellós, ambos de pie. Se decía de él que era débil, pero aquel muchacho, dos años atrás, tuvo que juzgar, sentenciar y ejecutar a quien había sido su tutor desde que nació: Bernat de Cabrera. Después de ordenar su decapitación en la plaza del mercado de Zaragoza, el infante tuvo que mandar la cabeza del vizconde a su padre, el rey Pedro.

Aquella misma tarde Guillem había podido hablar con Francesc de Perellós. El consejero lo escuchó con atención; luego, le ordenó que esperara tras una pequeña puerta. Cuando después de una larga espera lo dejaron pasar, Guillem se encontró con el más imponente salón que jamás había pisado: una estancia diáfana de más de treinta metros de ancho, cubierta por seis largos arcos en diafragma que llegaban casi hasta el suelo, con las paredes desnudas e iluminada con antorchas. El infante y sus consejeros lo esperaban al fondo del salón del Tinell.

Aún a varios pasos del trono, hincó una rodilla en tierra.

—Sin embargo —decía el infante—, recordad que no podemos enfrentarnos a la Inquisición.

Guillem esperó hasta que Francesc de Perellós, con una mirada cómplice, le indicó que hablara.

—No deberéis hacerlo, mi señor.

—Sea —sentenció el infante, tras lo cual se levantó y abandonó el salón acompañado por Juan Fernández de Heredia.

—Levantaos —le indicó Francesc de Perellós a Guillem—. ¿Cuándo será?

—Mañana, si puedo. Si no, pasado mañana.

—Avisaré al veguer.

Guillem abandonó el palacio mayor cuando empezaba a anochecer. Miró el límpido cielo mediterráneo y respiró hondo. Le quedaba mucho por hacer.

Aquella misma tarde, cuando aún no había terminado de hablar con Jacopo el siciliano, había recibido un mensaje de Jucef: «El consejero Francesc de Perellós te recibirá esta misma tarde en el palacio mayor, cuando termine el Parlamento». Sabía cómo interesar al infante; era sencillo: condonar los importantes préstamos a la corona que obraban en los libros de Arnau para que no terminasen en manos del Papa. Pero ¿cómo liberar a Arnau sin que el duque de Gerona tuviera que enfrentarse a la Inquisición?

Guillem salió a pasear antes de dirigirse a palacio. Sus pasos lo llevaron a la mesa de Arnau. Estaba cerrada; los libros debía de tenerlos Nicolau Eimeric para evitar ventas fraudulentas y los oficiales de Arnau habían desaparecido. Miró hacia Santa María, rodeada de andamios. ¿Cómo era posible que un hombre que lo había dado todo por esa iglesia...? Su paseo prosiguió hasta el Consulado de la Mar y hasta la playa.

—¿Cómo está tu amo? —oyó a sus espaldas.

Guillem se volvió y se encontró con un *bastaix* cargado con un enorme saco a la espalda. Arnau le prestó dinero hacía años, y lo había devuelto moneda a moneda. Guillem se encogió de hombros y esbozó una mueca. Enseguida, la fila de *bastaixos* que estaba descargando un barco y que seguía al primero lo rodeó. «¿Qué le pasa a Arnau? —escuchó—. ¿Cómo pueden acusarle de hereje?» A aquél también le había prestado dinero... ¿para la dote de una de sus hijas? ¿Cuántos de ellos habían acudido a Arnau? «Si lo ves —dijo otro—, dile que hay una vela por él bajo los pies de Santa María. Nosotros nos ocupamos de que siempre esté encendida.» Guillem intentó excusar su ignorancia pero no le dejaron: los *bastaixos* despotricaron contra la Inquisición y luego siguieron su camino.

Con la visión de los *bastaixos* enardecidos, Guillem se encaminó con paso resuelto hacia el palacio mayor.

Ahora, con la silueta de Santa María recortada contra la noche a su espalda, el moro volvía a encontrarse ante la mesa de cambio de Arnau. Necesitaba la carta de pago que en su día firmó el judío Abraham Leví y que él mismo escondió tras una piedra de la pared. La puerta estaba cerrada con llave, pero había una ventana en la planta baja que nunca había cerrado bien. Guillem escrutó en la noche; parecía que no había nadie. Arnau nunca conoció la existencia de aquel documento. Guillem y Hasdai decidieron esconder los beneficios que le proporcionó la venta de esclavos bajo la apariencia de un depósito efectuado por un judío de paso en Barcelona: Abraham Leví. Arnau no habría admitido aquellos dineros. La ventana chasqueó rompiendo el silencio nocturno y Guillem se quedó paralizado. Sólo era un moro, un infiel que estaba entrando de noche en la casa de un reo de la Inquisición. De poco le serviría su bautismo si lo sorprendían. Sin embargo, los ruidos nocturnos le demostraron que el universo no estaba pendiente de él: el mar, el crujir de los andamios de Santa María, niños llorando, hombres gritando a sus mujeres...

Abrió la ventana y se coló por ella. El depósito ficticio que efectuó Abraham Leví sirvió para que Arnau negociase con aquellos dineros y obtuviese buenos beneficios, pero cada vez que hacía alguna operación, Arnau anotaba la cuarta parte a favor de Abraham Leví, el titular del depósito. Guillem dejó que sus ojos se acostumbrasen a la oscuridad, hasta que la luna empezó a mostrarse. Antes de que Abraham Leví abandonara Barcelona, Hasdai lo acompañó a un escribano para que firmase la carta de pago de los dineros que había depositado; el dinero, pues, era propiedad de Arnau, pero en los libros del cambista todavía constaba a nombre del judío y se había multiplicado año tras año.

Guillem se arrodilló junto a la pared. Era la segunda piedra de la esquina. Empezó a forzarla. Nunca encontró el momento de confesarle a Arnau aquel primer negocio que hizo a sus espaldas pero en su nombre, y el depósito de Abraham Leví fue creciendo y creciendo. La piedra se le resistía. «No te preocupes —recordaba que le había dicho Hasdai en una ocasión en que, en su presencia, Arnau le habló del judío—; tengo instrucciones de que sigas así. No te preocupes», repitió. Cuando Arnau se volvió, Hasdai miró a Guillem, que sólo pudo contestarle encogiéndose de hombros y suspirando. La piedra empezó a ceder. No. Arnau nunca hubiera admitido trabajar con dinero proveniente de la venta de esclavos. La piedra cedió y bajo ella Guillem encontró el legajo, cuidadosamente envuelto en un paño. No se preocupó de leerlo; sabía qué decía. Colocó de nuevo la piedra en el hueco y se apostó junto a la ventana. No oyó nada anormal, por lo que abandonó la mesa de Arnau tras volver a cerrarla.

55

Los soldados de la Inquisición tuvieron que entrar a por él a la mazmorra; dos de ellos lo cogieron por las axilas y lo arrastraron mientras Arnau daba traspiés y caía al suelo. Los escalones de acceso a la planta baja le golpearon los tobillos y Arnau se dejó arrastrar por los pasillos de palacio. No había dormido. Ni siquiera prestó atención a los monjes y sacerdotes que miraban cómo le llevaban a presencia de Nicolau. ¿Cómo había sido capaz Joan de denunciarlo?

Desde que lo devolvieron a las mazmorras, Arnau lloró, gritó y se golpeó con violencia contra la pared. ¿Por qué Joan? Y si Joan lo había denunciado, ¿qué tenía que ver Aledis en todo aquello? ¿Y la mujer presa? Aledis sí que tenía motivos para odiarlo; la abandonó y después la rehuyó. ¿Estaría de acuerdo con Joan? ¿De verdad habría ido a buscar a Mar? Y, si así era, ¿por qué no había ido a visitarlo? ¿Tan difícil era comprar a un vulgar carcelero?

Francesca lo oyó sollozar y bramar. Cuando escuchó los gritos de su hijo, su cuerpo se encogió aún más. Le hubiera gustado mirarlo y contestarle, mentirle incluso, pero consolarlo. «No lo resistirás», le había advertido a Aledis. Pero ¿y ella? ¿Sería capaz de resistir por mucho tiempo aquella situación? Arnau continuó quejándose al universo y Francesca se apretó contra las frías piedras de la pared.

Las puertas de la sala se abrieron y Arnau fue introducido en ella. El tribunal ya estaba constituido. Los soldados arrastraron a

Arnau hasta el centro de la sala y lo soltaron; Arnau cayó de rodillas, con las piernas abiertas, cabizbajo. Oyó que Nicolau rompía el silencio, pero fue incapaz de comprender sus palabras. ¿Qué más le daba lo que pudiera hacerle aquel fraile cuando su propio hermano ya lo había condenado? No tenía a nadie. No tenía nada.

«No te equivoques», le contestó el alguacil cuando intentó comprarlo ofreciéndole una pequeña fortuna, «ya no dispones de dinero». ¡Dinero! El dinero había sido la causa de que el rey lo casara con Elionor; el dinero se escondía tras la actitud de su esposa, que había provocado su detención. ¿Sería el dinero lo que había movido a Joan...?

—¡Traed a la madre!

Los sentidos de Arnau no pudieron continuar impasibles ante aquella orden.

Mar y Aledis, con Joan algo alejado de ellas, permanecían en la plaza Nova, frente al palacio del obispo. «La corte del infante don Juan recibirá a mi amo esta tarde», se limitó a decirles uno de los esclavos de Guillem el día anterior. Esa mañana, al amanecer, el mismo esclavo volvió a presentarse ante ellas para decirles que su amo quería que esperaran en la plaza Nova.

Y allí estaban los tres, especulando acerca de las razones por las que Guillem les había enviado aquel recado.

Arnau oyó que se abrían las puertas de la sala a sus espaldas y que los soldados volvían a entrar y recorrían la distancia hasta donde él se encontraba. Después volvieron a ocupar sus puestos junto a la puerta.

Notó su presencia. Vio sus pies descalzos, arrugados, sucios y llagados ambos, sangrantes. Nicolau y el obispo sonrieron cuando vieron a Arnau atento a los pies de su madre. Volvió la cabeza hacia ella. Aun estando él de rodillas, la anciana no lo superaba en más de un palmo; toda ella estaba encogida. Los días de prisión no habían pasado en balde para Francesca: su escaso cabello gris se alzaba enhiesto; su perfil, fija la mirada en el tribunal, era un pellejo colgante, sin un ápice de carne. Arnau no logró ver su ojo, hundido en una órbita que aparecía morada.

—Francesca Esteve —dijo Nicolau—, ¿juras por los cuatro evangelios?

La voz de la anciana, dura y firme, sorprendió a todos los presentes.

—Juro por ellos —contestó—, pero cometéis un error; no me llamo Francesca Esteve.

—¿Cómo, pues? —preguntó Nicolau.

—Mi nombre es Francesca pero no Esteve, sino Ribes. Francesca Ribes —añadió elevando la voz.

—¿Debemos recordarte tu juramento? —intervino el obispo.

—No. Por ese juramento estoy diciendo la verdad. Mi nombre es Francesca Ribes.

—¿Acaso no eres hija de Pere y Francesca Esteve? —preguntó Nicolau.

—Nunca llegué a conocer a mis padres.

—¿Desposaste con Bernat Estanyol en el señorío de Navarcles?

Arnau se irguió. ¿Bernat Estanyol?

—No. Nunca he estado en ese lugar ni he desposado con nadie.

—¿Acaso no tuviste un hijo llamado Arnau Estanyol?

—No. No conozco a ningún Arnau Estanyol.

Arnau se volvió hacia Francesca.

Nicolau Eimeric y Berenguer d'Erill cuchichearon entre sí. Después el inquisidor se dirigió al notario.

—Escucha —le ordenó a Francesca.

—Declaración de Jaume de Bellera, señor de Navarcles —empezó a leer el notario.

Arnau entrecerró los ojos al oír el nombre de Bellera. Su padre le había hablado de él. Escuchó con curiosidad la supuesta historia de su vida, aquella que su padre había zanjado con la muerte. La llamada de su madre al castillo para amamantar al hijo recién nacido de Llorenç de Bellera. ¿Bruja? Escuchó por boca del notario la versión de Jaume de Bellera sobre la huida de su madre cuando, recién nacido, sufrió los primeros ataques del mal del diablo.

—Después —continuó el notario—, el padre de Arnau Estanyol, Bernat, lo liberó en un descuido de la guardia tras asesinar a un muchacho inocente, y ambos huyeron a Barcelona abandonando sus tierras. Ya en la ciudad condal, fueron acogidos por la familia del comerciante Grau Puig. El denunciante tiene constancia de que la bruja se convirtió en una mujer pública. Arnau Estanyol es hijo de una bruja y un asesino —finalizó.

—¿Qué tienes que decir? —preguntó Nicolau a Francesca.

—Que os habéis equivocado de meretriz —contestó con frialdad la anciana.

—¡Tú! —gritó el obispo señalándola—, mujer pública. ¿Osas poner en duda el acierto de la Inquisición?

—No estoy aquí como meretriz —contestó de nuevo Francesca—, ni para ser juzgada por ello. San Agustín escribió que sería Dios quien juzgaría a las meretrices.

El obispo enrojeció.

—¿Cómo te atreves a citar a san Agustín? ¿Cómo...?

Berenguer d'Erill siguió gritando pero Arnau ya no lo escuchaba. San Agustín escribió que Dios juzgaría a las meretrices. San Agustín dijo... Hacía años..., en un mesón de Figueras, oyó esas mismas palabras de una mujer pública... ¿Acaso no se llamaba Francesca? San Agustín escribió... ¿Cómo era posible?

Arnau volvió el rostro hacia Francesca: la había visto dos veces en su vida, dos encuentros cruciales. Todos los miembros del tribunal vieron su actitud hacia la mujer.

—¡Observa a tu hijo! —gritó Eimeric—. ¿Niegas ser su madre?

Arnau y Francesca oyeron cómo resonaban aquellos gritos en las paredes de la sala; él, postrado, vuelto hacia la anciana; ella con la mirada al frente, fija en el inquisidor.

—¡Míralo! —volvió a gritar Nicolau señalando a Arnau.

Un leve temblor recorrió el cuerpo de Francesca ante el odio de aquel dedo acusador. Sólo Arnau, a su lado, percibió cómo el pellejo que colgaba de su cuello se retraía casi imperceptiblemente. Francesca no dejó de mirar al inquisidor.

—Confesarás —le aseguró Nicolau masticando la palabra—. Te aseguro que confesarás.

—*Via fora!*

El grito turbó la tranquilidad de la plaza Nova. Un muchacho la cruzó corriendo y repitiendo la llamada a las armas. «*Via fora! Via fora!*» Aledis y Mar se miraron y después miraron a Joan.

—No suenan las campanas —les contestó éste encogiéndose de hombros.

Santa María no tenía campanas.

Sin embargo, el «*Via fora*» había recorrido la ciudad condal y la gente, extrañada, se reunía en la plaza del Blat esperando encontrar el pendón de Sant Jordi junto a la piedra que marcaba el centro de ésta. En vez de ello, dos *bastaixos* armados con ballestas los dirigían hacia Santa María.

En la plaza de Santa María, bajo palio, a hombros de los *bastaixos*, la Virgen de la Mar esperaba a que el pueblo se reuniese en su derredor. Frente a la Virgen, los prohombres de la cofradía, bajo su pendón, recibían a la multitud que bajaba por la calle de la Mar, uno de ellos con la llave de la Sagrada Urna colgando del cuello. La gente se arremolinaba cerca de la Virgen, cada vez en mayor número. Apartado, junto a la puerta de la mesa de Arnau, Guillem observaba y escuchaba con atención.

—La Inquisición ha raptado a un ciudadano, al cónsul de la Mar de Barcelona —explicaban los prohombres de la cofradía.

—Pero la Inquisición... —dijo alguien.

—La Inquisición no depende de nuestra ciudad —contestó uno de los prohombres—, ni siquiera del rey. No obedece las órdenes del Consejo de Ciento, ni del veguer, ni del baile. Ninguno de ellos nombra a sus miembros; lo hace el Papa, un papa extranjero que sólo quiere el dinero de nuestros ciudadanos. ¿Cómo pueden acusar de hereje a un hombre que se ha desvivido por la Virgen de la Mar?

—¡Sólo quieren el dinero de nuestro cónsul! —gritó uno de los reunidos.

—¡Mienten para quedarse con nuestro dinero!

—Odian al pueblo catalán —alegó otro de los prohombres.

La gente iba transmitiéndose la conversación. Los gritos empezaban a resonar en la calle de la Mar.

Guillem vio que los prohombres de la cofradía daban explicaciones a los de las demás cofradías de la ciudad. ¿Quién no temía por su dinero? Aunque también la Inquisición era temible. La denuncia más absurda...

—Tenemos que defender nuestros privilegios —se oyó que decía alguien que había estado hablando con los *bastaixos*.

El pueblo empezaba a enardecerse. Las espadas, los puñales y las ballestas sobresalían por encima de las cabezas de la gente, agitándose al son de la llamada al *«Via fora»*.

El griterío se volvió ensordecedor. Guillem vio cómo llegaban algunos consejeros de la ciudad e inmediatamente se acercó al grupo que discutía frente al paso de la Virgen.

—¿Y los soldados del rey? —logró oír que preguntaba uno de los consejeros.

El prohombre repitió exactamente las palabras que Guillem le había dicho:

—Acudamos a la plaza del Blat y comprobemos qué hace el veguer.

Guillem se alejó de ellos. Durante un instante fijó la vista en la pequeña imagen de piedra que reposaba sobre los hombros de los *bastaixos*. «Ayúdale», rogó en silencio.

La comitiva se puso en marcha. «¡A la plaza del Blat!», decía la gente.

Guillem se unió a la riada que subió por la calle de la Mar hasta la plaza, a la que se abría el palacio del veguer. Pocos sabían que el objetivo de la *host* barcelonesa era comprobar qué postura tomaría el veguer por lo que, mientras entre los gritos del pueblo la Virgen era instalada donde deberían hallarse los pendones de Sant Jordi y de la ciudad, no tuvo problema para acercarse hasta el mismo palacio.

Desde el centro de la plaza, junto a la Virgen y el pendón de los bastaixos, prohombres y consejeros miraron hacia el palacio. La gente empezó a comprender. Se hizo el silencio y todos se volvieron hacia el palacio. Guillem sintió la tensión. ¿Cumpliría el pacto el infante? Los soldados se habían interpuesto en fila, entre la gente y el palacio, con las espadas desenvainadas. El veguer apareció en una de las ventanas, miró a la masa humana que se apelotonaba bajo ella y desapareció. Al cabo de unos instantes, un oficial del rey hizo acto de presencia en la plaza; miles de ojos, incluidos los de Guillem, se centraron en él.

—El rey no puede intervenir en los asuntos de la ciudad de Barcelona —exclamó—. Convocar la *host* es competencia de la ciudad.

Acto seguido ordenó a los soldados que se retiraran.

La gente observó cómo desfilaban los soldados frente a palacio y giraban por el antiguo portal de la ciudad. Antes de que el último de ellos hubiera desaparecido, un *«Via fora!»* rompió el silencio e hizo temblar a Guillem.

Nicolau iba a ordenar que llevasen a Francesca de vuelta a las mazmorras para torturarla, cuando el repique de campanas interrumpió su discurso. Primero fue la de Sant Jaume, la llamada a convocar a la *host*, y a ella se fueron sumando todas las de la ciudad. La mayoría de los sacerdotes de Barcelona eran fieles seguidores de las doctrinas de Ramon Llull, objeto de la inquina de Eimeric, y pocos vieron con malos ojos la lección que la ciudad pretendía dar a la Inquisición.

—¿La *host*? —preguntó el inquisidor a Berenguer d'Erill.

El obispo hizo un gesto de ignorancia.

La Virgen de la Mar seguía en el centro de la plaza del Blat, a la espera de los pendones de las diferentes cofradías, que se iban sumando al de los *bastaixos*. Sin embargo, la gente se dirigía ya hacia el palacio del obispo.

Aledis, Mar y Joan oyeron cómo se acercaba hasta que el *«Via fora»* empezó a resonar en la plaza Nova.

Nicolau Eimeric y Berenguer d'Erill se acercaron a una de las ventanas emplomadas y vieron, tras abrirla, a más de un centenar de personas gritando y alzando sus armas contra el palacio. El griterío aumentó cuando alguien reconoció a los dos prebostes.

—¿Qué sucede? —gritó Nicolau al oficial tras dar un respingo hacia atrás.

—Barcelona ha venido a liberar a su cónsul de la Mar —respondió a gritos un muchacho a igual pregunta de Joan.

Aledis y Mar cerraron los ojos y apretaron los labios. Después se cogieron de la mano y fijaron una mirada llorosa en aquella ventana que había quedado medio abierta.

—¡Corre en busca del veguer! —ordenó Nicolau al oficial.

Mientras, sin nadie pendiente de él, Arnau se levantó y cogió a Francesca del brazo.

—¿Por qué has temblado, mujer? —le preguntó.

Francesca reprimió una lágrima que quería caer por su mejilla, pero no pudo evitar que sus labios se contrajesen en una mueca de dolor.

—Olvídate de mí —le contestó con voz entrecortada.

El clamor del exterior interrumpió conversaciones y pensamientos. La *host*, ya completa, se acercaba a la plaza Nova. Traspasó el antiguo portal de la ciudad, pasó junto al palacio del veguer, que observaba el espectáculo desde una de las ventanas, recorrió la calle de los Seders hasta la de la Boquería y, desde allí, frente a la iglesia de Sant Jaume, cuya campana seguía animando, subió por la del Bisbe hasta el palacio.

Mar y Aledis, todavía agarradas de la mano, se asomaron a la boca de la calle. Las dos las apretaron hasta que sus nudillos emblanquecieron. La gente se estrujaba contra las paredes para dejar paso a la *host*; primero el pendón de los *bastaixos* con sus prohombres, después la Virgen bajo palio, y tras ella, en una amalgama de colores, los pendones de todas las cofradías de la ciudad.

El veguer se negó a recibir al oficial de la Inquisición.

—El rey no puede entrometerse en los asuntos de la *host* de Barcelona —le contestó el oficial real.

—Asaltarán el palacio del obispo —se quejó el enviado de la Inquisición todavía jadeando.

El otro se encogió de hombros. «¿Usas esa espada para torturar?», estuvo a punto de decirle. El oficial de la Inquisición vio aquella mirada y los dos hombres se encararon en silencio.

—Me gustaría ver cómo se mide con una espada castellana o con un alfanje moro —dijo el hombre del veguer señalándola antes de escupir a los pies del oficial de la Inquisición.

Mientras, la Virgen ya estaba frente al palacio del obispo bailando al son de los gritos de la *host*, sobre los hombros de los *bastaixos*, que poco más podían hacer que zarandear el paso para unirse al estallido de pasión del pueblo de Barcelona.

Alguien lanzó una piedra contra las cristaleras emplomadas.

La primera no acertó, pero sí la siguiente, y muchas de las que la siguieron.

Nicolau Eimeric y Berenguer d'Erill se apartaron de las ventanas. Arnau continuaba esperando una respuesta de Francesca. Ninguno de los dos se movió.

Varias personas aporreaban las puertas del palacio. Un muchacho empezó a trepar por los muros con la ballesta colgada a la espalda. La gente lo aclamó. Otros siguieron sus pasos.

—¡Basta! —gritó uno de los consejeros de la ciudad intentando apartar a quienes aporreaban la puerta—. ¡Basta! —repitió, empujándolos—, nadie ataca sin consentimiento de la ciudad.

Los hombres de la puerta pararon.

—Nadie ataca sin consentimiento de los consejeros y prohombres de la ciudad —repitió.

Los más cercanos a la puerta callaron y el mensaje se fue transmitiendo por toda la plaza. La Virgen cesó de bailar, el silencio se instaló en la *host* y la plaza fijó la vista en los seis hombres que colgaban de la fachada; el primero había alcanzado ya la destrozada ventana de la sala del tribunal.

—¡Bajad! —se oyó.

Los cinco consejeros de la ciudad y el prohombre de los *bastaixos*, con la llave de la Sagrada Urna colgando del cuello, llamaron a la puerta de palacio.

—¡Abrid a la *host* de Barcelona!

—¡Abrid! —El oficial de la Inquisición aporreó las puertas de la judería, cerradas ante el paso de la *host*—. Abrid a la Inquisición.

Había intentado llegar al palacio del obispo pero todas las calles que llevaban a él estaban abarrotadas de ciudadanos. Sólo había un modo de acercarse a palacio: a través de la judería, con la que lindaba. Desde allí, por lo menos podría transmitir el mensaje: el veguer no intervendría.

Nicolau y Berenguer recibieron la noticia todavía en la sala del tribunal: las tropas del rey no acudirían en su defensa y los consejeros amenazaban con asaltar el palacio si no se les permitía entrar.

—¿Qué quieren?

El oficial miró a Arnau.

—Liberar al cónsul de la Mar.

Nicolau se acercó a Arnau hasta que sus rostros casi llegaron a tocarse.

—¿Cómo se atreven? —escupió. Después dio media vuelta y volvió a sentarse tras la mesa del tribunal. Berenguer lo acompañó—. Dejadles entrar —ordenó Nicolau.

Liberar al cónsul de la Mar; Arnau se irguió todo lo que sus escasas fuerzas le permitieron. Desde la pregunta que le había hecho su hijo, Francesca tenía la mirada perdida. «Cónsul de la Mar.» Soy el cónsul de la Mar, le dijo a Nicolau con la mirada.

Los cinco consejeros y el prohombre de los *bastaixos* irrumpieron en el tribunal. Tras ellos, tratando de pasar inadvertido, iba Guillem, que había obtenido permiso del *bastaix* para acompañarlos.

Guillem permaneció junto a la puerta mientras los otros seis, armados, se plantaban frente a Nicolau. Uno de los consejeros se adelantó al grupo.

—¿Qué...? —empezó a decir Nicolau.

—La *host* de Barcelona —lo interrumpió el que se había adelantado, alzando la voz por encima de la del inquisidor— os ordena entregarle a Arnau Estanyol, cónsul de la Mar.

—¿Osáis dar órdenes a la Inquisición? —preguntó Nicolau.

El consejero no apartó la mirada de Nicolau Eimeric.

—Por segunda vez —advirtió—. La *host* os ordena entregar al cónsul de la Mar de Barcelona.

Nicolau balbuceó y buscó la ayuda del obispo.

—Asaltarán el palacio —le dijo éste.

—No se atreverán —susurró Nicolau.

—Es un hereje —gritó el inquisidor.

—¿No deberíais juzgarlo primero? —se oyó desde el grupo de consejeros.

Nicolau los miró con los ojos entrecerrados.

—Es un hereje —insistió.

—Por tercera y última vez, entregadnos al cónsul de la Mar.

—¿Qué queréis decir con última vez? —intervino Berenguer d'Erill.

—Mirad fuera si queréis saberlo.

—¡Detenedlos! —saltó el inquisidor haciendo aspavientos hacia los soldados apostados en la puerta.

Guillem se apartó de donde estaba, junto a los soldados. Ninguno de los consejeros se movió. Algunos soldados echaron mano de sus armas, pero el oficial al mando les indicó con un gesto que desistiesen.

—¡Detenedlos! —insistió Nicolau.

—Han venido a negociar —se opuso el oficial.

—¿Cómo te atreves...? —empezó a gritar Nicolau, ya en pie.

El oficial lo interrumpió:

—Decidme vos cómo queréis que defienda este palacio y después los detendré; el rey no acudirá en nuestra ayuda. —El oficial hizo un gesto hacia el exterior, desde donde empezaban a llegar gritos del gentío. Después miró al obispo en busca de ayuda.

—Podéis llevaros a vuestro cónsul de la Mar —contestó el obispo—; queda libre.

Nicolau enrojeció.

—¿Qué decís...? —exclamó cogiendo al obispo por el brazo.

Berenguer d'Erill se zafó de él con un violento movimiento del brazo.

—Vos no tenéis autoridad para entregarnos a Arnau Estanyol —dijo el consejero dirigiéndose al obispo—. Nicolau Eimeric —continuó—, la *host* de Barcelona os ha concedido tres oportunidades; entregadnos al cónsul de la Mar o ateneos a las consecuencias.

Acompañando las palabras del consejero, una piedra se coló en la estancia y se estrelló en el frontal de la larga mesa tras la que estaban sentados los miembros del tribunal; hasta los dominicos dieron un respingo en sus asientos. El griterío había vuelto a tomar la plaza Nova. Entró otra piedra; el notario se levantó, cogió sus legajos y se refugió en el extremo opuesto. Lo mismo intentaron hacer los frailes negros más cercanos a la ventana, pero un gesto del inquisidor los obligó a interrumpir la huida.

—¿Estáis loco? —le susurró el obispo.

Nicolau empezó a pasear la mirada por los presentes, hasta encontrarse con la de Arnau; sonreía.

—¡Hereje! —bramó.

—Ya es suficiente —dijo el consejero dando media vuelta.

—¡Lleváoslo! —insistió el obispo.

—Sólo hemos venido a negociar —alegó el consejero deteniéndose y alzando la voz por encima del bullicio que llegaba de la plaza—. Si la Inquisición no se pliega a las exigencias de la ciudad y libera al preso, deberá ser la *host* la que lo haga. Es la ley.

Nicolau, en pie frente a todos ellos, temblaba con los ojos inyectados en sangre y fuera de sus órbitas. Dos nuevas piedras se estrellaron contra las paredes del tribunal.

—Asaltarán el palacio —le dijo el obispo, sin reparo de que le oyeran—. ¡Qué más os da! Tenéis su declaración y sus bienes. Declaradlo hereje igualmente; está condenado a huir de por vida.

Los consejeros y el prohombre de los *bastaixos* habían alcanzado las puertas del tribunal. Los soldados se hicieron a un lado con el miedo reflejado en sus rostros. Guillem sólo prestaba atención a la conversación entre el obispo y el inquisidor. Mientras,

Arnau continuaba en el centro de la estancia, junto a Francesca, desafiando a Nicolau, que se negaba a mirarlo.

—¡Lleváoslo! —cedió por fin el inquisidor.

Primero fue la gente de la plaza y después la de las abarrotadas calles adyacentes; todos estallaron en vítores cuando los consejeros aparecieron por la puerta de palacio junto a Arnau. Francesca arrastraba los pies tras ellos; nadie se preocupó de la anciana cuando Arnau la cogió del brazo y la empujó fuera del tribunal. Sin embargo, en la puerta de la sala la había soltado y se había detenido. Los consejeros lo habían instado a continuar el camino. Nicolau, en pie tras la mesa, lo observaba ajeno a la lluvia de piedras que entraba por la ventana; una de ellas impactó en su brazo izquierdo pero el inquisidor ni siquiera se movió. Todos los demás miembros del tribunal se habían refugiado lejos de la pared de la fachada, por la que se colaba la ira de la *host*.

Arnau se había parado junto a los soldados, pese a las protestas de los consejeros que lo apremiaban.

—Guillem...

El moro se le acercó, lo cogió por los hombros y lo besó en la boca.

—Ve con ellos, Arnau —lo conminó—. Fuera te esperan Mar y tu hermano. Yo todavía tengo cosas que hacer aquí. Después iré a verte.

Pese a los esfuerzos de los consejeros por protegerlo, la gente se abalanzó sobre Arnau en cuanto pisó la plaza; lo abrazaron, lo tocaron y lo felicitaron. Los rostros sonrientes de la gente aparecieron frente a él en una rueda inacabable. Nadie quería apartarse para dejar paso a los consejeros y los rostros le hablaban a gritos.

Los embates de la gente hacían que el grupo de los cinco consejeros de la ciudad y el prohombre de los *bastaixos*, con Arnau en el centro, fuera de un lado para otro. El griterío penetraba en lo más profundo de Arnau. La sucesión de caras era interminable. Las piernas le empezaron a flaquear. Arnau levantó la vista por encima de las cabezas de la gente pero sólo logró ver una infinidad de ballestas, espadas y puñales alzados al cielo, subiendo y bajando al son de los gritos de la *host*, una y otra vez, una y otra vez... Quiso apoyarse en los consejeros y cuando empezaba a caer, una pequeña figura de piedra apareció entre el mar de ballestas, danzando igual que ellas.

Guillem había vuelto y su Virgen le sonreía. Arnau cerró los ojos y se dejó llevar en volandas por los consejeros.

Ni Mar ni Aledis ni Joan lograron acercarse a Arnau por más empujones y codazos que propinaron. Lo atisbaron en brazos de los consejeros cuando la Virgen de la Mar y los pendones iniciaron su regreso a la plaza del Blat. Quienes también lo vieron fueron Jaume de Bellera y Genís Puig, mezclados entre la gente. Hasta entonces habían unido sus espadas a las miles de armas que se alzaban contra el palacio del obispo y se habían visto obligados a sumarse a los gritos contra el inquisidor, aunque en su fuero interno rogaban que Nicolau resistiese y que el rey se replantease su postura y acudiese en defensa del Santo Oficio. ¿Cómo era posible que aquel rey por el que tantas veces habían arriesgado su vida...?

Al ver a Arnau, Genís Puig empezó a voltear su espada en el aire y a aullar como un poseso. El señor de Navarcles conocía aquel grito, el mismo que había oído en otras ocasiones cuando el caballero se lanzaba al ataque, a galope tendido y con la espada girando por encima de su cabeza. El arma de Genís chocó contra las ballestas y las espadas de quienes los rodeaban. La gente empezó a apartarse de él y Genís Puig avanzó hacia la comitiva, que estaba a punto de abandonar la plaza Nova por la calle del Bisbe. ¿Cómo pretendía enfrentarse a toda la *host* de Barcelona? Lo matarían, primero a él y después...

Jaume de Bellera se lanzó sobre su amigo y lo obligó a bajar la espada. Los más cercanos a ellos los miraron con extrañeza pero la multitud seguía empujando hacia la calle del Bisbe. El hueco volvió a cerrarse tan pronto como Genís dejó de aullar y voltear la espada. El señor de Bellera lo apartó de quienes lo habían visto emprender el ataque.

—¿Te has vuelto loco? —le dijo.

—Lo han liberado... ¡Libre! —Genís contestó con la mirada puesta en los pendones que ya empezaban a bajar por la calle del Bisbe. Jaume de Bellera lo obligó a volver el rostro hacia él.

—¿Qué pretendes?

Genís Puig volvió a mirar hacia los pendones y trató de zafarse de Jaume de Bellera.

—¡Venganza! —contestó.

—No es ése el camino —advirtió el señor de Bellera—, no es ése el camino. —Después lo zarandeó con todas sus fuerzas hasta que Genís respondió—. Encontraremos la forma...

Genís lo miró fijamente; le temblaban los labios.

—¿Me lo juras?

—Por mi honor.

La sala del tribunal fue quedando en silencio a medida que la *host* abandonaba la plaza Nova. Cuando los gritos de victoria del último ciudadano giraron por la calle del Bisbe, la agitada respiración del inquisidor cobró presencia. Nadie se había movido. Los soldados aguantaron firmes, pendientes de que sus armas y correajes no entrechocaran. Nicolau paseó su mirada por los presentes; no fue necesaria palabra alguna: «Traidor —le recriminó a Berenguer d'Erill—; cobardes», insultó a los demás. Cuando dirigió su atención a los soldados, descubrió la presencia de Guillem.

—¿Qué hace aquí este infiel? —gritó—. ¿Es preciso semejante escarnio?

El oficial no supo qué responder; Guillem había entrado con los consejeros y no advirtió su presencia, pendiente como estaba de las órdenes del inquisidor. Por su parte, Guillem estuvo a punto de negar su condición de infiel y proclamar su bautismo, pero no llegó a hacerlo: pese a los esfuerzos del inquisidor general por conseguirlo, el Santo Oficio no tenía jurisdicción sobre judíos y moros. Nicolau no podía detenerlo.

—Me llamo Sahat de Pisa —dijo Guillem alzando la voz—, y desearía hablar con vos.

—No tengo nada que hablar con un infiel. Expulsad a este...

—Creo que os interesa lo que tengo que deciros.

—Poco me importa lo que puedas creer.

Nicolau hizo un gesto al oficial, quien desenvainó la espada.

—Quizá os importe saber que Arnau Estanyol está *abatut* —insistió Guillem empezando a retroceder ante la amenaza del oficial—. No podréis disponer de un solo sueldo de su fortuna.

Nicolau suspiró y miró al techo de la sala. Sin necesidad de órdenes expresas, el oficial dejó de amenazar a Guillem.

—Explícate, infiel —lo instó el inquisidor.

—Tenéis los libros de Arnau Estanyol; revisadlos.

—¿Crees que no lo hemos hecho?

—Sabed que las deudas del rey han sido condonadas.

El propio Guillem firmó la carta de pago y se la entregó a Francesc de Perellós. Arnau nunca llegó a revocar sus poderes, como el moro comprobó en los libros del magistrado municipal de cambios.

Nicolau no movió un solo músculo. Todos en la sala coincidieron en el mismo pensamiento: aquélla era la razón por la que el veguer no había intervenido.

Transcurrieron unos instantes, durante los cuales Guillem y Nicolau se sostuvieron la mirada. Guillem sabía lo que en aquellos precisos momentos rondaba la cabeza del inquisidor: «¿Qué le dirás a tu papa? ¿Cómo le pagarás la cantidad que le has prometido? Ya has mandado la carta; no hay posibilidad alguna de que no sea entregada al Papa. ¿Qué le dirás? Necesitas su apoyo frente a un rey al que no has hecho más que enfrentarte».

—¿Y qué tienes tú que ver con todo esto? —preguntó al fin Nicolau.

—Puedo explicároslo..., en privado —exigió Guillem ante el gesto que le había hecho Nicolau.

—¡La ciudad se levanta contra la Inquisición y ahora un simple infiel me exige una audiencia privada! —se lamentó a gritos Nicolau—. ¿Qué os habéis creído?

«¿Qué le dirás a tu papa? —le preguntó Guillem con la mirada—. ¿Acaso te interesa que toda Barcelona conozca tus manejos?»

—Registradlo —ordenó el inquisidor al oficial—, comprobad que no lleve armas y acompañadlo a la antesala de mi escritorio. Esperad allí hasta que yo llegue.

Vigilado por el oficial y dos soldados, Guillem permaneció en pie en la antesala del inquisidor. Nunca se había atrevido a contarle a Arnau el origen de su fortuna: la importación de esclavos. Condonadas las deudas del rey, si la Inquisición requisaba la fortuna de Arnau también requisaba sus deudas y sólo él, Guillem, sabía que los apuntes a favor de Abraham Leví eran falsos; si él no mostraba la carta de pago que en su día firmó el judío, el patrimonio de Arnau era inexistente.

56

Tan pronto como pisó la plaza Nova, Francesca se apartó de la puerta y se pegó de espaldas a la pared del palacio. Desde allí vio cómo la gente se abalanzaba sobre Arnau y cómo los consejeros intentaban infructuosamente que el cordón que habían formado a su alrededor no se rompiese. «¡Mira a tu hijo!» Las palabras de Nicolau acallaron los gritos de la *host*. «¿No querías que lo mirase, inquisidor? Ahí está, y te ha vencido.» Francesca se irguió contra la pared cuando vio que Arnau se desmayaba, pero pronto la gente hizo que desapareciera de su vista y todo se redujo a un mar de cabezas, armas, pendones y, en medio, la pequeña Virgen violentamente zarandeada.

Poco a poco, sin dejar de gritar y exhibir sus armas, la *host* fue introduciéndose en la calle del Bisbe. Francesca no se movió de donde estaba. Necesitaba el apoyo de la pared; las piernas ya no la aguantaban. Cuando la plaza empezó a vaciarse, las dos se vieron. Aledis no había querido seguir a Mar y Joan: era imposible que Francesca se hallase entre los consejeros. Una anciana como ella... ¡Allí estaba! Se le hizo un nudo en la garganta al ver a Francesca aferrada al único apoyo que había logrado encontrar, pequeña, encogida, indefensa...

Empezó a correr hacia ella en el mismo instante en que los soldados de la Inquisición, lejanos ya los gritos de la *host*, se atrevían a asomarse a la puerta del palacio. Francesca se había quedado a un paso del umbral.

—¡Bruja! —le escupió el primer soldado.

Aledis se paró en seco a escasa distancia de Francesca y los soldados.

—Dejadla —gritó Aledis. Varios soldados se encontraban ya en el exterior del palacio—. Dejadla o les llamaré —los amenazó, señalando las últimas espaldas que giraban por la calle del Bisbe.

Algunos soldados miraron hacia allí; sin embargo, otro desenvainó la espada.

—El inquisidor aprobará la muerte de una bruja —dijo.

Francesca ni siquiera miró a los soldados. Sus ojos seguían fijos en la mujer que había corrido hacia ella. ¿Cuántos años habían pasado juntas?, ¿cuántos sufrimientos?

—¡Dejadla, perros! —gritó Aledis dando unos pasos atrás y señalando a la *host*; quería correr hacia ellos pero el soldado ya había levantado el arma sobre Francesca. La hoja de la espada parecía más grande que ella—. Dejadla —gimió.

Francesca vio cómo Aledis se llevaba las manos al rostro y caía de rodillas. La había recogido en Figueras y desde entonces... ¿Moriría sin abrazarla?

El soldado había tensado ya todos los músculos cuando los ojos de Francesca lo atravesaron.

—Las brujas no mueren bajo la espada —lo advirtió con voz serena. El arma tembló en manos del soldado. ¿Qué decía aquella mujer?—. Sólo el fuego purifica la muerte de una bruja. —¿Era cierto aquello? El soldado buscó el apoyo de sus compañeros, pero éstos empezaron a retroceder—. Si me matas con la espada, te perseguiré de por vida, ¡a todos! —Nadie hubiera podido imaginar que de aquel cuerpo brotase el grito que acababan de oír. Aledis levantó la mirada—. Os perseguiré a vosotros —susurró Francesca—, a vuestras esposas e hijos y a los hijos de vuestros hijos, y a sus esposas. ¡Yo os maldigo! —Por primera vez desde que había abandonado el palacio, Francesca prescindió del apoyo de las piedras. Los demás soldados ya habían vuelto al interior; sólo quedaba el de la espada en alto—. Yo te maldigo —le dijo señalándolo—; mátame y tu cadáver no encontrará reposo. Me convertiré en mil gusanos y devoraré tus órganos. Haré míos tus ojos para la eternidad.

Mientras Francesca seguía amenazando al soldado, Aledis se levantó y se acercó a ella. Rodeó su hombro y empezó a andar.

—Tus hijos sufrirán la lepra... —Las dos pasaron bajo la espada del soldado—. Tu esposa se convertirá en la meretriz del diablo...

No volvieron la mirada. El soldado permaneció un rato con la espada en alto, luego la bajó y se volvió hacia las dos figuras que cruzaban lentamente la plaza.

—Vámonos de aquí, hija mía —le dijo Francesca en cuanto tomaron la calle del Bisbe, ya desierta.

Aledis tembló.

—Tengo que pasar por el hostal...

—No, no. Vámonos. Ahora. Sin perder un instante.

—¿Y Teresa y Eulàlia...?

—Ya les mandaremos recado —contestó Francesca apretando contra sí a la muchacha de Figueras.

Al llegar a la plaza de Sant Jaume, bordearon la judería en dirección a la puerta de la Boquería, la más cercana. Caminaban abrazadas, en silencio.

—¿Y Arnau? —preguntó Aledis.

Francesca no contestó.

La primera parte había salido como la había planeado. En aquellos momentos, Arnau debía de estar con los *bastaixos*, en el pequeño barco de cabotaje que había fletado Guillem. El pacto con el infante don Juan había sido preciso; Guillem recordó sus palabras: «A lo único que se compromete el lugarteniente —le había dicho Francesc de Perellós tras escucharlo— es a no enfrentarse a la *host* de Barcelona; en ningún caso desafiará a la Inquisición, intentará forzarla a que haga algo o pondrá en duda sus resoluciones. Si tu plan prospera y Estanyol es liberado, el infante no lo defenderá si la Inquisición vuelve a detenerlo o lo condena; ¿está claro?». Guillem asintió y le entregó la carta de pago de los préstamos baratos concedidos al rey. Ahora quedaba la segunda parte: convencer a Nicolau de que Arnau estaba arruinado y de que poco iba a conseguir persiguiéndolo o condenándolo. Podrían haber huido todos a Pisa y dejar los bienes de Arnau en poder de la Inquisición; de hecho ya los tenía, y la condena de Arnau, aun sin su presencia, conllevaría su requisa. Por eso Guillem intentaba engañar a Eimeric; no tenía nada que perder y sí mucho que ganar: la tranquilidad de Arnau; que la Inquisición no lo persiguiera de por vida.

Nicolau lo hizo esperar varias horas, al cabo de las cuales apareció acompañado de un pequeño judío vestido con la obligada levita negra, en la que destacaba una rodela amarilla. El judío llevaba varios libros bajo el brazo y seguía al inquisidor con pasos cortos y rápidos. Evitó mirar a Guillem cuando Nicolau les ordenó a ambos, con un gesto, que entrasen en el despacho.

No los invitó a sentarse. Él sí lo hizo, tras su mesa.

—Si es cierto lo que dices —empezó a hablar dirigiéndose a Guillem—, Estanyol está *abatut*.

—Vos sabéis que es cierto —dijo Guillem—; el rey no adeuda cantidad alguna a Arnau Estanyol.

—En ese caso, podría hacer llamar al magistrado municipal de cambios —dijo el inquisidor—. Sería irónico que la misma ciudad que lo ha liberado del Santo Oficio lo ejecutase por *abatut*.

«Eso nunca sucederá —estuvo tentado de contestarle Guillem—; yo tengo la libertad de Arnau; simplemente con presentar la carta de pago de Abraham Leví...» No. Nicolau no lo había recibido para amenazarle con denunciar a Arnau al magistrado municipal. Quería su dinero, el que le había prometido a su papa, el mismo del que aquel judío, con seguridad el amigo de Jucef, le había dicho que podía disponer.

Guillem calló.

—Podría hacerlo —insistió Nicolau.

Guillem abrió las manos y el inquisidor lo escrutó.

—¿Quién eres? —le preguntó al fin.

—Me llamo...

—Ya, ya —lo interrumpió Eimeric con la mano—; te llamas Sahat de Pisa. Lo que quisiera saber es qué hace un pisano en Barcelona, defendiendo a un hereje.

—Arnau Estanyol tiene muchos amigos, incluso en Pisa.

—¡Infieles y herejes! —gritó Nicolau.

Guillem volvió a abrir las manos. ¿Cuánto tardaría en sucumbir al dinero? Nicolau pareció entenderlo. Guardó silencio unos instantes.

—¿Qué tienen que proponer esos amigos de Arnau Estanyol a la Inquisición? —cedió al fin.

—En esos libros —dijo Guillem señalando al pequeño judío, que no había separado la mirada de la mesa de Nicolau— constan apuntes a favor de un acreedor de Arnau Estanyol, una fortuna.

Por primera vez, el inquisidor se dirigió al judío.

—¿Es cierto?

—Sí —contestó el judío—. Desde el inicio de la actividad hay apuntes a favor de Abraham Leví...

—¡Otro hereje! —lo interrumpió Nicolau.

Los tres guardaron silencio.

—Continúa —ordenó el inquisidor.

—Esos apuntes se han multiplicado a lo largo de los años. A fecha de hoy podrían ser más de quince mil libras.

Un destello brilló en los ojos entrecerrados del inquisidor. Ni Guillem ni el judío dejaron de advertirlo.

—¿Y bien? —preguntó dirigiéndose a Guillem.

—Los amigos de Arnau Estanyol podrían conseguir que el judío renunciase a su crédito.

Nicolau se arrellanó en la silla de madera.

—Vuestro amigo —dijo— está en libertad. El dinero no se regala. ¿Por qué iba alguien, por más amigo que sea, a ceder quince mil libras?

—Arnau Estanyol solamente ha sido liberado por la *host*.

Guillem recalcó el solamente; Arnau podía seguir considerándose sometido al Santo Oficio. Había llegado el momento. Lo había estado sopesando durante las horas de espera en la antesala, mientras miraba las espadas de los oficiales de la Inquisición. No debía menospreciar la inteligencia de Nicolau. La Inquisición no tenía jurisdicción sobre un moro... salvo que Nicolau demostrase que la había atacado directamente. Nunca podía proponer un pacto a un inquisidor. Debía de ser Eimeric quien lo ofreciera. Un infiel no podía intentar comprar al Santo Oficio.

Nicolau lo instó con la mirada a continuar. «No me pillarás», pensó Guillem.

—Quizá tengáis razón —dijo—. Lo cierto es que no hay una razón lógica, una vez liberado Arnau, para que alguien aporte tal cantidad de dinero. —Los ojos del inquisidor se convirtieron en estrechas rendijas—. No comprendo por qué me han mandado aquí; me dijeron que vos entenderíais, pero comparto vuestra acertada opinión. Siento haberos hecho perder el tiempo.

Guillem esperó a que Nicolau se decidiese. Cuando el inquisidor se irguió en la silla y abrió los ojos, Guillem supo que había ganado.

—Idos —le ordenó al judío. Tan pronto como el hombrecillo cerró la puerta, Nicolau continuó, pero siguió sin ofrecerle asiento—. Vuestro amigo está libre, es cierto, pero el proceso en su contra no ha finalizado. Tengo su confesión. Aun libre, puedo sentenciarlo como hereje relapso. La Inquisición —continuó como si hablase para sí— no puede ejecutar las sentencias de muerte; tiene que ser el brazo secular, el rey. Vuestros amigos —añadió dirigiéndose a Guillem— deben saber que la voluntad del rey es voluble. Quizá algún día...

—Estoy seguro de que tanto vos como su majestad harán lo que deban hacer —contestó Guillem.

—El rey tiene muy claro lo que debe hacer: luchar contra el infiel y llevar la cristiandad a todos los rincones del reino, pero la Iglesia...; a menudo es difícil saber cuál es la mejor opción para los intereses de un pueblo sin fronteras. Vuestro amigo, Arnau Estanyol, ha confesado su culpa y esa confesión no puede quedar sin castigo. —Nicolau se detuvo y volvió a escrutar a Guillem. «Debes ser tú», insistió éste con la mirada—. Con todo —continuó el inquisidor ante el silencio de su interlocutor—, la Iglesia y la Inquisición deben ser benevolentes si con esa actitud logran proveer otras necesidades que, a la postre, reviertan en el bien común. Tus amigos, esos que te han mandado, ¿aceptarían una condena menor?

«No voy a negociar contigo, Eimeric —pensó Guillem—. Sólo Alá, loado sea su nombre, sabe lo que podrías obtener si me detuvieras, sólo Él sabe si tras estas paredes hay ojos observándonos y oídos escuchándonos. Tienes que ser tú quien proponga la solución.»

—Nadie pondrá nunca en duda las decisiones de la Inquisición —le contestó.

Nicolau se removió en su silla.

—Has solicitado audiencia privada alegando que podrías tener algo que me interesaba. Has dicho que unos amigos de Arnau Estanyol podrían conseguir que su mayor acreedor renunciase a un crédito por importe de quince mil libras. ¿Qué es lo que quieres, infiel?

—Sé lo que no quiero —se limitó a contestar Guillem.

—Está bien —dijo Nicolau levantándose—. Una condena mínima: sambenito durante todos los domingos de un año en la catedral y tus amigos consiguen la renuncia del crédito.

—En Santa María. —Guillem se sorprendió al oírse, pero las palabras habían surgido de lo más profundo de su ser. ¿Dónde sino en Santa María podía cumplir Arnau la pena de sambenito?

57

Mar intentó seguir al grupo que transportaba a Arnau, pero la multitud de gente congregada se lo impedía. Recordó las últimas palabras de Aledis:

—Cuídalo —le gritó por encima del clamor de la *host*. Sonreía.

Mar salió a toda prisa, trastabillando de espaldas a la riada humana que la arrastraba.

—Cuídalo mucho —repitió Aledis mientras Mar continuaba mirándola, tratando de esquivar a cuantos le venían de frente—; yo quise hacerlo hace muchos años...

De repente desapareció.

Mar estuvo a punto de caer al suelo y ser pisoteada. «La *host* no es para las mujeres», le reprochó un hombre que no había tenido reparo alguno en empujarla. Logró darse la vuelta. Buscó los pendones que ya estaban llegando a la plaza de Sant Jaume, al final de la calle del Bisbe. Por primera vez en aquella mañana, Mar dejó de lado las lágrimas y de su garganta salió un grito que acalló los de cuantos la rodeaban. Ni siquiera pensó en Joan. Gritó, empujó, pateó a quienes la precedían y fue abriéndose paso a codazos.

La *host* se concentró en la plaza del Blat. Mar estaba bastante cerca de la Virgen, la cual, a hombros de los *bastaixos*, bailaba sobre la piedra del centro de la plaza, pero Arnau... Mar creyó distinguir una discusión entre algunos hombres y los consejeros de la ciudad.

Entre ellos..., sí, allí estaba. Sólo le faltaban unos pasos, pero en la plaza la gente estaba muy apiñada. Arañó en el brazo a un hombre que se negó a apartarse. El hombre desenfundó un puñal y por un instante...; sin embargo, acabó riendo a carcajadas y cediéndole el paso. Tras él tenía que estar Arnau pero cuando le dio la espalda sólo encontró a los consejeros y al prohombre de los *bastaixos*.

—¿Dónde está Arnau? —le preguntó jadeante y sudorosa.

El *bastaixo*, imponente, con la llave de la Sagrada Urna colgando del cuello, bajó la vista para mirarla. Era un secreto. La Inquisición...

—Soy Mar Estanyol —le dijo comiéndose las palabras—. Soy huérfana de Ramon el *bastaix*. Debiste de conocerlo.

No. No lo había conocido pero había oído hablar de él, de su hija y de que Arnau la había prohijado.

—Corre a la playa —se limitó a decirle.

Mar cruzó la plaza y voló por la calle de la Mar, despejada de gente de la *host*. Los alcanzó a la altura del consulado; un grupo de seis *bastaixos* llevaban en volandas a Arnau, todavía aturdido.

Mar quiso abalanzarse sobre ellos, pero antes de que pudiese hacerlo, uno de los *bastaixos* se interpuso; las instrucciones del pisano habían sido precisas: nadie debía conocer el paradero de Arnau.

—¡Suéltame! —gritó Mar pataleando en el aire.

El *bastaix* la tenía cogida por la cintura intentando no dañarla. No pesaba ni la mitad que cualquiera de las piedras o de los fardos que acarreaba todos los días.

—¡Arnau! ¡Arnau!

¿Cuántas veces había soñado con oír aquel grito? Cuando abría los ojos se veía en volandas, en manos de unos hombres cuyos rostros siquiera lograba distinguir. Lo llevaban a algún lugar, presurosos, en silencio. ¿Qué estaba sucediendo? ¿Dónde estaba? ¡Arnau! Sí, era el mismo grito que un día lanzaron en silencio los ojos de una muchacha a la que había traicionado, en la masía de Felip de Ponts.

¡Arnau! La playa. Los recuerdos se confundieron con el rumor de las olas y la brisa de olor salobre. ¿Qué hacía en la playa?

—¡Arnau!

La voz le llegó lejana.

Los *bastaixos* se metieron en el agua, en dirección a la barca que debía llevar a Arnau hasta el laúd fletado por Guillem, que esperaba en mitad del puerto. El agua del mar salpicó a Arnau.

—Arnau.

—Esperad —balbuceó intentando erguirse—, esa voz... ¿Quién...?

—Una mujer —contestó uno de ellos—. No causará problemas. Debemos...

Arnau aguantaba en pie, al lado de la barca, agarrado de las axilas por los *bastaixos*. Miró hacia la playa. «Mar te espera». Las palabras de Guillem silenciaron cuanto le rodeaba. Guillem, Nicolau, la Inquisición, las mazmorras: todo acudió en torbellino a su mente.

—¡Dios! —exclamó—. Traedla. Os lo ruego.

Uno de los *bastaixos* se apresuró hasta donde Mar seguía retenida.

Arnau la vio correr hacia él.

Los *bastaixos*, que también la miraban, dejaron de hacerlo cuando Arnau se soltó de ellos; parecía como si la más suave de las olas pudiera derribarle con sólo lamer sus pantorrillas.

Mar se detuvo ante Arnau, que tenía los brazos caídos; entonces vio una lágrima que caía por su mejilla. Se acercó y la recogió con los labios.

No cruzaron palabra. Ella misma ayudó a los *bastaixos* a subirlo a la barca.

De nada le serviría enfrentarse al rey de forma tan directa.

Desde que Guillem se había ido, Nicolau andaba de un lado a otro de su despacho. Si Arnau no tenía dinero tampoco le servía de nada sentenciarlo. El Papa nunca lo relevaría de la promesa que le había hecho. El pisano lo tenía atrapado. Si quería cumplir con el Papa...

Unos golpes en la puerta distrajeron su atención, pero tras desviar la mirada hacia ella, Nicolau continuó su camino.

Sí. Una condena menor salvaría su reputación como inquisidor, le evitaría un enfrentamiento con el rey y le proporcionaría el suficiente dinero para...

Los golpes en la puerta se repitieron.

Nicolau volvió a mirar hacia ella.

Le hubiera gustado llevar a la hoguera a aquel Estanyol. ¿Y su madre? ¿Qué había sido de la vieja? Seguro que había aprovechado la confusión...

Los golpes retumbaron en el interior de la estancia. Nicolau, cerca de la puerta, la abrió con violencia.

—¿Qué...?

Jaume de Bellera, con el puño cerrado, estaba a punto de golpear de nuevo.

—¿Qué queréis? —preguntó el inquisidor mirando al oficial que debería haber estado montando guardia en la antesala y que ahora se encontraba arrinconado, tras la espada de Genís Puig—. ¿Cómo os atrevéis a amenazar a un soldado del Santo Oficio? —bramó.

Genís apartó la espada y miró a su compañero.

—Llevamos mucho tiempo esperando —contestó el señor de Navarcles.

—No deseo recibir a nadie —dijo Nicolau al oficial, ya libre del acoso de Genís—; os lo he dicho.

El inquisidor hizo un amago de cerrar la puerta, pero Jaume de Bellera se lo impidió.

—Soy un barón de Cataluña —dijo arrastrando las palabras—, y merezco el respeto acorde con mi condición.

Genís asintió a las palabras de su amigo y volvió a interponerse, espada en mano, en el camino del oficial, que intentaba acudir en ayuda del inquisidor.

Nicolau miró a los ojos del señor de Bellera. Podía pedir ayuda; el resto de la guardia no tardaría en acudir, pero aquellos ojos crispados... ¿Quién sabía qué podían hacer dos hombres acostumbrados a imponer su voluntad? Suspiró. Desde luego aquél no parecía el mejor día de su vida.

—Y bien, barón —cedió—, ¿qué queréis?

—Prometisteis condenar a Arnau Estanyol y, en cambio, lo habéis dejado escapar.

—No recuerdo haber prometido nada y en cuanto a que yo lo he dejado escapar... Ha sido vuestro rey, ese cuya nobleza reclamáis para vos, quien no ha acudido en socorro de la Iglesia. Pedidle a él las explicaciones.

Jaume de Bellera balbuceó unas palabras indescifrables y agitó las manos.

—Podéis condenarlo todavía —dijo al fin.

—Ha escapado —alegó Nicolau.

—¡Nosotros os lo traeremos! —gritó Genís Puig, amenazando aún al oficial pero con la atención puesta en ellos.

Nicolau volvió la mirada hacia el caballero. ¿Por qué tenía que darles explicaciones?

—Os proporcionamos pruebas suficientes de su pecado —intervino Jaume de Bellera—. La Inquisición no puede...

—¿Qué pruebas? —ladró Eimeric. Aquellos dos pedantes le estaban concediendo la oportunidad de salvar su honra. Si desvirtuaba esas pruebas...—. ¿Qué pruebas? —repitió—. ¿La denuncia de un endemoniado como vos, barón? —Jaume de Bellera trató de intervenir, pero Nicolau se lo impidió moviendo violentamente la mano—. He estado buscando esos documentos que dijisteis que el obispo entregó cuando nacisteis. —Los dos se enfrentaron con la mirada—. No los he encontrado ¿sabéis?

Genís Puig dejó caer la mano que sostenía la espada.

—Deben de estar en los archivos del obispado —se defendió Jaume de Bellera.

Nicolau se limitó a negar con la cabeza.

—¿Y vos, caballero? —gritó Nicolau dirigiéndose a Genís—. ¿Qué tenéis vos contra Arnau Estanyol? —El inquisidor reconoció en Genís el miedo de quien esconde la verdad; aquél era su trabajo—. ¿Sabéis que mentir a la Inquisición es un delito? —Genís buscó apoyo en Jaume de Bellera, pero el noble tenía la mirada perdida en algún punto del despacho del inquisidor. Estaba solo—. ¿Qué me decís, caballero? —Genís se movió buscando dónde esconder la mirada—. ¿Qué os hizo el cambista? —se ensañó Nicolau—. ¿Arruinaros quizá?

Genís respondió. Fue sólo un segundo, un segundo en el que

miró de reojo al inquisidor. Era eso. ¿Qué podía hacerle un cambista a un caballero sino arruinarlo?

—A mí, no —contestó ingenuamente.

—¿A vos, no? ¿A vuestro padre entonces?

Genís bajó la vista.

—¡Habéis intentado utilizar al Santo Oficio mediante la mentira! ¡Habéis denunciado en falso para vuestra venganza personal!

Jaume de Bellera volvió a la realidad azuzado por los gritos del inquisidor.

—Quemó a su padre —insistió Genís en voz casi inaudible.

Nicolau golpeó el aire con la mano abierta. ¿Qué convenía hacer ahora? Detenerlos y someterlos a juicio sólo supondría mantener vivo un asunto que era preferible enterrar cuanto antes.

—Compareceréis ante el notario y retiraréis vuestras denuncias; en caso contrario... ¿Entendido? —gritó ante la pasividad de ambos. Los dos asintieron—. La Inquisición no puede juzgar a un hombre basándose en falsas denuncias. Id —finalizó, acompañando su orden con un gesto dirigido al oficial.

—Juraste venganza por tu honor —le recordó Genís Puig a Jaume de Bellera cuando se volvían hacia la puerta.

Nicolau oyó la exigencia del caballero. También escuchó la contestación.

—Ningún señor de Navarcles ha incumplido nunca un juramento —afirmó Jaume de Bellera.

El inquisidor general entrecerró los ojos. Ya tenía bastante. Había dejado en libertad a un encausado. Acababa de ordenar a unos testigos que retirasen sus denuncias. Estaba manteniendo tratos comerciales con... ¿un pisano?, ¡ni siquiera sabía con quién! ¿Y si Jaume de Bellera cumplía su juramento antes de que él accediera a la fortuna que le quedaba a Arnau? ¿Mantendría el acuerdo el pisano? Aquel asunto debía silenciarse definitivamente.

—Pues en esta ocasión —bramó a las espaldas de los dos hombres—, el señor de Navarcles incumplirá su juramento.

Los dos se volvieron.

—¿Qué decís? —exclamó Jaume de Bellera.

—Que el Santo Oficio no puede permitir que dos... —hizo un gesto de desprecio con la mano— seglares pongan en entredicho la sentencia que se ha dictado. Ésa es la justicia divina. ¡No existe otra venganza! ¿Entendéis, Bellera? —El noble dudó—. Como cumpláis vuestro juramento os juzgaré por endemoniado. ¿Me habéis entendido ahora?

—Pero un juramento...

—En nombre de la Santa Inquisición os relevo de él. —Jaume de Bellera asintió—. Y vos —añadió dirigiéndose a Genís Puig—, os cuidaréis mucho de vengar aquello que la Inquisición ya ha juzgado. ¿Me he explicado?

Genís Puig asintió.

El laúd, una pequeña embarcación de diez metros de eslora arbolada con vela latina, había buscado refugio en una recóndita cala de las costas de Garraf, escondida del paso de otras embarcaciones y a la que sólo se podía acceder por mar.

Un chamizo precariamente construido por los pescadores con los desechos que el Mediterráneo arrojaba a la cala rompía la monotonía de las piedras y guijarros grises que peleaban con el sol por devolver la luz y el calor con que las acariciaba.

El piloto del laúd había recibido, junto con una buena bolsa de monedas, órdenes concretas de Guillem. «Lo dejarás allí con un marinero de confianza, con agua y comida suficiente, y después te dedicarás al cabotaje, pero elige puertos cercanos y regresa a Barcelona al menos cada dos días para recibir instrucciones mías; recibirás más dinero cuando termine todo», le había prometido para ganarse su lealtad. No hubiera sido necesario que lo hiciera: Arnau era querido por la gente de la mar, que lo consideraba un cónsul justo, pero el hombre aceptó aquellos buenos dineros. Sin embargo, no contaba con Mar y la muchacha se negó a compartir los cuidados de Arnau con un marinero.

—Yo me ocuparé de él —le aseguró una vez que desembarcaron en la cala y acomodaron a Arnau bajo el chamizo.

—Pero el pisano... —trató de intervenir el piloto.

—Dile al pisano que Mar está con él, y si pone algún inconveniente, vuelve con tu marinero.

Se expresó con una autoridad impropia en una mujer. El piloto la miró e intentó oponerse de nuevo.

—Ve —se limitó a ordenarle.

Cuando el laúd se perdió tras las rocas que protegían la cala, Mar respiró hondo y levantó el rostro al cielo. ¿Cuántas veces se había negado a sí misma aquella fantasía? ¿Cuántas veces, con el recuerdo de Arnau presente, trató de convencerse de que su destino era otro? Y ahora... Miró hacia el chamizo. Seguía durmiendo. Durante la travesía, Mar comprobó que no tuviera fiebre ni estuviera herido. Se sentó junto a la borda, con las piernas cruzadas, y apoyó la cabeza de Arnau en alto, sobre ellas.

Éste abrió los ojos en varias ocasiones, la miró y volvió a cerrarlos con una sonrisa en los labios. Ella, con sus dos manos, cogió una de las suyas y cada vez que Arnau la miraba, apretaba hasta que él, de nuevo, se entregaba complacido al sueño. Así una y otra vez, como si Arnau quisiera comprobar que su presencia era real. Y ahora... Mar volvió al chamizo y se sentó a los pies del hombre.

Estuvo dos días recorriendo Barcelona, recordando los lugares que habían formado parte de su vida durante tanto tiempo. Poco habían cambiado las cosas durante los cinco años que Guillem había estado en Pisa. Pese a la crisis, la ciudad era un hervidero. Barcelona continuaba abierta al mar, defendida tan sólo por las *tasques* en las que Arnau varó el ballenero cuando Pedro el Cruel amenazó con su flota las costas de la ciudad condal; mientras, seguía erigiéndose la muralla occidental que había ordenado levantar Pedro III. También continuaba la construcción de las atarazanas reales. Hasta que se terminaran, los barcos varaban y se reparaban o se construían en las viejas atarazanas, a pie de playa, frente a la torre de Regomir. Allí, Guillem se dejó llevar por el fuerte olor del alquitrán con el que los calafates, tras mezclarlo con estopa, impermeabilizaban las naves. Observó el trabajo de los carpinteros de ribera, de los remolares, de los herreros y de los sogueros. Tiempo atrás acompañaba a Arnau a inspeccionar el trabajo de estos últimos para comprobar que en las sogas destinadas a cabos o jarcias no se mezclara cáñamo viejo con el nuevo. Paseaban entre los barcos, solemnemente acompañados por los carpinteros de ribera. Después de comprobar las sogas, Arnau se dirigía, indefectiblemente, hacia los calafates. Despedía a cuantos lo acompañaban y junto a él, observado de lejos por los demás, hablaba en privado con ellos.

«Su labor es esencial; la ley impide que trabajen a destajo», le explicó a Guillem la primera vez. Por eso el cónsul hablaba con los calafates, para saber si alguno de ellos, movido por la necesidad, incumplía aquella norma destinada a garantizar la seguridad de los barcos.

Guillem observó cómo uno de ellos, de rodillas, repasaba minuciosamente la juntura que acababa de calafatear. La imagen le hizo cerrar los ojos. Apretó los labios y movió la cabeza. Habían luchado mucho el uno junto al otro, y ahora Arnau estaba recluido en una cala a la espera de que el inquisidor lo sentenciase a una condena menor. ¡Cristianos! Al menos tenía consigo a Mar..., su niña. Guillem no se extrañó cuando el piloto del laúd, tras dejar a Mar y Arnau, apareció en la alhóndiga y le explicó lo sucedido. ¡Aquélla era su niña!

—Suerte, preciosa —murmuró.

—¿Cómo decís?

—Nada, nada. Habéis hecho bien. Salid del puerto y volved dentro de un par de días.

El primer día no recibió noticia de Eimeric. El segundo volvió a adentrarse en Barcelona. No podía seguir esperando en la alhóndiga; dejó en ella a sus criados con la orden de que lo buscasen por toda la ciudad si alguien preguntaba por él.

Los barrios de los mercaderes seguían exactamente igual. Barcelona podía recorrerse con los ojos cerrados, con la única guía del característico olor de cada uno de ellos. La catedral, como Santa María o la iglesia del Pi, seguían en construcción, aunque el templo de la mar estaba mucho más avanzado que los otros dos.

645

Santa Clara estaba en obras y también Santa Anna. Guillem se paró ante cada una de las iglesias para observar el trabajo de carpinteros y albañiles. ¿Y la muralla del mar?, ¿y el puerto? Curiosos aquellos cristianos.

—Preguntan por vos en la alhóndiga —le dijo jadeando uno de los criados el tercer día.

«¿Ya has cedido, Nicolau?», se preguntó Guillem apresurándose hacia la alhóndiga.

Nicolau Eimeric firmó la sentencia en presencia de Guillem, en pie frente a la mesa. Después la selló y se la entregó en silencio.

Guillem cogió el documento y allí mismo empezó a leerlo.

—Al final, al final —lo urgió el inquisidor.

Había obligado al escribano a trabajar toda la noche y no iba a estar todo el día esperando a que aquel infiel la leyera.

Guillem miró a Nicolau por encima del documento y continuó leyendo los razonamientos del inquisidor. O sea que Jaume de Bellera y Genís Puig habían retirado su denuncia; ¿cómo lo habría conseguido Nicolau? El testimonio de Margarida Puig era cuestionado por Nicolau tras tener conocimiento el tribunal de que su familia había sido arruinada debido a los negocios mantenidos con Arnau; y la de Elionor..., ¡no había acreditado la entrega y sumisión obligada de toda mujer a su esposo!

Además, Elionor sostenía que el denunciado había abrazado públicamente a una judía con quien le suponía relaciones carnales, y citaba como testigos de dicho acto público al propio Nicolau y al obispo Berenguer d'Erill. Guillem volvió a observar a Nicolau por encima de la sentencia; el inquisidor sostuvo su mirada. «No es cierto —decía Nicolau— que el denunciado abrazara a ninguna judía en el momento referido por doña Elionor. Ni él ni Berenguer d'Erill, quien también firmaba la sentencia —Guillem pasó entonces a la última página para comprobar la firma y el sello del obispo—, podían corroborar tal denuncia. El humo, el fuego, el bullicio, la pasión, cualquiera de esas circunstancias —continuaba diciendo Nicolau—, puede haber propiciado que una mujer, débil por naturaleza, haya creído presenciar tal situación. Siendo, pues, notoriamente falsa la acusación vertida por doña Elionor en cuanto a la relación de Arnau con una judía, poca credibilidad podía otorgársele al resto de su denuncia.»

Guillem sonrió.

Los únicos hechos que ciertamente podían considerarse punibles eran los denunciados por los sacerdotes de Santa María de la Mar. Las palabras blasfemas habían sido reconocidas por el reo, si bien se había arrepentido de ellas ante el tribunal, objetivo último de todo proceso inquisitorial. Por ello se condenaba a Arnau Estanyol a una multa consistente en la requisa de todos sus bienes, así como a cumplir penitencia durante todos los domingos de un año, frente a Santa María de la Mar, cubierto con el sambenito propio de los condenados.

Guillem terminó de leer los formalismos legales y se fijó en las firmas y sellos del inquisidor y el obispo. ¡Lo había conseguido!

Enrolló el documento y buscó en el interior de sus ropas la carta de pago firmada por Abraham Leví para entregársela a Nicolau. Guillem presenció en silencio cómo éste leía el documento que significaba la ruina de Arnau, pero también su libertad y su vida; de todas formas, tampoco hubiera sabido explicarle nunca de dónde provenía ese dinero y por qué aquella carta de pago había estado escondida durante tantos años.

58

Arnau durmió lo que restaba de día. Al anochecer, Mar encendió una pequeña hoguera con la hojarasca y los leños que los pescadores habían acumulado en el chamizo. El mar estaba en calma. La mujer alzó la mirada al cielo estrellado. Después lo hizo hacia el despeñadero que rodeaba la cala; la luna jugaba con las aristas de las rocas iluminándolas caprichosamente aquí y allá.

Respiró el silencio y saboreó la calma. El mundo no existía. Barcelona no existía, la Inquisición tampoco, ni siquiera Elionor o Joan: sólo ella... y Arnau.

A medianoche oyó ruidos en el interior del chamizo. Se levantó para dirigirse hacia él cuando Arnau salió a la luz de la luna. Ambos se quedaron quietos, a unos pasos de distancia.

Mar estaba entre Arnau y el fuego de la hoguera. El resplandor de las llamas definía su silueta y escondía en sombras sus rasgos. «¿Acaso estoy ya en el cielo?», pensó Arnau. A medida que sus ojos se acostumbraban a la penumbra, las facciones que habían perseguido sus sueños fueron cobrando forma; primero fueron sus ojos, brillantes, ¿cuántas noches había llorado por ellos?; después su nariz, sus pómulos, su mentón... y su boca, aquellos labios... La figura abrió los brazos hacia él y el resplandor de las llamas se coló por sus costados, acariciando un cuerpo delineado a través de unas vestiduras etéreas, cómplices de luz y oscuridad. Lo llamaba.

Arnau acudió a la llamada. ¿Qué sucedía? ¿Dónde estaba? ¿De

verdad se trataba de Mar? Encontró la respuesta al coger sus manos, en la sonrisa que se abría a él, en el cálido beso que recibió en los labios.

Después, Mar se abrazó a Arnau con fuerza y el mundo volvió a la realidad. «Abrázame», oyó que le pedía. Arnau rodeó la espalda de la muchacha y apretó su cuerpo contra el de la joven. La oyó llorar. Sintió los espasmos de su pecho contra el suyo y le acarició la cabeza meciéndola con suavidad. ¿Cuántos años habían tenido que transcurrir para disfrutar de aquel momento? ¿Cuántos errores había llegado a cometer?

Arnau separó la cabeza de Mar de su hombro y la obligó a mirarlo a los ojos.

—Lo siento —empezó a decirle—, siento haberte entregado...

—Calla —lo interrumpió ella—. No existe el pasado. No hay nada que perdonar. Empecemos a vivir desde hoy. Mira —le dijo separándose y cogiéndole de una mano—, el mar. El mar no sabe nada del pasado. Ahí está. Nunca nos pedirá explicaciones. Las estrellas, la luna, ahí están y siguen iluminándonos, brillan para nosotros. ¿Qué les importa a ellas lo que haya podido suceder? Nos acompañan y son felices por ello; ¿las ves brillar? Titilan en el cielo; ¿lo harían si les importara? ¿Acaso no se levantaría una tempestad si Dios quisiera castigarnos? Estamos solos, tú y yo, sin pasado, sin recuerdos, sin culpas, sin nada que pueda interponerse en nuestro... amor.

Arnau mantuvo la vista en el cielo, después lo hizo en el mar, en las pequeñas olas que arribaban suavemente hasta la cala sin ni siquiera llegar a romper. Miró la pared de roca que los protegía y se balanceó en el silencio.

Se volvió hacia Mar sin soltar su mano. Tenía algo que contarle, algo doloroso, algo que había jurado ante la Virgen tras la muerte de su primera esposa y a lo que no podía renunciar. Mirándola a los ojos, en un susurro, se lo explicó.

Cuando terminó el relato, Mar suspiró.

—Sólo sé que no pienso volver a abandonarte, Arnau. Quiero estar contigo, cerca de ti... En las condiciones que tú propongas.

Al amanecer del quinto día llegó un laúd, del que sólo desembarcó Guillem. Los tres se encontraron en la orilla. Mar se separó de los dos hombres para permitir que se fundieran en un abrazo.

—¡Dios! —sollozó Arnau.

—¿Qué Dios? —preguntó Guillem con un nudo en la garganta, apartando a Arnau y mostrando en una sonrisa su blanca dentadura.

—El de todos —contestó Arnau sumándose a su alegría.

—Ven aquí, mi niña —dijo Guillem abriendo un brazo.

Mar se acercó a los dos y los abrazó por la cintura.

—Ya no soy tu niña —le dijo ella con una pícara sonrisa.

—Siempre lo serás —corrigió Guillem.

—Siempre lo serás —confirmó Arnau.

De tal guisa, los tres abrazados, fueron a sentarse alrededor de los restos de la hoguera de la noche anterior.

—Eres libre, Arnau —le comunicó Guillem nada más acomodarse en el suelo; le tendió la sentencia.

—Dime qué dice —le pidió Arnau negándose a cogerla—. Nunca he leído un documento que viniera de ti.

—Dice que se requisan tus bienes... —Guillem miró a Arnau, pero no observó reacción alguna—. Y que se te condena a pena de sambenito durante todos los domingos de un año ante las puertas de Santa María. Por lo demás, la Inquisición te deja en libertad.

Arnau se imaginó descalzo, vestido con una túnica de penitente hasta los pies con dos cruces pintadas, antes las puertas de su iglesia.

—Debí suponer que lo conseguirías cuando te vi en el tribunal, pero no estaba en condiciones...

—Arnau —lo interrumpió Guillem—, ¿has oído lo que he dicho? La Inquisición requisa todos tus bienes.

Arnau guardó silencio durante unos instantes.

—Estaba muerto, Guillem —contestó—; Eimeric iba a por mí. Y por otra parte, habría dado todo lo que tengo..., tenía —se corrigió cogiendo a Mar de la mano— por estos últimos días.

—Guillem desvió la mirada hacia Mar y se encontró con una amplia sonrisa y unos ojos brillantes. Su niña; sonrió a su vez—. He estado pensando...

—¡Traidor! —le reprochó Mar con un mohín simpático.

Arnau palmeó la mano de la muchacha.

—Por lo que recuerdo, debió de costar mucho dinero que el rey no se enfrentara a la *host*.

Guillem asintió.

—Gracias —dijo Arnau.

Los dos hombres se miraron.

—Bien —añadió Arnau decidiendo romper el hechizo—, ¿y a ti? ¿Cómo te ha ido durante estos años?

Con el sol ya en lo alto, los tres se dirigieron hacia el laúd tras hacer señales al marinero para que se acercase a la cala. Arnau y Guillem embarcaron.

—Sólo un momento —les pidió Mar.

La muchacha se volvió hacia la cala y miró el chamizo. ¿Qué le esperaba ahora? La pena de sambenito, Elionor...

Mar bajó la mirada.

—No te preocupes por ella —la consoló Arnau acariciándole el cabello—; sin dinero no nos molestará. El palacio de la calle de Montcada forma parte de mi patrimonio, por lo que ahora pertenece a la Inquisición. Sólo le queda Montbui. Tendrá que marcharse allí.

—El castillo —murmuró Mar—. ¿Se lo quedará la Inquisición?

—No. El castillo y las tierras nos fueron entregadas en dote por el rey. La Inquisición no puede requisarlas como patrimonio mío.

—Lo siento por los payeses —murmuró Mar recordando el día en que Arnau derogó los malos usos.

Nadie habló de Mataró, de la masía de Felip de Ponts.

—Saldremos adelante... —empezó a decir Arnau.

—¿De qué hablas? —lo interrumpió Guillem—. Tendréis todo el dinero que necesitéis. Si quisierais, podríamos volver a comprar el palacio de la calle Montcada.

—Ése es tu dinero —negó Arnau.

—Ése es nuestro dinero. Mirad —les dijo a ambos—, no tengo a nadie aparte de vosotros. ¿Que voy a hacer yo con el dinero que he conseguido gracias a tu generosidad? Es vuestro.

—No, no —insistió Arnau.

—Vosotros sois mi familia. Mi niña... y el hombre que me dio la libertad y riqueza. ¿Significa eso que no me queréis en vuestra familia?

Mar alargó el brazo para tocar a Guillem. Arnau balbuceó:

—No... No quería decir eso... Por supuesto...

—Pues el dinero va conmigo —volvió a interrumpirlo Guillem—. ¿O quieres que se lo ceda a la Inquisición?

La pregunta robó una sonrisa a Arnau.

—Y tengo grandes proyectos —añadió Guillem.

Mar continuó mirando hacia la cala. Una lágrima cayó por su mejilla. No se movió. Llegó hasta sus labios y se perdió en la comisura. Volvían a Barcelona. A cumplir una condena injusta, con la Inquisición, con Joan, el hermano que lo había traicionado... Y con una esposa a la que despreciaba y de la que no podía liberarse.

59

Guillem había alquilado una casa en el barrio de la Ribera. Evitó el lujo, pero la casa era suficientemente amplia para acoger a los tres; con una habitación para Joan, pensó Guillem cuando dio las oportunas instrucciones. Arnau fue recibido con cariño por las gentes de la playa cuando desembarcó del laúd en el puerto de Barcelona. Algunos mercaderes que vigilaban el transporte de sus mercaderías o transitaban por las cercanías de la lonja lo saludaron con un movimiento de cabeza.

—Ya no soy rico —le comentó a Guillem sin dejar de andar y devolviendo los saludos.

—Cómo.corren las noticias —le contestó éste.

Arnau había dicho que lo primero que quería hacer al desembarcar era visitar Santa María para agradecerle a la Virgen su liberación; sus sueños habían pasado de la confusión a la nitidez de la pequeña figura saltando por encima de las cabezas de la gente mientras él era llevado en volandas por los consejeros de la ciudad. Sin embargo, su trayecto se vio interrumpido al pasar por la esquina de Canvis Vells y Canvis Nous. La puerta y las ventanas de su casa, de su mesa de cambios, estaban abiertas de par en par. Frente a ella había un grupo de curiosos que se hicieron a un lado cuando vieron llegar a Arnau. No entraron. Los tres reconocieron algunos de los muebles y efectos que los soldados de la Inquisición amontonaban sobre un carro junto a la puerta: la larga mesa, que sobresalía del carro y había sido atada con cuerdas, el tapete rojo, la cizalla para cortar la moneda falsa, el ábaco, los cofres...

La aparición de una figura de negro que anotaba los enseres desvió la atención de Arnau. El dominico dejó de apuntar y clavó la mirada en él. La gente guardó silencio mientras Arnau reconocía aquellos ojos: eran los que lo habían escrutado durante los interrogatorios, tras la mesa, junto al obispo.

—Carroñeros —musitó.

Eran sus pertenencias, su pasado, sus alegrías y sus sinsabores. Jamás hubiera pensado que presenciar cómo le expoliaban... Nunca había dado importancia a sus bienes, y, sin embargo, se llevaban toda una vida.

Mar notó sudor en la mano de Arnau.

Alguien, desde atrás, abucheó al fraile; inmediatamente, los soldados dejaron los enseres y desenvainaron sus armas. Tres soldados más aparecieron desde el interior con las armas ya en la mano.

—No permitirán otra humillación a manos del pueblo —advirtió Guillem tirando de Mar y Arnau.

Los soldados arremetieron contra el grupo de curiosos, que salió corriendo en todas direcciones. Arnau se dejó llevar por Guillem, mirando hacia atrás, con la vista puesta en el carro.

Olvidaron Santa María, hasta cuyo portal llegaron algunos de los soldados que perseguían a la gente. La rodearon apresuradamente para llegar a la plaza del Born y, desde allí, a su nueva casa.

La noticia del regreso de Arnau corrió por la ciudad. Los primeros en presentarse fueron unos *missatges* del consulado. El oficial no se atrevió a mirar a Arnau a la cara. Cuando se dirigió a él lo hizo utilizando su título, «muy honorable», pero debía entregarle la carta por la que el Consejo de Ciento de la ciudad lo destituía de su cargo. Tras leerla, Arnau ofreció su mano al oficial, quien entonces sí levantó la mirada.

—Ha sido un honor trabajar con vos —le dijo.

—El honor ha sido mío —contestó Arnau—. No quieren pobres —les comentó a Guillem y Mar cuando oficial y soldados abandonaron la casa.

—De eso tenemos que hablar —intervino Guillem.

Pero Arnau negó con la cabeza. Todavía no, adujo.

Muchas otras personas pasaron por la nueva casa de Arnau. A algunas, como el prohombre de la cofradía de los *bastaixos*, las recibió Arnau; otras, de condición humilde, se limitaron a expresar sus mejores deseos a los criados que les atendían.

El segundo día se presentó Joan. Desde que tuvo noticia de la llegada de Arnau a Barcelona, Joan no había dejado de preguntarse qué le habría contado Mar. Cuando la incertidumbre se le hizo insoportable, decidió enfrentarse a sus miedos e ir a ver a su hermano.

Arnau y Guillem se levantaron cuando Joan entró en el comedor. Mar continuó sentada, junto a la mesa.

«¡Quemaste el cadáver de tu padre!» La acusación de Nicolau Eimeric resonó en los oídos de Arnau tan pronto como vio aparecer a Joan. Había tratado de no pensar en ello.

Desde la puerta del comedor, Joan balbuceó algunas palabras; después anduvo los pasos que lo separaban de Arnau con la cabeza gacha.

Arnau entrecerró los ojos. Venía a disculparse. ¿Cómo pudo su hermano...?

—¿Cómo pudiste hacerlo? —le soltó cuando Joan llegó hasta él.

Joan desvió la mirada de los pies de Arnau hasta Mar. ¿Acaso ella no le había castigado lo suficiente? ¿Tenía que contarle a Arnau...? La muchacha, sin embargo, parecía sorprendida.

—¿A qué has venido? —preguntó Arnau con voz fría.

Buscó una excusa desesperadamente...

—Hay que pagar los gastos del hostal —se oyó decir a sí mismo.

Arnau golpeó el aire con la mano y se dio la vuelta hasta darle la espalda.

Guillem llamó a uno de sus criados y le dio una bolsa de dinero.

—Acompaña al fraile a liquidar la cuenta del hostal —ordenó.

Joan buscó ayuda en el moro pero éste ni siquiera parpadeó. Desanduvo el camino hasta la puerta y desapareció por ella.

—¿Qué ha sucedido entre vosotros? —preguntó Mar tan pronto como Joan abandonó el comedor.

Arnau guardó silencio. ¿Deberían saberlo? ¿Cómo explicarles que quemó el cadáver de su propio padre y que su hermano lo había denunciado a la Inquisición? Él era el único que lo sabía.

—Olvidemos el pasado —contestó finalmente—, al menos la parte que podamos.

Mar se quedó en silencio durante unos instantes; después asintió.

Joan abandonó la casa tras el esclavo de Guillem. Durante el trayecto al hostal, el joven tuvo que volverse en varias ocasiones hacia el dominico, puesto que éste se quedaba parado en la calle, con la mirada perdida. Habían tomado el camino que llevaba a la alhóndiga, el que conocía el muchacho.

En la calle Montcada, sin embargo, el esclavo no consiguió que Joan le siguiera. El fraile permanecía inmóvil ante los portalones del palacio de Arnau.

—Ve tú a pagar —le dijo Joan liberándose de los tirones del muchacho—. Yo tengo que cobrarme otra deuda —murmuró para sí.

Pere, el viejo esclavo, le condujo a presencia de Elionor. Lo repetía en un susurro desde que cruzó el umbral; su tono de voz aumentó mientras subía la escalinata de piedra, con Pere, que se volvía extrañado hacia él, y lo soltó con voz atronadora cuando estuvo frente a Elionor, antes de que ésta pudiera decir nada:

—¡Sé que has pecado!

La baronesa, en pie en el salón, lo miró, altanera.

—¿Qué estupideces dices, fraile? —replicó.

—Sé que has pecado —repitió Joan.

Elionor soltó una carcajada antes de darle la espalda.

Joan observó el traje de rico brocado que vestía la mujer. Mar había sufrido. Él había sufrido. Arnau... Arnau tenía que haber sufrido tanto como ellos.

Elionor continuaba riendo de espaldas.

—¿Quién te crees que eres, fraile?

—Soy un inquisidor del Santo Oficio —contestó Joan—. Y en tu caso no necesito confesión alguna.

Elionor se volvió en silencio ante la frialdad de las palabras de Joan. Vio que tenía una lámpara de aceite en la mano.

—¿Qué...?

No le dio tiempo a terminar. Joan lanzó la lámpara contra su cuerpo. El aceite impregnó sus lujosas vestiduras y prendió al instante.

Elionor aulló.

Toda ella se había convertido en una antorcha cuando el anciano Pere acudió en ayuda de su señora, llamando a gritos al resto de los esclavos. Joan vio que descolgaba un tapiz para echarlo sobre Elionor. Apartó al esclavo de un manotazo, pero en la puerta del salón ya se agolpaban otros criados, con los ojos desorbitados.

Alguien pidió agua.

Joan observó a Elionor, que había caído de rodillas, envuelta en llamas.

—Perdóname, Señor —balbuceó.

Entonces buscó otra lámpara. La cogió y con ella en la mano se acercó a Elionor. Los bajos de su hábito prendieron.

—¡Arrepiéntete! —gritó antes de que el fuego lo envolviera.

Dejó caer la lámpara sobre Elionor y se arrodilló a su lado.

La alfombra sobre la que estaban empezó a arder con fuerza. Algunos muebles lo hacían también.

Cuando los esclavos aparecieron con el agua, se limitaron a arrojarla desde las puertas del salón. Después, tapándose el rostro, huyeron de la densa humareda.

60

15 de agosto de 1384
Festividad de la Asunción
Iglesia de Santa María de la Mar
Barcelona

Habían transcurrido dieciséis años.

Desde la plaza de Santa María, Arnau levantó la mirada al cielo. El repicar de las campanas de la iglesia llenaba toda Barcelona. El vello de sus brazos respondió a la música y se erizó; un escalofrío recorrió su cuerpo al son de las cuatro campanas. Había visto cómo alzaban las cuatro, mientras deseaba acercarse para tirar de las sogas junto a los jóvenes: la Assumpta, la más grande, de ochocientos setenta y cinco kilos; la Conventual, la mediana, de seiscientos cincuenta; la Andrea, de doscientos, y la Vedada, la más pequeña, de cien, en lo alto de la torre.

Aquel día se inauguraba Santa María, su iglesia, y las campanas parecían sonar de modo distinto a como lo hacían desde que las instalaron… ¿o sería que él las oía de otra forma? Miró hacia las torres ochavadas que cerraban la fachada principal por sus dos lados: altas, esbeltas y ligeras, de tres cuerpos, cada uno de ellos más estrecho a medida que se alzaban hacia el cielo; abiertas a los cuatro vientos mediante ventanas ojivales; rodeadas de barandas en cada uno de sus niveles y acabadas con terrados a nivel. Durante su construcción le dijeron a Arnau que serían sencillas, naturales, sin agujas ni chapiteles, naturales como el mar, a cuya patrona protegían, pero imponentes y fantásticas, pensó Arnau al contemplarlas, como también lo era la mar.

La gente, con sus mejores galas, se congregaba en Santa María; algunos entraban en la iglesia, otros, como Arnau, permanecían fuera contemplando su belleza y escuchando la música que tocaban sus campanas. Arnau apretó contra sí a Mar, a la que tenía abrazada por la derecha; a su izquierda, erguido, compartiendo el placer de su padre, un muchacho de trece años con un lunar sobre el ojo derecho.

Acompañado de su familia, mientras las campanas seguían repicando, Arnau accedió a Santa María de la Mar. La gente que en aquel momento estaba entrando se detuvo y le abrió paso. Aquélla era la iglesia de Arnau Estanyol; como *bastaix* había acarreado sobre sus espaldas las primeras piedras; como cambista y cónsul de la Mar, la había favorecido con importantes donaciones, y después, como comerciante del seguro marítimo, había continuado haciéndolo. Sin embargo, Santa María no se había librado de las catástrofes. El 28 de febrero de 1373, un terremoto que asoló Barcelona derribó el campanario de la iglesia. Arnau fue el primero en contribuir a su reconstrucción.

—Necesito dinero —le dijo entonces a Guillem.

—Tuyo es —le contestó el moro consciente del desastre y de que aquella misma mañana Arnau había recibido la visita de un miembro de la Junta de Obra de Santa María.

Porque la fortuna había vuelto a sonreírles. Aconsejado por Guillem, Arnau optó por dedicarse a los seguros marítimos. Cataluña, huérfana de regulación al contrario de lo que sucedía en Génova, Venecia o Pisa, era un paraíso para los primeros que emprendieron este negocio, pero sólo los comerciantes prudentes como Arnau y Guillem lograron sobrevivir. El sistema financiero del principado se estaba hundiendo y con él la gente que pretendía obtener beneficios rápidos, como quienes aseguraban la carga por encima de su valor, con lo que difícilmente se volvía a tener noticias de ella, o como quienes aseguraban nave y mercaderías aun después de que se supiera que los corsarios habían apresado la nave, y apostaban que la noticia pudiera ser falsa. Arnau y Guillem eligieron bien las naves y mejor el riesgo, y pronto recuperaron para aquel nuevo negocio la vasta red de representantes con la que habían trabajado como cambistas.

El 26 de diciembre de 1379, Arnau no pudo preguntar a Guillem si podía destinar dinero a Santa María. El moro había fallecido un año atrás, de repente. Arnau lo encontró sentado en el huerto, en su silla, siempre orientada hacia La Meca, hacia donde rezaba en un secreto por todos conocido. Arnau habló con los miembros de la comunidad mora y, por la noche, se hicieron cargo del cadáver de Guillem.

Aquella noche, la del 26 de diciembre de 1379, un terrible incendio devastó Santa María. El fuego redujo a cenizas la sacristía, el coro, los órganos, los altares y todo lo que hasta entonces se había construido en su interior que no fuera de piedra. Pero también la piedra sufrió los efectos del incendio, siquiera fuese en su cincelado, y la piedra de clave en la que estaba representado el rey Alfonso el Benigno, padre del Ceremonioso, que pagó aquella parte de la obra, quedó totalmente destruida.

El rey montó en cólera ante la destrucción del homenaje a su regio progenitor y exigió que la obra se reconstruyese, pero bastante tenían los habitantes del barrio de la Ribera en costear una nueva piedra de clave como para satisfacer los deseos del monarca. Todo el esfuerzo y el dinero del pueblo se destinaron a la sacristía, el coro, los órganos y los altares; la figura ecuestre del rey Alfonso fue ingeniosamente reconstruida en yeso, pegada a la piedra de clave y pintada en rojo y oro.

El 3 de noviembre de 1383 se colocó la última clave de la nave central, la más cercana a la puerta principal y que portaba el escudo de la Junta de Obra, en honor a todos aquellos ciudadanos anónimos que permitieron la construcción de la iglesia.

Arnau levantó la vista hacia ella. Mar y Bernat lo acompañaron y los tres sonrieron cuando emprendieron el camino hacia el altar mayor.

Desde que la clave se montó en el andamio, esperando a que las nervaduras de los arcos llegasen hasta ella, Arnau repitió una y otra vez los mismos argumentos:

—Ésa es nuestra enseña —le dijo un día a su hijo Bernat.
El muchacho miró hacia arriba.

—Padre —le contestó—, ése es el escudo del pueblo. La gente
como tú tiene sus propios escudos grabados en los arcos y en las
piedras, en las capillas y en los... —Arnau levantó una mano tratando de interrumpir las palabras de su hijo, pero el muchacho
continuó—: ¡Ni siquiera tienes un sitial en el coro!

—Ésta es la iglesia del pueblo, hijo. Muchos hombres han dado
su vida por ella y su nombre no está en lugar alguno.

Entonces los recuerdos de Arnau viajaban hasta el muchacho
que cargaba piedras desde la cantera real hasta Santa María.

—Tu padre —intervino en aquella ocasión Mar— ha graba-
do con su sangre muchas de estas piedras. No hay mejor homenaje que ése.

Bernat se volvió hacia su padre con los ojos abiertos de par en par.

—Como tantos otros, hijo —le dijo éste—, como tantos otros.

Agosto en el Mediterráneo, agosto en Barcelona. El sol brillaba
con una magnificencia difícil de encontrar en ningún otro lugar
del orbe; porque antes de colarse a través de las vidrieras de Santa María para juguetear con el color y la piedra, el mar devolvía
al sol el reflejo de su propia luz y los rayos llegaban a la ciudad
embebidos de una suerte de esplendor inigualable. En el interior
del templo, el reflejo colorido de los rayos solares al pasar por las
vidrieras se confundía con el titilar de miles de cirios encendidos
y repartidos entre el altar mayor y las capillas laterales de Santa María. El olor a incienso impregnaba el ambiente y la música del ór-
gano resonaba en una construcción acústicamente perfecta.

Arnau, Mar y Bernat se dirigieron hacia el altar mayor. Bajo
el magnífico ábside y rodeada por ocho esbeltas columnas, delante
de un retablo, descansaba la pequeña figura de la Virgen de la Mar.
Tras el altar, adornado con preciosas telas francesas que el rey Pedro
había prestado para la ocasión no sin antes advertir mediante una
carta desde Vilafranca del Penedès que le fueran devueltas inmediatamente después de la celebración, el obispo Pere de Planella
se preparaba para oficiar la misa de consagración del templo.

La gente abarrotaba Santa María y los tres tuvieron que detenerse. Algunos de los presentes reconocieron a Arnau y le abrieron paso hasta el altar mayor, pero Arnau se lo agradeció y siguió allí, en pie, entre ellos: su gente y su familia. Sólo le faltaba Guillem... y Joan. Arnau prefería recordarlo como el niño con quien descubrió el mundo, más que como al amargado monje que se sacrificó entre llamas.

El obispo Pere de Planella inició el oficio.

Arnau notó que le asaltaba la ansiedad. Guillem, Joan, Maria, su padre... y la anciana. ¿Por qué siempre que pensaba en los que faltaban, terminaba recordando a aquella anciana? Le había pedido a Guillem que la buscara, a ella y a Aledis.

—Han desaparecido —le dijo un día el moro.

—Dijeron que era mi madre —recordó Arnau en voz alta—. Insiste.

—No las he podido encontrar —le volvió a decir al cabo de un tiempo Guillem.

—Pero...

—Olvídalas —le aconsejó su amigo no sin cierta autoridad en su tono de voz.

Pere de Planella continuaba con la celebración.

Arnau tenía sesenta y tres años, estaba cansado, y buscó apoyo en su hijo.

Bernat apretó con cariño el brazo de su padre y éste lo obligó a acercar el oído a sus labios a la vez que señalaba hacia el altar mayor.

—¿La ves sonreír, hijo? —le preguntó.

Nota del autor

En el desarrollo de esta novela he pretendido seguir la *Crónica* de Pedro III con las necesarias adaptaciones que requería una obra de ficción como la propuesta.

La elección de Navarcles como enclave del castillo y tierras del señor del mismo nombre ha sido totalmente ficticia, no así las baronías de Granollers, Sant Vicenç dels Horts y Caldes de Montbui que el rey Pedro concede a Arnau en dote por su matrimonio con su pupila Elionor —creación esta última del autor—. Las baronías en cuestión fueron cedidas en 1380 por el infante Martín, hijo de Pedro el Ceremonioso, a Guillem Ramon de Montcada, de la rama siciliana de los Montcada, por sus buenos oficios en pro del matrimonio entre la reina María y uno de los hijos de Martín, quien después reinaría bajo el sobrenombre de «El Humano». Esos dominios, no obstante, duraron menos en poder de Guillem Ramon de Montcada de lo que le duran al protagonista de la novela. Nada más recibirlos, el señor de Montcada los vendió al conde de Urgell para, con el dinero obtenido, armar una flota y dedicarse a la piratería.

El derecho a yacer la primera noche con la novia era efectivamente uno de los que concedían los *Usatges* a los señores sobre sus siervos. La existencia de los malos usos en la Cataluña vieja, que no en la nueva, llevó a los siervos de la tierra a rebelarse contra sus señores, con continuos conflictos hasta que no se derogaran por completo por la sentencia arbitral de Guadalupe de 1486, eso sí,

mediante el pago de una importante indemnización a los señores desposeídos de sus derechos.

La sentencia real contra la madre de Joan, por la que se le
obligaba a vivir en una habitación hasta su muerte a pan y agua,
fue efectivamente dictada en 1330 por Alfonso III contra una
mujer llamada Eulàlia, consorte de Juan Dosca.

El autor no comparte las consideraciones que a lo largo de la
novela se efectúan sobre las mujeres o los payeses; todas ellas, o la
gran mayoría, están textualmente copiadas del libro escrito por el
monje Francesc Eiximenis, aproximadamente en el año 1381, *Lo
crestià*.

En la Cataluña medieval, a diferencia de lo que ocurría en el resto
de España, sometida a la tradición legal goda plasmada en el Fuero
Juzgo que lo prohibía, los estupradores sí podían casarse con la
estuprada, aun cuando hubiere existido violencia en el secuestro,
por aplicación del *usatge Si quis virginem*, tal como sucede con el
matrimonio de Mar y el señor de Ponts.

La obligación del estuprador era la de dotar a la mujer a fin
de que pudiera encontrar marido, o bien contraer matrimonio con
ella. Si la mujer estaba casada, se aplicaban las penas por adulterio.

No se sabe con certeza si el episodio en que el rey Jaime de
Mallorca trata de secuestrar a su cuñado, Pedro III, y que fracasa
porque un monje familiar del último se lo advierte tras escuchar
el complot en confesión —en la novela ayudado por Joan—, sucedió en realidad o fue una invención de Pedro III para excusar
el proceso abierto contra el rey de Mallorca y que finalizaría con
la requisa de sus reinos. Lo que sí parece cierto fue la exigencia
del rey Jaime de construir un puente cubierto desde sus galeras,
fondeadas en el puerto de Barcelona, hasta el convento de Framenors, hecho que quizá exacerbase la imaginación del rey Pedro
acerca del complot relatado en sus crónicas.

El intento de invasión de Barcelona por parte de Pedro el
Cruel, rey de Castilla, aparece minuciosamente detallado en la
Crónica de Pedro III. Efectivamente el puerto de la ciudad condal, tras el avance de la tierra y la inhabilitación de los puertos
anteriores, se hallaba indefenso ante los fenómenos naturales y ante

los ataques enemigos; no fue hasta 1340 en que, bajo el reinado de Alfonso el Magnánimo, se inició la construcción de un nuevo puerto acorde con las necesidades de Barcelona.

Con todo, la batalla se produjo tal y como la relata Pedro III y la armada castellana no pudo acceder a la ciudad porque una nave —un ballenero, según Capmany— se atravesó en las *tasques* (bajíos) de acceso a la playa impidiendo el avance del rey de Castilla. Es en esta batalla donde se puede encontrar una de las primeras referencias al uso de la artillería —una brigola montada en la proa de la galera real— en las batallas navales. Poco después, lo que no había sido más que un medio de transporte de tropas, pasó a convertirse en grandes y pesadas naves armadas con cañones, lo que varió completamente el concepto de la batalla naval. En su *Crónica*, el rey Pedro III se recrea en la burla y el escarnio al que la *host* catalana, desde la playa o las numerosas barcas que salieron en defensa de la capital, sometió a las tropas de Pedro el Cruel y la considera, junto a la efectividad del uso de la brigola, una de las razones por las que el rey de Castilla cejó en su empeño de invadir Barcelona.

En la revuelta de la plaza del Blat del llamado primer mal año, en la que los barceloneses reclamaron el trigo, efectivamente se sometió a juicio sumarísimo a los promotores de la misma, a quienes se ejecutó en la horca, ejecución que por razones argumentales se ha situado en la misma plaza del Blat. Lo cierto es que las autoridades municipales confiaron en que el simple juramento pudiera vencer al hambre del pueblo.

Quien sí fue ejecutado en el año 1360, por decapitación en este caso y frente a su mesa de cambio, como establecía la ley, cerca de la actual plaza Palacio, fue el cambista F. Castelló, declarado *abatut*, o en quiebra.

También en el año 1367, a raíz de la acusación de profanación de una hostia y tras haber sido encerrados en la sinagoga sin agua ni comida, tres judíos fueron ejecutados por orden del infante don Juan, lugarteniente del rey Pedro.

Durante la Pascua cristiana los judíos tenían terminantemente prohibido salir de sus casas; es más, a lo largo de aquellos días debían tener permanentemente cerradas las puertas y ventanas de sus hogares para que ni siquiera pudieran ver o interferir en las numerosas procesiones de los cristianos. Pero aun así la Pascua encendía, todavía más si cabe, los resquemores de los fanáticos y las acusaciones de celebraciones de rituales heréticos aumentaban durante unas fechas que los judíos temían con razón.

Dos eran las principales acusaciones que se efectuaban contra la comunidad judía relacionadas con la Pascua cristiana: el asesinato ritual de cristianos, esencialmente niños, para crucificarlos, torturarlos, beber su sangre o comer su corazón, y la profanación de la hostia, ambos, según el pueblo, destinados a revivir el dolor y el sufrimiento de la pasión del Cristo de los católicos.

La primera acusación conocida de crucifixión de un niño cristiano se produjo en la Alemania del Sacro Imperio, en Würzburg, en el año 1147, si bien y como siempre había sucedido con los judíos, el morboso delirio del pueblo pronto logró que tales sucesos se trasladasen a toda Europa. Tan sólo un año después, en 1148, se acusó a los judíos ingleses de Norwich de crucificar a otro niño cristiano. A partir de ahí las acusaciones de asesinatos rituales, principalmente durante la Pascua y mediante la crucifixión, se generalizaron: Gloucester, 1168; Fulda, 1235; Lincoln, 1255; Munich, 1286... Hasta tal punto llegaba el odio a los judíos y la credibilidad de la gente, que en el siglo XV un franciscano italiano, Bernardino da Feltre, anunció con antelación la crucifixión de un niño, primero en Trento, donde ciertamente se cumplió la profecía y el pequeño Simón apareció muerto en la cruz. La Iglesia beatificó a Simón pero el fraile siguió «anunciando» crucifixiones: Reggio, Bassano o Mantua. Sólo a mediados del siglo XX la Iglesia rectificó y anuló la beatificación de Simón, mártir del fanatismo y no de la fe.

Una de las salidas que efectivamente efectuó la *host* de Barcelona, si bien con posterioridad a la fecha relacionada en la novela, puesto que se produjo en el año 1369, se hizo contra el pueblo de Creixell por impedir el libre tránsito y pastoraje del ganado con destino a la ciudad condal, el que sólo podía acceder vivo a Barcelona; ésta, la detención del ganado, fue una de las principales causas por las que la *host* ciudadana salía a defender sus privilegios frente a otros pueblos y señores feudales.

Santa María de la Mar es sin duda alguna uno de los templos más bellos que existen; carece de la monumentalidad de otras iglesias, coetáneas o posteriores, pero en su interior se puede respirar el espíritu que trató de imprimirle Berenguer de Montagut: la iglesia del pueblo, edificada por el pueblo y para el pueblo, como una gran masía catalana, austera, protegida y protectora, con la luz mediterránea como supremo elemento diferenciador.

La gran virtud de Santa María, al decir de los entendidos, es que se construyó en un período ininterrumpido de tiempo de cincuenta y cinco años, bajo una única influencia arquitectónica, con escasos elementos añadidos, lo que la convierte en el máximo exponente del llamado gótico catalán o gótico ancho. Como era costumbre en aquella época y a fin de no interrumpir los servicios religiosos, Santa María se construyó sobre la antigua iglesia. En un principio, el arquitecto Bassegoda Amigó situaba el templo primitivo en la esquina de la calle Espaseria, señalando que la actual se construyó delante de la vieja, más al norte, y dejando entre ellas una calle, hoy de Santa María. Sin embargo, el descubrimiento en 1966, a raíz de las obras de construcción de un nuevo presbiterio y cripta en el templo, de una necrópolis romana bajo Santa María modificó la idea originaria de Bassegoda, y su nieto, arquitecto y estudioso del templo, sostiene en la actualidad que las sucesivas iglesias de Santa María se hallaron siempre en el mismo lugar; unas construcciones se superponían a otras. Es en ese cementerio en el que se supone se enterró el cuerpo de santa Eulalia, patrona de Barcelona, cuyos restos fueron trasladados por el rey Pedro desde Santa María hasta la catedral.

La imagen de la Virgen de la Mar que se utiliza en la novela es la que actualmente se encuentra en el altar mayor, antes situada en el tímpano del portal de la calle del Born.

De las campanas de Santa María no se tiene noticia hasta el año 1714 cuando Felipe V venció a los catalanes. El rey castellano gravó con un impuesto especial las campanas de Cataluña, como castigo a su constante repicar llamando a los patriotas catalanes a so-

metent, a tomar las armas para defender su tierra. Con todo, no fue patrimonio exclusivo de los castellanos ensañarse con las campanas que llamaban a la guerra a los ciudadanos. El propio Pedro el Ceremonioso, cuando logró vencer a la oposición valenciana que se había alzado en armas contra él, ordenó ejecutar a algunos de los sublevados obligándoles a beber el metal fundido de la campana de la Unión que había llamado a los valencianos a *sometent*.

Tal era la representatividad de Santa María que ciertamente el rey Pedro eligió su plaza para arengar a los ciudadanos en la guerra contra Cerdeña y desechó otros lugares de la ciudad como era la plaza del Blat, junto al palacio del veguer, para reunir a la ciudadanía.

Los humildes *bastaixos*, con su trabajo de transportar gratuitamente las piedras hasta Santa María, son el más claro ejemplo del fervor popular que levantó la iglesia. La parroquia les concedió privilegios y hoy su devoción mariana queda reflejada en las figuras de bronce del portal mayor, en relieves en el presbiterio o en capiteles de mármol, en todos los cuales se representan las figuras de los descargadores portuarios.

El judío Hasdai Crescas existió —también existió un tal Bernat Estanyol, capitán de los almogávares—, pero así como el primero ha sido elegido por el autor, el segundo no se debe más que a una coincidencia. El oficio de cambista y la vida que se le atribuye, no obstante, son invención del autor. Siete años después de que fuese oficialmente inaugurada Santa María, en el año 1391 —más de cien años antes de que los Reyes Católicos ordenasen la expulsión de los judíos de sus reinos—, la judería de Barcelona fue arrasada por el pueblo, sus moradores ejecutados y aquellos que tuvieron mejor suerte, como por ejemplo los que lograron refugiarse en un convento, obligados a convertirse. Totalmente destruida la judería barcelonesa, derribados sus edificios y construidas iglesias en su interior, el rey Juan, preocupado por los perjuicios económicos que implicaba para las arcas reales la desaparición de los judíos, intentó que volvieran a Barcelona; prometió exenciones fiscales hasta que su comunidad no superase el número de doscientas personas y derogó obligaciones tales como dejar sus lechos y muebles cuando la corte estaba en Barcelona o la de alimentar los leones y demás fieras reales. Pero los judíos no volvieron y en el año 1397 el rey concedió a Barcelona el privilegio de no tener judería.

Nicolau Eimeric, el inquisidor general, terminó refugiándose en Aviñón con el Papa, pero a la muerte del rey Pedro volvió a Cataluña y continuó atacando las obras de Ramon Llull. El rey Juan lo desterró de Catalunya en 1393 y el inquisidor se refugió de nuevo junto al Papa; sin embargo, ese mismo año volvió a la Seu d'Urgell y el rey Juan tuvo que exigir al obispo de la ciudad su expulsión inmediata. Nicolau huyó una vez más a Aviñón y, cuando el rey Juan murió, consiguió permiso del rey Martín el Humano para poder pasar los últimos años de su vida en Gerona, su ciudad natal, donde falleció a los ochenta años de edad. Las referencias acerca de las máximas de Eimeric sobre la posibilidad de torturar más de una vez como continuación de una tortura anterior, tanto como las condiciones que deben concurrir en una cárcel, hasta hacer perecer al reo, son ciertas.

Desde 1249, a diferencia de Castilla donde no se instituyó la Inquisición hasta el año 1487 por más que el recuerdo de sus terribles procesos perdurara durante siglos, Cataluña dispuso de tribunales de la Inquisición totalmente diferenciados e independientes de la tradicional jurisdicción eclesiástica ejercida a través de los tribunales episcopales. La prelación de la institución oficial de los tribunales de la Inquisición en Cataluña encontró su razón de ser en el originario objetivo de los mismos: la lucha contra la herejía en aquellos años identificada con los cátaros del sur de Francia y los valdenses de Pedro Valdo en Lyon. Ambas doctrinas, consideradas heréticas por la Iglesia, captaron adeptos en la población de la Cataluña vieja debido a la cercanía geográfica; llegaron a contarse entre ellos, como seguidores de los cátaros, a nobles catalanes pirenaicos como el vizconde Arnau y su esposa Ermessenda; Ramon, señor del Cadí, y Guillem de Niort, veguer del conde Nunó Sanç en Cerdanya y Conflent.

Por esa razón, la Inquisición empezó precisamente en Cataluña su triste andadura por tierras ibéricas. En 1286, sin embargo, se puso fin al movimiento cátaro y la Inquisición catalana, entrado el siglo XIV, recibió órdenes por parte del papa Clemente V de dirigir sus esfuerzos hacia la proscrita orden de los caballeros del Temple tal como se estaba efectuando en el vecino reino francés. Pero en Cataluña los templarios no sufrían la misma inquina que la prodigada por el monarca francés —aun cuando ésta estuviera principalmente basada en motivos económicos—, y en un concilio provincial convocado por el metropolitano de Tarragona para tratar del asunto de los templarios, todos los obispos presentes adoptaron unánimemente una resolución por la que se les declaraba libres de culpa y no se encontraba razón alguna para la herejía de la que eran acusados.

Después de los templarios, la Inquisición catalana dirigió su mirada hacia los begardos, que también habían logrado introducirse en Cataluña, y dictó algunas sentencias de muerte ejecutadas, como era norma, por el brazo secular tras la relajación del condenado. Con todo, a mediados del siglo XIV, en 1348, con el asalto popular a las juderías de toda Europa a raíz de la epidemia de peste y de las generalizadas acusaciones contra los judíos, la Inquisición catalana, carente de herejes y de otras sectas o movimientos espirituales, empezó a dirigir sus actuaciones hacia los judaizantes.

Mi agradecimiento a mi esposa, Carmen, sin la que no hubiera sido posible esta novela, a Pau Pérez, por haberla vivido con la misma pasión que yo, a la Escola d'Escriptura de l'Ateneu Barcelonès por su magnífica labor didáctica en el mundo de las letras, así como a Sandra Bruna, mi agente, y Ana Liarás, mi editora.

Barcelona, noviembre de 2005